TARA DUNCAN
L'impératrice Maléfique

타라 덩컨

8 사악한 여제

TARA DUNCAN, L'impératrice Maléfique

by SOPHIE AUDOUIN-MAMIKONIAN

타라 덩컨

❽ 사악한 여제

펴 낸 날 | 2014년 5월 15일 초판 1쇄

지 은 이 | 소피 오두인 마미코니안
옮 긴 이 | 이원희
펴 낸 이 | 이태권
펴 낸 곳 | (주)태일소담
            서울시 성북구 성북동 178-2 (우)136-020
            전화 | 745-8566~7 팩스 | 747-3235
            e-mail | sodam@dreamsodam.co.kr
            등록번호 | 제2-42호(1979년 11월 14일)

ISBN 978-89-7381-924-9 04860
        978-89-7381-830-3 (세트)

• 책값은 뒤표지에 있습니다.
• 잘못된 책은 구입하신 곳에서 교환해드립니다.
• 이 도서의 국립중앙도서관 출판시도서목록(CIP)은 서지정보유통지원시스템 홈페이지
   (http://seoji.nl.go.kr)와 국가자료공동목록시스템(http://www.nl.go.kr/kolisnet)에서
   이용하실 수 있습니다.(CIP제어번호: CIP2014013906)

www.dreamsodam.co.kr

TARA DUNCAN
L'impératrice Maléfique

타라 덩컨

8 사악한 여제

소피 오두인 마미코니안 지음 | 이원희 옮김

소담출판사

소중한 남편 필리프,

그리고 매력적인 두 딸 디안과 마린,

엄마 프랑스 베베르, 동생 세실,

당신들과 함께하는 삶은 경이로운 모험입니다.

— 소피 오두인 마미코니안

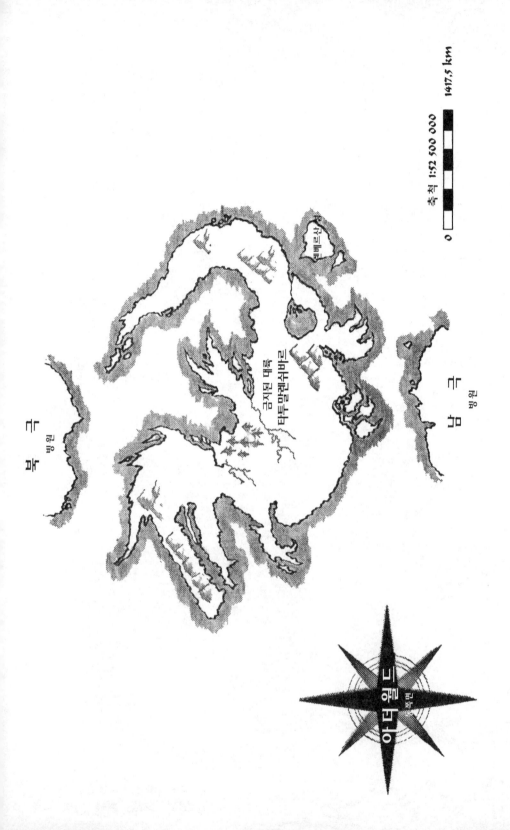

이전 줄거리

:: 『타라 덩컨 1』, 「아더월드와 마법사들」 ::

타라 덩컨은 자신의 탄생에 관한 비밀을 모른 채 프랑스의 타공 마을에서 할머니와 평화롭게 살고 있다. 어느 날 갑자기 나타난 마지스터의 공격으로 할머니 이사벨라가 중상을 입으면서 타라는 자신이 마법사라는 것과 아마존 정글에서 바이러스에 감염되어 죽은 줄 알았던 어머니 셀레나가 살아 있다는 사실을 알게 된다.

한편 마법의 세계를 지배하고, 마법 능력이 없는 인간들을 노예로 만들겠다는 야망에 불타는 마지스터는 악마의 힘을 지닌 사물들을 얻기 위해 타라를 납치하려고 혈안이다. 영문도 모른 채 마지스터의 끈질긴 추격을 받는 12세 소녀 타라는 영생하는 마법을 사용하다 잘못되어 사냥개로 변한 증조할아버지 마니투와 마법의 행성 아더월드로 피신한다.

아더월드의 랑코비트라는 나라에서 살게 된 타라는 페가수스와 정신적으로 결합되는 놀라운 경험을 한다. 아더월드는 수많은 종족의 마법사들과 수시로 풍경을 바꾸는 살아 있는 궁전, 뱀파이어, 키마이라, 하르퓌아, 유니콘 같은 전설의 동물들, 악마…… 등이 버젓이 활개를 치는 무시무시한 세계지만, 다행히 타라는 지구의 친구 파브리스, 공주의 신분인 무아노, 어린 도둑 칼리반 달 살란, 난쟁이 파프니르, 하프 엘프 로빈 등을 만나면서 신기하기 이를 데 없는 마법의 세계에 빠져든다.

데미데루스의 직계 후손인 타라와 오무아 제국의 여제 리스베스만 악마의 힘을 지닌 사물에 접근할 수 있기 때문에 마지스터는 타라를 납치한다. 그러나 소녀 마법사는 친구들의 도움으로 억류되어 있던 어머니를 구하고, '실루르의 옥좌'를 파괴한다.

마지스터는 사라지기 직전 죽은 것으로 알고 있는 타라의 아버지가 사실은 오무아의 황제 단비우 탈 바르미 압 산타 압 마루이며, 따라서 타라가 아더월드의 오무아 제국을 계승할 후계자라고 밝히는데…….

:: 『타라 덩컨 2』, 「비밀의 책」 ::

칼이 살인죄로 고소되어 감옥에 갇히자 타라는 하는 수 없이 아더월드로 돌아간다. 땅신령들이 흉악한 마법사에게 억류된 식구들을 구해달라는 조건으로 칼을 탈옥시킨다. 그러나 땅신령들의 함정에 걸려든 칼이 치명적인 벌레에 감염되었기 때문에 타라와 친구들은 악당 마법사와 맞서 싸울 수밖에 없다. 마침내 문제의 마법사를 굴복시키고 땅신령들을 구하지만 칼의 무죄를 증명하기 위해서는 악마들의 세계 림보에 있는 조각상 재판관이 있어야 한다. 죽음을 무릅쓴 모험 끝에 그들은 목적을 달성하고 무사히 아더월드로 돌아온다.

그러나 이번에는 불과 며칠 사이에 아더월드를 정복한 영혼 약탈자의 기상천외한 공격에 맞서야 한다. 타라의 목숨이 위험해지자 마지스터가 그 싸움에 개입하게 되고, 드래곤으로 변신한 타라와 마지스터는 서로 협력하여 영혼 약탈자를 물리치기에 이른다. 일단 영혼 약탈자를 제거한 뒤에 마지스터는 림보로 홀연히 사라지고, 타라는 마지스터가 죽었다고 생각한다.

한편 자식이 없는 오무아의 여제는 타라가 자신의 후계자라는 걸 알게 되고, 타라를 아더월드로 데려가겠다고 주장한다. 거절하면 지구가 위험에 처하게 되는데…….

:: 『타라 덩컨 3』, 「저주받은 왕홀」 ::

폭탄 테러로 어머니가 부상당했다는 소식을 듣고 황급히 아더월드로 돌아간 타라는 림보로 영원히 사라졌다고 믿었던 상그라브들의 보스 마지스터가 돌아왔음을 알게 된다.

공간이동의 문 폭발 사고, 도서관의 좀비 살해 사건 등 테러 행위와 이상한 사건이 잇달아 발생하는 가운데 타라는 오무아의 궁전에서 공식적으로 여제 후계자 수업을 받기 시작한다.

여제를 함정에 빠뜨려서 악마의 힘을 지닌 사물들 중 '저주받은 왕홀'을 손에 넣은 마지스터는 아더월드에 있는 모든 마법사의 능력을 빼앗아버린 데 이어서 악마 군단을 앞세워 오무아 제국을 침략하고 드래곤들을 몰살하겠다고 선전포고한다.

여제와 황제가 포로로 잡혀 있기 때문에 타라는 여제 후계자로서 오무아 제국과 아더월드를 지키기 위해 또다시 온갖 위험을 무릅써야 한다. 하는 수 없이 타라는 각자의 조국으로 돌아가 있는 친구들을 오무아로 불러들이고 의문의 사건들에 얽힌 미스터리를 하나씩 풀어나간다. 그리고 마지스터가 심복인 여자뱀파이어와 스파이를 궁전에 심어놓았음을 알게 된다.

타라는 이번에도 하프엘프 로빈, 지구소년 파브리스, 면허 받은 도둑 칼리반, 난쟁이 파프니르, 개로 둔갑한 증조할아버지 마니투, 특히 놀라운 기지를 발휘한 '야수'

무아노의 도움, 그리고 상그라브들의 감옥에서 탈출한 스너피가 전해준 정보 덕분에 마지스터와 가공할 만한 악마 군단을 물리치기에 이른다.

한편 타라는 자신의 열네 번째 생일파티를 엉망으로 만드는 것을 시작으로 말썽을 일으키고 다니는 쌍둥이 남매가 놀랍게도 친동생들이라는 사실을 알게 된다.

여러 가지 이유로 타라의 유전자가 조작되었을 거란 의혹이 제기되면서 여제는 정밀분석을 지시한다. 로빈은 마침내 사랑을 고백하기 위해 타라를 만나러 가지만 소녀의 방은 텅 비어 있다. 후계자가 사라진 것이다……

::『타라 덩컨 4』, 「드래곤의 배반」 ::

아더월드 오무아 제국의 실험실에서 드래곤과 유전학자가 맞서고 있다. 이 싸움의 결과에 지구의 미래와 어린 마법사들의 운명이 달려 있다. 그러나 학자가 사망하면서 사건은 오리무중에 빠진다.

한편 아더월드를 몰래 빠져나온 타라는 이집트의 한 박물관에서 양피지 문서를 훔치는 데 성공하지만, 유전자 조작으로 너무 강력해진 마법 능력 때문에 목숨이 위태롭다. 게다가 로빈을 공격한 하르퀴아들에게서 알아낸 정보 때문에 초능력 있는 지구소년을 구하러 가지 않을 수 없는 상황에 처한다.

두렵지만 단호하게 결정을 내린 타라는 영국 스톤헨지 유적지로 향한다. 증조할아버지 마니투와 하프엘프 로빈, 난쟁이 파프니르, 야수 무아노, 파브리스, 칼의 도움을 받아 타라는 스톤헨지에 얽힌 비밀로 최대 위기를 맞는 지구를 구하고, 유전자 조작으로 인한 마법 능력의 수수께끼를 풀 수 있을까?

::『타라 덩컨 5』, 「금지된 대륙」 ::

마지스터가 지구에 사는 타라의 친구 베티를 납치하는 사건이 발생한다. 그런데 베티가 억류되어 있는 곳은 드래곤들이 접근을 금하고 있어서 아무도 들어갈 수 없는 대륙이다. 그러나 마지스터는 마법의 장벽을 넘어 베티를 가둬놓는 데 성공한다. 게다가 하르퀴아의 독에 감염된 베티를 살리려면 후계자의 피가 있어야 한다는데……

마법 능력을 잃고 모처에서 비밀리에 요양하고 있던 타라는 지구의 친구를 구하기 위해 오무아의 황궁으로 돌아가고, 랑코비트에 있는 친구들을 소집한다. 그러나 오무아 여제의 음모에 걸려든 로빈이 행방불명된 상태다.

　우여곡절 끝에 마법 능력을 되찾은 타라가 엘프 군단을 이끌고 마침내 금지된 대륙을 향해 출발한다. 그런데 거기서 발견한 것은 붉은 여왕이 지배하는 무시무시한 세계……. 그리고 드래곤들이 비밀에 부치던 끔찍한 비밀을 알게 되는데…….

　타라는 흉악한 붉은 여왕에게서 베티를 구해내고 철천지원수 마지스터를 궁지에 몰아넣을 수 있을까?

:: 『타라 덩컨 6』, 「마지스터의 함정」 ::

　셀레나에게 접근하는 자는 누구든 죽이겠다고 선포하는 마지스터. 그 협박 때문에 타라는 마지스터가 유일하게 접근하지 못하는 드래곤들의 행성으로 어머니 셀레나를 피신시킨다.

　그러나 뱀파이어들이 악마의 마법을 연구한다는 이유로 젠드라의 별과 크라에토비르의 반지를 보관하고 있다는 사실을 알게 된 타라는 크라살비로 향한다. 공식적으로는 약혼녀를 구해달라는 드라고쉬 선생님의 청을 받아들여서 셀렌바를 변호하러 가는 것이지만, 실은 크라에토비르의 반지를 훔쳐 마지스터를 제압하기 위해서다.

　우여곡절 끝에 타라는 반지를 손에 넣지만, 이번에는 드래곤들의 여왕으로 선출된 샤름(셈 선생님의 약혼녀)의 대관식에 초청을 받는다. 타라는 오무아 제국의 사절단을 이끌고 드란보우글리스팬쉬르 행성에 도착하지만 쿠데타의 소용돌이에 휘말리게 된다. 위기 상황을 맞은 타라와 친구들은 드래곤들의 행성에 지금까지 알려진 열세 개의 악마의 사물 외에 두 개가 더 있다는 것과 일부 드래곤들이 지구를 정복하려는 엄청난 음모를 꾸미고 있었다는 사실에 경악한다.

　타라에게서 멀리 떠나보내려는 속셈으로 위험천만한 해적 소탕 작전에 로빈을 들러리로 이용하는 여제 리스베스, 티라니크 수상과 마지스터의 관계를 밝히려다 살해당하는 엘레아노라, 짝사랑하던 엘레아노라를 잃은 칼의 슬픔, 마법의 힘이 약해 패밀리어를 잃고 실의에 빠져 있다가 돌연 마지스터와 함께 사라지는 파브리스…… 등 우정과 사랑, 모험과 배신이 얽히고설킨다.

　한편 아버지의 유령을 소생시키겠다는 일념으로 타라는 양피지에 적힌 조제법에 따라 묘약을 만들지만, 중요한 실수를 저지르는 바람에 저승의 문이 열리고 수많은 유령이 분노의 고함을 지르면서 쏟아져 나오는데…….

:: 『타라 덩컨 7』, 「유령들의 습격」 ::

아버지를 소생시키는 묘약을 만들던 타라의 실수로 수많은 유령들이 습격해오면서 파멸의 위기에 처하는 아더월드.

순식간에 여제, 장관들, 모든 권력자들이 유령에 들리면서 아더월드는 유령들의 세상이 된다. 타라는 화를 면하지만, 타라가 보는 앞에서 로빈이 유령에 의해 죽고 만다.

유령들을 피해서 살아 있는 궁전에 숨어 있는 타라는 자포자기에 빠지고, 칼은 그런 친구에게 삶의 의욕을 불어넣기 위해 온갖 노력을 한다.

유령이 리스베스 여제를 장악하고 있는데 제국의 후계자까지 없다면, 타라의 강력한 마법이 없다면 아더월드를 구할 희망이 사라지는 것이다.

엘프족, 난쟁이족, 뱀파이어족, 인간족은 무자비한 침략자들에 대항하기 위해 레지스탕스를 조직하기에 이른다.

수배령이 내려지고 목에 현상금까지 걸린 타라는 유령들을 퇴치할 방법을 찾아 모험을 떠나는데…….

타라는 아더월드를 구해내고, 살아갈 의욕을 찾을 수 있을까?

:: 『타라 덩컨 8』, 「사악한 여제」 ::

이 이야기는 이제부터 읽어야지요. 그럼 친애하는 독자 여러분, 재미있게 읽기 바랍니다. 준비하시고…… 읽기 시작!

일러두기
이 책의 본문에 표시된 *부분은 부록 '아더월드의 용어 해설'에 자세히 소개되어
있습니다.

⑧ 사악한 여제

프롤로그

*

그냥 하나의 반지였다. 은빛 유니콘 장식이 있는 반지.

위험해 보이지 않는 예쁜 반지였다.

은빛 유니콘은 눈속임을 위한 겉모습에 지나지 않았다. 크라에토비르의 반지를 지니고 있는 이들은 손가락/발톱/촉수/위족에 이걸 끼고 있는 것이 얼마나 위험한 일인지 모르는 게 틀림없었다.

아무튼, 이것은 크라에토비르의 반지 시제품이다. 5000년 전에 악마들이 무기로 사용했을 것이 틀림없는 진짜 완제품은 인간들이 압수하여 무력화시켰기 때문이다.

드래곤들과 대적하는 데 이용할 치명적인 마법의 토네이도를 만들기 위해 이 반지 속에는 헤아릴 수 없이 많은 악마의 영혼이 갇혀 있었다. 따라서 아주 위험한 무기였다. 완제품보다 기능이 좀 떨어지긴

해도 몇 번의 시험을 거친 시제품인데(시험하다가 표적 대신에 성년의 악마 둘이 폭발하는 사고가 일어나는 등 몇 가지 문제점이 있었지만) 포기했다는 건 악마들이 큰 실수를 저지른 것이었다.

그래서 반지는 혼자 있게 되었다. 초기에는 너무 불편해서 불만에 차 있었다.

그러다 한 인간이 주워서 지니고 있다가 잃어버렸고, 그다음에는 한 트리톤의 수중에 있다가 잊혀갔고, 다시 한 사이렌이 분실하는 바람에 붉은 여왕 드래곤이 수천 년 동안 사용하면서 반지는 일종의 인식능력을 얻기에 이르렀다. 비록 아더월드 행성의 강력한 마법 때문에 시커먼 철 반지로 전락해 있지만 오랜 세월이 흐르면서 반지는 철 속에 갇힌 악마의 영혼들과 혼연일체가 되어, 사악한 힘을 지니게 되었다. 영혼들은 복수심에 불타고 있었고, 그것은 명확한 동기부여가 되었다.

영혼들을 가두었던 모든 존재에 대한 복수심이었다. 수많은 영혼을 하나둘 가차 없이 희생시키면서 그 힘을 이용했던 존재들에 대한 복수심이었다.

악마들.

드래곤들.

인간들.

마법 행위를 할 때마다 반지 속 영혼들의 수가 줄어들기 때문이었다. 반지를 낀 존재가 마법으로 포도주 한 잔을 만들면 한 영혼의 4분의 1이 죽는 것이고, 궁전 하나를 지으면 영혼 1000정도가 소모되었이다. 다시 말해 희생되어 사라지는 것이다.

이따금 반지는 임자(반지는 감히 자기를 손가락/갈퀴발톱/촉수/위족에 끼는 존재들을 '임자'라고 명명했다)를 폭발시켜놓고 만족스러워했다. 인식능력을 유지하려면 살아 있는 존재와 접촉할 필요가 있기 때문에 만족히는 시간은 아주 짧았다.

시간이 갈수록 반지는 복수하고 싶은 욕망이 커졌다. 잔혹해지고, 난폭해지고 싶었다. 소용돌이로 변하여 무모한 존재들을 집어삼킬 수 있는 균열이 필요했다. 5000살이 넘었는데 어리석게 파괴될 반지가 아니었다.

그런데 지금, 정확하게 표현해서, 시제품 크라에토비르의 반지는…… 지겨웠다.

반지가 최근에 맞이한 임자는 순종적이지 않았다.

반지는 살육, 강물을 이루는 눈물, 끝없는 고통을 꿈꾸는데 새 임자는 완강하게 저항했다. 반지가 임자를 완전히 제압하지 못한 것이다. 따라서 대부분의 시간은 임자의 손가락에 무력하게 끼여 있었고 자신의 계획에 방해가 되는 아주 결정적인 행동을 할 때만 개입하였다.

유감스럽지만 지금은 섣불리 나서지 말아야 한다.

드러나지 않는 그림자로 있어야 한다.

사악한 힘을 지니고 있다는 걸 감안하면 그림자로 있는 건 당연한 일이 아닌가.

아더월드에서 여러 종족을 거치면서 반지는 많은 걸 배웠다. 드래곤들과 마찬가지로 인간의 세계에는 이상한 개념들이 있었다. '우정', '명예', 그리고 '동맹'이란 개념은 가장 최악이었다.

처음에는 동맹이란 말이 잘 이해되지 않았다. 반지에게 속에 들어 있는 영혼들 말고는 모두 적이었다. 더 강력하고 더 막강해지기 위해 다른 존재들에게 의지하는 드래곤, 인간…… 등 여러 존재들의 손가락/갈퀴발톱/촉수/위족에 끼여 있는 상태로 수천 년이 흐르고 나서야 마침내 반지는 동맹이란 개념을 이해하기에 이르렀다.

반지에게 필요한 건 동맹군이었다. 반지 자신처럼 그림자로 있는 걸 좋아하는 존재들이 필요했다.

그리고 피를 좋아하는 존재들이 필요했다.

임자의 기억 깊은 곳에서 한 이미지가 떠올랐다.

긴 이빨과 빨간 눈, 공포를 불러일으키는 존재.

그렇다, 이 존재야말로 반지에게 필요한 동맹군이었다.

뱀파이어들.

반지는 임자를 돕기 위해, 마지못해서 인간의 피를 빨아 먹은 뱀파이어들을 치료할 때 이미 그들을 상대한 적이 있었다. 경험이 있으니 어렵지 않을 것이다.

반지를 만들어놓고 포기해버렸던 림보의 악마들과 그토록 오랜 세월 떨어져 있게 한 이 작은 세계를 정복하고 굴복시키기 위한 반지의 군단을 창설할 것이다.

만약 입이 있다면 반지는 광란의 히스테릭한 웃음을 터뜨렸을 것이다.

이 순간 반지는 아주 잠깐 반짝거리는 것으로 만족했다.

그리고 블랙 마법을 작동했다.

숨바꼭질

어쩌다 인간을 젖소로 착각해서 뼈저리게 후회할까

*

먹잇감이 코앞에 있었다. 뱀파이어 반역자가 카리스마를 발휘하면서 눈부신 모습으로 변했다. 은빛 갈기, 완벽한 얼굴, 빛나는 피부, 루비처럼 빨간 눈, 살아 있는 미의 화신으로 보이지만 실제로는 치명적인 악의 화신이었다.

뱀파이어가 표적으로 삼은 금발 소녀가 스스럼없이 다가왔다. 뱀파이어는 비웃음을 흘렸다. 체크무늬 미니스커트에 허벅지 중간쯤 올라오는 검정 스타킹, 짧은 재킷, 약간 흐릿한 파란 눈, 반지들을 낀 가는 손가락을 감춰주는 벙어리장갑.

아주 예쁜 소녀였다.

나이트클럽 뒤쪽의 좁은 골목에서 별처럼 빛나는 뱀파이어에 홀린 소녀가 점점 가까워지고 있었다.

뱀파이어의 긴 이빨들은 당장이라도 깨물어버릴 기세였다. 뱀파이어가 너무나 맛있어 보이는 하얀 목을 향해 얼굴을 숙일 때 소녀는 불쑥 말했다.

"성급하시네." 소녀의 목소리는 차분했다.

깜짝 놀란 뱀파이어가 소녀를 쳐다봤다. 이제는 선명해진 쪽빛 눈이 영리한 빛을 반짝이고 있었다.

"뭐라고?"

"내 나이를 물어보지도 않았잖아요."

"뭐라고?"

"이제 열여섯 살이 되어가고 있어요." 소녀는 마치 엄청난 비밀이라도 되는 듯이 속삭였다.

뱀파이어는 눈을 깜박였다.

"그래서?"

"나는 나이트클럽에 들어가지 못한다고요."

"그게 무슨 말이……."

뱀파이어는 갑자기 알아차렸다. 뱀파이어의 예상처럼 소녀는 나이트클럽에서 나온 것이 아니었다.

사냥은커녕 먹잇감이 되다니, 주객이 전도된 것이다. 그래서 물러서려고 했지만 이미 너무 늦었다. 갑작스럽게 소녀의 공격을 받은 뱀파이어는 넘어지다 쓰레기통에 부딪혔다. 와장창! 요란한 소리에 질겁한 쥐 한 마리가 찍찍거리면서 달아났다.

뱀파이어가 얼이 빠져서 일어났는데 소녀는 이미 준비가 되어 있었다. 소녀가 왼손을 흔들어 마법의 파란 불을 날렸다. 아슬아슬하게 방패를 만들었기에 망정이지 뱀파이어는 꼼짝없이 마비될 뻔했다.

하지만 소녀는 뱀파이어가 더 이상은 아무것도 할 겨를을 주지 않았다. 소녀가 다른 손으로 뭔가를 날렸는데…… 뱀파이어는 움직일 수가 없었다. 박쥐나 늑대로 변신하려고 했지만 아무것도 할 수가 없었다. 뭔가가 뱀파이어를 옭아매고 있었다. 뱀파이어는 헐떡이다가 땅바닥에 주저앉아서 몸을 뒤틀어보지만 옴짝달싹하지 못했다.

"빌어먹을!" 뱀파이어는 으르렁거렸다. "나한테 무슨 짓을 한 거야?"

"뱀파이어에게 맞서는 마법인데 모르셨구나." 좀 전까지만 해도 먹잇감이었던 소녀는 친절하게 대답해주었다. "우리 집안의 무기 전문가 모우르무르 덩컨이 거미줄로 만든 발명품이죠. 솔직히 제대로 작동할지 자신이 없었는데 성공! 내가 여기서 제일 가까운 공간이동의 문을 통해 아더월드로 보낼 때까지는 아마 꼼짝하지 못할 거예요. 아, 그보다는 할머니에게 근사한 선물로 주는 게 나을 수도 있겠네……."

"오, 내 조상의 혼령들이시여!" 갑자기 공포에 질린 뱀파이어가 탄식했다. "누군지 알겠어! 타라 덩컨! 하지만 추방된 걸로 아는데!"

"하긴 내가 좀 유명하죠!" 타라는 빈정거렸다. "아더월드에서 추방된 건 맞는데 지구에 있다고 빈둥거리는 건 아니에요. 내가 충고하는데 인간을 젖소로 착각하고 우유 먹듯 피를 빨아 먹는 당신 친구들에게도 알려주는 것이 좋을 거예요."

"뭘 알려주라는 건지?"

"지구는 당신들의 놀이터가 아니라는 것. 젖소들에게도 지켜주는 개가 있다는 것."

타라가 코앞으로 바짝 몸을 숙이자 놀란 뱀파이어의 눈이 사시가 되었다.

"그러니까 내가 여기 있다는 것, 그리고 나도 깨문다는 걸 알려주라는 거죠!"

뱀파이어가 뭐라고 한마디 덧붙이기 전에 타라는 트란스미투스 주문을 읊었다. 타라의 손이 파란빛으로 번쩍이면서 마법을 발사했고, 뱀파이어는 사라졌다.

타라는 안도의 숨을 내쉬었다. 다른 사람을 향해 트란스미투스를 사용할 때마다 변덕을 부리는 자신의 마법이 뱀파이어의 일부만 목적지로 보내고 나머지는 이 자리에 남겨놓을까 봐 불안했던 것이다. 타라는 부르르 떨면서 앞으로 그런 일은 절대로 일어나지 않기를 빌었다.

그동안 반역하는 뱀파이어나 마법사들에게 강력한 힘을 보여주려고 허세를 부렸지만, 대적할 때마다 속으로는 매번 공포에 떨었다. 마법이 걸핏하면 변덕을 부리는 통에!

강력하게 보이려고 걸어놓은 주문을 감추기 위해 정신을 집중하던 타라는 마법의 흐름이 사라지자 몸이 으스스 떨렸다. 심한 두통이 느껴졌다.

갈랑이 타라가 뱀파이어를 유인하기 위해 벗어놨던 망토를 가져왔다. 타라는 망토를 걸치고 축소한 페가수스에게 미소를 보냈다.

"이번에는 잘된 것 같아, 갈랑. 아무래도 드라마에 나오는 뱀파이어 사냥꾼 버피가 유리하겠지. 가벼운 잡담을 나눌 필요도 없이 가슴을 푹, 찌르면 끝이니까. 하지만 나는 생포해야 되잖아. 그게 쉽지가 않단 말이야!"

페가수스는 울음소리를 냈다. 갈랑은 정말이지 지구가 마음에 들지 않았다. 이목을 끌지 않으려고 개의 모습으로 지내는 때가 많은 데다 날아나닐 수 없다는 것이 짜증스러웠다. 갈랑은 타라의 머릿속으로 지구의 인간들에게 마법사들과 괴물이 존재한다는 걸 알려주고 나름대로 해결하게 내버려두자는 이미지를 보냈다.

타라는 고개를 끄덕였다.

"그래, 그러면 훨씬 쉽겠지. 하지만 정치적인 문제라서 간단하게 생각할 일이 아냐. 현재는 몇몇 나라의 수뇌부들만 알고 있을 뿐 다른 사람들은 전혀 모르고 있어. 이런! 빨리 집으로 가자. 뱀파이어 때문에 너무 늦어서 까딱하면 저녁 굶겠어."

타라가 주문을 읊으려는 순간 손목에서 소리가 울렸다. 손목에 차는 팔찌 모양의 크리스털 볼인데 최첨단 신제품이었다. 또 다른 뱀파이어의 이미지가 나타났다. 타라는 이를 악물었다.

"진짜 미치겠다! 나를 가만히 내버려두지를 않네!"

화가 난 타라는 두 손을 쳐들고 주문을 읊었고, 덩달아 화가 난 페가수스가 일으키는 미니 돌풍과 함께 사라졌다.

주위가 조용해지자 쓰레기통 위로 넘어지는 뱀파이어를 보면서 줄행랑쳤던 쥐가 다시 나타났는데 몹시 예민해져서 코를 벌름거렸다.

눈독들이던 고기 조각을 먹을 겨를도 없이 시커먼 실루엣이 나타났다. 이번에도 또 방해를 받자 쥐는 왕짜증을 내면서 후퇴했다.

아직 이 자리에 있었다면 타라도 철천지원수 마지스터를 보고 후퇴했을 것이다. 금빛 마스크로 얼굴을 가린 잿빛 마법복 차림의 마지스터가 고통스러운지 오른쪽 옆구리를 잡고 있었다.

"완전히 개판이군!" 마지스터가 내뱉었다. "세상에서 가장 강력한 마법사를 고작 셈샤나쉬[1]를 사냥하는 데 이용하다니! 도저히 믿을 수가 없어!"

"인간의 피를 먹은 뱀파이어였어요, 나리." 마지스터 뒤에서 또 하나의 실루엣이 말했다. "타라의 마법이 엄청나게 강력하지만 그렇게 쉽게 물리칠 수 없었을 거예요. 여기 지구에서는 마법이 약하기 때문에."

실루엣이 어둠 속에서 나왔다. 허리를 졸라맨 빨간 가죽옷의 날씬한 몸매, 딱 벌어진 어깨에 개미허리, 긴 다리, 은빛 머리에 핏빛 눈, 달빛 속에서 마지스터의 위험한 사냥꾼 뱀파이어 셀렌바[2]의 차가운 얼굴이 드러났다.

"타라는 마법을 잘 통제하고 있어. 잠재적 능력을 최고에 이르게 하려면 아직은 많은 훈련이 필요하지만." 마지스터는 약간 유감스러운 어조로 말했다. "물론, 지금 내 상태로는 그 아이와 대적할 수도 없고. 무엇보다……."

마지스터는 말을 중단했다.

"우리는 때를 기다리면서 기발한 작전을 짜야 한다, 셀렌바."

셀렌바가 번득이는 빨간 눈으로 마지스터를 쳐다봤다. 보스가 자신의 약점을 고백하다니, 처음 있는 일이었다. 어떤 면에서는 감동을

---

1. 난쟁이, 엘프, 드래곤, 타트리스, 사이렌, 트리톤, 땅신령, 꼬마도깨비, 하르퓌아, 오크, 요정 등 어떤 종족이든 상관없이 반역하는 마법사를 셈샤나쉬라고 한다.

2. 셀렌바는 마지스터의 오른팔이자 왼팔이기도 하다. 길에서 셀렌바와 마주치면 목숨을 보존할 가능성이 희박하다.

받았다. 셀렌바는 목소리에서 동정심이 묻어나지 않게 가다듬고 물었다.

"더 아프세요?"

마지스터가 흠칫 놀라듯 옆구리를 잡고 있던 손을 뗐다. 검은색 천이 피에 젖어 있었다.

"아니, 견딜 만하다."

"제가 치료해드릴게요."

"나중에. 가자."

마지스터는 멀쩡하다는 걸 보여주려는 듯 강력한 트란스미투스 주문을 읊었다.

뱀파이어는 한숨을 쉬었다.

그리고 마지스터와 셀레바는 사라졌다.

어딘가에 숨어 있다가 톡 나온 쥐가 경계하는 눈으로 오른쪽, 왼쪽을 살폈다. 아무것도 없었다. 안심하고 고기 조각에 달려들려는 순간 이번에도 또!!! 새로운 실루엣이 어둠 속에서 불쑥 나타났다.

오, 어머니의 콧수염이여! 이놈의 골목은 왜 이렇게 불쑥불쑥 나타나는 것이 많아? 쥐는 그 쪼끄만 까만 눈을 찡그리면서 이번에는 또 얼마나 위험한 존재인지 살폈다.

실루엣이 걸어 나오자 이번에는 달빛을 받아 우아한 전사의 모습이 드러났다.

쥐가 소녀였다면 달빛 속에 살아 있는 미의 화신처럼 당당하게 서 있는 청년의 모습에 완전히 반해버렸을 것이다. 강한 어깨에서 허리까지 내려오는 긴 머리, 태양처럼 빛나는 금빛 눈, 반듯한 코, 도톰한 입술, 넓은 이마. 청년의 피부는 마치 촘촘한 비늘에 덮여 있는 듯 달빛에 반짝거렸다.

쥐는 냄새를 킁킁 맡다가 주춤했다. 무슨 냄새가 나는 것 같았다. 청년에게서 유황과 불을 연상시키는 냄새가 나고 있었다. 쥐는 고기 조각을 단념하고, 더 쾌적하고 한적한 곳의 쓰레기통을 찾아 떠나기로 했다.

청년은 주변을 둘러봤다.

"오, 아버지!" 청년은 서글프게 말했다. "왜 나를 피하십니까?"

그러고 나서 청년은 주문을 읊었고, 좀 전의 존재들과 마찬가지로 사라졌다.

2
뱀파이어

어딘가로 위험한 소포를 보낼 때는
잘 도착했는지 확인하는 편이 나은데……

*

타라가 할머니의 저택으로 보냈다고 생각한 뱀파이어는 캐나다 북쪽 지방의 한 숲에서 유형화되었다. 더 정확히 말하면 둔탁한 소리를 내면서 눈구덩이에 처박혔다. 그 바람에 순록 한 마리를 추격하던 늑대 무리가 혼비백산했다.

일단 충격이 가라앉자 뱀파이어는 빨간 눈을 뜨다가 휘둥그레졌다. 감옥 같지는 않았다. 소녀가 실수로 잘못 이동시킨 걸까?

이상한 일이었다.

이상하지만, 언제든 환영할 일이었다.

뱀파이어가 주문을 읊고 몸을 움직이자 거미줄에서 풀려났다. 달아날 힘이 없어서 늘어진 순록을 발견하고는 달려들어서 깨물었다.

인간의 피만큼 맛있지는 않지만 만족해야 했다.

뱀파이어는 피를 실컷 빨아 먹고 나서 순록을 놓아주었다. 늑대를 아주 좋아하기 때문에 녀석들의 저녁거리까지 빼앗을 이유는 없었다.

뱀파이어는 곰곰이 생각하기 시작했다.

아주 희한한 일이 일어났다. 어떤 마법사도 트란스미투스 실수는 하지 않는데. 분명히 따뜻한 곳에 있었는데 여기는 추웠다. 본능적으로 같은 대륙이 아니라는 걸 알아차렸다. 자신을 지구로 파견한 뱀파이어에게 상황을 보고해야 했다. 그리고 지구에 있는 다른 뱀파이어들에게도 알릴 필요가 있었다.

사실, 지구에는 뱀파이어들의 출입이 금지되어 있었다. 그런데 놀랍게도 수학적 지식을 탐내는 뱀파이어 연구자들이 지구의 대학이나 대기업의 연구자들 속에 섞여 있기 때문에 완전히 금지되어 있는 것이 아니었다. 만약 창백한 얼굴로 컴퓨터에 미쳐서 집 밖으로 거의 나가지도 않고, 사회생활이 전혀 없고, 냉장고가 텅 비어 있는데도 칩거하는 사람이 있다면 아더월드의 뱀파이어로 의심해볼 수 있다. 게다가 '지크[3]'는 전형적인 뱀파이어의 언어로 크라살비에서 '0과 1의 세계(컴퓨터는 디지털 신호로 0과 1의 조합이다—옮긴이)에 사는 사람'을 뜻한다.

반면에 오직 사냥과 피를 낙으로 삼으며 인간의 피를 빨아 먹는 뱀파이어들은 지구에 체류하는 것이 전적으로 금지되어 있었다.

. . . .

3. 앵글로색슨 문화어에서 컴퓨터에 미쳐 있는 사람을 가리킨다. 크라살비에서 티케이케이티 지크(Tkkt Geek)는 마법을 사용하여 주저 없이 정신적으로 컴퓨터에 접속하는 뱀파이어를 가리킨다. 이들은 0과 1의 세계에 빠져 살고 있다. 컴퓨터는 가상세계를 만들어서 생존 가능성을 실험하는 자궁과 같다고 생각하기 때문이다. 아더월드 사람들은 컴퓨터에 빠져 있는 이들을 '미치광이'라고 부른다.

별빛을 받아 거무스름한 후광이 제2의 그림자처럼 뱀파이어를 에워쌌다.

뱀파이어는 한숨을 내쉬면서 트란스미투스 주문을 읊었다. 잠시 후, 눈구덩이에는 뱀파이어가 남긴 흔적과 거미줄 몇 개가 달빛에 반짝였다.

절뚝거리면서 멀어져 가던 순록이 차가운 어둠을 가르는 늑대 울음소리에 부들부들 떨었다.

늑대 무리가 다시 추격해오고 있었다.

3
천재 발명가

집과 도시를 몽땅 폭발시키지 않고
상대를 제압하는 방법을 터득해야 되는데……

*

상대는 집요했다. 몇 초 사이에 마비시켜서 꼼짝 못하게 하는 초강력 파랄리수스, 두 번의 임모빌리수스, 트란퀼루스 주문을 연거푸 타라에게 날렸다. 주문을 피하려고 어찌나 뛰어다녔는지 타라는 숨이 찼다.

잘 버텨내야지, 아니면 고양이 밥 신세가 될 판이었다. 하지만 새벽 2시였고, 저녁도 먹지 못한 데다 몹시 피곤했다. 나무 뒤에 숨은 타라가 위험을 무릅쓰고 살펴보니 상대는 커다란 바위에 가려 있었다. 바위를 공중 부양시키는 것이 가장 좋겠지만, 바위를 공중으로 띄우는 주문과 상대를 제압하는 주문을 동시에 날릴 수가 없었다.

하지만 정말 두 주문을 동시에 할 수 없는 걸까? 물론 한 번도 시도해본 적이 없었다. 다른 마법사들은 어릴 적부터 주문을 날리는 훈련을 했다. 반면 타라는 마지스터에게 납치되었을 때 다른 마법사들과 달리 주문을 읊지 않고도 마법을 걸 수 있다는 걸 알았다. 그리고 마법으로 대적하는 중에 창조적인 주문을 사용하지 않으면 죽는다는 것도 깨달았다. 강력한 주문이면 다 되는 것이 아니라 머리를 써야 했다. 하지만 이렇게 주문에 쫓기는 타라는 점점 더 바보가 되는 느낌이었다.

이 모든 것은 타라가 체포해서 트란스미투스로 보낸 뱀파이어가 이사벨라의 저택에 도착하지 않았기 때문이다. 무기 전문가가 발명한 또 다른 기구들이 거미줄의 에너지 신호를 감지했기 때문에 뱀파이어가 캐나다 북부 지방에서 유형화되었다가 사라졌다는 걸 확인할 수 있었다.

타라는 자신의 마법이 걸핏하면 변덕을 부려서 불안했지만, 죽을 고비를 넘긴 몇 번의 경험으로 마법의 힘이 엄청나게 강력하다는 것을 오래전부터 알고 있었다. 그렇지만 이번에는 마법의 배신을 이해하기 힘들었다.

할머니(정확히는 외할머니지만 일상적으로 할머니로 호칭—옮긴이)는 역시 기대를 저버리지 않고 분통을 터뜨렸다.

"타라!" 할머니는 만성 변비에 걸린 브르리르처럼 으르렁거렸다. "너는 지구에서 피를 밀수입하는 자들과 내통하는 뱀파이어를 놓쳤어! 이제 어떡할 거니?"

"난 분명히 할머니 집으로 보냈단 말이에요!" 타라는 반박했다. "그 뱀파이어가 다른 데로 갈 이유가 없다고요. 나도 도무지 이해가 안 가서 미치겠어요!"

타라가 나무 뒤에 숨어서 이런 생각을 하고 있을 때 상대는 아몰리수스 주문으로 공격했다. 젤리처럼 물렁물렁해진 나무가 주저앉으면서 타라의 모습이 드러났다. 그들이 싸우고 있는 평원은 나무와 바위가 많아서 숨을 곳이 충분했다.

타라는 날아오는 마법을 피해 전속력으로 달렸다. 그러다 갑자기 공중제비로 몸의 방향을 바꾸면서 상대를 향해 솔리두스 주문으로 응수했다.

솔리두스 마법이 상대 앞의 공기를 고체화시키면서 하마터면 목숨을 앗아갈 뻔했다. 맙소사! 타라가 바랐던 대로 다행히 상대의 머리가 아니라 윗몸이 고체가 된 공기의 벽에 부딪혔다. 상대는 땅바닥에 데굴데굴 굴러서 또다시 커다란 바위 뒤로 숨었다.

슬루르크!

타라는 선택의 여지가 없었다. 수플리시우스 공격을 피하면서 두 개의 주문을 날리기 위해 펄쩍 뛰었다. 한 손으로는 커다란 바위를 들어 올리기 위해 오토매틱 레비투스―무기 전문가가 발명한―를, 다른 손으로는 파랄리수스를 날렸다.

완벽한 실패! 상대 역시 필요한 기구들을 갖추고 있는 것이 분명했다. 놀라울 정도로 천천히 바위가 공중으로 떠오르자마자 상대도 똑같은 공격을 했다. 파랄리수스 공격에 바위는 끄떡도 않았지만, 주문을 날리느라고 노출되어 있던 타라에게 던진 거미줄 함정은 완벽하게 작동했다.

찢어지지 않는 거미집 속에 갇힌 타라는 분노의 고함을 질렀다. 즉시 마법을 작동했지만 너무 늦었다.

데스트룩투스 주문이 타라를 후려쳤다.

방패를 만들 겨를이 없던 타라는 그대로 뻗어버렸다.

타라를 쓰러뜨린 상대가 히죽거리면서 다가왔다. 지구로 추방된 오무아의 전 후계자 타라 덩컨을 이렇게 쉽게 이기다니! 승리자가 꿈쩍도 못하는 타라를 향해 몸을 숙였다.

타라가 한쪽 눈을 떴다. 눈물이 글썽한 시퍼런 눈.

"슬루르크! 매번 이렇게 죽다 살아나야 하나? 진짜 되게 아프네!"

"너를 죽일 수도 있는데 내가 참는 줄이나 알아!" '누나' 소리하면 큰일 나는 것처럼 건방을 떠는 남동생 자르가 검은색 눈으로 쏘아보면서 이죽거렸다. "그러니까 너도 나를 이기면 되잖아. 그래야 더 스릴 있지!"

"언젠가 내 몸이 정말 죽었다고 생각하는 날이 오겠지. 그때는 하직 인사를 하고 천사들에게 인사하러 갈게."

"천사? 천사가 뭔데?" 지구의 종교를 전혀 모르는 자르가 물었다.

"천국, 지옥…… 관두자. 네 말 잘 알았으니까 이제 마음대로 해."

"원한다면." 자르가 악동다운 미소를 흘리면서 대꾸했다.

자르가 주먹을 꽉 쥐더니 공중에 떠 있는 바위를 치자 요란한 소리를 내면서 바닥으로 떨어졌다. 먼지가 구름같이 일어났다.

"이게 뭐 하는 짓이야?" 기침을 간신히 가라앉히면서 타라가 소리쳤다.

"마음대로 하라면서?" 자르는 태연하게 응수했다.

타라는 일어나서 거미줄을 떼어냈는데 얼굴은 먼지를 뒤집어쓰고 있었다.

"말이 그렇다는 거지! 아휴, 내가 뭐라고 설명한들 네가 이해하겠냐?"

자존심이 상한 자르는 벼르고 있던 말을 따발총처럼 퍼부었다.

"넌 우리의 죽은 아버지를 소생시키겠다는 이기심으로 아더월드와 비욘드월드 사이의 소용돌이 통로를 열어 아더월드를 큰 혼란에 빠뜨렸어. 너 때문에 아더월드를 습격한 유령들이 군주들의 육신을 장악하면서 전쟁이 일어났단 말이야. 너 때문에 수많은 사람이 목숨을 잃었는데 무슨 잘난 척이야?"

타라는 이맛살을 찌푸렸다. 그 점에 대해서는 할 말이 없었다.

"그 엄청난 사건으로 오무아의 후계자 신분을 박탈당했으면서!" 어머니와 닮은 자르의 눈에 조롱의 빛이 어렸다. "그 벌로 마법이 약한 지구로 쫓겨난 주제에! 하는 일 없이 놀고먹게 할 수 없기 때문에 오무아 제국과 아더월드의 여러 나라 정부가 인간에게 사기를 치는 마법사, 엘프, 트리톤, 뱀파이어들을 잡아서 아더월드로 돌려보내는 일을 너한테 맡긴 거라고! 네가 아직도 그렇게 대단한 줄 착각하지 마!"

자르는 잠시 말을 중단했고, 그사이에 타라는 입술을 깨물고 있었다. 내뱉고 싶은 말이 혀끝에 맴돌았지만 자르와 얘기하는 것은 벽에 대고 헤딩하는 거나 마찬가지임을 경험으로 알고 있었다. 대화를 해봐야 말이 통하지 않아서 머리만 지끈거렸다.

"나라면 너를 참수했을 텐데 너무 관대했어." 자르가 마침내 말했다. "하긴 한심한 셈샤나쉬들이나 잡는 사냥꾼으로 만든 것도 그리

나쁘지 않은 생각일지 모르지."

타라는 자르를 쳐다봤다. 동생을 두꺼비로 둔갑시키는 것은 할 짓이 아니고, 무엇보다 자르가 반격할 위험이 있었다.

페가수스가 구체적인 이미지를 타라에게 보냈다. 자르와 싸울 때는 왜 자기를 이용하지 않느냐면서 배후에서 골탕을 먹이는 공격쯤은 즐겁게 할 수 있다는 의미였다.

'자르는 주저 없이 너를 다치게 할 아이이기 때문이야.' 타라는 정신적으로 갈랑에게 대답했다. '난 너를 위험에 빠뜨리고 싶지 않아. 네가 아프면 나도 아파. 너를 사랑하기 때문에 가슴이 너무 아프단 말이야. 갈랑, 자르는 패밀리어가 없어. 그래서 패밀리어가 다치면 정신적 동반자가 얼마나 고통스러운지 몰라.'

페가수스는 이 생각에 동의하지 않았다. 마지스터에게 교육을 받은 자르는 고통과 학대에 대해 잘 알고 있었다. 자르는 필요하다고 생각되면 누구든 인정사정없이 해칠 수 있는 아이였다. 갈랑은 타라가 자르와 시합할 때 유심히 지켜봤었다. 자르가 늘 우세한 것은 타라가 전력을 다하지 않기 때문이기도 했다.

'난 마법 조절이 잘 안 되잖아. 자르에게 중상을 입힐까 봐 겁이나.' 타라가 말했다. '많은 실수를 저질렀는데 친동생까지 해칠 수는 없어. 솔직히 가끔 혼내주고 싶은 마음도 있지만.'

페가수스가 보내주는 당나귀 머리에 돼지 귀를 가진 자르의 모습을 인지하면서 타라는 킥킥, 웃었다.

'그래, 네 말이 맞아. 착한 애는 아니지. 하지만 자르와 마라는 내 동생들이야. 난 책임감을 느껴.'

갈랑이 이번에는 애늙은이 같은 타라의 이미지를 보냈다.

'할머니로 만들다니! 이건 너무했다!' 타라가 발끈했다.

맙소사, 갈랑의 생각이 맞았다. 열네 살 소년의 몸속에 파고든 야심은 오무아 제국의 새로운 후계자로서 미래의 황제가 되길 갈망하고 있었다. 그런데 이상하게도 자르는 후계자 지위를 상실한 타라를 용서하지 않고 있었다. 그 자리를 호시탐탐 노리면서도 마치 어떤 면에서는 타라가 자기를 배신이라도 한 것처럼 반응했다.

이사벨라에게 마법사 연수를 받기 위해 지구로 떠났던 자르(이때만 해도 자르가 후계자 자리를 차지할 야심으로 타라를 죽이지 못하게 막으려는 것이 더 큰 이유였다)가 마침내 타라와 일종의 같은 유배지에서 재회하게 된 것이다.

자르가 기회만 있으면 비열한 짓을 일삼으면서 괴롭히는데도 누나라는 사실 때문에 타라는 꾹 참으면서 심하게 반격하지 않았다.

그래서 매번 타라는 쓰러졌다. 벌써 여섯 번째로. 무엇보다 너무 아팠다.

자르가 창을 던지거나 말거나 무시하고 돌아선 타라는 체력단련실을 나와 문을 닫고 걸쇠를 잠그는 시늉을 했다.

몇 분 동안은 자르를 가둬둘 수 있겠지. 문이 부서져라 두드리는 소리를 들으면서 타라는 악동 동생에게 그 정도의 골탕을 먹이는 것으로 만족했다.

며칠 후에 열여섯 살이 되는 타라는 그동안 악마, 드래곤, 유령들과 대적했고, 뱀파이어로 둔갑해서 고통을 받았고, 대륙을 해방시켰고, 사랑을 잃었다가 되찾았고, 가짜 신들에게 도전하면서 죽을 고비를 넘겼다. 물론 날마다 못살게 구는 남동생을 대하다 보면 여섯 살 계집애처럼 머리끄덩이를 잡고 흔들면서 혼을 내주고 싶은 마음이 굴뚝같았다.

타라는 벽에 기대고 눈을 감으면서 마음을 가라앉히기로 했다.

"나는 누나야. 그러니까 참아야……."

"타라! 너 꼬락서니가 그게 뭐니? 흙먼지를 뒤집어쓰고서 복도를 더럽히다니! 저택이 좋아하지 않아!"

할머니의 쌀쌀맞은 어조에 타라는 정신이 번쩍 들었다. 은발의 할머니가 초록빛 눈으로 노려보면 타라는 심장이 벌렁거렸다. 할머니를 두려워하는 건 아니었다.

아니, 아주 조금 무섭기는 했다.

이사벨라는 타라에게 미친 듯이 화가 나 있었다. 마법사들의 사교계 모임에 나가서 '여러분, 내 손녀딸 타라는 오무아 제국의 후계자입니다'란 말을 이제는 할 수 없기 때문이다.

할머니가 화를 내는 이유는 바로 그거였다.

다른 마법사들이 어떻게 생각하는 것이 중요해서가 아니라 손녀가 제국의 후계자라는 것은 정치적 힘을 얻을 수 있기 때문이었다. 랑코비트에서 너무 멀리 떨어져 있어서 이제는 점점 더 비밀리에 활동할 수 없게 된 이사벨라는 빨리 조국으로 돌아가고 싶었다. 지구에 체류하기로 계약된 기간이 지금부터 10년 후면 끝나는데 조커 하나가 사라져버렸으니.

타라의 끔찍한 잘못 때문에 이사벨라의 위신이 크게 떨어져 있었다. 그래서 타라는 고분고분하게 할머니의 말을 듣다가도 이따금 너무 매정한 할머니에게 화가 치밀었다. 아더월드 사람들이 하는 대로 오, 젤리소르의 충치여! 할머니는 왜 사교계 모임에 가서 '여러분, 내 손녀딸 마라가 오무아 제국의 후계자라는 거 아시죠?'라고 말하지 않는 걸까? 할머니에게는 같은 손녀들인 데다 이름, 정확하게 말하면 '타'를 '마'로 바꾸기만 하면 되는데!

"자르와 한판 붙고 나오는 거란 말이에요." 타라는 매서운 초록빛 눈을 뚫어져라 쳐다보면서 설명했다.

한밤중에 벌이는 시합을 계획한 사람은 할머니였는데 피곤하다는 걸 전혀 고려해주지 않다니. 새벽 1시 반에 시작해서 타라는 30분이나 남동생과 숨바꼭질을 했다.

"맞아요. 근데 이번에도 내가 뻗어버리게 했어요. 친애하는 이사벨라." 마침내 체력단련실 문의 빗장을 풀고 나온 자르가 타라를 노려보면서 말했다. "이번이 여섯 번째예요."

이사벨라는 고개를 끄덕였다. 그러고는 타라가 마법으로 대적하면서 저질렀던 실수를 모두 짚어주기 시작했고, 공정하게 자르의 실수도 지적했다. 자르는 짜증이 났지만 주의 깊게 들었다.

어머니 셀레나처럼 아주 약간 금빛이 도는 검은색 눈에 갈색 머리의 자르, 초록빛 눈에 은발의 이사벨라, 얼굴은 닮은 데가 거의 없었다. 그런데 집요한 야심은 두 사람이 어쩌면 그리도 닮았는지 타라는 놀라울 따름이었다.

자르는 절대로 '할머니'라고 부르지 않고 '친애하는 이사벨라'라고 호칭했다. 타라는 버릇없는 태도라고 생각했는데 이사벨라는 즐거워하는 것이 분명했다. 차라리 이사벨라와 자르 사이에서 우울해하고 있을 것이 아니라 저택을 발칵 뒤집어놓은 무기 발명가 모우르무르 덩컨에게 따지러 가는 편이 나았다.

8개월 전 어마어마하게 많은 짐을 싸들고 느닷없이 지구에 온 모우르무르 덩컨은 이사벨라 앞에 나타나서 말했었다.

"나는 자네들을 도와주러 왔네. 내 이름은 모우르무르 덩컨이고, 자네 부친의 아내 마젠티의 남동생이다. 다시 말해 자네의 외삼촌이지."

그렇게 말하면서 모우르무르가 시커먼 손을 내밀었지만, 이사벨라는 본 척도 하지 않고 무시해버렸다.

"네, 압니다. 우리 집안 사람인데 모를 리 없지요." 이사벨라는 냉랭하게 말했다. "하지만 사망한 것으로 알고 있는데요?"

이사벨라의 어조에서 외삼촌이 사망하지 않은 걸 유감스러워하는 것이 느껴졌다.

둔한 걸까, 아니면 모른 체하는 걸까? 모우르무르는 억울해서 죽겠다는 얼굴로 펄펄 뛰는데 다리를 심하게 절었다.

"아니, 아니. 나는 동면 주문에 걸려 활동이 중지되어 있었을 뿐이야. 마침내 내 조수들이 주문을 풀어주었는데 그게 10년이 걸렸으니!"

"내 잔디밭에 있는 잡동사니들은 다 뭡니까?" 이사벨라가 퉁명스럽게 물었다.

"나는 발명가야." 모우르무르는 화내지 않고 대답했다. "랑코비트를 위해 많은 무기를 만들었지. 지구에 있는 동안 오무아의 전 후계자에게 무슨 일이 일어날까 불안하기 때문에 랑코비트 정부에서 자네들을 도와주라고 나를 보낸 것이네."

모우르무르가 꾀죄죄한 헝겊을 꺼냈는데 랑코비트의 문장인 은빛 초승달 아래 은빛 유니콘 문양이 새겨 있었다. 교서가 쓰인 헝겊으로 무언가 끈적거리는 기름을 닦았던 것이 분명했다. 모우르무르는 그 헝겊을 이사벨라에게 내밀었다.

어떤 상황이 닥치든 이사벨라는 표정 변화가 없었다. 어느 산꼭대기에서 오렌지색 마법복 차림의 키 작은 대머리 남자와 천 년 동안 쌀과 빗물로 연명하며 수련이라도 한 것처럼.

하지만 타라는 할머니의 얼굴이 일그러지는 걸 봤다. 정말 불안해서 일그러지는 얼굴이었다. 물론 오래가지는 않았다. 이사벨라는 눈 깜짝할 사이에 표정을 지우고 불가피한 일로 받아들였다. 곧이어 손을 씻으러 나갔고, 랑코비트에 연락해서 미친 발명가를 돌보는 일은 의무에 포함되어 있지 않다고 따졌다. 하지만 소용없었다.

모우르무르가 거주하게 되면서부터 이사벨라의 저택은 난장판이 되었다. 타라는 제임스 본드의 장비를 담당하는 Q와 비슷한 발명가가 집 안에 있는 것이 기뻤다. 할머니가 걸핏하면 모우르무르와 티격태격 싸우느라고 손녀에게 신경 쓸 시간이 줄어든 것도 타라가 기뻐하는 이유였다.

모우르무르가 텔레비전 연속극에 빠지면서 저택은 차츰 진정되었다. 그는 특히 법의학 드라마 〈본즈〉와 미국 해군 범죄수사대의 활약상을 그린 〈NCIS〉 등 단서를 찾기 위해 온갖 장비를 사용하는 드라마를 열렬히 좋아했다. 모우르무르는 얼마 후, 텔레비전에서 본 여러 종류의 실험실들을 재현해놓았다. 타라가 드라마에 나오는 것들은 허구라서 현실에서는 불가능한 일이라고 아무리 설명해도 소용이 없었다. 모우르무르는 오로지 한 가지, 즉 누군가 저택에서 살해되면 단서가 될 만한 것들을 분석하여 범인의 정체를 밝혀내고야 말겠다는 꿈에 부풀어 있었다.

물론, 그럴 수 있게 도와준 사람이 아무도 없었지만.

모우르무르는 타라에게 뱀파이어를 체포하는 미션을 끝내고 나면 곧바로 찾아오라고 했다. 문제점을 발견하는 즉시 보완하기 위해서였다. 그러면 당연히 효과적이겠지만, 타라는 너무 힘들다고 생각했다(새벽 2시가 넘었는데!). 특히 이번만은 설령 저택의 지붕이 머리 위로 무너져 내린다고 해도 그냥 방으로 가서 잘 생각이었다. 타라는 할머니에게 고갯짓으로 인사하고 또 무슨 미션을 받기 전에 도망쳤다.

타라가 아침에 지나간 복도와 비슷한 복도로 들어설 때였다. 타라가 배고프다는 걸 알아챈 저택이 야채샐러드와 먹기 좋게 썰어놓은 고기 한 접시, 식탁과 의자를 코앞에 나타나게 했다. 이어서 갈랑을 위한 귀리와 물이 나타나자 페가수스가 기쁨의 울음소리를 냈다.

오케이! 복도는 타라가 길을 잘못 들지 않게 멈춰 세우고 그 틈에 먹이려는 것이었다.

"고마워, 저택. 네가 없다면 내가 어떻게 되었을지 모르겠다." 타라가 말했다.

저택과의 의사소통을 도와주는 은빛 유니콘이 벽에 나타나서 정답게 인사했다. 타라는 잠시 멈춰서 늦은 저녁을 허겁지겁 먹은 다음 벽 밑바닥에 접시를 내려놨다. 저택은 접시를 흡수했고, 아무런 흔적도 남기지 않았다.

요기를 했기 때문에 마음을 바꾼 타라는 어깨에 올라앉은 페가수스와 함께 실험실로 가기 위해 끝없이 긴 층계를 내려갔다. 수 킬로미터에 이르는 지하에 100개의 실험실이 모여 있었다. 풍력 1에서 12계급까지의 실험실들, 무중력상태의 실험실, 절대영도(영하 273.15℃)의 실험실, 악마의 세계 림보의 기후를 완벽하게 재현하는 실험실에 이르기까지 상상할 수 있는 모든 기상 조건을 갖추고 있었다.

한밤중이라서 모두 자고 있다고 생각한다면 큰 오산이었다. 마니투의 작고한 아내 마젠티[4]의 남동생이자 타라에게는 외외외종조부(외할머니의 외삼촌을 부르는 호칭임. 이하 '모우르무르 할아버지'로 통일함—옮긴이) 위대한 발명가 모우르무르의 불쌍한 조수들은 잠잘 권리가 없는 것 같았다.

모우르무르는 이사벨라에게 전속된 타쉴과 망구스도 조수로 끌어들였다. 늘 나무토막을 갖고 다니면서 조각하는 키다리 타쉴과 인생은 아름답다면서 웃고 다니는 땅딸보 망구스는 타라가 보기에 24시간을 꼬박 일하는 것 같았다. 기진맥진한 조수 50명은 얼굴이 붉으락푸르락하고 건강 상태도 좋아 보이지 않았다.

타라는 흰색 타일을 붙인 널찍한 방으로 들어갔는데 모우르무르의 발명품들, 이를테면 화재나 홍수, 폭발, 파괴 등 모든 것으로부터 보호할 수 있는 타일이었다.

모우르무르가 열두 시간 만에 실험실을 두 번이나 폭발시키자 이사벨라는 방어 시스템을 설치했다.

. . . .

4. 마젠티는 남동생이 발명한 실험용 쓰레기통을 사용하다가 다른 영역으로 빨려 들어서 사망했다는 소문이 있지만 중상모략에 불과하다.

"에이! 이번에는 기록을 깼다고 생각했는데……." 그을음을 뒤집어 쓰고 일어난 모우르무르가 떨리는 목소리로 말했었다.

레파루스 주문에도 불구하고 이틀 동안 귀가 들리지 않는 모우르무르를 보면서 아무도 비난할 수가 없었다.

이사벨라가 난리를 치면서 어찌나 고함을 질러대는지 모우르무르로서는 차라리 귀가 안 들려서 다행일 정도였다.

폭발 사고가 빈번히 일어나자 이사벨라는 아더월드에 있는 자신의 조국 랑코비트에 살아 있는 궁전의 혼을 보내달라고 강력하게 요구했다. 살아 있는 궁전은 '자기가 무성생식으로 복제되는' 걸 기뻐했다. 그렇게 해서 살아 있는 궁전의 복제된 혼이 포함된 네 개의 돌이 지구에 있는 저택에 놓였다.

사실, 이사벨라는 저택을 지키는 것이 중요하다면서 오래전에 요청해놓은 상태였다. 그런데 후계자였던 타라가 지구로 추방되고, 오무아의 후계자가 될 가능성이 있는 자르까지 저택에서 지내기 때문에 일이 빨리 진행되었던 것이다. 집이 자이언트 보디가드가 된 셈이다. 그리고 저택은 겉으로 보이는 모습보다 내부 공간이 훨씬 컸다.

이때부터 좀 상황이 복잡해졌다.

살아 있는 궁전은 성깔이 좀 있었다. 따라서 저택도 마찬가지였다. 사람들이 요구하는 것을 싫은 기색 없이 들어주다가도 기분이 나쁠 때는 화장실 가는 것도 위험할 수 있었다.

모우르무르는 그을음이 묻은 신발로 복도를 돌아다녔다가 호된 신고식을 치러야 했다. 자신의 몸체를 함부로 더럽힌 것에 발끈한 저택이 모우르무르의 발밑에 호수를 나타나게 했다.

그런데 이번에는 환영이 아니었다. 불쌍한 발명가는 무슨 일인지 알아차리기도 전에 물에 빠져버렸다.

물론 살아 있는 저택은 모우르무르가 수영할 줄 모른다는 사실을 알 리 없었다.

타쉴과 망구스가 모우르무르가 삼킨 물 몇 리터를 토해내게 한 뒤에야 비로소 살아 있는 저택이 미안하다고 사과했다.

그런데 저택을 대변하는 유니콘이 사과하면서 비아냥거렸기 때문에 모우르무르는 사과를 받아들이지 않았다.

이때부터 인간과 살아 있는 저택 사이에 팽팽한 긴장감이 감돌았다. 타라는 자신에게 불똥이 튀지 않기를 바랐다. 마법 조절이 안 되는 타라로서는 절대로 폭발 사고를 내지 않는다고 장담할 수 없었다.

실험실 밖에서도 결과를 볼 수 있도록(그래야 폭발이 일어나도 한꺼번에 죽는 대형 사고를 면할 수 있으니까) 투명한 칸막이로 나눈 100개의 실험실에서 많은 사람이 바쁘게 일하고 있었다.

인간들만 있는 것이 아니었다. 발명가의 조수들은 아더월드의 방방곡곡에서 온 존재들이었다. 피 못지않게 수학을 좋아하는 뱀파이어들과 함께 머리가 둘인 타트리스들이 복잡한 계산에 빠져 있었다. 그리고 초록 트롤들, 털북숭이 거인들, 촉수가 달린 카흠보움들, 트리톤들, 물방울 속의 사이렌들, 엘프들, 작은 요정들, 꼬마도깨비들, 다른 존재의 생각을 읽을 수 있는 왕방울 눈에 입이 없는 키다리 식물 진실의 입들, 이 식물들과 유일하게 의사소통을 할 수 있는 땅신령들, 한 성깔 하는 켄타우로스, 난쟁이들, 자이언트 거미 셋 등이 있었다. 트라둑투스 통역 주문에도 불구하고 서로 다른 수십 개의 언어로 소리치거나 고함지르고, 외치고, 징징거리고, 꿍꿍거리고, 헐떡거리고, 웃는 소리로 소란스러운 데다 같은 목적으로 모인 온갖 종족에게서 나는 땀 냄새는…… 뭐라고 표현할 수 없게 오묘했다.

특히 꼬마도깨비 파보의 냄새는 키에 반비례하는지 가장 독한 것 같았다.

실험실에 있는 이들은 모두 특수 보호복을 착용했는데 타라의 체인지라인처럼 충격을 흡수하는 능력이 있었다. 특히, 위험 물질로부터 실험하는 이들의 얼굴과 머리를 완전히 격리시킬 수 있었다.

따라서 그들의 비명소리가 들리지 않는다고 안심할 수는 없었다.

타라는 경계하면서 홱 돌아섰다. 분명히 등 뒤에서 기척을 느꼈는데 아무도 없었다. 갑자기 검댕이 묻은 커다란 머리가 불쑥 나타났다. 타라는 비명을 지르면서 펄쩍 물러섰다.

"아이고, 미안해라." 모우르무르가 사과했다. "새로 만든 인비지블루스를 시험하는 중인데 제대로 작동하지 않아서 놀라게 했구나."

타라는 침을 삼키면서 쿵쿵 뛰는 가슴을 진정시켰다. 놀랍게도 모우르무르의 신체 일부가 나타났다가 사라졌다. 발명가는 마침내 발명품을 끄고 완전한 모습을 드러냈다.

머리카락이 헝클어진 모우르무르는 각성제를 복용한 거북과 올빼미를 섞어놓은 모습 같았다.

물론 흥분 작용을 하고 정력을 넘치게 하는 각성제는 '숨을 거두려는 위급한 상황의 환자에게만 사용하는 약물로 판매가 금지'되어 있었다. 타라는 백발의 작달막한 모우르무르가 무엇으로 힘을 얻는지 알 수 없지만 그가 보여주는 활력과 에너지는 정말 놀라울 따름이었다.

주위 사람들에게는 아주 피곤한 인물이지만.

모우르무르는 다리를 저는 데도 천천히 하는 것이 없었다. 아더월 드에서는 샤먼의 주문 덕분에 병자나 중증 장애자가 거의 없기 때문에 타라는 의아했었다. 대체로 건강이 넘치거나 죽어서 소멸되는 일은 있어도 어중간한 경우가 없는데, 모우르무르는 예외였다. 젊었을때 등산을 좋아해서 타도르 산의 북쪽 사면을 오르다 눈사태에 휩쓸리면서 왼쪽 다리가 부러졌는데 치료할 수 없기 때문에 죽을 거라고 생각하면서 의식을 잃었다. 난쟁이들에게 발견되었을 때 모우르무르는 보랏빛으로 변해 있었지만 아직 살아 있었다. 그 뒤로 난쟁이들의 친구가 되었지만, 레파루스 주문에도 불구하고 다리는 비틀린 상태였다. 그 이유를 아무도 모르고 있었다.

"그래서 내 오토매틱 레비투스가 제대로 작동은 했니?" 모우르무르가 물었다. "거미줄 함정은? 이사벨라의 말로는 네가 뱀파이어를 놓쳤다고 하던데 설마 내 발명품 때문은 아니겠지?"

"고맙습니다, 나는 괜찮아요." 타라가 대꾸했다. "걱정해주셔서 고맙습니다."

"뭐라고? 내가 뭘 걱정해?" 발명가는 참지 못하고 재촉했다. "내 발명품이 어땠냐니까?"

타라는 한숨을 내쉬었다. 모우르무르 할아버지에게는 '이건 이렇고, 저건 저렇다' 식으로 꼭 집어서 말해줘야지 암시를 하거나 함축된 뜻을 전혀 알아채지 못했다.

타라는 단념했다.

"거미줄 함정은 아주 괜찮았어요." 타라는 자이언트 거미 중 한 마리를 가리키면서 말했다. "트르르르에게 고마워해야겠어요, 훌륭했거든요. 반면에 레비투스는 그리 빠르지 않았어요. 그걸 날렸는데 자르가 주문을 읊어서 바위와 함께 공중 부양을 했으니까요. 속도가 더 빨라야지 그 정도로는 아무짝에도 소용없어요."

모우르무르는 머리를 긁었다.

"순간이동 같은 레비투스가 필요하단 말이지? 흠…… 속도를 높이는 것이야 불가능한 건 아닌데 그게……."

모우르무르는 뭐라고 구시렁거리는 것으로 말끝을 흐렸다. 귀에서 연기만 나지 않을 뿐 발명가는 깊은 생각에 잠겨 있었다.

일단 보고를 끝냈기 때문에 타라는 조용히 잠을 자러 갈 생각이었다. 지금부터 며칠 동안 모우르무르는 레비투스의 문제점을 해결하는 데 전념할 것이다. 자르는 두고 보면 알 테고!

망구스가 다가왔는데 어두운 얼굴이었다. 모우르무르가 저택에 들이닥치면서부터 쉰 살이 넘은 젊지 않은 나이에 졸지에 발명가의 조수가 된 망구스는 불룩하던 뱃살이 빠지기 시작했다.

오, 그나마 남은 머리카락마저!

"아가씨, 미친 과학자가 한 번만 더 나한테 폭발물에 무엇이든 쏘으라고 시키면 살인이라도 저지를 것 같아요." 망구스가 타라에게 하소연했다. "왜 죽였느냐고 쫓아다니는 그의 유령에게 평생 동안 시달림을 받는 한이 있어도 말이에요."

눈은 물론이고 눈썹까지 빨개진 망구스는 피곤에 지친 표정이었다.

"미안해요, 망구스." 타라가 위로했다. "하지만 지구에 셈샤나쉬가 점점 많아지고 있어서 우리에게는 그분의 발명품이 정말 필요해요. 이런 식으로 계속 많아지면 감시 팀을 배치해야 될 거예요. 아니면 지구인들이 이빨이 아주 긴 괴물들이 존재한다는 걸 너무 빨리 알게 되니까요."

"나는 조수가 되겠다는 사인도 하지 않았는데……." 망구스는 검댕이 묻은 소매를 털면서 반박했다. "내가 원하는 건 아가씨의 할머니이자 강력한 마법사이신 덩컨 부인을 보좌하는 것이지 미치광이 발명가의 모르모트 노릇이 아니라고요!"

그때 비명소리가 들렸다. 모우르무르 앞에 있던 타월이 맞은편으로 나가동그라지는 순간 저택이 번개처럼 충격을 완화시키기 위해 벽을 스펀지로 바꿔놓았다. 그러고는 불쌍한 타월을 타라와 망구스 앞에 조심스럽게 데려다 놨다.

사팔눈이 된 타월이 아직도 빙글빙글 도는지 일어나지 못하자 망구스가 손을 잡고 일으켜주었다.

"아이고, 아이고!" 타월이 신음소리를 냈다.

타월은 이 소리밖에 낼 수 없었다. 순간이동 레비투스가 실패한 것이었다. 타라는 타월에게 안쓰러운 미소를 지어 보이고는 모우르무르에게 붙잡히기 전에 달아났다.

어깨에 올라앉은 갈랑과 함께 엘리베이터를 거들떠보지도 않고 층계를 뛰어올라갔다. 몇 개의 복도를 지나 마침내 자신의 방이 있는 층에 이르렀다. 저택의 변덕 때문에 타라의 방은 다소 높은 층에 있었다. 잠자러 가는데 수백 개의 계단을 올라가지 않는 것만으로도 행운이었다.

지구에서는 변화가 심한 마법 때문에 이틀 동안 엘리베이터가 정지된 뒤로 사람들은 이용을 꺼리고 있었다.

게다가 지구에서는 마법이 약하기 때문에 저택은 전력처럼 마법을 저장해서 관리해야 했다. 이따금 변덕을 부려서 탈이지만.

저택은 헬스 프로그램이 필요한 사람들이 있다고 알리면서 식당과 주방에서 흡수한 칼로리에 따라 층계를 오르도록 관리하고 있었다. 이때부터 밖으로 나가서 외식하는 사람이 늘어났다. 그 바람에 근처의 제과점이 돈을 벌고 있었다.

타라와 갈랑은 방으로 들어갔다. 널찍한 방은 숲 쪽으로 완만한 경사를 이루는 공원 쪽으로 나 있었다. 아더월드에서 죽을 고비를 몇 번이나 겪으며 너무 살벌하고 삭막하게 살았기 때문에 지구에서는 방을 여성스럽게 핑크와 와인 색으로 꾸몄다. 변화를 좋아하면서도 한동안 잠잠하던 저택이 어느 날 타라의 방을 천장부터 바닥까지 금빛으로 바꿔놓았다.

번쩍거리는 방은 흡사 열기 없는 태양의 중심 같아서 눈이 부셨다. 저택에게 핑크와 와인 색으로 바꿔달라고 설득하는 이틀 동안 선글라스를 끼고 지내야 했다.

타라의 목덜미에 달라붙어서 약간의 피를 얻는 대가로 코디네이터/무기고/보디가드/은행/……의 역할을 하는 체인지라인이 옷을 벗겨주었다. 타라는 안도하면서 샤워기 밑에 섰다. 물의 원소는 뜨거운 물을 쏟아지게 했다. 절로 기분이 좋아지며 긴장이 풀렸다. 늘 그렇듯 타라는 샤워하면서 상황 판단을 했다.

친구들의 소식을 전혀 모르고 있었다.

타라는 그것이 가장 견디기 힘들었다.

리스베스 고모가 블랙아웃 명령을 내려서 타라와 아더월드 사이는 통신이 두절되어 있었다. 페스트에 걸린 전염병 환자도 아닌데 이런 식으로 아무도 못 만나게 격리시키는 것으로도 모자라서 연락도 못 하게 하다니…….

타라는 샤워기 밑에 머리를 들이밀고 물이 마치 수많은 손가락처럼 두피를 마사지하게 내버려두었다. 면허 받은 도둑 칼, 빨간 머리 난쟁이 전사 파프니르, 멋진 하프엘프 로빈, 랑코비트의 야수 무아노, 늑대인간 파브리스. 타라는 친구들을 정말 사랑했고, 보고 싶어 미칠 지경이었다. 지구인 친구 베티와 인간으로 둔갑한 드래곤 살루가 할머니의 저택에서 200미터쯤 떨어진 곳에 살고 있어서 그나마 다행이었다.

아더월드에서 끔찍한 경험을 한 베티는 타라에 대해 모든 걸 알게 되었다.

정말 위안이 되었다. 베티와 함께 있으면 아무것도 감출 필요가 없었다. 이따금 이상한 일이 하도 많이 생기기 때문에 타라는 또래의 친구와 얘기할 필요가 있었다. 베티의 도움이 없었다면 아마 미쳤을 것이다.

그런 데다 할머니 이사벨라는 타라를 고등학교에 보내는 것으로 상황을 아주 복잡하게 만들었다. 타라는 할머니의 머릿속에 무슨 꿍꿍이가 있는지 전혀 알 길이 없었다. 타라에게 불쾌감을 표시하는 수많은 방식 중 하나일까? 타라로서는 아더월드에서 받은 교육이 지구의 교육보다 천 배는 더 어렵고 복잡하기 때문에 수학과 물리 수업을 따라가는 것이 그리 힘들지는 않았다. 하지만 셈샤나쉬들이 밤낮으로 나타나서 사고를 치는 통에 학교 공부에 집중할 수가 없었다. 지구인과 아더월드인으로서의 의무를 동시에 지켜야 하는 타라는 이따금 마법으로 비마들의 정신을 조작하여 날마다 학교에 출석하고 있다고 믿게 만들 수밖에 없었다.

전화위복이라고나 할까. 뱀파이어들은 어른들보다 남의 말을 쉽게 믿고, 다루기 쉽고, 유혹하기도 쉬운 고등학생들을 노렸다. 무엇보다 뱀파이어에게 깨물렸다고 말하는 학생이 있어도 '공상과학영화를 너무 본 거 아냐?' 하는 얼굴로 쳐다볼 뿐 그 말을 믿는 사람이 없었기에 제격이었다.

게다가 뱀파이어들은 신중해져 있었다. 희생양들의 피를 다 빨아먹는 것이 아니라서 시신이 없으니 경찰 수사도 필요 없었다. 다만 희생양은 깨어나면서 심한 빈혈을 느끼고 목이 좀 아픈 정도였다.

그래서 베티와 살루가 많이 도와주었다. 베티와 살루도 타라와 함께 고등학교에 다녔는데 살루는 드래곤들의 과학과 의학이 지구보다 훨씬 앞서 있다는 걸 지적할 수밖에 없었다. 베티는 살루의 입단속을 하려고 옆에 붙어 다니는데도 살루가 수업 중에 걸핏하면 비웃기 때문에 곤혹스러울 때가 한두 번이 아니었다. 뱀파이어들을 사냥할 때는 베티와 살루가 함께 사는 것이 도움이 되었다. 베티가 미끼 노릇을 하고 살루가 뱀파이어를 묵사발로 만드는 작전이었다. 한두 번은 통했지만 베티가 하마터면 당할 뻔했다. 그래서 타라가 베티 대신 미끼 노릇을 했다. 방어할 마법 능력이 없는 베티보다는 자신이 덜 위험하기 때문이었다.

타라는 뱀파이어들의 대통령이 뭘 하는 건지 이해가 되지 않았다. 누구보다도 먼저 특별수사대를 파견해서 셈샤나쉬를 추적할 텐데……. 몇 달 전부터 지구에 뱀파이어 반역자가 점점 늘고 있었다. 그래서 크라살비에 메시지를 계속 보내는데도 특별수사대는 코빼기도 보이지 않았다.

무슨 일이 생긴 것이 틀림없었다. 몇 년 전 처음 마법에 대해 알았을 때의 순진한 타라가 아니었다. 이제는 무의식 속에서 위험 신호가 감지되었다.

타라는 물의 원소에게 중단하라는 신호를 보냈다. 바람의 원소가 몸을 말려주자 체인지라인이 머리를 빗겨주고 나서 예쁜 잠옷을 입혀주었다. 타라는 양치를 하고 침대에 누웠다.

갈랑의 보드라운 털을 쓰다듬으면서 한숨을 쉬었다. 그러고는 페가수스의 날개에 얼굴을 묻고 등을 토닥여주었다. 신선한 풀과 향기로운 건초를 먹은 덕분인지 상큼한 냄새를 풍기면서 갈랑이 행복한 울음소리를 냈다. 타라는 갈랑이 마사지를 아주 좋아한다는 걸 알고 있었다. 아더월드에서는 많이 돌봐주지 못했지만 지구에 있게 되면서부터 아름다운 은빛 페가수스와의 관계가 긴밀해져 있었다. 한밤중이나 구름이 잔뜩 낀 날 정도만 공원의 상공을 날 수 있는 게 고작인데도 함께 시간을 보낼 때는 정말 행복했다.

어느 날은 하늘을 날면서 갈랑이 똥을 갈긴 적이 있었다. 하필이면 그때 지나갈 게 뭐람, 술에 취한 남자가 비틀비틀 걷다가 그 똥을 뒤집어쓸 줄이야. 다음 날 문제의 남자가 날아다니는 외계인들이 똥으로 공격했다고 떠들고 다니자 그 소문이 삽시간에 마을에 퍼졌다. 하지만 마을 사람들이 재미있어하면서 우스갯소리로 넘겼기에 타라는 기억을 지우는 주문을 날릴 필요가 없었다.

로빈이 너무 보고 싶은 타라는 갈랑에게 이따금 아더월드의 아름다운 페가수스들이 그립지 않느냐고 물었다. 갈랑은 머리를 흔들면서 하품하는 것으로 답변을 피했다. 하지만 갈랑이 아더월드로 돌아가기를 얼마나 애타게 기다리는지 쉽게 짐작할 수 있었다. 이럴 때마다 타라는 아버지를 소생시키겠다고 법을 어기는 바람에 추방된 것이 정말 후회되었다.

새벽 2시 반이 넘었는데도 금방 잠이 오지 않을 것 같았다. 눈을 감자마자 사랑하는 로빈의 모습이 떠올랐다. 애정이 가득한 아름다운 크리스털 눈, 환하게 미소 짓는 얼굴이 어른거렸다. 로빈이 가장 그리웠다. 로빈의 따뜻한 품에 안겨서 함께 숨 쉬면 정말 보호받는 느낌이 들었다. 타라는 한숨이 나왔다. 느긋한 마음으로 사랑을 받아본 지가 언제인지 까마득한 옛날 같았다.

타라는 로빈에게 연락하려고 노력했지만 연결이 되지 않았다.

아더월드의 마법 저장소인 살아있는 돌도 온갖 술책을 다 써봤지만 오무아 제국의 통신망이 마법이든, 전자공학이든 외부 접속을 완전히 차단하고 있었다. 이런 도전을 받게 된 살아있는 돌은 몹시 짜증날 뿐이었다.

살아있는 돌이 흥분하면 타라와 마찬가지로 의외의 사건을 일으킬 수 있다는 것이 문제였다.

통신을 담당하는 수많은 기사들이 갑자기 파리를 아주 좋아하는 초록색의 끈적거리는 동물로 둔갑한 적이 있었다. 살아있는 돌이 통신망을 차단한 암호를 깨뜨리는 데 실패한 것이다.

성난 개구리들이 잔뜩 우글거리는 상자를 짊어진 아더월드의 심부름꾼들이 쏟아져 들어오자 타라는 살아있는 돌에게 당장 그만두라는 지시를 내려야 했었다.

오, 아더월드의 모든 신이시여! 지구에 온 지 거의 1년이 되어가고 있었다. 친구들을 보지 못한다는 것은 참을 수 없는 고통이었다. 물론 타라는 할머니 이사벨라나 사냥개로 둔갑해 있는 증조할아버지(외외증조부가 정확한 호칭이지만 증조할아버지로 통일함—옮긴이) 마니투—지구에 와 있었다—를 통해 아더월드의 소식을 듣고 있었다. 하지만 거인들과 난쟁이들이 무역협정을 체결하든 말든 그런 것에 관심도 없고, 알고 싶지도 않았다. 타라는 그저 친구들과 얘기하고 싶을 뿐이었다.

이따금 친구들에게 잊힌 것은 아닌지 의문까지 들었다. 물론 바보 같은 생각이다. 끝까지 도와주고 지지해주었던 친구들인데. 하지만 그들의 이 긴 침묵은 타라에게 아무런 관심이 없다는 증거가 아닐까?

갑자기 심장이 오그라드는 것 같았다. 아니, 아니, 그런 생각은 하지 말아야지. 의기소침하면 안 돼! 나도 연락할 방법을 찾지 못했잖아.

하지만 잠들기 전에 또다시 타라는 자신이 생각하는 것만큼 친구들도 자기를 생각하는지 의문이 들었다.

그리고 며칠 후에 맞이할 가슴 아픈 일을 생각했다.

며칠 있으면 타라의 생일이었다.

유혹 주문

하필이면 물냉이−당근−파−감자 수프 그릇에
얼굴을 처박고 생을 마감하다니

*

타라의 생일이었다. 이제는 오무아의 후계자가 아닌데도 새벽부터 선물이 답지했다.

리스베스 여제가 타라에게 어떤 우편물도 보내는 걸 금했기 때문에 오무아만 제외되어 있었다.

그러나 아더월드 여러 나라의 궁인들은 정치라는 것이 얼마나 변화가 많은지 잘 알고 있었다. 따라서 타라는 아더월드의 방방곡곡에서 오는 값비싸고 거추장스러운 선물들(특히 아기 드래코−티라노사우루스, 안개 대양의 사이렌과 트리톤들이 보내준 붉은색의 거대한 발분, 살테렌스의 카샤가 선물한 사막의 초록 사자 두 마리)에 파묻혀버렸는데 대부분 지구에서는 처치 곤란한 것이었다.

맙소사!

저택의 식구들은 아기 드래코-티라노사우루스를 공원에 놓아주었다. 신바람이 난 모우르무르는 즉시 이 아기 드래코가 배가 고플 때 마음껏 먹을 수 있게 해주는 기구를 발명했다. 이 기구를 목에 매달아놓으면 제일 좋아하는 살찐 브르르르아아아의 이미지를 투사하기 때문에 동물을 쫓느라고 운동을 하게 되고, 아기 드래코가 브르르르아아아를 따라잡았다고 느끼는 순간 신선한 살코기로 유형화되는 기능이 있었다.

물론, 불청객이 공원으로 들어왔다가 다칠 경우는 아기 드래코-티라노사우루스가 모든 책임을 뒤집어쓰게 되는 것이지만.

어쩌면 아기 드래코가 다이어트를 하기로 마음을 바꿀지도 몰랐다.

사자 두 마리도 마찬가지였다. 하지만 드래코보다 더 영리하고 게으른 사자들에게는 살코기를 코앞에 나타나게 했다. 이런 식이면 머지않아 뒤룩뒤룩 살이 쪄서 뚱보 사자들이 되겠지만, 불청객이 공원에 나타날 경우에는 아기 드래코와 마찬가지로 사자들이 모든 책임을 뒤집어쓰는 것이고.

다행히도 저택에 거주하는 이들과 공원 입구에서부터 저택으로 이르는 길은 마법의 보호를 받고 있었다.

안개 대양의 사이렌과 트리톤들이 전 후계자가 계속 신선한 젖과 버터를 먹을 수 있도록 보내준 붉은 발분을 위해 저택은 짠물 호수를 만들었다(별안간 터전을 잃은 개구리들은 당황했고, 짠물에서는 알을 까지 못하는 모기들에 대한 식욕도 떨어졌다). 모우르무르가 발빠르게 지구에 발분 양식장을 만들 계획을 세우자 이사벨라는 자본주의적 사고방식에 제동을 걸었다.

모우르무르는 그래도 세계에서 가장 맛있는 젖을 생산하는 붉은색 발분을 활용하자는 것이라며 이사벨라를 설득했다. 발분의 노래는 훌륭한 가수로 통할 수도 있었다.

저택의 식구들은 타트리스족이 보내준 피라미드를 축소시켰다. 타트리스족이 이집트와 아메리카, 유럽에 피라미드를 세운 이유를 모르지만, 수학과 시공간의 관리와 연관이 있었다. 타라는 타트리스 국가에서 왜 피라미드를 선물했는지 이해가 되지 않았다. 게다가 피라미드 안에는 순금 석관묘가 들어 있는데(왜 석관묘가 들어 있을까?), 붕대로 싸맨 미라가 없는 건 그나마 천만다행이었다.

살을 아귀아귀 파먹는 쇠똥구리도 없었다.

그리고 수십 개의 보석과 신기한 기구, 묘약, 마법 도구들은 저택의 깊이를 알 수 없는 지하실로 가져갔다.

타라는 답례로 써 보내야 할 카드 더미를 상상하면서 한숨을 쉬었다. 이렇게 말하면 실례일지 모르지만 많은 선물 중 어떤 것도 애정이 담긴 것이 없었다. 하나같이 이해타산을 따져서 보낸 것들이었다.

이사벨라는 선물을 주지 않았다. 아직도 손녀에게 화가 많이 나 있다는 뜻이었다.

누나라고 부르지도 않을 정도로 타라를 좋아하지 않는 자르의 선물도 없었다. 반면에 마라는 면허 받은 도둑의 작업복을 보내주었는데…… 맙소사, 두 사이즈나 작은 것이었다.

타라는 이상한 선물이라고 생각하면서 동봉한 크리스털 볼을 작동하자 마라의 메시지가 나타났다.

"내 말 잘 들어." 어머니 셀레나를 빼닮은 여동생의 이미지가 말했다. "이 끔찍한 상황에서 나를 구해줘. 내가 보낸 작업복 봤지? 내 옷이야. 자랑스러운 도둑의 작업복 맞아. 인형처럼 옷을 입혀놓고 이거 해라, 저거 해라, 온갖 간섭을 하는 후계자 수업은 정말 지긋지긋해. 게다가 자르는 자기가 선택되지 않았다는 이유로 나를 얼마나 미워하는지 굳이 말할 필요도 없고. 언니가 돌아와야 해, 알았지? 난 정말 더는 참을 수가 없어!"

갑자기 메시지가 꺼졌다. 약간 흔들리다 다시 켜졌을 때 타라는 흠칫 놀랐다.

"생일 축하해." 마라는 어색한 미소를 지으면서 덧붙였다. "랑코비트의 면허 받은 도둑들을 통해서 보내야 했어. 우리의 고모가 공식적으로는 타라의 '타' 자만 꺼내도 격분하기 때문에. 하지만 비공식적으로는 고모가 언니를 많이 그리워하고 있다고 생각해. 옷의 주머니 안에 선물을 넣어놨어."

이번에는 크리스털 볼이 꺼졌다.

타라는 작업복 주머니에 손을 넣으면서 빙긋이 웃었다. 빛을 흡수하는 천의 주머니 안에 일종의 카세트가 있었다. 타라가 추방된 뒤로 아더월드에서 출시된 음악과 미술, 영화 분야의 모든 것이 들어 있었다. 카세트를 건드리면 홀로그래피 이미지가 튀어나와서 가로와 세로가 2미터 크기로 펼쳐졌다. 음향은 완벽했다.

마라는 화가 나 있으면서도 선물을 보내주었다. 타라는 감동을 받았다. 남동생 자르와 여동생 마라랑 어릴 적에 함께 살아본 적이 없어서 친동생들인데도 사이가 많이 서먹했다.

시간이 흐를수록 타라는 초조해졌다. 친구들에게서는 소식이 감감

했다.

또다시 끔찍한 생각이 들었다. 친구들이 나를 원망하고 있는 걸까? 관계를 완전히 끊어버릴 정도로? 전화조차 걸어주지 않는 친구들, 그 점은 이해가 되었다. 타라 역시 여러 번 시도했지만 전화 연결이 전혀 되지 않았으니까. 하지만 마라의 선물이 도착했다는 것은 친구들도 마음만 먹으면 소식을 전할 수 있다는 건데…….

이내 타라는 부끄러움을 느꼈다. 시계를 봤는데 오후 4시였다. 아직 하루가 다 지난 것도 아니었다. 그리고 지금은 어머니와 만날 시간이었다. 늑대 둘의 호위를 받으면서 셀레나가 타라의 방에 도착했다. 늑대들은 곳곳을 다니며 냄새를 맡고, 문과 창문, 침대와 소파 밑을 확인하고 나서야 방을 나갔다.

딸의 생일을 축하해주기 위해 어머니 셀레나는 마니투와 함께 지구에 와 있었다.

리스베스 여제는 셀레나까지 딸을 만나지 못하게 할 수 없었다. 타라는 어머니가 선물한, 아더월드의 빨간색과 파란색 진주를 박은 아름다운 금목걸이를 목에 걸고 있었다.

셀레나는 새로운 연인 틸과 함께 와 있었다. 금지된 대륙 타투말렌쉬바르의 각 지방을 대표하는 늑대들이 대통령 틸을 수행하였다. 그래서 그 옛날 드래곤들의 왕에게 납치되어 억류되어 있던 아나자시 종족의 후예들, 즉 검은색 머리에 날카로운 이목구비를 가진 남녀 늑대인간들은 마치 자기들의 집인 양 저택을 점령하고 있었다.

오죽하면 저택이 영역 표시를 위해 오줌을 눌 경우는 가차 없이 침대에서 떨어뜨리겠다고 경고했을까.

그 경고에 늑대인간들은 웃음을 터뜨렸다. 진지하고 침착한 종족인 늑대인간들은 긴 세월 누리지 못했던, 아니 금지되었던 여러 가지 상황을 즐기는 법을 배우고 있었다. 폭군이었던 붉은 여왕은 노예들이 웃는 걸 좋아하지 않았기 때문이다.

타라는 늑대인간들에게 아주 소중한 존재였다. 늑대인간들이 오랜 노예 생활에서 해방된 것은 타라 덕분이었다(사실 정확하게 말하면 타라가 의도적으로 한 일이 아닌데 기정사실이 되어버린 것이다. 마치 어떤 일이 일어난 동기보다 그 사실의 결과를 기록하는 역사처럼).

타라는 아주 곤혹스러웠다. 그들은 타라를 여신처럼 떠받들었다.

함께 있을 때 타라의 냄새를 킁킁 맡는 것만 빼면 아주 착한 종족이었다.

아침에 늑대인간들이 도착한 뒤로 타라는 벌써 두 번이나 샤워를 했다.

타라는 냄새를 맡는 것이 늑대인간들의 의식에 속한다는 걸 잘 알고 있었다. 냄새를 맡는 것은 자기들과 다른 인간들을 식별하는 나름의 방식이었다. 하지만 타라는 늑대인간들이 냄새를 맡을 때마다 예민해지는 것은 어쩔 수가 없었다.

평소에는 어머니의 연인들을 아주 미워했다. 대부분 어리석었고, 메델루스는 몹시 위험한 인물이었다. 그런데 틸은 당당하고 신의가 있고 정직한 성품이라서 미워할 수 없었다. 거만하지 않고 친절한 데다 유능하면서도 우월감이 없었다. 타라는 유감스럽게도 틸에게서는 흠잡을 데를 찾지 못하고 있었다.

모든 대통령이 그렇듯 틸은 업무에 많은 시간을 보내고 있었다. 따라서 틸이 대통령인 자신을 보좌하러 지구에 와 있거나 아더월드에 남아 있는 장관들과 연락하는 동안 셀레나와 타라는 실컷 수다를 떨 수 있었다.

"엄마를 정말 많이 사랑하는 것 같아요." 타라가 말하는 사이에 틸의 보좌관 중 한 명이 여섯 번째로 셀레나에게 별일 없는지, 필요한 건 없는지 확인하러 들어왔다.

푹신한 안락의자에 앉은 셀레나는 기지개를 켜면서 활짝 웃었다. 그녀가 구불구불한 머리를 매끈하게 가다듬은 다음 앞머리를 내리자 훨씬 젊고 예쁜 눈이 또렷해 보였다. 금빛 퓨마 셈보르는 발치에 엎드려 있고, 셀레나는 하얀 등이 드러난 민소매 원피스 차림이었다. 타라가 아는 한 셀레나는 마법복을 거의 입지 않는 마법사 중 한 사람이었다. 셀레나는 옷매무새를 가다듬으면서 대답했다.

"인생은 선택의 연속이야. 책임져야 할 때도 있고, 후회할 때도 있지. 그래, 틸은 좋은 분이야. 다정하고 관대하고 재미있고. 아니 굉장히 진지하니까 재미있는 건 아니지만 유머는 있어. 셈보르와 사이가 점점 더 나빠져서 걱정이지만. 원래 늑대와 퓨마는 사이가 좋지 않으니까(셀레나는 가르랑거리는 패밀리어의 털을 쓰다듬었다). 하지만 중요한 건 틸이 나를 진정으로 사랑하고 있다는 거야. 나도 사랑하고."

타라는 가슴이 미어졌다. 아버지가 죽었다는 걸 알면서도 왠지 모르게 비욘드월드에 있는 아버지에 대해 미련을 버리지 못하고 있었다. 언젠가는 아버지, 어머니와 함께 사는 날이 올 거야.

늑대인간을 사랑하는 어머니가 그 꿈을 깨뜨리고 있지만.

"엄마, 인간이든 괴물이든 남성들은 왜 엄마만 보면 모두 사랑에 빠질까요? 아주 이상한 일이에요." 타라가 지적했다(오랫동안 정말 많이 생각했던 의문이었다). "드란보우글리스펜쉬르의 최고 비늘 드래곤 안드레아도 엄마에게 홀딱 빠졌었잖아요. 그리고 마지스터는 엄마에게 미친 거나 다름없고!"

셀레나는 부르르 떨면서 일어났다.

"나도 그게 의문이야. 네 아버지가 양탄자에서 뚝 떨어졌을 때 나는 어머니의 강요로 트레보르 달 멩그라 백작과 약혼한 상태였어. 백작은 친절한 사람이었지만 당시에는 전혀 마음이 끌리지 않았지. 차분하고 온화한 성품인데 발로르키데 재배에만 관심이 있는 거야."

셀레나는 얼굴을 찌푸렸다. 타라는 어머니의 마음을 이해할 수 있었다. 스무 살 때는 열정과 모험을 즐기고 싶은 시절인데 발로르키데에만 빠져 있었으니!

"차분한 성품이 얼마나 좋은 건지 그때는 몰랐거든." 셀레나는 아직 익숙하지 않은 앞머리를 옆으로 넘기면서 한숨을 쉬었다.

"그래서 아빠와 사랑에 빠졌군요."

"그건 아냐. 양탄자에서 떨어지면서 부상당했기 때문에 우리 집으로 데려가서 치료를 해주는데 나한테 기상천외한 찬사를 퍼붓는 거야. 결국 나는 사랑에 빠지게 되었어. 그렇게 열렬한 애정 표현을 받고 어떻게 넘어가지 않을 수 있겠니?"

타라는 소리를 내지 않고 숨을 들이쉬었다. 아! 나도 똑같은데! 관심을 갖기도 전에 소년들이 먼저 타라에게 빠지지 않았던가. 슬루르크! 혹시 유혹하는 주문에 걸려 있는 건 아닐까? 그런 의문이 든 적이 있었다. 타라가 아는 한 이토록 오랫동안 효력을 유지하는 주문은 없었다. 마법사들은 어떤 마법의 효력을 유지하려면 정기적으로 주문을 갱신해야 했다. 그런데 셀레나는 마지스터에게 10년 동안이나 억류되어 있었다. 따라서 무슨 마법이든 새로 작동하는 것은 불가능했다. 정말 이상한 일이었다.

"할머니가 트라비아에서 멀리 떨어진 사촌의 집으로 엄마를 데려가서 탑에 가뒀다고 했죠?"

셀레나의 얼굴에 미소가 번졌다.

"할머니가 신화를 너무 많이 읽었던 모양이야. 그런데 먼 사촌마저 나를 사랑하게 될 줄은 예상하지 못했지."

"그래서 아빠가 탑을 지키는 트롤들과 사촌을 때려눕히고 엄마를 구출해낸 거예요?"

"응, 정말 용맹했어. 트라비아로 돌아갔을 때 나는 난생처음으로 어머니에게 대들었지. 단비우와 결혼을 허락하든가 아니면 집을 나가서 절대로 돌아오지 않겠다고 맞섰거든. 어머니는 깜짝 놀랐지. 딸이 그렇게 반항한 적이 없었으니까. 어머니는 결국 받아들였어. 단비우를 싫어하면서도 어쩔 수 없이 손을 들고 말았지."

타라는 뻣뻣해지면서 갑자기 생각에 잠겼다.

"정상적인 일이 아니에요." 타라는 중얼거렸다.

"나도 같은 생각이야. 장모들은 원래……."

"아니, 그게 아니라…… 남자들이 우리와 사랑에 빠지는 것이 정상적인 일이 아니라는 거예요. 뭔가가 있는 것 같아요. 할머니에게 물어볼 게 있어서 일단 엄마한테 먼저 얘기를 꺼낸 건데 내 생각이 더

욱 굳어졌어요."

셀레나가 몸을 앞으로 숙였는데 불안 때문에 금빛이 도는 초록빛 눈이 어두워졌다.

"타라, 나도 뭔가 이상하다는 생각에 최고의 마법사들과 이름난 약제사들을 찾아다니면서 진찰을 받아봤어. 그들은 단호했지. 어떤 마법도 그토록 오랫동안 지속될 수는 없다고. 그런 마법은 존재하지 않는다고 했어. 이건 타고난 것으로 봐야 할 거야. 그러니까 우리가 매력적인 것은 집안의 내림이라고 할 수 있겠지."

타라는 입술을 삐죽거렸다.

"아니에요. 그럼 할머니는요? 무시무시하고 냉혹하고 조작이 능한 할머니는 매력적인 것과는 거리가 멀어요. 그리고 마라를 유심히 살펴봤어요. 자르와 마찬가지로 사람들에게 겁을 주고 있어요. 마라가 쫓아다녔던 걸 생각하면 벌써 오래전에 칼도 마라에게 빠졌어야 해요. 더군다나 지금은 엘레아노라도 죽고 없는데. 따라서 엄마와 나만 그런 거예요. 하지만 그렇게 오랫동안 효력이 유지되는 마법이 정말 없다면 엄마 말대로 집안의 내림이라고 할 수 있겠죠. 그러니까 어떻게 된 일인지 확인해야 돼요. 엄마, 우리는 확실히 알아야 해요. 이건 정말 중요한 일이에요."

셀레나는 타라가 무엇을 불안해하는지 잘 알고 있었다. 그 마음을 충분히 이해했다. 남자들의 마음을 사로잡았던 것이 마법 때문이라는 걸 알게 되면 딸은 자신감이 흔들릴 수 있었다. 그런데 타라는 어린 나이에 이미 너무 많은 시련을 겪지 않았던가.

타라가 벌떡 일어나자 깜짝 놀란 셀레나와 셈보르도 덩달아 일어났다.

타라가 보내는 무언의 지시에 복종하면서 갈랑은 정신적 동반자의 어깨에 날아가 앉았다.

"할머니에게 물어봐야겠어요." 타라가 단호하게 말했다.

"하지만……."

"엄마도 이상하다고 생각했으니까 마법사들을 찾아가서 알아본 거잖아요. 이번에 이 문제를 확실히 밝혀야 해요. 곧 돌아올게요."

셀레나가 눈살을 찌푸리면서 말했다.

"나도 같이 가자."

"엄마가 가면 할머니는 아무 말도 하지 않을 거예요." 타라는 반대했다. "엄마는……."

"나도 너 못지않게 모질게 할 수 있어!" 셀레나가 눈에 힘을 주면서 말을 잘랐다. "나는 어리석었던 거지 순하기 때문이 아냐. 네 아버지 단비우와 살 때는 행복했기 때문에 그런 의문이 들지 않았어. 그다음은 마지스터에게 납치되었기 때문에 더는 깊이 생각하지 못했고. 그리고 마침내 시간적 여유가 생기면서 의문이 들었어. 오무아와 타투말렌쉬바르에서 약제사들이 어떤 주문도 그렇게 오랫동안 지속적으로 많은 남자에게 영향을 줄 수 없다고 했어. 하지만 내가 여제 후계자의 어머니라는 것과 늑대인간들의 강력한 대통령의 연인이라는 걸 알 테니 다들 내가 듣고 싶어하는 말만 하지 않았겠니? 그러니까 이번에는 반드시 너와 내가 그 진상을 명백히 파악하는 거야. 어서 가자."

이사벨라는 커다란 거실에 앉아 있었다.

살아 있는 저택은 거실을 변형시켜놓았다. 사실, 커다랗다기보다 어마어마하게 크다는 표현이 맞을 것이다. 롤러스케이트를 타고 달려도 끝까지 가려면 족히 30분은 걸릴 것 같았다. 왁스로 반들반들하게 닦은 마룻바닥에 색색의 거미줄로 짠 고급 양탄자가 깔려 있었다. 그리고 아더월드와 지구의 모티프를 섞어놓은 이미지들이 벽에서 뛰놀고 있었다. 드래곤, 유니콘 같은 아더월드의 동물과 기린과 코뿔소, 오카피(기린과의 하나로 당나귀와 비슷하다—옮긴이), 오리너구리 같은 지구의 동물을 표현한 이미지들이었다.

아더월드의 예술가들에게는 지구의 동물들이 환상적으로 보이지 않았을까? 특히 오카피나 오리너구리는 여러 동물을 혼합해놓은 것 같기 때문에 당연히 신기하게 보였을 것이다.

이날, 이사벨라가 의상과 벽 색깔로 선택한 것은 파란색 계열이었다. 마지스터가 죽인 패밀리어 호랑이 이미지를 표현한 파란색 마법복 차림의 이사벨라는 지구에 출현한 마법사들에 관련된 최신 자료들을 살피고 있었다. 귀한 목재를 쪽매붙임한 커다란 책상은 서류와 홀로그램이 잔뜩 널려 있었다.

셀레나와 타라가 거실에 들어갔을 때 이사벨라는 혼자서 소리를 지르고 있었다.

"도대체 아더월드의 엘프 경찰은 뭘 하고 있는 거야? 공간이동의 문이 무슨 여과지도 아니고! 뱀파이어 반역자들이 왜 이렇게 몰려드는지 알 수가 없네. 이건 드라큘 대통령이 해결해야 했는데 대체 뭘 하고 있는 건지!"

이사벨라는 고개를 들다가 딸과 손녀를 발견했다.

"생일파티는 6시에 시작인데 너무 일찍 내려왔구나!" 이사벨라는 쌀쌀맞게 말하면서 마치 큰 선심이라도 쓰듯 덧붙였다. "그리고 오늘은 미션이 없다."

열여섯이 되는 생일이라서 셈샤나쉬 추적을 하루 면제해주는 걸 고맙게 생각하라는 말투였다.

"엄마에게 할 말이 있어서 왔어요." 셀레나가 응수했다. "타라와 나는 아주 이상한 사실을 알아챘거든요."

그렇게 말하면서 셀레나가 어머니를 향해 몸을 숙이면서 위협적인 태도를 보이자 이사벨라는 흠칫 놀랐다.

"엄마가 우리에게 주문을 걸어놨죠?" 셀레나는 단도직입적으로 물었다.

타라는 웃음을 꾹 참았다.

'뭐야, 나 못지않게 모질게 할 수 있다더니 겨우 요거였어?'

하지만 이사벨라는 당황하기는커녕 호기심이 가득한 얼굴로 빤히 쳐다봤다.

"마법을 걸어? 내가 왜?"

"남자들이 우리를 사랑하게 만드는 마법을 걸지 않았어요?"

이사벨라는 초록빛 눈을 찡그렸다.

"그런 마법이 존재한다면 오래전에 특허를 내서 상품화했을 거다. 그랬으면 백만장자가 되었을 텐데. 따라서 너희에게 마법을 걸지 않았다가 내 대답이다."

타라가 질문하지 않은 것은 정말 잘한 일이었다. 성급함 때문에 할머니의 눈에서 미세한 떨림을 놓쳤을 테니까.

할머니는 거짓말을 하고 있었다. 태연자약하지만 거짓말이었다.

타라가 깜짝 놀라는 시늉을 하자 셀레나는 눈치를 챘다.

"엄마! 나 그렇게 바보 아니거든요! 오늘은 내 딸 덕분에, 남자들이 끊임없이 나에게 매혹되는 것에 대해 강한 의문을 갖게 됐어요. 지금 내 곁에 틸이 없다면 아마 아더월드에서 가장 영향력 있는 늑대인간 수백 명에게서 프러포즈를 받았을 거예요. 도대체 우리에게 무슨 짓을 한 거예요?"

"아니라니까!" 이사벨라가 화를 벌컥 냈다. "네가 예뻐서 남자들이 좋아하는 건데 그게 내 잘못이니?"

타라는 할머니의 역정에 콧방귀를 뀌었다. 플랜 A가 통하지 않는단 말이지! 그럼 곧바로 플랜 B로 돌입.

"그래서 우리가 자꾸 위험에 빠지는 거예요." 타라는 조용히 끼어들었다. "특히 엄마는 스스로 감당할 수 없을 정도예요. 마지스터 때문에 엄마는 여러 번 죽을 뻔했어요. 그리고 그 영향이 나한테도 미쳤다고요, 할머니! 마지스터의 아들 실버도 원래는 여자에게 무관심했는데 나에게 반했고, 내가 형제처럼 생각하는 파브리스도 그랬단 말이에요. 더는 안 되니까 끝내야 해요, 할머니. 또 다른 재앙이 일어나기 전에."

"내 조상들의 피에 걸고 분명히 말하는데 난 너희에게 마법을 걸지 않았어!" 이사벨라가 고함을 질렀다.

하지만 할머니가 거짓으로 화를 내고 있다는 걸 간파한 타라는 속으로 말했다. '오케이, 플랜 B도 안 통한단 말이지, 그럼 플랜 C로 전환!'

플랜 D는 없기 때문에 타라는 제발 잘되기를 빌면서 말했다.

"그럼 모우르무르 할아버지에게 부탁할게요." 타라가 차분하게 말했는데 목소리에 자신감이 넘쳤다. "상대를 공격하기 전에 어떤 묘약이나 주문의 보호를 받고 있는지 확인하는 기발한 것을 발명했어요. 그런데 아주 복잡하게 얽힌 주문도 있기 때문에 지금은 여러 개의 주문을 벗겨낼 수 있는 조치를 취하고 있거든요. 우리는 결심이 섰어요."

모우르무르는 그런 것을 발명하지 않았는데 타라가 속임수를 쓴 것이다. 이사벨라의 눈에 아주 잠깐 불안한 빛이 번뜩였다. 하지만 노련한 마법사 이사벨라는 그렇게 만만한 상대가 아니었다. 모호한 손짓을 하면서 또다시 큰소리쳤다.

"그래, 나를 믿든지 말든지 너희 마음대로 해! 모우르무르는 아무것도 찾아내지 못할 테니까!"

타라는 빙긋이 미소를 지었다. 상어의 미소라고 해야 할까. '마음대로 생각하세요. 마지막에 웃는 건 나니까!'

"엄마?"

"응?"

"할머니랑 여기 계실 수 있죠? 나는 가서 그 발명품을 갖고 곧 돌아올게요."

이사벨라의 얼굴이 일그러졌다. 셀레나와 타라가 실험실로 내려가는 사이에 할머니가 모우르무르에게 연락할 것을 예상하고 타라가 미리 선수를 친 것이었다.

너무나 순간적이라서 이사벨라의 난처한 표정을 알아채지 못한 셀레나는 몇 분 전부터 등 뒤에서 대기하는 안락의자에 앉았다. 그러고는 주문을 읊어 따뜻한 차 한 잔을 불러냈다.

"걱정하지 마, 내 딸. 여기서 가만히 기다리고 있을게."

"하는 수 없구나. 유혹의 묘약을 조금, 아주 조금 썼는데 효과가 그렇게 좋을 줄이야!" 이사벨라는 도리어 분통을 터뜨렸다. "이왕 그렇게 됐는데 지금 와서 뭘 어떡하라고?"

타라는 다리가 후들거렸지만 충격을 받은 얼굴로 할머니를 향해 걸어갔다.

"설마 할머니가 정말 그런 거예요?"

셀레나가 부르르 떨면서 벌떡 일어나는 바람에 찻잔이 깨지고 안락의자는 자빠졌다. 안락의자가 일어나려고 뒤뚱거리는 사이에 셀레나는 어머니를 노려봤다.

"오, 내 조상들의 피여! 나한테 왜 그랬어요?"

"너는 트레보르와 결혼할 생각이 없고, 그 멍청한 인간은 빌어먹을 놈의 꽃에 미쳐서 너에게 마음을 주지 않았어." 항복할 수밖에 없게 된 이사벨라가 말했다. "그래서 내가 아버지 마니투에게 트레보르의 눈에 네가 매혹적으로 보이게 만드는 묘약과 주문을 부탁했다. 그런데 아버지가 만드는 것이 모두 그렇듯 배합이 잘못됐는지 부작용이 생겼어."

아연실색한 셀레나는 손으로 입을 가렸다.

"오, 아더월드의 신들이시여! 단비우가 나를 사랑한 것도 그거 때문이었어요?"

퓨마가 항의의 표시로 으르렁거렸다. 이사벨라는 어깨를 으쓱했다.

"그래, 그랬을 거다. 효과가 순간적인 것으로 끝나야 하는데 그렇지 않아. 가까운 친척을 제외한 모든 남성을 사로잡았으니까. 바리우스 남작의 경우는 나도 깜짝 놀랐다. 아버지와 나는 이유를 알아내서 바로잡으려고 계속 노력했어. 하지만 아버지가 인간으로 돌아오지 못하게 된 뒤로는 묘약의 효과를 제거할 수 없게 되었다."

타라는 울컥했다.

"나한테도 똑같은 일이 일어나고 있어요, 이사벨라.(이런 엄청난 잘못을 저질렀는데 할머니라고 부를 이유가 없지!) 나도 엄마처럼 유혹의 마법에 걸려서 그런 거예요?"

타라는 가슴 한편으로는 할머니가 아니라고 대답하기를 바랐다. 하지만 이사벨라는 초록빛 눈으로 손녀의 쪽빛 눈을 응시하면서 고개를 끄덕였다.

"맞아. 사내아이들의 눈에 네 모습은 완벽한 이상형이지. 남자들이 늘 꿈꾸는 미의 화신이니까."

경악하는 손녀의 얼굴을 보면서 이사벨라는 달래듯 말했다.

"하지만 그 주문은 여자들에게는 통하지 않아. 따라서 네 여자친구들은 유혹 주문과 아무런 관계없으니까 그건 의심하지 않아도 된다."

타라가 눈을 감자 눈물이 주르륵 흘러내렸다.

"내가 믿고 있는 모든 것, 로빈의 사랑, 칼과 파브리스의 애정, 그게 다 가짜였다는 거잖아요? 빌어먹을 놈의 마법 때문에!"

타라는 눈을 뜨고 할머니를 쏘아봤다.

"할머니가 미워요!"

그렇게 말하고 타라가 뛰쳐나가자 페가수스가 허겁지겁 날아갔다.

또 자빠뜨릴까 봐 안락의자가 뒷걸음칠 준비를 하고 있다는 걸 아는지 모르는지, 셀레나는 안락의자에 털썩 주저앉았다.

"뭐든지 엄마가 원하는 대로 되어야 직성이 풀리는 거예요?" 셀레나는 신랄하게 쏘아붙였다. "우리 인생인데 그런 것까지 개입하다니 엄마가 얼마나 끔찍한 폭군인지 알아요? 엄마가 선택한 남자와 결혼시키겠다고 딸에게 마법을 사용한다는 것이 말이 돼요? 엄마가 어떻게 딸의 인생을 망가뜨릴 수 있어요?"

하지만 이사벨라는 물러서지 않고 반격했다.

"내가 네 인생을 뭘 그렇게 망가뜨렸는데? 트레보르는 훌륭한 신랑감이었어. 부자에다 랑코비트 서열 6위의 왕위 계승자니까 행복하게 살았을 거야. 그리고 결과적으로는 그 묘약에도 불구하고 너는 사랑하는 남자와 결혼해서 예쁜 아이를 셋이나 낳았잖아. 그리고……."

"그리고 내 남편을 죽인 끔찍한 인간에게 납치되어 10년 동안 억류된 채 내 딸과 헤어져 살았죠! 그걸 잘 알면서도 엄마는 사과는커녕 아무런 노력도 하지 않았어요. 엄마가 한 일이니까 엄마가 해결해요. 내 인생을 망치는 것으로도 모자라서 엄마가 내 딸의 인생까지 망치게 내버려두지 않겠어요, 절대로!"

이번에는 이사벨라가 벌떡 일어났다. 묵직한 안락의자는 자빠지지 않았다.

"내가 아무런 노력도 하지 않았다고? 너 어떻게 그런 말을 할 수 있니?" 화가 난 이사벨라는 거칠게 내뱉었다. "그놈의 삼류 화가와 너를 묶어버린 주문을 풀기 위해 내가 얼마나 별의별 짓을 다 했는데!"

"나와 단비우를 이혼시킬 생각으로 묘약의 효과를 제거하기 위해 노력한 건 아니고요?" 감정이 격해진 셀레나가 눈을 부릅뜨면서 맞섰다.

"당연하지!" 이사벨라는 마지못해서 대꾸했다. "오무아의 황제였는지 몰랐으니까. 너를 이용하려는 건달이라고 생각했어. 하지만 그 묘약이 생식기능에 효험이 있는 게 아닌지 의심이 들 정도로 빨리 임신을 했지. 타라가 태어나면서 단비우와 너를 떼어놓는 것이 소용없게 되었어. 아이에게는 아빠가 필요하니까. 네 말대로 나는 폭군일지도 모르지만 공정하지 못한 사람은 아니다. 네가 단비우와 살면서 인생을 망치려고 해서 나는 할 수 있는 모든 노력을 했던 거니까. 물론 내가 원한다고 해서 가능한 일도 아니었고. 아무튼 아버지 마니투는 묘약에 넣었던 재료를 기억하지 못했고, 여러 가지 실험을 해봤지만 제대로 듣지 않았어. 다만 한 가지 실험, 사람들이 나를 두려워하게 만드는 실험은 성공했지."

이사벨라의 하얀 얼굴에 흡족한 미소가 번졌다.

셀레나는 거칠게 숨을 들이쉬었다. 자신이야 묘약과 주문 때문이라는 걸 모른 채 이왕 오랜 세월을 살았으니 어쩔 수 없다지만, 딸의 인생까지 망치게 놔두어서는 안 될 일이었다. 앞으로 누군가가 사랑을 고백할 때마다 딸 타라가 진정한 사랑이 아니라 묘약의 효력이라고 의심할 걸 생각하면…….

"왜 지금까지 숨겼어요?"

이사벨라는 대답하지 않으려고 하다가 딸의 단호한 눈빛을 보면서 항복했다.

"지금도 산도르와 결혼하길 바라기 때문에."

셀레나의 눈이 휘둥그레졌다.

"산도르? 황제요? 엄마, 미쳤어요?"

"내 딸은 그럴 자격이 있어. 랑코비트는 그리 큰 왕국이 아닌 데 반해 오무아는 거대한 제국이니까."

이사벨라의 눈이 반짝이고 목소리는 흥분해 있었다.

"리스베스에게 무슨 일이 생길 경우, 여제에게 자식이 없으니 네가 산도르와 결혼하면 타라가 다시 후계자가 되는 거야. 아주 순조롭게 진행될 수 있어. 산도르는 이미 너를 사랑하고 있으니까."

어머니의 파렴치함에 어이가 없는 셀레나는 말문이 막혔다.

"이번에는 산도르가 마음에 들어요? 틸은 왜 안 되는데요? 늑대인간들과 거대한 대륙의 대통령인데."

"그깟 후진국의 대통령이 뭐가 좋다고!" 이사벨라는 거만하게 응수했다. "내가 늑대인간이 아니고, 늑대인간이 될 생각도 없기 때문에 틸은 내 충고를 들으려고도 하지 않을 것이고. 하지만 산도르는 아더월드를 위해 최선을 다하는 일이라면 내 말에 귀를 기울일 테니까!"

"오, 아더월드의 신들이시여!" 셀레나는 불쾌한 얼굴로 중얼거렸다. "마지스터와 엄마, 둘 중에서 누가 더 나쁜지 모르겠네요."

옥좌에 앉은 영광의 순간을 꿈꾸던 이사벨라는 이맛살을 찌푸렸다.

"그렇게 심하게 말하지 마, 셀레나. 마지스터와 나는 아무 상관없으니까. 이제 내 계획을 알았는데 어떡할 거니? 내 선택이 최선의 방법이야. 그리고 그 주문은 아무도 깨뜨리지 못해!"

"틀렸어요." 셀레나가 일어나면서 말했다. "마니투 할아버지와 엄마가 나에게 걸어놓은 주문을 풀기 위해 두 분보다 능력이 있는 사람에게 도움을 청할 생각이에요."

이사벨라가 경계하는 시선을 던졌다.

"아무도 풀지 못한다니까!"

셀레나는 고개를 설레설레 저었다.

"두 분처럼 마법 능력과 지능이 중간 정도밖에 안 되는 마법사들은 성공하지 못했지만 천재는 그렇지 않죠. 그런데 천재가 이 집에 있잖아요."

이사벨라의 표정이 갑자기 불안해졌다.

"너 설마……."

"네, 맞아요. 아까 타라가 말한 대로 내가 직접 가서 모우르무르 할아버지에게 그 주문을 풀어달라고 하겠어요!"

타라는 침대에 엎드려서 엉엉 울었다. 생일이 상상했던 것과는 전혀 다르게 지나가고 있었다.

모든 것이 와르르 무너졌다. 로빈은 타라를 사랑한 것이 아니라 주문 때문에 사랑한 것이었다. 타라도 멋진 하프엘프가 그렇게 빨리 자기에게 관심을 가졌던 걸 아주 이상하다고 생각했었다. 만난 지 몇 시간 만에 사랑에 빠지지 않았던가. 실버도! 제레미도! 물론 제레미는 또 다른 주문 때문이었지만, 타라는 제레미 역시 하루 이틀 사이에 사랑에 빠졌으리라는 걸 알고 있었다.

할머니는 어떻게 의붓딸도 아닌 친딸에게 그런 끔찍한 일을 저지를 수 있을까. 타라는 늘 그랬듯 마법을 저주했다.

빌어먹을 놈의 마법!

갈랑이 보드라운 날개로 타라를 어루만져주었다.

갈랑은 타라가 주문에 걸린 것이든 아니든 사랑하고 있었다. 이것이 가장 중요한 것 아닌가?

타라는 절망의 신음소리를 내면서 페가수스를 안심시켰다. 물론 이렇게 패밀리어와 결속되어 있는 것은 정말 멋진 일이었다. 하지만 인간들의 사랑……, 아니 혼혈 인간과의 사랑도 멋진 일이었다. 타라는 로빈이 너무 보고 싶었다.

그 순간 깜짝 놀란 갈랑이 딸꾹질을 하면서 타라의 눈앞에서 멈췄다.

자신과 직접적인 관련도 없는 주문 때문에 타라가 사랑을 포기하려는 건가? 셀레나가 표적이었던 유혹 주문이 타라에게도 영향을 주었기 때문에 그 효력이 약할 것이 틀림없는데.

"할머니 말로는 남자애들의 눈에 내가 완벽한 모습으로 보인대." 타라는 침울하게 말했다. "너는 이해가 되니? '완벽한' 타라? 웃기잖아, 이 세상에 완벽한 사람이 어디 있다고!"

갑자기 어떤 생각이 떠오른 타라는 눈이 동그래졌다.

"지금까지도 증조할아버지의 묘약과 주문이 엄마에게 아주 강하게 작용하고 있어. 맙소사, 갈랑, 내가 크면서 엄마랑 똑같이 된다고 생각해봐. 얼마나 끔찍한 일이야!"

빌어먹을 주문 때문에 쫓아다니면서 사랑을 고백하는 남자들을 상상하면서 타라는 공포에 질렸다.

페가수스는 뭐라고 대답할 수가 없었다. 페가수스들에게는 짝을 찾는 것이 걱정할 일이 아니기 때문에 갈랑은 타라의 불안을 이해하기 힘들었다. 페가수스에게 미의 기준은 반짝거리는 털과 보드라운 날개라서 다른 건 중요하지 않았다.

불안에 사로잡힌 타라는 갈랑이 보내는 이미지에 반응하지 않았다. 페가수스는 한숨지으면서 영혼의 동반자가 힘든 시련을 연달아 겪고 있다고 생각했다. 사랑하는 로빈이 죽었다고 믿던 타라가 하필이면 다른 남자친구와 포옹할 때 로빈이 나타났었다. 그리고 추방되어 있는 지금, 남자들이 타라에게 마음을 빼앗기는 것이 유혹 주문 때문이었다는 걸 알게 되었으니.

갈랑은 타라가 한 번만 더 절망에 빠지면 이사벨라의 삶을 끔찍하게 만들어주리라 다짐했다.

타라는 오랫동안 불안에 빠져 있지 못했다. 셀레나가 얼굴이 발그레해서 뛰어들어왔던 것이다.

그런데 이상했다. 셀레나의 흰 드레스에 수액이 묻어 있었다.

"타라!" 셀레나는 딸의 초췌한 얼굴을 보면서 외쳤다. "걱정하지 마, 모우르무르께서 몇 분 후면 이 문제를 해결해주실 거야. 이미 주문을 깨뜨릴 기구를 만드는 중이야."

타라는 침대에서 일어나 앉았다.

"뭐라고요?" 버릇없는 표현이라고 생각하는 어머니가 눈살을 찌푸리자 타라는 얼른 말을 수정했다. "주문을 깨뜨릴 수 있다고요? 방법을 아신대요?"

셀레나는 낙관적으로 말했지만 타라는 어머니의 목소리가 떨리는 걸 느꼈다. 셀레나가 도착하기 몇 분 전 실험실에서 엄청난 폭발음이 났었다.

"나에게 실험해보겠다고 하시는데 너도 참석할래?"

타라가 질겁해서 벌떡 일어났다.

"엄마에게 실험을 한다고요? 그건 좋은 생각 아닌데……. 모우르무르 할아버지의 발명품은 폭발하는 경향이 있어요. 천재지만, 약간 머리가 이상해서 아주 위험하다고요."

셀레나는 숨을 들이쉬었다.

"좀 전에 실험 대상이 박살이 난 걸 보고 나도 알아차렸어. 커다란 바오바브나무라서 다행이었지만 그래도 충격이었어."

아! 그래서 셀레나 드레스에 푸르스름한 수액이 묻어 있던 것이다.

"하지만 어쩔 수 없어." 셀레나는 단호하게 덧붙였다. "'남자들이 나를 사랑하는 것이 나 때문일까, 아니면 주문 때문일까?' 평생 동안 이런 의문을 갖지 않고 정상적으로 살려면 이 방법밖에 없어."

어머니의 고뇌하는 눈빛에 타라의 마음이 흔들렸다. 틸의 사랑이 인위적인 결과일지 모른다는 생각에 셀레나도 확인하고 싶은 것이 분명했다.

"알았어요, 엄마. 가요, 엄마 말이 맞아요. 할머니가 더는 우리의 인생을 좌지우지하지 못하게 이번에 끝내야 해요."

셀레나와 타라는 실험실을 향해 내려갔고, 갈랑과 셈보르가 뒤따랐다.

모우르무르는 기뻐서 어쩔 줄 몰라했다. 검댕이 묻은 얼굴에 그 어느 때보다 흔들거리는 올빼미 머리. 발명가는 뭐라고 중얼중얼하면서 이상한 기구 주위를 절룩절룩 돌아다니고 있었다. 실험실은 마법으로 모아놓은 듯한 잡다한 기구가 잔뜩 널려 있었다.

모우르무르는 한 시간 남짓 일에 몰두하면서 조수들이 빠르게 움직이지 않을 때는 성난 얼굴로 손가락마디 꺾는 소리를 냈다.

타라와 셀레나는 불안한 얼굴로 지켜보고 있었다. 실험실은 알록달록한 빛깔로 가득했다. 오르락내리락하는 시험관들, 금속으로 된 부분과 생물체로 된 부분, 빠르게 뛰는 심장같이 생긴 것……. 타라는 이 복잡한 실험기구들 속에 빨간 달팽이가 있는 이유를 알 수가 없었다.

게다가 수족관 유리벽에 툭 튀어나온 눈을 찰싹 붙이고 있는 초록색 문어 두 마리도 비난의 눈길을 던지고 있었다.

마니투도 참석해 있었다. 검은색 사냥개가 계속 구시렁거렸다.

"묘약의 재료들만 기억났으면 내가 벌써 오래전에 운명적인 유혹의 묘약 주문을 무효화시켰을 텐데."

"운명적인 유혹의 묘약 주문이요?" 모우르무르가 호기심을 보였다.

"묘약과 주문을 섞었기 때문에 내가 그렇게 이름 붙였지." 마니투가 대답했다. "그런데 묘약 주문을 만들다 보니 영생할 수 있는 주문도 만들 수 있다는 생각을 하게 되었지. 그걸 만들고 나서 얼마 후 펑! 폭발음이 난 뒤로 많은 기억을 잃어버렸어. 아무튼 갬볼 가루를 사용했던 건 확실해. 림보의 마법을 간접적으로 이용하기 위해 냉동시킨 에프리트 한 조각도 넣었고."

모우르무르의 눈이 휘둥그레졌다.

"냉동시킨 에프리트? 그건 금지되어 있어요. 굉장히 위험해서……."

하지만 그 목소리에서 비난보다 오히려 부러움이 느껴졌다.

"그건 나도 알지. 아무튼 알음알음으로 어렵게 구했으니까. 그리고 그 당시에는 사용하지 말라고 했지 완전히 금지한 건 아니었지. 5004년에 법으로 금지되었으니까."

"그래서 결과는 어떻게 됐어요?" 마니투의 주장을 믿지 못하는 모우르무르가 물었다.

"내가 사냥개로 둔갑했지."

"아니, 나는 유혹의 묘약에 대해 물어본 겁니다."

"아아, 당연히 잘됐지. 그랬으니까 지금 우리가 여기 와 있는 거잖아."

"약을 어떻게 처방하셨는데요?"

"이사벨라가 셀레나에게 음료수에 탄 독극물을 먹여놓은 다음에 묘약을 마시게 만들었지"

셀레나는 소스라쳤다.

"뭐라고요?"

엄마가 평소 버릇없다고 꺼리는 표현을 쓰다니! 타라는 할머니가 왜 참석하지 않았는지 이해되었다. 이 자리에 있었다면 셀레나가 어머니 이사벨라를 지렁이로 둔갑시켰을 게 틀림없었다.

"내 생각이 아니었어." 마니투가 변명했다. "하지만 고집불통인 이사벨라는 네가 트레보르와 결혼하길 바랐어."

하지만 셀레나는 물러서지 않았다.

"나에게 독극물을 먹였다면서요? 친어머니가 맞아요?"

"해독제가 있어서 치명적인 독극물은 아니었어." 마니투가 얼른 말했다. "그래야 치료한다면서 자연스럽게 묘약을 먹일 수 있으니까. 아무 이유도 없이 역한 냄새가 나는 물약을 삼키라고 하면 의심할 게 뻔하잖니."

"오, 내 조상들의 오염된 피여!" 셀레나는 격분했다. "맞아요, 기억나요. 굉장히 많이 아팠던 적이 있었어요!"

"조상들의 오염된 피라니!" 마니투가 반박했다. "우리 피는 아주 건강해!"

"세상에 그런 일이!" 어이가 없어서 달리 할 말이 없는 모우르무르가 중얼거렸다. "이제 묘약 얘기로 돌아갈까요?"

"이사벨라가 묘약을 먹일 때 나는 주문을 날렸지. 즉시 작동하지는 않았어. 셀레나가 회복되자마자 이사벨라는 트레보르를 초대했지. 그런데 트레보르는 두 시간 동안 발로르키데와 새로 교배시킨 잡종 식물 얘기만 하는 거야."

"맞아요." 셀레나가 퉁명스럽게 말했다. "그날 어찌나 지겨운지 하품만 했던 기억이 나네요."

"우리는 묘약의 효력이 없다고 생각했어. 그러던 어느 날 네가 어디선가 갑자기 나타난 이방인을 데려왔는데 너한테 완전히 미쳐 있는 것 같았다. 얼마 후, 이방인이 청혼을 하자 네 어머니가 너를 사촌의 집으로 보내버렸어. 그런데 맙소사, 그 사촌까지 너한테 푹 빠져버린 거야. 정말 있을 수 없는 일이었는데."

"그게 왜요?" 기분이 상한 셀레나가 물었다.

"네가 잘생긴 남자였다면 그와 행복한 날을 보냈을지도 모르지."

"아, 동성애자였군요!"

"그래서 네 어머니와 나는 묘약의 효과가 나타나고 있다는 걸 알아차렸지. 그런데 효과가 너무 강력했어. 탑을 지키는 트롤들까지 너에게 홀딱 반하더니 그 집에 있는 사람은 모조리 정신을 못 차릴 정도로 너한테 반해버렸으니까. 그 와중에 단비우가 와서 너를 데리고 갔지. 그때부터 묘약은 2단계로 넘어갔다."

셀레나의 불안한 표정을 보면서 타라는 목이 메었다.

"두 번째 단계요?" 공포에 질린 셀레나의 목소리가 떨렸다.

"그렇게 두려워할 필요 없다." 마니투가 말했다. "2단계부터는 묘약의 효력이 정지되니까. 단비우가 네 짝으로 정해지면서 묘약이 2단계로 넘어갔기 때문에 효력이 정지되었지. 마지스터가 너에게 빠진 것은 단비우가 의식을 잃고 죽어가는 상태였기 때문이야."

"그 상그라브가 나를 납치했어요. 그게 다 그놈의 묘약 때문이었다니! 나는…… 악마의 사물 때문이거나 내가 타라의 엄마이기 때문이라고 생각했는데 처음부터 그 묘약 때문이었잖아요!"

충격을 받고 털썩 주저앉는 셀레나를 보면서 셈보르가 위협적으로 으르렁거리자 검둥개 모습의 마니투가 납작 엎드렸다.

진심으로 미안하고, 약간 불안한 표시로 검둥개는 혀를 늘어뜨렸다.

온화한 셀레나가 느닷없이 귀를 잡고 거칠게 비틀었을 때 마니투는 어찌나 놀랐는지 심장이 멎을 뻔했다.

"할아버지면서 어떻게 내 인생을 갖고 장난을 치세요?" 셀레나는 분노로 치를 떨었다. "어머니 때문이라는 말은 하지 마세요. 할아버지가 만든 묘약을 실험해보고, 영생의 묘약에도 적용할 수 있는지 알고 싶었던 거니까요. 할아버지는 나를, 손녀딸을 모르모트로 이용한 거예요. 그러니까 지금부터 할아버지는 있는 힘을 다해서 그놈의 묘약에 뭐가 들어갔는지 낱낱이 기억해내세요, 알았어요? 나는 늑대인간들의 친구이고, 늑대는 개를 아주 싫어한다는 거 아시죠?"

버둥거리던 마니투는 꼼짝하지 않았다. 거만하게 굴던 늑대들이 떠올랐던 것이다. 게다가 이빨은 또 얼마나 길고 무시무시한지.

"아…… 알았다. 최선을 다하마."

"좋아요."

"우선 내 귀부터 놓아줘야……."

셀레나는 잠시 쏘아보다가 귀를 놓아주었다.

마니투는 발로 귀를 비비다가 모우르무르를 쳐다봤다.

"처남은 자식이 없던가?"

"여섯을 두었지만 내 귀를 비트는 아이는 없지요. 나도 정말 그러고 싶었던 적이 있었는데 아내는 내가 아이들을 모르모트로 이용하는 걸 절대 용납하지 않았죠. 혹시라도 내가 그럴 마음을 먹었다가는 아마 비욘드월드에서 당장 돌아올 겁니다. 또 기억나는 거 없어요?"

"아주 단순한 유혹 주문이라서 묘약 없이는 몇 시간 동안만 효력이 있는 것이었어. 그리고 아더월드에 있는 또래의 모든 처녀들과 마찬가지로 셀레나도 유혹 주문에 걸려들지 않게 대비가 되어 있었지."

타라는 이제 상황 파악이 되었다. 주문이 난무하는 아더월드에서 마음이 선택하는 연인을 찾으려면 유혹 주문에 걸려들지 않게 조심해야 하는데……. 그걸 누구보다 잘 아는 할머니가 자기 딸에게 오히려 강력한 유혹 주문을 걸어놓다니. 타라는 할머니의 행동을 용납할 수 없었다.

"내가 만든 묘약은 생각보다 훨씬 강력했던 거야. 아! 노래로 먹잇감을 유인하는 해저 식물인 사이렌샹퇴즈의 침을 넣었던 기억이 나. 그리고 매혹적인 향기를 풍기는 열정의 꽃도 넣었고."

"그가 그런 말을 했는데……." 셀레나가 쉰 목소리로 중얼거렸다. "내 냄새가 향기롭다고."

"틸이 그랬죠?" 타라가 물었다. "늑대는 냄새에 민감하게 반응하거든요."

"응, 틸이 나를 사랑하는 것도 열정의 꽃향기 때문이었던 거야. 나라는 존재가 온통 거짓이라는 거잖아!"

셀레나의 뺨을 타고 눈물이 흘러내렸다. 타라는 어머니를 끌어안았다.

마침내 자신이 얼마나 이기적이었는지 깨달은 마니투는 기억이 나는 대로 묘약의 재료를 말했다. 모우르무르는 재료들을 받아 적었고, 하나씩 매직컴에 입력했다.

이어서 모우르무르가 셀레나와 타라를 앞에 세우자 매직컴에서 마법의 광선과 빛이 쏟아졌다. 지구의 전자공학과 아더월드의 마법을 결합한 기계였다.

모우르무르는 실험실 한복판을 차지하는 희한한 기계 주위를 빙빙 돌기 시작했다.

"16년도 넘게 자리 잡은 주문을 몇 시간 만에 소멸시켜달라니! 이거야 원……." 모우르무르가 구시렁거렸다.

"시간이 더 필요한 거예요?" 셀레나가 힘없는 목소리로 물었다.

"천만에. 내가 누군데! 나는 천재야." 모우르무르가 대답했다. "너무 쉬웠다고 말하려던 참이다. 나에게 불가능이란 없지. 이건 기계를 어떻게 조종하느냐의 문제인데……."

모우르무르가 버튼을 누르자 문어 두 마리가 있는 수족관으로 전류가 흘러들었다. 순식간에 **뻣뻣**해진 문어들이 물속에서 뿜어대는 초록빛 먹물이 구름처럼 일었다.

"흠, 잘되어 있는 건 틀림없는데 반응이 영 신통치가 않아. 그렇다고 강도를 높이면 기계가 파괴될 것이고. 미카일 해의 문어들은 포획하기가 쉽지 않은데 이를 어쩐다?" 혼자 중얼거리던 모우르무르가 마니투를 쳐다보면서 말했다. "매형이 묘약의 구성 성분 중 적어도 4분의 1은 빠뜨렸으리라는 것도 고려했거든요. 매직컴은 다양한 주문들을 통합해버리기 때문에 셀레나는 주문에서 풀리거나 폭발하거나 둘 중 하나일 겁니다."

타라는 아직 꿈틀거리는 문어 두 마리와 어머니의 창백한 얼굴을 쳐다보다 결정했다.

"나부터 실험하세요. 그 주문의 효과가 나한테는 그리 강하지 않으니까 엄마보다는 덜 힘들 거예요. 기계가 망가질 위험도 적고요. 나에게 실험하세요."

모우르무르는 듣고 있지 않았다.

"아, 배고파!" 모우르무르가 중얼거렸다.

갑자기 모우르무르가 고함을 질러서 모두 깜짝 놀랐다.

"타쉴!"

"네, 선생님?"

"내 수프 어디 있나?"

타쉴이 체념한 목소리로 대답했다.

"뒤돌아보세요. 30분 전부터 대기하고 있으니까요."

절룩절룩 돌아선 모우르무르는 의심스러운 눈길로 김이 모락모락 나는 수프를 쳐다보며 어깨를 으쓱했다. 그러고는 드래곤 무늬를 새긴 그릇에서 수프를 국자로 떠서 후루룩후루룩 핥아먹기 시작했다.

타라가 무슨 말을 하려고 입을 열려는 순간 누군가의 손이 어깨를 잡으면서 막았다.

"아무 말도 하지 마요, 아가씨." 언제 옆에 와 있었는지 타쉴이 속삭였다. "저분은 지구의 물냉이(잎이 매운 샐러드용 채소―옮긴이)와 당근을 먹으면 뇌가 약간 이상해지거든요. 수프를 먹게 내버려두는 것이 나아요. 위험할지도 모르니까요."

타라는 입을 다물고, 별난 발명가가 수프를 다 먹을 때까지 잠자코 기다렸다. 모우르무르는 손등으로 입을 닦고 시원하게 트림을 하더니(타라는 할아버지의 식사 습관이 정말 지저분하다고 생각했다) 셀레나를 기계 앞에 앉혀놓고 패밀리어를 멀리 떨어져 있게 했다. 셀레나가 저항하기 전에 기계의 손잡이를 눌렀다.

기계가 윙윙거리더니 엄청난 섬광이 번쩍하면서 셀레나를 후려 쳤다.

너무 눈이 부셔서 음매, 하는 소리가 나는데도 다들 뭐가 나타났는지 알아차리는 데 시간이 좀 걸렸다.

멋진 브르르르아아아 한 마리가 옅은 갈색 눈으로 그들을 쳐다보고 있었다.

"오, 젤리소르의 충치여!" 질겁한 마니투가 중얼거렸다. "모우르무르, 셀레나를 털북숭이 암소로 둔갑시켜놓다니!"

그들이 대응하기 전에 브르르르아아아가 신음소리를 내면서 줄어들었다. 이번에는 빨간색의 귀여운 개구리가 절망적인 낯짝으로 그들을 쳐다봤다. 개구리가 부풀어 오르더니 금빛 스파슌으로 둔갑했다. 그리고 검은색 뱀에 이어서 하얀 코뿔소가 머리를 숙이면서 성난 울음소리를 냈다. 이런 식으로 얼마나 더 오랫동안 계속되려나. 하지만 모우르무르가 기계를 탁탁 치자 두 번째 섬광이 번쩍하면서 실험실의 퓨즈가 나갔다.

타라가 마법의 불을 불러내려고 할 때 모우르무르가 소리쳤다.

"안 돼, 마법을 사용하면 안 돼! 지금은 이 방이 아주 불안정한 상태라서 모든 것이 폭발할 수 있어!"

"엄마, 괜찮아요?" 타라가 불안해서 미칠 것 같은 얼굴로 외쳤다.

기침 소리가 났다. 셀레나가 대답하기 위해 기관지를 힘껏 벌리는 데 성공한 것이었다.

"으윽, 어…… 어떻게 된 거야?"

"모우르무르 할아버지께서 주문을 풀려고 노력하는 중에 엄마가 다양한 동물로 둔갑되었어요."

"아, 그래서 구더기가 먹고 싶었나? 음, 그랬던 거야."

"엄마, 정말 괜찮은 거예요?"

셀레나는 약간 불안한 어조로 대답했다.

"괜찮아. 하지만 나한테 가까이 오지 않는 것이 낫겠어. 나는……."

파바밧, 고통스러운 비명소리가 났다.

이윽고 모우르무르가 뭔가를 하자 불빛이 돌아왔다.

머리가 곤두서고 눈썹이 그을린 셀레나에게서 섬광이 일었다. 셀레나를 도와주려고 달려갔던 타쉴이 그 옆에 널브러져 있었다.

"오! 아주 좋아." 모우르무르는 흡족한 얼굴로 말했다. "아마 10분쯤 계속 그럴 거다. 그 현상이 멈추면 주문이 깨질 거야. 자네의 패밀리어는 멀리 떨어져 있게 해. 아니면 이 멍청한 조수처럼 감전될 테니까."

눈이 동그래지고 귀를 늘어뜨린 채 셀레나가 여러 동물로 둔갑하는 과정을 지켜봤던 셈보르는 조심스럽게 두 발짝 물러났다.

모우르무르는 타라가 좀 전에 했던 말에 대답하려고 돌아섰다. 그러고는 타라의 눈앞에서 종이 한 장을 흔들었다.

"이거 보이지?"

도표와 선이 가득했다.

"네, 뭐예요?"

"네 엄마의 신체를 분석한 것이다. 머리끝에서 발끝까지 마법에 걸려 있어. 이것도 보겠니?"

그러면서 또 다른 종이를 내밀었는데 도표가 가득했다.

"그건 뭔데요?"

"즉 주문의 근원은 네가 아니라는 걸 알려주는 분석표지. 따라서 너를 먼저 실험해보는 것은 아무 소용이 없다는 뜻이야. 네 어머니를 억압하는 주문을 없애면 너를 억압하는 주문도 소멸되는 것이지."

"아주 쉽게 말씀하시네요." 타라가 말했다. "내 어머니와 내 인생을 망친 주문인데……."

모우르무르는 뻣뻣해졌다.

"쉽게 말하는 것이 아니야. 절대 쉬운 일이 아니지만 내가 천재라서 쉽다는 거지. 지구나 아더월드에서는 아무도 실현시킬 수 없어. 이제 실험실에서 모두 나가야 한다. 이 기계를 축소해서 공격하는 자들의 방어 주문을 파괴할 수 있는 기구를 만들어야 하니까. 상대를 12톤에 이르는 이 기계 앞에 세우는 것은 아무래도 불편할 테니까."

타라가 질문하려는 순간 폭발이 일어났다.

그리고 또다시 불빛이 꺼졌다.

"모우르무르, 무슨 짓을 하는 건가?" 마니투가 고함쳤다.

"내 잘못 아니에요." 모우르무르가 반박했다.

불빛이 돌아왔을 때 그들은 경악했다.

잿빛 마법복 차림의 한 남자가 모우르무르의 수프 그릇에 얼굴을 처박은 채 엎어져 있는 것이 아닌가.

그리고 그 뒤에서 빨간 머리의 난쟁이가 수프 그릇에 엎어진 자의 등에서 도끼를 뽑아 들고 자랑스럽게 미소를 지었다. 타라는 난쟁이를 대번에 알아봤다.

파프니르!

공격

아이들의 70퍼센트가 부모의 직업을 선택한다는 걸 알면
공격하기 전에 면허 받은 도둑의 자식들인지
그것부터 알아보는 것이 현명한데……

*

마법의 행성 아더월드에서 사건이 일어났다.

그리고 사건은 칼리반 달 살란의 집에서부터 시작되었다.

자신의 방, 전자기술과 마법을 결합시킨 기발한 기구들 앞에서 잿빛 눈에 천진난만한 얼굴의 칼이 욕설을 퍼붓고 있었다.

오무아 제국의 암호를 해킹하는 데 칼을 따라올 자가 없었다.

평소에는 그랬다.

칼은 벌써 몇 달째 오무아 제국의 지시를 교묘히 피하면서 지구에 있는 타라 덩컨과 연락할 방법을 모색하고 있었다. 그러나 아무 소용 없었다. 암호 체계가 어찌나 촘촘한지 깃털 하나 비집고 들어갈 틈이 없었다.

칼은 타라가 너무 보고 싶었다. 한 해, 한 해 가까이 지내면서 겪을

수록 타라는 정말 최고의 친구였다. 얘기를 나눌 수도, 함께 누군가의 흉을 볼 수도, 면허 받은 도둑으로서 최근에 올린 성과를 자랑할 수도 없다는 것이 너무 따분했다. 타라와 함께 친구들이 마지스터를 물리친 뒤로 아더월드는 따분하기 짝이 없었다. 난쟁이 전사 파프니르의 말대로 '타라가 있으면 한바탕 신나게 싸움판을 벌일 텐데!' 안타깝게도 이제는 타라가 없으니.

칼은 잠시나마, 치료해줄 수 있는 사람이 타라밖에 없다는 이유를 대기 위해 뱀파이어로 변신할 생각도 했었다(사실은 변신하려고 애를 썼지만 실패했다. 피의 맛이 끔찍한 것도 천만다행이었다!).

타라에 대한 그리움으로 지쳐가고 있을 때 둔탁한 소리가 났다.

칼은 단박에 무슨 소리인지 알아차렸다.

부모님의 응접실에서 누군가가 심하게 넘어지는 소리였다. 칼은 경계를 하면서 고개를 쳐들었고, 해킹을 하느라고 만지작거리던 크리스털 볼을 내려놨다. 그리고 단검을 뽑아 들고 방문 쪽으로 살금살금 걸어갔다. 형제들이 무장했다고 놀릴지도 모르지만 잘난척하다 죽는 것보다 미쳤다는 소리를 듣더라도 살아남는 게 낫지.

칼이 방을 나갔을 때 큰형 벤자민과 여동생 키시(어머니가 칼을 마지막으로 더는 낳지 않으려다 생긴 막내딸)도 층계참에 나와 있었다.

그들도 마법을 작동하고 있었다.

칼과 마찬가지로 벤자민은 면허 받은 도둑이었다. 키시는 면허 받은 도둑이 아니기 때문에 두 형제는 숨어 있으라는 손짓을 한 뒤에 소리를 내지 않고 부모님의 응접실로 향했다.

하지만 응접실에서 싸우는 소리가 워낙 요란하기 때문에 노래를 부르면서 탭댄스를 춰도 들키지 않을 것 같았다.

벤자민이 발길질로 문짝을 차면서 공격 자세를 취했다. 그러나 상그라브 둘은 부모와 싸우느라고 등 뒤에 누가 있는지 신경 쓸 겨를이 없었다.

상그라브들은 쉬운 상대와 싸울 것이라고 생각했었다.

정원에서 불쑥 나타난 상그라브 넷이 창문을 깼을 때 알리아나는 즉시 반격했다. 그녀가 미암을 깎고 있다 날린 칼이 첫 번째 공격자의 목에 꽂혔고, 동시에 마법의 광선은 두 번째 공격자를 후려쳤다. 나머지 상그라브 둘의 공격은 데오르 드레온이 즉시 불러낸 단단한 방패에 막혔다.

창문턱을 넘어서지도 못한 채 땅바닥에 널브러져 있는 두 상그라브만 봐도 완전히 잘못 생각한 것이었다. 알리아나 레안드린 달 살란은 랑코비트의 면허 받은 도둑 중에서도 이름난 사람이었다. 나이가 들었는데도 반사적 행동이나 마법 실력은 그대로였다. 면허 받은 도둑이었으나 지금은 은퇴한 남편 드레온 역시 상그라브가 쉽게 덤빌 수 있는 만만한 상대가 아니었다.

칼과 벤자민이 들이닥치면서 상그라브들이 불리해졌다. 알리아나와 드레온이 공격하기 전에 갈색 마법복에 은빛 마스크를 쓴 상그라브들이 트란스미투스 주문을 읊었고, 부상당한 상그라브들을 들쳐 업고 순식간에 사라졌다.

그들은 아연실색해서 서로를 쳐다봤다. 알리아나가 화려한 나비들로 장식된 빨간색 소파침대에 털썩 주저앉자 나비 몇 마리가 날아갔다. 파란색 벽화 속의 멋진 동물들이 불안한 눈길을 던졌다.

"오, 내 조상들이시여!" 알리아나는 떨리는 손으로 흰머리가 희끗 희끗한 갈색 머리를 쓸어 넘기면서 말했다. "이게 무슨 일이지?"

"상그라브들에게서 뭔가 훔쳐온 거요?" 남편이 차분한 목소리로 물었다. "그놈들은 건드리지 말라고 내가 분명히 말했는데!"

그렇게 말하고 나서 드레온도 다리가 후들거려서 의자에 주저앉았다.

"천만에요!" 알리아나는 칼과 똑같은 잿빛 눈을 부릅뜨면서 격분했다. "내가 미쳤어요? 그런 짓을 하게. 나는 테러 조직이 아니라 정부의 물건만 훔친단 말이에요! 난 면허 받은 도둑이지 좀도둑이 아니라고요!"

아직도 충격에서 벗어나지 못한 칼은 머리를 문질렀다.

"그런데 왜 상그라브들이 우리를 공격한 걸까요?"

갑자기 드레온의 얼굴이 창백해지면서 손으로 왼팔을 잡았다.

"이…… 이상해. 팔이 아파." 드레온이 몽롱한 목소리로 말했다.

갑자기 드레온이 눈을 파르르 떨다가 쓰러졌다.

"여보!" 알리아나가 달려들면서 외쳤다.

"아빠!" 칼과 벤자민 그리고 방금 응접실로 들어온 키시가 소리쳤다.

드레온이 의식을 잃었다. 알리아나는 남편을 소파침대에 눕히고 재빨리 진찰하면서 면허 받은 도둑들이 사용하는 응급처치를 했다.

"심장마비가 틀림없어! 얘들아, 너희들이 아버지의 심장을 받쳐줘야 돼. 레파루스로 심장 근육 주위를 치료해야 되는데 아주 조심해야 된다. 주문은 내가 읊을 테니까 모두 준비해. 자, 지금이야!"

칼과 키시, 벤자민의 마법이 드레온의 몸을 후려치는 사이에 불안에 빠진 알리아나는 주문을 읊었다.

"*레파루스의 이름으로* 우리가 심장을 받쳐주는 동안 내 남편의 심장에서 피가 마르지 않고 세게 뛰게 할지어다!"

드레온의 심장이 다시 뛰기 시작했다. 쓰러지고 몇 초도 지나지 않았을 때 레파루스 치료를 했기 때문에 뇌 손상이 일어나지 않았다. 그러나 드레온은 여전히 의식이 돌아오지 않고 있었다.

"샤먼에게 데려가야겠다." 남편이 일단 고비는 넘겼다는 생각에 차분해진 알리아나가 말했다. "아이들을 모두 불러와. 트란스미투스를 사용하지 말고 양탄자를 타고 가는 것이 좋겠어."

알리아나는 상그라브들이 정말 떠났는지 철저하게 확인했고, 그들은 집을 떠났다.

아버지에 대한 걱정 때문에 칼은 지구에 있는 타라와 연락하는 일에 신경 쓸 겨를이 없었다.

아버지에게 심장마비를 일으키게 한 상그라브들을 찾아서 다시는 얼씬거릴 생각도 하지 못하게 만들어야 하기 때문이었다.

랑코비트의 트라비아에 있는 집에서 로빈은 크리스털 볼을 앞에 두고 칼에게서 연락이 오길 초조하게 기다리고 있었다.

하프엘프는 낙담해 있었다. 미치도록 사랑하는 타라에게 갈 수가 없었다. 할 수 있는 것은 다 해봤다. 지구로 향하는 비밀 공간이동의 문도 알아봤지만 법에 위배되기 때문에 걸리면 무조건 감옥행이었다. 로빈은 아버지(엘프)와 어머니(인간)가 타라를 그리워하는 마음을 전혀 알아채지 못하도록 신경을 썼다. 하지만 타라를 만날 수 없다면 미쳐버릴 것 같아 어쩔 도리가 없었다.

오무아의 여제는 로빈이 랑코비트로 돌아가는 걸 수락했었다. 타라가 지구에 있는데 오무아에 남아 있을 이유가 없다고 생각한 로빈은 아버지가 지휘하는 랑코비트의 비밀정보국으로 복귀했다. 아버지와는 달리 로빈은 어린 나이인데도 현장 요원으로 활동하고 있었다. 엘프들이 백 살쯤 되어야 청년기를 벗어난다는 걸 고려하면 아주 어린 나이였다.

로빈이 검은 머리털이 섞인 은발을 쓸어 넘기는데 머리 길이가 아직은 아주 짧았다. 유령에 들려서 죽을 뻔한 뒤로 다 빠졌던 머리가 다시 자라고 있지만 너무 더뎠다. 많은 엘프들, 아니 거의 모든 엘프는 머리가 치렁치렁할 정도로 길었다. 하프엘프라서 은빛 머리에 검은 머리털이 섞여 있는 것으로도 모자라서 이제는 길이까지 짧아졌으니! 하지만 몸이 너무 허약해진 상태라 머리를 자라게 하려고 마법을 쓸 수도 없었다.

다른 엘프들이 몹시 비웃고 있었다. 하지만 현재 몸 상태로는 싸움에서 질 것이 뻔해서 로빈은 그 조롱을 참고 있을 수밖에 없었다.

로빈의 기분을 느낀 히드라 소우르브가 밖에서 시끄럽게 울었다. 하지만 로빈은 반응하지 않았다.

로빈은 자신의 무력함을 저주했다. 가증스러운 유령에 들렸던 것이 거의 1년이 되어가건만 육신과 정신이 완전히 회복되지 않았다.

엘프들의 무시무시한 여왕 빌라라가 깜짝 놀라서 로빈에게 보디가드를 붙여주기로 결정할 정도였다. 사실 로빈의 몸이 허약하기 때문이라는 것은 핑계일 뿐 '언젠가 다시 후계자가 될 가능성이 있는 전 후계자'의 남친이기 때문에 에이스 카드로 써먹을 수 있어서였다.

따라서 로빈은 엘프의 세계에서 가능한 한 제거해야 할 배척받는 하프엘프 신분에서 보호해야 할 병약한 신분으로 바뀌어 있었다.

보디가드는 그토록 로빈을 유혹하려고 애쓰던 발라였다.

하지만 바이올렛 엘프 발라는 더 이상 로빈을 유혹……, 아니 쫓아다니려고 하지 않았다. 발라는 트리톤, 정확하게 말하면 하프트리톤이자 하프엘프인 몽타뉴크리스토에게 훨씬 흥미를 느끼고 있었다. 어머니를 히스테릭하게 만드는 것(발라의 어머니는 잡종을 끔찍하게 싫어했다)이야말로 스릴이 넘치고 짜릿하기 때문이었다.

발라는 어머니와 사이가 아주 좋지 않았다.

그러나 발라는 보디가드 역할을 아주 진지하게 받아들였고, 다섯 살배기 아이처럼 로빈을 보호했다. 로빈은 이제 무엇이 더 끔찍한지 알 수가 없었다. 가슴이 다 드러나는 셔츠에 짧은 반바지로 유혹하는 엘프? 아니면 일거일동을 지켜보는 집요한 감시원?

예전의 발라는 귀찮을 정도로 달라붙었는데 지금의 발라는 로빈을 당황하게 만들었다. 이따금 예전으로 돌아가서 야한 옷차림의 발라가 초록빛 눈을 반짝일 때 로빈이 침을 흘릴 때가 있었다. 하지만 섹시한 모습을 보여주는 것으로 만족하고 발라가 확 돌아서버렸기 때문에 로빈은 당황하지 않을 수 없었다.

어쨌든 현재 로빈의 상태로는 돌아서는 발라를 붙잡을 기력도 없었다. 한 시간 전만 해도 활을 당겨보려고 했지만 실패할 정도로 힘이 없었다.

릴란드릴은 정령이 안에 자리 잡고 있는데도 활을 사용하지 않는 로빈에게 단단히 화가 나 있었다. 유령을 퇴치하는 기계가 작동했을 때 무슨 영문인지 활의 정령은 사라지지 않았다.

그물만 달랑 걸친 차림으로 가슴을 하프엘프의 얼굴 앞에 들이댈 때 정령의 모습은 발라는 저리 가라 할 정도로 고혹적이었다.

최근에는 발라도 다른 사람들에게는 보이지 않는 릴란드릴과 의사소통을 할 수 있다는 걸 알았다. 그래서 육신을 갖고 있지 않은 정령이기 때문에 릴란드릴이 로빈에게 보여줄 수 없는 훈련을 발라가 대신 맡았다.

릴란드릴과 발라는 로빈을 못살게 굴기로 작정을 한 것 같았다.

로빈은 한숨을 쉬면서 시계를 봤다. 칼은 크리스털 볼을 조작해서 오무아 제국이 정지시킨 통신망을 뚫고 타라와 통화할 수 있는 방법을 찾아내겠다며 두 시간 정도 걸릴 거라고 했었다. 도대체 칼은 뭘 하고 있기에 아직까지 연락하지 않는 걸까?

로빈은 크리스털 볼을 마법복 주머니에 넣고 내려갔다.

칼의 부모와 마찬가지로 로빈의 부모도 살아 있는 궁전 내의 공관 외에 사택을 소유하고 있었다. 패밀리어로 히드라를 얻은 뒤로 로빈은 소우르브가 좋아하는 물고기가 가득한 연못을 만들게 했다. 아름다운 저택은 온통 책으로 가득해서 아주 인상적이었다. 로빈의 어머니 메보라는 책을 아끼고 사랑하지만 정리하는 걸 싫어해서 강력한 레비투스 주문으로 많은 책을 떠받쳐놓은 상태였다. 때문에 공중에 떠 있는 것들을 포함하여 집 안 곳곳에 책이 쌓여 있었다. 로빈의 아버지 탕딜루스는 공중에 떠 있는 수 톤의 책 밑을 지나다닐 때는 늘 고개를 숙여야 했다.

로빈이 방심하고 주먹으로 쳤다가 하마터면 책들이 와르르 무너질 뻔했다.

"엄마!" 로빈이 짜증을 부렸다. "아무리 그래도 정리 좀 하시죠!"

"오, 내 조상들의 피여!" 메보라가 중얼거렸다. "내가 확 돌아버리기 전에 내 아들이 사랑스럽게 말할 수 있게 도와주소서!"

메보라 망질이 읽고 있던 책을 내려놓고 활짝 웃는 얼굴로 로빈을 돌아봤다.

"괜찮니, 아들아?"

"엄마가 하는 말 다 들렸거든요." 로빈이 볼멘소리로 대꾸했다. "농담이 아닌 것 같았어요."

메보라는 순진한 얼굴을 했다.

"혼잣말이야. 내가 항상 그러는 거 너도 알잖아. 늙으면 다 이렇게 되는 거란다."

로빈은 아버지 같은 엘프가 홀딱 반할 정도로 아름다웠고, 지금도 스물다섯 살의 아가씨처럼 젊은 어머니를 응시하면서 또다시 한숨을 내쉬었다.

"엄마는 늙지 않았어요. 엄마들 중에서 가장 아름답다는 걸 아시면서. 엄마는 책이 제일 중요하기 때문에 다른 것에는 관심도 없잖아요."

메보라 망질의 입술에서 미소가 사라졌다. 그녀는 기분이 상한 얼굴로 물었다.

"내가 책에 미쳐서 너에게 신경을 많이 써주지 않았다고 생각하는 거니?"

로빈은 그런 뜻으로 한 말이 아니었다. 비록 한 손으로는 우유병을 들고, 다른 손으로는 책을 들고 공부했지만 어머니는 늘 자식을 걱정했다. 로빈은 그저 책에 대한 사랑을 말한 거지 어머니를 자극할 생각이 전혀 없었다.

"아니, 그런 뜻이 아니에요." 로빈이 사랑스럽게 항변했다. "엄마가 아빠와 나를 사랑한다는 거 잘 알아요. 그냥 주문으로 스테이크를 불러내면 되는데도 칼을 뽑아 들고 몇 시간 동안 사냥하러 다니기를 좋아하는 아빠랑 똑같이 나를 사랑한다는 거 알지 왜 모르겠어요."

어머니에게 다가가서 꼭 끌어안은 로빈은 키가 많이 자랐다는 걸 알아차렸다. 어머니의 키가 1미터 75센티미터인데 머리가 로빈의 가슴에 닿았기 때문이었다.

메보라는 아들의 포옹에 기분이 풀렸다.

"책들은 뜻밖의 용도로 사용될 수도 있단다. 안개 대양에서 해적 소탕 작전을 하던 중에 미친 노파에게 납치되어 동료 엘프들과 고문을 당하고 있을 때 너를 구해준 것도 내 책들⋯⋯."

메보라는 말을 끝맺을 시간이 없었다. 문이 폭발했던 것이다.

집 앞에 유형화된 상그라브들은 강력한 트란페르수스 주문 덕분에 정원의 안티 트란스미투스 보안장치를 뚫었다. 저항할 겨를이 없는 현관문은 데스트룩투스 공격을 받고 박살이 났다. 첫 번째 방으로 뛰어들던 상그라브들은 미로를 이루는 책 더미들에 발이 걸려서 쾅당, 넘어졌다.

상그라브들의 치명적인 광선이 본능적으로 몸을 웅크린 로빈과 메보라의 머리 위를 지나갔다.

로빈의 어머니는 무슨 일인지 대번에 알아차렸다. 그녀가 허공에서 뭔가를 끊는 동작을 하자 공중에 떠 있는 30톤에 이르는 책이 와르르 무너져 내리면서 상그라브들이 보기 좋게 깔려버렸다.

표현이 '보기 좋게'라는 것이지 비명소리에 고함소리, 별의별 지저분한 소리가 났다.

그것으로 상그라브들의 공격은 끝났다.

격한 공격과 어머니의 전광석화처럼 빠른 반격에 놀라서 아직도 눈이 동그래져 있던 로빈이 몸을 숙이고 공격자 중 한 명의 장갑을 건드려봤다.

모두 죽은 상태였다. 지식의 무게를 지닌 책들은 과연 가공할 만했다.

너무 친숙한 잿빛 마법복과 가슴 부위에 새긴 빨간 원을 알아보는 순간, 피와 잔해들만 남기고 몸들이 순식간에 사라져버렸다.

로빈은 눈살을 찌푸렸다. 죽거나 부상당하는 경우, 눈 깜짝할 사이에 현장에서 사라지는 데마테리알루스는 아주 어려운 주문이었다. 지금까지 딱 한 번 본 적이 있는데 타라에게 패했을 때 마지스터가 이 주문을 작동했다. 역시 예상대로 방금 전의 공격자는 상그라브들이었다. 마지스터가 권력의 길을 방해한 자들에게 복수하는 것이 분명했다.

예감이 좋지 않았다.

"엄마 말이 맞았어요." 로빈이 몸을 세우면서 생각에 잠긴 얼굴로 말했다.

로빈의 어머니는 두 손을 덜덜 떨면서 소파에 쓰러질 듯 앉았다.

"뭐가 맞아?" 메보라는 떨리는 목소리로 물었다.

"책들은 뜻밖의 용도로 사용될 수도 있다는 말이요!"

상그라브들의 공격은 여러 곳에서 동시다발적으로 일어나고 있었다. 무아노와 부모, 그리고 파브리스는 타도르 산에 위치한 난쟁이 파프니르의 집을 방문해 있었다. 파프니르의 부모 탑두르와 벨리르는 무아노의 부모와 이런저런 얘기를 나누었고, 무아노는 생각에 잠겨서 그들을 응시하고 있었다.

무아노의 아버지 주스티니르와 어머니 자드라 다비일은 오래전부터 난쟁이들의 나라 히믈리아에서 일하고 있었다. 메탈 엔지니어 주스티니르는 수백 미터 깊이의 바위 속에 있는 광석을 탐지해내는 놀라운 재능이 있었다.

자드라는 금속으로 무엇이든 만들 수 있는 메탈 테크니션으로 철광석을 황금이나 백금으로 변화시킬 수 있었다. 아주 희귀한 재능(아더월드에 여섯 명밖에 없다)이라서 메탈 테크니션은 아더월드의 제국이나 공화국 또는 왕국에 전속되어 있었다.

랑코비트 왕비 티타니아의 여동생 자드라는 왕위 후계자가 아니기 때문에 남편과 함께 히믈리아에서 살게 해달라는 특별 면책을 요청했다.

티타니아는 자드라가 만드는 귀금속의 일부를 받는 대가로 수락했다.

덕분에 외동딸 무아노는 어릴 적부터 난쟁이들과 가까이 지내면서 아더월드의 어떤 국민보다 난쟁이들을 훨씬 잘 이해했다.

무아노가 어릴 때 말까지 더듬을 정도로 수줍음이 많은 것은 어머니 자드라의 영향이었다. 검은색 머리의 든든한 남편 옆에 서 있는 갈색 머리 자드라는 정말 왜소했다. 딸보다도 키가 작았으니.

자드라는 딸이 랑코비트의 저주에 걸려 있다는 걸 알고 많이 걱정했다. 미녀와 야수의 후예는 흥분하면 야수로 변신하기 때문이었다. 사실, 타라가 죽음의 소용돌이에 휘말리는 위험에 빠지는 순간 갑자기 야수로 변신하여 친구를 구해낼 때까지 무아노는 자신에게 그런 능력이 있다는 걸 전혀 모르고 있었다. 그 뒤로 야수로 변신하는 일이 너무 잦아지고 있었다. 타라가 지구로 추방된 후, 무아노는 몇 달 동안 곰곰이 생각한 끝에 친구에게 가기 위해 이적 신청서를 제출했다. 지구를 싫어하는 데다 너무 머나먼 행성이라고 생각하는 어머니 자드라는 펄펄 뛰면서 반대했다.

어머니가 얼마나 불안해할지 알지만 무아노가 이런 결정을 내린 것은 두 가지 이유 때문이었다. 절친한 친구 타라가 그리울 뿐만 아니라, 마법이 약한 지구에서는 야수로 변신하는 저주의 힘이 약해질 것이라는 생각이었다. 무아노는 공포를 느끼거나 흥분만 해도 털북숭이 괴물로 변신하는 것이 점점 진저리가 났다.

지구에서 보낸 시간이 아주 짧았던 무아노는 파브리스가 태어나고 자란 행성, 지구라는 이상한 세상을 제대로 알고 싶었다.

파브리스가 강력한 마법 능력을 얻기 위해 친구들을 배신하고 마지스터를 따라간 뒤로 무아노는 교제를 거부했었다. 그리고 지금은 파브리스를 시험하는 중이었다. 무아노는 어떤 파브리스가 더 좋은지 아직은 알 수 없었다. 배신행위까지 하면서 무아노를 포기한 파브리스? 아니면 이 상황을 기꺼이 받아들이는 것 같은 파브리스?

다른 사람들이 보기에 무아노와 파브리스는 늘 함께 있었다. 둘은 손을 잡은 채 거의 붙어 다녔다. 오직 무아노만 이런 태도가 얼마나 위선적인지 알고 있었다. 그렇지만 처음에 파브리스에게 끌렸을 때 느끼던 가슴 두근거리는 사랑보다는 훨씬 마음이 평온해서 이것도 그리 나쁘지 않았다.

그리고 자기 자신도 평범한 인간이 아닌데 늑대인간을 남친으로 갖는 것이 오히려 잘 어울릴지도 모르고.

"에헴, 내 딸은 친구 타라 때문에 미치고 말 거예요." 파프니르의 어머니 벨리르는 진주와 다이아몬드로 장식한 빨간색의 아름다운 수염을 가다듬으면서 한탄했다. "오, 내 할머니의 콧수염이여! 그러니까 지구에 있는 그 어린 인간과 연락할 수 있는 사람이 아무도 없단 말입니까?"

자드라는 고개를 끄덕이는 무아노에게 다정한 미소를 보내면서 말했다.

"우리 딸도 시도해봤지만 오무아 제국에서 통신망을 강력하게 통제하고 있는 모양이에요. 그래서 글로리아('무아노'라는 별명을 더 좋아하는 딸이 눈을 흘겼다)는 지구에 가서 이사벨라 덩컨의 조수로 일할 생각까지 하고 있어요. 그게 다 오직 친구를 만나기 위해서죠." 자드라는 다 알고 있었다는 걸 보여주기 위해 덧붙였다.

파프니르의 아버지 탑두르의 얼굴이 일그러졌다. 아내와 달리 수염은 없지만 더부룩한 금발이 얼굴을 뒤덮고 있어서 털이 휘날리면 파란 눈을 이글거리는 동물 같았다.

"오, 황금 광산이여! 어떻게 그런 끔찍한 생각을! 마법의 행성이 아니라는 것, 그거 딱 하나 마음에 들까. 나 같으면 환경오염이 심각한 행성에 가서 살 생각은 절대 안 하겠는데!"

난쟁이들이 얼마나 자연을 사랑하는지 굳이 말할 필요가 있을까. 인구가 150만인데도 히플리아의 도시는 파란 나무와 붉은 잔디가 넘치고, 공기는 꽃향기로 그윽했다. 난쟁이들은 조각술이 뛰어나기 때문에 아더월드의 동물상을 표현한 멋진 조각상들이 거리와 공원들을 장식하고 있었다. 난쟁이들의 투박한 성품을 잘 아는 무아노는 그들의 예술적 감각과 광산에서 발휘하는 동물적인 힘이 얼마나 대조적인지 확인할 때마다 놀라지 않을 수 없었다.

아더월드의 다른 종족들과는 달리 지칠 줄 모르는 난쟁이들은 마법을 사용하지 않았다. 따라서 하수도와 물을 끌어대는 장치, 수력발전기가 정원에 숨어 있었다.

"지구가 그 정도로 엉망은 아니지, 파브리스?" 무아노는 다정한 목소리로 확인했다.

한마디도 듣지 않고 있던 파브리스는 건성으로 고개를 끄덕였다.

무슨 말인지 못 알아들었을 때는 그냥 동의하는 편이 나았다.

강력한 마법 능력을 포기한 뒤로 파브리스는 무료함을 느끼고 있었다. 더 이상 어렵고 위험한 마법서를 읽지도 않았다. 구역질이 나는 묘약을 만들겠다고 약제사들을 찾아다니지도 않았다. 파브리스가 화이트 매직, 그레이 매직, 블랙 매직에 관계없이 강력한 마법 습득에 관련된 것을 더 이상 사들이지 않자 장사꾼들도 매상이 떨어졌다고 투덜거렸다. 셈 선생님의 말대로 마법은 어떻게 사용하느냐에 따라 유익한 것이 될 수도, 해로운 것이 될 수도 있었다.

파브리스는 무아노의 갸름한 얼굴과 넓은 이마, 하도 잘 엉켜서 늘 신경을 써야 하는, 어깨 뒤로 넘긴 구불구불한 갈색 머리, 반짝거리는 귀여운 눈을 쳐다보고 있었다. 무아노는 지구에 가 있던 어느 날 자전거에 얽힌 재미있는 일화를 이야기하는 중이었다. 파브리스는 듣는 둥 마는 둥 하면서 무아노가 예전 같지 않다는 생각을 했다. 하지만 모르는 척하면서 전혀 내색하지 않았다.

물론 좋은 생각은 아니었다. 무아노의 마음이 멀어지고 있는 건가? 정말 그렇다면 미치고 말 텐데!

무아노가 용서했는데도 냉랭하다는 것은 파브리스가 마법 능력을 포기했다는 사실을 믿지 않는다는 것이었다.

파브리스는 무아노를 정말 사랑하고 있었다.

때로는 무아노에 대한 사랑 때문에 애가 탈 정도였다. 파브리스는 돌아올 희망이라곤 없는, 타라의 어머니 셀레나를 필사적으로 사랑하는 마지스터의 마음이 이해되었다.

공상에 잠겨서 대화를 건성으로 듣던 파브리스가 갑자기 늑대로 변신했다.

정말 놀라운 순발력이었다.

상그라브 여섯 명과 반쪽이 눈앞에 유형화되었던 것이다.

반쪽이라고 한 것은 타도르 산에서는 마법이 몹시 불안정해서 한 상그라브가 절반만 도착했기 때문이다. 상그라브들이 주문을 날리려고 했지만 마법은 작동하지 않았다. 전혀.

반면에 난쟁이들의 도끼는 마법이 필요 없었다. 그리고 늑대로 변신한 파브리스와 야수로 변신한 무아노도 빠르게 움직였다.

탑두르와 벨리르, 파프니르, 무아노와 파브리스가 고함을 지르면서 달려들자 상그라브들이 아연실색했다. 마법이 작동하지 않기 때문에 자드라와 주스티니르는 뒤로 물러서 있었다.

잘되어가고 있었는데…… 느닷없이 마법이 작동하기 시작했다.

살아 있는 상그라브들이 즉시 반격하면서 도망치기 시작했다.

상그라브들이 타도르 산에서는 하지 말라는 트란스미투스를 작동하는 바람에…… 이런, 신체의 일부만 통과하기에 이르렀다.

반쪽만 통과하고, 나머지 반쪽은 그 자리에 남아 있었다.

자드라는 구역질을 참았다. 아무리 비위가 좋아도 그렇지, 인간의 신체 일부가 여기저기 널려 있는데 차마 눈뜨고 못 볼 광경이었다.

아마도 오토매틱 데마테리알루스가 작동하고 있는 걸까. 갑자기 신체 일부들마저 온데간데없이 사라졌다.

부상을 당했기 때문에 트란스미투스 주문을 사용하지 못한 상그라브 중 한 명이 그 광경을 보면서 악마의 마법을 작동했다. 가슴 부위에 붉은색 원이 새겨 있다는 것은 이 상그라브가 마지스터의 측근으로 마법 능력이 강력하다는 뜻이었다.

파프니르 바로 옆에서 상그라브가 자신의 피로 커다란 원을 그리면서 통로를 만들었다. 즉시 소용돌이가 열렸고, 상그라브는 빨리 뛰어들려다가 비틀거리면서 빨간 머리 난쟁이와 부딪쳤다.

파프니르는 피할 겨를이 없었다. 소용돌이가 둘을 집어삼켰다.

공포에 질린 남은 이들의 눈길을 받으면서 둘은 사라졌다.

6
파프니르
누군가에게 질문을 하려면
이왕이면 살아 있을 때 하는 것이 좋은데

*

파프니르는 어지러움을 느끼면서 어디인가에 도착했다. 질겁한 사람들이 소용돌이를 불러냈던 상그라브의 시체를 에워싸고 있었다. 파프니르는 상그라브의 등에서 도끼를 뽑으면서 소리쳤다.

"죽었지만 데마테리알루스 주문이 걸려 있어서 사라질 거예요. 빨리 막아야 해요!"

모우르무르는 번개처럼 빠르게, 벌써 투명해지기 시작한 시체를 향해 보랏빛 광선을 발사했다. 투명해지던 시체가 본래의 모습으로 돌아왔다. 모우르무르는 이상한 기구를 코에 걸치고 두 배로 커진 동공으로 시체를 살피기 시작했다. 그러고는 많은 먼지와 피, 유해 조각을 채취해서 등 뒤에 둥둥 떠 있는 시험관에 넣고 꼼꼼하게 밀봉했다. 전문적인 솜씨였다.

"오, 젤리소르의 충치여!" 모우르무르가 중얼거렸다. "스펙트럼 사진이 없는데 어떻게 해결한다?"

"마법을 사용하면 되잖아요!" 망구스가 눈을 굴리면서 격분했다. "우리에게는 인간들의 기계 따위는 필요 없단 말입니다! 그러니까 텔레비전 좀 그만 보시라고요. 아이구, 답답해!"

"타라!" 빨간 머리 난쟁이가 환호성을 질렀다.

난쟁이가 달려들어서 타라를 와락 끌어안는 바람에 저택이 구해주지 않았다면 타라는 엉덩방아를 찧을 뻔했다.

"너의 쇠망치가 맑은 소리로 울리기를!" 너무 기쁜 난쟁이는 도끼를 크게 휘두르다가 뒤에 있는 조수들의 목을 칠 뻔했다.

"너의 모루가 맑은 소리로 되울리기를!" 아직 충격이 가시지 않은 타라가 난쟁이들의 인사말로 답했다. "파프니르? 네가 여기 웬일이야? 이자는 누구고?"

"공격을 받았어." 파프니르는 시체를 향해 돌아서면서 신이 나서 대꾸했다. "누군지 알아차렸지? 상그라브 여러 명이 우리 집에 쳐들어왔어. 이 멋진 선물을 누가 보내준 건지 모르겠지만 정말 너무 고맙단 말이야! 내 생일은 3주 후인데!"

파프니르는 성큼성큼 걸어가서 죽은 상그라브의 마법복에 대고 도끼를 꼼꼼하게 닦았다.

누군가가 집에 쳐들어와서 공격을 했다고 좋아하는 사람이 파프니르 말고 누가 또 있을까? 저택은 안티 트란스미투스 보안 장치가 그렇게 쉽게 뚫렸다는 것 때문에 성질을 부리기 일보 직전이었다. 타라는 저택을 이해시키려고 일부러 큰 소리로 파프니르에게 물었다.

"공간이동의 문을 이용해서 온 거 아니지? 트란스미투스를 사용한 것도 아니고?"

파프니르는 타라에게 몸을 숙이라는 손짓을 하면서 속삭였다.

"네 어머니 몸에서 전기 스파크 같은 불꽃이 튀는데 저거 정상이야?"

"얘기하자면 길어." 타라는 한숨지었다. "나중에 얘기해줄게."

"알았어. 아무튼 뭔지 모르지만 되게 재미있겠는데! 이 상그라브가 뭘 했는지 모르겠지만 공간이동의 문이 아닌 것은 확실해. 뱀파이어 셀렌바가 사피르를 따돌리기 위해 피로 원을 그려서 달아났다고 네가 말해준 적 있지? 그거랑 비슷한 것 같아. 강렬한 빛 속에 있었고, 여기 도착했을 때 놈이 도망치지 못하게 도끼를 날려버렸어. 내 부모님에게 연락해서 나는 무사하다고 알려줄래? 많이 걱정하고 계실 거야."

이유와 방법 같은 것 따지지 않고 상황에 따라 속전속결로 처리하는 것이야말로 난쟁이들의 장점이라면 장점이었다.

모우르무르가 신호를 보내자 타트리스 조수는 파프니르가 불러주는 번호로 히플리아와 통신 연결을 했고, 파프니르의 어머니 이미지가 나타났다. 벨리르는 실험실이 보이자 일단 안도하면서 외쳤다.

"파프니르, 우리가 얼마나 걱정했는지 몰라! 거기가 어디니? 이건 지구의 지역 번호인데?"

"타라와 함께 있어요." 파프니르가 활짝 웃으면서 대답했다. "다시는 공격할 꿈도 못 꾸게 만들어버렸⋯⋯."

통화가 끊어졌다. 파프니르는 눈살을 찌푸리다가 갑자기 불안해져서 크리스털 볼을 꺼내 들고 번호를 눌렀다.

벨리르가 나타났는데 어리둥절한 표정이었다.

"어, 이상하네. 아무 이상 없었는데 갑자기 툭 끊겼어. 그러니까 네가 그 상그라브를 비욘드월드로 보내버렸단 말이지? 잘했다, 내 딸!"

난쟁이 모녀가 미소를 지었다. 이어서 고개를 끄덕이는 벨리르의 얼굴이 심각했다.

"언제 돌아올 거니? 상그라브들이 틀림없이 복수하러 갈 텐데 네가 우리와 멀리 떨어져 있는 게 싫구나."

"내 친구 타라와 조금만 지낼게요. 그리고……."

통화가 또 끊겼다.

"오, 내 조상들이시여!" 파프니르가 발끈했다. "에이, 짜증나!"

파프니르는 세 번째로 다시 전화를 걸었고, 못마땅한 얼굴로 크리스털 볼을 살피면서 말을 끝맺었다.

"여기서 좀 지내다가 돌아갈게요." 파프니르는 도끼를 휘두르면서 다시 말했다. "그리고 나를 공격하는 놈은 도끼의 차가운 맛을 제대로 보여줄 테니까 걱정하지 마세요, 엄마."

그렇게 말하고 파프니르는 전화를 끊었다.

타라는 등에 도끼 모양의 구멍이 뚫린 채 수프 그릇에 얼굴을 처박고 죽은 상그라브의 시체를 살폈다.

"죽었으니 상그라브가 뭘 하려고 했는지, 여기까지 온 이유는 절대 알 수가 없겠네."

"그래, 이제는 질문하기 어렵게 됐지." 파프니르가 인정했다. "죽이지는 말고 팔다리만 부러뜨려야 했는데 내가 너무 흥분했거든."

이 상그라브는 난쟁이를 흥분하게 만드는 것이야말로 죽음을 자초하는 짓임을 몰랐단 말인가!

"파바밧." 셀레나가 웅얼거렸다. "가까이 오지 마……."

그때 또 다른 비명소리가 들렸다. 모우르무르의 조수 한 명이 셀레나와 몸이 닿으면서 감전되었는지 그대로 푹 고꾸라졌다.

"파바밧, 가까이 오지 마, 파바밧, 위험해!" 셀레나가 알렸다.

"무엇보다 살아 있는 저택에서 금속으로 된 것은 어떤 것도 만지면 안 된다!" 모우르무르가 당부했다. "까딱 잘못하면 나, 아니 우리 모두 화를 입으니까."

"그보다 먼저 나는 그 유혹 주문에 대해 더 자세히 알아야겠어요, 파바밧." 셀레나가 물러서지 않겠다는 듯 물었다. "강력한 주문이었어요? 후유증이 있을까요? 아직도 남자들을 유혹할 위험이 있을까요?"

모우르무르는 셀레나를 쳐다보면서 고개를 끄덕였다.

"그래, 아주 강력한 주문이었지. 자네의 할아버지 마니투가 실수만 저지르지 않았다면 아마 아주 굉장한 마법사가 되었을 텐데 안타깝군. 후유증이 있냐고? 그건 나도 모르지. 만약 후유증이 있으면 꼼꼼히 적어뒀다가 나한테 와서 말하게. 남자들을 유혹할 위험이 있냐고? 유혹 주문은 내가 확실하게 깨뜨렸으니까 자네는 더 이상 남자를 유혹하지 못할 거야. 물론 내 희망 사항이지만."

셀레나는 모우르무르를 쳐다보면서 그을린 눈썹을 치켜 올렸다.

"그 말로는 충분하지 않아요." 셀레나는 한숨지었다. "파프니르, 어떻게……."

"어허!" 모우르무르가 말했다. "뭐 하는 건가?"

"파프니르에게 몇 가지 물어보고 싶은 것이 있어서……."

"제발 부탁인데 내 실험실에서 나가주겠나? 빨리 모두 나가!" 모우르무르가 말했다.

"하지만 움직이지 말라고 했잖아요." 셀레나가 항의했다.

"그건 조금 전이었지!" 모우르무르가 내뱉듯 말했다. "이제 휴식 시간은 지났으니까 가도 돼."

너무 교양이 있어서일까. 미칠 것 같은 심정인데도 셀레나는 반발하지 않고 고개를 끄덕이면서 아주 조심스럽게 계단을 올라갔다.

그녀는 폭죽처럼 탁탁 소리를 내고 있었다.

"이제 조용히 일을 좀 해야 하니까 모두 나가주시오!" 모우르무르가 무뚝뚝한 어조로 소리쳤다. "지금부터 나는 시체를 부검해야 하니까!"

"하지만 이자가 왜 죽었는지 아는데 굳이 부검할 필요가 있나요?" 망구스는 모우르무르가 〈NCIS〉 드라마 [5]에 푹 빠져 있다는 걸 알기 때문에 한마디했다.

"감히 우리를 죽이려고 하다가 죽었으니까 부검을 하든, 뭘 하든 마음대로 하세요." 파프니르가 외쳤다.

"모우르무르 할아버지, 10분이라고 하셨죠?" 혼란스러워하면서 실험실을 나가는 어머니를 걱정스러운 표정으로 지켜보던 타라가 물었다. "10분 후에도 엄마가 계속 사람들을 감전시키면 어떡하죠?"

"그럴 수도 있지만 가능성은 거의 없……." 불안에 사로잡힌 타라의 눈빛과 마주친 모우르무르는 말을 중단했다. "한 시간 후에도 셀

· · · · · · · · · · · · ·

5. 미국 해군 소속 연방수사기관 수사대의 활약상을 그린 인기 드라마로, 법의학자는 '죽은 사람들의 마지막 유언을 듣는 사람'으로서 시체들과 대화하는 경향이 있다.

레나의 몸에서 여전히 폭죽처럼 불꽃이 튀면 다시 내려와."

타라는 모우르무르를 뚫어져라 쳐다보다가 한숨을 쉬었다. 그리고는 파프니르에게 따라오라고 손짓하면서 마니투와 셀레나를 뒤따라 계단을 올라갔다.

그때였다. 위에서 나는 비명소리에 타라와 파프니르는 뛰었다. 이미 도끼를 쳐든 파프니르와 마법을 작동한 타라는 검은색과 흰색 대리석이 깔린 홀에 이르렀을 때 아연실색했다. 셀레나가 음험한 미소를 지으면서 이사벨라의 손을 잡고 있는 것이 아닌가. 머리털이 곤두선 이사벨라는 몸을 심하게 흔들고 있었다. 셀레나가 손을 놓자 초주검이 된 이사벨라는 뒷걸음쳤다.

"이런, 벌써 약해졌네요." 셀레나가 통쾌한 표정으로 말했다. "좀 전에 내가 건드린 두 사람은 아직 기절해 있는데."

"셀레나!" 이사벨라가 여전히 몸을 부르르 떨면서 나무랐다. "많이 고통스러우냐고 물었지 내가 언제 내 몸을 만져달라고 했니?"

"아, 그런 거예요? 난 엄마가 직접 느끼고 싶어하는 줄 알았죠, 미안해요." 셀레나는 천연덕스럽게 말했다. "아아, 그래서 몸을 떠는 거예요?"

"네 어머니가 자르를 아주 열렬하게 끌어안으면 정말 고소할 텐데." 타라의 남동생을 싫어하는 파프니르가 속삭였다. "걔 아직 여기 있지? 자르는 철광산에 사는 텔스파스6 벌레랑 닮은 것 같지 않아?"

. . . .

6. 난쟁이들이 광산을 떠받치는 지주로 자이언트 강철나무를 사용하는 것은 썩지 않고, 파괴할 수 없는 특성이 있기 때문이다. 하지만 텔스파스 벌레들은 죽은 강철나무만 좋아한다. 따라서 벌레들이 강철나무 받침대를 야금야금 갉아 먹어서 광산을 무너뜨리기 때문에 난쟁이들은 텔스파스 벌레를 끔찍하게 싫어한다.

타라는 킥킥, 웃음이 나왔다. 감전되어 반쯤 마비된 자르의 모습을 떠올리던 타라는 한숨을 쉬었다. 설마, 어머니는 절대 그러지 않을 거야!

"텔스파스가 어떤 벌레인지는 몰라도 자르가 나를 못살게 구는 건 사실이지."

"타라, 왔니?" 셀레나가 말했다. "지금 당장 틸을 만나야겠어."

"엄마!" 타라는 가까이 가지 않은 채 말했다. "틸을 만나러 가기 전에 거울부터 보세요. 팔다리가 온통 브르르르아아아의 시커먼 털로 뒤덮인 엄마의 모습은 정상으로 안 보이거든요."

눈길을 내리던 셀레나가 공포의 비명을 질렀다.

"오, 아더월드의 신들이시여! 이게 무슨 꼴이야!"

"괜찮은데요, 뭐. 조금만 더 길어서 땋으면 정말 예쁠 거예요." 성인 선서식 엑소르드를 할 때까지 수염을 길렀던 파프니르가 말했다.

셀레나는 얼굴이 빨개져서 얼른 방으로 들어갔고, 타라와 파프니르도 뒤를 이었다.

셀레나는 털을 말끔히 제거하고 상큼한 얼굴로 욕실에서 나왔다. 타라는 더 이상 불꽃이 일지 않는 어머니를 보면서 안도의 숨을 내쉬었다.

"파프니르, 죽은 상그라브와 무슨 일이 있었던 거니?" 셀레나가 물었다. "마지스터가 네 가족을 공격한 거니?"

셀레나는 이상하게도 마지스터가 비열한 짓을 저지를 때마다 자기 탓인 것 같았다.

"나를 공격한 거예요." 파프니르가 단언했다. "그리고……."

갑자기 무슨 생각에 충격을 받은 것처럼 난쟁이가 말을 중단했다. 곧이어 경악하는 표정을 지었다.

"오, 할머니의 수염이여! 주의를 기울이지 않았는데…… 상그라브들이 공격한 건 내가 아니라 무아노와 나의 부모님들이었어."

초록빛 눈을 찡그리면서 상그라브들과의 싸움을 떠올리던 파프니르가 벌떡 일어났다.

"타라, 나는 아더월드로 돌아가야겠어. 뭔가 이상한 일이 벌어지고 있는 거야. 마지스터가 나에게 원한을 갖는 건 이해할 수 있어. 하지만 내 부모님을 공격하는 건 아무래도 이상해."

두 소녀는 서로 얼굴을 쳐다봤다. 이윽고 타라가 희미한 미소를 지었다.

"파프니르, 비록 본의는 아니었지만 네가 오늘 와줘서 얼마나 기뻤는지 몰라. 이렇게 말하면 이상하지만 이 뜻밖의 선물을 준 것에 대해 그 상그라브가 고마워."

가족에 대한 걱정에도 불구하고 파프니르는 함박웃음을 지었다.

"말이 나왔으니까…… 내 선물 마음에 들었어?"

"무슨 선물?"

파프니르는 눈살을 찌푸렸다.

"내가 만들어서 보낸 금팔찌. 우리가 함께했던 모험의 몇 장면을 팔찌에 조각해놨는데."

깜짝 놀란 타라는 얼른 생일 선물로 받은 것들이 적힌 목록을 살폈다. 역시 기억대로 파프니르가 보낸 금팔찌는 없었다.

타라는 생일을 잊지 않고 기억해준 친구에 감격해서 난쟁이를 와락 끌어안았다.

"미안해, 파프니르. 받지 못했어. 아마 아더월드의 우편배달에 문제가 생겼나 봐."

"우편으로 보내지 않았어." 파프니르가 말했다. "내 사촌이 직접 선물을 궁전으로 가져갔어. 그리고 열흘 전에 칼리 부인이 직접 나한테 팔찌를 지구에 있는 너에게 보낼 거라고 연락해줬단 말이야. 너와 우리는 통신이 금지되어 있기 때문에 어떻게 접촉할 수 있는지 방법을 묻는 편지도 동봉했는데……"

타라는 혼란스러웠다. 고모는 왜 그 팔찌를 보내주지 않았을까? 이 정도로 유치하지는 않았는데. 도무지 리스베스 여제답지 않은 행동이었다. 황궁에서 일어난 일이니 고모가 선물을 보내지 못하게 막은 건 확실한데.

"선물이 어떻게 된 건지는 나중에 알아보자. 지금은 네 가족이 더 중요하니까. 히믈리아로 돌아가. 그리고 무사한지 엄마나 할머니에게 연락해줘."

파프니르는 타라를 끌어안은 뒤 셀레나에게 인사하고 사라졌다.

하지만 난쟁이는 타라에게 뭔가 이상한 점이 있다는 걸 머리에 새겨두었다.

미신을 전혀 믿지 않으면서도 잘못 생각한 것이기를 빌었다.

그리고 확인하기 위해 지구로 빨리 돌아오리라 다짐했다.

파프니르가 사라지자마자 셀레나는 자신의 방과 틸 대통령의 방을 연결하는 사잇문으로 향했다. 타라가 따라붙었다. 셀레나에게서 더 이상 전기가 일어나지 않는데도 금빛 문에 달린 금속 손잡이를 잡았을 때 저택과 문이 부르르 떨었다.

"진실을 말할 시간이야. 타라, 가자. 셈보르, 너는 여기 있어."

퓨마는 순순히 복종했다. 하긴 명색이 퓨마인데 늑대 떼거리에 포위되어 있는 게 기분 좋을 리 없겠지.

어머니를 따라 틸의 방으로 들어섰을 때 타라는 전시 상황의 사령부에 온 느낌이 들었다. 갈색과 금색의 세련된 정복 차림의 군인들이 뛰어다니면서 바쁘게 움직이고 있었다. 모두 늑대인간들이라서 특별한 에너지가 느껴졌다.

틸과 가까이 지낸 덕분일까, 셀레나는 마치 암컷 늑대라도 되는 듯 늑대의 기분을 느낄 수 있었다. 무언가 상황이 좋지 않은 것 같았다.

등을 돌린 자세로 늑대인간들에게 둘러싸인 틸은 크리스털 볼을 들고 통화하거나 서류를 살피면서 신속하게 지시를 내리고 있었다. 무슨 긴급 상황이라도 발생한 것처럼 몹시 바빠 보였다.

다른 늑대인간들이 셀레나와 타라를 피해서 움직이는데 어딘지 어색하게 느껴졌다. 그 순간 어머니의 반응 때문에 타라는 깜짝 놀랐다. 셀레나가 갑자기 석상처럼 굳어버린 것이 아닌가.

"엄마! 괜찮아요?" 타라는 셀레나가 더 이상 전기가 일어나지 않는

데도 선뜻 손을 잡지 못한 채 속삭였다.

"나를 느끼지 못하고 있어." 셀레나가 하얗게 질린 얼굴로 대답했다. "나한테서 그 꽃향기가 나지 않으니까……."

"굉장히 바쁘잖아요. 저기 봐요, 열 사람과 동시에 말하고 있는데."

셀레나가 타라를 향해 돌아섰는데 아연실색한 눈빛이었다.

"내가 방에 들어가면 틸은 무슨 일을 하든 대번에 나를 느꼈어. 얼른 고개를 쳐들고 미소를 지어 보이면서 나한테 달려오거나 조금 기다리라는 손짓을 했는데……. 타라, 유혹 주문이 완전히 제거된 건 확실한가 봐. 그래서 틸이 더 이상 나를 알아보지 못하는 거야!"

"무슨 주문?" 셀레나 뒤에서 목소리가 물었다. "내가 왜 더 이상 당신을 알아보지 못한다는 거요?"

틸이 다가와서 호기심이 가득한 얼굴로 셀레나와 타라를 쳐다봤다.

셀레나가 틸 앞에 서서 물었다.

"어떤 느낌이에요?"

틸은 한쪽 눈살을 치켜 올렸다.

"무슨 말인지 모르겠소."

"지금 나를 보면서 어떤 느낌이냐고요?"

"솔직히 말하면 당신에게서 왜 이렇게 전기 스파크가 일어나는 것 같은 이상한 소리가 나는지 알고 싶소."

타라는 미소를 감추었다. 어머니는 아주 이상한 표정이라는 걸 잊고 있었다.

"그러니까 내가 온 걸 느끼지 못한 거예요?"

이번에는 틸이 양쪽 눈살을 치켜 올렸다.

"지금 당신이 하는 이상한 말 중에서 그나마 이해가 되는 질문이군요. 당신의 냄새는 내 가슴속에 박혀 있어서 당신이 이 방에 발을 들여놓는 순간 알아차렸지요. 하지만 아더월드에 너무 심각한 문제가 생겨서 당신에게 기다리라는 손짓조차 할 수 없었던 거요. 그리고 당신이 오라고 해서 지구에 왔다가 이렇게 되었으니……."

셀레나는 깜짝 놀라서 물었다.

"네? 뭐가 어떻게 됐는데요?"

"당신이 내 목숨을 살려주었소."

셀레나는 눈이 동그래져서 뒷걸음쳤다.

"누가, 내가요?"

"흠흠. 상그라브들이 아더월드의 통치권자들을 살해하는 중인 것 같소. 따라서 거기 있었다면 나도 당했을 텐데 지구에 와 있는 바람에 화를 면했으니 당신 덕분이지요."

타라는 자신의 귀를 믿을 수 없었다. 마지스터가 완전히 미쳤나? 아더월드의 통치권자들이 있어야 악마의 사물들을 손에 넣을 수 있는데 왜 죽이는 거지?

타라는 불안이 엄습하여 물었다.

"고모와 내 여동생은 어떻게 됐어요?"

"두 사람 다 무사합니다, 하클라." 틸이 정중하게 대답했다. "하지만 랑코비트의 티타니아 왕비와 빌랭 왕국의 남작들이 부상을 입었

답니다. 타트리스족과 에드라킨족, 엘프족, 뱀파이어족은 화를 면했고, 난쟁이족은 공격받았는데 거인족은 공격받지 않았고요."

하클라는 '구원자'를 뜻하는 늑대인간들의 용어였다. 타라가 그렇게 부르지 말고, 존대도 하지 말라고 당부했지만, 늑대인간들은 천성적으로 복종하지 않기 때문에 소용없었다. 타라는 못 들은 체하는 수밖에 없었다.

불길한 느낌이 들었는지 갑자기 얼굴색이 변한 셀레나가 물었다.

"파프니르의 부모님은 괜찮아요?"

"히플리아에서 부상당한 난쟁이가 있다는 보고는 없었어요. 그렇게 호락호락 당할 난쟁이란 없으니까요. 내 생각에는 난쟁이들이 먼저 킬러들을 몰살시켰을 겁니다."

"맥은 그렇게 어리석지 않아요." 셀레나가 말했다. "무슨 꿍꿍이가 있는 게 틀림없어요."

타라는 이맛살을 찌푸렸다. 어머니가 철천지원수 마지스터를 '맥'이라고 부르는 것이 너무 싫었다. 틸의 표정을 보면 그도 기분이 상한 것 같았다. 틸이 몸을 숙이고 셀레나를 끌어안으면서 다정하게 속삭였다.

"우리는 익숙해 있어요. 당신도 알다시피 통치자들은 늘 위협을 받지요. 죽기 살기로 덤비는 조직적인 적으로부터 통치자를 보호하는 것이 그리 쉬운 일은 아니지요. 그 멍청한 상그라브의 꿍꿍이가 무엇이든 당신의 털끝 하나 건드리지 못하게 할 테니 걱정 마요."

그 순간 타라의 눈에 뭔가 거슬리는 것이 있었다. 한 여성 늑대인간의 까만 눈에서 이글거리는 빛은…… 질투의 빛인가? 경멸의 빛인가? 분노의 빛인가? 아더월드에서 받은 교육으로 미루어 타라는 어떤 것도 소홀히 할 수 없었다.

타라는 어머니에 대한 위험을 느꼈다. 어머니에게 여성 늑대인간에 대해 귀띔해줘야겠어.

셀레나가 몇 발짝 물러서서 틸을 뚫어져라 쳐다보며 대뜸 털어놓았다.

"처음에 당신이 나를 사랑하게 된 것이 주문 때문일지 모른다는 의문이 들어서 왔어요. 좀 전에 모우르무르 할아버지가 나에게 걸려 있던 유혹 주문을 제거했기 때문에 나에게서 불꽃 튀는 소리가 나는 거예요. 당신은 방금 내 딸을 '하클라' 즉 구원자라고 불렀어요. 당신을 믿지 않는 것 같아서 미안하지만 나는 알아야 해요. 틸, 나는 늑대들의 감각이 없어서 당신이 거짓말을 해도 느끼지 못하지만 솔직하게 대답해줘요. 나를 사랑한 것이 늑대인간들의 구원자, 타라의 어머니이기 때문인가요?"

타라는 숨을 죽였다. 너무 위험한 질문인데!

늑대인간의 눈이 휘둥그레졌다. 타라는 살피고 있던 여성 늑대인간 역시 깜짝 놀라는 걸 눈여겨보았다.

틸은 아주 영리했다. 성난 표정을 지으면서 곧바로 대답하지 않았다. 하지만 파브리스 덕분에 늑대인간들에 대해 알고 있는 타라는 틸이 충격 받았다는 걸 느꼈다. 다른 늑대들이 지켜보는 앞에서 유혹 주문을 언급하다니, 어머니가 너무 경솔하지 않은가.

늑대인간들은 난쟁이들과 비슷했다. 마법을 좋아하지 않았고, 오랜 세월 노예로 사는 동안 드래곤들의 지배를 받았기 때문에 파브리스를 제외한 늑대인간은 아무도 마법을 할 수 없었다. 셀레나가 많은 늑대 앞에서 틸이 유혹 주문 때문에 사랑하게 된 것이라고 고백한 것은 정말 바보 같은 짓이었다. 정치적 감각이 전혀 없는 어머니가 틸을 아주 곤란한 상황에 빠뜨린 것이다.

그렇지만 늑대인간은 발뺌하지 않았다. 틸은 셀레나의 눈을 뚫어져라 응시하면서 손을 잡았다.

"첫째, 당신은 아름다운 여인이요. 둘째, 나는 당신이 방금 말한 주문이 뭔지 전혀 모르오. 셋째, 우리 구원자의 어머니라는 것과 내 사랑을 선택하는 일은 아무 상관이 없소. 나는 마지스터를 상대로 함께 싸우면서 당신을 처음으로 알았고, 딸이 지닌 용기와 힘을 당신에게서도 발견했소. 따라서 당신의 질문은 환영하오. 연인 사이는 오해나 의심, 의문이 있으면 풀어버리는 것이 중요하니까요. 이것이 내 대답이오. 나는 당신이 우리 하클라의 어머니라서 사랑하는 것이 아니라, 아름답고 용기가 있는 멋진 셀레나라서 사랑하는 것이오. 그리고 세계적인 위기가 닥친 상황이 아닐 때 훨씬 로맨틱한 방식으로 할 생각이었지만 당신이 물어보니까……."

틸은 말을 중단하고 심호흡을 했다.

"셀레나 덩컨, 내 아내가 되어주겠소?"

7
암컷 늑대

늑대인간과 약혼하면
벼룩 걱정은 하지 않아도 되는데

*

여성 늑대인간의 눈빛이 경멸 대신에 놀라움으로 변했다. 타라와 그 자리에 있는 이들도 모두 놀랐다.

셀레나는 흔들렸다. 틸이 무릎을 꿇은 자세로 어디서 꺼냈는지 반지를 내밀었는데 작은 나라의 국민총생산과 맞먹을 정도로 비싸다는 보석, 장밋빛 케빌리아* 반지였다.

케빌리아는 금지된 대륙의 광산에서 채굴한 것이었다. 물론 아더월드 행성에는 케빌리아를 채굴하는 광산이 몇 군데 더 있지만 아주 귀한 보석이었다.

이 보석을 어떻게 묘사할 수 있을까? 어떤 보석과도 닮지 않은 케빌리아, 묘한 크리스털이 뿜어내는 빛깔은 아주 특별했다. 보통 빛깔보다 훨씬 선명하다고 해야 할까. 더 진하고 강렬한 파란빛, 유혹적인 장밋빛, 선글라스가 필요할 정도로 번쩍거리는 노란빛, 눈이 부신 초록빛. 타라가 이제껏 본 것 중 가장 커다란 보석이었다. 오무아의 여제조차 여섯 개밖에 소유하지 못하고 있고, 대관식이나 결혼식 같은 아주 특별한 경우에만 쓰는 왕관 꼭대기에 눈부시게 화려한 노란빛 케빌리아가 장식되어 있었다.

틸의 장밋빛 케빌리아는 작은 태양처럼 반짝였다. 늑대인간들이 웅성거리기 시작했다. 타라는 귀를 세웠다. 찬성하는 웅성거림 같았다. 하지만 모두 찬성하는 것은 아니었다. 타라는 귀를 기울이면서 반대하는 움직임을 느꼈다. 누군가 늑대인간과 인간 마법사의 결혼을 반대하는 것이 틀림없었다.

틸은 무릎을 꿇은 채 늑대의 비인간적인 인내심으로 기다리고 있었다. 늑대인간은 다리에 쥐가 난다거나 무릎이 결릴까 걱정할 필요 따위는 없었다.

반지를 받아 들고 홀린 듯 쳐다보던 셀레나는 잠시 후 아름다운 미소를 지으면서 틸에게 돌려주며 대답했다.

"아니요."

자신에 차서 일어나던 틸은 휘청거렸다. 주위에 있던 늑대인간들도 동요했다.

"뭐라고 했소? 아니라고 했소?"

"당신의 국민은 당신이 늑대인간이 아닌 나와 결혼하는 걸 절대 받아들이지 않을 거예요. 최근 몇 달 동안 유심히 관찰하면서 느낀 걸 말하는 거예요. 나는 당신을 정말 많이 사랑해요, 틸. 하지만 당신이 늑대인간들의 대통령으로 있는 한 이 결혼은 불가능해요. 당신은 방금 내 인생에서 가장 아름다운 선물을 했어요. 이번에는 우리 사이에 어떤 마법도 작용하지 않았으니까요. 고마워요, 틸."

셀레나는 틸의 입술에 입을 맞췄다.

그러고는 아주 의연하게, 주위의 늑대인간들이 귀도 쫑긋하기 전에 틸의 방을 나갔다.

당황한 타라는 틸에게 어색한 미소를 지어 보이면서 어머니를 뒤쫓아 나갔다. 타라는 어머니의 방으로 들어가서 문을 닫은 다음 얼른 비켜서서 수를 셌다.

"셋, 둘……."

예상대로 타라가 하나를 마저 셀 겨를도 없이 틸이 문을 벌컥 열고 질풍처럼 들이닥쳤다.

"오, 내 조상들의 송곳니여! 그렇게 말도 안 되는 핑계를 대다니! 나의 늑대들은 내가 누구와 결혼하든 관심이 없단 말이오!"

셀레나가 활짝 웃으면서 품에 안기는 바람에 틸은 또다시 깜짝 놀랐다.

"주문이 제거되었는데도 당신은 나에게 청혼을 했어요! 지금은 단비우와의 사랑도 확신할 수 없는데……. 당신은 나를 정말 사랑하는 거예요!"

틸의 일그러진 얼굴이 약간 누그러졌다.

"우리 늑대인간들은 평생 동안 짝짓기를 해요." 틸은 검은 눈으로 셀레나의 눈을 뚫어져라 쳐다보면서 선언했다. "하지만 나는 영원히 당신에게 충실할 거요. 당신을 미치도록 사랑하지 않았다면 나는 절대로 청혼하지 않았을 거요."

셀레나는 미소를 지으면서 틸의 얼굴을 어루만졌다.

"알아요, 틸. 하지만 내 대답은 달라지지 않아요. 나를 이해해줘요. 나는 당신 곁에 있는 것 말고는 바라는 게 없어요. 하지만 당신의 국민은 나를 절대 받아들이지 않을 거예요. 그래서 나는 당신의 연인으로 곁에 있을게요. 다른 대통령이 선출될 때까지는."

틸은 어리둥절한 표정으로 셀레나를 쳐다봤다.

"다른 대통령이 선출된다는 말은 무슨 뜻이오?"

"국민이 원해서 선출되었다가 때가 되면 미련 없이 떠날 수 있는 대통령, 그래야 민주주의 아닌가요? 어쨌든 당신의 청혼을 받아들이지만 당장은 아니에요. 당신이 금지된 대륙에서 할 일이 아주 많다는 것과 국민이 당신을 믿는다는 것도 알아요. 하지만 차기 대통령 선거 때 당신이 다른 후보자들에게 자리를 넘기면 그때부터 우리가 사랑할 시간은 충분해요. 경호원 없이 휴가를 떠나서 긴장을 풀고 자유롭게 즐기는 거예요. 그때는 당신과 결혼해서 행복하게 살 거예요."

"하지만 늑대인간들의 수명에 비추어볼 때 내 임기는 족히 100년은 걸릴 텐데!"

타라는 지겨워서 더 이상 듣고 싶지 않았다. 어머니의 애정 문제는 딸이 관여할 일이 아닐뿐더러 상황이 쉽지 않으리라 생각되었다.

이런 문제는 어른들끼리 해결하는 것이 나았다. 어머니가 어떤 점에서는 까다롭다는 걸 알기 때문에 타라는 속으로 빌었다. 틸에게 행운이 있기를!

아더월드에서 벌어지고 있는 통치자 암살 사건 때문에 고모 리스베스 여제와 여동생 마라가 걱정되는 타라는 살금살금 방을 나갔고, 셀레나가 "뭐라고요?" 하고 외치는 순간 조용히 문을 닫았다. 자신의 방으로 향하던 타라는 어머니를 경멸하는 듯한 눈초리로 쳐다보던 여성 늑대인간을 발견했다.

"잠깐 얘기 좀 할까요?" 타라가 외치면서 뛰어갔다.

그 소리에 소스라치게 놀란 여성 늑대인간이 멈춰 섰다. 엉거주춤한 자세로 보아 늑대 모습을 하고 있었다면 귀를 늘어뜨리고 머리를 숙였을 거라고 상상이 되었다.

"네, 하클라?" 여성 늑대인간이 물었다.

휴! 또 하클라. 타라는 자신이 이 호칭을 정말 싫어하는 건지 아닌지 의문이 들었다.

"나는 당신을 모르는데…… 이름이 뭐예요?"

늑대인간들이 자기소개를 하는 방식은 이름으로 소개하거나 개처럼 엉덩이를 흔들어서 냄새를 피우거나 두 가지였다.

타라는 첫 번째 방식이 훨씬 마음에 들었다.

"내 이름은 셀비입니다, 하클라."

"그럼 당신은?"

"틸의 씨족으로 알파 암컷 늑대이고 최고 송곳니입니다."

아! 수상이나 사령관을 '최고 비늘', '최고 발톱'이라고 지칭하는 드래곤들과 마찬가지였다. 하긴 미친 붉은 여왕 드래곤이 길들인 종족이니 당연한 일이었다. 따라서 셀비는 틸의 군대 사령관을 의미했다. 항상 틸 대통령 가까이 있었던 이유는 이해되지만 이상한 점이 있었다. 일반적으로 암컷 늑대는 수컷 늑대보다 힘이 세지 않은 데다 지략이 아무리 뛰어나도 힘이 우선이기 때문에 높은 자리를 차지하지 못하는데…….

따라서 타라는 주의를 기울여야 했다. 이 암컷 늑대인간은 뭔가 남다른 점이 있는 것이 분명했다.

난쟁이들과 마찬가지로 늑대인간들은 대놓고 모욕적인 말을 할 정도로 솔직했다. 타라는 신중하게 행동했다.

"셀비, 왜 내 어머니를 싫어하죠?"

여성 늑대인간은 몸을 더 움츠렸다. 그러고는 신경질적으로 입술을 핥았다.

"늑대인간도 아닌데 그 냄새를 어떻게 맡았죠?"

"나는 코로 냄새를 맡아서 알아채는 것이 아니에요. 유심히 관찰하면 되니까."

"셀레나 부인을 싫어하는 게 아니에요. 우리와 같은 늑대인간이 아닌 한 셀레나 부인은 우리의 욕망을 이해하지 못해요. 그리고 늑대인간이 되는 것도 원치 않으니까요. 분명히 그렇게 말했거든요."

아, 보름달이 뜰 때마다 털북숭이 늑대로 변하는 걸 누가 좋아한단 말인가. 그건 타라도 원치 않았다. 비록 달의 지배를 받는 지구의 늑대인간과는 달리, 아더월드의 늑대인간은 언제든 의지대로 변신할 수 있다고 하더라도.

"솔직히 나는 이해가 되지 않아요." 타라가 말했다. "왜 그러면 안 되는 거죠? 나도 내 어머니가 틸과 결혼하는 걸 원치 않아요. 하지만 그들이 행복하다면 이기적인 생각을 버리고 나보다는 어머니의 행복을 생각할 거예요."

셀비의 얼굴로 보아 타라의 말을 전혀 이해하지 못하는 표정이었다. 타라는 한숨을 내쉬면서 다시 말했다.

"늑대인간이 되는 걸 원치 않는다는 것이 무슨 문제가 되는지 모르겠다고요."

"최고 알파 암컷 늑대는 우리를 보호해줘야 합니다. 늑대는 그럴 수 있는데 인간 모습의 셀레나 부인은 너무 약해요. 따라서 우리가 오히려 셀레나 부인을 다치지 않게 하려고 계속 지켜야 하니까요."

셀비가 입을 다물었고, 타라는 생각에 잠겼다.

"무슨 말인지 알겠어요." 타라는 천천히 말했다. "어머니가 여러분을 보호해줘야 하는데 반대로 여러분이 어머니를 보호해줘야 한단 말이죠?"

셀비가 고개를 끄덕이는데 정말 유감스럽다는 표정이었다.

"네, 셀레나 부인은 우리에게 없는 마법 능력이 있어서 레파루스 치료를 해줄 수 있다는 거 알아요. 하지만 우리의 금지된 대륙에서 셀레나 부인이 부상을 당했는데 가까운 곳에 다른 마법사가 없을 경우에는 아무도 치료해줄 수가 없어요.[7] 우리는 그걸 걱정하는 겁니다. 게다가 틸 대통령도 늘 셀레나 부인이 다칠까 봐 걱정하고 있어요. 그러니까 틸은 약해질 수밖에 없고, 당연히 우리의 단결력도 무

· · · · · · · · · · · · · ·

7. 자기 자신에게는 레파루스 주문으로 치료할 수 없기 때문에 다른 마법사의 도움이 필요하다. 거울을 보면서 주문을 날리는 마법사들이 있는데 거울이 완전무결하게 아주 깨끗해야지 미세한 흠이라도 있을 경우는 효과가 없다.

너지고 있어요. 계속 이런 식이면 틸은 대통령직에서 물러나고 다른 늑대인간이 그 자리를 차지하게 될 거예요."

타라는 변호인 노릇을 하기로 작정했다.

"이런 질문을 해서 미안하지만 대통령이 해임되면 틸과 어머니의 문제가 해결되는 거 아닌가요? 두 분은 정치적 문제에 신경 쓰지 않고 살 수 있을 테니까."

그때 두 남자가 차가운 시선을 던지면서 지나갔다. 한 사람은 타라에게 고갯짓을 까닥했지만, 다른 사람은 모른 체했다. 타라는 기분이 상한 건 아니지만 그 얼굴을 머릿속에 새겨두었다. 대다수 아나자시족보다 훨씬 키가 크고, 까만 눈빛은 차가웠다. 강력한 아우라가 감돌고 있다는 것은 의심의 여지없이 알파 수컷 늑대였다.

두 남자가 사라졌지만, 셸비는 한참을 기다렸다가 타라에게 대답했다.

"틸과 셀레나 부인의 사랑을 그렇게 간단하게 생각하는 건 잘못입니다. 다른 늑대들은 틸만큼 외부 세계에 열려 있지 않아요. 우리의 문제로 끝나는 것이 아니라 곧 하클라의 문제가 될 텐데 우리의 지배력을 전혀 생각하지 않은 겁니다. 붉은 여왕은 우리를 완벽한 전사로 훈련시켰어요. 아직까지는 틸 이외의 다른 대통령을 원치 않지만, 방금 지나간 테올크는 강력한 정적 중 한 명이에요. 테올크는 블루 늑대 무리에 속해 있어요. 블루 늑대 무리는 붉은 여왕을 위해 금지된 대륙의 일부 지역을 지배하고 있었는데 붉은 여왕이 틸을 더 좋아했죠. 그래서 테올크는 대통령으로 선출된 틸에게 원한을 품고 있어요. 틸의 정권을 무너뜨리기 위해 수단 방법을 가리지 않고 있으니 틀림없이 셀레나 부인도 이용하려고 할 거예요."

아주 긴 이야기였다. 타라는 셀비의 눈빛에서 보았던 것은 경멸과 두려움이 섞인 것임을 알아차렸다.

"알겠어요." 타라는 천천히 말했다. "단순히 어머니와 틸 대통령의 사랑 얘기로 끝나는 게 아니기 때문에 크게 걱정하고 있다는 건 이해하겠어요. 난 정말 이따금 아더월드가 징그럽게 싫어요!"

"어머니에게 얘기할 생각이에요?" 갈색 정복 차림의 셀비가 몸을 세우면서 물었는데 그 눈에서 희망의 빛이 반짝이고 있었다. "알파 파브리스처럼 셀레나 부인이 깨물리는 걸 승낙하면 모든 문제가 해결될 텐데요!"

타라는 얼굴을 찌푸렸다. 틸에 대한 사랑에도 불구하고 어머니는 늑대인간으로 변하는 걸 받아들이지 못할 것 같았다.

"음…… 얘기는 해볼게요."

셀비의 눈빛이 반짝였다.

"하지만 조건이 있어요. 지금 이 얘기는 아무에게도 하지 마세요. 내 어머니가 받아들이지 않는 한 아무 소용없는 거니까요."

고개를 끄덕이는 셀비의 얼굴에 희망이 번졌다. 어린 인간이 어머니를 설득하면 걱정은 끝인데. 설령 실패해도 일단 깨물기만 하면 나중에 사과하면 되는 것이 아닌가. 그때까지 목숨이 붙어 있다면.

게다가 틸은 아까 거짓말을 했다. 타라와 셀레나는 모르고 있지만, 늑대들은 거짓말이라는 걸 알아챘다. 타라와 셀레나의 냄새가 달라져 있었다. 셀레나는 유혹 주문이 제거되었다고 말했다. 따라서 틸이 셀레나와 결혼하려는 것이 주문에 걸려들었기 때문임을 테올크가 입증할 수 있으면 틸을 간단하게 해임시킬 수 있었다.

아주 위험한 상황이었다. 셀비는 늑대인간들의 구원자인 타라에게 고충을 토로한 것으로 만족하면서 여러 가지 계획을 궁리했다. 테올크가 권력을 찬탈하지 못하게 제압하는 반면에 셀레나를 설득해서 감염시켜야 하는데.

늑대인간은 소화불량이라는 걸 모르는 종족인데 셀비는 메스꺼움이 일었다.

하지만 개인의 행복보다 무리의 행복이 더 소중했다.

멀어져 가는 셀비를 바라보다 타라는 방으로 향했다. 하지만 너무 답답해서 생각을 바꾸고 홀로 내려갔다. 그때 초인종이 울렸다. 타라는 눈살을 찌푸렸다. 저택이 워낙 넓기 때문에 초인종 소리를 증폭시킨 것이 틀림없었다. 어찌나 쩌렁쩌렁하게 울리는지 귓속에 빅벤(영국 런던의 국회의사당 동쪽 끝에 세운 시계탑 내부의 거대한 종에 대한 별칭—옮긴이)이 들어앉은 느낌이었다.

현관문이 열리고 베티와 살루가 나타났다. 금지된 대륙에 억류되면서 빼빼 마르고 표독스럽게 굴던 베티가 예전의 뚱뚱하고 명랑한 모습으로 돌아와 있었다. 초콜릿/스튜/푸아그라/케이크류의 음식으로 다시 살이 오른 것이었다. 노예생활을 하다 지구로 돌아온 베티가 균형 있는 영양 섭취와는 거리가 먼 식사, 즉 달콤한 것과 기름진 음식, 맛있는 것 위주로 먹어치운 탓이었다.

블랙 드래곤이던 살루덴리바쉬라쉬부는 붉은 여왕이 먹인 약 때문에 소년의 모습으로 살고 있었다. 약한 마법으로 비마들의 눈에는 파충류의 노란 눈빛이 보이지 않게 위장하고 있었다. 하지만 타라는 마법에 감춰진 노란 눈빛을 볼 수 있기 때문에 인간의 얼굴에 자리한 드래곤의 눈빛이 왠지 마음에 걸렸다. 인간으로 둔갑한 초기에는 피부가 창백했지만 차츰 짙어지더니 이제는 머리털과 피부가 원래 드래곤의 몸을 뒤덮은 비늘처럼 검은색으로 변해 있었다. 드래곤 중에서도 큰 키에 속해 있었기 때문에 살루는 거의 거인에 가까울 정도로 키가 컸다. 베티의 보살핌을 받은 것을 계기로 지구에 있는 소녀의 집에서 함께 살면서부터 살루는 비마들이 의심하지 않게 만드는 주문을 사용하여 먼 사촌으로 행세하고 있었다.

그런데 베티의 사촌이 검은 피부라는 사실 때문에 타공 마을 사람들은 수군거리고 있었다.

베티와 살루는 타라를 보면서 활짝 웃었다. 타라가 달려가서 반겼다.

"이렇게 와줘서 너무 반가워. 둘 다 잘 지내지?"

"우리가 늦었지? 미안해. 살루가 네 생일 선물로 암소를 주겠다고 해서 실랑이를 좀 벌였거든." 베티가 짓궂게 살루의 등을 토닥이면서 말했다. "너는 드래곤이 아니기 때문에 좋아할 가능성이 없다는 걸 이해시키느라고 얼마나 애를 먹었는지 몰라. 그런데…… 너네 집 정원에서 티라노사우루스처럼 생긴 날개 달린 동물과 초록 사자들을 봤는데 무슨 일이야? 길을 따라 도망치는 걸 보고 심장이 멎을 뻔했어."

"선물로 받은 거야." 타라는 한숨을 쉬었다. "그 동물들에게 살루의 암소를 주면 되겠다. 살루, 내 생일을 챙겨줘서 고맙지만, 베티의 말이 맞아. 나는……."

"너는 여자다운 선물이 더 좋지?" 베티가 말을 잘랐다. "생일 축하해, 타라!"

갈색 머리 소녀가 의기양양하게 빨간 매듭 장식으로 포장한 선물을 흔들었다. 기대도 하지 않던 타라는 포장지를 뜯고 흰색 티셔츠를 꺼냈는데 로빈의 초상이 그려져 있는 것이 아닌가! 타라의 눈에 눈물이 글썽였다.

"베티, 너무 근사해! 이걸 어떻게 만들었어?"

"내가 기억을 더듬어서 그렸고, 믿어지지 않겠지만 살루가 수를 놨어. 인터넷 검색으로 하룻밤에 배웠는데 솜씨가 대단했어."

살루는 겸손하게 미소를 지었다. 타라는 웃음을 참았다. 커다란 덩치의 위압적인 블랙 드래곤에서 수놓는 소년으로 바뀌다니, 이보다 놀라운 일이 또 있을까!

"선물 많이 받았지요, 어린 후계자?" 살루가 물었다.

타라는 이맛살을 찌푸렸다. 비록 소년의 몸을 하고 있지만 수천 년을 살아왔다는 사실을 내세우면서 살루는 친절한 아저씨 같은 말투와 행동을 고집하고 있었다. 그리고 아무짝에도 소용없다고 생각하는 존댓말을 하고 있으니 타라 혼자서만 반말을 할 수도 없었다.

"나는 후계자가 아니에요." 타라는 단호하게 상기시켰다. "선물은 많이 받았어요. 이사벨라 할머니가 좋아서 입이 귀에 걸릴 정도로. 엄마에게 유혹 주문을 걸어놓은 것에 대해 우리가 할머니를 몰아붙일 때까지는."

유혹 주문? 베티와 살루의 눈이 휘둥그레졌다. 타라는 그들을 아무도 없는 응접실로 데려갔다. 가까이 다가온 작은 원탁에 베티의 선물을 내려놓자 저택이 타라의 손님들에게 시원한 음료수를 내놓았다.

베티와 살루가 빨간색 응접실의 편안한 소파에 앉자 타라는 오랜 세월 어머니에게 걸려 있던 유혹 주문을 제거한 경위에 대해 알려주었다.

"말도 안 돼. 정말 엄마의 몸에서 불꽃이 튀었어?" 베티가 물었다.

"응, 벼락 맞는 피뢰침 같았어." 타라가 말했다.

"그 유혹 주문이라는 건 완전히 제거된 거야?"

"응, 다행히! 모우르무르 할아버지는 천재야. 나에게 끌렸던 것이 그 빌어먹을 주문 때문이라고 나중에 로빈에게 고백할 때 뭐라고 할지 너무 두려워."

"아직도 연락 못 했어?" 베티가 심각한 얼굴로 물었다.

타라는 울컥하면서 눈물이 나올 것 같아서 심호흡을 했다.

"응." 겨우 떨리는 목소리로 대답했다. "지구에 온 뒤로는 전혀. 고모의 통제가 아주 강력한 모양이야."

"나는 끌리지 않았습니다, 어린 마법사." 살루가 정중하게 말했다.

블랙 드래곤 살루덴리바쉬라쉬부는 오무아에 특사로 파견되어 타라와 대면하던 어느 날 타라에게 꼬리를 잡혀서 공중에서 대롱대롱 흔들리는 치욕을 당했는데 어떻게 끌릴 수 있겠는가. 하지만 타라는 살루에게 괴로운 기억으로 남아 있을 에피소드를 군이 상기하지 않았다.

"그게 정상이지. 유혹 주문에 걸린 건 엄마라서 난 약간의 영향을 받았을 뿐이야."

"오, 아름다운 셀레나!" 살루가 미소를 지으며 눈빛을 반짝였다. "나는 주문이 필요하지 않은데……."

베티가 기가 막힌 듯 천장을 쳐다봤다. 타라는 베티와 살루의 사이가 아주 많이 가까워져 있다는 걸 대번에 느꼈다. 사실, 인간의 모습으로 둔갑되어 있다는 것에 크게 충격을 받은 드래곤은 구명튜브에 매달리듯 베티에게 의지했다. 그러면서 차츰 현실을 받아들이게 되었고 지구 생활에도 웬만큼 적응하는 중이었다. 물론 베티도 살루가 몸은 청년기의 인간이지만 정신은 여전히 드래곤이라는 걸 알아차렸다.

아무튼 암소라면 사족을 못 쓰고, 림보의 악마들을 증오하던 드래곤이 인간의 발톱은 우스꽝스럽기 짝이 없다고 구시렁거리다 비틀대면서 한가하게 세월을 보내다니! 살루가 비틀대는 이유는 술에 취해서가 아니라(드래곤들은 알코올이라면 질색하니까) 네 개의 발과 날개가 없다는 걸 자꾸 잊어먹기 때문이었다.

베티와 살루는 친구로 지낼 수는 있어도 그 이상의 관계로 발전할 수는 없었다. 살루는 무슨 수를 써서라도 드래곤이 되어 드란보우글리스펜쉬르로 돌아갈 날을 고대하고 있었다.

오누이처럼 티격태격하며 지내는 살루와 베티를 보면서 타라는 어디로 튈지 모를 정도로 너무 위험한 남동생 자르가 생각나서 부러웠다.

"너랑 있으면 절대 지겹지 않아서 좋단 말이야." 베티가 생각에 잠긴 얼굴로 덧붙였다. "내가 제대로 이해한 거라면 오늘이 네 생일이라는 것 말고도 유혹 주문을 제거했고, 파프니르가 죽은 상그라브와 함께 지하실에 나타났고, 어쩌면 양아버지가 될지 모를 늑대인간이 네 어머니에게 청혼했고, 네 어머니가 늑대인간이 되길 거부한다면 아더월드에서 혁명이 일어날 위험이 있다는 거지?"

물론 베티의 말대로 그것도 큰일이었다. 하지만 그게 다가 아니었다. 마지스터가 아더월드의 통치자들을 암살하고 있다는 얘기가 아직 남아 있었다. 마지스터에게 납치되었던 베티가 그를 얼마나 두려워하고 있는지 알기 때문에 타라는 선뜻 말을 꺼낼 수 없었다.

너무 중요한 문제라서 어떻게 하면 베티 모르게 살루에게 말할 수 있을지 고민할 때 초인종이 요란하게 울렸다. 그들은 동시에 얼굴을 찌푸렸다. 급해서일까, 아니면 초인종을 어떻게 누르는지 몰라서일까? 밖에서 누군가가 초인종을 연거푸 눌러대고 있었다.

베티가 장난기 가득한 미소를 지었다.

"우리 내기하자, 살루. 나는 타라에게 새로운 생일 선물이 왔다는 소식이 아니라 또 심각한 문제가 생겼다는 쪽에 걸게."

드래곤들은 유머가 별로 없었다. 따라서 살루는 베티의 제안을 아주 진지하게 받아들였다.

"가능성이 높은데……. 하지만 나는 도전을 좋아하니까 내기를 받을게. 내가 이기면 네가 설거지 세 번 하기."

베티가 활짝 웃는데 보조개가 귀여웠다.

"애개, 그건 너무 약해. 내기를 좀 높이자. 지는 사람이 일주일 동안 청소와 설거지하기. 그리고 네가 질 경우 마법 사용 금지! 지난번에 우리 아빠와 엄마가 접시들이 저절로 설거지되는 걸 봤기 때문에 그분들의 기억을 지워야 했잖아!"

살루는 손을 내밀었고, 둘은 손가락을 걸고 약속했다.

"아, 정말 짜증난다!" 타라는 신경질이 났다. "나는 편할 날이 없다니까!"

초인종은 계속 울렸다. 그런데 저택이 아직까지 반응을 보이지 않는 것이 이상했다. 누군가가 현관문을 열어주길 기다리는 모양이었다. 타라는 마지못해서 현관문 쪽으로 걸어갔다. 베티는 히죽거리면서, 살루는 호기심이 가득한 얼굴로 뒤따랐다.

타라가 준비된 것을 보면서 저택이 문을 활짝 열었다.

그 순간 여성 뱀파이어가 송곳니를 드러낸 채 달려들어서 타라를 깔아뭉갤 뻔했다.

8
킬라

인간의 피를 먹은 뱀파이어 군단을 만들려고 하다니

*

타라는 비명을 질렀다. 베티도 비명을 질렀고, 살루는 공격 자세를 취했다.

그러나 여성 뱀파이어는 타라를 해치려는 것이 아니었다. 송곳니를 드러낸 것은 뜨거운 눈물을 흘리고 있어서였다.

뱀파이어의 눈물은 피와 섞여 있기 때문에 정말 보기 안 좋았다. 타라는 마침내 눈물을 펑펑 쏟느라고 일그러진 얼굴을 알아봤다. 뱀파이어들의 강력한 대통령의 딸 킬라 드라큘이었다. 루비 같은 눈이 평소보다 더 빨갰고, 늘 반들거리던 갈색 머리가 삐죽삐죽 뻗쳐 있었다.

"타라, 타라." 킬라가 숨넘어가는 소리로 말했다. "도와줘요. 나를 도와줘요, 아니면 우리 국민은 파멸될 거예요!"

뒤에 서 있던 킬라의 '남친' 엘프 스타일러 아르노 테이라틸이 다가와서 뱀파이어와 타라를 일으켜 세웠다. 멋쟁이 엘프 아르노도 얼굴이 몹시 창백했고, 늘 단정하게 묶고 다니는 갈색 머리를 풀어헤친 상태였다. '움직이는 사고뭉치'들인 킬라와 아르노는 오무아 주재 뱀파이어 대사관에 정착한 뒤로 매직 6총사와 친하게 지내고 있었다.

"오, 내 조상들의 혼령들이여! 킬라, 그렇게 갑자기 달려들면 어떡해? 타라 공주님이 놀랐잖아!" 아르노가 이마 위로 흘러내린 갈색 머리를 쓸어 넘기자 엘프 특유의 수직으로 갈라지는 동공이 드러났다.

"문을 때려 부수고 싶었단 말이야!" 킬라가 눈물을 닦으면서 핏대를 올렸다. "문을 빨리 안 열어주잖아! 원시적인 초인종을 그렇게 많이 눌렀는데 빨리 좀 열어주지!"

"들었지?" 베티가 살루를 돌아보면서 말했다. "네가 졌어. 심각한 일이 터진 거야. 아니면 내 이름이 베티가 아니다."

살루는 고개를 끄덕였다.

타라는 옆구리를 문질렀다. 뱀파이어는 인간보다 몸이 훨씬 단단한데 킬라가 느닷없이 달려들어서 깔아뭉갰으니.

"무슨 일이에요?" 타라는 호흡을 가다듬으면서 물었다.

타라가 '또'라는 말만 덧붙이지 않았지 그렇게 물은 것이나 다름없었다.

킬라는 다시 울음을 터뜨렸다. 아르노가 손수건을 내밀었는데 뱀파이어는 딸꾹질이 나와서 아무 말도 할 수 없었다.

"킬라의 아버지가 공격을 당했어요." 아르노가 대신 말했다.

모두 아연실색한 얼굴로 엘프 스타일러를 쳐다봤다.

"공격을 당해요?" 타라가 마침내 말했다. "뱀파이어들의 대통령 베오 드라큘이?"

아더월드에서 강력하기로 이름난 종족들도 만장일치로 가장 두려워하는 뱀파이어가 당하다니. 타라는 자신의 귀가 믿어지지 않았다. 하긴 아더월드의 모든 정부가 공격 대상이라고 했는데 뱀파이어들의 정부라고 모면할 리 있을까.

"네, 나도 대번에 알아채지는 못했어요." 킬라가 말했다. "진군 준비를 하는 우리 군대를 보면서 우연히 알았으니까요."

타라의 가슴이 철렁 내려앉았다. '뱀파이어, 군대, 진군 준비'라니. 도무지 이해가 안 되는 말을 킬라가 하고 있었다.

"알아듣게 설명해봐요, 킬라." 타라는 차분하게 말했다. "공격을 받았다면서 대번에 알아채지 못했다니? 그리고 뱀파이어들의 나라에는 특별수사대만 있지 군대는 없는 것으로 아는데?"

특별수사대는 강력한 군대에 버금가는 뱀파이어 경찰이었다. 트롤들과 싸울 때 개입한 것도 군대가 아니라 특별수사대였다.

아르노의 입술이 일그러졌다.

"우리 엘프들도 그렇게 생각했어요." 아르노가 두 번째 질문에 답변했다. "뱀파이어들은 이미 500년 전에 크라살비의 군대를 해체한 것으로 알고 있었으니까요. 그런데 그게 사실이 아니었던 거예요."

아르노가 다정하게 킬라를 껴안았는데 아름다운 뱀파이어와 엘프의 모습이 묘한 조화를 이루었다. 킬라가 고개를 흔드는데 손수건이 빨갛게 물들어 있었다.

"나도 몰랐어요. 오, 타라, 끔찍한 일이에요! 몇 달 사이에 50만 뱀파이어 군대를 모집해놓다니! 물론 그 정도의 군대로 다른 종족의 군대들을 모조리 당해낼 수는 없겠지요. 하지만 뱀파이어 군대는 강하기 때문에 피비린내 나는 살육전이 일어나고 말 거예요!"

그때 갑자기 뒤쪽에서 나는 목소리에 그들은 소스라쳤다.

"살육전?" 목소리는 아주 관심이 많은 어조였다. "살육전과 군대? 무슨 군대?"

그들이 돌아섰다. 틸의 정적인 늑대인간 테올크가 양옆에 부관들을 거느린 채 눈빛을 반짝이고 있었다. 늑대에게 싸움은 놀이와 같은 의미이지만 늑대인간의 경우는 훨씬 위협적이었다. 더군다나 은으로 만든 무기를 사용해야만 죽일 수 있는 늑대인간들은 아더월드에서 가장 가공할 군대로 이름을 떨치고 있었다.

타라와 달리 늑대인간에 대해 전혀 모르는 킬라는 아버지가 저지른 일에 대해 말했다. 킬라를 조용한 곳으로 데려가야 했는데 타라는 미처 그럴 겨를이 없었다. 타라가 팔을 잡아끌려고 했지만, 킬라는 너무 슬픔에 빠져 있어서 따라갈 수가 없었다. 어쩔 수 없이 교란작전을 펴야 했다.

"공격을 받았단 말이죠?" 타라는 킬라가 너무 많은 걸 털어놓기 전에 말을 끊었다. "그래서 어떻게 됐는데요? 군대와 무슨 관계가 있죠?"

킬라는 타라를 쳐다보면서 또다시 송곳니를 드러냈다.

"오, 타라." 킬라가 울먹이면서 말했다. "아버지가 마지스터에게 당해서 악마의 마법에 감염되었어요!"

그들은 숨이 멎을 뻔했다. 타라는 지구에 뱀파이어가 너무 많아져서 뭔가 이상하게 돌아가고 있다고 생각했었다. 게다가 뱀파이어들이 감쪽같이 자취를 감추고 있는 것도 수상했다. 도처에 흔적을 남기면 감시하는 마법사들의 눈에 즉시 발각된다는 걸 잘 알고 있었다. 피를 많이 빨아 먹힌 시체들을 추적하다 보면 대개는 뱀파이어를 따라잡을 수 있는데 이번에는 너무나 주도면밀했다. 발각되거나 말거나 전혀 개의치 않는, 아니 어쩌면 공격도 막아낼 자신이 있기 때문인지 오히려 발각되기를 바라는, 마지스터의 오른팔 셀렌바와는 수법이 완전히 달랐다.

옆에서 베티가 부르르 떨고 있었다. 마법 능력도 없는 무고한 베티는 타라의 친구라는 이유만으로 마지스터에게 납치되었다. 그리고 아직도 밤마다 마지스터가 나타나는 악몽에 시달리다 땀에 흠뻑 젖어서 잠을 깨곤 했다. 타라에게는 한 번도 말하지 않았지만 아직도 그때의 정신적인 충격에서 벗어나지 못한 상태였다. 마지스터가 살아 있는 한 평온하지 않을 것 같았다.

악마의 마법? 테올크의 얼굴이 일그러졌다. 붉은 여왕은 림보의 악마들이 아더월드를 정복해서 세계를 파멸시키려 한다는 말을 한 적이 없었다. 하지만 금지된 대륙의 많은 가정에 매직넷이 보급된 뒤로 늑대인간들은 온갖 정보를 접하면서 오랜 세월 고립된 생활로 인한 공백을 따라잡을 수 있었다. 그래서 악마의 마법이 얼마나 위협적인지 잘 알았다.

"내가 제대로 이해한 거라면 뱀파이어들의 대통령이 악마의 마법에 감염되어서 군대를 모집했다는 거군요? 목적이 뭐죠?" 테올크가 느끼한 목소리로 말했다.

킬라는 깜짝 놀란 표정으로 테올크를 쳐다봤다. 코를 킁킁거리다 페로몬 냄새를 맡은 킬라는 앞에 있는 테올크가 인간이 아니라는 것을 알아차리고 간만에 블랙 유머를 날렸다.

"늑대인간 씨, 군대를 모집한다는 것은 무엇을 하기 위해서일까요?"

"정복." 테올크가 짤막하게 대답했다.

"네, 맞았어요. 아버지가 바로 그걸 하려는 것 같아요."

"대통령이 그렇게 말했어요?"

"아뇨." 킬라는 인내심을 잃고 대답했다. "검은색으로 변한 눈빛과 얼굴의 정맥을 봤어요. 처음에는 더 강해지기 위해 특별한 작전을 비밀리에 실시하는 거라고 생각했어요. 그런데 상그라브들처럼 가슴에 빨간 원이 나타나는 걸 보고 눈치를 챘죠. 두려웠지만 무슨 일인지 좀 더 자세히 알기 위해 살펴보고 있었는데……."

킬라가 말을 중단했다가 다시 말했는데 목소리가 어찌나 나직한지 몸을 숙여야 겨우 알아들을 수 있었다.

"병사들에게 인간의 피를 먹이는 걸 보고서 도망쳐 나온 거예요."

모두 숨을 죽였다. 보통 뱀파이어도 강력하고 빠른데 인간의 피를 먹으면 열 배나 더 강력하고 빠른 뱀파이어 병사들이……? 그건 재앙이나 다름없었다!

"뱀파이어 병사들에게 인간의 피를 줬다고요?" 타라가 물었다. "하지만 아더월드에는 인간이 그리 많지 않아서 50만 병사 모두에게 인간의 피를 먹이려면 부족할 텐데."

"물론 그렇죠." 킬라는 손수건으로 코를 시원하게 풀면서 말했다. "그러니까 머지않아 지구로 쳐들어올 거란 뜻이에요!"

타라는 문득, 현관 앞에서 나눌 얘기가 아니라는 걸 깨달았다. 그래서 좀 전에 있던 응접실로 그들을 데려갔다. 타라는 정중하게 늑대인간을 떼어내려고 했지만, 눈치가 없는 건지 알면서 시치미 떼는 건지 그들을 따라온 테올크가 호기심이 가득한 얼굴로 소파에 앉았다.

"내기하지 말걸!" 베티가 앉으면서 살루에게 말했다. "이건 문제가 생긴 정도가 아니라 3차 세계대전이 일어나게 생겼으니!"

"드래곤들이 가만히 있지 않을 거야!" 살루가 단호하게 말했다. "악마들이 파괴한 행성에서 뱀파이어들을 아더월드로 데려온 것이 우리 드래곤들이니까. 하지만 한 가지 조건이 있었지. 어떤 순간에도 뱀파이어들은 의식을 가진 존재들을 잠정적인 먹잇감으로 여기면 절대로 안 된다는 것이었어. 에드라킨족이 전쟁을 일으켰을 때 딱 한 번 그 약속을 어겼지. 우리가 날린 아메모루스 주문에도 불구하고 아더월드 주민들의 집단 무의식 속에 그 기억이 아직도 남아 있어. 그런데 또다시 그런 일이 일어난다면 뱀파이어 종족은 몰살되거나 다른 행성으로 영원히 추방될 거야. 그런 야만적인 행위를 두 번이나 눈감아

줄 수 없으니까."

"네, 알려줘서 고마워요." 샐쭉해진 킬라가 내뱉듯 말했다. "내가 여기 왜 왔다고 생각하는데요? 우리를 구해준 적이 있는 타라가 해결책을 찾아줄 거라고 믿기 때문이에요."

타라는 침을 삼켰다. 왜 또 나야? 지금 나는 힘도 없고 아무 생각도 없는데.

살루가 한 말을 들으면서 뭔가 이상한 걸 느낀 킬라가 이제야 이맛살을 찌푸리면서 소년의 눈을 뚫어져라 쳐다봤다.

"드래곤……?"

"어쩌다 지금은 인간의 몸으로 살게 되었지만…… 그래요, 드래곤 맞아요."

"그런데 어떻게 드래곤 냄새가 안 나죠?"

"얘기하자면 길어요." 살루는 한숨을 내쉬었다. "그리고 지금은 그 얘기를 할 때가 아니죠. 아더월드로 가서 크라살비에서 일어나고 있는 일에 대해 알려야겠어요. 더 알려줄 정보는 없나요?"

킬라가 타라를 향해 돌아섰다.

"어떡하죠?"

"글쎄, 모르겠어요." 타라는 뇌가 마비된 것처럼 머리가 돌아가지 않았다. "단번에 50만 뱀파이어 병사를 치료할 수는 없어요. 평생 동안 해도 다 못할 거예요!"

"장교와 하사관들만 감염됐고, 아직 군대 전체는 아니에요. 크라살비에서 그렇게 많은 인간의 피를 구할 수 없으니까요. 하지만 그들이 피를 확보하기 위해 나라 밖으로 나갈 준비를 하고 있는 것 같아요. 일단 원정이 시작되면 정말 전대미문의 끔찍한 재앙이 일어나는 거예요!"

타라는 느낌이 좋지 않았다. 친구의 절망 앞에서 속수무책이라니! 반역적인 뱀파이어들이 지구에서 인간 사냥을 하는 것이 그들 자신 때문이 아니라 군대에 피를 보급하기 위해서였다니! 뱀파이어들이 희생양을 죽이지 않은 이유가 이제야 이해되었다. 피가 필요했던 거야!

그러나 타라는 추방됐기 때문에 아더월드로 돌아갈 수 없었다. 다른 방법을 찾아야 하는데.

"내 말 잘 들어요, 킬라. 강력한 마법 능력이 있잖아요. 내가 인간의 피를 먹은 뱀파이어로 변했다가 다시 정상으로 돌아오는 과정을 보여줄게요. 잘 기억하고 있다가 킬라가 다른 뱀파이어들에게도 그 방법을 가르쳐서 감염된 이들을 치료하는 게 어떨까요?"

킬라는 타라를 쳐다보다가 갑자기 이빨을 드러내면서 활짝 웃었다.

"좋아요! 정말 기막힌 생각인 것 같아요! 보여줘요!"

"내가 마법사를 뱀파이어로 변신시킨 적이 있는데 내 도움이 없는 그 마법사가 정상으로 돌아오지 못하더라고요. 뱀파이어에게는 시험해본 적이 없어서 어떨지 모르겠지만. 아무튼 내가 하는 걸 잘 기억했다가 그대로 따라해봐요. 그리고 미리 알려주는데 굉장히 고통스러울 거예요. 저택? 소리가 응접실 밖으로 새 나가지 않게 해줘!"

모두의 눈길을 받으면서 타라가 마법을 작동하자 킬라는 백짓장같이 창백한 얼굴에 핏빛 눈, 은빛 머리, 인간의 피를 먹은 뱀파이어로 변했다.

킬라가 내지르는 비명소리에 늑대까지 인상을 찌푸렸다. 이어서 타라는 정신적으로 킬라에게 피를 정화하는 방법을 보여주었다. 고통에 몸을 부르르 떨면서 킬라가 천천히 정상적인 모습을 되찾았다.

"휴!" 킬라가 죽는소리를 했다. "구역질이 나서 미치는 줄 알았어요. 미리 말해줬으면 좋았을 텐데."

"이번에는 혼자서 해봐요." 타라는 킬라의 불평을 들은 척도 않고 말했다.

킬라는 심호흡을 하고 나서 타라가 알려준 대로 신진대사를 바꾸기 위해 마법을 작동했다.

칼과는 달리 킬라는 해냈다. 역시 뱀파이어가 다르긴 다르네. 킬라는 인간의 피를 먹은 뱀파이어로 변했다가 다시 정상적인 뱀파이어로 돌아왔다.

"브라보! 성공했어!" 아르노가 외치는 소리에 모두 깜짝 놀랐다.

"이제는 다른 뱀파이어들을 치료할 수 있을 것 같아요." 킬라가 힘없이 대꾸했다. "고마워요, 타라 공주님이 아니었다면……."

"공주님이 아니었다면 우리는 아더월드로 벌써 출발했겠지요." 살루가 가만히 있지 못하고 서성대면서 퉁명스럽게 말했다. "병사들이 악마의 마법에 감염되었다면 치료만으로는 충분하지 않아요. 킬라도 감염될 위험이 있어요."

이걸 농담이라고 하는 거야? 아니면 진담이야? 타라는 킬라의 눈에 글썽거리는 눈물을 보면서 살루의 따귀를 날리고 싶지만 외교 문제가 일어날까 봐 꾹 참았다.

"쉽지 않으리라는 걸 알지만 그래도 가겠어요." 킬라는 아르노의 단단한 어깨에 기대면서 말했다. "아버지가 끔찍한 재앙을 일으키기 전에 어떻게 해서든 악마의 마법에서 구해내야 되니까."

타라는 '다른 뱀파이어들도 구해야지'라고 덧붙이고 싶지만 참았다.

"우리 엘프들의 나라에도 가자." 아르노가 말했다. "엘프들의 여왕 빌라라의 궁정에 가지 않은 지 오래됐지만 사태를 알리면 분명히 귀담아들을 거야."

베티는 주위를 둘러봤다. 마법사, 뱀파이어, 엘프, 드래곤 모두 마법 능력이 있고, 빠르게 결정하고 순식간에 행동하는 전사들이었다. 베티 자신만 어린 인간일 뿐이었다. 쓸모없고, 뚱뚱하고, 느리고, 어리석게 느껴졌다. 베티는 목소리가 떨리지 않게 눈물을 참으면서 말했다.

"난 여기 남을게. 마법의 행성에서는 내가 아무런 도움이 되지 않을 테니까. 빨리 돌아와!"

베티는 신이 난 살루를 보면서 상처를 받았다. 살루는 지구에 살면서 드래곤들의 행성으로 돌아갈 날을 목이 빠지게 기다리고 있었다는 건가? 베티는 좀 더 일찍 알아차리지 못한 것이 후회되었다. 분명 베티 곁에 있겠다고 주장한 것은 살루였다. 그런 그가 지구를 떠난다는 사실에 이토록 눈빛까지 반짝이며 좋아하다니, 베티는 이해하면서도 한편으로는 너무 서운했다.

테올크는 코를 실룩거리면서 호기심을 보였다.

"정말 이상하군요. 드래곤 냄새를 전혀 맡지 못했는데. 우리의 하클라가 아직 알려주지 않은 듯한데 나는 상그라브들의 공격과 뱀파이어들의 감염은 같은 작전이지 별개의 것이 아니라는 걸 지적하고 싶군요."

살루의 눈이 커졌고, 타라는 이맛살을 찌푸렸다.

"아까부터 그 말을 하려고 했는데 겨를이 없었어요."

그렇게 말하면서 테올크는 벌어지고 있는 상황에 대해 대략적으로 설명했다. 이번에는 살루가 코를 실룩거리면서 말했다.

"그 빌어먹을 마지스터는 이미 작전을 개시했는데 우리는 이제 겨우 상황 파악을 했으니. 킬라 양, 갑시다. 내가 보호해줄게요."

킬라는 눈살을 치켜 올렸지만 대꾸하지 않았다. 늑대인간과 드래곤, 둘 중에서 누가 더 믿음직할까? 지금은 비록 소년의 몸을 하고 있지만 그래도 드래곤이 더 확실하지 않을까?

킬라, 아르노, 살루는 각자 할 일을 논의한 다음 출발했다. 베티는 공간이동의 문을 지키는 브주아 지롱 백작에게 그들을 데려가서 자세히 설명했다.

그들과 작별한 뒤에 타라는 할머니와 어머니, 틸을 만나러 갔다.

셋이 모인 자리에 남동생 자르까지 있어서 타라는 깜짝 놀랐다. 그들 모두 할머니 이사벨라가 컴퓨터/영사기/영화 스크린으로 사용하는 대형 크리스털 전광판을 보고 있었다. 할머니는 전광판에 나타난 엘프의 이미지를 응시하면서 눈살을 찌푸렸다.

타라는 누군지 알아보고 심장이 멎을 뻔했다.

로빈이었다.

얘기 중이던 하프엘프가 타라를 발견하고 말을 중단했다. 로빈은 멋진 미소로 얼굴이 밝아졌고, 패밀리어인 히드라 토토, 아니 소우르브는 요란하게 울음소리를 냈다. 타라는 전광판 앞으로 다가가서 로빈의 크리스털 눈과 검은 머리털이 섞인 은빛 머리(너무 짧아져 있었다), 근육질 상체를 뚫어져라 쳐다봤다.

오, 어쩌면 저렇게 잘생겼을까! 짧은 헤어스타일은 별로 마음에 들지 않지만.

알몸 상태의 상체를 드러낸 것은 틀림없이 그럴 만한 이유가 있을 거야. 혹시 마법의 행성에서 요즘 저러고 다니는 것이 유행인가?

타라는 다리가 약간 후들거리고 얼굴에서 바보 같은 미소가 떠나지 않아서 고개를 약간 숙였다.

"로빈, 로빈!" 타라는 목소리가 나오지 않아서 중얼거리듯 말했다.

이제는 주문이 제거되었는데 로빈이 어떤 반응을 보일까?

"오, 내 사랑, 나의 연인, 드디어 너를 보는구나! 너무 보고 싶어서 미칠 뻔했어!" 하프엘프가 쏟아내는 닭살 돋는 표현에 타라는 일단 안심했다. 하지만 이사벨라는 '어린것들이 어른들 앞에서 못 하는 소리가 없어' 하는 표정으로 눈살을 찌푸렸다.

로빈은 여전히 나를 사랑하고 있어! 혀를 차면서 한심하다는 듯 쳐다보는 할머니에 개의치 않고 안도의 숨을 내쉬던 타라는 기절할 뻔했다. 타라가 대답하려고 할 때 로빈 뒤에서 바이올렛 엘프의 얼굴이 보였고, 바로 이어 눈빛과 어울리는 초록색 띠로 풍만한 가슴을 살짝 가린 상체가 나타났던 것이다.

로빈을 집요하게 유혹하는 엘프 여성 전사 발라였다.

타라는 뻣뻣해지면서 분노가 치밀었다.

"전 후계자!" 발라가 로빈의 어깨에 한 손을 얹으면서 질질 끄는 목소리로 말했다. "너의 그 작은 행성에 별일은 없고?"

아더월드가 지구보다 좀 크다고 해서 감히 '작은 행성'이라고 건방을 떨다니!

로빈은 한숨을 쉬면서 피곤한 눈빛으로 천장을 쳐다봤다. 그 뒤에 있는 소우르브가 붕대를 감고 있는데 일곱 개의 머리 중 세 개가 다친 모양이었다.

"발라, 이런 유치한 행동 좀 그만하지?" 로빈이 차분하게 말했다.

바이올렛 엘프가 토라진 기색으로 몸을 세웠다.

"뭐, 유치해? 흥, 트리톤은 엘프들과 달리 양다리를 걸치지 않는데, 몽타뉴크리스토를 먼저 만났다면 너 따위는 쳐다보지도 않았을 거야!"

그렇게 쏘아붙이면서 발라가 로빈의 크리스털 볼이 미치는 영역을 벗어났기 때문에 타라는 안도했다.

로빈의 뒤에서는 발라가 어슬렁거리고, 타라의 뒤에서는 어머니와 할머니, 남동생이 귀를 세우고 있는데 사랑 고백을 하는 것이 그다지 마음에 들지 않지만 타라가 물었다.

"어떻게 연락한 거야? 그리고 네 옷차림…… 윗옷을 왜 안 입었는데? 소우르브에게 무슨 일이 있어?"

하프엘프는 미소를 지었다. 인간들은 알몸 노출을 불편해했다. 로빈의 얼굴에서 미소가 사라지더니 심각한 표정으로 말했다.

"방금 랑코비트의 카흠보움[8] 대사관에 도착했는데 카흠보움족이 더

....

8. 노란색 버터 덩어리 같은 생김새에 빨간 눈과 수많은 촉수가 달려 있다. 카흠보움들은 뛰어난 행정관/문서 담당자/도서관 사서들이다. 화가 많이 나면 폭발하는 단점이 있기 때문에 카흠보움에게는 조용한 직업이 가장 바람직하다.

위와 습기를 좋아해서 여기 기온이 40도가 넘어. 그래서 옷을 벗어야 했어. 카흠보움들이 시원하게 하는 마법을 사용하지 못하게 해서. (로빈이 앞에 있는 크리스털 볼을 가리켰다.) 이건 내 것이 아니라 카흠보움 대사의 크리스털 볼이야. 칼, 파프니르, 무아노, 파브리스와 나는 너에게 연락하려고 얼마나 노력했는지 몰라. 하지만 할 때마다 차단되었어. 오늘 아침, 칼이 카흠보움 대사에게 부탁해보자는 제안을 했어. 대사가 왜 칼을 도와줬는지 이유는 묻지 마. 칼이 그 대가로 훔친, 아니 빌린 것이 뭔지 알고 싶지 않지만 결과적으로는 잘된 거니까."

타라와 로빈은 묘한 미소를 주고받았다. 칼이 기지를 발휘해서 혁혁한 공을 세운 것은 헤아릴 수 없이 많아서 언젠가 보복을 두려워하지 않는 누군가가 그 일화들을 기록해두면 귀중한 자료가 될 텐데.

"칼은 네 이름과 성을 말하면 안 된다고 했어. 지구와 아더월드 간에 네 이름이 들리는 순간 통신이 끊어지는 차단 장치가 걸려 있기 때문에."

타라는 입을 멍하니 벌렸다. 아, 파프니르가 아더월드의 부모님과 통화할 때 자꾸 끊어졌던 것이 내 이름을 말할 때였구나! 이 정도까지? 고모가 너무 심한 거 아닌가? 추방은 그렇다 쳐도 페스트 환자도 아닌데 철저하게 고립시키다니! 타라라는 이름을 가진 사람이 전 세계에 단 한 명만 있는 것도 아닌데.

"방금 네 할머니께 나와 칼, 무아노의 가족들을 위한 피난처를 부탁하는 중이었어." 로빈이 말을 이었다. "파브리스는 지구에 돌아가는 허가를 요청한 상태야."

피난처? 타라는 너무 충격을 받아서 곧바로 반응하지 않았다.

타라 덩컨 157

"내 대답은 허락이다, 하프엘프." 이사벨라가 차분하게 말했다. "당연히 부모님과 함께 이곳으로 피신해도 된다. 파프니르의 도끼를 맞고 끝장난 상그라브 한 명을 봤는데 이 지구에서는 놈들이 감히 우리를 공격하지 못해. 저택의 방어력으로 얼마든지 물리칠 수 있으니까."

"고맙습니다, 덩컨 부인." 하프엘프가 정중하게 대답했다.

"피신?" 타라가 물었다. "아니 왜?"

타라는 자신이 무슨 말을 하고 있는지 깨닫고 얼른 정정했다.

"아니, 내 말은 너희를 만나는 건 정말 기뻐. 하지만 이해가 되지 않아서……."

로빈이 타라를 만나러 오기 위한 구실을 찾은 걸까. 아니면 무슨 심각한 문제가 생긴 걸까?

"우리 부모님들이 상그라브의 공격을 받았어."

타라는 숨이 탁 막혔다. 내가 왜 이렇게 멍청할까!

"우리 매직 6총사의 식구들이 52시간 전부터 여러 번 시험해봤어." 하프엘프가 말을 이었다. "그런데 우리가 어디에 있든 상그라브들이 귀신같이 찾아내는 거야. 오무아의 궁전으로 피신했는데 거기서도 공격을 받았어. 크산디아르 친위대장은 화가 나서 제정신이 아냐. 상그라브들이 궁전의 안티 트란스미투스 보안 장치를 뚫지 못한 게 분명한데도 계속 우리를 공격했거든! 랑코비트도 사정은 마찬가지였어. 랑코비트 정부도 공격을 받자 살라타르[9] 수상이 우리에

· · · · · · · · · · · · ·

9. 랑코비트 왕국의 수상. 사자 머리에 염소의 몸체, 드래곤의 꼬리를 가진 키마이라이며 불을 뿜어낸다. 아주 까다롭고 거짓말을 싫어하기 때문에 정치를 하기에 적합하다.

게 다른 방법을 찾아보라고 했어. 우리를 보호해줄 자신이 없기 때문에. 그래서 부모님들을 일단 지구로 피신시킬 생각을 하게 된 거야. 그런 다음 무슨 일인지, 마지스터가 왜 우리를, 아니 부모님들을 공격하는지 이유를 알아내려고. 소우르브를 셀렌다로 보냈는데 부상을 당했고, 레파루스로 치료했는데도 유령에 들렸던 후유증 때문인지 상처가 아물지 않아. 그래서 결국 내가 데리고 있기로 했어. 나와 헤어진다는 걸 알았을 때 어찌나 괴성을 질러대는지 내 머리가 폭발할 뻔했거든."

타라는 얼굴이 일그러져서 주저앉았다. 친구들의 부모님들이 공격을 받고, 소우르브는 부상당하고. 맙소사, 갈수록 태산이네.

"또 나 때문이야." 타라가 자책했다. "몇 년 동안 우리에게 방해를 받았기 때문에 마지스터가 내게서 너희를 떼어내기로 작정한 게 틀림없어. 너희가 없었다면 나는 벌써 오래전에 그의 노예가 되었을 거야. 너희를 제거하기가 쉽지 않으니까 너희 부모님들을 공격한 것이고. 그래서 상그라브들의 공격으로 부모님들이 부상당했어?"

맙소사! 로빈과의 재회, 아니 얼마 만에 하는 통화인데 이런 얘기를 하게 될 줄이야!

"아니, 칼의 아버지는 심장마비가 일어났지만, 샤먼들의 치료로 지금은 괜찮아지셨어. 마지스터가 완전히 바보 같은 짓을 한 거지. 우리의 부모님들을 공격한 것은 우리의 철천지원수가 되는 거니까!"

"로빈, 마지스터는 이미 우리의 철천지원수야. 너희들이 부모님을 보호하느라고 정신이 없으면 내가 공격을 받아도 도와주러 올 수 없다는 걸 노린 교란작전인 것 같아. 마지스터는 머지않아 이곳을 공격해올 거야. 틀림없이."

로빈이 벌떡 일어나면서 의자를 뒤로 쫓아버렸다.

"금방 갈게."

타라가 무슨 말을 하기도 전에 로빈은 크리스털 볼을 끊어버렸다.

타라는 일어나다가 다리가 후들거려서 도로 의자에 주저앉았다.

"마지스터가 여길 공격할 거라고 생각하니?" 주의 깊게 듣고 있던 할머니가 물었다.

"네, 마지스터가 미친 듯이 사랑하는 엄마가 여기 있잖아요. 유혹 주문은 제거되었지만, 마지스터는 모르고 있어요. 그리고 오무아를 정복하고 드래곤들을 몰아내려는 계획이 우리로 인해 번번이 실패했기 때문에 그 어느 때보다 더 악마의 사물들을 손에 넣고 싶어해요. 일석이조의 효과를 노리는 거죠. 아더월드의 여러 정부들도 공격을 받고 혼란스럽기 때문에 아무도 우리를 도와주러 오지 못할 테니까요. 마지스터는 로빈이 메시지를 보내는 데 성공하고 부모님들을 이곳으로 피신시키겠다는 제안을 하리라고는 생각하지 못했겠죠. 하지만 내 친구들을 끔찍한 함정에 빠뜨렸을까 봐 불안해요. 그리고 마지스터가 왜 뱀파이어들을 악마의 마법에 감염시켰는지 이유를 모르겠어요."

할머니가 벌떡 일어났다.

"뭐라고?"

타라는 응접실에서 있었던 일을 할머니에게 얘기했다. 모두 입을 멍하니 벌린 채 타라를 쳐다봤다. 한 나라의 국민 전체를 악마의 마법에 감염시킬 정도로 마지스터가 강력해졌다니!

자르의 눈이 동그래졌다. 이건 감탄의 뜻? 아니면 공포의 뜻? 타라는 어느 쪽으로 받아들여야 할지 알 수가 없었다.

"마지스터가 뱀파이어들을 감염시켰다고? 하지만 그건 이해가 안 돼. 마지스터가 갖고 있는 악마의 셔츠로는 그렇게 많은 뱀파이어를 감염시킬 수 없어. 악마의 셔츠 안에는 많은 영혼이 갇혀 있지 않기 때문에 네가 파괴한 실루르의 옥좌나 저주받은 왕홀처럼 강력하지 않거든. 그 많은 뱀파이어들, 특히 반대하는 이들도 있었을 텐데 전부 다 어떻게 감염시켜? 도저히 불가능한 일이야! 그리고 뭐 때문에? 뱀파이어들을 감염시키면 악마의 사물들을 가질 수 있게 도와주나? 행성을 유혈의 도가니로 만들고 싶다면 뱀파이어들보다 훨씬 강한 드래곤들을 그렇게 하는 것이 시간이 덜 걸리지. 예전에 마지스터와 함께 살 때 수없이 들었어. 오무아를 점령하려고 했던 것은 타라 너와 우리의 고모 여제가 필요했기 때문이었어. 악마의 사물들이 있는 곳으로 가기 위해서. 마라와 나는 지킴이들에게 알려져 있지 않으니까. 따라서 뱀파이어들을 표적으로 삼았다는 것은 비논리적이야. 그리고 너무 위험해. 나도 타라의 의문에 동의해(아이구, 고마워라! 이제는 철이 좀 드는 건가?). 마지스터가 작전의 일부를 드러내 보였지만 주요 표적은 타라, 그리고 악마의 사물들이야. 아더월드의 통치자들을 공격하고, 뱀파이어들을 감염시키고, 타라를 납치해서 악마의 사물들을 손에 넣으면 아더월드 행성을 지배할 수 있으니까 드래곤들에게 충분히 대항할 수 있지."

열세 살, 아니 거의 열네 살이 되어가는 소년의 정치 분석인데 불행하게도 아주 그럴듯했다.

타라는 셀레나의 눈과 마주쳤고, 공포의 빛을 봤다. 어머니는 두려워하고 있었다. 말문이 막히고 이성적으로 생각할 수 없을 정도로 두려워하고 있었다. 발치에 웅크린 퓨마 셈보르도 두려움을 느꼈는지 송곳니를 드러낸 채 귀를 늘어뜨리고 있었다.

"하는 수 없지!"

침묵을 깨는 이사벨라의 목소리에 모두 소스라쳤다. 냉정한 할머니가 격분해서 일어났다.

"무슨 일인지 전혀 짐작이 안 가. 이 사건으로 아더월드 전체가 혼란에 빠졌으니 이제 타라를 어디로도 보낼 수 없다. 그러니까 지원군을 기다리면서 이 집은 우리가 지켜야 돼. 감히 덩컨 가문에게 싸움을 걸어오다니 놈은 스스로 제 무덤을 판 거야." 이사벨라가 고함을 질렀다. "저택!"

유니콘이 벽에 나타났다.

"경계 태세를 최고 단계로 높인다. 정원과 철책의 방어를 강화해. 스쿠프들을 추가로 배치하여 물 샐 틈 없이 감시한다. 상그라브들이 감히 나타나는 즉시 내게 알려야 한다."

유니콘이 붉게 물들더니 6미터에 이르는 키에 송곳니와 이사벨라의 상체보다 긴 갈퀴발톱이 있는 무시무시한 털북숭이 괴물로 변했다. 괴물이 포효하자 저택의 모든 덧문이 닫혔다. 강렬한 빛이 퍼지면서 저택의 형태가 변하기 시작했다.

주위의 벽들이 크리스털 전광판으로 변했고, 저택과 정원, 그 주변을 비춰주고 있었다.경기관총 진지, 제초기, 쇳덩어리와 불을 뿜는 기계들이 여기저기 나타났다. 어디서 찾았는지 저택이 데려온 그리

폰(사자의 몸에 독수리의 머리와 날개, 말의 귀, 물고기 지느러미 모양의 볏을 가진 괴물—옮긴이) 여섯 마리, 샤트릭스[10] 열두 마리가 코를 킁킁거리면서 순찰하기 시작했다. 벽은 못으로 뒤덮였고, 정원의 벽들은 적어도 1미터는 더 높아졌다. 나무들이 빽빽해졌고, 저택으로 이르는 길의 땅속에 숨어 있는 블루롭스들이 방어선이었다. 블루롭스는 지나가는 것은 모조리 집어삼키는 동물이라서 그야말로 완벽한 함정이었다. 사람 키 높이에 소용돌이 함정이 놓여 있어서 침입자들을 보이지 않는, 다른 차원의 공간으로 쫓아버릴 수 있었다.

몇 초 만에 저택은 '들어올 때는 마음대로 들어와도 나갈 때는 마음대로 못 나가는' 위험한 요새로 변해 있었다.

"이건 좀 너무 심한데……." 약간 당황한 이사벨라가 중얼거렸다.

괴물이 벽에 있는 플래카드를 가리켰다. '최고 경계 태세'.

"이렇게까지 안 해도 되는데." 이사벨라는 한숨을 내쉬었다. "누구든 여길 들어오더라도 나갈 때는 온전한 상태는 아니겠군."

셀레나는 발로 바닥을 톡톡 차면서 이사벨라를 응시했다.

"그럼 우리 손님들은 어떻게 들어오죠?"

이사벨라가 움찔 놀란 얼굴을 하다 피식 웃었다.

"저택에 '최고 경계 태세'를 지시한 게 처음이라서 나도 놀라고 있다. 따라서 나도 방법을 전혀 몰라. 손님들을 통과시킬 수 있게 홀로그램과 신상정보를 줘야겠지."

· · · · · · · · · · · · · ·

10. 이빨에 독성이 있는 하이에나와 비슷한 동물로 아더월드에서는 간수들의 보조 역할을 한다. 게다가 냄새가 독하기 때문에 아무도 좋아하지 않는다.

괴물이 하늘을 쳐다보는 시늉을 한 다음 로빈과 칼, 무아노, 파브리스 가족들의 이미지를 복사했다.

"저택, 완벽해. 잠시 너에게 모든 걸 맡기겠다." 이사벨라가 말했다. "나는 지금 아더월드의 베어 왕과 통화해야 하니까."

아더월드의 암호화된 통신을 받기 위한 방이 여러 개 있었다. 할머니가 무슨 일을 꾸미고 있는데 셀레나와 타라에게 알려주려고 하지 않았다.

타라는 눈살을 찌푸리면서 멀어져 가는 할머니를 바라봤다.

"뭔가를 꾸미고 있는 게 틀림없어." 타라의 발밑에서 누군가가 말했다.

타라는 소스라쳤다. 마니투가 콘솔 탁자 밑에 누워 있었는데 검은색 털이 그림자와 혼동되어서 알아보지 못했던 것이다. 타라는 허리를 숙이고 검둥개를 쓰다듬었다. 전에는 중조할아버지의 머리를 쓰다듬는 행위가 버릇없게 보일까 거북했지만, 마니투가 쓰다듬는 손길을 워낙 좋아하기 때문에 타라는 차츰 자연스러워졌다.

"나를 원망하지 마." 마니투가 말했다. "내가 저지른 짓에 대해 사과하마. 정말 진심으로 미안하다, 타라."

"할아버지도 그럴 줄 몰랐잖아요." 타라는 다정하게 말했다. "유혹 주문이 그렇게 강력할지, 아빠 단비우나 다른 남자들처럼 마지스터가 걸려들지 할아버지가 어떻게 알았겠어요."

"하지만 내가 타라 너와 네 어머니 셀레나의 인생을 엉망으로 만들었어."

"아니에요." 타라는 단호하게 대꾸했다. "마지스터는 드래곤들에게 고문당했던 적이 있어요. 엄마와 관계없이 마지스터는 그랬을 거예요. 엄마를 만나기 훨씬 이전부터 드래곤들을 몰아내겠다는 결심을 했던 거니까요. 마지스터는 자신에게 끔찍한 상처를 주고, 사랑하는 존재를 죽인 드래곤들에게 원한을 품고 있어요. 그렇지만 엄마에 대한 사랑 때문에 복수심도 권력욕도 거의 버릴 준비까지 되어 있었어요. 그래서 나는 마지스터가 그렇게 인간미가 없는 건 아니라고 생각해요."

"하지만 네 엄마에게 빠졌던 건 유혹 주문 때문이었잖아?"

타라가 마니투와 불안한 눈길을 주고받을 때 문이 벌컥 열리면서 흥분한 모우르무르가 나타났다.

"무슨 일이야?" 발명가가 눈이 휘둥그레져서 고함을 질렀다. "공격을 받은 건가? 저택이 왜 최고 경계 태세로 들어간 거야?"

"아니에요." 타라는 가능한 한 차분하게 (너무 흥분한 나머지 발명가가 폭발물을 갖고 뛰어왔을지도 모르는데) 대답했다. "우리는 공격받지 않았어요. 하지만 그럴 가능성은 있다고 생각해요. 그래서 미리 대비하는 거예요."

"저택!" 모우르무르가 고함쳤다.

벽에 모습을 드러낸 채 전광판들을 감시하던 괴물이 모우르무르를 바라봤다.

"내 조수들을 나가게 해. 공격자들이 너의 방어를 뚫을 경우 조수들이 현장에서 놀라운 일을 할 테니까."

괴물이 눈살을 찌푸리자 몇 개의 전기가 나갔다.

"저택!" 모우르무르가 외쳤다. "이게 아냐! 우리를 자유롭게 하라고!"

괴물이 으르렁거리다가 머리를 끄덕였다. 흥분한 모우르무르가 절룩거리는 것치고는 엄청나게 빠르게 방을 나갔다.

타라와 마니투는 불안한 눈길을 주고받았다.

"오, 아더월드의 신들이시여!" 마니투가 중얼거렸다. "아무도 우리를 공격하지 못하게 도와주소서. 모우르무르가 놈들보다 훨씬 위험할 수도 있는데…… 갑자기 지구가 걱정이 되는구나."

타라는 고개를 끄덕였다.

"하지만 아무 일 없이 잘될지도 모르죠."

이 말을 하면서도 타라는 잘못 생각하는 거란 느낌이 들었다.

그리고 그 예감이 맞았다.

바로 그때 첫 번째 폭발음이 울려 퍼졌으니.

9
상그라브

누군가에게 부탁할 것이 있을 때는
섣불리 죽이겠다고 위협하지 말아야 하는데

*

한 무리의 침입자들이 공원의 벽을 뛰어넘을 때 저택의 반응은 '지금은 요 정도로 봐주지만, 계속 까불면 완전 후회하게 해주지' 라는 식의 경고 차원이었다. 그리고 파란 풀 위로 발을 내딛기 무섭게 상그라브들은 스파슌[11]으로 둔갑했다.

갑작스러운 상황에 혼비백산한 상그라브/스파슌들이 펄쩍펄쩍 뛰면서 날아보려고 버둥거렸다.

늑대인간, 아니 늑대들이 귀를 세운 채 맛있는 스파슌을 보면서 군침을 흘리기 시작했다.

....

11. 칠면조의 일종으로 금빛이며 몸집이 커서 잘 날지 못한다. 털이 아름답다고 우쭐대기 때문에 숲 속에 거울을 놓아두면 제 모습에 취해 있는 스파슌을 쉽게 잡을 수 있다. 이삼일 정도면 알이 부화하고, 성장이 빨라서 일주일이면 다 자란다.

테올크가 상그라브/스파슌들을 추적하겠다고 허가를 요청했지만, 틸은 거부했다. 늑대인간들의 대통령은 무엇보다 셀레나와 타라의 안전이 최우선이기 때문에 섣불리 나서지 말고 지켜보는 쪽을 택한 것이다.

양탄자에 숨어서 지켜보던 나머지 상그라브들이 땅바닥에 닿지 않으려고 조심하면서 고함을 질러 혼비백산한 상그라브/스파슌들을 모아들였다.

공격받은 쪽에서 비웃는 소리가 흘러나왔다.

저택 대 상그라브들, 1 대 0.

그 뒤로 두 시간 동안은 아무 일도 일어나지 않았다. 하지만 불안감이 커지면서 흥분한 상태로 싸움에 뛰어들면 실수를 하기 십상이기 때문에 틸과 저택은 이사벨라의 식구들이 동요하지 않게 안정시켜야 했다. 물론 늑대들이 상그라브들과 싸우려고 안달이 나 있기 때문에 쉽지 않았다.

드디어, 마스크를 쓴 상그라브들이 또다시 공원의 벽을 뛰어넘었다.

이번에는 상그라브들이 둔갑시키는 주문을 막을 수 있는 아주 비싼 신발을 신었고, 식물이나 나무, 꽃을 건드리지 않으려고 조심했다. 저택이 땅바닥만 빼놓고 모든 식물에 마법을 걸어놓은 걸 눈치챈 것이다.

벽에 나타나 있는 괴물이 으르렁거리는 것으로 보아 저택이 몹시 화가 나 있었다.

둔갑되지 않는 걸 확인한 상그라브들이 대거 몰려왔던 것이다.

하지만 저택은 거의 요새나 다름없을 정도로 끄떡도 하지 않았다. 그리고 이토록 강력하게 대응할 줄이야! 상그라브들은 무슨 일인지 알아챌 겨를도 없이 땅바닥에서 튀어나오는 어금니들(어떤 동물의 이빨인지 모를)에 갈기갈기 찢겼다.

이어서 빗발치는 마법의 광선에 쫓기고, 기관총 위협에 옴짝달싹 못하던 상그라브들은 휘몰아치는 강풍 때문에 벽으로 밀려났다.

두 번째로 침입한 상그라브 무리도 현장에 많은 시체를 남겨두고 철수했다. 타라는 침을 삼켰다. 진짜 전쟁을 방불케 했다.

원격조종되는 로켓포로 기관총 진지와 자동 마법 로켓들을 무력화시켰을 때는 저택 안의 사람들도 소스라치게 놀랐다.

흥분해 있는 저택은 그 정도로 만족할 것 같지 않았다.

계속된 실패 때문에 미친 듯이 고함을 지르면서 공원으로 몰려온 세 번째 상그라브 무리는 새끼 드래코-티라노사우루스, 사자, 샤트릭스, 그리폰들에게 갈가리 찢겼다.

저택이 상그라브들 대신에 비춰주는 맛있는 동물들의 이미지를 보고 포식동물들이 덤벼들고 있었다. 타라는 저택이 어디서 샤트릭스들을 데려왔는지 정말 궁금했다.

남은 상그라브들은 공격을 멈추고 작전을 바꿨다. 정원으로 침투한 무장 특공대가 수면제를 사용했는지 동물들이 잠들었다.

저택으로 이르는 길이 뚫린 것이다.

상그라브들은 감시하는 스쿠프들을 파괴하려고 했지만, 날아다니는 작은 카메라들은 마법에 반응하지 않기 때문에 파괴 광선을 피할 수 있었다.

총천연색 영화 방식, 즉 테크니컬러 3D로 피와 비명소리까지 생중계가 되고 있기 때문에 방어하는 쪽이 훨씬 유리했다.

게다가 모우르무르의 조수들이 곳곳에 식충류 폭탄을 숨겨놓은 상태였다.

주도면밀한 상그라브들은 마법 탐지기를 지니고 있었다. 그렇지만 모우르무르의 조수들은 그 점을 예상하고 그 위를 밟았을 때 폭탄이 작동하게 만들어놓았다. 폭탄이 열리면서 식사 시간을 애타게 기다리던 식충류들이 튀어나왔다. 오무아의 정글에 서식하는 검은색의 식충류는 자기들끼리 잡아먹을 정도로 왕성한 식욕을 자랑하는 먹보 곤충이었다. 아더월드의 모든 곤충 중에서 가장 위험해서 잡거나 죽이는 것이 쉽지 않았다. 그래서 아더월드에서는 전혀 희망이 없는 상황에 처했을 때 식충류 둥지에 빠졌다고 말한다.

발명가 모우르무르가 식충류를 사육한 모양이었다.

네 번째 공격자들은 완전히 잡아먹혔다. 뼈에 옷까지.

타라는 너무 끔찍해서 귀를 틀어막은 채 쳐다보지 않았다.

마법사들이 죽으면 영혼이 비욘드월드로 떠난다는 건 알지만, 그렇다고 잡아먹고 집어삼키는 등의 살해 행위가 정당화될 수는 없다.

아더월드에서는 왜 항상 잔혹한 행위가 해답일까? 타라가 수없이 해보는 의문이었다.

이번만은 외교술이 중요하다는 걸 느꼈다.

대기하고 있는 상그라브 숫자가 충분하지 않은지 한 시간이 지나서야 다음 공격이 시작되었다.

하지만 이번에는 장난이 아니었다.

마법 갑옷으로 무장한 상그라브들이 양탄자를 탄 상태로 지상과 공중에서 들이닥쳤다. 그들은 식충류들을 태워 죽이고, 기관총 진지를 폭파하고 저택으로 돌진했다.

드디어 작전 성공이었다. 그런데 상그라브들은 아주 사소한 것을 잊고 있었다. 지구에서는 마법이 약하기 때문에 저택이 공원 전체에 마법의 세기를 높여놓은 상태였다. 하지만 저택이 마법을 강화할 수 있다는 것은 그 반대로 약화할 수도 있다는 뜻인데.

저택은 모우르무르의 발명품 중 하나를 이용하여 마법을 완전히 없애버렸다. 아이쿠, 아무리 침입자들이지만 쯧쯧······.

양탄자들이 모조리 으스러졌고, 상그라브들은 작동이 안 되는 갑옷에 갇혀 꼼짝 못하고 있었다.

저택은 즐거운 시간을 가졌다.

상그라브들이 저택을 겨우 할퀴는 정도의 상처를 냈을 뿐이었다. 하지만 방어가 지겨워진 저택이 공격했다.

물론 상그라브들은 예상하지 못했다. 갑자기 모우르무르의 조수들과 함께 틸과 테올크의 늑대들이 나타났으니!

파란색 갑옷으로 무장한 모우르무르의 조수들은 파괴 마법을 발사했다. 늑대들은 가차 없이 이빨과 갈퀴발톱으로 활동을 개시했다. 저택이 상그라브들에겐 마법을 사용하지 못하도록 만들었지만, 집 안의 식구들은 마법을 사용할 수 있었다.

스파슌으로 둔갑해 있던 상그라브들은 침입한 걸 정말 많이 후회했다.

정말 안됐지만 상그라브들은 저택에 틸의 늑대인간들이 있다는 걸 모르고 있었다. 마지스터의 사령부에서도 전혀 예상하지 못한 일이라서 은으로 만든 무기를 제공하지 않은 건 당연했다. 직무에 충실한 스쿠프들은 가장 인상적인 장면들을 포착하고 있었다. 검으로 일격을 가해서 조수를 구해주는 늑대. 세 개의 단검으로 고정시키고 목을 노리는 상그라브에게서 늑대를 구해주는 조수. 그들은 서로 도왔다. 그리고 싸움에서 승리했다.

반면 상그라브들은 협동이 되지 않았다. 그들은 어떤 희생을 치르더라도 저택을 공격하라는 한 가지 명령만 받았는지 동지가 위험에 처해도 도와줄 생각을 하지 않았다.

15분도 안 돼서 아수라장이 된 싸움터는 본래의 형체를 알아보기 힘든 부상자들의 신음소리로 가득했다. 화분으로 둔갑한 상그라브도 있었으니.

늑대들은 부상자들을 살려둘 수 없었다. 일단 늑대인간에게 물리면 상그라브들도 늑대가 되는 것은 의문의 여지가 없었다.

늑대들은 인정사정없이 공격했다.

타라는 입술을 깨물었다. 마지스터가 어떻게 정면 공격으로 이렇게 많은 부하를 희생시킬 수 있지? 마지스터가 꽤 오랫동안 잠잠했던 이유를 알 것 같았다. 많은 사람을 모집하는 데 시간을 보냈던 것이다.

마침내 모우르무르의 조수들, 틸과 테올크의 늑대들은 후퇴했다. 수월한 승리로 그들은 기세가 등등해서 목소리를 높였다. 고함지르고, 허세 부리고, 크게 웃고 떠들면서 거칠게 등을 두드려주는 것으로 살아남은 걸 축하했다. 들것에 실려서 공중에 떠 있는 부상자들도 환호성을 질렀다.

타라는 가슴이 아팠다. 승리한 자들의 흥분을 이해하지만 희생자들이 내내 맘에 걸렸다. 희생자 대부분이 상그라브라 할지라도.

"테올크, 입가에 깃털이 묻었어요." 이사벨라가 늑대인간을 응시하면서 지적했다.

늑대는 이사벨라를 향해 흡족한 눈길을 던지다가 발로 깃털을 없앴다.

정말 이상했다. 마지스터는 이런 식으로 공격한 적이 없었다. 그는 위험한 싸움보다 항상 계략을 택하는데 이번에는 왜 이러는 거지?

자르와 타라는 이왕 마음이 통한 김에 모우르무르의 조수들과 함께 싸우려고 했지만(자르는 싸우고 싶어서 안달이었다), 셀레나와 이사벨라는 허락하지 않았다.

따라서 남매는 화를 억누르고 전광판으로 싸움을 지켜보면서 상그라브들의 일거일동을 유심히 살폈다.

살육전을 보면서 깜짝 놀란 자르가 얼굴을 찡그렸다.

"이건 정상이 아냐. 아무래도 뭔가 이상해!"

"이상해, 뭐가? 상그라브들이 우리를 죽이려고 달려드는 거? 아니면 맥없이 쓰러지는 거?" 타라가 받아쳤다.

싸움을 관찰하는 데 몰두해 있어서 자르는 타라의 가시 돋친 말에 개의치 않았다.

"나는 마지스터를 잘 알아. 태어날 때부터 봤으니까. 물론, 마지스터 곁에는 어떤 나라를 정복할 경우 조언해줄 능력이 있는 참모들이 있어. 하지만 마지스터는 어리석지 않아. 특히 군대 인원은 그리 많지 않아. 그런데 우리를 상대로 저렇게 많은 부하들을 희생시킨다는 것은 필사적이라는 뜻인데 우리 어머니와 네가 갑자기 가장 큰 목표가 된 이유를 모르겠어. 갑자기 그렇게 된 이유가 정말 궁금해."

"마지스터는 엄마를 사랑하니까." 자르의 주장에 약간 충격을 받은 타라가 반박했다.

"응, 인정."

"악마의 사물들을 손에 넣으려면 내가 필요하니까."

"응, 인정."

"유령이었을 때 우리가 오무아와 세계를 동시에 지배할 수 없게 방해했으니까. 그리고 내가 죽였으니까."

"응, 인정."

"무슨 이유가 더 필요한데? 마지스터는 복수하려는 거야."

"아냐."

"아니라고?"

"응." 자르는 단호했다. "마지스터는 드래곤들에게 원한이 있어. 일을 방해하기 때문에 너를 좋아하지 않는 거지 원한이 있는 건 아냐. 너를 잡아서 복수할 목적으로 군대를 희생시킨다는 건 말이 안 돼. 악마의 사물을 손에 넣기 위해서라면 몰라도 도대체 지금은 왜 이러는 거지?"

머리가 복잡해진 타라는 밖에서 벌어지고 있는 싸움에 정신을 집중했다. 동생의 말이 맞았다. 타라도 평소의 마지스터와는 다르다고 생각하고 있었다.

갑자기 타라는 소스라쳤다. 전광판 화면에 로빈의 불안한 얼굴이 나타난 것이다.

"타라?"

"응, 여기 있어." 타라는 기뻤다. 내 이름을 불렀는데 통신이 끊어지지지 않는다는 건 로빈이 지구에 왔다는 거잖아!

"상그라브들의 공격을 받은 거야? 타공 마을에 군인들이 쫙 깔렸어. 브주아 지룽 백작의 성에 있는 공간이동의 문을 통해 방금 도착했는데 위험해서 부모님과 함께 저택으로 접근하는 것이 불가능하겠어. 어떻게 된 거야?"

"나도 잘 모르겠어." 타라는 솔직하게 대답했다. "마지스터는 두 시간 전부터 공격을 퍼붓고 있어. 부하들이 죽는데도 계속하고 있어. 파브리스의 아버지는 무사해서? 상그라브들이 브주아 지룽의 성 공간이동의 문을 통해 들어왔는지, 아니면 불법으로 문을 만들어서 들어왔는지, 우린 아직 그것도 모르고 있어."

하프엘프는 입술이 묘하게 일그러졌다.

"불법으로 만든 문을 통해 들어온 게 틀림없어. 공간이동의 문들은 지난번 사건으로 침략할 경우는 자동 빗장이 걸려 있거든. 그들은 이곳에 발을 들여놓지 않았어. 그랬다면 우리도 붙잡혔겠지. 악마들의 림보를 통해 들어온 게 틀림없어. 너희는 괜찮아? 군대가 동네를 완전히 장악하고 있어. 주민들을 가둬놓고 수면제를 먹인 것 같아. 주민들이 깨어날 때는 모든 것이 끝나 있겠지. 부모님들에게 위험을 무릅쓰게 할 수는 없어. 아무래도 성에 있다가 기회를 봐서 도망쳐야 할 것 같아."

"안 돼, 특히 그건 안 돼!" 타라가 외쳤다. "그러다 붙잡히면 나를 협박할 거야. 그냥 그 성에 계속 머물고 있어. 지금은 두려울 게 없으니까. 상그라브들은 우리의 방어를 뚫지 못해. 저택은 랑코비트의 살아 있는 궁전의 복제판이거든. 그러니까 걱정 안 해도 돼."

하프엘프의 눈이 휘둥그레졌다.

"뭐라고? 랑코비트 정부에서 그 귀중한 궁전을 복제하게 허락했단 말이야?"

"저택이 우리의 목숨을 구해줬어. 저택이 아니었다면 우리는 버티지 못했을 거야!"

"그래, 알았어." 로빈이 화가 난 표정으로 말했다. "지금은 싸움에 끼어들지 않고 지켜보고 있을게. 하지만 타라, 나를 비롯하여 파브리스와 칼, 무아노, 파프니르는 네가 위험에 빠지면 네가 원하든 원치 않든 도와주러 갈 거야!"

"얼마 만에 만나는 건데 우리의 재회가 이렇게 될 줄이야!" 타라가 한숨지었다. "하지만 걱정하지 마, 다 잘될 거야. 상그라브들은 절대로······."

타라는 말을 끝낼 수 없었다. 상그라브들이 저택 밖에서 폭탄을 터뜨리면서 통신이 끊겼기 때문이다.

"알았어, 알았다고!" 타라는 갑자기 시커메진 전광판을 보면서 말했다. "지금부터는 다 잘될 거란 말을 하지 않을게."

용케 폭발을 피한 스쿠프들이 공원과 주변을 보여주었다.

공원을 벗어나지 못하고 맴맴 돌면서 싸워야 하는 것에 지친 상그라브들은 필요 없는 것들을 치우기로 결정했다.

저택으로 이르는 길과 함께 소용돌이, 블루롭스 등 저택과 모우르무르가 준비한 함정들이 완전히 파괴되었다.

저택과 모우르무르는 합창으로 으르렁거렸다. 적군이 좋은 생각을 했다는 자체가 기분 나빴던 것이다. 게다가 강력한 공격력을 선보였으니.

그들이 반격하기 전에 상그라브들은 저택의 현관문 앞까지 접근하는 데 성공했다.

상그라브들에게 포위된 것이었다.

저택은 모든 통로를 봉쇄했지만 이따금 흔들리는 것으로 보아 벽이 혹독한 시련을 겪고 있는 것 같았다. 저택이 집 밖의 마법을 차단했지만, 주도면밀한 상그라브들은 지구의 폭발물을 사용하고 있었다. 구체적으로 C4와 셈텍스(C4보다는 물에 강한)처럼 폭발력이 강하고, 짧은 거리에서 아주 효과적인 폭발물이었다. 더구나 물렁거리는 흰색 진흙 같아서 파괴하려는 대상의 모양으로 만들 수 있는 장점이 있었다. 그래서 상그라브들은 돌쩌귀와 자물쇠들을 공격했다.

저택은 눈 깜짝할 사이에 문이란 문은 모조리 사라지게 했다.

폭발물들이 픽, 픽, 소리를 내면서 바닥으로 떨어졌고 먼지를 일으켰다. 격분한 상그라브들이 이번에는 구멍을 내기로 결정하고 벽에 폭발물을 붙였다.

그런데 덕지덕지 기름칠한 벽이었으니.

폭발물이 또다시 바닥으로 미끄러졌다.

번번이 당한 상그라브들은 씩씩거리면서 이번에는 미끄러지지 않게 샌드위치처럼 벽에 폭약을 붙이고 그 위에 진흙을 발랐다.

그런데 저택이 폭발물을 삼켜버렸으니. 그것도 한 번에 꿀꺽!

벽에 나타난 괴물이 의기양양하게 상그라브들을 향해 비웃음을 흘렸다. 상그라브들의 대장이 고함을 지르면서 벽을 공격했지만 꿈쩍도 하지 않았다. 상그라브들의 대장은 더 크게 고함쳤는데 이번에는 절규에 가까운 소리였다.

괴물도 질세라 더 크게 비웃음을 흘렸다.

격분한 상그라브들의 대장이 폭약을 채운 로켓포로 포격했다. 저택은 옆이나 위로 지나가는 로켓포를 폭발하게 두고, 나머지는 모두 삼켜버렸다. 하지만 이내 몇 개가 연속적으로 폭발하면서 벽에 상처를 주었다. 사나운 동물처럼 거대한 돌의 몸통을 파고들면서 조금씩 목적을 달성하고 있었다.

저택은 있는 힘을 다했지만 그리 오래 버티지 못할 것 같았다.

안에서는 이사벨라가 지시를 내리고 있었다. 특별한 문제없이 평화로울 거라고 생각하던 지구 여행에서 갑자기 전투를 벌이게 되다니, 늑대인간들에게는 정말 뜻밖의 보너스였다.

테보리르[12]!

얼마 전까지만 해도 아버지라고 생각하며 살았던 마지스터에게 맞서는 것을 자르는 약간 불안해하면서도 즐거워했고, 타라는 손톱을 물어뜯으면서 이제 곧 들이닥칠 첫 번째 군대를 공격할 작전을 궁리하고 있었다.

"오, 흉측한 벤드룩이여!" 이사벨라가 크리스털 전광판 앞에서 소리쳤다. "지원군을 요청해도 10년은 걸리게 생겼어. 오, 젤리소르의

---

12. 미친 듯이 즐기거나 배불리 먹고 나서 기쁨을 나타내는 표현.

충치여! 상그라브들의 공격을 받으면 내 손녀딸이 위험한데 도대체 어느 나라 언어로 말해야 도움을 받는단 말인가!"

자르는 타라를 쏘아봤다. 타라, 타라, 언제나 타라 타령! 위험하긴 마찬가지인데 할머니는 자르를 걱정해주는 적이 없었다. 자르는 몸에 잔뜩 들어가 있는 긴장을 풀려고 애를 썼다. 언젠가는 복수하고 말 테야! 하지만 지금은 상그라브들과의 싸움에 집중해야 했다. 이 싸움에서 타라에게 무슨 일이 생길 경우 뭘 할 수 있을까?

벽에 나타난 괴물이 울부짖었고, 동시에 문짝 하나가 떨어지는 둔탁한 소리가 났다.

상그라브들이 드디어 저택에 들어온 것이다. 여러 개의 전광판에 복도로 몰려드는 잿빛 마법복에 검은색과 회색 또는 금빛 마스크를 쓴 상그라브들이 보였다. 저택은 침입자들의 발밑으로 호수를 만드는 장난을 쳤고, 이에 질세라 모우르무르는 한술 더 떴다.

벽들이 갑자기 좁혀지면서 익사하지 않은 자들을 짓이겨버렸기 때문에 상그라브들은 공중 부양해봐야 아무 소용이 없었다. 하지만 이런 방어 장치에도 불구하고 침입자들의 수가 더 많아졌고, 벽들을 폭파하고 기둥을 파괴하면서 머리 위로 지붕이 무너져 내리거나 말거나 전진했다.

믿을 수 없을 정도로 무모해 보였다. 저택은 거주자들을 보호하려면 더 이상 벽이 무너지게 내버려둘 수 없었다. 따라서 상그라브들과 싸우는 걸 멈춰야 했다.

"모두 실험실로! 빨리, 빨리!" 모우르무르가 외쳤다.

저택이 계단을 만들자 모두 몰려 내려갔다.

복도 맞은편 커다란 방에 늑대들이 만장일치로 맨 앞에 배치되었다. 틸은 셀레나와 타라, 이사벨라, 마니투와 함께 그 뒤쪽에 있었다. 수컷 알파이자 대통령으로서 지금은 직접 앞에 나서는 대신 병사들이 싸워야 했다.

하지만 틸은 마음에 들지 않는 것이 역력했다. 적들을 죽이지 못한다면 어떻게 사랑하는 여자의 눈을 반짝이게 할 수 있단 말인가! 셀레나가 적과 싸우는 것보다 곁에 있는 것이 더 좋다고 한다면 몰라도. 또다시 마지스터에게 잡혀가면 미치고 말 거라면서 틸에게 도움을 청했던 셀레나가 아닌가!

셀레나는 방어가 한계에 이를 경우 틸에게 깨물어달라고 했었다. 늑대인간이 되기 위해서였다. 틸은 암컷 늑대가 되겠다는 셀레나의 생각이 마음에 들지 않지만, 불안해진 그녀의 어두운 얼굴을 보면서 하는 수 없이 수락했다.

셀레나와 틸은 타라에게 말하지 않고 있었다. 타라는 어머니의 문제 말고도 걱정할 일이 너무 많기 때문이었다.

얼마 전에 타라는 자신이 일종의 발전기가 될 수 있다는 걸 알게 되었다. 그래서 에너지를 축적해놓은 현재 상태에서는 보통 때보다 마법의 강도를 열 배 가량 높일 수 있었다.

문제는 마법의 강도를 조절하기 힘들어 섣불리 공격할 수 없다는 것이었다. 타라는 이를 악물고 억제하고 있지만 화산처럼 정수리가 약간 벌어지는 느낌이 들었다.

모우르무르가 기계를 조절하자 마치 가마에서 나오는 것처럼 진흙 인형이 나타났다. 발명가는 나무 의자 위에 올라서서 떼었다 붙였다할 수 있는 것으로 보이는 머리를 열고 작은 종이쪽지를 집어넣었다.

그 즉시 진흙인형의 눈이 반짝이더니 삐걱거리면서 일어났다.

"명령에 복종하겠습니다!" 진흙인형이 고함을 질렀다.

모두 두 손으로 귀를 틀어막았고, 타라는 집중력을 약간 잃었다. 도 대체 저건 또 뭐지?

"고맙다!" 모우르무르는 우거지상을 하면서 대꾸했다. "그런데 말 좀 작게 해주겠니?"

"명령에 복종하겠습니다." 진흙인형이 어찌나 작은 소리로 속삭이는지 아무도 알아들을 수 없었다.

"목소리 볼륨을 맞춰봐." 모우르무르가 눈을 굴리면서 말했다.

"명령에 복종하겠습니다." 진흙인형이 끈기 있게 반복했다.

"골렘이잖아. 진흙인형 골렘." 이사벨라가 구시렁거렸다. "어떻게 된 거예요? 제정신이에요? 골렘이 믿을 만한 존재가 못 된다는 걸 모 르세요?"

"그래서 개선했으니까 골렘은 내 지시에 복종할 거야." 모우르무 르가 대답했다. "자네가 지원을 받지 못했으니 싸우는 것이 어렵지 않겠나?"

"오무아와의 통신이 끊겨 있잖아요." 이사벨라는 발끈했다. "랑코 비트와는 연결이 됐는데 한다는 말이 '가능한 한 빨리 엘프 전사들 을 보내겠다. 하지만 왕과 왕비가 공격을 받았기 때문에 지금은 왕가 를 보호하는 데 전력을 기울이고 있으니 나중에 다시 연락하겠다'는 거예요. 기가 막혀서! 관료들은 하나같이 골통들이라니까!"

타라의 눈이 동그래졌다. 할머니가 저런 말을 한다는 건 상황이 정말 심각하다는 건데!

타라는 눈을 감고 마법에 정신을 집중했다. 가슴속에서 뜨거운 덩어리 같은 것이 점점 커지는 게 느껴졌다.

타라는 한숨 돌렸다. 마법에 집중하면서 이렇게 기분이 좋기는 정말 처음이었다. 마법이 완전히 다른 차원에 이르러 있는 것 같았다. 어떤 임무를 위해 마법을 사용하는 것이 아니라 믿어지지 않을 정도로 감미로운 에너지에 잠기는 것 같았다. 타라는 눈살을 찌푸리면서 이 새로운 감각을 강화하려고 애를 썼다.

"이건 정상이 아냐."

옆에서 나는 목소리에 타라의 집중력이 깨졌다.

"네?" 타라는 불만이 가득한 어조로 물었다. "또 뭐가 이상한데요?"

모우르무르는 타라의 짜증에 반응하지 않았다.

"상그라브의 시체를 연구했지. 악마의 마법 원리와 마지스터가 하는 걸 여러 번 볼 수 있었기 때문에 힘을 높이기 위해 마법을 어떻게 이용하는지 궁금해서."

그래, 맞아! 마지스터와 맞닥뜨린 것이 벌써 여러 번이었지. 특히 마지스터가 오무아 평원에서 맞서 싸울 때 악마 군단을 불러들이는 데 성공한 것처럼 믿게 했던 장면은 영화로도 만들어졌다는 걸 타라는 깜빡 잊고 있었다. 따라서 마법사들과 최고 마구스들은 마지스터가 악마의 마법을 사용하고 있다는 걸 알지만, 정확한 원리를 모르고 있었다. 모우르무르는 악마의 마법의 원리를 밝히려고 애를 썼는데…… 얼굴을 보니 실패한 모양이었다.

"그 시체는 얼마 전까지만 해도 상그라브가 아니었어. 아주 최근에 악마의 마법에 지배를 받은 것 같아. 살 속 깊이 박혀 있지도 않고."

무슨 말인지 이해한 자르가 타라를 위해 대꾸했다.

"우리를 공격하려면 인원이 많이 필요하기 때문에 군대를 모집한 게 틀림없어. 나는 이렇게 많은 상그라브를 본 적이 없어! 통치자들에게 들키지 않기 위해 천 명 이상을 곁에 두는 적이 거의 없었거든. 딱한 번 상그라브들이 굉장히 많았던 적이 있는데 마법사들의 자식들을 유괴해서 잿빛 요새에 가뒀을 때야. 하지만 일시적이었어. 그리고 내가 이해할 수 없는 게 또 하나 있어. 우리를 공격한 상그라브들 중에 뱀파이어는 없어. 그런데 아까 킬라 얘기를 하면서 뱀파이어 군대가 악마의 마법에 감염되어서 마지스터의 명령을 받고 있다고 했지? 뱀파이어들이 왔다면 우리는 상대가 안 돼. 짧은 시간 내에 우리를 정복했을 테니까. 그런데 왜 마지스터는 약한 병사들을 보냈을까?"

"내 말이 그거야. 그들을 모집하기 위해 무슨 짓을 한 걸까?" 모우르무르가 말했다. "물론 누구나 강력한 마법 능력을 원하지. 하지만 아무리 강한 마법이라도 악마의 마법을 좋아하는 사람은 거의 없어. 너무 두렵기 때문에. 그런데 어떻게 마지스터가 단기간에 그 많은 사람을 상그라브로 만들었을까? 동시에 뱀파이어들까지? 온통 의문투성이야. 이런 거 아주 싫은데."

실험실로 이르는 복도의 문을 걷어차는 소리가 났다. 그들은 서로를 쳐다봤다.

상그라브들이 그들이 있는 곳을 찾아낸 것이다.

10

빌랭 왕국의 용병

용병에게는 미션이 끝났을 때
잊지 말고 대가를 치러야 하는데

*

저택이 지하실로 이르는 통로란 통로를 모조리 막아놨지만, 상그라브들은 미련하지 않았다. 무작정 벌컥벌컥 문을 열었다가 정글, 바다, 소용돌이 등을 만나 신체 일부를 잃는 부상을 입게 되자 상그라브들은 일단 후퇴했다가 만반의 준비를 하고 돌아왔다.

탐지기를 이용하여 최종 목적지에 이른 상그라브들은 마법과 무기를 휘둘렀다. 그중 권총으로 무장한 이들을 보고 타라는 경악했다. 지구에서야 권총이 특별한 무기라고 말할 수 없지만 아더월드 사람들이 권총을 소지한다는 건? 지구에서는 마법이 불안정하다는 걸 알기 때문에 정말 치밀한 계획으로 권총을 구입했다는 것이 아닌가! 하지만 어디서, 어떻게 구했을까?

상그라브들은 늑대들을 보면서 앞서의 패배를 의식하는지 잠시 머뭇거렸다. 그중 한 명이 파란 기를 들고 앞으로 나왔는데 지구의 백기와 같은 의미였다. 가슴 부위에 원이 검붉은 색깔인 것으로 보아 서열이 높은 상그라브인 모양이었다.

"항복해야 할 타이밍이다!" 상그라브가 거만하게 말했다.

이쪽에서는 모우르무르가 거들먹거리면서 나섰다.

"그건 내가 하려던 말이다." 모우르무르는 평온하게 말했다.

타라는 고개를 갸우뚱했다. 지금 무슨 말을 하는 거지?

"좋다!" 마스크를 쓴 상그라브가 말했다. "늑대들은 변신한 다음 무기를 버리고, 모든 공격을 중단하라."

모우르무르는 눈살을 찌푸렸다.

"내가 하려던 말이다. 늑대들에 대한 요구는 제외하고."

"뭐라?"

"지금 항복하겠다고 우리를 찾아온 게 아니었나?" 모우르무르는 아주 천연덕스럽게 물었다.

그 말에 어이없어하는 상그라브를 보면서 타라는 하마터면 웃음이 터질 뻔했다.

"뭐, 뭐라고? 항복은 당신들이 해야지! 우리가 수적으로 훨씬 우세한데!"

"하지만 우리가 더 세지!" 모우르무르는 뒤에 있는 타라를 가리켰다.

그러고는 상그라브를 향해 몸을 숙이면서 속삭였다.

"너희를 해치고 싶지 않지만, 내 뒤에 있는 금발 소녀는 너희 보스를 한두 번 죽인 적이 있거든. 소녀가 공격하면 끔찍한 일이 벌어질 텐데!"

상그라브의 마스크가 창백해졌다. 그는 목소리를 가다듬기 위해 마른기침을 했다.

"알려줘서 고맙지만 타라 덩컨 양이 누군지 잘 알고 있다. 그리고 당신의 협박은 소용없어. 우리는 덩컨 양의 마법이 두렵지 않다. 우리 악마의 마법도 그 못지않게 강력하니까."

"이런, 그렇게 말할까 봐 정말 걱정했는데!" 모우르무르는 마지못해서 말했다. "타라?"

"네, 모우르무르 할아버지?"

"남자인지 여자인지 모를 이 사람에게 너의 마법에 비하면 악마의 마법은 아무것도 아니라는 걸 보여주겠니?"

오, 모우르무르, 농담이 좀 심한 거 같은데. 어떻게 혼내줘야 잘했다고 소문이 나려나? 타라는 상그라브를 쳐다보다가 좋은 생각이 떠올랐다.

타라가 발사하는 마법에 상그라브들이 뒷걸음쳤다. 타라 쪽의 사람들도 잔뜩 긴장하면서 뒤로 약간 물러섰다.

모우르무르와 상그라브는 물론이고 타라 앞에 있다가 마법이 몸에 닿은 이들은 모두 짧은 양말에 팬티만 달랑 입은 낯 뜨거운 차림이 되었다.

마스크도 사라졌기 때문에 텁수룩한 머리에 아연실색한 상그라브들의 얼굴이 드러나 있었다.

희끗희끗한 머리의 대장을 제외하고는 상그라브들이 아주 젊었다.

모우르무르는 잠자코 있다가 얼이 빠진 상그라브에게 말했다.

"뭐, 요 정도 갖고! 우리 타라는 홀랑 다 벗겨서 너희들의 살과 근육, 뼈까지 모조리 드러낼 수 있다. 자, 이제 어떤 선택을 할지 잘 생각해서 결정하기 바란다."

블루 코끼리 무늬가 있는 팬티만 달랑 입고 있으니. 그렇지 않아도 죽을 맛인 상그라브에게 던지는 이 말은 확인사살이나 다름없을 텐데.

"이제 항복에 대해 논의해볼까?" 모우르무르가 말을 이었다.

상그라브는 잠자코 있다가 입을 열었다.

"천만의 말씀! 후계자가 우리 모두를 상대로 마법을 사용하지 못한다는 걸 알고 있다. 너무 마음이 약하기 때문에."

타라는 딸꾹질을 했다. 맙소사, 맞는 말이었다. 그리고 타라는 방어할 수는 있어도 사람들을 죽일 수 없었다. 그건 타라의 방식이 아니었다.

타라 쪽에서 아무런 반응을 보이지 않자 상그라브는 가능한 한 품위 있게 돌아서서 부하들과 합류했다.

그러고 나서 그들은 복도에서 사라졌다. 모우르무르는 한숨을 내쉬었다.

"애들이었어. 애들을 보내다니, 비열한 마지스터!"

"우리도 애들이에요." 자르가 퉁명스럽게 응수했다. "애들이라고 싸우지 못하는 건 아니거든요!"

뜻밖의 말에 타라는 깜짝 놀랐다. 뭐? 오늘 얘가 왜 이러지? 놀랄 일이 한두 가지가 아니었다. 인정이라곤 없는 자르가 스스로 애라는 걸 인정하질 않나, 오늘은 오래도록 잊지 못할 기념비적인 날이군.

"저들이 어떻게 나올까요?" 타라가 실력을 보여주었는데도 여전히 하얗게 질려 있는 셀레나가 물었다.

"끈질긴 놈들이니까 또 공격해올 겁니다." 테올크가 기분 나쁜 미소를 지으면서 대답했다.

불행히도 테올크의 말이 맞았다. 복도에 유형화된 상그라브들이 떼거리로 돌진했고, 타라가 마법을 사용할 겨를도 없이 곧장 늑대들에게 달려들었다. 늑대들은 힘이 열 배로 증가하는 반인간 반늑대로 변신했다. 갈퀴발톱과 마찬가지로 송곳니는 강철도 구부릴 수 있었다. 늑대인간들이 앞다투어 상그라브들을 물어뜯으면서 가차 없이 해치우고 있었다.

상그라브들과 늑대인간들이 뒤죽박죽으로 섞여 있어서 타라는 아군이 다칠까 공격할 수 없었다.

비명소리가 울려 퍼지고, 피가 흘렀다. 상그라브들은 마법을 사용하지만, 순간적으로 인간에서 늑대로, 늑대에서 인간으로 변신을 거듭하는 상대가 어찌나 재빠른지 공격하기가 쉽지 않았다. 늑대가 건드리기만 하는 것 같은데 상그라브들이 픽픽, 쓰러졌다.

그렇지만 상그라브들은 마법으로 복도를 휩쓸면서 전진하고 있었다. 결국 싸움터에 골렘이 투입되었다. 마법의 광선이 빗발치는 속에 골렘은 아군, 적군 할 것 없이 모조리 쓰러뜨리는 경향이 있었다. 타라는 할머니가 골렘이 믿을 만한 존재가 아니라고 말한 이유를 알아차렸다. 골렘을 멈추게 해야 했다.

타라는 이를 악물고 파랄리수스 주문을 날리는 것으로 앞에서 싸우고 있는 이들을 모조리 마비시켰다. 성난 늑대들까지 옴짝달싹하지 못했다. 하지만 예상하고 있었다는 듯 새로운 상그라브들이 투입되었다. 자르와 타라는 불안한 시선을 주고받으면서 마법을 작동했다.

타라의 파란색 광선과 자르의 잿빛 광선이 표적들을 향해 날아갔다. 상그라브들이 쓰러지면 또 다른 상그라브들로 대체되었다. 타라는 혈관 속에서 윙윙거리는 마법의 에너지가 머리로 올라오는 걸 느꼈다. 타라가 마법의 강도를 높이기 위해 살아있는 돌에게 도움을 청하자 눈빛이 아주 새파래졌다. 타라는 자신도 모르게 공중 부양하면서 상그라브들의 표적이 되었다. 타라는 방패를 만들어서 빗발치는 광선을 막았고, 체인지라인은 여기저기서 날아오는 총알을 차단했다. 체인지라인 덕분에 타라는 위험을 면했다.

모우르무르의 조수들은 타라에게 공격이 집중되는 틈을 타서 상그라브들을 공격했지만, 애석하게도 수적으로 열세였다.

침입자들에게 혼란을 주기 위해 타라는 근육을 부풀리게 하는 포르시수스 마법을 불러내서 바닥에 내려선 다음 앞으로 걸어나갔다. 마법으로 싸울 수도 있지만 타라는 상그라브들과 육탄전을 벌였다. 황제에게서 훈련을 받은 타라는 뛰어난 전사가 되어 있었다. 소녀에게 당해서 하나둘 쓰러지자 상그라브들은 어찌할 바를 몰라했다.

하지만 상그라브 한 명이 쓰러지면 두 명으로 대체되었다. 타라 쪽이 열세였다. 틸이 이제는 정말 싸움에 뛰어들어야겠다는 얼굴로 셀레나를 향해 돌아섰다.

그러나 셀레나는 다른 계획이 있었다. 그녀는 공포에 질린 눈빛으로 틸에게 손을 내밀었다. 셈보르가 으르렁거리면서 머릿속으로 암컷 늑대 모습의 셀레나 이미지를 보냈지만 그녀는 모른 척했다.

"틸, 지금이에요."

틸은 이맛살을 찌푸렸다.

"암컷 늑대가 되면 구속을 받아야 해요. 나는 수하의 늑대들에게 행동방침을 주입시켜야 다스릴 수가 있어요. 당신은 자유로운 의지가 가장 중요한 사람이란 걸 내가 아는데……."

셀레나는 이를 악물었다.

"마지스터는 다른 종족을 혐오하는 사람이에요. 내가 늑대인간이 되었다는 걸 알면 우리가 붙잡히더라도 더는 나에게 집착하지 않을 거예요. 틸, 제발 부탁이에요! 그렇게 해서 내 힘이 강해지면 고분고분한 인형처럼 갖고 놀지 못할 거예요. 앞으로 다시는!"

셀레나가 씁쓸한 미소를 짓는 사이에 타라와 자르는 싸움에 뛰어들었다.

"게다가 내 자식들이라도 보호해줄 수 있잖아요. 그것만으로도 할 만한 가치가 있어요."

늑대로 변신한 틸은 허리를 숙이고 셀레나의 손을 잡고 냄새를 맡았다.

그리고 깨물었다.

불행히도, 바로 그 순간 타라는 어머니가 무사한지 보기 위해 고개를 돌렸다. 타라가 방금 물리친 상그라브는 소녀의 방패를 뚫지 못한다는 걸 알기 때문에 아주 단순한 공격을 시도했다.

상그라브가 타라의 턱에 레프트 훅을 날렸다.

한눈을 팔지 않았다면 문제없이 피했겠지만, 한 늑대인간이 어머니를 깨무는 모습을 보고 놀라던 타라는 푹 쓰러졌다.

의기양양한 상그라브가 반쯤 기절한 타라를 들쳐 업더니 바닥에 쓰러진 사람들과 싸우는 이들을 요리조리 피하며 복도를 따라 출구 쪽으로 달아났다.

타라가 정신을 차리려고 애쓰고 있을 때 갑자기 상그라브가 멈춰 섰다. 그러고는 허리를 굽히면서 아주 조심조심 타라를 내려놓고 일어서더니 두 손을 드는 것이 아닌가. 이어서 오른손에 쥐고 있던 권총을 공손하게 타라에게 내밀었다. 어리둥절한 타라는 기계적으로 권총을 받아서 마법복 호주머니에 넣었다. 타라의 심장이 콩닥콩닥 뛰었다. 로빈과 친구들이 도와주러 온 걸까? 미소를 지으면서 일어난 타라는 돌아봤다.

그리고 어찌나 놀랐는지 딸꾹질이 나왔다.

눈앞에 잘 아는 청년이 상그라브의 가슴을 향해 장검을 겨누고 있었고, 그 양쪽에서 뾰족한 뿔 모자를 쓴 거인 해적 둘이 도끼를 들고 에워싸고 있었다.

실버.

그리고 빌랭 왕국의 용병들이었다.

금빛 눈에 캐러멜색 머리, 완벽한 얼굴, 아름다운 입술, 반듯한 코, 오팔보석 같은 광택이 나는 피부, 몸을 보호하는 거의 보이지 않는 비늘. 여전히 잘생긴 용모였다. 전에는 몇 겹의 옷으로 위험한 비늘을 감추고 있었는데 지금은 노출증이라도 생긴 건지 미개인처럼 가능한 한 살을 많이 드러내놓은 옷차림이었다. 조끼와 근사한 가슴 장식, 장검, 히플리아의 철갑을 두른 팔, 딱 달라붙는 가죽 바지, 장딴지까지 올라오는 부츠, 드러나 보이는 복부 근육.

와우, 완벽한 초콜릿 복근!

홀린 듯 쳐다보던 타라는 실버와 눈이 마주치자 민망해서 시선을 피했다.

"너희 군대는 전멸했다." 실버가 상그라브를 노려보면서 차분한 목소리로 말했다. "따라서 항복하라. 이 혈검이 피를 먹으려고 안달이 나 있으니까. 뭔가…… 결정적인 일을 하기 전에."

정말로 상그라브의 가슴에 박히고 싶어서 안절부절못하는 것처럼 검이 진동하고 있었다. 상그라브는 무슨 일인지 이해가 안 된다는 듯 눈을 깜박거렸다.

그때였다. 아주 이상한 일이 일어났다. 쓰러져 있는 상그라브들의 몸에서 피어오르는 시커먼 연기 같은 것이 용병들을 스치면서 출구 쪽으로 사라졌다.

상그라브는 눈을 깜박이면서 비틀거렸다.

"항복하겠나?" 실버는 방금 일어난 일 때문에 더욱 경계하면서 혹시라도 손아귀를 빠져나갈까 걱정이 되는 듯 혈검을 잡은 손에 힘을 주었다.

"네, 항복해요." 상그라브가 검에서 눈을 떼지 않은 채 잔뜩 겁먹은 목소리로 대답했다. "네, 무조건 항복합니다. 그런데 여기 내가 왜 와 있는지 전혀 모르겠어요. 당신들은 누구입니까? 여기가 어디죠?"

실버는 이맛살을 찌푸렸고, 용병들은 구시렁거렸다.

"너희는 지구에 있는 타라 덩컨을 잡으려고 이사벨라 덩컨의 저택을 공격했다." 실버가 검을 치우지 않은 채 친절하게 알려주었다. "너희 군대는 타격을 입었고 많은 수가 부상당했다. 그렇지만 너희의 공격은 성공할 수도 있었다. 우리가 개입하지 않았다면."

상그라브는 무심코 머리를 긁으려다가 마스크에 걸리자 손을 더듬거려서 버튼을 찾았다. 찰칵, 하는 소리가 나자 상그라브는 욕설을 내뱉으면서 마스크를 벗었다.

"나는 정말 모르는 일입니다." 파란 눈의 상그라브는 어리둥절한 얼굴로 금발을 문지르면서 반박했다. "오무아의 황궁 도서관에서 카흠보움 트란쿨루스와 함께 도서 목록을 작성하고 있는데 갑자기 펑! 하더니 내가 여기…… 당신의 검 앞에 있는 겁니다. 그 칼날 조금만 옆으로 치워주면 안 될까요? 너무 날카로워서 무서워 죽겠는데."

"당신은 주먹으로 나를 때렸어요." 타라가 아직도 얼얼한 턱을 가리키면서 말했다. "그리고 나를 업고 복도를 따라 도망쳤어요. 내 질문에 대답하지 않으면 이 칼끝은 그대로 당신을 겨누고 있을 거예요!"

상그라브는 어안이 벙벙한 듯 눈이 동그래졌다.

"때려요? 내가요?" 상그라브는 믿기지 않는 목소리로 말했다. "농담하지 마요, 난 싸움이라곤 할 줄 모르는 사서……."

갑자기 상그라브가 숨 막히는 소리를 내더니 쓰러져 있는 상그라브들과 함께 눈 깜짝할 사이에 사라졌다.

깜짝 놀란 실버가 뒷걸음치다가 거인 해적 둘에게 부딪혀서 하마 터면 넘어질 뻔했다.

갑자기, 타라는 어쩌다가 상그라브의 주먹에 맞았는지 기억이 났다.

"미안해, 실버. 네가 용병들을 데리고 여기 온 이유는 나중에 들을 게. 지금 빨리 가서 어머니부터 봐야 하거든."

타라는 홱 돌아서서 뛰어가다 다시 뛰어와서 턱이 아픈데도 실버 의 뺨에 입맞춤을 했다. 실버가 전투를 위해 세우고 있던 비늘을 재 빨리 사라지게 했기에 망정이지 타라의 얼굴이 찢길 뻔했다.

"그리고 고맙다는 말도 하고 싶어." 타라는 부끄러워서 얼굴이 붉 어졌다. "내 목숨을 구해줬잖아!"

그렇게 말하고 타라는 뒤도 안 돌아보고 뛰어갔다.

두 용병의 놀리는 눈초리를 받으면서도 실버의 얼굴에는 바보 같 은 미소가 번졌다. 그중 한 용병이 손바닥으로 등을 치는 바람에 실 버는 넘어질 뻔했다.

"아하! 네가 선발대로 가겠다고 주장한 이유를 이제야 알겠다!"

"그래, 금발 소녀를 구하기 위해서였어." 다른 용병은 한술 더 떴 다. "잘했어, 동지. 소녀는 너에게 넘어올 거야!"

두 용병이 히죽거렸다.

실버는 한숨을 쉬면서 손가락을 약간 베어 칼날에 핏방울을 떨어 뜨린 다음 유연한 동작으로 칼집에 검을 집어넣었다. 휴, 빌랭의 용 병들은 뛰어난 전사들인 건 틀림없지만 아주 멍청한 데가 있단 말 이야.

실버는 실험실로 이르는 복도에 들어섰다. 이미, 저택은 싸움의 흔적을 없애기 위해 애쓰고 있었다. 벽들이 물결치듯 일렁거리면서 파괴되었거나 불에 탄 흔적을 지웠고, 바닥은 쓰레기를 치우고 있었다. 푸프푸프들은 너무 커서 벽이 흡수할 수 없는 것들을 삼켰고, 요정들은 파손된 부분을 보수하기 위해 마법을 발사했다. 싸움이 끝났기 때문에 괴물 대신 벽에 나타난 유니콘의 지휘를 받아 벽돌들이 날아다니다 제자리를 찾아 내려앉았다. 여전히 칼날이 부러진 검을 쥐고 있는 진흙인형 골렘은 어찌할 바를 모르는 것 같았다. 누군가가 날린 파랄리수스 주문 때문에 마비되어 있다 서서히 풀려난 늑대들도 몸을 흔들고 있었다. 실버는 인상을 찌푸렸다. 검에 끄떡도 하지 않는 늑대인간들이 너무 싫어서였다.

늑대인간들이 냄새를 맡고 접근하지 못하게 금속에 은이 충분히 함유된 검 두 자루를 만들 필요가 있었다.

실버는 실험실로 보이는 곳에 이르렀는데 투명한 방이 굉장히 많았다.

타라가 어머니 앞에 서 있는데 손에서 피가 나고 있었다.

실버는 돌진하다 카홈보움의 촉수에 얼굴을 다칠 뻔했지만 가까스로 중심을 잡고 셀레나의 손을 들여다봤다.

"다치셨어요, 부인?" 실버가 걱정하는 어조로 물었다. "내가 치료해드릴까요?"

갈색 머리 소년이 실버를 쏘아봤다. 실버는 셀레나와 닮은 얼굴을 보면서 아들이라는 걸 알아차렸다.

"됐어." 소년이 퉁명스럽게 내뱉었다. "내가 할 거니까! *레파루스!*"

소년의 마법이 작동하면서 셀레나의 손이 제 모습을 되찾았다.

"엄마, 어떻게 된 거예요?" 타라가 질겁한 목소리로 물었다.

"나는 뭘 하는지 다 봤으니까 친애하는 타라처럼 묻는 건 제대로 된 질문이 아니죠." 자르가 비난하는 어조로 말했다. "왜 그랬어요?"

어머니의 얼굴이 창백하고 눈빛이 어두웠다.

"그 괴물에게 또다시 붙잡히고 싶지 않았어. 그래서 틸에게 깨물어 달라고 부탁했다. 더 강해지기 위해서. 누군가가 이렇게 우리를 도와주러 올지 알 수 없었으니까. 진심으로 고마워요, 젊은이. 젊은이와 친구들이 타라를 마지스터에게서 구해줬어요. 이 고마움을 절대 잊지 않을게요."

실버는 몸 둘 바를 모르겠다는 표정을 지었다.

실버 뒤에 서 있는 용병 둘이 웃음을 터뜨렸다.

"마지스터? 이거 아주 재미있네." 1번 용병이 말했다.

"코미디가 따로 없군." 2번 용병이 맞장구쳤다.

"에이, 꾸물거리지 말고 이제 말해, 실버." 1번 용병이 재촉했다.

"밤을 샐 줄 알았는데 예상보다 빨리 끝냈으니까 우린 돈을 챙길 수 있어. 쓰러진 상그라브들이 귀신같이 사라졌으니 액수는 좀 깎이겠지만." 2번 용병이 덧붙였다.

1번 해적의 귀에서 뭔가가 윙윙거리자 용병이 대답했다. 옷차림은 중세시대인데 하는 행동은 현대판 경호원의 모습이라니.

"여기는 비보르그, 무슨 일인가?"

"상그라브 군대가 후퇴하고 있습니다." 귓속에서 작은 목소리가 흘러나왔다. "추적할까요, 대장님?"

"지휘관의 생각은?" 용병들의 대장이 물었다.

"피곤하게 헛수고할 필요는 없다고 생각합니다."

대장이 활짝 웃었다.

"그럼 내버려둬. 우리의 고용주는 소녀를 도와주라고 했지 추적하라는 말을 하지 않았다. 통신 끝."

타라가 쳐다보자 실버는 눈길을 피했다.

"실버, 우리에게 무슨 할 말이 있는 거지?"

실버는 마른기침을 하면서 목소리를 가다듬었다.

"어, 그게 사실은……."

실버는 말을 잇지 못했다.

"사실은……?" 타라가 재촉했다.

"너를 구하라고 우리를 보낸 사람은……."

"그래, 말해!" 친구의 어조에서 불길한 징조를 느낀 타라가 대꾸했다.

"네가 생각하는 사람이 아냐."

"나는 생각하는 사람 없어. 누군지 전혀 모르니까. 네가 우리를 구해줬다는 것 말고는 전혀 몰라. 우리가 처음 만났을 때 네가 말했던 대로 너는 협객이고, 흑기사야. 랑코비트? 오무아? 어디서 보냈는데?"

실버는 모우르무르, 이사벨라, 마니투, 타라, 조수들을 쳐다보다 한 발짝 물러서서 외쳤다.

"사실은 마지스터가 보내서 왔어!"

실버

한 여자를 두고 두 남자가 사랑을 다투면
골칫거리가 생기기 십상인데

*

충격 때문에 모두 말문이 막혔다.

재빨리 다가온 실버가 타라를 끌어안으면서 멋진 금빛 눈으로 쪽빛 눈을 지그시 응시했다.

"타라, 너는 나를 잘 알아. 내가 얼마나 신의를 중요하게 여기는지를. 나를 믿어. 네가 생각하는 그런 거 아냐."

타라의 몸에 닿은 실버의 몸이 뜨거웠고, 비늘을 사라지게 한 피부는 아주 보드라웠다. 타라는 긴장하면서 침을 삼켰다.

"또 내 여친의 품에 안겨 있다니! 벌써 두 번째야, 하프드래곤! 이번엔 좀 심한데!" 냉랭한 목소리가 외쳤다.

실버와 타라는 동시에 소스라쳤다. 실버가 돌아섰다. 화살이 심장을 겨누고 있었다.

타라는 숨이 멎을 뻔했다. 로빈이 방금 도착한 것이다.

하여튼 절묘한 타이밍이야. 하필이면 이러고 있을 때. 늘 이런 식이라서 익숙해지고 있지만.

타라는 실버에게서 몸을 빼고, 괴로워하는 시선을 외면한 채 로빈에게 달려갔다. 그러고는 어찌나 열렬하게 포옹하는지 로빈은 화살을 떨어뜨릴 뻔했다.

"와우!" 해적 중 한 명이 부러워했다. "내가 집으로 돌아갈 때 마누라도 저렇게 맞아주면 정말 좋겠다!"

"허구한 날 술에 취해 엉금엉금 기어들어가는데 마누라가 뭐 때문에 안아주겠나? 몽둥이로 얻어맞지 않으면 다행이지."

로빈의 패밀리어 소우르브가 반갑다는 표시로 괴성을 질러대는 통에 모두 귀를 틀어막아야 했다. 로빈이 축소하지 않았기 때문에 몸집이 큰 히드라는 일곱 개의 머리를 복도에 들여놓으려고 낑낑대고 있었다. 보다 못한 저택이 공간을 확장했다. 그 즉시 소우르브는 열정적으로 모두를 핥기 시작했다. 예기치 않은 상황에 놀란 늑대들이 후닥닥 뒷걸음쳤다.

"가볍게 뽀뽀는 해도 되겠지?" 로빈 뒤에서 또 다른 목소리가 말했다.

"칼!" 세 번째 목소리가 소리쳤는데 나무라는 듯한 어조였다.

"넌 누구냐?" 칼이 즐거워했다. "하나, 둘, 셋 셀 것도 없이 다 모였네."

이렇게 기쁠 수가! 타라는 마지막으로 로빈의 뺨에 한 번 더 입을 맞추고 친구들을 차례로 얼싸안았다.

칼과 패밀리어인 여우 블롱딘, 파프니르, 무아노와 표범 쉬바, 그리고 파브리스**13**까지 와 있었다.

잿빛 눈의 면허 받은 도둑은 장난기 가득한 표정으로 타라를 쳐다보는 반면에 빨간 머리 난쟁이 파프니르는 사탕에 눈독을 들이듯 실버의 검에서 눈을 떼지 못하고 있었다.

"너의 망치가 맑은 소리로 울리기를! 불굴의 전사!" 파프니르가 실버를 보면서 인사했다.

"너의 모루가 맑은 소리로 되울리기를!" 실버도 의례적인 인사말로 화답했다.

무아노와 금발의 지구인 파브리스는 맨 뒤에서 미소를 지었다. 갈랑도 패밀리어 친구들을 반갑게 맞았다.

매직 6총사, 일명 '매직갱'이 모두 모인 것이다. 타라는 어깨에 무거운 짐이 덜어지는 느낌이 들었다. 친구들이 와주었으니 모든 것이 잘될 것이다. 친구들과 함께하면 거의 물리칠 수 없다고 생각되는 적들과도 과감하게 맞서 싸우지 않았던가.

"얼마나 보고 싶었는지 몰라!" 타라가 외쳤다. "너희와 얘기도 나눌 수 없어서 미치는 줄 알았어!"

무아노가 타라의 두 손을 잡았다. 기쁜 나머지 긴 머리 소녀의 눈에 눈물이 글썽였다.

"오, 타라! 나도 보고 싶어서 미치는 줄 알았어!"

. . . .

13. 파브리스의 패밀리어 바룬은 드래곤들의 행성 드란보우글리스펜쉬르에서 쿠데타가 일어날 때 죽었다. 패밀리어를 잃은 슬픔에 파브리스는 힘들어하고 있다.

"와! 너 그사이에 키가 더 큰 거야?" 칼이 키 차이 때문에 서글픈 어조로 말했다.

"키 얘기는 하지도 마!" 타라가 이맛살을 찌푸리면서 말했다. "이렇게 계속 크다가는 거인이 되게 생겼어!"

"우리는 거인을 아주 좋아하는데!" 해적 중 한 명이 팔꿈치로 동료를 툭 치면서 혀 짧은 소리를 냈다. "특히 가슴이 아주 큰……."

해적은 모두의 시선이 자신에게 쏠리자 입을 다물었다.

실버는 하늘을 처다보는 시늉을 했다. 멍청한 해적들과 다니다 보니 최근에 가장 많이 하는 동작이었다.

로빈은 활을 치웠지만 라이벌에게서 눈을 떼지 않았다. 타라가 살며시 손을 잡자 하프엘프는 따뜻한 손을 느끼면서 조금 긴장을 풀었다.

"무슨 일인지 누가 설명 좀 해줄래?" 로빈이 물었다. "빌랭 왕국의 용병들이 왜 여기 있지? 누가 고용한 건지도 모르는 사람들에게 대가를 계산해줄 수는 없잖아."

두 용병이 미소를 지었다. 크레디트-무트 금화가 눈에 선했다. 수북이 쌓인 금화.

"누가 계산할지 그건 중요하지 않아." 실버의 말에 해적들의 미소가 쏙 들어갔다.

"아, 그래?" 로빈이 크리스털 눈으로 실버를 노려보면서 응수했다. "그럼 너는 여기서 나의 타라와 뭘 하고 있는 건지 설명해보지?"

"우리는 타라와 가족을 구했어." 실버가 로빈의 눈을 뚫어져라 쳐다보면서 자랑스럽게 말했다. "가짜 상그라브들이 우리의 타라를 납치하려는 순간이었지."

로빈이 눈살을 찌푸렸다.

"가짜 상그라브들?"

실버는 고개를 끄덕였다.

"가짜 상그라브들이었어. 설명하기 복잡하지만 사실이야."

"이제 우리에게 설명을 해줘야지?" 차가운 눈초리로 모두를 지켜보고 있던 이사벨라가 말했다. "실험실이 많이 파손되었으니 복원할수 있게 일단은 여길 나가야겠다. 블루 응접실로 갈 거니까 나를 따라와. (이사벨라가 목소리를 높였다.) 저택, 모두 앉을 수 있게 안락의자를 충분히 준비해놓기 바란다."

로빈은 소우르브가 몹시 불편해하는 걸 알기 때문에 타라의 방식대로 히드라를 축소해서 어깨에 올려놨다. 마구 핥아대는 열정적인패밀리어의 지나친 애정 표현에 난감해하던 늑대들은 안도하는 눈빛이었다.

모두 이사벨라를 따라 위층으로 올라갔다.

이사벨라를 따라 일렬로 줄지어 가는 사이에 타라는 친구들과 정보를 주고받았다. 현재 망질 일가와 다비일 일가, 달 살란 일가는 파브리스의 아버지 브주아 지롱 백작의 성에 은신해 있었다.

귀를 세우고 있던 이사벨라가 즉시 부모들의 거처를 저택으로 옮기라고 지시했다. 백작의 낡은 성은 튼튼한 편이지만 상그라브의 공격을 막아낼 정도는 아니었다. 그리고 백작은 마법 능력이 전혀 없었다.

로빈은 고개를 끄덕이면서 크리스털 볼로 어머니와 통화했다. 메보라는 가능한 한 빨리 저택으로 옮기겠다고 말했다. 상그라브들의 군대는 사라지고 없었다. 따라서 저택으로 이르는 길은 뚫려 있었다. 여러 명의 난쟁이 전사들이 달 살란 일가와 망질 일가를 호위했다(파괴력으로 말하면 전차부대와 맞먹는 수준이었다). 로빈이 파프니르의 부모 벨리르와 탑두르에게 지구로 피신하자고 제안했을 때 난쟁이 부부는 코웃음쳤다. 타도르 산을 버리고 떠나지 않겠다는 부부를 아무도 설득하지 못했다.

게다가 부부는 파프니르가 빌어먹을 마법 때문에 위험한 모험가로 변했다고 생각했다. 벨리르는 두 번의 전쟁과 두 번의 광산 폭발을 겪으면서도 그토록 원해서 얻은 자식들이건만 이렇게 부모 말을 안 들을 줄이야, 하면서 울먹였다.

파프니르는 그 지적에 반박했다. 성인 선서식 엑소르드를 했기 때문에 난쟁이들 사회에서는 성인으로 간주되기 때문이다.

더군다나 결혼도 할 수 있는 나이인데.

따라서 파프니르는 부모님이 가지 않겠다고 하는 것을 은근히 기뻐하면서 마법사들을 보호하기 위한 호위대를 요구했다. 자신의 능력을 믿지만 상대가 수적으로 우세하기 때문에 약간의 도움이 필요하다는 걸 인정할 수밖에 없었다.

파프니르는 타라가 상그라브들과의 싸움에 끼어들지 말라고 했다는 것과 로빈이 그 말에 복종했다는 사실에 몹시 불쾌해했다. 난쟁이 전사들과 함께 싸우면 누구도 자신들을 당해낼 수 없을 텐데 바보 같은 하프엘프 때문에 멋진 전투를 놓쳤으니!

그들은 응접실로 들어갔고, 고대하던 근사한 간식이 둥둥 떠다니고 있었다.

보이지 않는 바람의 원소들이 음식이 떠 있게 균형을 잡아주고 있는데 머리털이 헝클어질 정도로 부는 바람만 빼면 마치 투명한 존재에게 시중을 받는 느낌이었다.

그것도 살아 있는 저택의 속임수였다. 저택은 지구에 있는 살아 있는 원소들과 접촉했고, 원소들은 여분의 마법을 교환하면서 서로 돕자는 제안을 기꺼이 받아들였다.

모두 의자에 앉았다. 틸이 다정하게 셀레나를 포옹했다. 타라는 늑대인간에게 깨물린 어머니가 지금은 어떤 느낌인지 궁금했다. 틸은 많이 기쁘면서도 몹시 불안한 얼굴이었다. 셀비는 미래의 암컷 알파를 깨물 필요가 없게 된 것에 만족하는 표정이었다.

자르는 반항적인 눈초리로 유심히 어머니를 관찰했다. 어머니가 마음에 들지 않는다는 눈치였다. 전혀. 자르는 어머니를 하찮고 약하고 멍청한 여자라고 생각하면서 이사벨라를 훨씬 좋아했다. 그런데 지금은 늑대인간이 되었으니 뭔가가 달라질 것이 아닌가. 어머니가 엄격해질까? 어머니가 자신의 계획에 방해가 될까?

지구에 처박혀 있는 지금은 별 볼일 없지만 자르 자신이 언제 어떻게 될지 아무도 모르는 일이 아닌가.

마니투는 과자에 눈독을 들이고 있었다. 그리고 개의 신진대사로는 소화를 못 시키는데도 푸아그라를 좋아했다. 실버는 로빈과 마찬가지로 타라에게서 눈을 떼지 않고 있었다.

하지만 로빈은 타라의 손을 잡고 있었다. 놓을 생각이 없었다. 로빈은 실버의 품에 안긴 타라를 또다시 보게 된 것이 너무 싫었지만 타라가 전혀 난처해하지 않는 것도 보았다. 그렇더라도 열렬한 포옹을 떠올리면 아직도 돌아버릴 것 같았다.

무아노와 파브리스는 나란히 앉아 있었다. 그래서 타라는 둘이 화해했는지 무아노에게 물어봐야겠다고 생각했다. 정말 잘 어울리는 예쁜 커플이라고 생각하면서 파브리스의 술책[14] 때문에 커플이 깨지는 일이 없기를 바랐다. 파프니르는 실버 옆에 자리를 잡고 여전히 검에 시선을 고정했다. 칼은 그 옆에 앉아 있었다. 타라는 친구들을 둘러보면서 또다시 강렬한 기쁨을 느꼈다. 마법을 작동할 때와 거의 비슷한 강렬한 느낌이었다.

그래도 아직은 마음이 편치 않았다. 유혹 주문에 대해 얘기하면 친구들이 뭐라고 할까? 특히 로빈과 실버는 어떤 반응을 보일까? 지금은 주문이 제거되었는데 아직까지는 둘 다 태도가 달라진 것 같지 않았다. 칼과 파브리스도 평소와 다름없이 다정한 눈길로 타라를 쳐다봤다.

타라는 친구들이 기분 나빠하지 않기를 바랐다. 사랑하는 친구들을 실망시키고 싶지 않았다.

이어서 타라는 실버를 주의 깊게 살폈다. 하프드래곤은 우스꽝스러운 용모의 해적 두 명을 거느리고 있었다. 해적들은 무지막지하게 커다란 손으로 도끼를 움켜잡고 있는 것으로 보아 마법사들이 흥분하면 언제든지 개입할 기세였다.

∙∙∙∙∙∙∙∙∙∙∙∙∙∙

14. 무리에서 가장 마법 능력이 약한 파브리스는 강력한 마법 능력을 얻기 위해 애를 썼다. 늑대에게 물려서 늑대인간이 된 뒤에 친구들을 배신하고 악마의 마법을 받는 조건으로 마지스터와 결탁했다. 무아노의 공격을 받고 붙잡힌 파브리스는 마침내 마지스터를 거역하게 된다. 이때부터 불쌍한 소년은 자기 자신보다도 훨씬 더 자기를 믿어주는 친구들이 있다는 것 말고는 뭐가 뭔지 분별력을 잃고 있다.

아니, 마법사들이 흥분하길 바라고 있는 건가? 하프드래곤을 보호하는 데 따른 특별수당이 있을지도 모르는데.

실버는 심호흡을 했다.

"나는…… 우리는 마지스터가 보내서 왔습니다." 실버가 차분하게 입을 열었다.

그건 겉모습에 지나지 않았다. 타라는 실버의 손이 약간 떨리는 걸 보았다. 예민해진 상태였다. 하긴 공공의 적 넘버원의 아들이라는 걸 받아들이기가 그리 쉬운 일은 아니겠지! 더군다나 아주 최근에야 자신이 누구인지 알게 됐는데! 그렇다고 그것이 실버가 떠는 이유를 설명해주는 것은 아니었다. 비밀리에 훈련을 받았기 때문에 공식적으로 인정받은 것은 아니라도 명색이 불굴의 전사인데 이런 모습은 정상이 아니었다. 불굴의 전사들은 검뿐만 아니라 감정을 다스릴 줄 알았다.

"여러분을 공격한 사람은 마지스터가 아닙니다." 실버가 말했다.

"마지스터가 보내서 왔다고 말할 때 그럴 줄 알았지. 그리고 상그라브들을 공격한 것도 그렇고!" 자르가 짜증스럽게 인정했다. "나의 아버…… 마지스터가 또 무슨 짓을 꾸미고 있는 게 틀림없어!"

타라가 어찌나 손을 세게 잡는지 로빈의 얼굴이 일그러졌다. 맙소사! 자르가 '내 아버지'라고 말할 뻔하다니! 아무리 마지스터가 친아들인 것처럼 키웠다지만 거짓이었다는 걸 안 지가 벌써 1년이 넘어가는데. 마지스터는 걸핏하면 아이들을 어머니 셀레나에게서 떨어지게 했고, 자르와 마라가 자기에게만 복종하게 만들기 위해 관계를 아는 모든 사람의 기억을 지워버렸다. 그래서 자르와 마라는 마지스터가 친아버지라고 믿고 자랐고, 이에 셀레나는 경악했었다. 그러다 그것이 날조되었음을 알게 되었다. 셀레나는 납치되었을 때 임신한 상태였고, 자르와 마라는 단비우와 셀레나의 자식이었다. 하지만 10년 넘게 믿어온 사실이 몇 달 만에 지워질 수는 없는 걸까. 거짓임이 드러났는데도 자르는 아직도 마지스터의 아들이라고 느끼는 것 같았다. 자르는 자신에게 한 짓을 생각하면 마지스터를 증오하다가도 실버가 친아들이라는 사실이 기분 나쁜 모양이었다.

실버는 마지스터와 드래곤 왕의 여동생 사이에서 태어난 아들이었다. 인간과 드래곤의 혼혈이 어떤 힘을 지니는지 아직은 아무도 가늠할 수 없었다. 난쟁이 전사들이 키웠다는 사실은 도움이 되지 않았다. 하프드래곤은 세상에 단 하나밖에 없는 존재였다. 실버도 그걸 잘 알고 있었다. 검 다루는 솜씨는 여전히 뛰어나지만, 타라는 실버가 촉수에 걸려서 넘어질 뻔한 걸 봤다. 실버는 하프드래곤[15]이라는 걸 알기 전에는 너무나 서툴고 어눌했다. 지금은 부모가 누구인지 알아서일까, 실버가 완전히 달라진 느낌이 들었다. 타라는 실버의 몸을 공유하는 키틴질의 끔찍한 괴물 거시기[16](실버도 정체를 알지 못하는 동물)가 또다시 튀어나오지 않기를 바랐다. 타라는 로빈의 손을 놓았다. 실버는 타라가 슬그머니 마법을 작동하는 것을 보면서 눈살

. . . .

15. 미치광이 왕의 눈을 피해서 여동생의 지지자들이 아무도 모르게 실버를 난쟁이 부부에게 맡겼는데 난쟁이들 중에서 가장 뛰어난 불굴의 전사들이었다. 실버는 자신이 하프드래곤이라는 것도, 친아버지와 친어머니가 누구인지 모른 채 자랐고, 자는 동안에는 괴물로 변하기 때문에 다른 사람들, 특히 여자들과는 가까이 지내지 못했다.

16. 드래곤으로 변신하지 못하는 실버의 욕구불만의 표현으로 나타나는 육식동물이다. 타라는 여러 번 거시기를 상대했기 때문에 두 번 다시 싸우고 싶지 않았다.

을 찌푸렸다. 거시기는 마법이 거의 통하지 않기 때문에 쓸데없는 짓인데.

실버가 많이 긴장한 상태인데도 송곳니와 갈퀴발톱이 무시무시한 키틴질의 괴물로 둔갑하지 않자 타라는 안도했다. 마법이 저절로 꺼졌다.

"타라와 함께 마지스터에게 돌아가야 해요." 실버는 마치 날씨 얘기를 하듯 태연하게 말했다. "중요한 정보가 있는데 타라에게 꼭 알려야 한다고 했어요. 타라와 관련된 일이라면서. 마지스터가 숲에서 기다리고 있어요."

죽음 같은 침묵이 흘렀다. 모두 믿기지 않는 얼굴로 실버를 쳐다보고 있었다.

타라가 가장 빨리 입을 뗐다.

"농담이지?" 타라는 자신 없는 목소리로 물었다. "아니, 너는 농담하지 않는다는 걸 잘 알아." 타라는 불안해하는 실버의 얼굴을 보면서 덧붙였다.

"마지스터와 협상을 했어. 다시 만났을 때 내 요구를 받아주기로."

"네 요구가 뭔데?"

"대화하는 것."

실버의 목소리에 담긴 슬픔 때문에 타라는 심장이 오그라드는 것 같았다. 타라는 다가가서 실버의 팔을 잡았다.

"미안해. 마지스터는…… 그렇게 쉬운 사람이 아냐."

"타라 너를 데려오면 내 요구를 생각해보겠다고 했어." 실버는 타라의 눈을 응시하면서 말했다. "마지스터는 셀렌바를 보내고 싶어하지 않았어. 네가 용병들의 말을 듣지 않을 거라고 생각했거든."

"실버, 너를 이용하는 거야." 타라가 말했다. "너도 알잖아?"

"물론 알아." 실버는 심각하게 말했다. "뭔가 비정상적인 일이 일어나고 있는 건 사실이야. 상그라브들, 공격받는 아더월드의 정부들, 이 모든 것과 관련된 일이야."

"우리도 짐작하고 있었어." 함정에 빠진 느낌이 드는 타라는 인정했다. "하지만 실버, 마지스터가 원하는 게 뭔지 너도 알잖아? 너와 함께 간다는 건……."

"내 검이 네 안전을 책임질 거야." 실버가 말을 끊었다. "이 용병들도 너를 보호하기 위한 사람들이야."

"마지스터가 고용한 용병들인데 타라를 보호해? 천만에!" 이사벨라와 셀레나가 말하기 전에 로빈이 끼어들었다. "타라, 거절해야 돼. 그 괴물을 너 혼자서 만난다는 건 말도 안 돼!"

실버는 무표정했다.

"나는 타라틸랑넴 덩컨에게 메시지를 전하는 거지 너에게 말한 게 아냐, 하프엘프!"

로빈이 눈을 부릅떴다. 이렇게 거만한 어조로 대놓고 하프엘프라고 내뱉는 경우는 아주 드문데.

로빈이 한 발짝 앞으로 나갔다. 타라가 중재했다.

"나 때문에 너희 둘이 싸우는 걸 원치 않아. 하프드래곤에 대해서는 잘 모르지만 실버, 너는 늘 아주 침착해 보였어. 반면에 엘프는 아주 다혈질이야. 그리고 내가 너의 보호를 받으면서 철천지원수를 만나러 가게 생겼으니 내 남친이 나를 걱정하는 건 당연한데 그렇게 모욕하면 안 되지."

실버는 한 발짝 물러섰다. 이사벨라가 마른기침을 했다.

"어른들에게 알리지도 않고 너희끼리 행동하는 데 습관이 들었다는 거 알아. 그리고 너희가 옳았다는 걸 여러 번 입증한 것도 안다. 하지만 이번에는 내가 개입해야겠다."

이사벨라가 끼어들자 로빈은 실버에게 의기양양한 눈길을 던졌다. 이사벨라가 타라에게 마지스터를 만나러 가지 말라고 하면 그것으로 문제는 해결되는 것이다.

최고 마구스 이사벨라가 초록빛 눈으로 타라를 응시하면서 말했다.

"내 생각에는 네가 가는 게 좋겠다."

"뭐라고요?"

너무 얼떨떨해서 로빈은 말문이 막혔지만, 셀레나가 펄쩍 뛰었다. 열 받은 셀레나의 얼굴이 붉게 달아올랐고, 두 손을 부르르 떨고 있었다.

"방금 뭐라고 했어요?" 타라의 어머니가 악을 쓰듯 외쳤다. "내 딸을 마지스터에게 넘기고 싶어요?"

"그게 아냐." 이사벨라가 차분하게 대답했다. "철천지원수가 왜 상그라브들을 잃으면서까지 우리를 구해줬는지 이유를 알고 싶어서 그래. 널브러진 시체들에서 나오는 그 시커먼 연기는 무엇이며, 어떤 마법을 썼기에 시체들이 사라졌는지 알아야겠어. 알고 싶은 게 너무 많아. 마법이 강력한 내 손녀가 마지스터를 만나러 갈 때 틸의 늑대들, 그리고 글로리아와 로빈의 부모님을 호위하는 난쟁이 전사들, 모우르무르의 조수들인 트롤과 뱀파이어들이 동행한다."

이사벨라는 타라를 쳐다봤다.

"너 혼자 가는 게 아냐, 타라. 나도 갈 거야."

이때부터 시끄러워졌다. 셀레나는 이사벨라도 타라도 아무 데도 못 간다고 소리를 질러댔다. 틸의 경호부대는 타라가 아주 소중한 하클라지만, 자기들의 임무는 대통령을 보호하는 것이라며 항의했다 (틸과 타라를 동시에 지키기에는 병력이 부족하다고 생각했다). 마니투는 돌아가는 상황으로 보아 어디든 아무도 가지 말아야 한다고 반대했다. 테올크는 분위기를 고조시키면서 틸도 가야 한다고 부추겼다. 테올크에게는 하클라와 정적을 동시에 없앨 수 있는 절호의 기회가 아닌가.

실버는 침묵을 지키고 있었다.

칼이 타라에게 손짓 신호를 보냈다. 그들끼리 따로 얘기하고 싶을 때 다른 사람들이 알아채지 못하도록 엄지손가락을 아래로 내린 다음, 새끼손가락으로 출구를 가리키는 것이었다. 칼이 밖으로 나가자는 표시를 하면서 코를 긁는 것은 매직 6총사의 모임을 의미했다. 타라는 사팔눈을 뜨면서 알았다는 표시를 했다. 그들은 서로에게 사팔눈으로 신호를 전달했다.

무슨 일인지 몰라서 눈살을 찌푸리는 실버를 보면서 로빈은 속으로 웃었다. 그들은 어른들끼리 소리 지르게 두고 슬그머니 응접실을 나가기로 했다. 늑대에게 물린 뒤로 셀레나는 변덕이 죽 끓듯했다. 금방 부르르 끓다가도 잠시 후에는 언제 그랬냐는 듯 얼어붙었다. 몸속에서 모든 것이 변하는 중이라서 호르몬이 영향을 받는 것이었다. 그래서 이사벨라는 격분하는 딸과 맞서게 될 줄은 예상하지 못했다.

셀레나는 아직 변신할 수 없었다. 늑대 모습을 한 틸의 침에 함유된 바이러스를 몸이 흡수하려면 몇 시간이 걸리기 때문이었다. 따라서 셀레나는 누군가에게 화풀이하는 것으로 고통을 견디고 있는데 마침 어머니 이사벨라가 걸려든 것이었다.

타라와 친구들은 슬그머니 응접실에서 사라졌다. 자르가 힐끔 쳐다봤지만 모른 체했다. 실세인 할머니가 방 안에 있기 때문에 자르는 따라 나가지 않았다.

실버는 물러서 있었지만, 타라가 나가는 걸 보고 슬그머니 따라가면서 두 해적에게 방에 그냥 있으라는 손짓을 했다.

칼이 무슨 짓을 꾸미는지 알아야 했다. 칼이 보낸 신호가 무슨 뜻인지 모르지만, 타라가 반응을 보이고 있지 않은가.

칼이 이번에는 또 무슨 기발한 생각을 해냈을까?

12
칼

너무 무모한 생각은
난쟁이들의 모루와 망치로 두들겨도 바로잡기 힘든데

*

칼이 앞장섰고, 매직 6총사 외에 실버와 마니투가 합류했다. 그들은 그리 멀리 떨어지지 않은 또 다른 응접실로 들어갔다.

금빛과 은빛, 파란빛으로 조화를 이룬 격자 천장의 호화로운 응접실에 값비싸고 깨지기 쉬운 장식품이 가득했다. 상그라브들 때문에 파괴된 한쪽 벽이 복구 중이었다.

"저택, 어른들이 말다툼을 멈추면 알려줘." 타라가 지시했다.

유니콘이 벽에 나타나서 유감스러운 표정으로 머리를 끄덕였다. 저택은 전투로 인해 벽이 무너지고 여기저기 파손된 곳이 많아서 보수하려면 시간이 걸린다는 걸 알고 있었다. 저택은 이미 모우르무르를 통해 피레네 산맥의 한 채석장에 전화를 걸었지만 채석장 주민은 보름 후에야 돌을 보낼 수 있다는 답변이었다.

따라서 저택은 몹시 화가 나 있었다. 저택을 대변하는 유니콘의 털이 검은색으로 변해 있고, 절룩거린다는 건 벽의 상태를 반영한 것이다. 그런데도 인간들은 집수리를 도와주기는커녕 싸움이나 하고 있으니 기분이 상할 수밖에. 유니콘이 사라졌지만, 찻잔과 접시들이 둥둥 떠서 그들이 있는 방까지 찾아왔다. 그들이 블루 응접실을 나왔기 때문에 단념하고 있었는데…….

음식이 따라온 걸 보고 마니투는 환호성을 질렀다.

칼이 말문을 열려고 할 때 타라는 손을 들어서 막았다.

좀 전까지만 해도 친구들을 만난 걸 기뻐하던 타라가 갑자기 불안하고 흥분한 것처럼 보였다.

타라는 피고인으로 법정에 선 것처럼 친구들을 마주 보고 섰다.

그리고 어찌할 바를 모르는 마니투를 옆에 있게 했다. 검둥개가 귀를 늘어뜨리고, 눈길을 피하는 것으로 보아 쥐구멍이라도 있으면 도망치고 싶어하는 것 같았다.

칼은 의자에 앉아서 타라를 살폈다. 어딘가 달라진 것 같은데 뭔지 알 수가 없었다. 거의 1년 동안 만나지 못해서가 아니었다. 아니, 그건 분명히 아니었다. 훨씬 미묘한 무언가가 있었다.

칼은 도둑의 예민한 더듬이를 세우고 본격적으로 타라를 관찰하기 시작했다.

타라는 키가 훌쩍 커 있었다. 1미터 65센티미터 키의 칼보다 10센티미터는 더 큰 것 같았다. 하지만 칼은 직업상 키가 작을수록 불가능해 보이는 곳도 침투하기가 수월하기 때문에 작은 키에 대해서는 아무런 불만이 없었다.

타라의 어딘가가 다르게 보이는 것은 키가 더 컸기 때문이 아니었다.

얼굴도 약간 변해 있었다. 젖살이 차츰 빠지면서 광대뼈가 두드러져 보이고, 뺨이 쏙 들어가서 숙녀 티가 확연했다.

그것도 아니었다. 성장으로 인한 변화는 다른 친구들도 마찬가지였다.

갑자기 칼은 뭔지 알 것 같았다.

뱀파이어들의 카리스마처럼 얼굴에서 빛나던 광채가 약해진 것 같았다. 그리고 광채에 가려서 알아채지 못했던 것들이 드러나 보였다. 여드름 몇 개, 눈두덩에 난 흉터, 윗입술에 뽀송뽀송한 솜털.

칼은 깜짝 놀라서 입술을 깨물었다. 타라의 조상 중 뱀파이어의 유혹에 넘어간 사람이 있었나? 데미데루스의 직계 후손을 지켜주려는 오무아 사람들의 각별한 관심을 생각하면 가능성이 희박했다. 그럼 외가인 덩컨 가문 쪽인가? 그건 가능성이 있었다. 하지만 그 경우라면 광채가 왜 사라졌을까? 갈랑까지 빛이 약해진 것 같았다. 하지만 좋은 점도 있었다. 광채가 사라지면서 타라가 더 인간적으로 보였다. 더 약해 보이고, 더 정상적으로 보이고, 덜 위협적으로 보였다. 타라가, 돈 많은 귀족 사위를 얻으려는 이사벨라의 욕심에 대한 얘기를 시작하는 순간 칼은 자신이 타라에게 완전히 홀릴 정도는 아니었던 이유를 깨달았다.

타라가 유혹 주문에 대해 말했다.

우연히 칼이 로빈을 쳐다보는 바로 그 순간 타라가 할머니와 증조할아버지가 저지른 일을 고백했다. 마니투는 미안해서 죽겠다는 듯 주둥이를 내리고 있었다.

타라는 듣는 이들의 반감을 사지 않도록 신경을 쓰는 것이 아니라 유혹 주문이 로빈에게 영향을 주었던 것이라고 아주 솔직하게 털어놓았다. 칼은 로빈이 믿지 못하겠다는 표정으로 굳어버리는 걸 봤다. 엘프들은 난쟁이들과는 달리 마법을 좋아했다. 그러나 그렇게 강력한 유혹 주문에 걸려들었다는 건 완전히 별개의 문제였다.

타라도 뻣뻣해졌다. 로빈의 표정을 보고 알아차린 것이다. 타라는 애원하듯 로빈에게 다가갔다.

"미…… 미안해. 너는 유혹 주문 때문에 나에게 끌린 거였어. 다른 소년들도 다 마찬가지야."

"나도 미안하다." 마니투가 말했다. "내가 손녀딸에게 절대로 해서는 안 될 짓을 했다. 셀레나를 통해서 타라에게까지 전해졌으니 내가 정말 몸 둘 바를 모르겠구나."

"말도 안 돼요." 로빈이 중얼거렸다. "어떤 주문도 그렇게 효력이 강할 수는 없어요. 그리고 아더월드에서는 모든 사람이 유혹 주문으로부터 보호를 받고 있단 말입니다!"

"하지만 이 주문은 달랐어. 오랜 세월 성공했을 뿐만 아니라 어머니에서 나한테까지 영향을 미칠 정도로 강력한 거였어. 그래서 나에게 접근하는 남자들도 걸려들었던 거야. 내 어머니보다는 확실히 약하지만, 네가 영향을 받을 정도로 강력했어. 오, 로빈, 의도한 건 아니지만 이렇게 돼서 나도 정말 유감이야! 얼마나 괴로운지 몰라."

타라는 로빈이 안아주면서 그건 전혀 중요하지 않다고, 무슨 일이 있어도 사랑한다고 말해줄 거라고 생각했다.

하지만 하프엘프는 나무토막처럼 꿈쩍도 하지 않았다. 크리스털 눈의 광채마저 꺼져 있었다.

칼은 타라가 지금 하는 얘기가 아더월드에서 어떤 의미인지 전혀 모르고 있다는 걸 알아차렸다. 타라는 아더월드에서 자라지 않았기 때문에 법률과 법규를 이해하지 못하고 있었다. 누구나 한때 사용해보고 싶은 것이 유혹 주문이지만, 진정으로 사랑하는 사람을 만나기 위해 조심하는 주문이기도 했다. 사랑 받는 걸 싫어하는 사람이 있을까.

하지만 주문에 걸려서 누군가를 사랑했다는 걸 알면 얼마나 상심하는지 잘 알기 때문에 부모는 자식들에게 유혹 주문을 함부로 사용하지 못하게 교육을 시켰다.

심지어 로빈을 유혹하려고 혈안이 되어 있던 발라도 그 주문을 사용한 적이 없었다. 칼은 로빈이 얼마나 배신감을 느끼고 있을지 이해할 수 있었다. 타라를 향한 로빈의 사랑은 아무도 못 말리는 사랑이었다. 로빈은 타라를 위해서라면 죽음도 불사하고 온갖 위험과 맞서 싸웠다. 고귀하고 순수한 사랑이었다.

그런데 그 모든 것이 마법의 농간에 지나지 않다니, 하프엘프는 모욕당한 느낌이 들었다.

로빈이 팔짱을 꼈다. 전형적인 거부의 몸짓이 아닌가.

타라는 따귀를 얻어맞은 것 같은 느낌에 눈물을 흘리지 않으려고 이를 악물었다.

타라의 모습에 가슴이 아픈 칼은 또 다른 사실을 깨달았다.

칼과 무아노, 파브리스, 파프니르와 달리 타라는 무조건 사랑해주고, 자랑스럽게 여겨주는 가족의 품에서 자라지 않았다. 할머니 이사벨라는 약간의 관심을 주었을 뿐이다. 그녀는 손녀가 무엇을 하든 못마땅해하면서 셀레나의 죽음에 대한 책임을 전가했다. 10년 동안 타라는 할머니의 관심과 사랑을 얻기 위해 노력했다.

칼이 잘못을 저질렀을 때 부모님은 이유를 설명해주면서 사랑으로 용서해주지만(물론 칼이 바보 같은 짓을 하면 벌을 받았는데 심하게 볼기를 얻어맞았던 기억이 또렷했다), 빛나는 성과를 거뒀을 때는 칭찬을 아끼지 않았다.

하지만 타라는 잘못을 저지르면 며칠 동안 우울할 정도로 몹시 야단을 맞았다. 그리고 칭찬 받을 일을 해도 할머니는 관심조차 주지 않았다.

이사벨라가 관심을 보이기 시작한 것은 타라가 오무아 제국의 여제 후계자라는 걸 알았을 때부터였다. 그런데 추방돼서 지구로 돌아온 타라는 비싼 대가를 치르고 있었다.

그렇게 자랐으니 어떤 점에서 타라는 자르처럼 될 수도 있었다. 몰인정하고, 오만하고, 사납고, 탐욕스러운 아이로 자랄 수 있었지만, 셀레나에게서 물려받은 다정하고 상냥한 천성 덕분에 제2의 이사벨라가 되고 싶은 유혹에서 벗어날 수 있었다.

로빈의 거부는 이사벨라의 거부와 같은 것이었다. 부당한 거부. 칼은 타라가 할머니의 사랑을 얻으려고 애를 썼던 것처럼 로빈의 사랑을 되찾으려고 애쓰리라는 걸 잘 알았다. 할머니 집에서 사랑 받지 못하고 자랐기 때문에 그런 상황을 더는 참을 수 없을 텐데.

칼은 한숨을 쉬었다.

하지만 칼은 타라를 많이 사랑했다. 타라가 생각하는 것보다 훨씬 많이 사랑했다. 그래서 당장 보여주기로 했다.

칼은 타라를 끌어안기 위해 펄쩍 뛰면서 이번만은 작은 키를 저주했다.

"멍멍이처럼 너에게 복종하고 싶은 이유가 있을 줄 알았다니까!"

칼은 타라의 눈이 동그래지는 걸 보면서 깔깔대고 웃었다. 기분이 상한 마니투가 으르렁거렸다.

"하지만 그게 무슨 상관있어? 너는 우리의 친구고, 네가 주문에 걸려 있든, 아니든 우리가 사랑하는데!"

칼은 그렇게 말하면서 타라의 뺨에 입을 맞췄다.

이번에는 너무 놀라서 멍하니 서 있던 무아노가 달려와서 뜨겁게 포옹했다.

"우리 여자들에게는 그 주문이 통하지 않는다면서? 그리고 파프니르와 나, 너를 사랑하는 우리의 마음은 한결같아. 그 주문과는 아무 상관없어."

"넌 나의 소꿉동무야." 이번에는 파브리스가 나섰다. "어릴 적에 너를 좋아하지 않는 남자아이도 많았어. 네 머리를 잡아당기는 아이들도 있었던 기억이 나. 그때는 주문이 작동하지 않은 건가? 아무튼 나는 그따위 유혹 주문에 개의치 않아. 너는 타라야! 달라질 건 아무것도 없어!"

타라는 훌쩍거렸다. 로빈의 거부 반응에도 눈물을 꾹 참았건만, 칼과 파브리스, 무아노의 사랑에 눈물이 흘러내렸다. 파프니르가 달려와서 그들의 옆구리를 와락 끌어안았다.

"나도 너를 사랑해. 키다리 양!"

   •

마니투가 다리에 대고 몸을 비비자 칼이 웃어 보였다. 타라는 울음을 터뜨렸고, 실연당한 슬픔 때문에 눈물이 하염없이 흘러내렸다.

칼은 더 활짝 웃었다. 타라가 따돌림을 당하게 내버려두지 않으리라. 절대로. 하프엘프가 융통성이 없어서 답답하게 굴면 따로 불러내서 상황을 설명하고, 필요하다면 목에 두세 개의 단도를 들이대고 협박이라도 할 작정이었다.

실버가 다가왔지만 타라를 둘러싸는 친구들을 보면서 얼싸안을 엄두를 내지 못했다.

"나는 그 주문이 뭔지 전혀 몰라." 실버가 말했다. "하지만 나한테도 느낌이라는 게 있어. 너는 에드라킨족의 나라에서 내 목숨을 구해줬던 뛰어난 전사야. 주문에 걸렸든, 저주에 걸렸든 너는 영원히 내 친구야."

무리에서 빠져나온 파프니르가 손바닥으로 찰싹, 실버의 등을 때렸다. 키 차이가 있는데 설마 등 아래쪽을 때린 거겠지. 아니, 정확하게 말하면 난쟁이는 실버의 엉덩이를 건드렸던 것이다. 그런데 파프니르의 얼굴이 일그러졌다. 난쟁이가 건드리는 순간 실버의 본능이 작동하면서 피부는 대리석처럼 단단해지고 날카로운 비늘이 섰기 때문이다. 파프니르는 손을 문지르면서도 씨익 웃었다.

"말 잘했어! 불굴의 전사! 나의 도끼와 너의 검이 함께하면 마지스터를 갈가리 찢어놓을 수 있어."

잠시 침묵이 흘렀다. 미묘한 문제를 무신경하게 말하는 데 있어서는 난쟁이들이 세계 챔피언감이었다.

"내 아버지야." 실버가 상기시켰다.

난쟁이도 당연히 알고 있었다.

"알아, 그래서 뭐?"

하프드래곤이지만 난쟁이들 속에서 자란 실버는 파프니르를 이해할 수 있었다. 난쟁이들을 잘 알기 때문에 실버는 빙긋이 웃었다.

"마지스터가 우리의 적이라면 기꺼이 그래야겠지, 파프니르 전사. 하지만 적이 아냐. 적어도 지금은. 아니, 이번에는 아냐. 정말 좋지 않은 상황인 것 같아. 마지스터가 직접 설명하겠다고 했어."

몸을 숙인 실버의 부리부리한 눈과 파프니르의 초록빛 눈이 마주쳤다.

"적을 상대로 쉬지 않고 도끼를 휘두를 날이 올 거니까 걱정 마요, 파프니르 전사."

칼은 미소를 지었다. 난쟁이의 얼굴이 빨개질 텐데! 난쟁이들은 속내를 파악하기 힘들지만, 파프니르는 검뿐만 아니라 아름다운 실버에게도 반해버린 것이 틀림없었다.

"실버, 이 친구는 지금 네가 싸우는 모습을 보고 싶어서 죽을 지경이야." 칼이 짓궂게 끼어들었다. "지난번에는 네가 검을 사용할 기회가 없었잖아. 너는 드래곤으로 변신했고, 마지스터가 너를 쓰러뜨렸기 때문에."

"너 벌써 늙었어? 기억력이 그 정도밖에 안 되다니! 우리는 나란히 싸웠어." 파프니르가 발끈했다. "우리는 도끼와 검으로 유령들과 맞서 싸웠단 말이야!"

칼은 낄낄거렸다. 드디어 난쟁이의 광대뼈가 붉어지고 있었다.

"하지만 그건 진짜 싸움이 아니었어." 칼이 웃음기가 가시지 않은 어조로 말했다. "최고 마구스들의 육신이 유령에 들렸기 때문에 조심해야 했잖아. 그러니까 있는 힘을 다해서 제대로 싸웠던 게 아니지."

"그래, 정말 보고 싶어." 파프니르가 어쩔 수 없이 항복했다.

"나도 그래." 실버가 눈을 반짝이면서 말했다. "나보다 훨씬 유명하다는 거 알아, 파프니르 전사."

"오! 그냥 파프니르라고 불러. 너도 불굴의 전사인데!"

칼은 짓궂은 미소를 지었다. 뭐야? 파프니르가 속내를 들키지 않으려고 애를 쓰는 건가? 칼이 이렇게 두 친구를 놀려먹는 것은 그럴 만한 이유가 있어서였다.

칼의 예상대로 그사이에 타라가 진정이 되어 있었다. 상처를 받은 표정으로 시선을 떼지 않는 로빈을 외면하면서 타라는 칼을 향해 돌아섰다.

"네가 모이자고 했잖아. 무슨 좋은 생각 있는 거야?"

에이! 그래도 아쉽다, 놀려먹는 재미가 쏠쏠했는데! 칼은 심호흡을 했다. 브르리르의 꼬리를 잡아당기고는 잽싸게 줄행랑쳐야 햄버거 스테이크 신세를 면할 수 있는 것처럼 마지스터를 괴롭히는 일도 스릴이 넘칠 텐데, 뭐.

"응, 있어." 칼은 차분하게 대답했다. "마지스터가 너에게 할 말이 있다고 하잖아. 타라, 가서 만나. 하지만 실버 없이 가는 게 좋겠어."

"나 없이?" 어리둥절한 얼굴로 실버가 물었다. "하지만……."

"너는 아들이잖아. 마지스터가 아들에게 연연할 사람이 아니라는 거 알아. 하지만 실버 네가 아들이라는 걸 알고 놀라던 마지스터의 표정을 봤어. 좀 더 일찍 너의 존재를 알지 못한 걸 몹시 괴로워하는 얼굴이었어. 따라서 타라는 마지스터를 만나러 가고, 로빈이 너와 함께 여기 남아 있다가 타라가 돌아오지 않을 경우 네 목을 단칼에 앗아버리는 거야. 마지스터는 로빈이 너를 좋아하지 않기 때문에 주저하지 않으리라는 걸 알아. 유혹 주문에 대해 알든 모르든 상관없이."

로빈의 시선이 타라를 떠나 실버의 눈을 응시했다. 크리스털 눈에서 차가운 빛이 반짝였다. 로빈은 일어나서 팔짱을 풀었다. 실버와 키가 거의 비슷하다는 것, 로빈은 기분이 나빴다. 실버보다 힘이 세지 못하다는 것, 그것도 기분이 나빴다. 게다가 하프드래곤이 유혹 주문 따위에는 개의치 않는다고 큰소리치지 않았던가! 그래서 로빈은 더 큰 상처를 받았다. 놈의 목을 단칼에 가질 수 있는 명분이 있다면 절대 놓치고 싶지 않았다.

하지만 타라가 마지스터에게 납치될 가능성도 배제할 수 없었다. 그것도 좋은 생각이 아니었다. 로빈은 한숨을 쉬었다. 자신의 삶은 왜 이토록 순탄하지 않은지, 이따금 정말 마음에 들지 않았다.

놀라울 정도로 빠른 손놀림으로 로빈이 실버의 눈앞에 칼을 들이댔다.

"그래, 칼의 말대로 어른들이 싸우는 동안 시작하자. 실버, 네 크리스털 볼로 마지스터가 있는 장소를 보여줘. 그리고 너와 나는 용병들이 찾을 수 없는 곳에 가 있는 거야."

로빈이 침울한 어조로 지시를 내렸다. 친구들은 로빈이 충격을 받은 상태라는 걸 알기 때문에 군말 없이 움직였다. 칼로 목을 겨냥하고 있다고 해서 무서워할 리 없는 실버도 순순히 따랐다.

타라가 반박하려고 했지만 실버와 로빈의 얼굴을 보면서 단념했다. 이번만은 둘의 의견이 일치한 것 같았다. 실버는 타라의 안전을 위해 흑기사 역할을 자처하는 것이기에 한발 물러서는 것이고, 로빈은 마지스터가 공격할 경우 타라를 보호하지 못하는 것이기에 한발 물러서는 셈이었다. 실버와 로빈에게는 나름 공정한 협상이었다.

타라는 이를 악물었다. 자신에게는 전혀 공정하지 않은 것 같았다.

칼은 몸서리가 쳐졌다.

이제 마지스터와 싸우러 가야 하는 것이 아닌가.

어쩌면 무모한 계획일지도 모르는데.

이따금, 칼은 자신이 덜 영악하길 바라건만……

13
로빈의 딜레마
마법에 걸려서 사랑에 빠지는 것과
'매혹되었다'는 표현이 뭐가 다를까

*

로빈은 괴로웠다. 정신적 충격이 어찌나 큰지 온몸이 아픈 것 같았다. 타라와 다른 친구들은 이사벨라의 침실에 있는 비밀 통로를 이용해서 방금 출발했다. 몇 년 전 맨 처음 마지스터의 공격을 받았을 때 타라는 이 통로를 이용해서 집 뒤쪽으로 나갈 수 있었다.

물론, 타라는 저택에게 계획을 알렸다. 유니콘이 너무 무모하고 어리석은 생각이라고 강력하게 주장했기 때문에 저택은 내키지 않지만 억지로 하는 수 없이 침묵을 지키겠다고 약속했다.

마지못해 타라의 지시에 복종하면서 저택은 타라의 할머니와 어머니가 맞서고 있는 응접실 앞을 피하여 실버와 로빈을 새로운 은신처로 안내했다. 마니투는 상황이 어떻게 돌아가는지 살피면서 용병들이 실버를 찾지 못하게 하라는 임무를 받고 블루 응접실로 돌아갔다.

로빈과 실버는 어렵지 않게 두 용병을 따돌릴 수 있었다. 두 용병은 이사벨라와 셀레나의 불꽃 튀는 공방전에 정신이 팔린 나머지 실버에게 관심도 없었다.

"한 번만 더 내 딸에게 마지스터를 만나라고 하면 지렁이로 둔갑시켜서 스파슌의 먹이로 던져줄 거예요." 하고 소리치는 셀레나. "어디 마음대로 해보렴! 정말 그럴 수 있는지 보고 싶구나. 그런데 너, 내가 어머니라는 거 잊지 마!" 하고 응수하는 이사벨라. 모녀의 싸움은 치열했다.

로빈과 실버는 문이 살짝 열린 응접실 앞을 지나치면서 재미있다는 눈길을 주고받았다.

이제 둘은 저택의 어딘가에 있는 방에 들어와 있었다.

마주 보고 선 하프드래곤과 하프엘프가 서로 경계하면서 탐색하는데 그 모습이 마치 영역 싸움을 위해 당장이라도 덤벼들 기세의 두 마리 표범 같았다.

여기서 '영역'이란 타라였다.

"너는 타라를 사랑하는 게 아냐." 실버는 사자의 눈으로 로빈을 노려보면서 말했다. "타라가 유혹 주문에 걸려 있었다고 고백할 때 너는 타라를 거부했어."

로빈은 이를 악물고 반응을 보이지 않았다. 지금은 머릿속이 너무 복잡해서 뭐라고 대꾸할지 막막하고 아무 생각도 할 수 없었다.

"나는 마법을 좋아하지 않아." 실버가 말했다. "마법을 싫어하는 난쟁이들과 마찬가지로. 어떤 면에서는 나도 난쟁이니까."

로빈은 말이 되는 소리를 하라는 표정으로 눈썹을 치켜 올렸다. 실

226

버는 대번에 무슨 뜻인지 알아차렸다.

"그래, 난쟁이들과 닮은 데가 없다는 거 알아. 하지만 늑대들이 키운 인간 아이가 늑대 같은 행동을 하는 것과 마찬가지로 난쟁이들이 키운 하프드래곤은 난쟁이의 습성을 배웠어. 나는 인간들이나 드래곤보다 난쟁이들이 훨씬 이해가 돼. 그들의 습성도 이해해. 가끔 나의 태생에 대해 불만도 있지만."

"관심 없어." 로빈이 말을 끊었다.

"뭐라고?"

"네 생각, 네 느낌, 네 고통, 혼혈이라서 누구에게 배척을 당하든 말든 난 관심 없다고. 솔직히 그건 아무래도 괜찮아. 내가 지금 원하는 건 네가 입 닥치고 있는 거야. 나 방해하지 말고."

실버의 얼굴이 어두워졌지만 로빈에게 달려들지는 않았다. 아직은 아니었다. 실버는 로빈이 방금 한 말을 못 들은 채 넘어가기로 했다. 그러고는 화살처럼 말을 쏘아댔다.

하프엘프는 실버의 말을 듣지 않으려고 애쓰면서 창밖을 바라보고 있었다. 아더월드에 비해 아주 단조로운 풍경이었다. 로빈은 위험하고 환경오염이 심각한 지구가 마음에 들지 않았다. 그리고 하프드래곤이 제발 입을 다물기를 바랐다. 정말 정신을 집중하고 싶었다.

그런데 로빈은 강렬하게 느껴지는 불안감이 뭔지 알 수 없었다. 유혹 주문 때문이 아니었다. 불쾌한 건 사실이지만 그것 때문에 이 정도로 불안할 것까지는 없는데.

아직도 피부에 느껴지는 감각이 완전히 돌아오지 않았지만, 차츰 몸이 회복되기 시작했다. 그때쯤부터 활의 정령 릴란드릴은 로빈을 쉼 없이 훈련시켰다. 팔다리는 새살이 다시 돋았지만 근육은 여전히 아기처럼 말랑말랑했다. 엄청나게 노력했는데도 전사라는 말이 무색할 정도로 형편없었다.

로빈은 기절한 적도 있었다. 이런 일이 일어난 경우는 처음이었고, 그때부터는 발라와 훈련을 시작했었다. 그러나 몽타뉴크리스토에게 마음이 기운 바이올렛 엘프는 돌아오지 않았다. 여러 달 동안 치근덕거리던 발라가 없기 때문에 로빈은 혼자서, 아니 릴란드릴과 훈련했다.

때로는 집착이 너무 심한 고혹적인 엘프의 유혹에 넘어가지 않으려고 이를 악물고 버틴 적도 있었다.

로빈은 타라와 연락이 되지 않아서 반쯤 미칠 지경이었고, 타라가 보고 싶어서 반쯤 미칠 지경이었는데 그게 다 주문 때문이었다니! 타라를 알게 된 뒤로 타라를 생각하지 않은 날이 없고, 타라를 걱정하지 않은날이 없었는데 그게 다 주문 때문이었다니!

이렇게 힘들었던 시간들을 떠올리던 로빈은 도저히 앉아 있을 수가 없었다. 벌떡 일어나서 왔다갔다 서성거리기 시작했다.

"그러다 쓰러지겠어. 안색도 좋지 않은데." 실버가 로빈의 땀에 젖은 이마를 가리키면서 말했다.

하프엘프는 위협적인 눈초리로 실버를 노려보다 걸음을 멈추고 의자에 앉았다. 현기증이 일고 숨이 가빴던 것이다.

로빈은 타라에게 화가 나면서(타라도 피해자라서 잘못이 아니라는 걸 알면서도 로빈은 어쩔 수가 없었다) 이상하게 슬펐다.

로빈은 예전으로 돌아갈 수 없을 것 같았다. 타라와의 관계는 이제 끝나는 것이다. 타라를 괴롭게 할 것이고, 더 이상 사랑할 수도 없었다. 하지만 타라에게 나쁜 일이 일어나는 건 원치 않았다.

갑자기 로빈이 심호흡을 하면서 다시 벌떡 일어나는 바람에 실버가 깜짝 놀랐다.

"따라가야 했는데." 로빈이 중얼거렸다. "타라는 강력하지만 아주 약하기도 해. 타라의 마법은 작동하지 않을 때도 있기 때문에."

실버는 호기심이 가득한 얼굴로 하프엘프를 관찰했다.

"타라를 좋아하고 있으면서……."

로빈이 맹수처럼 홱 돌아섰다.

"무슨 생각하는 거야? 당연히 좋아하지! 하지만…… 하지만……."

"하지만 이전과 같지는 않다고?" 실버가 빙긋이 웃으면서 대신 말을 이었다. "오! 하프엘프, 나는 그렇게 생각하지 않아. 그래서 나는 타라를 내치지 않았던 것이고. 다른 친구들도 타라를 내치지 않았어. 그리고 내가 타라에게 마음이 끌린 것이 주문 때문이든, 순수한 사랑 때문이든 그건 중요하지 않아. 중요한 건 나는 유혹 주문 따위에 상관하지 않는다고 타라에게 말했다는 거야. 나는 굴복하지 않았어. 너는 졌어."

오무아에 이어 랑코비트에서 생활하면서 실버는 언어를 현대식으로 고쳤고, 더 이상 트라둑투스 통역 주문도 사용하지 않았다. 하지만 흥분한 상태에서는 이따금 언어가 다시 과장되거나 예스러운 표현이 튀어나왔다.

로빈이 위협적인 얼굴로 다가왔다.

"함부로 지껄이면 무슨 사고가 일어날지 몰라. 내 칼이 날아갈 수도 있고."

실버는 혈검을 멀리 치우면서 말했다.

"나는 무방비 상태야. 하프엘프, 난 엘프 종족이 얼마나 명예를 중시하는지 잘 알아. 무장해제된 인질을 죽이지 않아, 안 그래?"

하프엘프는 마지못해서 칼을 칼집에 도로 넣었다.

"그래, 네 말이 맞아, 지금은 아냐. 하지만 허튼짓했다가는 내 길을 가로막은 걸 후회하게 될 거야."

"뭘 어떻게 할 건데?"

"너를 결박한 다음 살아 있는 저택더러 지키게 하고 나는 친구들을 도우러 갈 거야."

실버는 로빈을 쳐다보면서 고개를 저었다.

"그러면 안 되지. 타라가 돌아오지 않으면 내 목을 베어버리겠다고 위협하는 것이 작전인데. 아들을 살리든 죽이든 마지스터에게 선택하라고 말하면서……. 그런데 네가 지금 가면 칼리반 달 살란의 작전을 망치는 거야."

로빈이 경멸하듯 코를 킁킁거렸다.

"나 그렇게 멍청하지 않아, 하프드래곤. 마지스터가 약속을 어기면 개입해서 타라를 구하고, 이곳으로 돌아와 네 목을 단숨에 앗아버릴 거야."

실버는 로빈을 쳐다보면서 미소를 지었다.

"글쎄, 잠이 들면 그 일을 어떻게 하려나?"

로빈이 눈을 치켜떴다.

"잠들어?"

"응." 실버는 천연덕스럽게 대답했다.

그러고는 로빈이 미처 반응할 겨를도 없이 주먹으로 하프엘프의 턱을 가격했다. 벌렁 나자빠진 로빈은 몇 미터 뒤로 밀려났다.

실버는 주먹을 문지르면서 오만상을 찌푸렸다.

"어휴! 다음번에는 비늘을 세워야겠어. 멍청한 녀석, 무슨 턱이 이렇게 단단해!"

실버가 조심스럽게 다가갔는데 로빈은 정말 까무러친 상태였다. 실버는 호주머니에서 꺼낸 거미 밧줄로 로빈을 묶고 재갈을 물렸다.

"다음에는 착하게 보인다고 싸우지 못할 거란 생각 따윈 하지 않는 게 좋아." 실버가 말하는 사이에 서서히 의식이 돌아온 하프엘프의 눈꺼풀이 파르르 떨렸다.

실버는, 파괴된 부분을 복원하느라고 너무 바쁜 저택이 알아채지 못하게 살금살금 홀을 지나서 현관문으로 나갔다. 일단 밖으로 나온 실버는 집을 한 바퀴 돌면서 타라가 남긴 흔적을 찾아냈다.

그렇게 많이 늦은 건 아니었다.

실버는 분명히 타라에게 말했었다. 검이 타라의 안전을 책임질 거라고. 타라는 그 말을 어떻게 생각했을까? 타라를 지키기 위해서 감히 아버지에게 맞서는 일은 없을 거라고 생각했을까?

그렇게 생각했다면 잘못 생각한 것이다. 눈이 너무나 아름다운 타라틸랑넴 덩컨을 위해서라면 그 어떤 적과도 싸울 각오가 되어 있었다.

실버는 타라 일행을 따라잡기 위해 달렸다.

14
사라진 반지
악마의 힘을 지닌 반지를 갖고 있을 때는
간수를 잘해야 하는데

*

타라는 실버가 준 지도를 저장했다. 살아있는 돌이 내비게이터 역할을 하면서 타라가 가야 할 길을 알려주었다.

"난 아더월드가 더 좋아." 살아있는 돌이 구시렁거렸다. "여기는 마법이 약해. 생각하기가 어려워. 저 나무를 지나서 우회전."

타라는 미소를 지으면서 순순히 따랐다. 다행히 여름의 끝자락이었고, 아직은 낙엽이 쌓여 있지 않았다. 공기가 향기롭지만, 바람이 불면 이따금 탄내가 느껴져서 타라는 코를 찡그렸다.

"언젠가는 아더월드로 돌아갈 거야." 타라는 영리한 석영 친구에게 말했다. "이쪽에 길이 있는 거 확실해?"

"아니, 길이 아냐. 멍청한 마지스터가 있는 빈터로 곧장 가는 거야. 그런데 놈들이 지켜보고 있는 길을 따라갈 필요는 없잖아?"

살아있는 돌의 예리한 상황 판단력에 타라는 늘 깜짝 놀랐다. 처음 발견했을 때도 살아있는 돌은 자신의 생각을 완벽하게 표현했다. 어리석은 것과는 거리가 먼 존재였다. 살아있는 돌이 맞았다. 적의 진지로 들어가는데 상황에 맞게 작전을 수정하는 융통성을 발휘한 뒤에 모습을 드러내도 되니까.

살아있는 돌과 함께하면 그리 어려운 일이 없었다. 기발한 기구가 많이 등장하는 지구의 공상과학영화와 텔레비전 연속극을 열렬하게 좋아하는 살아있는 돌은 그중 열 탐지기를 선택했다. 상그라브들의 마법복은 열 탐지기에 즉시 간파되기 때문이었다. 열 탐지기 역할을 해주는 살아있는 돌 덕분에 타라와 친구들은 마지스터의 보초들이 숨어 있는 위치를 정확하게 알 수 있었다. 지도에 빨간 실루엣 여섯 개가 나타났다. 갈랑이 칼의 여우 블롱딘, 무아노의 표범 쉬바와 함께 정찰을 나가려고 했지만, 패밀리어들이 함정에 빠지는 걸 원치 않는 타라가 막았다.

보초의 수가 너무 적기 때문이었다. 겨우 여섯 명. 상그라브들을 다 어디로 보냈기에? 실버는 '마지스터가 모든 걸 설명해줄 거야'라고만 했을 뿐 그 이상은 말해주지 않았다.

마음을 놓을 수 없었다.

타라는 친구들에게 손짓했다. 친구들이 의논했다. 무아노와 파브리스는 변신했고, 곧 숲 속에 발을 들여놓은 우람한 늑대와 덩치 큰 야수가 친구들을 내려다보고 있었다.

매직 6총사는 칼과 무아노, 로빈의 부모님에게 알리지 않고 떠난 것이 마음에 걸렸다. 따라서 난쟁이 전사들의 지원도 없이 상그라브들과 대적해야 했다. 하지만 실버는 분명히 마지스터가 싸움이 아니라 면담을 청하는 거라고 말했다.

마지스터는 너무 오만하기 때문에 이런 식으로 만나자고 청한 적이 없었다. 타라는 명치가 답답할 정도로 불안했다.

운이 좋으면 이번만은 싸움을 하지 않을지도 몰랐다.

하지만 싸움이 일어날 수도 있었다.

타라는 차라리 마지스터에게 고마운 마음이 들었다. 마지스터가 꾸미는 계략이라면 모두 환영이었다. 하도 부딪치다 보니 이제는 웬만큼 익숙해져 있었다. 안 돼, 로빈을 생각하지 말자. 가슴 아파하지 말자. 울지 말자. 유혹 주문에 걸려 있었다는 걸 알았을 때 타라가 얼마나 큰 충격을 받았는지 친구들은 알지 못했다.

어떤 점에서 타라는 로빈의 반응을 예상하고 있었기 때문에 사실은 그리 심하게 놀라지 않았다. 누군가를 사랑하는데 그 사랑이 가짜였다는 걸 알면 타라도 로빈과 똑같은 반응을 보이지 않았을까.

그러니까, 타라는 로빈이 다시 사랑하게 만들어야 했다. 타라가 나무뿌리에 발이 걸려서 비틀거리는 바람에 소리를 죽이고 살금살금 전진하던 파프니르의 깜짝 놀라는 눈과 마주쳤다. 이런, 로빈을 생각하지 말자. 로빈을 생각하지 말자.

오른쪽과 왼쪽에서, 상그라브 두 명이 방금 갑자기 꿈나라로 들어갔다는 신호가 왔다. 그들은 계속 전진했다. 잠시 후, 늑대와 야수의 주먹에 얻어맞은 상그라브 두 명이 또 잠들었다. 이윽고 살아있는 돌이 보여주는 지도에 나타난 작은 빈터에서 세 번째로 빨간빛과 장밋빛의 실루엣 둘이 나타났다.

타라는 두 실루엣이 누군지 대번에 알아차렸다. 빛깔의 차이가 나는 이유는 체온의 차이 때문이었다.

마지스터.

그리고 마지스터에게서 거의 떨어지지 않는 악랄한 사냥꾼이자 해결사인 인간의 피를 먹는 뱀파이어 셀렌바.

악마 커플을 상대해야 한다는 생각만으로도 타라는 등골이 오싹해졌다.

갑자기 타라는 눈살을 찌푸렸다. 땅바닥에서 두 실루엣을 둘러싸는 붉은빛의 덩어리가 움직였다.

칼과 파브리스, 무아노가 숲에 숨어 각각 자리를 잡자 타라는 심호흡을 하고 나서 마법을 작동했다. 그러고는 빈터로 들어서다 아연실색했다.

칼과 무아노, 로빈의 부모님들을 발견한 것이다. 그들을 호위하던 난쟁이 전사들도 있었다.

그들이 마지스터와 셀렌바의 발치에 널브러져 있었다.

결박되고 재갈이 물린 채로.

숲에서 나뭇가지 부러지는 소리가 들렸다. 무아노도 위협받는 부모를 발견한 것이다. 타라는 파브리스가 부모를 구하려고 달려드는 무아노를 제지하는 과정에서 나뭇가지들이 부러지는 소리라고 생각했다. 훈련이 잘된 칼은 아무 소리도 내지 않았지만, 타라는 등 뒤에서 용광로처럼 타오르는 칼의 분노를 느낄 수 있었다.

빨리, 교란작전을 펴야 하는데.

"만나자면서 이런 준비를 해놓다니, 취향 한번 독특하네요." 타라는 몹시 떨리지만 내색하지 않으려고 땅바닥을 가리키면서 큰 소리로 외쳤다.

상그라브가 타라를 향해 마스크 쓴 얼굴을 돌렸다. 거의 검은색이나 다름없는 잿빛 마법복, 감정에 따라 색이 변하는 금빛 마스크, 빨간색 원…….

아니, 가슴에 빨간색 원이 없었다. 마지스터의 가슴 부위에 원이 없다니, 이례적인 상황 때문에 타라는 눈살을 찌푸렸다.

옆에 있는 셀렌바도 새로운 차림이었다. 그러니까 악당들은 변화를 좋아한다는 건가? 아더월드의 동물 스팔렌디탈[17]의 검은색 가죽옷이 아니라 빨간색이었다. 창백한 피부만큼 희끄무레한 머리, 루비처럼 빨간 눈과 차가운 얼굴은 그대로였다. 셀렌바는 여전히 인간의 피를 먹는 위험한 뱀파이어였다.

붙잡혀 와 있는 포로들도 위험을 감지하고 있었다. 난쟁이 전사들은 적들을 노려보면서 필사적으로 몸부림쳤고, 엘프 전사 탕딜루스 망질은 결박한 밧줄을 풀려고 애쓰고 있었다(아내를 안전한 곳으로 피신시키기 위해 지구에 데려다 주러 왔다가 봉변을 당했다). 면허받은 도둑이라서 산전수전 다 겪은 탓인지 달 살란 부부는 모험을 즐

• • • • • • • • • • • •

17. 자이언트 전갈. 땅신령들이 말처럼 타고 다닌다. 스팔렌디탈의 털과 다리, 침과 함께 가죽은 아더월드 사람들이 가장 선호하는 것이다. 지구에서 소가죽을 선호하는 것과 비슷하다.

기고 있는 듯 보였다. 이런 경험이 없는 무아노의 부모는 충격을 받은 상태였다. 셀렌바가 몸을 숙이면서 송곳니를 드러내자 자드라와 주스티니르는 공포에 질려서 부들부들 떨었다.

"그래, 내 취향대로 독특하게 준비해놓은 거니까 너는 그 자리에서 한 발짝도 떼지 마!" 마지스터가 타라에게 말했다. "아니면 셀렌바가 가차 없이 이자들의 목을 벨 것이다."

"알았어요, 당신이 인간의 목숨에 동정심이라고는 없다는 걸 나도 잘 아니까." 타라는 빈손을 보여주면서 응수했다. "왜 나를 보자고 했죠?"

"안녕하셨냐, 잘 지내셨냐, 인사도 안 하고?" 마지스터가 이죽거렸다. "셀레나가 교육을 잘 시켰을 거라고 생각했는데!"

"어머니가 그럴 시간이 없다는 거 누구보다 당신이 잘 알면서!" 타라가 빠르게 받아쳤다.

마지스터의 마스크가 갈색으로 변했다.

"그래, 네가 이겼다." 마지스터가 인정했다. "실버는 어디 있니?"

"목에 칼을 들이대고 있는 로빈과 함께 저택에 남아 있죠." 타라가 비웃음을 흘리면서 말했다. "내가 돌아가지 않으면 푹! 실버는 살아남지 못하겠죠. 우리도 나름 준비를 했거든요."

마지스터는 미동도 하지 않았다. 하지만 마스크가 점점 빨갛게 변하고 있었다. 오, 예! 기분이 몹시 안 좋다는 거군.

"그런다고 내가 눈 하나 깜빡할 것 같으냐?"

"아뇨." 타라는 짤막하게 대꾸했다.

마지스터는 침묵을 지켰다. 타라는 마지스터가 너무 오래 생각하게 내버려두고 싶지 않았다.

"실버는 당신이 나에게 할 얘기가 있다고 했어요." 타라가 재빠르게 말을 이었다. "자신의 목숨이 내 목숨을 보장해줄 거라면서. 우리는 적이지만 서로 경계를 늦추지 않는 한 얘기는 할 수 있겠죠. 자, 시간 낭비하지 말고 할 말 있으면 빨리 하시죠."

마지스터가 심호흡을 했는데 마스크가 검붉은 색깔로 변한다는 것은 화가 치밀지만 꾹 참고 있다는 뜻이었다. 그리고 아픈 것처럼 옆구리를 잡고 있었다. 마지스터의 발치에 웅크리고 앉은 셀렌바가 파르르 떨었다.

타라는 마지스터와 셀렌바를 유심히 살폈다. 뭔가 이상했다. 마지스터의 마스크가 거의 하얗게 보일 정도로 창백해졌다. 아픈가? 왜?

"시작하기 전에 친구들을 나오라고 해." 마침내 마지스터가 말하면서 숲을 가리켰다. "네 친구들은 나의 상그라브들을 때려눕힐 때 너무 소리를 냈어. 친구들의 부모를 봐, 저게 어디 겁먹은 얼굴인가. 나는 너를 해치려고 여기 온 게 아니라 해줄 말이 있어서다."

타라는 망설였다. 친구들이 자제하리라 믿지만 파프니르는? 난쟁이는 안전핀을 뽑은 수류탄 같아서 언제 폭발할지 몰랐다. 그래서 타라는 친구들에게 약속된 신호를 보냈다.

칼과 여우 블롱딘, 무아노와 표범 쉬바, 파브리스와 파프니르가 숲에서 조심스럽게 나왔다. 그들은 조용히 움직였는데(마지스터를 배신했던 파브리스는 새파랗게 질린 얼굴로 가능한 한 멀리 떨어졌다) 순식간에 셀렌바와 마지스터를 포위했다. 그런데 타라는 왜 자신이 위험에 빠진 느낌이 드는 걸까?

마지스터는 타라의 친구들을 향해 돌아서서 소리쳤다.

"너희가 나를 도와줘야겠다. 타라 덩컨과 재회했을 때 뭔가 이상한 점을 알아채지 못했니? 뭔가 다른 점이 있었을 텐데?"

"주문에 대해 말하는 거예요?" 칼이 거만하게 물었다. "좀 늦으셨네요. 우리는 이미 알고 있는데."

타라를 만날 때는 늘 이런 식이었다. 마지스터는 타라가 무슨 말을 할지, 어떻게 반응할지 도무지 예측할 수 없었다. 보통 짜증나는 일이 아니었다! 아더월드의 마법사들이나 최고 마구스들과 달리 타라는 지구에서 자랐다. 말과 행동이 이상한 것은 사고방식이 다르기 때문이다. 그 이상한 언동이 지금은 친구들에게도 영향을 주는 것 같았다. 이 건방진 녀석이 지금 뭐라는 거야?

따라서 마지스터는 칼이 하는 말에 반응하지 않았다. 마스크는 의아해하는 오렌지빛을 띠었다.

"무슨 주문?"

타라는 심호흡을 했다. 마지스터가 어찌나 잔인한 짓을 많이 하는지 타라는 될 수 있으면 폭력을 사용하지 않고 복수하는 방법을 늘 궁리했다. 그런데 마침내 보복할 기회가 온 것이다.

최근 몇 년 동안 받은 고통만큼 되돌려줘야 했다.

"당신은 사랑하기 때문에 내 어머니에게 끌렸던 게 아니에요." 타라는 거칠게 말했다. "당신이 어머니에게 매혹당한 것은 내 할머니와 증조할아버지가 어머니에게 날린 유혹 주문이 15년 넘게 효력이 강력했기 때문이에요. 그 유혹 주문에는 어떤 보호 주문도 통하지 않죠. 그래서 모든 사람이 어머니를 사랑하는 거예요. (타라는 목소리를 낮췄다.) 그래서 모든 사람이 나를 사랑하는 것이고요."

숲 속 빈터에 죽음 같은 침묵이 흘렀다. 인질들도 꼼짝 않고 있었다.

마지스터를 쳐다보는 셀렌바의 빨간 눈에서 희망의 빛이 번뜩였다. 셀렌바는 오래전부터 마지스터를 미치도록 사랑하고 있었다. 셀레나에 대한 마지스터의 사랑이 주문 때문이라면 셀렌바에게 기회가 생기는 것이 아닌가.

"뭐라고?" 마지스터가 드디어 격분했다. "그 늙은 마법사가 또 무슨 짓을 꾸민 모양인데 상관없어!"

노발대발하는 목소리에 타라는 몇 발짝 물러섰다.

"당신은 이해력이 좀 떨어지는군요." 타라는 부드러운 목소리로 당차게 말했다. "그래서 다시 말할게요. 당신은 내 어머니를 사랑하는 게 아니라 함정에 빠진 거라고요. 거미줄에 걸린 무력한 새처럼."

아, 이번에는 알아들은 건가? 충격을 받은 마지스터가 비틀거렸다. 셀렌바가 피를 빨아 먹을 기세로 포로들 가까이에서 대기하고 있지 않았다면 타라는 단숨에 마지스터를 쓰러뜨릴 수 있었는데. 절호의 기회였건만!

"시간 낭비를 너무 많이 했어요. 이런 얘기 하러 온 게 아닌데." 타라가 신랄하게 말했다. "나한테 해줄 말이 있다면서요? 우리가 공격받는다는 걸 당신은 어떻게 알았죠? 우리를 구하기 위해 용병을 고용할 정도로 상그라브들이 당신에게 복종하지 않는 이유가 뭐죠? 우리를 죽이려고 하는 것이 당신이 아니면 대체 누구라는 거예요?"

하지만 마지스터는 타라의 질문을 무시했다.

"내 마법은 그 빌어먹을 이사벨라보다 훨씬 강력해." 마지스터는 미친 듯이 분노했다. "그 누구도, 그 어떤 마법도 나를 사랑에 빠지게 할 수 없어. 절대로 불가능한 일이야!"

고양이였다면 타라는 가르랑거렸을 것이다.

"내 말은 믿어도 돼요. 거짓말이면 지금 당장 림보로 가면 되니까. 지금은 어머니에게 걸려 있던 주문이 제거됐어요. 이제부터 어머니를 사랑할 남성은 늑대인간들의 대통령 틸이니까."

"아냐! 아냐, 말도 안 돼!"

"거짓말이 아니에요, 나리." 셀렌바가 끼어들었다. "나는 거짓말을 느낄 수도, 볼 수도 있어요. 타라는 진실을 말한 거예요."

타라 일행은 주먹을 꽉 쥐는 마지스터를 보면서 한순간 그가 셀렌바를 후려칠 거라고 생각했다.

여전히 웅크린 채 마지스터를 쳐다보는 셀렌바는 애원하는 눈빛이었다.

마침내 마지스터의 어깨가 축 늘어졌다. 쓸데없이 나선 것에 대해 셀렌바를 응징하려는 것이 아니었다. 그 정도로 막돼먹은 사람은 아니었다. 마지스터가 타라를 향해 고개를 돌렸다.

"그 주문이 제거됐다고 했니?"

"네, 엄마와 나는 그 사실을 알고 우리의 발명가 모우르무르를 설득했거든요. 주문에서 벗어나게 해달라고. 힘들었지만 성공했어요. 따라서 당신은 이제 내 어머니를 납치할 이유가 전혀 없어요. 어머니는 당신을 사랑하지 않고, 당신은 마법 때문에 어머니를 사랑한 거니까요."

마지스터의 마스크가 잿빛으로 변했다.

"타라 덩컨, 그 결정은 내가 하는 거야. 언젠가 네 어머니와 내가 만날 날이 올 거다. 내가 주문 때문에 그녀를 사랑하는 건지, 아닌지는 그때 가면 알겠지."

마지스터는 끔찍하게 빨리 정신을 차렸다. 사실 그가 마음만 먹으면 언제든 어머니를 만날 수 있지 않은가.

좀 전에 마지스터가 질문했을 때부터 생각에 잠겨 있던 파프니르가 끼어들었다.

"우리가 재회했을 때 그걸 알아차렸는데 아더월드로 돌아갔다가 멍청한 상그라브들이 부모님을 공격하는 바람에 잊고 있었어. 타라, 너 반지 어쨌어?"

타라는 파프니르를 쳐다봤다.

"무슨 반지?"

"크라에토비르의 반지. 네가 손가락에 끼고 다니던 반지 말이야. 그거 어쨌는데? 안전한 곳에 둔 거지? 예를 들어 드래곤들에게 맡겼다거나. (난쟁이는 우거지상을 했다.) 나는 드래곤들을 좋아하지 않지만, 그 파충류들은 물건을 간수할 줄 아니까. 드래곤들이 보물을 얼마나 잘 숨겨놓는지 내가 알거든."

타라는 어리둥절한 표정이었다. 모두 쳐다보고 있었다.

"무슨 반지를 말하는 거냐고?" 타라가 되물었다.

마지스터는 한숨을 쉬었다. 타라와 유혹 주문에 대해 좀 더 말하고 싶은데 더 큰 걱정거리가 생겼으니. 마지스터가 손짓을 하자 마법이 작동하면서 공중에 반지 이미지가 나타났다. 악마들이 새겨 있는 검은색 철 반지.

"이 반지 기억나지?" 마지스터가 또다시 부드러운 목소리로 말했다. "셀렌바가 붉은 여왕에게서 훔쳤다가 뱀파이어들에게 체포되면서 빼앗긴 다음 네가 다시 가져간 크라에토비르의 반지 말이다. 타라, 네가 달라진 걸 알아차렸는지 네 친구들에게 묻고 싶었는데. 너도대체 반지를 어떻게 한 거니? 타라 덩컨, 어쨌는지 말해!"

"엄마의 유혹 주문에 대해 말하다 왜 갑자기 내가 알지도 못하는 반지 얘기를 하는지 누가 설명 좀 해줘." 타라가 짜증을 냈다.

무아노가 부모님에게서 눈길을 떼지 않은 채 쿵쿵 걸어오는데 야수의 발소리에 나무들이 흔들렸다.

"마지스터의 말이 맞아." 무아노가 나섰는데 야수의 몸이라서 목소리가 이상했다. "그리고 검은색 철 반지가 아니라 은빛 유니콘 장식이 있는 반지였는데 정말 모르겠어? 그 반지는 사악한 힘, 즉 악마들의 영혼에서 끌어내는 힘을 타라 네 마법에 합해주면서 여러 번 네 목숨을 구해줬어."

타라는 금반지와 빨간 보석반지를 낀 두 손을 내밀었다. 하나는 가문의 반지인데 지금은 어떤 에프리트도 잠들어 있지 않아서 타라를 보호해주지 않았다. 다른 하나는 로빈에게서 선물로 받은 뒤로 손가락에서 한 번도 뺀 적이 없는 반지였다.

"내 반지는 이게 전부야. 그런 눈으로 쳐다보지 마. 나 미치지 않았어. 너희가 무슨 말을 하는지 난 정말 모르겠어."

파프니르가 걱정이 가득한 얼굴로 타라에게 다가갔다.

"내 전사들을 생포해서 스파슌처럼 결박해놓은 저 작자, '나 마지스터, 예민한 사람'이라고 광고하는 M이란 저 작자를 정말 좋아하지 않지만, 한 가지는 알아. 너는 우리가 싫어하던 사악한 반지를 분명히 끼고 다녔어. 내가 걱정하는 건 네가 그걸 기억하지 못한다는 거야. 뱀파이어들이 반지를 도로 빼앗고서 너에게 기억상실 주문을 날린 거 아냐?"

갑자기 창백해진 타라가 하마터면 쓰러질 뻔했다. 바로 옆에 있던 칼이 아슬아슬하게 타라를 잡아주었다.

"어휴……. 갑자기 왜 이래?" 칼이 키가 더 큰 타라의 몸을 받쳐주면서 말했다.

"나도 모르겠어." 타라가 힘없는 목소리로 말했다. "누군가가 망치로 머리를 내리치는 것 같아."

"망치로 내리쳤는데 어떻게 머리가 남아 있어?" 파프니르가 천연덕스럽게 끼어들었다.

"파프니르, 누가 망치로 정말 내리쳤다는 게 아니라 머리가 그 정도로 아프다는 말이야." 파브리스가 말했다.

"파브리스." 칼이 죽는소리를 했다. "나 좀 도와줘. 너무 무거워서 나 혼자서는 안 되겠어."

그 말에 타라가 벌떡 일어나다가 비틀거렸다.

"무겁다고? 뭐가 무거워?"

"휴. 브르르르아아아 못지않아. 엄청 무겁다니까!" 칼이 우거지상을 하면서 타라를 붙잡아주려고 두 팔을 뻗었다.

"여자에게 말할 때는 예의를 좀 지켜야지!" 무아노는 어머니에게서 눈길을 떼지 않은 채 지적했다. "내가 야수의 몸으로 있을 때라도 무겁다는 말은 하지 않는 게 좋아!"

파브리스는 머리를 크게 끄덕였다. 목숨을 아껴야지!

"난 무겁지 않아!" 타라는 입안에서 어물어물 말했다. (타라는 칼을 째려보면서 심호흡을 했다.) "반지 얘기로 돌아가자."

타라가 허리를 구부렸다.

"아파!"

친구들이 타라에게 다가가는 반면에 마지스터는 움직이지 않았다. 셀렌바는 여전히 웅크린 자세로 인질들을 감시하고 있었다. 하지만 마지스터의 마스크가 파란색으로 변했다는 것은 주의 깊게 관찰하고 있다는 뜻이었다.

칼이 이번에는 타라의 허리를 감싸면서 구시렁거렸다.

"제발 쓰러지지는 마. 나보다 키도 크고 정말 무겁……."

"기억상실 주문이 틀림없어." 마지스터가 느닷없이 말했다. "기억하려고 하면 고통이 따르는 주문에 걸려 있는 거야. 반지가 어떻게 된 건지 알려면 타라를 치료부터 해야겠다."

파프니르가 양손에 도끼를 움켜잡고 마지스터의 앞을 가로막고 나섰다.

"크라에토비르의 반지가 어떻게 됐는지 왜 그렇게 알고 싶은데요? 당신이 빼앗으려고?"

마지스터가 난쟁이 전사를 내려다보면서 말했는데 목소리에 웃음기가 있었다.

"악마의 마법을 사용하다 내가 부상…… 공격을 받았지. 그런데 현재 사용할 수 있는 악마의 사물은 크라에토비르의 반지밖에 없어. 오무아에서 악마의 속바지[18]를 드래곤들에게 돌려줬기 때문에. 다른 사물들은 엄중한 감시를 받고 있어서 접근이 불가능한 상태이고. 그리고 악마의 셔츠는 영원히 내 피부에 결합되어 있지. 따라서 내 생각에 셔츠를 지배하는 데 성공한 나와는 달리 크라에토비르의 반지가 타라를 장악한 것 같아. 타라가 반지의 힘을 이기지 못한 거야. 셔츠는 공격이 아니라 방어 기능의 사물이라서 제압하기가 쉬웠다. 내가 그 힘을 변환시켜서 공격적으로 이용하고 있기는 해도."

그들이 마지스터를 쳐다봤다. 악마의 마법을 그런 식으로 이용하고 있단 말이지! 셔츠와 마지스터가 결합되었기 때문일까? 필요할 때 악마의 영혼들을 자유롭게 쓸 수 있고, 잃어버릴 위험도 없지만, 무게 때문에 셔츠를 착용하는 것은 고역이었다.

마지스터가 반쯤 돌아버린다고 해도 놀랄 일이 아닐 정도였다.

"셔츠 안에 악마의 영혼이 얼마나 되는데요?" 무아노가 충격받은 얼굴로 물었다.

"필요한 것보다 훨씬 많지." 마지스터가 냉소적으로 말했다. "50만 정도. 하지만 적은 수의 영혼만 이용할 수 있지. 아니면 내가 죽게 되니까."

• • • • • • • • • • • • • •

18. 림보의 악마들은 악마의 사물을 발명할 때 인간들에게서 발견한 것을 만들기도 했다. 셔츠, 속바지 등이 있는데, 물론 입는 용도로 만든 것이 아니다. 잘 휘어지는 철로 만든 속바지는 구멍이 뻥 뚫린 냄비 모양이었는데 오무아의 여제가 간직하려고 했지만 드래곤들이 아주 완강히 거부했다. 리스베스 여제는 하는 수 없이 속바지를 드래곤들에게 돌려주었다.

아! 기억해둬야 할 정보! 칼이 영악한 미소를 지었다. 상대에 대한 정보는 많이 알수록 좋지.

"와우, 당신을 좀 더 약 올리면 폭발한다는 뜻인가요?"

"내가 폭발하면, 도둑아, 내 주위에 있는 것도 모조리 폭발하지. 그러니까 충고하는데 나를 자극하지 마."

타라는 너무 고통스러워서 눈물이 나지만, 포기하지 않았다. 누군가가 뇌에 장난을 친 거라면 사실을 알아야 했다. 칼의 부축을 받아서 타라가 기억을 더듬는 사이에 다른 친구들은 마지스터를 감시했다.

갑자기 장벽 같은 것이 무너졌다.

이미지들이 주마등처럼 스쳐갔다. 몸을 비틀어대는 뱀파이어들, 뱀파이어들을 치료하게 마법을 더해주는 악마의 힘, 개구리들, 목숨을 구해주는 악마의 힘. 속바지의 힘인가? 악마의 힘이 건드리자 빛을 반짝이는 속바지. 타라는 기억나기 시작했다. 어찌할 바를 모르는 얼굴로 숨을 들이쉬었다. 이렇게 많은 것을 잊고 있었다니! 기억이 꼬리를 물고 이어졌다. 정보를 교환하면서 의견을 나누는 악마의 사물들, 타라를 죽이려고 하는 드래곤들, 타라를 사로잡으려고 하는 마지스터, 매번 타라를 도와주러 날아오는 악마의 힘.

마침내 타라의 기억이 한 이미지를 재현했다. 손에 끼고 있는 크라에토비르의 반지가 또렷이 보였다. 핏빛 눈의 악마 장식이 있는 검은색 철 반지가 선해 보이는 유니콘 장식이 있는 은빛 반지로 변했다. 타라가 마법의 힘이 약해지는 행성으로 떠난다는 사실에 격분하는 반지. 솟구쳐 나온 악마의 힘이 충격을 주면서 자신의 몸을 장악하는 반지를 보며 타라는 경악했다. 이어서 오무아의 복도를 전진하여 반지가 어느 곳에 이른 다음 손을 내미는 자신의 모습이 보였다.

"맙소사!" 타라가 외쳤다. "이럴 수가!"

"왜 그래?" 친구들이 소리쳤다.

"기억났어! 반지를 누구에게 넘겼는지, 그리고 반지가 무슨 짓을 했는지도!"

"오, 흉측한 벤드룩이여!" 마지스터가 성질을 부렸다. "타라 덩컨, 너 또 무슨 짓을 저지른 거니?"

타라가 그들을 쳐다봤는데 유령처럼 얼굴이 창백했다.

"오무아의 여제에게 반지를 넘겼어!"

마지스터

괴물 같은 인간과 뜻밖에
친구가 되기도 하는데

*

파브리스와 야수가 동시에 으르렁거렸다. 깜짝 놀란 마지스터와
셀렌바는 딸꾹질을 했다. 인질들도 질겁해서 눈을 굴렸고, 칼은 한숨
짓는 것으로 만족했다.

"내가 생각한 게 맞았어."

타라가 놀란 얼굴로 칼을 돌아봤다.

"네가…… 짐작하고 있었단 말이야?"

"응. 팅가푸르의 황궁에 피신해 있을 때 안티 트란스미투스에도 불
구하고 우리는 공격을 받았어. 그래서 궁전 안에도 공범이 있는 게
틀림없다고 생각했어. 크산디아르 친위대장이 경비 문제로 신경이
곤두서 있는 것으로 보아 공범이 아주, 아주 높은 지위에 있는 존재
임이 분명했지. 어찌나 높은지 산소마스크가 필요할 정도로. 하지만

여제라고는 미처 생각하지 않았어. 장관 중 한 명일 거란 추측은 했어도. 물론 반지는 생각도 못했고! 그냥 막연히 마지스터와 결탁한 배신자일 거라고 생각했지. 매번 우리를 공격하고 죽이려다 실패하면 부상을 당했든 죽었든 온데간데없이 사라지는 통에 심문도 부검도 할 수 없는 상그라브들이었으니까."

타라는 칼이 영리한 친구라는 걸 알고 있었지만, 뛰어난 추리력에 새삼 혀를 내둘렀다.

"너희들 부모님이 공격을 받았다고?" 마지스터가 놀라서 물었다. "그래서 지구로 피신한 건가? 음, 이제야 이해가 되는구나."

"우리는 당신이라고 생각했어요." 마지스터에게 집중하느라고 다른 생각을 할 수 없었던 타라가 대꾸했다.

"그러니까 아더월드에서 가장 강력한 통치자, 거대한 제국을 다스리는 여제에게 악마의 반지를 넘겼단 말이니? 지금 이 상황은 반지가 타라 너와 나, 그리고 네 친구들의 부모를 제거하기로 작정했다는 건데. 그렇다면 의문이 생겨. 너와 나는 이해가 돼. 하지만 네 친구들의 부모는? 이해가 안 돼. 크라에토비르의 반지가 도대체 뭘 원하는 거지? 반지는 나보다 악마의 마법을 훨씬 잘 사용할 수 있어. 반지는 악마의 마법 덕분에 내 상그라브들을 장악한 거야. 반지가 어떻게 했는지 모르겠지만, 귀신같이 우리 상그라브들을 찾아내고 있어. 그리고는 납치한 상그라브들을 조종해서 아더월드의 모든 정부를 공격하게 하고 그 잘못을 나에게 덮어씌우고 있어. 나는 이미 공공의 적이고, 무슨 수를 써서라도 제거해야 할 대상이니까! 이대로 당할 수야 없지. 반지의 힘에 맞서 싸울 방법을 찾아야 한다."

"악마의 마법에 감염된 상그라브들이 있죠?" 좋은 생각이 떠오른 타라가 제안했다. "그 마법에서 벗어나게 하세요. 그리고 더는 감염시키지 마세요. 그러면 반지는 상그라브들을 찾지 못할 거예요. 내가 당신을 잡기 위해서 반지를 이용하여 악마의 마법을 탐지할 수 있는지 시험해본 적이 있거든요. 반지는 '난 할 수 없다'는 표시를 했지만, 나는 거짓이라고 생각했어요. 악마의 마법으로 만들어진 크라에토비르의 반지는 틀림없이 림보의 마법을 탐지할 수 있어요."

"아, 그래? 구체적인 정보를 줘서 고맙구나, 타라 덩컨." 마지스터가 다정한 어조로 말했다. "그렇다면 반지가 나를 찾을 수 있겠지. 하지만 셀렌바는 찾지 못하겠지?"

셀렌바는 악마의 마법이 너무 싫기 때문에 지금까지 감염되길 거부해왔다. 더군다나 뱀파이어는 누군가를 죽이기 위해 마법을 사용할 필요가 없지 않은가. 갈퀴손톱과 송곳니로도 충분한데.

게다가 욕망까지 채울 수 있으니 일석이조가 아닌가.

"그건 모르겠어요." 타라는 진지하게 대답했다. "셀렌바는 늘 당신과 함께 다니고, 당신은 악마의 마법을 많이 사용했는데 어쩌면 감염되었을지도 모르죠. 악마의 마법에 감염되지 않은 상그라브들을 보호하고 싶다면 그들에게서 멀리 떨어져 있는 게 좋을 거예요. 아니면 반지가 모두 없애버릴 테니까요."

마지스터의 마스크가 어두워졌다.

"그러기 전에 내가 그놈의 반지를 파괴하고 말 테다!"

생각이 날 듯 말듯하기 때문에 타라는 정신을 집중하다가 말했다.

"반지가 상그라브들을 납치했다고 했죠? 하지만 우리를 공격한 상그라브는 평소에 당신 주위에 있는 상그라브보다 훨씬 많았어요."

"그래, 나도 알아. 반지가 많은 사람을 감염시켜서 조종하는 게 틀림없어. 그렇기 때문에 통치자들과 네 친구들의 부모를 동시에 공격할 수 있는 것이고."

"엄마!" 이제야 반지의 의도를 알아차린 타라가 외쳤다. "엄마!"

그리고 그들이 반응하기 전에 타라는 트란스미투스 주문을 읊으면서 사라졌다.

"타라?" 마지스터가 어리둥절한 얼굴로 소리쳤다.

"오, 내 조상들이시여!" 파브리스가 구시렁거렸다. "아, 또 무슨 일이지?"

"오, 젤리소르의 충치여! 타라의 생각이 맞았어! 타라의 어머니!"

이번에는 파프니르가 알아차리고 외쳤다.

"타라의 어머니가 뭐?" 파브리스가 물었다.

"우리를 공격하는 사람이 마지스터라고 생각했기 때문에 우리는 타라의 어머니가 위험하다는 생각을 전혀 하지 않았어. 마지스터는 타라의 어머니에게 미쳐 있으니까." 파프니르가 도끼 두 개를 뽑으면서 대꾸했다. 그런데 마지스터가 아니라면…….

"셀레나가 위험해!" 이번에는 마지스터가 트란스미투스 주문을 읊으면서 사라졌다.

파프니르는 셀렌바를 쳐다봤다. 뱀파이어가 격분한 얼굴로 일어섰다.

"그냥 가버리면 나는 어떡하라고!" 셀렌바가 소리쳤다. "그 여자 때문에 또 시작이야!"

파프니르는 미소를 지었다. 인간, 뱀파이어 등의 사랑은 진짜 재미있군.

"인질들은 나한테 맡겨요." 난쟁이는 상냥하게 말했다. "내가 인질들을 풀어줄 테니까 당신은 나리를 따라가요, 어서."

셀렌바는 인질들의 목을 모조리 물어 피를 빨아 먹을 수도 있지만 아무런 보호 없이 마지스터를 혼자 내버려둘 수 없었다. 뱀파이어는 하는 수 없이 트란스미투스 주문을 읊으면서 사라졌다.

파프니르와 무아노, 칼이 재빨리 뛰어갔다. 무아노와 칼이 갈퀴발톱과 칼을 사용하여 결박된 부모들을 풀어주는 사이에 파프니르는 화가 많이 난 난쟁이 전사들에게 몸을 숙였다.

"셀렌바가 절대로 떠나지 않을 거라고 생각했는데." 파프니르가 멋쩍은 얼굴로 중얼거렸다.

파프니르는 어디선가 꺼낸 단도로 난쟁이들의 밧줄을 잘랐다.

난쟁이들이 벌떡 일어나더니 숲 가장자리로 돌진해서 도끼를 찾아온 다음 어떻게 마지스터의 함정에 빠졌는지 이야기했다.

재갈이 풀리자 자드라는 남편 주스티니르와 무아노의 품에 안겼고, 알리아나 레안드린은 아들 칼과 함께 심장이 좋지 않은 남편을 살폈다. 다른 자식들은 친구 집에 가서 숨었고, 벤자민은 키시와 함께 도둑 대학으로 피신했다. 탕딜루스 망질은 아내 메보라를 일으켜 주는데 생포되었다는 것 때문에 엘프의 눈이 분노로 이글거렸다.

"마지스터가 자기 아들과 내 아들이 있는 저택으로 떠났다면 우리도 서둘러야 해." 엘프가 말했다.

"괜찮으세요?" 빨리 가고 싶어 미칠 지경인 무아노가 물었다. "다친 분 없으면 떠날까요?"

부모들이 고개를 끄덕였다. 그들은 오랫동안 움직이지 못해서 몸이 약간 마비되었지만 무사했다.

"저택을 향해 출발!" 파프니르가 늑대와 야수에게 말했다. "칼과 내 전사들이여, 돌격 앞으로!"

무아노와 파브리스는 즉시 달려갔고, 쉬바가 뒤따랐다.

무아노는 의도적으로 트란스미투스 주문을 읊지 않았다. 마법의 힘이 약한 지구에서 사고가 일어나는 걸 원치 않을 뿐만 아니라 파브리스를 배려한 것이었다.

쏜살같이 달리던 늑대와 야수는 심각한 상황인데도 가속도가 붙을수록 즐거웠다. 파브리스는 무아노야말로 자신에게 정말 어울리는 짝인데 어쩌자고 헤어질 생각까지 했는지 이해할 수가 없었다. 어떻게 해야 무아노의 마음을 완전히 돌릴 수 있을까?

셀레나의 목숨이 위험한 상황이지만, 파브리스는 이렇게 사랑하는 여자친구와 달리니까 힘이 나고 날아갈 것 같았다.

그런데 갑자기, 늑대가 제동을 거는 바람에 야수를 깜짝 놀라게 했고, 뒤따르던 표범과 충돌할 뻔했다.

"왜 그러는……?"

"쉿!" 파브리스가 말을 잘랐다. "뭔가 냄새가……."

나무 뒤쪽으로 뛰어가려던 파브리스가 그대로 멈추고 목을 겨냥하는 장검 때문에 뒷걸음쳤다.

"내가 좀 늦었나 보네." 실버의 차분한 목소리였다. "타라는 어디 있어? 어떻게 된 거야?"

"타라와 마지스터는 타라의 어머니를 보호하러 저택으로 날아갔어." 늑대인간이 대답했다.

실버의 금빛 눈이 반짝이는 것으로 보아 무슨 말인지 알아차린 얼굴이었다.

"아! 그 생각을 했어야 하는데."

"너는 우리 부모님들이 인질로 잡혀 있다는 걸 말하지 않았어!" 야수가 위협적인 어조로 외쳤다.

"그래, 말하지 않았어." 실버가 천연덕스럽게 대꾸했다. "너희가 화내는 것이 싫었으니까. 그리고 나는 불굴의 전사로서 약속했어. 내 검은 타라와 마찬가지로 부모님들의 목숨도 보장해주는 거였는데 너희는 내 말을 듣지 않았어. 그래서 입을 다물기로 했던 거야."

"로빈은 어떡하고 왔어?" 파브리스가 검을 무시하고 다가서자 하는 수 없이 실버가 물러섰다.

"이 검은 아주 날카로워." 실버가 한 발짝 물러서면서 경고했다. "늑대인간의 약점에 대해서는 나도 알아. 내가 목을 베어버리면 넌 소생하지 못해. 그러니까 예의를 좀 지켜줘. 로빈은 턱이 좀 아픈 것 말고는 괜찮아. 저택의 한 방에 로빈을 결박하고 재갈을 물려놨어. 전혀 위험하지 않으니까 걱정하지 않아도 돼."

실버의 말에 파브리스는 안도했다.

"말싸움하고 있을 시간 없어, 파브리스. 빨리 가야 해!" 무아노가 재촉했다.

늑대가 하프드래곤을 쏘아보면서 어깨를 으쓱했다.

"그래 무아노, 가자."

그렇게 말하면서 둘이 달려가버리자 실버는 버림받았다는 느낌에 멍하니 서 있었다. 인간들은 정말 이상했다. 오, 어머니의 수염이여! 트란스미투스 주문을 읊으면 간단한데 왜 힘들게 달려가는 거지? 실버가 트란스미투스를 사용하지 않은 것은 몰래 뒤따라가다 타라와 친구들을 지켜주기 위해서였지만, 파브리스와 무아노는 왜 사용하지 않는지 이유를 알 수 없었다.

실버는 저택까지 늑대와 야수의 뒤를 따라가기로 했다. 저택에 자신이 원하는 사람이 다 있기 때문이다.

타라와 아버지 마지스터.

저택은 도와주러 오는 것이라고 생각하면서 용병들을 기꺼이 통과시킨 다음 건물에 안티 트란스미투스 마법을 걸어놓은 상태였다. 마지스터는 공원에 유형화되었는데 저택에서 꽤 멀리 떨어진 위치였다. 마지스터는 앞으로 걸어가다가 초록색의 물컹한 것을 밟았는데 지독한 냄새가 났다.

어린 드래코-티라노사우루스가 길 한복판에 싸놓은 똥이 뿌지직거렸다.

마지스터는 욕설을 뱉었지만 부츠를 닦지 않았다. 시간이 없었다. 속된 말로 쪽팔리지만 마법복 자락을 걷어 올렸다. 할 일은 한 가지

밖에 없었다.

마지스터는 냅다 뛰기 시작했다.

이렇게 달리는 것은 정말 체면을 구기는 일이지만 상관하지 않았다. 숨을 헐떡이면서 저택의 현관문 앞에 이른 마지스터는 심각한 피해 상황에 잠시 아연실색했다.

용병들은 어디로 간 거지? 마지스터는 셀레나와 타라를 보호하기 위해 해적들을 용병으로 고용했는데 모조리 사라진 것 같았다.

문지방을 넘어서려는 순간 갑자기 날아온 도끼가 머리를 스치면서 등 뒤쪽에 있는 공원의 조각상에 박혔다. 조각상이 흔들거리다 요란한 소리를 내면서 두 동강이 났다.

마지스터의 마스크가 초록색으로 변했다. 하마터면 머리가 날아갈 뻔했으니.

이어서 그림자 셋이 나타나자 마지스터는 욕설을 내뱉었다.

용병들이 어디 있는지 알아차렸던 것이다.

크라에토비르의 반지가 용병들마저 장악한 것이다.

해적들의 눈빛은 전통적으로 파란색이나 초록색이었다.

그런데 이 세 명의 눈빛은 굶주린 짐승들이 어슬렁거리는 시커먼 호수 같았다.

"안녕하시오?" 1번 용병이 탐욕스러운 미소를 흘렸다.

"시킬 일이라도?" 2번 용병이 물었다.

"말씀만 하시죠." 키가 2미터 50센티미터에 이르는 3번 용병이 비웃음을 흘렸다.

마지스터는 반지가 어떻게 상그라브들을 지배하고 있는지 알았다.

반지가 마지스터에게도 승리와 영광, 정복 등 유혹하는 이미지들을 보내고 있었다. 늘 권력욕을 드러내는 상그라브들이 그 유혹에 넘어간 것이다. 마지스터도 하마터면 그 환영에 굴복할 뻔했다. 하지만 잠시 흔들리다가도 냉철한 정신 덕분에 착각이나 환영에 넘어가는 일이 거의 없었다. 또 누군가에게 충성을 서약하기에는 고집이 너무 셌다.

마지스터는 사실 반지의 영향력에서 벗어나기 위해 비싼 대가를 치르고 있었다.

마지스터는 착용하고 있는 셔츠와 자신을 연결하는 마법의 끈을 잘라버렸다.

그때부터 특히 가슴 아래쪽으로 피가 계속 흘러내렸다. 셀렌바가 치료했지만 소용없었고, 통증은 갈수록 심해졌다. 악마의 마법만 치료할 수 있지만, 악마의 사물에 접근할 수가 없었다.

그런데 해적 용병들이 반지가 보낸 이미지에 굴복했다면…….

마지스터는 손을 폈다. 손바닥에 크레디트-무트 금화 몇 개가 놓여 있었다. 다른 손을 폈다. 보라색과 파란색, 빨간색 보석들이 놓여 있었다. 경험이 많은 해적들이라서 먼저 진짜인지 확인해봤다. 금과 보석은 진짜였다.

"수고비를 준다는 걸 깜빡했다. 자, 받아라." 마지스터가 말했다.

해적들의 시커먼 눈이 금빛으로 물들어 있었다. 금을 갖고 싶은 욕망과 악마의 마법이 잠시 싸웠지만 해적들은 보석 앞에서 마음이 완전히 흔들렸다. 분노의 고함소리가 나더니 벼락을 맞은 떡갈나무처럼 비틀거리는 해적 세 명의 몸에서 시커먼 연기 같은 것이 빠져나갔다.

"오, 오딘이여!" 1번 해적이 외쳤다. "이게 무슨 일이야?"

"오, 토르여!" 2번 해적이 불평했다. "여자들이 다 어디로 간 거지?"

"오, 내 발의 티눈! 편안한 구두가 어디로 갔지?" 3번 해적이 아쉬워하는 소리를 했다.

"뭐라고?" 마지스터는 소스라쳤다. "너희 셋 다 최고의 보석을 갖고 싶은 게 아니었어?"

"당연하죠." 2번 해적이 따분하다는 어조로 대답했다. "나는 세상에서 가장 아름다운 여자들을 갖는 것이 꿈이었는데. 하지만 보석도 좋죠!"

"당연하죠." 3번 해적이 난처한 얼굴로 두 동료를 쳐다보면서 말했다. "나는 발의 티눈 때문에 세상에서 가장 편안한 신발을 갖는 게 꿈이었어요. 하지만 돈이 있으면 신발을 많이 살 수 있으니까 좋죠!"

마지스터는 침을 삼켰다. 완전히 잘못 짚은 것은 아니었다. 용병들이 무엇을 원하든 금을 1순위로 좋아해 천만다행이었다. 마지스터는 보석과 크레디트-무트를 해적들의 손에 쥐여주었다. 그리고는 용병들을 거느리고 저택으로 들어갔다.

"나는 셀레나 덩컨과 그녀의 딸을 보호하기 위해 너희를 고용했다." 마지스터가 사방을 둘러보면서 상기시켰다. "대체 이게 어떻게 된 일이야? 지금 두 여자는 어디 있나?"

해적 셋이 당황해서 자기들끼리 눈길을 주고받았다.

"그게…… 기억이 잘 안 나서요." 1번 해적이 피 묻은 도끼를 감추면서 말했다.

"우리에게 현관문을 지키고 있으라고 했기 때문에……." 2번 해적이 등 뒤로 검을 숨기면서 맞장구쳤다.

"지나가다가 불빛을 봤는데……." 3번 해적은 말을 맺지 못했다.

갑자기 비명소리가 울렸다. 마지스터는 소리가 난 방향으로 쏜살같이 달려갔다.

마지스터는 네 계단씩 층계를 올라가서 커다란 방에 이르렀는데 늑대가 우글우글했다.

정확하게 말하면 늑대가 잔뜩 널브러져 있었다.

그리고 타라가 셀레나의 몸 위에 엎드려 있었다.

타라가 유형화되었을 때는 격렬한 싸움이 벌어지고 있었다. 모우르무르의 조수들과 늑대들이 빌랭의 용병들과 미친 듯이 싸우고 있었다.

누구도 예상하지 못한 일이었다. 좀 전까지만 해도 평온한 분위기 속에서 저택은 벽을 복원하는 중이었다. 그런데 엄청난 수의 용병들이 느닷없이 뻣뻣해지더니 허공을 쳐다보면서 뭔가에 홀린 듯 미소를 짓는 것이 아닌가. 곧이어 눈살을 찌푸리면서 저택의 거주자들을 향해 눈길을 돌렸는데 눈빛이 멍하고 시커멨다.

이사벨라는 번개같이 반응했다. 영혼 약탈자[19]의 공격을 경험한

----

19. 악마들과 손잡고 세상을 정복하고 싶어하던 사악한 영혼으로 아더월드의 적이다. 2권 「비밀의 책」에서 타라와 친구들, 마지스터가 물리쳤다.

적이 있어서 누가 감염되었는지 알아볼 수 있었다. 자르도 마찬가지였다. 악마의 마법에 감염된 경험이 있기 때문에 자르는 마법을 작동해서 많은 용병 중 아무나 한 명을 목표로 삼아 반사적으로 반응했다.

두 사람이 없었다면 저택의 거주자들은 모조리 당할 뻔했으니 천만다행이었다.

상그라브들을 상대하기 위해 들이닥칠 때 빌랭 왕국의 용병들은 저택 안에 늑대인간들이 있다는 걸 모르고 있었다.

그래서 해적들의 무기는 은으로 만든 것이 없었다. 늑대들이 방어하는 사이에 다른 사람들은 2층에 있는 틸의 방으로 피신해서 저택의 도움으로 바리케이드를 쌓았다. 셀레나, 이사벨라, 틸과 테올크, 셀비, 모우르무르, 타쉴과 망구스, 마니투, 자르, 조수들은 저택이 빈틈을 없애기 위해 사라지게 한 문 앞에 모여 있었다. 하지만 벽 너머에서 새로운 공격자들이 추격해오고 있었다. 그런데 저택은 이미 녹초가 된 상태라 평소처럼 모든 복도를 조종하면서 층계를 바꾸거나 그들이 피신하게 도와줄 수 없었다.

불행히도, 악마의 마법에 감염된 용병들은 많은 폭발물을 회수했다. 그들은 나중에 도착했기 때문에 폭발물 설치하는 걸 목격하지 못했는데도 어떻게 작동하는지 이내 알아차렸다.

정말 유감천만이었다.

'깜박거리는 요 불빛 귀엽지?' 하고 말하는 기폭 장치 옆에서는 강렬한 생존 본능이 일어나지 않기 마련인데.

호기심이 많은 건지, 겁이 없는 건지, 용병들은 폭발물이 터지면서 유독한 연기를 뿜어내는 데도 눈 하나 깜짝하지 않았다.

타라가 나타난 것은 용병들이 폭발물로 벽에 낸 구멍을 통해 저택으로 들어오고 있을 때였다. 또다시 뒤죽박죽으로 섞여서 싸우기 때문에 타라는 공격자들을 단숨에 쓰러뜨릴 수가 없었다.

해적들은 상그라브들보다 훨씬 강했고, 머리를 가격하는 것은 쉽지 않았다. 아나자시족이 오히려 작아 보일 정도로 거인들이고, 머리가 돌덩어리처럼 단단한데 투구까지 쓰고 있으니.

파브리스를 제외하고 늑대들은 마법을 사용하지 않았다. 갈퀴발톱 대 도끼, 장검 대 송곳니…… 참혹한 혈전이 벌어지고 있었다.

타라는 조수들의 도움을 받으면서 해적 몇 명이 사용하는 마법에 대응하고 있었다. 어머니 셀레나, 마니투, 틸과 셸비가 소파 뒤에 숨어서 기회를 엿보았다.

얼어붙게 하는 글라시우스, 사정없이 때려눕히는 아솜무스, 불에 태우는 카르보누스, 파괴하는 데스트룩투스 주문을 차례로 날리면서 타라는 천천히 어머니가 있는 쪽으로 다가갔다. 이런, 맙소사! 갑자기 소파 위로 가뿐하게 뛰어오른 틸과 테올크, 셸비, 어머니가 싸움에 가담한 것이다.

다른 늑대들이 알파 늑대들을 방어해줄 수 있는 상태가 아닌데. 타라는 그들이 왜 갑자기 싸움에 뛰어들었는지 알 수가 없었다.

알파 늑대들이 공격하기 시작했다.

그리고 상황이 달라졌다.

아무도 예상하지 못한 일이었다. 상상도 하지 못한 일이었다. 셀레나가 마법으로 용병 한 명을 공격했다. 용병이 쓰러지자 그 뒤에 있던 다른 용병이 거칠게 반격했다. 그 순간 갑자기 날아온 검이 셀레나의 상체와 가슴을 뚫었다. 신나게 용병의 엉덩이를 물어뜯던 셈보르가 뻣뻣해지더니 주인과 동시에 쓰러졌다.

틸이 고함치면서 셀레나에게 달려갔다. 타라는 분노가 치밀었다. 눈빛이 새파래졌고, 살아있는 돌이 타라의 머리 위에 올라앉았는데 눈부시게 번쩍거렸다.

타라는 계속 참으면서 자제하고 있었다. 자신의 마법은 너무 강력하고 예측할 수 없기 때문이었다. 타라는 원하는 것보다 훨씬 많은 걸 파괴할 위험이 있음을 잘 알고 있었다.

하지만 더는 참을 수 없었다. 타라의 광선을 맞은 용병이 참혹하게 나동그라지면서 벽을 뚫고 나갔다. 저택이 고통스러운 비명을 질렀고, 지붕이 폭발했다. 이윽고 타라의 파란 광선이 점점 위로 올라가더니 수백만 개로 나뉜 빛의 화살들이 목표물을 향해 날아갔다.

공원으로 날아간 빛의 화살들이 용병들에게 꽂혔고, 저택을 향해 달려오던 셀렌바는 가까스로 화살을 피했다. 바로 뒤이어 무아노와 파브리스도 도착했다.

적들을 모조리 제압한 뒤에 타라는 공중에서 내려왔다. 눈빛이 정상으로 돌아오자 냅다 뛰어갔다.

"엄마…… 엄마는 괜찮은 거죠?" 타라가 셀레나를 품에 안으면서 말했다. "늑대인간이 되었으니까 이겨낼 수 있는 거죠?"

틸이 괴로운 시선으로 타라를 쳐다봤다. 자르가 이미 레파루스 주문을 날린 상태였다.

"모…… 모르겠어요. 깨물린 지가 그리 오래되지 않아서 신진대사가 아직은……. 나는 원치 않았지만, 셀레나가 한사코 우기는 바람에. 오, 내가 대체 무슨 짓을…… 다 내 잘못이야."

틸은 절규하면서 셀레나의 아름다운 얼굴을 어루만졌다.

하지만 셀레나는 움직이지 않았다.

피가 많이 흐르고 있었다. 자르가 소생시키는 레비부스 주문을 날렸다.

하지만 셀레나는 움직이지 않았다.

"타라!" 갑자기 자르가 외쳤다. "타라, 엄마를 살려내! 네가 살려내야 해! 형질 전환이 완전하지 않은 상태인데 검이 심장을 건드렸으니까 뭐든 해야 된단 말이야! 빨리!"

타라는 심호흡을 하고 나서 마법을 날렸다. 강력한 레파루스의 빛이 셀레나의 몸을 감싸면서 번쩍거렸다.

하지만 셀레나는 움직이지 않았다.

모두 힘을 합해서 애를 썼다.

하지만 셀레나는 숨을 쉬지 않았다. 그 여파로 셈보르도 까무러쳤다.

타라는 어머니의 몸에 엎드려서 흐느껴 울기 시작했다.

마지스터가 그들을 발견한 것은 바로 그 순간이었다.

16
출발

돌아가고 싶어도
이동하는 데 문제가 생기면

*

"안 돼애애애애!" 상황을 알아차린 마지스터가 외쳤다. "안 돼애애애애!"

쓰러진 셀레나 앞에 꿇어앉은 마지스터는 생각을 할 수도, 숨을 쉴 수도 없었다.

이 순간에 누군가가 셀레나를 죽인 검을 집어 들고 마지스터에게 들이댄다면 꼼짝없이 항복할 텐데.

갑자기 마지스터가 타라를 옆으로 밀쳐내고 셀레나를 향해 두 팔을 뻗으면서 주문을 읊었다. 여러 개의 코드가 달린 복잡한 기계가 셀레나를 에워쌌다. 코드들 중 하나는 셀레나의 심장에, 다른 하나는 폐에 연결되었는데 마지스터의 정맥에서 나온 한 줄기의 피가 공중으로 솟아오르다 셀레나의 팔을 따라 정맥으로 들어가고 있었다.

마지스터의 피는 빨간색이었다. 다른 인간들의 피와 같은 빨간색. 이 피에는 악마의 마법이 전혀 섞여 있지 않았다.

아주 느리게, 셀레나의 심장이 뛰기 시작했다. 쿵 쿵. 쿵 쿵. 쿵 쿵. 그들은 깜짝 놀랐다. 심장박동이 규칙적으로 들렸다. 쿵 쿵. 쿵 쿵. 하지만 그들은 셀레나의 의식이 빨리 돌아오지 않아서 기계가 멈추면 심장도 멈추리라는 걸 알고 있었다. 셀레나의 창백한 얼굴에 서서히 혈색이 돌아오는 듯했다. 레파루스 치료에도 불구하고 피를 많이 흘렸기 때문에 수혈과 영양 보충을 위한 두 번째 기계가 나타났다. 노폐물을 처리하기 위한 세 번째 기계에 이어 생명 지수를 살피기 위한 네 번째 기계가 연달아 나타났다.

인상적이면서 끔찍했다. 셀레나의 육신은 다시 숨을 쉬면서 소생하고 있지만 여전히 의식불명이었다. 다섯 번째 기계가 머리 주위에 떠 있었다. 날카로운 소리를 내는 기계의 불빛이 검은색으로 변했다.

"영혼이 떠나버렸어." 마지스터가 질겁한 목소리로 말했다. "말도 안 돼! 이렇게 빨리 떠나버리다니!"

"그걸 당신이 어떻게 알아요?"

"이건 머리 주위에서 감도는 아우라를 측정하는 기계야. 그런데 아우라가 사라졌으니까."

침묵이 흘렀다.

"이제부터는 무슨 일이 있어도 나는 절대로 죽으면 안 돼."

여전히 충격에 빠져 있는 타라가 옆구리를 만지면서 의아한 얼굴로 마지스터를 쳐다봤다.

"내가 죽으면 내 주문도 사라지기 때문에." 마지스터는 셀레나를 에워싸는 보호막 같은 것을 가리키면서 말했다. "그러면 내가 사랑하는 여인도 죽는 거니까."

"당신이 죽으면 내가 교대하겠다고 약속하겠소." 이사벨라가 힘없는 목소리로 말했다. "내 딸이 죽게 내버려두지 않을 거니까. 절대로."

마지스터는 두 주먹을 불끈 쥐고 이사벨라 앞에 버티고 섰다.

"그렇게 단순한 것이 아니에요. 내가 죽으면 주문이 사라지고, 셀레나의 육신도 몇 분 만에 소멸되니까."

이사벨라는 고개를 끄덕였다.

"그런 일은 절대 일어나지 않아요! 내가 그렇게 되도록 내버려두지 않을 거니까!"

"안 돼요!" 타라는 부르르 떨면서 외쳤다. "엄마의 영혼이 떠났다는 건 비욘드월드로 갔다는 뜻이잖아요! 그건 안 돼애애애!"

타라의 마법이 부풀어 오르면서 슬픔을 표현할 방법을 찾고 있었다. 저택은 즉각적으로 반응했다. 저택은 아직 남아 있는 지붕을 확장했고, 타라는 하늘을 향해 두 팔을 뻗으면서 주위가 훤해질 정도로 강렬한 광선으로 분노와 고통을 표출했다.

타라는 살아있는 돌이 지원해줄 필요가 없이 마법의 에너지를 많이 축적해놓은 상태였다.

타라가 위험한 말벌처럼 진동하고 있어서 아무도 움직이지 않았다.

이윽고 차츰 마법의 물결이 약해지더니 가물거리다가 꺼졌다.

타라는 눈물을 흘리기 시작했다. 너무 가혹했다. 죽은 어머니를 보는 것만으로도 힘든데, 마지스터가 희망을 주었다가 도로 앗아가는 것인가. 참을 수 없었다.

마지스터가 또다시 주문을 읊자 보호막 같은 것(좀 전에 셀레나를 에워쌌던)이 주인 옆에 널브러진 금빛 눈의 퓨마를 휘감았다. 패밀리어의 영혼은 주인을 따라 비욘드월드로 가지 않는다는 걸 알지만 마지스터는 셈보르를 잊지 않았다. 셀레나를 소생시킬 때 그녀의 패밀리어도 살아나길 진심으로 바라는 것이었다. 마법사가 사망하면 패밀리어도 죽는다는 걸 알기 때문이다.

"쓰러지고 나서 뇌에 산소 공급이 되지 않은 시간이 얼마나 됐습니까?" 마지스터가 이사벨라에게 물었다.

"2, 3분 정도 흘렀을까." 이사벨라는 잠시 생각하다가 대답했다.

마지스터는 다시 주먹을 쥐었다.

"이렇게 빨리 포기하다니! 영혼이 즉시 떠났다는 건 정상이 아닌데. 몇 분 전에 사망한 사람들을 소생시킨 적이 한두 번 아닌데 셀레나는 왜 안 되죠? 레파루스 치료도 했다면서요?"

"모르겠소." 이사벨라가 무기력한 표정으로 대답했다. "늑대로 형질 전환이 일어나는 초기라서 그런가?"

"그 반대입니다." 틸이 단호한 목소리로 끼어들었다. "오히려 생명을 유지하게 도와줬을 텐데 이해할 수가 없습니다."

"뭐가 일어나요?" 마지스터는 충격을 받은 얼굴로 외쳤다.

"셀레나의 요구로 내가 깨물었소, 상그라브." 틸이 냉담하게 대답했다. "셀레나는 나의 암컷 늑대, 나의 사랑, 나의 연인, 나의 아내가 되었을 텐데 당신의 적들이 모든 걸 앗아갔단 말이오!"

"우리의 적이오!" 마지스터가 응수하는데 목소리가 위협적이었다. "나의 적도, 당신들의 적도 아니고, 우리의 적이오. 우리는 같은 행성에 살고 있으니까 당신이나 나나 위험하기는 마찬가지란 말이오. 셀레나를 늑대인간으로 만들면 내가 떨어져나갈 거라고 생각했다면 큰 오산이오. 셀레나는 내 여자니까! 그리고 영원히 그럴 거니까!"

"엄마가 돌아가셨단 말이에요!" 타라가 눈물을 펑펑 흘리면서 폭발했다. "당신, 당신의 행성, 당신의 사랑, 당신은 내게서 모든 걸 앗아갔어! 내 아버지, 어머니, 나의 사랑……. 정말 지긋지긋해!"

눈이 새파랗게 변한 타라가 거대한 말벌처럼 다시 진동하기 시작했다. 자르는 타라가 좀 전에도 화나 있는 걸 봤다. 짧은 시간에 벌써 두 번째로 목숨을 위태롭게 만들고 있었다. 자르는 타라가 동생을 상대로 싸우지 않으려고 자제하고 있다는 걸 잘 알았다. 그래서 냅다 달려들어서 타라를 한 방에 때려눕혔다. 그러고는 기절한 상태로 쓰러지는 타라를 품에 안아서 바닥에 눕혔다.

"오, 내 조상들이여!" 이사벨라가 뛰어와서 타라의 이마를 만지면서 소리쳤다. "자르, 너 이게 무슨 짓이니?"

"죄송해요." 자르가 말했다. "하지만 타라가 화가 많이 나 있을 때는 폭탄이나 다름없어서 폭발하게 가만히 보고 있을 수 없었어요. 이 지구는 그리 강한 행성도 아닌데."

"*레파루스의 이름으로* 상처는 사라지고 의식이 돌아올지어다!" 이사벨라는 주문을 읊으면서 자르를 쏘아보았다.

타라가 흐릿한 눈을 떴다.

"내…… 내가 왜 이러고 있지?" 타라는 일어나려다가 얼굴을 찡그렸다.

"어머니가 살해됐고, 마지스터는 어머니를 구하려고 했어. 화가 머리끝까지 나 있는 너를 보고 가만히 있을 수가 있어야지. 그래서 내가 한 방에 때려눕혔어." 자르가 짤막하게 설명했다.

타라는 눈을 동그랗게 떴다. 화가 났던 기억이 났다. 이제는 너무나 슬펐다. 눈물이 하염없이 줄줄 흘러내렸다.

여전히 충격에 빠진 마지스터는 셀레나의 시신을 쳐다보고 있었다. 틸이 그 곁을 지켰다.

두 남자의 눈에 희망의 빛이 반짝였다.

타라는 놀랍게도 자르의 부축을 받아서 일어났다.

"미…… 미안해." 자르가 말했다. "때리고 싶어서가 아니라 그렇게 화나 있는데 또 무슨 짓을 저지를지 몰라서 내버려둘 수 없었어."

자르로서는 나름대로 최선을 다해 사과하는 것이었다. 타라는 동생의 노력이 가상하다는 얼굴로 피식 웃었다.

"그래, 고마워." 타라가 말했다. "잘했어. 내가 정신을 잃었던 거 같아."

"양피지는 어디 있니?" 마지스터가 절박한 어조로 물었다.

"네?"

"양피지. 다시 말해 유령들을 소생시키기 위해서 사용했던 양피지 말이다. 그걸 어쨌니?"

"묘약 조제법이 적힌 양피지요? 그건 오무아에 있죠. 칼과 나는 양피지를 돌려줘야 했거든요. 그리고 우리의 머릿속에서 묘약의 재료 목록을 지워버리는 아주 특별한 민투스 주문을 날렸어요. 그건 왜요?"

"네 어머니를 소생시켜야 하니까."

피와 연기 냄새가 진동하지만 타라는 꾹 참고 심호흡했다.

타라는 어머니와 보낸 시간이 떠올랐다. 어머니가 견뎌왔던 모든 것. 타라가 아버지를 소생시켜서 함께 행복하게 살기 위해 했던 모든 것. 어머니가 그렇게 쉽게 비욘드월드로 떠났다는 것은 그곳에 마음을 끄는 무언가가 있기 때문은 아닐까? 혹시 남편 단비우의 사랑을 찾아간 것이라면? 갑자기 슬픔이 사라지는 느낌이었다. 어머니가 행복하다면 그게 가장 중요한 것이 아닐까?

타라는 고개를 들었다.

모두 타라를 보고 있었다. 희망을 품은 눈빛의 늑대들, 흥분한 마지스터, 신경이 날카로워진 할머니, 눈살을 찌푸리는 남동생 자르.

"안 돼요."

"따라서 우리는……."

"아무도 데려오면 안 돼요."

마지스터의 마스크가 검은색으로 변했다.

"뭐라고 했니?"

"엄마는 돌아가셨어요. (목소리가 흔들렸지만 타라는 애써 차분하게 말했다.) 나는 엄마를 찾으러 비욘드월드로 가지 않아요. 죽은 사람들은 평온하게 놔둬야 해요. 그리고 나 지금은 혼자 있고 싶어요."

"안 돼." 딸을 포기할 수 없는 이사벨라가 고함쳤다.

"안 됩니다!" 사랑하는 사람을 떠나보내고 싶지 않은 틸이 소리쳤다.

"안 된다니?" 뜻밖에도 타라의 반대에 격분한 마지스터가 외쳤다.

"타라!" 자르가 반박했다. "너만의 어머니가 아냐. 어머니를 돌아오게 할 수 있다면 우리는 뭐든 해야 돼!"

타라는 어머니가 이 기회에 아버지를 만나러 떠난 거란 말을 해줄 수 없었다. 어머니는 이기적인 여자가 아니었다. 어머니는 늘 다른 사람들을 먼저 생각했다. 그러나 너무 고통스럽게 살던 어머니는 평온해질 기회가 오자 이번만은 견딜 수가 없었을지도 몰랐다.

어머니는 마음이 약했다. 타라는 너무 약한 어머니가 답답해서 소리를 지르고 싶을 정도였다. 하지만 어머니의 생각을 모른 채 무작정 찾으러 가고 싶지는 않았다.

그렇지만 타라는 불안했다. 자신이 잘못 생각한 거라면? 어머니가 선택한 것이 아니라 끔찍한 사고로 어쩔 수 없이 떠난 것이라면?

그리고 다른 사람들의 생각이 옳다면?

마스크가 새까맣게 변했지만 마지스터는 말을 이었다.

"단념하지 마, 타라 덩컨." 마침내 마지스터가 말했는데 슬픔 때문에 목소리가 쉰 것 같았다. "너와 달리 나는 누구에게도 빚이 없어. 내 행동은 내가 책임지니까. 그리고 먼저 반지 문제부터 해결해야 돼. 네 어머니에 대해서는 나중에 다시 얘기하자."

타라는 지친 손으로 이마를 만졌다. 헝클어진 금발에 눈물과 먼지로 얼룩진 얼굴, 옷에는 어머니의 피가 묻어 있었다.

"반지가 작전에 성공했어!" 마지스터가 질책했다. "반지가 아더월드에서 세력을 확장하게 놔두면 반지의 마법 때문에 황폐화된 세상, 지옥 같은 세상으로 셀레나를 데려올 우려가 있어. 어린 나이에도 불구하고 당돌하게 나에게 맞섰던 너, 이제 어떡할 거니?"

마지스터는 단념하지 않을 것이 틀림없었다.

"엄마는 별개의 문제로 하죠." 타라는 피곤한 어조로 말했다. "나는 어떻게 해야 될지 모르겠어요. 당신에게는 군대가 있고, 동맹군도 있는데 왜 나한테 이러죠?"

"네가 반지를 여제에게 줬으니까! 결자해지라고 우리 세계에서는 자기가 저지른 일은 자기가 해결해야 하니까."

타라는 소스라쳤다. 비겁하게 잘못을 들추다니!

어쨌든 방법을 찾아야 했다.

마지스터는 타라가 피곤하지만 단호한 표정으로 머리를 쓸어 넘기는 순간 자신이 이겼다는 걸 알았다. 그의 마스크가 흡족한 파란색으로 변했다.

"마지스터의 말이 맞아요. 여러분 반지를 파괴해야 돼요. 오무아로 가겠어요." 타라가 대꾸했다.

"그런데……." 마지스터가 말했다.

유감스러운 표정으로 머리를 끄덕이던 틸이 말을 자르고 끼어들었다.

"우리는 여기 남아 있을게요, 하클라. 내 늑대들은 오무아에 가봐야 별로 도움이 되지 않을 것이고, 두 나라 사이에 갈등을 일으킬 수는 없으니까요. 유령들과 싸울 때와는 달라요. 지금은 반지가 공격하고 있지 않지만, 가짜 상그라브들을 내세워 우리를 공격할 정도로 반지는 교활하기 짝이 없어요. 따라서 우리는 반지에 대한 공격이나 오무아의 통치자들에 대한 공격에 동참할 수 없어요. 우리는 여기서 무슨 일이 있어도 암컷 늑대 알파를 지킬게요. 셀레나가 소생하면 축제를 벌이고, 셀레나가 죽으면 애도할 겁니다."

타라는 내색하지 않았지만 틸이 어머니를 암컷 늑대라고 표현할 때 몸이 부르르 떨렸다. 마지스터가 말하려는데 이번에도 방해를 받았다.

"하지만 우리는 지구에 오랫동안 머물 수 없습니다." 테올크가 끼어들었다. "대통령이 우리 대륙을 계속 비워둘 수는 없으니까요."

테올크의 목소리에 자신이 대통령 자리를 대신할 수도 있다는 저의가 느껴졌다. 물론, 호의적인 뜻으로 들릴 거라고 한 말이겠지만. 어쨌든 두고 보면 알 일이다.

틸은 테올크가 보여주는 위선적 호의에 걸려들지 않았다.

"고맙소, 테올크. 하지만 그리 오래 걸리지 않을 것이오. 필요하다면 아더월드로 돌아가야지요. 셀레나는 호위대가 지키게 하고."

테올크는 잠시 틸의 눈을 쳐다보다가 눈길을 내렸다. 틸의 권한에 복종하기로 했다. 지금은 때가 아니기 때문에.

모우르무르는 셀레나와 셈보르를 살피면서 마지스터의 응급처치에 대해 칭찬을 늘어놓은 다음 말했다.

"타라, 나도 네가 악마의 반지를 파괴하러 떠나야 한다고 생각한다. 출발하기 전에 실험실에 들러. 너에게 필요한 것을 한두 가지 준비해주마. 우선 이것부터 받아. 생존 가능성 자가 검진 장비 세트 중 일부니까 잘 간직하고 있다가 요긴하게 사용하기 바란다."

모우르무르가 빨간 끈으로 묶은 파란색 상자를 내밀었는데 '위급 상황이나 죽음이 임박한 경우에만 풀어볼 것'이라고 적혀 있었다. 타라는 상자를 받아서 체인지라인의 깊이를 알 수 없는 주머니 속에 집어넣었다. 사실, 타라는 성공하면 굉장히 기발한 장비가 되지만 그만

274

큼 실패율도 높은 모우르무르의 발명품들에 대해 큰 기대를 하지 않았다.

"나도 같이 갈게." 자르가 마지못해서 말했다. "네가 너무 바보 같은 짓을 하지 못하게 막을 사람이 옆에 있어야 하니까. 그리고 우리는 도와줄 사람들이 필요한데 오무아의 새로운 후계자 마라는 너보다 내가 더 친하잖아."

"하지만……." 벌써 세 번째로 말하려다 방해를 받은 마지스터의 마스크가 빨간색으로 변하기 시작했다(말문을 열기만 하면 번번이 누군가가 치고 들어오는데 마지스터에게는 정말 익숙한 일이 아니었다).

타라는 정신을 집중하면서 생각을 정리했다. 일단 반지 문제를 해결하러 갔다가 최악의 경우 반지가 내 목숨을 살려주지 않는다면 어머니를 만날 방법이라도 찾을 수 있겠지.

"좋아요." 타라는 지친 어조로 말했다. "이제 작전을 짜야겠어요. 반지는 리스베스 여제의 손가락에서 온갖 권력을 누리면서 경계하고 있을 게 틀림없어요. 내가 추방된 몸이라는 걸 문제 삼지 않아도 반지에 접근하는 것이 그리 쉽지 않을 거예요. 자르, 너 마라와 연락할 수 있지? 궁전으로 들어가려면 마라를 밖에서 몰래 만나야 해."

타라가 말하는 사이에 모우르무르는 주문을 읊었다. 그러자 죽은 어머니와 퓨마의 몸이 발명가를 따라가기 위해 둥둥 떠올랐다. 타라는 가슴이 미어졌다.

"잠깐!" 마지스터가 간청하는 목소리로 말했다. "샤먼들이 말하기를 영혼은 비욘드월드로 떠났다고 해도 육신이 아직 이승에 머물러 있는 동안은 사람들이 하는 말을 들을 수 있다고 했어요. 그러니까 부탁인데 그녀를 혼자 어둠 속에 내버려두면 안 됩니다."

모우르무르는 셀레나는 전혀 알아듣지 못한다는 말을 하려다가 마지스터의 마스크가 너무나 슬픈 잿빛으로 변하는 걸 보고 입을 다물었다. 모우르무르는 말없이 고개를 끄덕였다.

타라는 몸을 추스르다가 옷에 묻은 핏자국을 발견하고 주문을 읊어서 사라지게 했다. 움직여야지 로빈이 죽었을 때처럼 속수무책으로 가만히 있을 수 없었다.

자르가 타라의 질문에 대답했다.

"마라는 수십 명의 친위대 없이 혼자서 궁전을 나오지 못해. 따라서 몰래 마라를 만나기가 쉽지 않을 거야."

타라가 다른 방법을 제안하려는 순간 여성 뱀파이어가 헐떡이면서 나타났다.

셀렌바.

잔혹하고 공격적인 셀렌바는 즉시 마지스터 옆으로 갔다. 이어서 들이닥친 무아노와 파브리스는 당장이라도 싸울 기세였다. 늑대들이 뱀파이어 냄새를 맡고 으르렁거렸다. 늑대는 뱀파이어 종족을 몹시 싫어했다.

틸은 너무 지쳐서 자극적인 냄새에 놀랄 기력이 없는지 아무런 반응도 보이지 않았다. 테올크는 생각이 많은 표정으로 뱀파이어를 쳐다보고 있었다. 이번에는 검을 빼어 들고 뛰어들어오던 실버가 충격을 받고 멈춰 섰다.

그 순간 칼과 함께 한 무리가 들이닥쳤는데 모두 아연실색한 얼굴이었다. 그들은 타라가 있는 곳에서는 늘 일어나는 사건 사고에 익숙하지 않은 칼과 무아노, 로빈의 부모들이었다.

"휴……. 밖에 시체가 널려 있어." 칼이 말했다. "무슨 일이야? 용병들이 공격받았어?"

그러고는 눈살을 찌푸리면서 천장을 쳐다봤다.

"근데 지붕은 또 왜 없는 거야?"

칼의 어머니 알리아나 레안드린은 의혹이 가득한 표정으로 눈을 찡그리면서 한술 더 떴다.

"우리를 이곳으로 오자고 한 게 정말 좋은 생각이었니?"

타라는 어머니의 죽음, 피, 격렬한 싸움 등을 짤막하게 설명했다. 책 속에 묻혀 있지 않을 때는 더없이 다정한 메보라가 타라를 따뜻하게 안아주었는데 향수 냄새가 진동했다. 타라는 로빈의 어머니에게 슬픈 미소를 지어 보였다.

"타라, 어머니 일은 정말 뭐라고 말해야 할지 모르겠구나. 그런데 내 아들은 어디 있지? 설마 그 아이도……." 메보라는 말을 잇지 못했다.

마음이 약한 메보라는 책에서 일어나는 일이라면 몰라도 모험이란 걸 아주 싫어했다. 필요할 때는 개입해서 강한 모습을 보여주긴 했지만.[20]

"아니, 그런 일은 없어요." 타라는 메보라를 안심시키기 위해 재빨리 대답하면서 검을 칼집에 집어넣고 있는 청년을 가리켰다. "실버

....

20. 엘프들에게 젊음을 빼앗는 미친 셈샤나쉬에게 억류된 아들을 구출하는 작전에 참여했을 때였다. 기습 작전을 벌일 때 아내 메보라를 위험한 곳으로 침투시키면서 남편 탕딜루스는 책에 빠져 있는 아내의 모습이 얼마나 보기 좋은 것인지 깨달았다. 그 일이 일어난 뒤로 탕딜루스는 마음이 약한 건 자신임을 알아차렸다.

가 용병들의 눈을 피해 로빈을 안전한 곳으로 데려가서 지키기로 했거든요. 실버가 풀어줬을 테니까 로빈은 곧 올 거예요."

실버는 어깨를 으쓱하면서 고개를 숙였다.

"어, 그게 사실은 내가 때려눕혔어."

모두 실버를 쳐다봤다.

"뭐?" 타라가 소리쳤다. "왜 그랬는데?"

"너를 보호하러 가고 싶은데 로빈이 못 가게 했어. 나를 정말 싫어하는 것 같았어."

"쯧쯧." 파브리스가 빈정거리듯 중얼거렸다. "이유가 궁금하다."

"가서 데려와, 당장!" 타라가 눈을 부릅뜨면서 말했다. "정말 격분한 로빈에게 뼈도 못 추리게 얻어맞고 싶지 않으면!"

실버는 반박하려고 했지만 타라가 말을 못 하게 막았다.

"지금 당장!"

하프드래곤은 정중하게 허리를 굽히고 나서 방을 나갔다. 타라는 한숨을 내쉬면서 눈을 비볐다. 하지만 이런다고 둘의 싸움이 끝나는 건 아닐 텐데.

칼은 입을 꾹 다물고 있다가 화제를 돌리기 위해 말했다.

"워워워! 아까 하던 얘기로 돌아가자. 추방되었는데도 악마의 반지를 파괴하러 정말 황궁으로 돌아갈 생각이야? 그건⋯⋯."

이번만은 칼도 뭐라고 할 말이 없었다.

"좋은 생각이 아냐." 알리아나 레안드린이 냉담한 어조로 말했다. (아들과 마찬가지로 면허 받은 도둑인 알리아나는 작전의 허점을 대번에 알아봤다.) "너는 추방되었어, 타라. 친위대는 너를 황궁에 들여놓지 말라는 명령을 받고 있지. 불과 일주일 전 황궁에서 아더월드의 모든 크리스털비전 방송을 통해 발표했어."

"악마의 반지가 압박을 강화하고 있군요." 마지스터가 말했다. "우리에게 조금의 기회조차 주지 않겠다는 겁니다."

"하지만 해결 방법이 전혀 없는 건 아니지." 이사벨라가 끼어들었다. 애지중지하는 딸의 죽음을 막지 못한 자책 때문일까, 폭삭 늙어버린 것 같았다. 기분이 나쁠 때 늘 그렇듯 이사벨라는 공격적이었다.

"마지스터를 붙잡아서 오무아로 데려가면 돼. 어쨌거나 마지스터는 아무짝에도 소용없고, 아더월드에서 가장 이름난 공공의 적 1위니까 타라는 영웅으로 환영받겠지."

셀렌바가 손가락 꺾는 소리를 내면서 음흉한 미소를 흘렸다.

"마지스터를 잡아가신다? 오, 예! 어디 그래 보시지, 덩컨 부인. 재미있을 것 같은데 한번 붙어보게."

마지스터가 벌떡 일어나서 고함쳤다.

"아하! 시끄럽고! 모두 내 말을 들어요! 당신들은 내가 필요해요. 악마의 반지와 싸울 수 있는 사람은 나밖에 없으니까. 타라의 힘으로 충분하지 않을 거요. 반지는 타라에게 자신의 존재를 잊게 하면서 타라의 의식을 지배하는 데 성공했기 때문에 현재로서는 가장 강하니까."

"당신은 물리칠 수 있고?" 이사벨라가 물었다.

"나요? 지금 이 상태로는 안 되죠."

그렇게 대답하면서 마지스터가 마법복을 펼치고 윤곽이 확실하게 드러나는 근육질의 상체를 보여주는데 한 줄기의 피가 끊이지 않고 흘러내렸다.

"반지가 나를 장악하지 못하게 지금은 내 몸과 악마의 셔츠를 결합시키는 마법의 끈을 잘라버린 상태지만 맞설 기회가 있으면 나는 반지를 파괴할 수 있어요. 그런 의미에서 부인의 말은 맞아요. 타라 덩컨과 내가 손을 잡고 악마의 반지를 물리쳐야 합니다."

"내가 당신을 도와요?" 타라는 깜짝 놀랐다.

"너는 황궁으로 몰래 들어갈 수 없어, 타라 덩컨." 마지스터가 대꾸했다. "네 몸에는 반지가 지닌 악마의 마법이 스며들어 있어. 따라서 네가 발을 들여놓는 순간 반지가 알아차릴 거다."

"슬루르크!" 타라는 이제 거리낌 없이 아더월드의 욕설을 내뱉었다. "그 생각을 못 했네. 반지가 정말로 나를 알아차릴 거라고 생각해요?"

"장담할 수는 없지만 그럴 가능성이 높아. 내 경우가 그랬으니까. 나도 몰래 황궁에 들어가려고 했지만 실패했거든."

"아! 하지만 난 도둑이잖아요." 칼이 눈살을 찌푸리면서 끼어들었다.

"그래서?"

"도둑이 하는 일이 뭐죠?"

"착한 사람들의 집을 털어서 망하게 만들지." 늑대인간 중 한 명이 중얼거렸는데 양심이 없는 도둑에게 당한 모양이었다.

칼은 공격적인 눈길을 던졌다.

"그건 좀도둑이고요. 우리는 정부를 위해서 일하는 면허 받은 도둑이에요. 기밀 정보나 묘약, 무기 같은 중요한 것들을 빼내죠. 물론 일반 가정집이 아니라 경비가 삼엄한 궁전에서 말이죠. 한낱 반지잖아요? 반지 정도는 쥐도 새도 모르게 가로챌 수 있을 텐데요?"

반지를 훔칠 거란 생각에 칼의 눈빛이 반짝였다.

"오무아의 여제에게서 반지를 훔치겠다고?" 파브리스가 미덥지 않다는 듯 물었다. "상그라브가 너를 가만 내버려두겠어? 내가 보기에는 잘될 것 같지 않은데."

마지스터가 신경질적인 손짓으로 그들의 대화를 끊어버렸다.

"누구도 반지를 훔치지 못해. 원치 않는 자가 건드릴 경우 반지가 누구든 지렁이로 둔갑시킬 수 있으니까."

칼이 우거지상을 지었다.

"반지를 건드리지 않고 훔칠 수 있어요. 나는 바보가 아니라고요."

"핀셋을 사용해도 통하지 않아."

마지스터는 칼의 반박을 무시하고 상황을 짤막하게 간추렸다.

"나를 도와주기 위해 침투해 있는 상그라브들이 없으면 나도 황궁에 들어가지 못해. 그러니까 타라 너의 할머니가 말한 대로 하자."

셀렌바와 이사벨라가 동시에 소스라쳤다.

"네?" 뱀파이어가 믿기지 않는 얼굴로 외쳤다.

"정말이오?" 마지스터가 자신의 생각을 따르겠다는 말에 깜짝 놀란 이사벨라가 소리쳤다.

"네." 마지스터가 대답했는데 그 목소리에서 비웃음이 느껴졌다. "타라, 너에게 패배해서 붙잡힌 철천지원수로서 너와 함께 가겠다. 그러면 리스베스는 더 이상 막지 못하고 황궁으로 우리를 들여놓을 거야. 반지도 반대하지 않을 것이고. 이사벨라 부인의 작전과 다른 점이 있다면 나는 죄수가 아니니까 내 손에 채운, 히믈리아의 철로 만든 수 갑을 네가 남몰래 풀어주는 거야. 그리고 너와 내가 반지를 파괴하는 거지. 반지의 힘에서 벗어나면 리스베스는 아마 더 이상 우리의 적이 아닐 거다. 너를 해치지 않을 테니까 그 양피지를 찾아서 이곳으로 돌아와 네 어머니를 치료하자. 그다음, 그다음은 그때 가서 보면 알 테고."

마지스터가 방금 제안한 것에 대해 사람들이 논의하는 동안 타라 는 곰곰이 생각한 끝에 마침내 말했다.

"첫 부분은 동의해요. 하지만 두 번째 부분, 당신을 도와 어머니를 소생시키는 일은 하지 않겠어요. 죽었으면 죽은 사람으로 지내야 해 요. 아니면 세상이 너무 혼란스러워져요. 아무튼 나는 그걸 깨달았 어요. 어머니에 대한 내 사랑 때문에 이기적이 될 권리는 나한테 없 어요."

마지스터의 마스크가 타라 쪽으로 방향을 돌렸다.

"하지만 나는 이기적이야." 마지스터는 부드럽다 못해 징그러울 정도로 다정하게 말했다. "사람들은 나를 이기적이고, 위험하고, 반 미치광이라고 하지. 난 남의 충고를 듣지도 않아. 내 가슴과 머리는 네 어머니 없이는 살 수 없다고 말하지. 이미 너무 비싼 대가를 치른 너를 위해서 결정은 내가 내리겠다. 네가 어머니를 품에 안았을 때 나에게 고맙다는 인사 따위는 요구하지 않겠다고 약속하마."

타라의 정곡을 찌르는 말이었다. 마지스터의 제안은 유혹적이었 다. 책임지지 않아도 되는 것은 얼마나 솔깃한 제안인가. 타라는 입 술을 깨물면서 대답하지 않았다. 아니 대답할 수 없었다.

무아노와 파브리스가 다가왔다.

"우리도 같이 갈게." 무아노가 부드러운 목소리로 말했다. "너에게 야수의 힘과 무적의 늑대가 필요할 거야."

파브리스는 미소를 지었다.

"나도 갈 거야." 칼이 덧붙였다. "'빌우모죽'이거든."

"뭐라고?" 파브리스가 물었다.

"빌우모죽, '빌어먹을, 우리 모두 죽는구나'의 약자. 타라와 매직 갱, 우리 6총사가 연루된 대부분의 사건에 내가 붙이는 이름이야."

칼이 잿빛 눈을 동그랗게 뜨면서 천사 같은 표정을 지었다. 미소만 보면 성자로 착각할 정도로 순수했다. 파프니르도 빙긋이 웃었다.

"나도 물론 갈 거야. 그리고 칼이 말한 '빌우모죽', 그거 내 마음에 쏙 든다. 그래서 나는 이렇게 이름 붙이려고. '아싸놈싹쓸'. '아싸, 놈들을 싹쓸이하자!' 어때? 이왕이면 이게 더 통쾌하잖아."

웃을 때가 아니지만, 어쩔 수 없이 타라와 파브리스, 무아노는 킥킥거렸다.

그 순간, 야단법석이는 소리가 울려서 그들은 동시에 소스라쳤다.

갑자기 누군지 알아볼 수 없을 정도로 격렬하게 싸우는 두 형체가 방에 들이닥쳤다. 타라와 사람들은 무슨 일인지 금방 알아차리지 못했다.

하프엘프 로빈은 완전히 실성한 것 같았다.

"가만두지 않겠어! 가만두지 않겠어!" 로빈이 실버에게 주먹을 날리면서 고래고래 소리를 질러댔다.

"로빈! 실버!" 타라가 소리쳤다. "둘 다 정신 차려! 정말 그렇게 죽일 듯이 싸울 거야?”

“로빈!” 하프엘프의 어머니 메보라가 외쳤다.

“가만두지 않겠어!” 로빈은 계속 씩씩거렸다.

싸움을 멈추게 하려면 1미터 앞에다 폭탄이라도 터뜨려야 할 정도로 길길이 뛰는 로빈의 귀에는 아무 소리도 들리지 않았다.

주먹질을 요리조리 피하느라고 몸을 비틀던 실버의 몸이 점점 부풀어 오르면서 드래곤의 형태를 띠기 시작했다. 무지갯빛 비늘과 가슴 부위에 검은색 별 무늬가 선명하게 드러났다.

로빈은 성난 드래곤에게 올라탄 상태로 천장에 거의 닿을 듯이 높이 올라가 있었다.

하프엘프는 몹시 흥분해 있지만 어리석지 않았다. 드래곤에게서 뛰어내리며 릴란드릴의 활을 불러냈고, 활이 유형화되자 실버의 한쪽 눈을 겨누었다.

드래곤으로 변신하느라고 아직 그로기 상태인 실버는 하마터면 애꾸눈이 될 뻔했다. 아니, 어쩌면 목숨까지 잃을 뻔했다. 싸움을 멈출 기미가 보이지 않자 파프니르가 나섰다. 난쟁이가 팔꿈치로 무릎을 가격하자 로빈이 비명을 지르면서 뒷걸음쳤다.

“오, 젤리소르의 썩은 송곳니여! 파프니르, 너까지 왜 이러는데?” 로빈이 난쟁이를 노려보면서 소리쳤다.

“실버를 왜 그렇게 때려?” 성난 파프니르가 응수했다. “너, 돌았어?”

“갑자기 기습해서 때려눕히더니 나를 꽁꽁 묶었다고! 배신자!” 로빈이 분을 삭이지 못하고 내뱉었다. “그러고는 도망쳐버렸어, 비겁하게!”

드래곤은 눈을 깜박였다.

"나는 비겁하지 않아." 실버가 연기 같은 분노의 입김을 뿜어내면서 대꾸했다. "타라를 보호하러 가고 싶었는데 네가 못 가게 했잖아, 하프엘프. 아무런 도움이 되지는 않았지만 내 행동을 후회하지 않아. 그리고 방금 너를 풀어줬잖아!"

"어휴, 머리 아파!" 머리가 복잡해진 파프니르가 말했다. "그렇다고 활을 쏘겠다고? 그건 이유가 되지 않아!"

"돼! 이유가 되고도 남아!" 로빈은 물러서지 않았다. "이 엉큼한 파충류에게 본때를 보여주겠어. 나를 공격한 것에 대한 응분의 대가를 치러야 하니까!"

실버는 하늘을 쳐다보는 시늉으로 머리를 쳐들었다. 천장과의 거리가 10센티미터밖에 되지 않았다.

로빈이 격분하거나 말거나 아랑곳없이 실버는 마지스터를 향해 돌아섰는데 마스크가 오렌지빛으로 변해 있었다. 아, 상그라브가 깜짝 놀랐다는 건데 왜 그러지?

"정말 많이 닮았어." 마지스터가 드래곤을 올려다보면서 중얼거렸다. "네 어머니도 비늘이 환상적인 무지갯빛이었는데."

감동한 마지스터가 비늘을 향해 손을 내밀고 드래곤의 피부를 만졌다.

"네가 드래곤이라는 것에 개의치 않아!" 로빈이 위협적인 어조로 말하면서 활을 들었다. "엘프들은 비대한 파충류 따위에 겁먹지 않으니까!"

"로빈!" 파프니르가 앙칼지게 외쳤다. "난쟁이들은 날마다 치고받고 싸워. 그렇다고 원한을 품는 이유가 되지는 않아! 그리고 실버는 아무나가 아니라 불굴의 전사란 말이야!"

머리끝까지 화가 난 난쟁이의 얼굴이 뻘게졌다. 실버는 난쟁이 전사 파프니르에게 난생처음으로 마음에 드는 이성이었다. 아주, 아주 귀엽고, 잘생긴 미남, 물론 키는 좀 크지만.

"인간으로 돌아와, 불굴의 전사." 파프니르가 말했다. "로빈은 너에게 아무 짓도 하지 않을 거야."

로빈이 알아들을 수 없는 말을 중얼거리는 사이에 드래곤의 몸이 줄어들기 시작했다. 드래곤으로 변신하면서 옷이 갈가리 찢어졌기 때문에 이사벨라가 재빨리 실버에게 바지를 입히는 주문을 읊지 않았다면 발가벗고 있을 뻔했다. 파프니르는 실버의 떡 벌어진 어깨와 초콜릿 복근을 보면서 침을 흘리지 않으려고 입술을 꼭 다물어야 했다. 그리고 정신을 바짝 차렸다. 이런 게 사랑이라면 사랑은 정말 골치 아픈 거야!

"이제부터는 아무도 들이지 마!" 방에 누가 들어올 때마다 놀라는 것이 지겨워진 이사벨라가 저택에 명했다. "잘 생각해봅시다. 틸 대통령, 테올크 수석 족장, 우리가 당신들의 늑대인간들을 믿어도 되겠소? 늑대인간들이 비밀을 지킬 수 있느냐 말이오? 우리가 선택하는 작전은 절대로 알려지면 안 되는 극비 사항인데 비밀이 조금만 누설되어도 내 손녀딸이 죽게 됩니다!"

로빈이 소스라쳤다.

"네, 그게 무슨 말이에요?"

파브리스가 로빈에게 몸을 숙이고 상황을 말해주는 사이에 이사벨라의 말에 충격을 받은 늑대들이 머리를 숙였다. 이사벨라가 감히 하클라에 대한 그들의 충성심을 의심하다니 참을 수 없는 일이었다. 하지만 이사벨라는 늑대들을 쏘아보면서 제압했다.

"내가 보증하는데 우리는 배신할 이유가 전혀 없습니다." 틸이 대답했다. "우리를 믿으세요."

이사벨라는 어깨를 으쓱했다. 그녀가 보기에 늑대인간들이 대통령을 배신할 이유는 50만 개도 넘을 것 같았다.

특히 대통령 자리를 빼앗기 위해서라면.

정치적 수완이 뛰어난 이사벨라는 예전에 금지된 대륙으로 불리던 타투말렌쉬바르의 상황에 대해 타라와 많은 얘기를 나눴었다. 틸과 테올크의 관계에 대해서도 완전히 파악하고 있었다. 테올크는 별 반응을 보이지 않았다. 자기 자신에 대한 약속도, 자신의 부족에 대한 약속도 하지 않았다. 이사벨라는 테올크를 주시했다.

마지스터가 일어나더니 과장된 몸짓으로 두 팔을 벌렸다.

"덩컨 부인, 여기는 듣는 귀가 너무 많아요. 부모들, 친구들, 늑대인간들. 이렇게 많으면 쓸데없이 상황을 복잡하게 만들 뿐이죠. 이 많은 사람들 앞에서 우리의 작전에 대해 의논할 수는 없으니 공간이동의 문을 통해 아더월드로 돌아가자. *트란스미투스!*"

그들이 반응하기 전에 트란스미투스 주문이 작동했다. 깜짝 놀라는 이사벨라와 부모들, 늑대들의 눈길을 받으면서 마지스터와 셀렌바, 타라, 파프니르, 실버, 로빈, 파브리스, 무아노, 칼은 패밀리어들과 함께 사라졌다.

사라지기 전 매직 6총사가 마지막으로 들은 것은 이사벨라와 자르가 동시에 내지르는 분노의 고함소리였다.

　이사벨라는 갑작스러운 출발을 예상하지 못했고, 자르는 또다시 따돌림을 받았기 때문이다.

　마지스터와 타라 일행은 브주아 지롱 성 앞에서 유형화되었다. 더 정확하게 말하면 장총으로 무장한 브주아 지롱 백작 앞이었다.

　백작은 즉시 마지스터의 배를 겨누었다. 릴란드릴의 활이 옆구리를 찌르고 있기 때문에 마지스터는 가만히 있었다.

　마지스터는 손짓으로 셀렌바가 용감한 노인을 건드리지 못하게 했다.

　백작의 짙은 눈썹이 찌푸려지고, 대머리에 주름살이 졌다. 백작은 상그라브들의 보스를 거만한 얼굴로 노려봤다.

　"내 아들을 타락하게 만든 비열한 작자!"

　백작의 모욕적인 언사에 타라는 딸꾹질이 나왔다. 백작의 목숨이 위태로울 수도 있었다. 마지스터를 모욕할 경우 장총 정도의 방어로는 잔혹한 셀렌바의 공격을 막아내기 힘들 텐데.

　"아빠!" 파브리스가 달려가서 마지스터의 배를 겨냥한 장총을 옆으로 밀었다. "우리 편이에요. 지금은 우리에게 필요한 사람이에요. 우리는 아더월드로 돌아가야 해요. 지금 당장이요. (파브리스는 로빈을 돌아봤다.) 로빈, 너도 활을 내려. 네가 실버와 싸우는 동안 마지스터와 타라는 아더월드로 가서 반지와 맞서 싸우기로 결정했어. 트란스미투스를 사용한 것은 빨리 가야 하기 때문이야. 그리고 타라의 어머니가 돌아가셨어."

충격을 받은 하프엘프가 활을 내렸다.

"어쩌다가?"

"용병들이 반지의 공격을 받고 악마에 들렸다." 마지스터가 눈썹 하나 까딱하지 않고 대답했다. "악마의 지배를 받는 용병들이 저택을 공격했는데 그 과정에서 셀레나의 심장이 칼에 찔렸다. 레파루스 주문과 지구의 의료 기기 덕분에 셀레나의 시신을 온전히 보존하는 데 성공했지만, 셀레나의 영혼을 비욘드월드에서 돌아오게 할 양피지를 손에 넣으려면 반지를 물리쳐야 해."

로빈은 유령 때문에 큰 고통을 겪었고, 유령에 들린 후유증으로 아직도 몸이 약한 상태였다. 팔다리 상처가 어찌나 깊은지 1년이 되어가는 데도 완전히 회복되지 않았다.

로빈이 창백한 얼굴로 활을 내렸다.

"타라? 마지스터의 제안대로 할 거야? 아니지?"

로빈의 성난 어조에 타라는 기분이 상했다. 자기 어머니였다면 로빈은 어떻게 했을까?

"당연하지." 타라는 쌀쌀맞게 대답했다. "난 이미 마지스터에게 생각할 수도 없는 일이라고 말했어. 이제는 아더월드와 비욘드월드, 두 세계 사이의 소용돌이 통로를 열지 않을 거야. 나는 반지를 파괴해서 리스베스 여제를 구하기 위해 오무아로 가는 것뿐이야. 이제 떠나자. 너 때문에 시간을 허비하고 있어. 정신 나간 것처럼 실버와 싸우지 않았다면 너도 알고 있었을 일이야!"

하프엘프는 파랗게 질렸다. 타라는 모른 체했다. 타라를 위해서라면 죽음을 무릅쓰고 싸웠던 로빈은 유혹 주문 얘기를 듣고 나서 거부하다가 다시 타라에게 돌아가려고 애쓰는 중이었다. 하지만 타라는 이제 더는 로빈이 어떻게 나오든 신경 쓰고 싶지 않았다. 도저히 용서가 안 된다면 어쩔 수 없는 일 아닌가.

셀렌바가 킥킥, 웃음을 참는 듯한 소리를 냈지만, 타라는 뱀파이어에게 눈길조차 주지 않았다.

할머니가 곧 나타날 텐데 너무 정치적인 사람이 연루되는 것은 문제가 복잡해질 위험이 있었다. 그 점에서 타라는 마지스터와 의견이 일치했다.

"따라오시오." 백작이 장총을 내리고 안전장치를 다시 채웠다. "그렇게 급하면 미리 설명했어야지. 타라?"

"네?"

"네 어머니 일은 정말 뭐라고 애도를 표해야 할지 모르겠구나. 사랑스러운 부인이었는데⋯⋯."

"네, 고맙습니다."

브주아 지롱 백작은 아들 파브리스를 끌어안은 다음에 모두를 데리고 공간이동의 문이 있는 탑으로 들어갔다.

다섯 장으로 이뤄진 태피스트리들이 윙윙거렸다. 지구와 아더월드, 두 세계를 연결하는 통로가 되어주는 마법의 태피스트리들이었다. 타라는 공간이동의 문을 이용할 때마다 태피스트리들 속에 감춰진 마력에 놀랐다. 백작이 태피스트리 중 하나의 한복판에 왕홀을 갖다 대자 번쩍번쩍 빛나기 시작했다. 모두 한가운데에 섰다.

"먼저 내 요새로 가자." 마지스터가 말했다. "아무도 우리를 찾지 못하도록 요새를 옮겼지. 그다음에 오무아의 황궁으로 가자. 나를 결박해서 끌고 가는 것처럼 데려가는 거야. 내가 반지와 싸우기 시작하면 너희는 친위대를 무력화시켜야 한다. 그게 너희를 데려가는 이유니까. 너희 모두 필요해."

"요새를 재건했어요?" 무아노가 깜짝 놀라서 물었다.

"그래. 아더월드의 내 잿빛 요새!" 마지스터가 이동할 장소에 정신을 집중하면서 외쳤다.

태피스트리가 번쩍거리면서 현란한 광선들이 승객들을 건드렸고, 왕홀이 빛나다가 사라졌다.

그런데 승객 전원이 사라진 게 아니었다.

갈랑과 타라만 남아 있었다.

어리둥절한 타라는 책상 뒤에 숨어 있던 백작과 눈길을 주고받았다.

"어떻게 된 거지? 둘만 남았네!" 백작이 일어나면서 외쳤다.

"그러네요." 타라도 깜짝 놀랐다.

태피스트리가 다시 번쩍거리기 시작할 때 타라는 펄쩍 물러섰다. 친구들과 마지스터, 셀렌바가 다시 나타났다.

"어떻게 된 거야?" 로빈이 얼이 빠진 얼굴로 타라에게 다가왔지만 몸에 손을 대지 않으려고 조심하면서 물었다. "어디 있었어?"

"왜 따라오지 않았어?" 실버도 놀란 얼굴로 물었다.

하지만 실버는 타라에게 다가와서 다정하게 팔을 잡았다.

"나도 모르겠어." 로빈의 태도에 기분이 상한 타라가 대답했다. "마지스터가 목적지를 외쳤을 때 나도 너희와 같이 떠나야 했는데 이해가 안 돼!"

칼이 호주머니에서 꺼낸 이상한 기구로 태피스트리를 살폈다.

"아, 그거였구나! 알았어!"

"뭘 알았다는 거야?" 로빈이 물었다.

"황궁에서 안티 타라 주문을 걸어놓은 거야." 칼이 대답했다. "타라의 DNA를 지니고 있는 사람은 아더월드로 돌아오지 못하게 하는 주문."

"뭐라고?"

마지스터와 타라는 동시에 외쳤다. 타라는 상그라브를 흘겨봤다. 마지스터가 왜 '뭐라고'라는 말을 사용하지? 마법 능력이 있다는 걸 알면서부터 타라가 입에 달고 사는 말인데.

"네 고모가 우리, 아니 너를 아더월드로 돌아오지 못하게 하려고 공간이동의 문을 봉쇄한 거지. 너는 이제 돌아갈 수 없어."

"영악한 반지의 짓이에요, 나리." 셀렌바가 끼어들었다. "공간이동의 문에 폭발물을 설치해놓지 않은 게 더 놀랍네요. 타라의 DNA를 가진 사람이 통과할 때 폭발하게 만들면 간단한데. 아니면 공간이동의 문이 동시에 여러 곳으로 보내버리게 만들든가. 그러면 타라가 여러 토막으로 나뉘어 여기저기 도착할 텐데. 훨씬 간단하게 어린 계집애를 영원히 없애버리는 건데, 안 그래요?"

타라는 소름이 끼쳤다. 그런 끔찍한 생각을 하다니 역시 기대를 저버리지 않는 뱀파이어였다.

마지스터는 고개를 흔들었다.

"공간이동의 문에 주문을 걸어놓을 때는 반지가 리스베스를 완전히 장악하지 못한 상태였을 텐데. 순순히 말을 들을 리스베스가 아닌데 이상하군. 그렇다면 오무아 제국이 표면적으로는 권력자들이 지배하고 있지만, 반지의 통제를 받고 있다는 거잖아."

잠시 곰곰이 생각하던 마지스터가 분통을 터뜨렸다.

"반지가 우리를 꼼짝 못하게 할 계획인 모양인데…… 어디 누가 이기나 보자!"

갑자기 마지스터가 두 팔을 벌리더니 망토를 바닥에 내팽개쳤다. 전사의 단단한 상체, 마스크 밖으로 빠져나온 목덜미의 금발, 딱 붙는 스팔렌디탈 가죽 바지가 드러났다. 가슴에서 피가 줄줄 흘러내리고 있는데도 인상적인 모습이었다. 무아노는 셀렌바의 조롱 섞인 눈빛을 보면서 딸꾹질을 참았다.

"눈길 주지 마, 어린 계집!" 셀렌바는 입속말처럼 중얼거리지만 무아노가 들을 수 있게 말했다. "내 거니까!"

무아노는 야수의 모습이라서 얼굴이 빨개지지 않았다. 아니 빨개질 수 있지만 눈에 보이지 않았다.

파브리스는 적의에 찬 눈초리로 쳐다봤지만, 마지스터는 지구소년을 본 척도 하지 않았다.

홀린 듯이 쳐다보는 모두의 시선을 받으면서 마지스터의 근육이 뒤틀리기 시작하더니 뭐라고 형언할 수 없는 시커먼 물결 같은 것이

상체를 휘감았다. 눈 깜짝할 사이에 끈적거리는 베일 같은 것이 피부에서 나왔다가 이내 사라졌다. 악마의 셔츠였다.

가슴에서 흘러내리던 피도 흔적도 없이 사라졌다. 마치 피부가 모조리 빨아들인 것처럼.

타라는 알아차렸다. 마지스터가 악마의 셔츠를 불러내서 마법의 끈을 다시 연결시킨 것이다.

"반지가 다시 장악하려고 달려들면 어쩌려고 그래요? 그게 걱정돼서 셔츠와 결합되는 마법의 끈을 잘라버린 거 아니었어요?"

마지스터가 비틀거리면서 두 손으로 머리를 부여잡았다.

"어휴! 얼마나 고통스러운지. 이렇게 통증이 심할 줄 몰랐어."

마지스터의 가슴에서 흐르는 피가 멈췄다. 그리고 낯익은 빨간색 원이 나타났다.

셀렌바가 망토로 가슴을 덮어주었다.

"아니." 마지스터가 마침내 타라의 질문에 대답했다. "반지는 나를 장악하지 못해. 반지가 따라오지 못할 곳으로 갈 거니까."

"그래요? 어디인데요?" 칼은 금방 후회할 질문을 했다.

"악마의 림보로."

17
여행

낯선 곳에서 가이드도 없이 길을 잃고 헤맬 때
주민들이 활짝 반기면서 목에 냅킨을 두른 채
"와, 이게 웬 떡이야?" 하고 소리치면 어떻게 해야 하나

*

칼은 입을 멍하니 벌리고 있다가 침을 삼켰다. 정말이지 웬만해선 겁날 게 없는 도둑이지만, 으윽 악마들의 세상 림보만은…….

타라는 의외로 침착했다. 아, 림보! 어렵하겠어. 마지스터가 대부분의 시간을 들락거리며 지내는 곳인데. 드래곤들과의 협약에 따라 악마들은 출입이 봉쇄되어 있지만, 인간은 림보를 드나들 수 있었다. 그리고 금지법을 교묘히 빠져나가서 지구나 아더월드로 몇몇 악마를 불러내는 영악한 무리[21]

. . . .

21. 잘 모르는 이들은 마법사들이 악마를 불러내서 오각형 별무늬 안에 가두고 '나는 금/여자/남자/아름다움/젊음/지성/매력/코끼리를 원해'(코끼리를 원하는 경우는 아주 드물지만) 하고 외치며 소원을 성취할 거라고 생각한다. 하지만 멋모르고 섣불리 그런 소원을 빌었다가는 악마에게 잡아먹히는 경우가 많다. 이 경우 마법사가 죽으면서 주문이 끊어지는 바람에 부상을 입은 악마는 붕대로 친친 감은 신세로 림보로 돌아가는 일이 발생한다.
추신: 오각형 별무늬 이야기는 악마들 스스로 꾸며낸 것이다.

도 있었다.

타라는 빙긋이 미소를 지었다. 완벽했다. 원하던 대로 상황이 돌아가고 있었다. 어쩌면 어머니와 얘기할 수 있게 해줄 유일한 존재를 만나고 싶은 무의식적 욕망이 작용하는 걸까? 타라는 림보로 가는 것에 거부 반응이 일어나지 않았다.

어머니를 불러낼 수 있는 재판관은 림보에 가야 만날 수 있었다.

악마들이 만든 경이로운 조각상인 재판관은 죽은 마법사들의 영혼을 불러내는 능력을 지니고 있었다. 재판관은 예전에 칼을 곤경에 빠뜨린 브란디스와 타라의 아버지 단비우를 불러준 적이 있었다. 타라는 재판관이 어머니도 기꺼이 불러줄 것이라고 믿었다. 말이 통해서 타협이 가능한 조각상이 아니었던가.

"가자. 지금 움직이지 않으면 금방 할머니와 부모님들, 모두 들이 닥칠 거야."

눈에 흰자위가 드러날 정도로 공포에 질린 파브리스가 외쳤다.

"타라, 너 미쳤어? 지난번에 거기서 죽을 뻔했잖아. 게다가 셈 선생님이 마왕을 깔아뭉갰던 거 기억 안 나? 우리를 보면 악마들이 잡아먹으려고 생난리를 칠 거야!"

"나랑 같이 있으면 악마들이 너희를 해치지 않을 거야." 마지스터가 개입했다.

"왜요?" 무아노가 물었다.

"뭐라고?"

"악마들은 왜 당신을 해치지 않을까요? 왜 당신이 악마의 마법을 사용하게 내버려두고 있을까요? 왜 당신에게서 악마의 셔츠를 빼앗지 않을까요? 이용당하고 있다는 느낌 안 드세요?"

마지스터는 비웃음을 흘렸다.

"악마들은 아주 원초적이지. 악마들은 아주 최소한의 충동으로 만족하고, 문명도 발전하지 않았어."

"하지만 우주선을 이용할 정도면 기술력은 우리보다 훨씬 앞서 있는 것 같은데요." 무아노는 차분하게 대응했다.

"도둑놈들이야. 훔쳐온 것들을 이용하는 거니까." 마지스터가 반박했다.

"당신은 그들의 들러리니까 위험하지 않지만, 우리의 경우는 다르죠. 무엇보다 타라는 악마들을 림보에 가둬버린 사람의 후손이잖아요. 따라서 거기 가면 타라는 무사하지 못할 거예요."

"셈 선생도 너희를 림보로 데려갔던 것으로 아는데."

"그때는 죽느냐 사느냐, 누군가의 목숨이 걸린 문제였으니까요!" 무아노가 응수했다.

마지스터는 '거봐! 반박의 여지가 없지?' 하는 얼굴로 두 팔을 벌렸다.

무아노는 한숨을 내쉬었다. 또 마지스터의 함정에 걸려든 것이다. 그래, 지금도 죽느냐 사느냐의 문제잖아. 마지스터 승!

타라가 무아노를 바라보았다. 전투 때문에 마법을 많이 사용해서 피곤한 타라는 쪽빛 눈을 비볐다. 좀 전에 깨끗하게 하는 주문을 읊었는데도 얼굴에 시커먼 것이 묻어 있고, 눈 밑에는 다크서클이 내려앉았다.

"네 말이 맞아, 무아노. 나는 너희에게 같이 림보로 가자고 할 수 없어. 그러니까 너희는 공간이동의 문을 통해서 아더월드로 돌아가."

실버가 타라에게 몸을 숙이고 금빛 눈으로 쪽빛 눈을 뚫어져라 쳐다봤다.

"안 돼, 타라. 너는 보호받아야 해. 내가 같이 가겠어. 아버지와 함께. 나는 림보가 두렵지 않아."

마지스터는 한숨만 내쉴 뿐 아무런 말이 없었다. 로빈은 뭔가에 찔린 것처럼 소스라쳤다.

하프엘프는 하프드래곤 옆으로 가서 타라의 얼굴을 쳐다보지 않은 채 말했다.

"나도 갈게. 하프드래곤의 말이 맞아. 너는 보호받아야 해. 마지스터는 반지와 싸울 수 있을 거야. 네가 없으면 우리는 아무 문제없이 궁전으로 돌아갈 수야 있겠지. 하지만 여제를 접견하지는 못할 거야. 따라서 우리는 함께 있어야 해."

타라는 이를 악물었다.

그런데 놀랍게도 이제는 슬프지 않았다. 오히려 로빈을 때려주고 싶은 충동이 일었다. 마법이 나쁜 영향을 준 것이다.

"우리도 갈 거야." 칼이 무아노와 파브리스를 대신해서 말했다. "네가 말했던 구호 있잖아? 『삼총사』의 구호라고 했던가? 나를 위한 모두, 모두를 위한 나!"

"하나를 위한 모두, 모두를 위한 하나!" 타라가 고마워하는 얼굴로 대답했다. "그래, 우리는 여러 번 함께했어. 우리 중 한 사람을 구하기 위해 죽음을 무릅쓰고 달려간 게 한두 번이 아니잖아. 고마워. 너희를 믿을 수 있다는 거 알아. 그래도 림보에 체류하는 시간이 얼마 안 되면 좋을 텐데. 그렇겠죠, 마지스터?"

림보에 도착하는 즉시 타라는 트란스미투스 주문을 사용하여 궁전 안의 재판관을 찾아 어머니와 말할 수 있는 기회를 달라고 청할 생각이었다. 그다음 필요하다면 악마 몇 명을 때려눕히고 빠르게 돌아올 생각이었다. 10여 분 정도 걸릴 것으로 예상했다.

"림보에서는 우리의 마법이 불안정할 거다." 마지스터가 말했다. "그래도 짧으면 몇 초, 길면 30분쯤 걸리겠지. 그러고는 곧바로 내 요새에서 유형화될 거다. 준비됐니?"

"아뇨." 칼이 깜짝 놀라면서 대답했다. "하지만…… 그래도 가요."

마지스터가 피가 들어 있는 유리병을 꺼내더니 그 피로 허공에 원을 그렸다. 피로 그린 빨간 선이 허공에 정지되어 있었다. 주문을 읊는 마지스터의 언어를 들으면서 매직 6총사는 등골이 오싹해졌다. 악마의 언어였다. 거친 피리 소리 같다고 할까. 소름 끼치는 억양이었다.

피로 그린 원의 중앙에서 불꽃이 피어났다. 패밀리어들이 싫은 기색을 했다. 블롱딘이 캥캥거리고, 쉬바가 으르렁거리고, 갈랑은 발톱이 타라의 어깨를 파고들 정도로 달라붙었다.

'그래, 알아.' 타라가 정신적으로 페가수스에게 말했다. '나도 너 못지않게 싫어. 하지만 지금은 다른 방법이 없어. 용기를 내자, 알았지?'

마지스터가 먼저 원 안으로 들어가서 이동 준비를 했다. 눈 깜짝할 사이에 그들은 주문에 걸려 있었다. 셀렌바는 주저 없이 원 안으로 들어갔다. 무아노와 쉬바가 그 뒤를 이었고, 파브리스는 공포에 질린 얼굴로 따라갔다.

칼과 블롱딘도 들어갔다.

이어서 정지. 로빈은 타라와 함께 들어가기 위해 실버에게 먼저 가라는 손짓을 했다. 물론 실버도 로빈에게 먼저 들어가라는 손짓을 했다.

로빈이 거절하면서 실버에게 먼저 가라는 손짓을 했다.

실버가 거절하면서 로빈에게 먼저 가라는 손짓을 했다.

기가 막힌 타라가 하늘을 쳐다보면서 갑자기 원 안으로 뛰어들지 않았다면 승강이는 한참 계속되었을 것이다.

타라는 모든 것이 지긋지긋했다. 마법에 휘둘려서 돌이킬 수 없기 전에 정말 다 집어치우고 싶은 심정이었다.

평소에 공간이동의 문을 넘을 때는 무슨 일이 일어나는지 알아차릴 겨를이 없었다. 숨 한 번 크게 들이쉬고 나면 어느새 짠! 도착해 있었는데.

하지만 지금은 평범한 문이 아니었다. 문이라기보다 끝없이 펼쳐지는 긴 터널 같았다.

그 순간 눈앞으로 추억들이 스쳐 지나가기 시작했다.

아주 이상했다. 요람을 내려다보면서 미소 짓는 아버지와 어머니의 모습이 보였다. 은빛 칼날처럼 날카로운 하얀 머리털이 섞인 금발의 단비우, 행복해 보이는 아름다운 셀레나. 이어서 이사벨라의 패밀리어인 호랑이가 보였다. 할머니에게 귀를 잡힌 호랑이는 꼬리를 바닥에 늘어뜨린 채 재롱을 떨고 있었다. 아기의 몸을 감싸는 마법의 물결도 보였다. 셀레나는 활짝 웃는 귀여운 아기를 보면서 행복한 얼굴로 콧노래를 흥얼거리고, 그 옆에 금빛 눈의 패밀리어 셈보르가 앉아 있었다.

이어지는 이미지는 그림을 그리고 있는 단비우의 모습이었다. 아기가 물감이 묻은 붓을 입에 넣으려고 하자 웃으면서 빼앗는 아빠의 모습, 그림을 만지려는 아기를 답삭 들어 올리자 바동거리며 까르륵 까르륵 웃는 아기의 모습.

세월이 흐르면서 잊히기도 했고, 할머니의 민투스 주문 때문에 지워진 기억들을 하나둘 되찾으면서 타라는 자신과 마찬가지로 아버지도 마법을 좋아하지 않는다는 걸 알았다. 아버지는 마법을 사용하지 않았다. 어쩌다 필요할 때 나타나는 마법의 물결은 아주 강력하지만 아버지는 마법을 감추는 것 같았다.

단비우는 지구에서 살고 싶어했다. 셀레나는 원치 않았다. 남편이 왜 마법의 행성을 떠나려고 하는지 이해가 되지 않았다. 장모 이사벨라도 원치 않았다. 단비우는 여러 번 솔직하게 말했지만, 장모와는 말이 통하지 않았다.

"단비우, 당신 정말 지독하네요. 엄마는……."

"당신 어머니가 까다롭고, 무정하고, 소름이 끼칠 정도로 야심가인 거 나도 알아요."

단비우가 웃는데 파란 눈빛에 비웃음이 담겨 있었다.

아버지와 어머니의 대화는 지구에 대한 토론이 아니라 지구에 가서 살고 싶어하는 이유에 대한 것이었다. 셀레나는 남편이 마법을 할 수 없는 행성에 가서 살려고 하는 이유를 이해하지 못했고, 단비우는 셀레나가 원치 않는다는 걸 알고 더는 우기지 않았다. 그리고 몇 달이 흐르면서 랑코비트의 트라비아에 있는 아담한 집에서 셀레나와 단비우는 안정된 생활을 보냈다.

할머니의 호랑이에게 너무 가까이 갔다가 깃털 몇 개가 뽑히면서 깍 깍 울어대는 아버지의 독수리. 오, 패밀리어들도 그 주인들만큼이나 사이가 좋지 않았다. 아기 타라가 사랑과 기쁨으로 넘치는 걸 느꼈다.

뒤뚱거리면서 걸음마를 배우기 시작한 아기의 모습. 할머니가 이상한 표정을 지으면서 아기를 향해 몸을 숙이고 있었다. 오, 아더월드의 신들이시여, 이사벨라가 웃고 있었다! 그러니까 웃을 줄도 안단 말인가? 믿기지 않았다. 할머니는 아기를 어르고 있다가 셀레나가 방으로 들어오는 순간 180도로 돌변했다. "응석이 너무 심하구나. 이렇게 버릇없이 키우면 어쩌려고 그래? 그리고 이 많은 장난감 좀 봐. 너 장난감 가게를 털어왔니?" 하지만 이미 눈치를 챈 셀레나는 시치미를 떼는 어머니에게 미소를 보냈다.

아기는 쑥쑥 자라서 어느새 두 살이 되었다. 동화 속 이야기처럼 행복한 생활이 여기서 끝날 줄이야 누가 알았을까. 불쑥 나타난 마지스터가 잠든 아기 타라를 유괴하려는 순간 단비우가 달려들었다. 아기는 쿵쿵, 싸우는 소리를 듣고 있었다.

호랑이가 죽자 아기는 울었다. 아버지가 쓰러지자 아기는 자지러지게 울었다. 이때부터 아기 타라의 가슴속에 고통이 자리를 잡았다. 이사벨라는 단비우와 셀레나의 딸 타라가 지구에 가서 살 것이며, 마법을 피하고 최고 마구스가 되는 일이 없게 하겠다고 빈사 상태의 사위에게 맹세했다.

그리고 할머니와 타라는 떠났다. 하지만 그날부터 타라의 할머니는 웃지 않았고, 어쩌다 웃는다고 해봐야 미소에 불과했다. 또 몇 년이 흘렀다. 이사벨라는 늙지 않았지만, 타라는 자랐다. 지구에서 가장 친한 친구들, 파브리스와 베티와 함께 있는 자신의 모습이 보였다. 첫 번째, 두 번째 마법 경험, 이어서 타라의 기억에서 마법 경험을 지워버리는 헤아릴 수 없이 많은 민투스 주문. 마침내 등장한 마지스터, 마지스터에게 쫓기는 타라, 두려움, 아더월드 여행, 태어난 나라에 대한 발견, 패밀리어로 맞은 페가수스 갈랑, 억류된 어머니를 기적적으로 구출, 실루르의 옥좌 파괴, 브란디스의 죽음, 감옥에 갇힌 칼, 땅신령들, 트실, 림보 여행, 마왕과의 두 번째 만남, 마지스터의 음모, 도서관 폭발 사고, 카샤, 재상 일파봉, 살테렌스족의 노예들, 저주받은 왕홀, 좀비 장군, 지진, 공포에 질린 국민, 가짜 악마 군단.

기억이 빨라졌다. 타라는 배반하는 드래곤과의 싸움에 이어 금지된 대륙에서 붉은 여왕과의 싸움, 사랑에 빠진 셀레나와 타라를 납치하기 위해 마지스터가 놓은 함정, 뱀파이어로 변신, 마지스터의 죽음, 아버지를 소생시키기 위한 묘약 조제 실패, 유령들의 습격, 마지스터의 유령에 들린 리스베스 여제, 지구로 추방된 타라.

타라는 딸꾹질을 했다. 몇 년 사이에 어찌나 많은 일이 일어났는지 책으로 쓰면 열두 권도 모자랄 지경이었다! 타라는 정체된 상태에서 치명적일 가능성이 있는 위험한 상태로 넘어가는 느낌이 들었다.

열여섯 살이 된 아침부터 타라는 한꺼번에 여러 가지 삶을 살아온 느낌이 들었다. 그리고 타라를 위해서라면 죽음을 무릅쓰고 모험에 뛰어들 준비가 되어 있는 최고의 친구들이 고마웠다.

마침내 기억 여행이 멈췄다. 드디어 어딘가에 도착했을 때는 부모님의 사랑으로 충만해 있고, 새로 태어난 것처럼 힘이 났다. 목가적인 분위기와는 거리가 먼, 악마들의 림보를 향해 출발했던 걸 생각하면 이상한 일이었다.

눈을 뜨는 순간 타라는 아더월드가 아니라는 걸 알았다.

림보에 와 있는 것도 아니었다.

도대체 어디에 와 있는 거지?

그들은 금빛 태양 아래 아름다운 초원에 서 있는데 초록색 풀이 허리를 숙이고 있었다. 첫 번째와 두 번째 방문했을 때 본 시커먼 태양, 독한 가스, 갈라진 땅바닥, 기형적인 도시, 아래위가 거꾸로 된 해괴한 궁전은 보이지 않았다.

하지만 최악은 그것이 아니었다. 최악은, 마지스터가 사라진 것이었다. 셀렌바도 보이지 않았다.

"오, 내 조상들이시여!" 칼이 말했다. "여기가 어디지?"

타라는 입술을 깨물었다.

"마지스터 본 사람 있어?"

그렇게 물으면서 타라는 철천지원수를 걱정하는 말 같아서 이상한 느낌이 들었다.

초원의 풀은 바람결에 휘어져 있고, 그들 말고는 아무도 없기 때문에 땅바닥에 누워도 몸을 숨길 수 없었다. 그들은 지평선과 풀밭을 살폈다. 어디를 둘러봐도 그들밖에 없었다.

"마지스터를 잃어버렸어. 셀렌바도 없어." 칼이 중얼거렸다. "잿빛 요새에 온 것도 아닌 것 같아. 아무래도 우리가 길을 잃었나 봐."

타라와 친구들은 서로를 쳐다보면서 엄습해오는 불안과 싸웠다.

바람에 소녀들의 긴 머리와 파프니르의 땋은 머리 타래에서 빠져나온 몇 가닥의 머리가 휘날리고, 일곱 친구들의 파란색 또는 주홍색 마법복이 펄럭였다.

"좋은 쪽으로 생각하자. 지난번처럼 악취가 나는 악마들의 궁전에서 길을 잃은 것일지도 모르니까." 칼이 말했다.

"트란스미투스를 이용하여 지구로 돌아가자." 무아노는 불안한 얼굴로 주변을 살피면서 제안했다.

그들은 차례로 트란스미투스 주문을 날렸지만 마법이 가장 강력한 타라의 마법도 통하지 않았다.

"아무래도 림보에 와 있는 게 아닌 것 같아. 여긴 냄새가 너무 좋아!" 파브리스가 경계하는 표정으로 냄새를 맡으면서 말했다.

또 위치 측정에 문제가 생긴 건가? 마법을 사용할 때 자주 일어나는 일이었다. 타라는 아더월드를 맨 처음 여행할 때 사두길 정말 잘했다고 생각하면서 비밀 병기를 꺼냈다.

타라는 살아 있는 지도를 펼쳤다.

"어휴!" 흥분한 지도가 소리를 질렀다. "나를 또 어디로 데려온 것임? 불을 내뿜는 드래곤의 배 속[22]은 아니기 바람!"

타라는 지도가 무슨 말을 지껄이거나 말거나 무시한 채 말했다.

"지도. 여기가 어디야?"

"음, 여기는⋯⋯." 지도가 으스대는 어조로 말하다가 중단했다.

· · · · · · · · · · · · ·

22. 붉은 여왕에게 삼켜졌던 일 때문에 살아 있는 지도는 타라를 몹시 원망하고 있다. 아더월드의 지도는 대부분 한 성깔 한다.

양피지에 그려진 지도가 싹 지워졌다.

"오, 나를 구성하는 양피지와 잉크여!" 지도가 성난 어조로 소리 쳤다. "내가 어디에 와 있는 것임?"

"우리가 물었잖아?" 칼이 핀잔을 주었다.

"나…… 나……. 태양은 어디 있음? 별들은? 오, 별자리 지도여! 악마들의 림보에 올 생각을 했음? 악마들은 존재하는 모든 것, 살아 있는 지도를 포함해서 모조리 잡아먹는다는 걸 모른단 말임?"

"여기가 림보라니!" 파브리스가 외쳤다. "말도 안 돼! 전혀 림보 같지 않아."

"지구와 비슷해." 타라가 풀을 뜯으려고 몸을 숙이면서 말했다. "녹색 초목, 금빛 태양, 덜 오염된 공기, 전체적으로 보면 내 집…… 지구에 있는 느낌이야. 몹시 더운 것만 빼고. 해가 이렇게 뜨거운데 어떻게 풀이 새파랗지?"

도착한 지 몇 분밖에 안 됐는데 그들은 땀이 줄줄 흘렀다. 게다가 해를 쳐다보는데, 물론 간접적으로 바라보는데 뭔가 이상했다. 마치 부글부글 끓는 것 같다고 할까.

"오도가도 못 하게 된 거면 어떡하지?" 무아노가 걱정했다.

타라는 입술을 깨물었다. 재판관은 궁전 안에 있는데 궁전이 보이지 않았다.

"잠깐 기다려봐." 타라는 지도를 집어넣고 호주머니에서 작은 상자를 꺼냈다. "모우르무르 발명가가 떠나기 전에 이걸 주셨어. 새로 발명한 거라서 전적으로 믿을 수는 없지만 대체로 작동은 하는 편이니까."

칼이 이맛살을 찌푸렸다.

"'대체로'라는 표현, 진짜 마음에 안 드네. 그냥 깔끔하게 '작동한다'고 말하면 안 되겠어?"

"지금 우리는 다른 방법이 없어. 내가 죽을 위험에 처했을 때 사용하라고 주신 거야. 악마들의 림보는 죽을 위험이 많잖아, 안 그래?"

칼은 어이없다는 얼굴로 타라를 뚫어져라 쳐다봤다. 블롱딘이 캥캥거리자 갈랑도 성난 울음소리로 맞장구쳤다.

"네 말이 맞으면 정말 짜증나는 일이지." 칼이 항복했다. "그래, 기구를 작동해봐. 하지만 미리 말해두는데 내가 죽어서 흙으로 돌아가더라도 내 유령이 너를 영원히 쫓아다니면서 후회하게 만들 거니까 알아서 해."

타라는 고개를 끄덕이면서 모우르무르가 준 상자의 봉인을 뗐다.

상자가 펼쳐졌다. 눈 깜짝할 사이에 파란색의 커다란 공처럼 변하다가 그들 모두를 집어삼키더니 하늘을 향해 둥둥 떠올랐다. 날아가는 데 문제가 없는 것으로 보아 마법의 발전기가 내장되어 있는 것 같았다.

일단 수 킬로미터 상공으로 오르자 공 모양의 기구는 투명한 거품 장막 같은 것을 만들었다. 칼은 곡예사라고 해도 될 정도로 붕붕 날아다니면서도 의외로 고소공포증이 있어 숨을 죽였다. 타라와 파브리스, 무아노, 로빈, 파프니르도 공포에 질려서 모두 얼굴이 푸르뎅뎅했다. 실버만 아주 편안해 보였다. 드래곤 어머니로부터 물려받은 유전인자의 영향이겠지.

거품의 벽에서 튀어나온 매직컴이 음울한 목소리로 알렸다.

"이동하기 전에 모두 안전벨트를 맨다."

타라가 안전벨트는 없다고 알리려는 순간 거품 벽에서 안락의자들과 패밀리어들을 위한 의자들이 튀어나왔다. 그들은 지시대로 안전벨트를 맸다. 아더월드 사람들이 평소에 안전벨트보다는 보호 장막을 사용하기 때문에 마법이 약해지거나 사라지는 경우를 대비한 일종의 비행선이라고 할 수 있었다.

"소용돌이 통로 5, 4, 3, 2, 1, 이동!"

타라와 친구들이 불안한 눈길을 주고받는 순간 이미 소용돌이 통로가 열렸다. 날카로운 소리가 울려 퍼질 때 그들은 소스라치게 놀랐다.

"이동 실패! 출발점에서 너무 멀리 떨어져 있는 곳이다."

그리고 소용돌이가 닫혔다.

"슬루르크!" 제일 먼저 정신을 차린 칼이 욕설을 내뱉었다. "비축된 마법 에너지가 충분하지 않은 게 틀림없어."

"매직컴?" 타라가 물었다. "나의 마법과 살아있는 돌의 마법을 공급하면, 아니 우리 모두의 마법을 너의 엔진에 공급해주면 우리의 집으로 보내줄 수 있겠니?"

매직컴에서 나온 빨간색 빛이 그들의 몸에 차례로 내려앉았다.

"아니, 충분하지 않다. 생존할 가능성이 적다. 시간 단위 10 이내에 착륙. 9, 8, 7, 6, 5, 4, 3, 2, 1. 가장 위대한 최고의 발명가 모우르무르의 발명품을 이용해줘서 고맙다."

땅바닥에 착륙한 뒤에 거품 공은 그들을 뱉어냈고, 다시 작은 상자로 줄어들었다.

타라가 일어나서 먼지를 털었다. 그러고는 몸을 숙이고 상자를 집어서 체인지라인에 넣은 다음 빤히 쳐다보고 있는 친구들의 시선과 마주쳤다.

"뭐? 기술적으로는 문제없이 작동했잖아! 마법의 에너지가 부족한 것을 제외하고. 그건 발명가의 잘못이 아냐!"

"지도를 다시 꺼내줄래?" 무아노가 말했다. "여기가 어디인지는 알아야 움직이든 말든 하지."

타라는 지도를 다시 꺼냈다. 그들이 유심히 들여다보고 있는 사이에 지도는 주변의 지형을 그리기 시작했다.

"지난번에 왔을 때는 궁전의 지도를 그릴 시간이 없었음." 살아 있는 지도가 짜증스러운 목소리로 말했다. "나의 새로운 주인이 이런 불길한 세계로 나를 데려올 정도로 어리석고 경솔한 사람일 거라고는 생각하지 않았음. 위험한 여행을 좋아하는 것 같으니까 앞으로 행성 전체에 관심을 두겠음. 오, 인간들!"

"이것 봐." 윤곽이 그려지는 선을 살피던 칼이 말했다. "멀지 않은 곳에 도시가 있어. 이 도시에 가면 돌아갈 방법을 찾을 수 있지 않을까?"

"하지만 도시로 가면 잡아먹힐지도 몰라." 파브리스가 말했다.

"그래서 말인데 변장해야겠어." 타라가 제안했다. "무슨 일인지 모르지만 림보에 와 있는 거니까 악마의 모습으로 변신하자. 두리번거리며 돌아다니다 마왕에게 발각되면 지난번처럼 쫓겨날 수 있으니까."

"좋은 생각이다." 파브리스가 말했다. "*트란스포르무스의 이름으로 우리가 어디로 가든 악마의 모습으로 보이게 할지어다!*"

즉시, 파브리스는 육식동물과 문어를 섞어놓은 흉측한 괴물로 변했다.

실버와 파프니르는 한숨을 내쉬었다. 모든 난쟁이와 마찬가지로 실버(진짜 난쟁이는 아니지만)는 마법을 혐오했다. 실버는 어쩔 수 없이 마법을 사용하여 여러 개의 입과 털북숭이 다리들이 달린 소름 끼치는 괴물로 변했다. 로빈은 이맛살을 찌푸리면서 더 흉악스러운 괴물로 변했다. 타라와 칼, 무아노도 싫다고 난리 치는 패밀리어들을 둔갑시켰다.

타라는 30초마다 넘어져 여기저기 다칠까 봐, 다리가 너무 많지 않은 괴물을 상상했다. 작달막한 쇳빛 회색 몸뚱이에 집게발들이 달려 있고, 전갈의 꼬리, 날카로운 송곳니들이 무시무시한 코요테의 아가리, 빨간 도가머리의 괴물.

다행히 늑대의 모습으로 변신해서 네 발로 다닌 경험이 있어 타라는 그리 힘들지 않았다. 로빈과 칼은 변신하는 데 시간이 가장 많이 걸렸는데 너무나 자연스럽지 못했다. 다리가 얽히면서 세 번째로 넘어진 칼은 툴툴거리면서 모습을 수정했다. 괴물 게의 형상인데 입이 있어야 할 자리에 튼실한 엉덩이를 만들고, 몸뚱이 위에 머리를 붙였다. 모습을 그렇게 바꾸자 네 번째 넘어졌을 때는 확실히 덜 아팠다.

변신한 그들은 목가적인 풍경에 전혀 어울리지 않는 모습이었다. 그들은 집게발에 지도를 낀 채 앞장서는 타라를 따라 도시를 향해 전진했다.

그들 모두 네 발 달린 괴물을 선택했기 때문에 빨리 갈 수 있었다. 첫 번째 언덕을 지나자 살아 있는 지도가 표시한 도시가 보였다. 그리 멀지 않은 곳에 웅장해 보이는 도시가 있었다. 그 순간 아주 이상한 일이 일어났다. 태양이 뭔가를 하는 건가? 살에 닿는 햇살이 느껴지는 순간 갑자기 주위가 변하는 것 같았다. 태양의 영향을 받은 식물이 갑자기 쑥쑥 자라기 시작했다. 전혀 예상하지 못한 칼은(물론 다른 친구들도 그랬지만) 미친 듯이 자라는 덤불숲에 부딪혔다.

"아야아아아!" 나뭇가지에 발이 걸려서 꼼짝 못하는 칼이 소리쳤다. "누가 나 좀 도와줘!"

하지만 타라와 친구들도 상황이 좋지 않았다. 타라는 지나가다 만난 꽃 위에 올라앉아 있고, 파브리스와 무아노는 과일 배처럼 생긴 열매에 매달려 있고, 실버와 파프니르는 자이언트 풀과 싸우고 있었다. 로빈은 질겁한 얼굴로 데이지 꽃잎에 앉아 있었다.

"이…… 이게 어떻게 된 거지?" 로빈이 얼빠진 목소리로 외쳤다.

"태양 때문이야." 무아노가 으르렁거리는 소리로 말했다. "태양이 이 행성의 식물을 쑥쑥 자라게 하면서 문제가 생긴 거야."

"그게 왜?" 타라가 외쳤다. "그래 봐야 식물들인데!"

무아노가 대꾸하려는 순간 타라는 친구가 두려워하는 것이 무엇인지 정확하게 알았다.

나무, 꽃, 풀만 엄청나게 자라는 것이 아니었다.

벌레도 마찬가지였다. 민달팽이, 전갈, 거미, 무당벌레, 지네, 풍뎅이, 지렁이, 파리, 나비, 말벌, 꿀벌, 뒤영벌, 무늬말벌, 개미, 흰개미들이 모두 자이언트로 변해 있었다.

게다가 움직이는 것은 무엇이든 물어뜯고 집어삼킬 기세였다.

"마법을 사용해서 방어해!" 타라가 외쳤다. "가능한 한 빨리 여길 도망쳐야 해!"

다행히 지구에서 본 영화들과는 달리 벌레들은 자기들끼리 싸우거나 꽃에서 꿀을 빨아들이느라고 너무 바빠서 타라 일행에게 신경 쓸 겨를이 없었다. 그들은 꽃과 나무에서 조심스럽게 내려왔고(원래의 모습과 크기를 되찾은 갈랑이 칼을 구하러 날아갔었다), 커다란 풀잎 사이를 지그재그로 빠져나갔다.

그들이 개미집 위에 넘어질 때까지는 순조로웠다.

개미가 작을 때는 아무도 위협받는 느낌이 들지 않는다. 하지만 개미의 길이가 2미터에 이르고 몸뚱이보다 더 긴 턱으로 누구든 마음에 들지 않으면 집어삼킬 듯이 기분 나쁘게 쳐다볼 때는 느낌이 완전히 달랐다.

"오, 내 조상들이시여!" 로빈이 외쳤다. "이럴 수가, 우리가 포위되다니!"

실제로 타라 일행을 발견한 개미의 신호로 병정개미 수백 마리가 개미집에서 전속력으로 나오고 있었다. 타라는 하는 수 없이 마법을 작동했다. 개미들도 나름대로 침입자에 대한 방어를 하는 것이기 때문에 죽이고 싶지 않았지만 선택의 여지가 없었다. 이미 개미 떼가 몰려오고 있으니.

마법의 광선이 개미들을 쓰러뜨리려는 순간, 갑자기 둔탁한 소리에 땅이 흔들렸다. 그 소리에 개미들이 마치 주문에 걸린 것처럼 꼼짝하지 않았다. 이어서 경악할 정도로 빠르게 개미들이 되돌아갔고, 일개미들도 개미집으로 돌진했다.

타라와 친구들은 머리를 들었다.

어디선가 나타난 거대한 기계들이 열매와 꽃, 자이언트 곡식들을 싹둑싹둑 자르고, 베고, 밀어버리면서 수확을 시작했다. 주변이 점점 초토화되고 있었다. 개미들의 공격에 이어 이번에는 무시무시한 기계에 잘려나갈 판이었다.

"우리도 커져야 해." 칼이 소리쳤다. "아니면 우리도 기계에 빨려들고 말 거야! 어서, 타라, 우리를 도와줘. 변신한 상태를 유지하느라 에너지를 쓰고 있어서 우리의 마법으로는 힘이 약해."

"알았어." 점점 가까워지는 요란한 기계 소리 때문에 타라가 소리쳤다. "셋, 둘, 하나, 시작!"

타라가 날린 마법의 광선이 친구들을 후려쳤다. 그들은 거대한 기계에 이를 정도로 점점 커지기 시작했다. 그리고 기계가 그들을 감지했을 때 키가 멈췄다.

"성공이야!" 무아노가 탄성을 질렀다. "누군가 나타나서 여기서 뭐 하는 거냐고 묻기 전에 도망치자!"

하지만 이상하게도, 기계들은 누군가가 조종하는 것이 아니었고, 금속의 입 위로 툭 튀어나온 눈으로 멀뚱히 쳐다보고만 있었다. 그런데 그들이 초원을 떠나자마자 수풀의 키가 줄어들기 시작하더니 그들이 멀어지자 다시 정상으로 돌아갔다. 태양은 언덕의 일부분에만 영향을 준 것이었다. 친구들의 변신까지 책임져야 하는 타라는 보통 악마들과 비슷한 키로 변한 것은 정말 잘한 일이라고 생각했다.

"이 행성이 어디인지는 모르지만 정말 마음에 안 들어." 자이언트 거미 때문에 죽을 고비를 넘긴 뒤로 벌레라면 질색하는 파브리스가 부르르 떨었다.

그들은 도시에 이르는 데 두 시간쯤 걸렸고, 너무 덥기 때문에 목이 말라서 죽을 지경이었다.

하지만 눈앞에 펼쳐진 도시를 보면서 이내 갈증을 잊었다.

도시가 악마들에게 포위되어 있었기 때문이다.

하지만 도시를 방어하는 이들은 인간이었다.

그리고 젊은이들이었다.

더 정확하게 말하면 청소년들이었다. 그들은 검과 몽둥이, 활과 화살 등 무기를 들고 싸우고 있었다. 총기를 소지하고 악마들을 공격하는 이도 몇 명 있었다. 하지만 악마 하나가 쓰러지면 대신 악마 둘이 나타났다. 인간들은 그리 오랫동안 버티지 못할 것 같았다.

"와우." 칼이 게의 몸뚱이 앞으로 자리를 옮긴 입으로 거품을 내뿜으면서 말했다. "저게 무슨 뜻이지? 악마들의 림보에 있는 도시에 인간들이라니! 저것들이 뭘 하고 있는 거야?"

그들은 방어선 가까이 다가갔다.

갑자기 트럼펫 소리가 울렸다. 타라는 눈을 깜박였다. 에드라킨족의 나라에서 트럼펫 소리[23]에 놀란 뒤로 타라는 그 비슷한 소리를 들을 때마다 깜짝깜짝 놀랐다.

청소년들이 무기를 내리고 문을 열었다. 갑옷 차림의 늠름한 청년이 모습을 드러냈는데 갈색 머리가 햇빛을 받아 반짝거렸다. 파프니

....

23. 에드라킨족의 나라에서 '흡수의 꽃'들이 가하는 음파 공격 때문에 곤경에 처했을 때 마지스터의 지령을 받은 붉은 악마가 트럼펫 소리를 내면서 등장하는 바람에 타라 일행은 하마터면 죽을 뻔했다.

르의 눈보다 훨씬 진한 초록빛 눈이 기쁨으로 번득였다.

"우리가 이겼다!" 청년은 미소를 지으면서 말했다. "약속한 사흘 동안 너희 군대를 막아내는 데 성공했으니까!"

타라는 코요테의 눈을 크게 떴다. 인간들이 오무아 언어로 말하고 있어서 무슨 말인지 이해할 수 있었다.

"속임수를 썼잖아, 아르칸즈." 자이언트 하이에나의 몸에 올라탄 곰치같이 생긴 악마가 소리쳤다.

아르칸즈라고 불린 청년의 얼굴이 어두워졌다. 그의 손에 불쑥 나타난 검의 칼끝이 목을 겨냥하자 곰치 악마가 침을 삼켰다.

"내가 속임수를 썼다고?" 아르칸즈가 부드럽게 말했다. "내가 뭘 속였는데?"

"지구의 무기를 사용했잖아!"

"금지된 건 아니잖아."

"하지만 나한테 없는 무기잖아!"

"너는 송곳니에다 강력한 몸뚱이가 있고, 우리보다 수적으로도 우세해. 너희는 우리를 물리칠 수도 있었어. 너희와 우리의 차이는 무기가 아니라 연대의식이야. 우리는 함께 싸웠는데 너희는 아냐."

"너희를 침수시킬 수도 있었어. 그랬으면 이놈의 벽을 넘어갔을 텐데."

"앞으로도 너희에게는 지구의 무기가 없을 거니까 까불지 마, 투덜이 대장. 함부로 덤비지 말란 말이다!"

악마는 칼끝을 쳐다보다가 물러섰다. 그리고 허리를 굽혔다.

"좋을 대로. 아르칸즈, 이번은 네가 이겼다."

목소리에서 입 밖에 내지만 않았지 '그런데 말이야, 나는 다음 판을 승리해서 네놈의 머리통을 둔갑시켜서 만든 금테 두른 잔으로 짠물[24]을 마실 생각이거든'이라고 말하는 것이 느껴졌다.

아르칸즈는 총기를 집어넣은 다음, 타라와 친구들을 향해 다가왔다. 그들은 도망칠 작정으로 뒷걸음쳤다.

하지만 아르칸즈는 타라 일행이 반응하기 전에 악마들을 헤치고 나왔다. 눈 깜짝할 사이에 그들 앞에서 걸음을 멈췄다. 누가 누군지 모를 텐데, 아르칸즈는 코요테의 머리에 빨간 도가머리가 있는 괴물 앞에서 미소를 지어 보이더니 경의를 표하듯 허리를 숙였다.

"아, 이렇게 기쁠 수가!" 아르칸즈는 쾌활하게 말했다. "친애하는 내 아버지의 가장 사나운 적이자 아름답고 독특한 타라 덩컨을 만나다니!"

• • • • • • • • • • • •

24. 악마들이 지구를 침략하려는 이유는 아쿠알릭, 즉 바닷물에 중독되어 있기 때문이다. 악마들에게 바닷물은 귀하고 맛있는 알코올과 같다.

18
악마들의 왕자
철천지원수가 놀라울 정도로 매력적이고
사랑스러우면 정말 복잡해지는데

*

타라는 심장이 오그라들었다. 그들은 수천의 악마들에게 포위되어 있었다.

이제 모두 죽는 건가?

절로 눈물이 고였다. 마지스터가 타라는 할 수 없었던 것, 비욘드월드에서 아버지와 어머니를 함께 만나게 해주는 것인가. 타라는 눈을 감고 두려움을 억눌렀다. 더는 싸울 힘이 없었다.

그러다 누군가가 집게발 중의 하나를 건드리는 느낌에 소스라쳤다. 하지만 아무 일도 일어나지 않았다. 타라는 한쪽 눈을 떴다. 그리고 이상한 광경을 목격했다.

타라를 알아보았던 청년이 몸을 숙이고 집게발에 입을 맞추고 있는 것이 아닌가!

실버와 로빈이 동시에 으르렁거리면서 본래의 모습으로 변신했다. 정체가 이미 노출되었는데 굳이 감추느라고 마법을 소모할 필요가 없었다.

실버가 드래곤으로 변신하지 않아서 천만다행이었다. 악마들이 우글거리는 곳에서 드래곤으로 변신했다면 긴 수명이 갑자기 짧아졌을 텐데. 실버는 평범한 청년, 어쨌든 겉으로 보기에는 인간의 모습을 되찾았다.

그사이에도 아르칸즈는 여전히 타라의 집게발에 입을 맞추고 있었다.

타라는 집게발을 확 빼면서도 청년이 다치지 않게 조심했다. 이윽고 타라도 본 모습으로 변신했다. 매력적인 청년을 알아본 체인지라인이 타라에게 미니스커트와 발레슈즈, 가슴 부분이 많이 파이고 너무 짧아서 배꼽이 드러나는 티셔츠를 입힌 뒤, 무슨 이유인지 모르지만 머리에 다이아몬드 왕관을 씌워놓았다. 타라는 정신적으로 체인지라인을 나무라면서 티셔츠 길이를 늘리고, 스커트는 얇은 바지로 바꾸고, 왕관은 사라지게 했다.

타라는 눈물이 마르면서 신경이 예민해졌다. 금방 죽을 것 같지는 않았다.

아르칸즈는 아주 흥미롭게 모든 걸 지켜보고 있었다.

"너희는 마법을 사용하지 않았다." 아르칸즈가 지적했다. "그런데 옷이며 신발이 싹 바뀌었어. 어떻게 한 거지?"

"당신은 누구죠?" 타라는 질문에 아랑곳하지 않고 물었다. "여기가 어디죠? 그리고 내가 누군지 어떻게 알죠?"

아르칸즈는 멋진 미소를 지었다. 타라는 엘프들을 만나기 전에는 그렇게 잘생긴 존재가 있다는 걸 상상도 하지 못했다. 이어서 실버를 만났는데 하프드래곤 역시 두말할 것도 없이 엘프보다 잘생긴 것 같았다.

그런데 눈앞에 있는 아르칸즈도 완벽했다. 흠잡을 데가 없어서 인간이라고 할 수 없을 정도로 완벽한 미남이었다.

"먼저 내 질문에 대답해요. 당신은 누구죠?" 타라가 다시 물었는데 가슴이 두근거렸다.

아르칸즈는 여전히 멋진 미소를 지으면서 집게손가락을 까딱거렸다.

"아! 네가 영리하다는 말은 들었는데 이렇게 실제로 만나니 정말 기쁘군."

"어떤 적이죠?" 칼이 끼어들었다.

청년은 의아한 얼굴로 바라봤다. 키가 훨씬 작은 칼은 청년의 멋진 모습이 부러운 듯 위아래로 훑어봤다.

"뭐라고?"

"어떤 적이냐고 물었어요. 타라의 철천지원수들은 대체로 아주 빨리 죽는 경향이 있어요. 그렇지만 여기저기 몇 명이 남아 있어서 말이죠. 어떤 적이죠?"

타라는 칼의 엉덩이를 걷어차고 싶었다. 지금이 농담할 때야?

아르칸즈는 웃음을 터뜨렸다. 악마들과 다른 청소년들도 웃음을 터뜨렸다. 아르칸즈는 눈물까지 훔치면서 칼에게 아주 재미있다는 표시를 했다.

"훌륭해, 정말 훌륭해. 유머 감각이 있다는 것이 이 정도로 재미있는지 몰랐다. 유머 감각을 배우겠다고 우기길 잘했어. 너희들, 여기가 어디인지 모르지?"

"악마들의 림보라는 건 아는데 마왕이 기거하는 행성과는 다른 곳 같아요." 칼이 대답했다.

"아니, 맞아." 아르칸즈가 대꾸했다. "너희는 마왕의 행성에 와 있어. 그리고 나는 마왕의 아들 아르칸즈다!"

타라는 숨이 턱 막혔다. 희망이 섞인 두려움이 전속력으로 몰려왔다. 마지스터와 더불어 마왕도 철천지원수임에는 틀림없었다. 마지막으로 만났을 때 마왕은 촉수가 가득한 공 모양의 몸뚱이에 수천 개의 눈이 다닥다닥 붙어 있고, 징그러울 정도로 긴 혀로 수많은 눈을 연달아 핥고 있었다. 그런데 이 아름다운 청년이 마왕의 아들이라니! 아니, 이건 환영이 틀림없어.

타라의 얼굴에서 불신을 읽은 아르칸즈가 말했다.

"내 말을 믿지 않는 거지? 그럼 나에게 마법을 사용해봐, 이 몸이 가짜인지 아닌지 알 수 있게. 너희, 인간들이 말하는 살과 뼈로 이루어진 것 맞으니까!"

타라가 마법을 작동하고 손에서 파란빛이 번쩍이자 악마들이 동요했다. 하지만 아르칸즈가 손짓으로 그들을 진정시켰다.

"내버려둬. 나를 해치지 않을 거다. 어서 해봐, 타라 덩컨."

타라는 강력한 레벨루스 마법을 날렸다.

"레벨루스의 이름으로 감춰져 있는 것은 나타나고 나타나 있는 것은 사라질지어다!"

무슨 일이 일어나긴 했는데…… 타라가 전혀 예상하지 못한 일이었다.

송곳니들을 드러낸 흉측한 악마의 모습으로 변하기는커녕 갑옷과 총기, 부츠까지 모두 사라지는 바람에 맙소사, 아르칸즈는 완전히 벌거벗은 상태였다.

귀까지 빨개진 타라는 아르칸즈의 놀란 얼굴에 시선을 고정하면서 절대로 더 아래쪽으로 눈을 내리지 않으리라 굳게 마음먹었다.

"어머! 미안해요." 타라는 몹시 당황해서 어물어물 말을 잇지 못했다. "나는…… 나는 다만 이럴 생각이 아니었는데……."

"괜찮아." 아르칸즈가 대꾸하는 사이에 한 소년이 결국 웃음을 터뜨리며 다가와서 망토를 걸쳐주었다. "이것으로 다 밝혀졌으니까 된 거지? 보다시피 촉수나 뿔은 물론이고 이상한 것이라곤 없는 머리끝에서 발끝까지 나는 인간이야."

"와우! 따라오길 정말 잘했다." 초록빛 눈을 반짝이면서 거리낌 없이 쳐다보던 파프니르가 탄성을 질렀다. "여러분 모두 악마가 확실한 거죠? 그런데 악마들과는 조금도 닮지 않아서요. 내 생각에는 드래곤들보다 훨씬 귀여운 것 같거든요!"

실버가 째려보자 파프니르는 미소를 지으면서 어깨를 으쓱했다. 사실인데 어쩌라고?

"너희는 우리 손님이야." 아르칸즈가 타라에게 손을 내밀면서 말했다.

"여기는 잠시 거쳐가는 곳일 뿐이었어요. 우리는 잿빛 요새로 가는 길이었는데⋯⋯."

"그건 우리도 알고 있다. 어떻게 네가 누구인지 아느냐라는 세 번째 질문에 대답하자면 마지스터가 알려줬기 때문이지."

이건 또 무슨 소리지? 악마들이 뭘 알고 있는 거지? 크라에토비르의 반지에 대해서도 알고 있는 걸까? 점점 절박감을 느끼는 타라는 눈살을 찌푸리면서 기억을 더듬었다.

"가능한 한 빨리 떠나겠어요. 당신⋯⋯ 당신의 아버지가 지난번에 우리를 내쫓았을 때 사용한 스파리⋯⋯."

아르칸즈가 어찌나 빠르게 커다란 손바닥으로 입을 막아버리는지 타라는 두려움을 느낄 겨를조차 없이 가까이에서 청년의 아름다운 눈과 마주쳤다. 아르칸즈의 눈빛은 미묘한 차이가 있는 여러 가지 색조의 초록빛이었다. 눈의 바깥 둘레는 에메랄드빛과 비취빛, 새싹처럼 파릇파릇한 초록빛이고, 눈동자는 짙은 초록빛이었다. 아름다운 눈빛에 빨려들면 영원히 빠져나올 수 없을 것 같았다.

"휴, 그 말은 하면 안 돼. 절대로 하지 마. 이제 막 안정되었는데 네가 행성을 폭발시키면 아버지가 진노하실 거야. 우리 모두 그리 오래 살지 못하는 것은 물론이고."

그때 갑자기 불어오는 뜨거운 바람에 타라의 긴 머리가 아르칸즈의 몸까지 휘감으면서 둘이 포옹하는 자세가 되었다.

타라의 눈이 동그래졌다. 아르칸즈도 깜짝 놀라는 표정이었다. 갑자기 아르칸즈의 옆구리에 칼끝이, 목덜미에 화살촉이 느껴졌던 것이다. 하프엘프 로빈과 하프드래곤 실버가 한 사람처럼 동시에 타라를 지키려고 나섰던 것이다. 아르칸즈의 얼굴이 굳어졌다.

"나는 타라 덩컨을 해치고 싶지 않다." 아르칸즈는 부드럽게 말했다. "너희는 아주 허약한 종족이야."

"타라에게서 떨어져요! 당장!" 로빈이 소리쳤다.

두 전사의 뜻에 따라 아르칸즈는 비켜섰다. 그 순간 로빈과 실버가 쏜살같이 타라 양옆에 서서 아르칸즈를 향해 무기를 겨누었다.

아르칸즈는 매력적인 미소를 지었다.

"충성심이 대단한 기사들을 거느리고 있구나, 타라 덩컨. 너를 죽일 기회가 열 번은 있었어. 하지만 너를 죽이는 게 목적이 아니니까 이런 식의 실력 행사는 쓸데없는 짓이다."

바람에 망토가 펄럭이면서 아르칸즈의 알몸이 반쯤 드러나자 타라는 얼른 얼굴로 시선을 옮겼다.

"이제 갈까?" 아르칸즈는 타라가 잡을 수 있게 팔을 내밀면서 말했다.

하지만 타라는 아주 쾌적해 보이는 이 평원에서 자리를 옮길 생각이 없었다. 일단 재판관과 면담한 뒤에는 무조건 떠나야 하는데.

"당신이 적대적이지 않다는 건 알겠어요. 그리고 마음만 먹으면 우리를 죽이는 것쯤이야 문제도 안 되겠죠. 7대 수천인데 우리가 얼마나 버틸 수 있겠어요. 하지만 당신을 따라가기 전에 몇 가지 설명을 듣고 싶어요."

그렇게 말하면서 타라는 할머니에게서 배운 대로 덧붙였다.

"부탁해요."

아르칸즈는 한숨을 내쉬었다. 이번에는 청년의 완벽한 이마에 주름살 하나가 나타났다.

"여기서 얘기를 하자고? 평원 한복판에서?"

"나는 갇혀 있는 걸 좋아하지 않아서요." 지난 몇 년 동안 몇 번이나 감옥에 갇혔기 때문에 쇠창살 알레르기가 생긴 타라가 대답했다.

"좋아. 너희에게 필요한 모든 정보를 알려줄게, 타라 덩컨."

아르칸즈의 손짓에 악마들이 타라 일행과 패밀리어들을 위한 의자와 방석을 가져왔다. 타라는 이번에도 아르칸즈가 마법을 사용하지 않는 것에 주목했다. 그리고 음료수와 케이크, 과일을 가져왔다. 순식간에 도시 밖의 풀밭으로 소풍을 나온 분위기가 되었다. 악마들과 청년들이 뜨거운 햇빛을 피하기 위해 머리 위로 파라솔을 설치하고 텐트 두 개를 세웠는데 바람에 깃발이 펄럭였다. 날씨가 너무 덥기 때문에 선풍기처럼 생긴 상자에서 찬바람이 불었다. 타라의 등줄기를 따라 땀이 흘러내렸다. 그걸 알아차린 체인지라인이 목 부분이 시원하게 파인 짧은 민소매 원피스에 샌들 차림으로 입혔는데 숨 막히는 더위 때문인지 이번에는 타라가 불평하지 않고 가만히 있었다.

마침내, 아르칸즈의 의장대와 시중을 드는 악마들만 남고 나머지는 모두 질서 있게 물러섰다.

물론 타라의 친구들은 아무도 케이크와 음료수에 손도 대지 않았다. 그들은 미치지 않았다. 무슨 속셈이 있는 걸까? 아르칸즈가 화를 내지 않는 것이 오히려 이상하게 보였다. 망토 사이로 근육질의 멋진 허벅지와 초콜릿 복근이 얼핏 보였다.

남자에게 별로 관심이 없던 파프니르조차 뺨이 발그레해져서(난쟁이들은 더위를 타지 않는다) 초록빛 눈을 반짝이고 있었다. 난쟁이들은 장년에 이르려면 대체로 이삼백 년이 걸리는 복잡한 종족이었다. 지금까지는 이성을 거들떠보지도 않던 파프니르가 실버에 이어서 눈앞에 있는 매력적인 악마에게도 묘한 감정을 느끼고 있었다. 아무리 잘생겼다고는 해도 난쟁이도 아닌 인간 남성에게, 아니 악마를 보면서 가슴이 두근거리다니, 정말 이상한 일이었다.

'부모님이 반대하면 종족차별주의자라고 몰아붙이면 되는데' 하고 속으로 말하면서 파프니르는 씨익 미소를 지었다.

"나도 너희를 다 몰라." 아르칸즈가 말문을 열면서 무아노를 가리켰다. "여기 어여쁜 소녀는 우리처럼 악마로 변신할 수 있군."

무아노의 눈빛이 어두워졌다. 오, 흉측한 벤드룩이여, 악마가 그걸 어떻게 알았지? 이로써 에이스 카드 하나를 잃어버렸으니, 슬루르크! 친구들의 얼굴도 어두워졌다. 조짐이 좋지 않았다. 아주 좋지 않았다.

"야수예요." 무아노가 쏘아붙이듯 말했다. "악마와는 아무 상관없거든요."

"아! 야수." 아르칸즈가 빙긋이 웃으면서 부드럽게 말했다. "검은 눈의 금발 소년은 지구인이군. 아더월드 인간들의 냄새와는 확실히 다르단 말이야."

"냄새만 맡고 그걸 알 수 있어요?" 타라가 많이 당황하는 얼굴로 물었다.

"그래, 내 코가 좀 발달되어 있거든. 지구인들은 아더월드 인간들보다 약간 짠 냄새가 나지. 은빛 머리에 검은 머리털이 섞인 소년에게서는 엘프 냄새가 나는군. 하지만 피가 순수하지 않은······."

"악마, 당신의 피보다 훨씬 순수해." 로빈이 핏대를 올렸다.

아르칸즈는 로빈의 말을 무시했다.

"잿빛 눈의 키 작은 아이는 그냥 평범한 마법사로군. (칼이 얼굴을 찌푸렸는데 그냥 평범한 마법사가 어떤지 보여줘, 말아! 하는 표정이었다.) 큰 눈의 빨간 머리 소녀는 대담무쌍한 난쟁이 전사네." 아르칸즈가 쳐다보면서 하는 말에 파프니르가 활짝 웃으면서 땋은 머리를 매끈하게 가다듬었다. "그리고…… (아르칸즈의 눈이 동그래졌다) 이상하네, 불과 유황 냄새 같은 게 나는데……. 드래곤이잖아!"

아르칸즈가 벌떡 일어나는 바람에 의자가 자빠지자 다른 악마들이 물러섰다.

타라도 일어났는데 분당 맥박이 200회 이상으로 뛸 정도로 가슴이 벌렁거렸다. 타라는 진정하라는 표시로 두 손을 쳐들었다.

"진정해요. 이 친구는 당신을 해치지 않을 거니까. 아까도 말했지만, 우리는 해치러 온 게 아니라 여기를 거쳐가는 것일 뿐이에요. 그리고 진짜 드래곤이 아니에요."

타라는 실버의 상처받은 시선을 피했다. 미안하지만 어쩔 수 없었다. 목숨부터 살리고 봐야지!

"하프드래곤이에요. 아버지는 인간……, 인간이라고 추측하고 있고, 어머니가 드래곤이에요."

타라는 실버가 마지스터의 아들이라고 밝히지 않았다. 적에게 너무 많은 정보를 줄 필요는 없었다.

아르칸즈는 넘어져 있는 의자를 발로 세우고 다시 앉았다.

"하프드래곤이라……. 그게 가능한 일인가? 어떻게 그럴 수 있지?" 이번에는 타라가 아니라 실버에게 시선을 고정하면서 말했다.

"그건 아무도 모르는 일이죠." 타라는 아주 정직하게 대답했다. "당신은 우리가 누구인지 아주 잘 알고 있네요(하지만 아르칸즈는 파브리스에게서 늑대인간의 냄새를 맡지 못하고 있었다. 타라는 굳이 말하지 않기로 했다). 그러니까 이제는 마지스터와 무슨 일이 있었는지, 그리고 우리가 왜 여기 있는지, 당신들의 행성에 무슨 일이 일어난 건지 설명해주겠어요?"

타라는 아르칸즈에 대해 더는 묻지 않았다. 아르칸즈는 타라가 자기에게 더 이상 관심을 보이지 않자 실망한 눈치였다. 멋진 몸을 보여주려고 그렇게 노력했건만!

아르칸즈는 일부러 몸을 숙이면서 망토 사이로 근육질의 상체를 좀 더 드러나 보이게 했다.

"질문이 많군. 첫 번째 질문, 마지스터는 너희보다 먼저 여기 도착했지. 새로운 원을 열어서 너희를 자신의 요새로 보내려고 먼저 왔던 것 같아. 그런데 불행하게도 때를 잘못 택했지. 1년 전부터 우리는 행성과 태양을 안정시키려고 노력하는 중인데 왔으니까. 마지스터가 이곳에 도착했다는 사실, 그리고 다시 떠나기 위해 악마의 셔츠를 작동했다는 사실 때문에 불안정한 상태의 행성이 하마터면 폭발할 뻔했거든."

"그래서 어떻게 됐는데요?"

"이 행성이 악마의 마법에 아주 맹렬하게 저항했지. 어쨌든 그 순간에는. 마지스터가 셔츠의 마법을 사용하여 셀렌바를 통과시켰는데 연쇄반응이 일어났어. 우리가 가까스로 폭발을 막는 데는 성공했지만 그 과정에서 마지스터가 부상을 당한 거야. 그래서 마지스터는 지금 우리의 치료 시설에서 휴식을 취하고 있어. 그 뱀파이어는 아더 월드로 이미 돌아갔고."

아르칸즈는 크라에토비르의 반지에 대해 모르고 있는 것 같았다. 아니, 알면서 언급하지 않는 걸까? 그건 알 길이 없었다. 타라는 점점 불안해졌다. 눈을 가리고 등 뒤로 양손을 묶인 채 규칙도 모르는 게임을 하는 느낌이었다.

게임의 목적은 타라와 친구들의 목숨이었다. 드래곤들에게 연락해야 하는데! 여기서 아주 심각한 일이 벌어지고 있는데 타라와 친구들 말고는 아무도 모르고 있으니!

타라의 심장이 타들어갔다. 이제는 재판관을 만나는 것이 문제가 아니었다. 살아 있는 사람들이 우선이었다. 죽은 사람들을 만나는 건 나중으로 미뤄야 했다.

파브리스는 몸을 심하게 움직이는 것으로 타라의 관심을 끌었다. 그러고는 타라를 응시하면서 눈으로 메시지를 전하려고 애를 썼다. 하지만 아르칸즈가 다시 말을 시작하는 바람에 타라의 주의가 흐트러졌다.

"지금은 너희를 떠나게 할 수 없어. 물론 너희가 공간이동의 문이나 트란스미투스를 이용했다고 생각한다(타라는 고개를 끄덕였다). 악마의 마법만 너희를 여기서 내보낼 수 있는데 지금은 우리 중 누구도 마법을 사용할 수 없어. 너희들 마법으로 시도해볼 수는 있겠지만 마법이 약해서 무사히 떠날 수가 없을 거야."

이건 이해가 안 되는 부분이었다. 마법이 약한 지구라면 그럴 수도

328

있었다. 그런데 림보에는 마법이 존재하지 않았기 때문에 다른 세계의 종족들을 만나기 전에는 악마들이 마법을 몰랐다는 설명을 어떻게 이해할 수 있단 말인가.

"우리의 학자들에 따르면 너희 마법사들에게는 마법이 충전되어 있다니까 얼마 동안은 괜찮겠지만, 충전된 마법이 다 떨어지면 여기 있는 동안 마법을 사용할 수 없을 거야."

타라는 침을 삼켰다. 이런, 이건 나쁜 소식인데. 악마들에게 억류되기 전에 가능한 한 빨리 떠날 필요가 있었다. 더 많은 악마들이 몰려오기 전에.

설명을 듣고 나니 이제는 이해가 되었다. 마지스터는 림보에 있을 때 악마의 셔츠에서 얻은 마법을 사용했고, 셈 선생님도 림보에 왔다가 빠져나가기 위해 악마의 마법이 기록된 금서와 갬볼 가루를 사용했다.

하지만 타라에게는 악마의 마법이 없었다. 이제는 크라에토비르의 반지를 지니고 있지 않으니까.

타라는 물어보고 싶은 말이 있어서 입이 근질근질했다. '우리를 붙잡아둘 건가요?' 아르칸즈가 무언의 질문을 알아차렸다.

"사실, 인간 세계와 협력하고자 하는 신정책 차원에서는 너를 도와주고 싶어. 하지만 현재 이 행성이 불안정한 상태에 있기 때문에 불가능하다."

그 순간, 아르칸즈가 한 말을 입증이라도 하듯 발밑에서 요란한 소리와 함께 땅이 흔들리더니 보랏빛 열매 몇 개가 후드득 떨어졌다.

깜짝 놀라서 모두 벌떡 일어났지만, 이내 진동이 멈췄다.

"정말 위험한 상황이라니까." 아르칸즈가 걱정스러운 어조로 말했다. "이 행성이 안정되는 즉시 너희를 보내줄 거야."

"시간이 얼마나 걸리는데요?" 칼이 의심하는 어조로 물었다.

"행성이 새로운 궤도에 적응할 시간이 필요하니까 그리 오래 걸리지 않을 거야. 그러면 너희는 떠날 수 있어."

"아! 그럼 우리를 죽이고 잡아먹으려는 게 아니고요? 빌우모죽이 아니란 말이죠?" 칼이 응수했다.

"뭐라고?"

"평소에 우리가 처해 있는 상황에 대해 쓰는 표현이에요. 빌어먹을, 우리 모두 죽는구나. 빌우모죽, 한 단어처럼 발음되는 약자니까 편리하거든요." 칼은 무슨 비밀 얘기라도 하는 것처럼 몸을 내밀면서 아주 진지하게 말했다.

아르칸즈는 멍하니 칼을 쳐다보고 있었다. 칼을 처음 볼 때는 거의 누구나 이런 현상이 일어났다.

"우리는 너희를 죽이고 잡아먹을 생각이 없어." 아르칸즈가 자신 있게 대답하는데 목소리가 약간 흔들리는 것 같았다. "게다가 마지스터는 너희가 아더월드로 가는데 왜 림보를 거쳐야 하는지 이유를 설명해주지 않았다. 공간이동의 문이 없어지기라도 했나?"

"있는데 내가 이용하면 공간이동의 문이 작동하지 않기 때문이고, 여기가 지름길이라서 거치는 거죠." 타라가 대답했다. "아까 행성과 태양을 안정시키려고 노력하는 중이라고 했는데 무슨 일이 일어났나요?"

"이 행성만이 아냐." 아르칸즈가 빙긋이 미소를 지었다. "우리 세계, 림보에 대해 잘 알고 있니?"

"아니, 잘 몰라요." 악마들의 생활, 풍습, 식생활에 대해 전혀 알고 싶지 않은 타라는 얼른 대답했다.

"우리 세계는 은하로 이뤄져 있는데 그게 납작한 원의 형태라서 우리는 그랜드 서클이라고 부르고 있다. 너희가 사는 행성과 마찬가지로 서클의 중심에 블랙홀이 있고, 대부분은 나선 모양의 팔을 가진 은하들이지. 하지만 수많은 은하로 이뤄진 너희 세계와는 달리 우리 세계는 일곱 개의 은하로 이뤄져 있어서 세븐 서클이라고 부르고 있어. 이 은하들은 먼지와 가스, 4000억에서 6000억 개의 별로 이뤄져 있고, 그 주위를 행성들이 돌고 있지. 우리 세계의 중심에서 가장 가까운 그랜드 서클이 바로 지금 우리가 있는 행성이야. 우리의 태양은 너희의 태양보다 수억 년은 늙었지. 하지만 너희 세계처럼 사람이 살 수 있는 행성은 아주 드물어. 생명체가 있는 행성을 얼마나 발견했는지 아니?"

"수십억 개 중에서……." 타라는 지구로 몰려오는 엄청난 악마들을 생각하면서 몸을 부르르 떨었다.

"정확하게 일곱 개. 수십억 개의 행성 중에서 일곱 개만 생명에 필수적인 조건을 갖추고 있었지."

"그것밖에 안 되다니……." 타라는 놀라는 척했다.

"그 많은 것 중에 달랑 일곱 개! 끔찍하게 적지." 아르칸즈가 말했는데 중간 정도 길이의 갈색 머리가 바람에 흩날렸다. "이 행성에서 우연히 지각단층, 즉 다른 행성과 연결되는 일종의 터널을 발견했지. 그 단층이 없었다면 우리 세계의 다른 주민들을 만나지 못했을 거야. 또 있는지 찾아다니다가 여러 행성과 연결되는 단층들을 발견했고,

그 통로 덕분에 우리가 가봤던 일곱 개만 살기에 적합한 행성이라는 걸 알았다. 다른 종족들은 우리보다 앞서 있었고, 그들에게서 얻은 과학기술[25]로 우주선을 타고 이 별에서 저 별로 여행할 수 있었지. 그러던 중 잿빛의 죽은 행성을 발견했는데 그곳에 아주 놀라운 보물이 숨어 있었어."

모두의 시선이 아르칸즈의 입술에 고정되어 있었다. 악마는 이야기꾼의 자질을 갖고 있었다. 리듬, 호흡, 모든 것이 완벽했다. 타라는 등골이 오싹해졌다. 악마가 말하지 않은 것이 있기 때문이었다. 악마들은 다른 종족들을 착취하고 과학기술을 가로챘다고 셈 선생님이 말해줬다. 그런 이유로 붉은 에프리트들이 인간과 동맹을 맺고 같은 종족인 악마들에게 복수하려는 건데.

"그 보물은 바로 너희들의 세계, 아더월드로 갈 수 있는 단층이었지." 타라의 혐오감을 알아차리지 못한 아르칸즈가 말을 계속했다. "처음에는 뭔지 몰랐어. 벌어진 단층을 통해 이상한 행성에 도착했는데 괴상한 동물들이 있고, 특히 태양이 우리의 행성에 있는 태양처럼 검은색이 아니었지. 그리고 햇살은 우리의 양식이 되지 못했고. 게다가 그 행성의 주민들은 우리와 생김새도 달랐어. 먹잇감을 죽이지 않고 피만 빨아 먹었고."

"아! 그러니까 아더월드 행성에 있는 크라살비가 아니라, 그 이전에 뱀파이어들이 살던 행성을 말하는 거죠?" 타라가 물었다. "하지만 디스쿠타리움은 악마들이 제일 먼저 지구를 침략했고, 수많은 행

....

25. 사실은 저항하는 주민들을 죽이고 과학기술을 훔쳐온 것이다.

성에 퍼져 있다고 말했어요."

"우리의 수가 많아서 그런 느낌을 주었을 거다. 수십 년 동안 여러 행성을 찾아다녔으니까. 처음에는 새로운 행성을 발견하고 새로운 문화를 접하는 것으로 만족하고 침략하지 않았어. 뱀파이어들도 처음 본 우리의 세계에 깊은 관심을 보였지. 우리의 태양이 그들에게 해롭다는 걸 알기 전까지는. 우리도 다른 세계의 태양 아래서는 그리 오래 살 수 없다는 걸 깨달았지."

아르칸즈는 타라의 시선을 피하면서 괴로운 목소리로 말을 이었다.

"하지만 선택의 여지가 없었다. 우리의 행성들에 주민이 급증하면서 번식을 제한해야 했지. 아이를 한두 명만 낳는 아더월드나 지구와는 달리, 우리의 여성들은 대여섯을 낳는 데다 너희보다 훨씬 빨리 자라지. 이런 식으로 몇백 년만 지나면 식량과 에너지가 고갈되고 우리는 전멸하니까. 우리는 가망이 없었어. 그래서 공격했다가 처음에는 패했지. 그리고 두 가지 사실을 알게 되었다. 하나는 방금 죽거나 아직 살아 있는 사람의 살을 규칙적으로 흡수하면 너희의 세계에서 살 수 있다는 걸 알았지."

타라와 무아노는 동시에 소스라쳤다.

"다른 하나는 마법이었어. 뱀파이어들이 마법을 사용하는데 그때까지 우리는 전혀 모르는 것이었지. 뱀파이어들이 원하는 몸으로 변하는 걸 보면서 우리는 매료되었어. 하지만 그 능력을 얻으려면 가혹한 대가를 치러야 했지. 우리의 학자가 동족의 영혼을 어딘가에 가두면 마법을 실행할 수 있다는 걸 알아냈거든."

"그래서 동족들을 죽였다고요?" 타라는 도저히 참을 수 없었다. "마법 능력을 얻기 위해 동족을 죽였다니!"

타라의 목소리에서 혐오감을 느낀 아르칸즈가 얼굴을 일그러뜨렸다.

"그건 내가 태어나지도 않았을 때의 일이야, 타라 덩컨. 나는 아무도 죽이지 않았고, 일어났던 일을 얘기하는 것뿐이야. 지금 나더러 조상들의 잘못을 뒤집어쓰라는 거니?"

초록빛 눈과 쪽빛 눈이 마주쳤다. 타라가 먼저 시선을 피했다. 아니, 타라는 할아버지, 할머니도 아니고, 언젯적 조상들인지도 모르는, 수천 년 전 악마들이 저지른 잘못 때문에 누군가를 비난할 생각이 없었다.

아르칸즈가 한숨을 내쉬면서 망토를 여미는 바람에 멋진 허벅지가 보이지 않자 파프니르는 몹시 실망했다.

"그래서 두 가지 프로그램을 동시에 추진했지. 하나는 마법을 이용하는 프로그램이고, 다른 하나는 기술을 개발하는 프로그램이지. 여러 행성에서 연구들이 진행되었어. 아더월드처럼 마법의 행성을 만들고, 우리는 모습을 바꾸었지. 켄타우로스의 몸이었는데 갈퀴발톱에 송곳니, 강력한 근육질로 바꾸었지. 그렇게 변신한 모습으로 우리는 너희 세계를 쳐들어갔어. 그리고 모두 휩쓸어버렸지."

타라는 침을 삼켰다. 악마가 정말 미안해하는 것처럼 보였다.

"당신들을 뭐라고 부르죠?" 타라는 언젠가부터 계속 궁금하던 질문을 했다. "당신들 스스로 악마라고 하는데, 내 생각에는 그게 좀 이상해서요. 민족의 이름이 있을 거 아니에요? 하다못해 동물에 속하는 종족도 이름이 있는데……."

아르칸즈가 미소를 지었다.

"이 질문을 한 첫 번째 인간이구나. 우리는 '검은 태양의 민족'이라고 하지. 우리의 언어로 말하면 '보울리미−레마'라 하고."

"보울리미−레마 민족이요?"

"하지만 온 세상 사람들이 우리를 악마라고 부르지. 그래서 다른 종족들에게 두려움을 주는 존재라는 점에서 자부심을 얻었지."

아르칸즈의 미소가 갑자기 호의적이라기보다 육식동물처럼 보였다.

"내가 어디까지 얘기하다 말았지?"

"모두 휩쓸어버렸다, 거기까지요." 칼이 친절하게 말해주었다.

"아! 그래. 우리는 뱀파이어들의 행성에 이어 엘프들의 행성을 파괴하고 그들을 부유하게 만들어주는 것들을 모두 이곳으로 가져왔지. 하지만 동물들은 우리의 태양 아래에서 살지 못했어. 건축 자재도 우리 행성에서는 쓸모가 없었고. 우리는 지구도 침략했지만 생각보다 가져올 게 별로 없었지. 따라서 일단 후퇴해서 우리가 가지고 있는 것을 관리하기로 했다. 그런데 그때 인간들과 동맹을 맺은 드래곤들이 공격해왔고, 두 번째 전쟁에서는 우리가 패했지."

"드래곤들이 공격하지 않았다면 악마의 사물들을 만들지 않았을 거란 뜻이에요?"

"정확하다." 아르칸즈가 대답했다. "후퇴해 있는데 쳐들어온 것은 참을 수 없는 일이었으니까. 우리 민족의 가장 호전적인 급진파가 들고 일어나서 전면전을 선포했지. 그리고 우리는 결사 항전을 위해 악마의 힘을 지닌 사물들을 만들었다. 그런데 그걸 빼앗아간 거야. 강력한 마법을 얻기 위해 우리 동족 수백만을 죽였는데. 희생이 너무 컸기 때문에 여론이 아주 나빠지면서 더는 전쟁을 치를 수 없었지. 계속 싸우기는 너무 사기가 떨어져 있기에 우리는 인간들과 동맹을 맺은 드래곤들과 협정을 맺었지. 그리하여 지각단층들은 닫히게 되었고."

타라와 친구들은 눈이 동그래졌다. 아더월드 역사의 한 페이지가 다시 쓰이고 있었다. 그리고 악마들의 세계에 여론이 있다니. 동족의 의견에 귀를 기울인다는 건가? 흥미로운 사실이었다.

"우리 행성과 태양에 무슨 일이 일어났느냐고 물었지?" 아르칸즈는 미소를 지으면서 말했다. "아까도 말했지만 우리는 두 가지 프로그램을 동시에 추진해왔어. 마법과 과학기술. 하지만 마법과 과학기술을 각각 이용하는 것보다 두 가지를 결합하는 것이 훨씬 나았지. 마법과 과학기술을 조합하면서 우리는 마침내 도저히 믿어지지 않는 놀라운 일을 해냈지. 우리의 태양을 변형시켰거든."

타라는 입을 멍하니 벌리고 있다가 다물었다. 귀가 믿어지지 않았다.

"다시 말해 우리의 검은 태양들을 지구의 태양처럼 만들었다는 뜻이야. 지구의 태양이 뿜어내는 파장과 일치시키면서 더 크고 더 뜨거운 태양들을 만들었지. 그리고 그 주위를 도는 행성들의 회전을 변경시켰는데 여기서 몇 가지 문제가 발생했어. 행성의 응집력을 유지시키는 것이 어려웠거든. 그리고 새로 변한 태양의 파장을 조절하는 것도 아직 완벽한 상태가 아니고."

그들은 머리 위의 불덩어리를 향해 공포의 눈길을 던졌다.

과학기술과 마법의 결합이 이뤄낸 쾌거라고 할 수 있을까? 도저히 믿을 수 없는 말에 놀란 파브리스는 눈이 튀어나올 것 같았다.

"말도 안 돼!"

"그렇지만 사실이다." 아르칸즈가 말했다. "지금 이 행성이 마지막 차례로 정해지면서 차츰 우리 정부의 중심이 되었지. 우리는 1년 전쯤에 태양과 함께 이 행성을 지구처럼 만들었어. 물론 부식토, 나무, 식물, 동물들은 먼저 지구처럼 만든 우리의 다른 행성들에서 들여왔고."

"다른 행성 여섯 개도 모두 지구처럼 만들었다는 거예요? 하지만 수백만 년에 걸쳐 살아온 그 많은 동식물이 갑자기 달라진 환경에 그렇게 쉽게 적응할 수 있다고요?"

타라는 의혹의 눈길을 보냈다. 아르칸즈의 말을 종합해보면 악마들이 만든 것을 제외하고는 이 이상한 세계에 마법이 존재하지 않았다는 건데, 그렇다면 일곱 개의 행성을 모두 지구처럼 만드는 데 필요한 그 많은 마법을 어디서 구했다는 거지?

림보를 들락거리는 마지스터도 이 행성 외에 다른 여섯 개의 행성이 있다는 걸 전혀 모르고 있는데 어느 누가 악마들의 미친 계획을 알아차릴 수 있단 말인가.

그렇다면 마지스터가 1년 동안 이 행성에 발을 들여놓지 않았다는 건가? 혹시 크라에토비르의 반지를 물리치기 위해서가 아니라 무슨 일이 일어나는지 알고 의도적으로 타라와 친구들을 림보로 보낸 것일까? 그것도 아니면 악마들과 맞서 싸우게 하려고? 이 행성을 파괴하게 하려고? 타라는 그럴 힘도 없고, 그러고 싶지도 않았다. 한 종족 전체를 괴멸시켜서 은하계에서 가장 큰 죄를 짓고 싶은 생각은 추호도 없었다.

따라서 재판관을 만나겠다는 생각도 사라지고 있었다.

이를 악물면서 타라는 마지스터와 그의 비뚤어진 정신을 증오했다.

"일곱 개의 행성 중 하나는 끝내 버티지 못하고, 태양이 엄청난 빛을 발하며 폭발했다." 아르칸즈가 고백했다. "우리는 모든 주민을 철수시키지 못했지, 애석하게도! 하지만 많은 시행착오 끝에 이제 어떻게 해야 하는지 방법을 알았으니 또 다른 행성들과 태양을 지구처럼 만들 수 있을 거야. 모든 걸 빨아들이는 블랙홀 없이 지구처럼 만드는 데 수많은 세월이 걸렸으니까 앞으로 좀 더 시간이 걸리겠지. 하지만 그건 중요하지 않아."

무아노는 주먹을 불끈 쥐었다. 한 행성을 괴멸시켰단 말인가? 행성 하나를 통째로? 수백만의 희생자들을 생각하자 무아노의 눈에 눈물이 글썽였다. 완전히 미치광이들이었다.

"왜 인간의 모습을 하고 있죠?" 로빈이 공격적으로 물었다. "우리를 또 침략하려고?"

하지만 그 어떤 말에도 악마는 냉정함을 잃지 않았다.

"침략? 또? 아니, 우리는 이제 그럴 필요가 없다. 번식증가율을 낮춰야 하는 문제가 있지만, 우리는 벌써 여러 번 우리의 몸을 변형시켰지. 네 발 괴물이던 원래의 모습을 마음에 드는 형태로 바꿀 수 있는데 마다할 이유가 없겠지. 더군다나 인간은 우아하고 세련된 모습인데 말이지. 그리고 인간은 한두 명의 아이만 낳고, 많은 시간이 걸려야 성인이 된다는 점은 우리에게 아주 이상적인 모델이거든. 무엇보다도 인간들의 문화, 지성, 그 모든 것이 매력적이야. 게다가 우리가 빠르게 발전할 수 있었던 것도 너희 인간들 덕분이고. 지구나 아더월드의 호출을 받은 악마도 이제 더 이상은 호출한 마법사를 죽이지 않아."

"아, 그래요?" 파브리스가 관심을 보였다. 더 강한 마법을 얻기 위해 악마를 부를 뻔하다가 지배할 자신이 없어서 단념한 적이 있었기 때문이다.

"그래. 악마는 명령을 이행하고, 그 대가로 인간의 DNA, 책, 비디오테이프, CD, DVD 등을 가져오면 되니까. 우리는 인간을 연구하는 위원회를 만들었지. 그리고 인간의 DNA를 우리의 피에 섞었다. 그것으로 충분하지 않았지. 인간을 더 많이 알고 싶었으니까. 그래서 지금부터 18년 전에 아버지는 새로운 세대를 태어나게 했던 거야. 그리하여 이미 지구처럼 변한 행성들에서 성장한 세대, 완벽한 인간 세대가 등장했지."

끔찍한 일이었다. 타라는 아르칸즈가 진지하면서 우호적으로 느껴졌다. 하지만 살아 있는 사람의 살을 먹는 흉측한 악마가 어떻게 진지하고 우호적일 수 있단 말인가.

"그럼 인간들과 협력하겠다는 뜻인가요?" 타라가 물었다. 뜨거운 바람에 타라의 금발과 아르칸즈의 머리가 흩날리고 있었다. "우리에게 뭘 원하는 거죠?"

"지금은 그걸 말해줄 수 없다." 아르칸즈는 심각하게 대답했다. "아직 토론하는 중이니까."

타라는 눈살을 찌푸렸다. 아직 토론하는 중이라고? 행성을 지구처럼 만들고, 인간으로 모습을 바꿨다는 것은 악마들이 무슨 일을 꾸미고 있는 것이 틀림없었다. 지금 가장 중요한 것은 무슨 계획인지 알아내고 좌절시킨 다음 어떻게 해서든 살아서 도망치는 것이다.

타라는 한숨을 내쉬었다.

"마지스터는 부상을 당했다, 이 행성이 불안정한 상태라서 악마의 마법을 사용할 수 없다, 지금은 떠나지 못한다……. 그럼 우리더러 뭘 어떡하라는 거예요?"

"아버지인 왕이 지금 여행 중이야. 그리고 너희도 봐서 알겠지만, 나는 친구들과 놀이를 하고 있었다. 나를 따라가면 우리가 어떻게 사는지 보고, 우리가 괴물이 아니라는 것도 확인할 수 있는데 왜 안 가겠다는 거지?"

"놀이라고요? 격렬하게 싸우고 있었으면서!" 파브리스가 반박했다.

"그래, 맞아." 아르칸즈는 냉랭하게 대꾸했다. "나는 투덜이 대장에게 '단결은 힘이다'라는 교훈을 보여주고 있었다. 우리 종족은 너무 개인주의가 심해서 협동이라는 개념이 없어. 하지만 나는 할 수 있다고 확신하거든."

차가운 초록빛 눈 속에 곰치 머리의 거대한 악마가 웅크리고 있는 것 같았다.

"아버지가 왕이면 당신은 뭐예요?" 넉살 좋은 칼이 겁도 없이 물었다. "혹시 왕자예요?"

"정확하다." 아르칸즈가 대답했다. "나는 왕자야."

"타라." 뼛속까지 평민인 칼이 말했다. "어쩌다 한 번쯤은 왕자나 왕 이외의 사람들을 상대하는 것도 괜찮은데 말이야. 권력자들을 죽이면 상당히 골치 아픈 문제를 만들게 되니까 제발 조심해."

"아! 왕자들을 죽이는 습관이 있나 보지?" 아르칸즈가 받아쳤다.

"나에게 나쁜 짓을 하는 자들에게 혼을 좀 내주는 편이죠." 타라가 칼을 향해 냉소를 지으면서 대답했다. "전부 다 왕자들은 아니고요."

아르칸즈는 그들을 에워싸고 있는 군대를 향해 눈길을 던지면서 속으로 말했다. '뭐야, 내가 왜 겁먹은 것처럼 이래? 지금 위험에 빠진 건 내가 아닌데.'

그리고 이 어린 인간들은 목숨이 풍전등화인데 모르는 건지, 아니면 알면서 모른 척하는 건지 위험을 전혀 실감하지 못하는 것 같았다.

"마법을 사용하지 않고 어떻게 옷을 바꿨느냐고 물었는데 대답하지 않았다." 아르칸즈가 다시 물었다.

타라는 상냥하게 미소를 지어 보였다. 이런 종류의 질문에 어떻게 대답해야 하는지 잘 알고 있었다.

"아, 그건 기구를 사용한 거였어요. 인간을 연구했으니까 우리 여자들이 예쁘게 꾸미는 걸 좋아한다는 거 알 거 아니에요?"

체인지라인은 반응하지 않았다. 하지만 타라는 체인지라인이 화장용품 정도로 자신을 전락시킨 걸 기분 나빠하는 걸 느꼈다.

그리고 체인지라인이 항공모함의 화력을 갖춘 무기로 변할 수도 있다는 것을 말하지 않았다.

아르칸즈는 타라를 쳐다보다 미소를 지으면서 일어났다.

"기구라고? 내 아버지가 돌아오시길 기다리면서 나의 궁전으로 가는 게 어떨까? 그사이에 너희의 친구 마지스터도 건강을 회복할 텐데? 나의 궁전은 아버지의 궁전만큼 호화롭지 않지만 아주 쾌적하지. 침실은 감옥과 전혀 다르니까 걱정하지 말고."

아! 그러니까 지난번에 방문했던 마왕의 궁전이 아니라는 거잖아. 재판관은 마왕과 함께 있는 걸까? 마왕과 같이 떠났을까? 여기를 떠나서 드래곤들에게 알려야 하는데 그럴 수 없다면 재판관을 만날 기회는 가질 수 있겠지만……, 어쨌든 악마의 궁전으로 가면 안 돼. 거리를 유지하고 있어야 돼. 은밀하게 더 확실한 방법을 찾아야 하는데.

"나는 '감옥의 감'자만 들어도 알레르기가 일어나거든요." 칼이 오만상을 찌푸리면서 말했다. "그리고 항상 안 좋게 끝나기 때문에."

칼의 어조에서 안 좋게 끝나는 것은 그들이 아니라 악마들이기를 바라는 것이 느껴졌다.

"아니, 사양할게요." 타라는 정중하게 거절했다.

"사양한다고? 도대체 왜?"

"잠시 동안이나마 당신의 영토에서 우리를 지내게 해줘서 정말 고마워요. 하지만 아까도 말했지만 나는 꽉 막힌 건물을 좋아하지 않거든요. 지구에서도 대부분의 시간을 숲에서 보낼 정도죠. 로빈과 실버에게 물어보세요. (로빈과 실버가 동시에 고개를 끄덕였다.) 나는 갇혀 있는 것이 끔찍하게 싫어요. 이곳이 아주 마음에 드니까 우리는 여기 있을게요. 날씨도 좋고, 좀 전처럼 지진이라도 일어날 경우는 머리 위로 지붕이 떨어질 위험이 있는 건물 안보다 야외에 있는 편이 훨씬 낫고요."

아! 자신의 말을 거역하자 악마가 불쾌해하는 기색이 역력했다. 아르칸즈의 이마에 주름살이 파였다.

"여기…… 평원에 남아 있겠다고?"

악마들의 왕자 아르칸즈는 타라의 말을 이해하는 데 시간이 좀 걸렸다.

"네, 여기 있겠어요." 타라가 단호하게 대답했다. "허락해주면 정말 고맙겠어요."

아르칸즈는 이맛살을 찌푸리면서 어느 순간에 허락한다는 말을 하는 것이 효과적일지 기회를 엿보고 있었다. 타라의 환한 미소와 악마들의 탐욕스러운 시선을 받으면서 아르칸즈는 마지막으로 한 번 더 설득했다.

"하지만 매번 여기로 만나러 와야 하는 건 좀 번거로운데."

타라는 아르칸즈의 허벅지에 손을 대려고 몸을 숙이면서 말했다.

"근육질의 미남 청년은 운동을 해서 좋고, 난 여기 있어서 좋고 둘다 좋잖아요? 우리 인간을 연구했다면서 여자를 즐겁게 하기 위해서라면 남자는 뭐든 들어준다는 걸 모르는 건 아니죠?"

'근육질의 미남 청년'이라고? 윽, 이건 아줌마들이 하는 말투인데! 아르칸즈가 함정에 빠져줄까?

아르칸즈의 눈살이 치켜 올라갔다. 소녀의 말은 틀리지 않았다. 영화를 봐도, 책을 읽어도 남자는 강하고 여자는 약하기 때문에 남자는 여자를 즐겁게 하기 위해 뭐든 해주는 모습으로 그려져 있었다. 악마들의 세계에서는 여성도 남성 못지않게 강해서 이 개념을 받아들이기 어려웠지만, 타라를 보니까 이해되기 시작했다. 아르칸즈는 소녀의 아름다움 때문에 다리가 후들거리고, 이따금 호르몬 이상 증상으로 머리가 혼란스러워지고 있었다.

"좋아, 여기서 지내." 아르칸즈는 유감스러운 듯 한숨을 내쉬면서 양보했다. "마법 사용은 최대한 억제하기 바란다. 마법을 절약하기 위해서도 우리를 방해하는 일이 없기 위해서도. 그리고 이 행성은 지구와 같은 리듬으로 태양 주위를 돌고 있다. 지금 시간이 17시니까 저녁 식사를 위해 20시에 다시 오겠다."

아르칸즈가 걸음을 멈추고 세 번이나 손을 흔들었기 때문에 타라도 손짓으로 인사를 해야 했다. 그 바람에 빨리 비키지 못한 악마가 하마터면 넘어질 뻔했다. 아르칸즈의 명령에 따라 악마들과 악마/인간들이 바쁘게 움직이면서 임시 캠프를 야영지로 바꾸었다. 엿듣는 귀가 많기 때문에 타라 일행은 얘기를 할 수 없었다. 하지만 파브리스는 정말 흥분한 것 같았다.

"휴, 정말 힘든 날이다." 타라는 하품을 하면서 말했다. "조금만 쉬고 싶어. 파브리스, 같이 가줄래?"

무아노와 로빈, 실버가 의아한 시선으로 쳐다봤다. 타라는 이를 악물면서 속으로 말했다. '뭐야, 악마들이 우글거리는 속에서 내가 친한 친구의 '남친'을 유혹할 거란 생각을 하는 거야? 그럼 얘들이 나를 몰라도 너무 모르는 건데.'

파프니르는 냉소를 지었다. 파브리스의 얼굴이 빨개졌는데 흘러내리는 금발에 가려서 눈빛은 볼 수 없었다.

"응……? 나? 그래, 물론이지."

"나는 잠시 실례할게요." 타라는 그들을 힐끔힐끔 살피고 있는 청년 모습의 악마/인간들을 쳐다보면서 악마 병사들이 에워싸고 있는 텐트를 가리켰다.

즉시, 칼은 타라의 생각을 알아차렸다. 교란작전이었다. 칼은 어디선가 나타난 색색의 공으로 손재간을 부리기 시작했다. 파프니르와 로빈은 각각 칼 던지기와 활쏘기 시합을 제안했다. 무아노가 칼의 예쁜 조수 역할을 자청하자 악마 병사들이 주위에 모여들었다. 타라는 검은색 금속 동전들이 오가는 걸 보면서 빙그레 미소를 지었다. 세계 어디나 시합을 보면서 돈내기를 하는 건 다 똑같은 모양이었다.

타라는 아르칸즈가 했던 것처럼 파브리스가 잡을 수 있게 팔을 내밀었다. 타라는 파브리스와 팔짱을 꼈고, 다른 텐트들에서 멀리 떨어져 있고, 악마 병사들이 보초를 서지 않는 빨간색 텐트로 향했다. 텐트 앞에 이르자 지독한 냄새가 코를 찔렀다. 화장실이 틀림없었다.

"다른 데로 가면 안 될까?" 여자와 화장실에 들어가는 것이 거북한 파브리스가 중얼거렸다.

"바꿔." 타라는 텐트 자락을 들추고 아무도 없는지 확인한 뒤에 파브리스를 떠밀면서 말했다.

"뭘 바꿔? 옷을 갈아입으라는 뜻이야?"

"파브리스! 너 왜 이렇게 말귀를 못 알아들어? 지금 무슨 옷을 갈아입겠니? 늑대로 변신하라고!"

"아아!"

파브리스의 어조에서 안도와 분노가 반반씩 섞여 있었다. 파브리스는 늑대로 변신했고, 뱀파이어로 변신한 타라는 단검으로 텐트를 찢었다. 텐트 뒤쪽은 평원을 향하고 있어서 다행히 아무도 감시하지 않고 있었다. 타라는 다시 늑대로 변신하고 풀밭에 엎드린 상태로 몰래 빠져나갔다. 야영지에서 1킬로미터쯤 떨어졌을 때 타라는 걸음을 멈추고 다시 변신했다.

"비밀리에 나눌 얘기가 있어서 같이 가자고 했구나." 파브리스가 감탄했다. "하여튼 기발해!"

"그래, 맞아." 타라는 말했다. "아르칸즈가 어느 순간에 거짓말을 했어?"

파브리스는 의아한 얼굴로 타라를 쳐다봤다.

"네가 그걸 어떻게……."

타라는 발로 땅바닥을 툭툭 차면서 기다렸다.

"아! 그래, 너도 늑대를 잘 안다는 거 깜빡했다." 당황한 파브리스는 검은색 눈을 찡그리면서 말을 이었다. "거짓말을 느낄 수 있었어. 아주 여러 번. 우리를 보낼 수 없다고 말했을 때, 그리고 마지스터에 대해 말했을 때도. 내 생각에 그들은 이미 마지스터를 돌려보냈어. 그는 지금 여기 없어."

타라의 얼굴이 하얗게 질리자 깜짝 놀란 파브리스가 다가왔다.

"타라, 괜찮아?"

"아니, 안 괜찮아. 마지스터가 이 행성에 없다면 누가 우리를 데리고 나가지?"

파브리스는 어깨를 으쓱했다. 자기 역시 아르칸즈가 거짓말을 하고 있음을 느끼는 순간 그 걱정을 했었다.

"방법은 네가 찾아야지." 파브리스는 낙천적으로 대답했다. "넌 항상 방법을 찾잖아."

그 순간 타라는 친구가 정말 미웠다. '자기도 함께 방법을 찾아야지 너만 믿는다고 말해도 되는 건가? 불공평하잖아.' 하지만 타라는 숨 한 번 들이쉬고 말했다.

"그리고 또?"

"어떻게 할지 토론 중이라고 말했을 때, 정확하지는 않지만 무 슨…… 문제가 있어 보였어."

"사람들이 순순히 잡아먹히려고 하지 않는 게 문제겠지. 칼이 말한 것처럼 악마들은 거짓말하고 있어. 무슨 꿍꿍이가 있는 거야. 무슨 계략을 꾸미는 건지 알아내야 해. 따라서 우리의 미션은 악마들이 왜 우리를 죽이지 않고 붙잡아두려고 하는지 이유를 알아내고……."

파브리스는 등골이 오싹했다.

"계략이 뭔지 정확하게 알아야 해. 인간이 되기 위해 행성들을 변형시키다니, 완전히 미친 짓이잖아. 악마들은 우리 세계를 침략하려는 거야. 우리 인간들에게 섞이면 악마를 구분할 수가 없잖아. 인간의 몸은 악마들이 이전에 만들었던 괴물보다 훨씬 약해. 강력한 힘이라는 이점을 포기하면서까지 인간의 몸을 선택한 이유가 뭘까? 완벽하게 위장하기 위해서?"

파브리스는 이마에 주름을 잡으면서 심각하게 말했다.

"지구를 침략할 거란 말은 하지 않았어. 또 다른 행성들을 지구처럼 만들어서 주민들을 적응시키겠다고 했어. 그리고 인간의 몸을 하고 있으면 번식증가율을 낮출 수 있다고 했어."

타라는 한숨을 쉬었다.

"무서워."

파브리스는 충격을 받았다.

"뭐라고?"

"너무 무서워. 이게 다 무슨 일인지 모르겠어. 엄마가 돌아가셨고, 마지스터는 엄마를 비욘드월드에서 돌아오게 하겠다고 난리고, 유혹 주문 때문에 로빈은 더 이상 나를 사랑하지 않고, 나는 돌아갈 방법이 없어! 우리를 잡아먹을 생각만 하는 악마들에 대해서는 굳이 말할 필요도 없고! 오, 파브리스, 나 무서워 죽겠어!"

파브리스가 위로의 말을 건넬 겨를도 없이 타라는 왈칵 울음을 터뜨렸다. 몇 시간 사이에 충격적인 일을 연달아 겪었으니.

몹시 당황한 파브리스는 타라를 끌어안고 서툴지만 등을 토닥여주었다. 얼마나 지났을까. 차츰 울음이 그쳤다.

"우리 모두 무서워." 파브리스가 마침내 말했다. "나는 여기 도착할 때부터 오금이 저렸어. 아니, 아더월드에 도착했을 때부터 그랬어. 모든 것이 나를 공포에 떨게 했으니까. 그래서 강력해지고 싶었던 거야, 두려움을 이기기 위해서. 하지만 아무리 힘 있는 권력자라도 두려움은 어쩔 수 없다는 걸 알았어. 여길 빠져나가면 좀 나아질 테니까 조금만 참자."

"고마워, 파브리스." 타라가 중얼거렸다.

타라는 체인지라인이 주는 손수건으로 눈물을 닦았고, 파브리스가 '천만에'라고 말을 미처 하기도 전에 뱀파이어에서 다시 늑대로 변신했다. 늑대 모습의 타라는 야영지를 향해 달렸다. 타라는 변신한 것이지 진짜 늑대가 아닌데도 어찌나 빠르게 달리는지 깜짝 놀란 파브리스가 한숨을 쉬면서 내달렸다. 점점 속도를 내는 타라를 보면서 파브리스는 친구가 공포에 사로잡혀 있다는 걸 느꼈다.

타라와 파브리스는 슬그머니 돌아왔다. 친구들이 화장실 텐트 주위에 둘러서서 망을 보고 있었다. 타라와 파브리스가 화장실 텐트를 나가자 줄을 서서 몸을 비비 꼬고 있던 악마/청년들이 안도의 표정을 지었다. 타라는 약간의 마법을 사용하여 찢고 나갔던 텐트를 이미 감쪽같이 봉합해놓은 상태였다.

파브리스와 타라가 돌아오자 칼이 빈정거렸다.

"괜찮아졌냐?"

"아니." 파브리스가 대답했다. "하지만 어쩔 수 없지 뭐."

칼은 눈살을 찌푸렸다. 예상한 답변이 아니었다. 이어서 타라의 빨간 눈을 보면서 이번에는 이맛살을 찌푸렸다. 로빈도 타라의 눈을 보고 불안한 얼굴로 뻣뻣해졌다.

타라 일행은 그사이에 새로 설치해놓은, 금빛 수를 놓은 흰색 텐트 안에 모였다. 아주 널찍한 텐트 안이 여러 개의 방으로 나뉘어 있어서 각자 방을 하나씩 차지할 수 있었다. 악마들은 그 짧은 시간에 화장실과 욕실 외에도 주거 시설을 갖춰놓았다.

아, 그럼 이제 화장실 텐트에 가서 볼일을 보는 실례를 하지 않아도 되겠네. 악마들은 영악하고 세심했다. 아더월드와 달리 사물들은 마법이 아니라 과학을 이용하는 것이었다. 누군가가 방에 들어가는 즉시 전기 탐지기가 감지하면 가령 의자나 안락의자들은 뒤로, 탁자는 앞으로 자리를 잡는 식으로 사물들이 움직였다. 타라와 친구들은 묵직해서 움직이지 않는 소파에 모여 앉았다. 로빈과 실버는 만약을 대비해서 엉덩이만 걸치는 엉거주춤한 자세였다.

타라는 친구들을 살폈다. 검은색 머리털이 섞인 은빛 머리, 예민해진 크리스털 눈의 로빈은 시선을 피하고 있었다. 대화를 해야 되는데 로빈의 태도에 상처를 받은 타라는 신경이 더 날카로워졌다. 어머니를 잃고 상심해 있는 타라에게 약간의 애정과 하다못해 동정이라도 보여줄 수 있으련만. 이렇게 냉정할 수가! 반면에 실버는 아름다운 금빛 눈으로 다정하게 쳐다보고 있었다. 떡 벌어진 어깨 위로 흘러내린 캐러멜색 금발, 실버 자신은 모르고 있지만, 정말 멋진 모습이었다. 실버를 응시하는 타라의 시선을 보면서 로빈의 얼굴빛이 어두워졌다.

타라 일행에게 필요한 게 없는지 확인하기 위해 악마/청년들과 악마들이 번갈아 텐트를 들락거렸다. 그때마다 타라와 친구들은 모든 것이 완벽하다고 정중하게 대답했다. 타라는 텐트를 포위하고 있는 악마들에게 잠을 자야 하니까 무슨 일이 있어도 방해하지 말아달라고 부탁했다. 악마들은 마지못해서 물러났다. 타라는 바깥 소리가 들리지 않게 하려고 아주 약한 마법으로 텐트의 천을 강화했다. 소음이 차츰 약해지다가 사라졌다. 그 순간에는 악마의 마법을 사용하면 행성이 위험하다는 아르칸즈의 말이 거짓인지 알 수 없기 때문에 타라 일행은 악마들이 마법을 사용해서 엿듣고 있지 않다는 확신도 가질 수 없었다.

칼의 손짓에 따라 타라는 주문을 읊지 않고 합선을 일으켜서 텐트 안에 있는 모든 전기 기구를 망가뜨렸다. 작동하는 기계가 아무것도 없었다. 합선을 일으킨 것은 악마들로 하여금 갑자기 기계가 고장이 난 것으로 결론을 내리게 만들기 위해서였다. 파브리스와 무아노가 만든 약한 불빛이 텐트 안을 떠다니고 있었다.

그들은 신중했다.

"조금 있다 아르칸즈가 오면 물은 마시자." 무아노가 가능한 한 나직한 소리로 말했다. "며칠 동안 굶는 건 어떻게 버틸 수 있겠지만,

물까지 안 먹으면 문제가 생길 거야. 사흘 후에는 환각 상태가 일어나기 시작하고, 나흘이 지나면 미쳐서 죽게 돼."

"아무려면 도둑이 어디론가 떠나면서 비축 식량도 준비하지 않았겠어?" 칼이 영악한 미소를 지으면서 말했다.

즉시 칼은 마법복 호주머니에서 물, 체리콜라 친파프, 사과콜라 친파프, 구운 고기, 과일과 과자를 꺼냈다. 그리고 꼬마도깨비 파보들이 만든 예언의 막대사탕 키디코이도 있었다.

그들은 먹을 것에 달려들었다.

"네가 최고야, 칼." 볼이 터질 듯 입안에 음식이 가득한 파브리스가 엄지손가락을 치켜세웠다. "우리 늑……(파브리스는 주의! 하는 눈으로 쳐다보는 타라의 시선에 흠칫 놀랐다) 음…… 우리는 신진대사가 빨라서 배가 엄청 고팠는데."

무아노는 빈정거리는 듯한 미소를 지었다.

배를 채우자 그들은 조금 기분이 좋아졌다. 타라는 하품을 했다.

"아르칸즈가 20시에 다시 오겠다고 했어." 타라가 말했다. "한 시간쯤 남았으니까 정신을 똑바로 차리고 그와 대화를 나누려면 잠을 좀 자두는 게 좋겠어."

갈랑이 보초를 서겠다는 신호를 보내자 타라는 고맙다고 말했다.

타라는 격식 따위 신경 쓰지 않고 소파에 누워서 잠이 들었다.

빨간 머리 난쟁이 파프니르는 눈에 잘 띄는 곳에 도끼를 놓고 눈을 깜박거리고 있었다. "악마들이 우글거리는 곳에서 잔다는 건 절대로 안 될 일인……." 난쟁이는 말을 끝마치지도 못한 채 잠들고 말았다. 아직 실버에게 화가 나 있는 로빈과 아버지 마지스터에게 무슨 일이 일어났는지 불안하지만 아무 질문도 할 수 없는 실버를 제외하고 다른 친구들은 모두 한 시간 동안 곯아떨어졌다. 아르칸즈가 도착하기 5분 전에 갈랑이 타라를 살살 깨웠다. 기지개를 켜는 타라의 눈이 흐렸다. 어머니 꿈을 꿨던 것이다.

체인지라인은 타라가 자는 동안 깨끗하게 씻겨서 치맛자락이 나팔처럼 벌어지는 주홍빛 원피스에 금빛 실크 허리띠를 졸라매놓은 상태였다. 발에는 금빛과 주홍빛의 샌들이 신겨 있었다. 체인지라인은 눈 깜짝할 사이에 타라의 머리를 손질하고 화장해주었고, 이어서 무아노와 파프니르도 예쁘게 꾸며주었다(불같은 성격의 난쟁이 눈에 마스카라를 칠하다 실수라도 했다가는 얻어맞을 위험이 있어서 화장해주기가 좀 까다로웠다).

파프니르가 온갖 욕설을 퍼부었지만 난쟁이의 얼굴 화장은 꽤 재미있었다.

로빈과 실버는 이미 준비가 되어 있었다. 둘은 텐트 양쪽에 경계 태세를 취하고 있었다. 타라는 피로가 풀리지 않았지만 그래도 머리는 좀 맑아진 것 같아서 다행이었다. 작전을 짜야 하기 때문이었다.

정확하게 말하면 작전을 짠다기보다 작전을 짤 실마리를 찾아내야 했다. 친구들에게 그 말을 해야 하는데 누군가 엿듣지 않는지 확신할 수 없었다. 그들만 있어야 하는데.

"이따 저녁 식사가 끝난 뒤에 소화시킨다는 핑계로 산책하자." 타라가 제안했다. "우리끼리만 좀 걷게 해달라고 내가 요구할게. 아르칸즈가 많은 질문을 했는데 이번에는 내가 할 차례야. 그동안에 너희도 청년들이나 악마들과 대화를 나누면 좋겠어."

"인간의 모습을 하고 있어도 악마는 악마니까 함정에 빠지지 마."
무아노는 차분하게 말했다. "겉모습과는 완전히 달라. 괴물들이 요정[26]처럼 구는 것이 정말 꺼림칙하고 역겨워."

타라는 입술을 깨물었다. 무아노의 말이 맞았다. 주의해야 했다

그때 트럼펫 소리가 울렸다. 실버와 타라는 눈짓을 주고받았다. 실버가 미소를 짓자 타라는 웃음을 참느라고 킥킥거렸다. 실버와 타라가 뭔가를 공유하고 있는 걸 보면서 로빈의 표정이 굳어졌다.

타라는 심호흡을 하면서 똑바로 섰다. 갑옷 차림이 아니라 하얗게 입은 아르칸즈가 텐트 안으로 들어왔다. 뒤따라 들어오는 아름다운 여자 두 명을 보면서 타라와 무아노, 파프니르까지 눈이 동그래졌다. 로빈과 실버, 파브리스가 동시에 벌떡 일어났다. 갈색 머리의 여자는 키가 크고 날씬하고, 금발 여자는 키가 작고 통통했다. 파란 눈빛과 초록 눈빛의 미녀들, 두 여자 다 미소 지을 때는 보조개가 피었다.

"침 좀 그만 흘리지!" 무아노가 혀를 빼물고 있는 파브리스를 째려보면서 말했다.

아르칸즈는 타라와 무아노, 파프니르를 눈여겨보면서 멋진 미소를 지었다. 난쟁이가 흔들릴 정도로 매력적인 모습이었다. 타라는 아무 말도 하지 않았지만 악마가 눈부시게 보이기 위해 뱀파이어들처럼 카리스마 주문을 걸어놓은 게 아닌지 의문이 들었다.

아르칸즈가 달고 나타난 여자 둘이 칼(키가 작은 여자)과 로빈(키가 큰 여자) 옆으로 가면서 파브리스에게는 눈길도 주지 않았다. 실

---

26. 요정은 아더월드에서 천사의 개념이며, 모든 피조물 중 가장 아름다운 존재를 의미한다.

망을 금치 못하는 파브리스를 보면서 무아노는 쌤통이라는 듯 피식 웃었다.

타라는 경계했다. 칼은 키 작은 여자를 좋아하고, 로빈은 엘프와 비슷한 늘씬한 여자를 좋아할 거란 생각을 해낼 정도로 악마들이 영악하다는 것은 불길한 전조였다.

"잘 쉬었나?" 아르칸즈가 친절하게 물었다.

아르칸즈는 텐트 안을 밝히는 마법의 불빛을 알아보고 눈살을 찌푸렸다. 묵직한 소파에 앉았기 때문에 알아차리지 못하던 아르칸즈는 데리고 온 여자가 앉으려는데 의자가 움직이지 않아서 넘어질 뻔했을 때 깜짝 놀랐다.

"이게 어떻게 된 거야? 기구들이 왜 작동을 하지 않지?"

"쉬어야겠는데 밖의 사람들이 너무 시끄러워서 내가 텐트에 방음 장치를 했거든요. 그러다 본의 아니게 합선을 일으켰던 모양이에요. 미안해요, 내 실수로 인해 망가진 기계들에 대해서는 보상할게요."

"천만에, 무슨 그런 말을!" 아르칸즈가 매력적인 미소를 지으면서 대꾸했다. "우리 잘못인데 사과는 우리가 해야지. 내 부하들이 시끄럽게 했다니 미안하군. 더는 방해하는 일이 없도록 물러가게 하지."

"근데…… 왜 보초를 세웠어요?" 칼은 아주 천진한 표정으로 물었다. "우리에게 무슨 일이 생길까 봐 걱정돼서요?"

아르칸즈는 칼이 말을 건넬 때마다 긴장하는 것이 역력했다. 그는 칼의 잿빛 눈을 응시하면서 말했다.

"아니, 내 보호를 받고 있는데 누가 너희를 해쳐? 그런 일은 없을 거다." 아르칸즈는 거만하게 대답했다.

칼은 속으로 말했다. '혹시라도 우리에게 원한을 품은 악당이 있을까 봐 지키고 있었다고 말하면 되는데 뭐 때문에 부인하는 거지?'

칼은 아르칸즈가 알아차릴 겨를을 주지 않았다.

"그러니까 왜 보초를 세웠냐고요?" 칼은 마치 굶주린 상어가 달려들듯 빠르게 반응했다. "우리는 당신들을 공격할 위험도 없고, 또 이 행성을 떠날 수 없기 때문에 어디로 도망칠 수도 없는데요!"

아르칸즈의 미소가 싹 사라졌다. 타라는 입술을 깨물었다. 칼이 자칫 위험할 수도 있는 발언을 한 것이다. 죽을 위험에 처할수록 특히 칼의 빈정거림은 도가 지나칠 때가 있었다. 영리한 칼은 머리 회전도 빠르게 돌아가지만 그래서 늘 조마조마했다.

"보초를 세운 게 아니라 의장대야. 너희는 우리의 아주 귀한 손님이라서 예를 갖추기 위해."

"그렇지 않아요." 칼이 입을 열려는 순간 타라가 먼저 말했다. "나는 이제 평민이거든요. 후계자 지위를 상실했고, 내 여동생 마라가 새로운 후계자가 되었죠. 내 친구들도 모두 평범한 시민이고요. 따라서 의장대는 우리에게 필요하지 않아요."

타라는 잔뜩 긴장한 두 여자의 눈빛에서 두려움을 봤다. 여자들의 반응으로 보아 악마들의 왕자가 하는 말에 반박하는 것이 익숙지 않을 뿐만 아니라 아르칸즈가 아주 싫어하는 것이 틀림없었다. 아르칸즈가 어떻게 나올까? 타라 일행을 교수형에라도 처하려나?

아르칸즈는 타라가 어리둥절할 정도로 느닷없이 허리를 숙여 경의를 표했다.

"의장대가 오히려 불편함을 주었다면 물러가게 하지, 친애하는 타라 덩컨. 그리고 뭐든 원하는 걸 말해봐."

두 여자는 눈길을 내렸지만, 타라와 칼은 깜짝 놀라는 눈빛을 놓치지 않았다.

흠!

"사실은 집으로 돌아가고 싶어요." 타라가 간청하듯 말했다. "그러니까 이 행성에 영향을 주지 않는다면 우리가 떠나게 도와주면 정말 고맙겠어요. 비용에 대해서는 말하지 않았는데……."

"비용이라니?" 아르칸즈가 의아한 얼굴로 물었다. "무슨 그런 말을! 타라 덩컨, 목이 정말 아름답구나. 지구의 시인처럼 시 한 편을 읊고 싶은 마음이 들 정도로. 샤를 보들레르라는 시인의 머리카락에 대한 시를 알고 있다."

아르칸즈가 갑자기 무릎을 꿇는 바람에 타라는 의자에서 몸을 뒤로 뺐다.

오랫동안! 영원히! 너의 탐스러운 머리에 내 손이
루비와 진주, 사파이어를 심는다
네가 나의 욕망에 절대로 귀를 막지 않도록!
너는 내가 꿈꾸는 오아시스이고, 추억의 포도주를
찔끔찔끔 마시는 호리병이 아닌가?[27]

아르칸즈가 몸을 움직이는가 싶었는데 손에서 폭포처럼 쏟아지는

· · · · · · · · · · · · ·
27. 샤를 보들레르의 『악의 꽃』 중에서 「머리카락」의 일부.

루비와 진주, 사파이어가 타라의 얼굴 앞에서 튀어 오르더니 머리에 내려앉았다.

모두 입을 멍하니 벌린 채 아르칸즈를 쳐다봤다. 악마/여자 둘도 눈이 믿어지지 않는다는 표정이었다.

"나는 우리가 통과하는 비용을 내겠다는 뜻이었는데 오히려 이렇게 아름다운 보석……을 주다니 고마워요. 우리를 돌아가게 해주는 대가로 원하는 것이 뭐죠?"

아르칸즈는 몹시 기분이 상한 표정을 지었다.

"전혀 없어! 지금은 떠나게 해줄 수가 없다는 내 말을 믿지 않는 거니? 함정이거나 우리가 뭔가 원하는 것이 있다고 생각하면서?"

타라는 속으로 말했다. '그렇게 생각하는 것이 아니라 사실이 그렇잖아!'

"사실 나는……."

"우리 행성의 관광자원을 개발하고 싶다." 아르칸즈는 타라가 생각을 밝히기 전에 말을 끊었다. "지구인들과 아더월드인들이 와서 우리가 달라졌다는 걸 알아차리면 좋겠다. 이제는 우리도 같은 인간이라는 걸 알리고 싶어. 그래서 좋은 친구가 되고 싶은 거야! 그런데 우리가 길 잃은 여행객들에게 통과세를 요구하면 인간들이 어떻게 생각하겠어? 도와주는 대가를 받으면 안 되지. 그 대신……."

아하! 그러면 그렇지! 악마의 사물들을 돌려달라고 요구하겠지.

"그 대신, 어제께 마법사들이 에프리트들을 호출하는 일이 더 간단한 절차로 이뤄지고, 마법사들의 수명 또한 짧아지는 일이 없게 허락해달라고 요청해주면 좋겠다. 우리를 도와주려고 엄청나게 노력하는 호의적인 사람이 아주 많거든."

아르칸즈가 악마의 사물들을 요구하지 않는 것에 타라는 깜짝 놀라며 하마터면 '이건 아닌데'라는 말이 튀어나올 뻔했다. 타라는 놀라움을 내색하지 않으려고 애써 차분하게 말했다.

"나는 현재 오무아의 황궁에 들어갈 수 없어요. 사실은 1년 동안 연락하지 못하고 지냈거든요. 하지만 혹시라도 고모와 연락이 되면 당신의 청원을 꼭 전할게요. 그게 다예요?"

"그리고 교역을 할 수 있으면 정말 좋겠다. 우리는 농업 개발에 필요한 종자와 동물들이 필요한데, 반면 우리에게는 지구와 아더월드에서 많이 사용하는 지하자원이 풍부하니까. 마지스터는 우리에게 너희가 어디로 도착하는지 말하지 않았지만, 나는 도시에서 멀지 않은 곳일 거라고 예상했지. 너희는 아마 우리의 시험 경작지를 가로질렀을 거다. 우리는 정상적인 발육 이상의 식물로 키우는 데 성공했지만, 황폐화된 땅을 되살릴 방법을 찾지 못했다. 그래서 직접 재배하는 것보다 비용은 많이 들겠지만 작물을 수입하는 것이 더 간단하다는 결론을 내렸지."

악마의 사물들에 대한 말은 끝내 나오지 않았다. 타라는 이해가 되지 않았다. 아르칸즈가 타라 일행을 억류하는 이유로 유일하게 인정할 수 있는 것은 엄청난 파괴력으로 아더월드와 지구를 무력화할 수 있는 악마의 사물들을 빼앗아간 데미데루스의 직계 후손을 붙잡아두고 있다는 점이었다. 타라가 아르칸즈라면 무조건 악마의 사물들을 회수하기 위한 협상을 벌일 텐데. 지금 뭐가 어떻게 돌아가고 있는 거지? 타라는 어느 정도인지 정확하게 알 수 없지만 엄청난 위험을 느끼고 있었다.

"나의 고모 오무아의 여제께서는 새로운 국민과 협정을 맺는 걸 기뻐하실 거예요." 타라는 단정적으로 말했다. "하지만 내가 돌아가야 이 메시지들을 전할 수 있어요."

"물론 그렇지." 아르칸즈가 동의했다. "그건 그렇고 저녁 식사를 하자. 아주 훌륭한 음식이니까 탈 없이 먹을 수 있을 거다."

아르칸즈가 화제를 바꾸었다. 트로이크[28] 같은 놈!

"고맙지만 우리는 이미 저녁을 먹었어요." 타라가 대답했는데 공식적인 자리라면 실례를 범하는 발언이었다. "하지만 식사 자리에 함께하지요."

어떤 제안을 해도 타라 일행이 응하지 않는 데다 음식에 손도 데려고 하지 않자 아르칸즈는 얼굴을 찌푸렸다.

타라는 아르칸즈가 머리에 뿌려놓은 루비와 사파이어, 진주를 하나하나 빼내서 옆에 있는 탁자에 소복이 쌓아놓았다.

아르칸즈는 뜬금없이 왜 시를 읊은 거지? 무슨 뜻일까? 사랑 고백인가? 타라는 꿈이라도 꾼 것 같았다. 하지만 유혹 주문은 깨졌는데 이건 또 무슨 일이지?

저녁 식사 시간은 빨리 끝났다. 아르칸즈가 생각에 잠긴 얼굴로 어찌나 뚫어져라 쳐다보는지 타라는 점점 거북해서 어쩔 줄 모를 정도였다. 아르칸즈가 허리를 숙이며 정중하게 인사를 하고 나가자 수행

· · · · · · · · · · · · ·

28. 아더월드의 쥐와 같은 족에 속하는 초록색 동물로 쓰레기를 먹고 산다. 트로이크 같다는 것은 아주 흔하게 사용하는 욕설이다.

원인지, 여동생인지 모를 두 여자가 뒤를 따랐다. 얼마 안 돼서 텐트를 에워싸고 있던 의장대가 멀어져 갔고, 드넓은 야영지에 타라와 친구들만 남았다.

은하계 끝에 위치해서 무수한 별무리에서 멀리 떨어져 있는 지구와 달리 악마들의 행성은 은하 중심과 가까웠다. 별빛이 어찌나 강렬한지 거의 대낮처럼 훤했다. 타라는 지구의 위성과 거의 똑같은 작은 달이 떠오르는 걸 보면서 놀라지 않았다. 태양을 변화시키고, 달을 만드는 것이 악마들에게는 그렇게 쉬운 일이었다니!

미풍이 불고, 밤공기는 향기로웠다. 별들을 제외하면 타라는 지구에 있는 것 같았다. 파브리스가 손을 잡자 무아노는 미소를 지어 보였다. 타라는 로빈이 고개를 돌렸을 때 심장이 죄어드는 것 같았다. 그리고 순전히 반발심 때문에 기꺼이 손을 잡아줄 실버에게 팔을 내밀었다. 진정으로 사랑하는 건 로빈이지만, 괴롭히지 않는 실버가 위안이 되었다.

타라와 친구들은 '잠깐 산책하고 곧 돌아옵니다' 하는 식으로 텐트를 나섰지만 따라오는 이도, 엿보는 이도 없었다. 타라는 마법으로 시험해봤지만 정말 그들밖에 없었고, 엿듣는 이도 없었다.

타라가 걱정하지 않아도 된다고 말하자 칼이 툴툴거렸다.

"귀찮겠지만 아무래도 지금부터는 두 가지 의미의 문장을 많이 사용해야 할 것 같아. 세 가지 의미가 있는 표현이면 더욱 좋고!"

칼도 이상한 기구들을 사용하여 감시당하는지 확인했는데 커다란 귀 모양의 빨간색 기구가 그들 주위를 맴돌고 있었다.

"도청 마이크 같은 것도 설치되어 있지 않아. 이 악마들은 대체 뭐야?" 칼이 삐딱한 눈길로 주위를 훑어보면서 외쳤다.

타라는 웃음을 참았다.

"너는 도청 장치 비슷한 것들을 파괴하지 못해서 성질이 나겠지만 나는 우리가 정상적으로 말할 수 있는 것만으로도 만족해. 물론 조심해야겠지만. 그리고……."

타라는 마라가 생일 선물로 보내준 아이팟을 꺼내서 작동시켰다. 아더월드의 석영으로 이뤄진 아이팟은 배터리가 거의 영구적이었다. 그들의 눈앞에 영화 한 편이 전개되는데 빌랭 왕국 스파이들의 활약을 담은 스토리였다. 음향이 커서 그들의 대화가 주변에 들리지 않을 것이다. 그들은 몸이 닿을 정도로 바짝 다가섰고, 몇 미터쯤 떨어진 거리에서는 아무도 듣지 못할 정도로 나직한 소리로 말했다.

타라는 파브리스가 알려준 것을 말했다.

"다 거짓말일 줄 알았어!" 칼이 외쳤다. "조잡한 놈! 분명히 우리에게 뭔가를 원하고 있는데, 도무지 뭔지 알 수가 있어야지!"

"아르칸즈는 아무 문제없이 우리를 죽일 수 있는 악마야." 무아노가 말했다. "그리고 그의 관심은 오로지 타라야. 타라를 붙잡아두기 위해 우리까지 모두 돌려보내지 않는 것도 놀랍고."

"내가 데미데루스의 후손이라서? 악마의 사물들을 회수하려고? 그 경우라면 좀 전에 왜 요구하지 않았을까? 솔직히 나는 그럴 거라고 예상했거든. 그런데 아르칸즈는 교역, 무역 거래에 대해 말했어. 점점 이상해."

"그리고 아르칸즈는 마법을 사용했어." 파브리스가 끼어들었다. "타라 네 머리에 아름다운 보석들을 뿌렸을 때!"

"아니, 마법이 아냐." 칼이 말했다. "아르칸즈는 주머니에 손을 집어넣었어. 보석들을 미리 준비해놨던 거야. 내가 지켜보고 있었는데 마법이 아니라 그냥 요술을 부린 거였어. 그리고 우리를 돌려보낼 수 없다고 한 건 거짓말이고, 악마의 마법을 사용하지 않으려고 한다는 건 거짓이 아냐."

그동안 이상할 정도로 침묵을 지키던 로빈이 슬픈 얼굴로 말했다.

"하지만 아르칸즈는 시를 준비했어. 시에 나오는 보석들도 함께. 우리와 똑같이 행동하고 있어."

"뭐가 똑같은데?"

"여성의 마음을 사로잡고 싶어하는 엘프처럼!"

19
아르칸즈
적극적인 악마를 유혹하기 위한
소녀들의 완벽한 매뉴얼

*

그 말에 모두 아연실색했다. 그리고 동시에 반응했다.

"뭐라고?" 타라의 입에서 가장 자주 튀어나오는 표현이었다.

"미쳤구나!" 칼이 흥분했다.

"말도 안 돼!" 파프니르가 내뱉었다.

"아이, 끔찍해!" 무아노가 외쳤다.

실버는 아무 말도 하지 않았지만 얼굴에 혐오감이 역력했다.

제일 먼저 정신을 차린 타라의 뇌 신경세포가 작동하기 시작했다.

"그래서 아르칸즈가 우리를 붙잡아두고 있는 거라고? 나를 유혹하려고? 그러니까 악마들의 계획은 인간들 속에 섞여서 정복하는 거란 말이지? 인간들에게 동화되기…… 아니 인간들을 동화시키기 위해서?"

무아노가 코를 찡그리는데 야수의 눈빛이 번뜩였다.

"악마들은 수천 년 동안 계속해서 우리 세계를 위협했어. 악마들이 모습을 바꾼다고 우리가 못 알아볼 거라고 생각한다면 큰 오산이지."

"하지만 타라는 악마들의 위협 속에서 살아오지 않았어. '너, 수프 안 먹으면 악마가 잡아먹으러 온다' 이런 소리를 들으면서 자란 우리와는 달라." 칼이 지적했다. "그리고 타라가 이 악마들에 대해 혐오감을 갖고 있지 않다는 걸 알았어. 좀 전에 나는 텐트 안에서 나에게 추파를 던지는 여자를 거들떠보지도 않았어. 그 안에 숨어서 촉수를 오글거리는 악마가 보였으니까. 하지만 타라는 번지르르한 청년의 모습만 보면서 조상들의 잘못을 용서해달라는 말을 듣고 있었어. 가면이 너무 완벽하기 때문에 아주 위험한 작자인데, 아무튼 타라는 상대할 준비가 전혀 되어 있지 않아."

맞는 말이 아닌가. 칼의 판단을 인정할 수밖에 없는 타라는 반박하지 않았다.

"그러니까 우리가 부숴버리자, 그놈의 가면을." 타라가 험상궂은 미소를 날리며 말했다.

"어떻게?"

"이제부터 변덕을 좀 부려보자. 까다롭게 굴면서 신경질을 부리고, 교양 없이 행동하는 등 악마들을 짜증나게 만드는 거야. 가령 뭔가를 요구하며 생트집을 잡는다든가 하는 식으로. 그래서 우리의 변덕을 얼마나 참는지 보자고."

"나는 *끄떡없어*. 이 행성에 은이 없다면 내 목을 자르거나 심장을 뽑아내지 않는 한 나를 해치지 못해. 하지만 너희는? 악마들을 건드렸다가 너희를 공격이라도 하면 다칠 텐데 괜찮겠어?"

타라는 고개를 설레설레 저었는데 별빛에 물든 쪽빛 눈이 영롱하게 반짝거렸다.

"이대로 손놓고 있을 수는 없어. 위험을 무릅쓰기라도 해야지. 아더월드로 돌아간 마지스터가 지금쯤은 무슨 술책을 꾸미고 있을 거야. 크라에토비르의 반지도 가만히 있지 않을 거고. 조금만 더 버텨보자."

"두렵지 않아?" 파브리스가 물었다.

"물론 두려워." 타라가 대답했다. "여기 도착했을 때부터 공포에 질려 있거든. 이 세계는 어디로도 도망갈 데가 없어. 여긴 우리를 도와줄 사람이라곤 없는 곳이잖아. 드래곤들의 행성에 갔을 때는 샤름이 우리 편이고, 비록 감옥에 갇혀 있지만 셈 선생님도 계셨어. 하지만 여기는 전부 우리의 적이야. 차라리 공격받는 게 나을 것 같아. 그러면 죽겠지. 하지만 이 끔찍한 불안은 끝나는 거잖아."

파브리스만 빼고 친구들이 어안이 벙벙한 얼굴로 타라를 쳐다보고 있었다. 파프니르는 머리를 한 방 얻어맞은 표정이었다.

"넌 정말 강해 보여서……." 마침내 무아노가 말했다. "그 정도로 두려워하는지 몰랐어. 그런 내색을 한 적도 없고."

"좋은 선생님들이 있었으니까." 타라는 흘러내리는 머리카락을 쓸어 넘기면서 한숨을 내쉬었다. "산도르 황제, 할머니, 고모는 꼭 필요한 경우가 아니면 내 감정을 드러내지 말아야 한다고 말씀하셨어. 그래서 두려울 때마다 감췄던 거야. 너희는? 너희도 두려워?"

"아니, 난 두렵지 않아." 로빈이 솔직하게 대답했다. "죽을 위험이 있다고 해도 나는 싸움터로 가. 나를 막지 못해."

"나도 두렵지 않아." 파프니르가 외쳤다. "수백, 수천? 얼마든지 몰려오라고 해! 내 도끼 맛을 보여줄 테니까. 창자 속에서 축제를 벌이는 도끼의 노랫소리도 들려주고 말이야."

난쟁이의 적나라한 표현에 타라는 얼굴을 찡그렸다.

"난 싸우는 게 좋아." 실버는 나직한 소리로 말했다.

파프니르가 초록빛 눈을 반짝이면서 실버를 쳐다봤다.

"말 잘했어, 불굴의 전사. 너와 내가 악마들을 상대로 싸우면 정말 화끈할 거야!"

실버가 미소를 보내자 파프니르도 답례의 미소를 지어 보이면서 잠시 만족스러운 눈길을 교환했다.

칼은 회의적인 것 같았다.

"우리가 지금 이런 얘기를 하는 게 무슨 도움이 될까? 우리 모두 두렵지만 그럼에도 불구하고 싸울 수밖에 없으니까?"

"물론이지." 파브리스가 대꾸했다.

"그럼 차라리 작전을 짜자. 악마들의 입을 열게 해서 원하는 것이 뭔지 알아내는 거야. 그사이에 파프니르와 실버는 몇 놈을 해치우고, 타라는 이 악마 소굴을 빠져나갈 방법을 찾아. 그리고 아더월드로 돌아가서 반지를 파괴하자. 그러면 리스베스 여제가 정신을 되찾을 것이고, 타라도 오무아로 돌아가면 모든 것이 정상이 되는 거야!"

그들은 잠시 침묵을 지켰다. 타라가 느닷없이 웃음을 터뜨렸다.

"칼, 네 말이 맞다. 그래, 그렇게 하면 아주 간단한데…… 내가 왜 걱정하고 있는지 모르겠네."

말을 할수록 점점 크게 웃던 타라는 땅바닥에 주저앉아서 포복절

도했다.

"아주 간단해. 아주 간단해."

"타라, 왜 그래?" 파브리스가 걱정스러운 얼굴로 물었다. "너 괜찮아?"

얼굴이 빨개져서 일어난 타라는 눈물을 닦았다.

"다, 네 덕분이야. 고마워, 칼."

칼은 어리둥절한 표정을 지었다.

"무슨 말을 하는지 모르겠어. 타라, 왜 그러는데?"

타라는 심호흡을 했다.

"이 세계를 파괴할 엄청난 계획을 털어놓을 건데 너희 허락을 받아야 해."

파프니르는 도끼를 땅바닥에 내려놓고 고개를 휙 돌렸다.

"우리에게 무슨 허락을 받는데?"

"이 행성을 파괴하고 우리 모두 죽는 계획이거든!"

이번에는 칼도 대꾸할 말이 없었다.

"이 행성을 파괴해? 타라, 그럴 수 있겠어?" 정말 놀랍다는 얼굴로 실버가 물었다.

타라는 고개를 끄덕였다.

"태양과 지구 사이의 거리가 약 1억 5000만 킬로미터인데 악마들도 똑같은 거리를 유지했다면 빛의 속도로 광선이 돌파하는 데 8분 22초가 걸려. 너희들, 이 행성의 태양 봤지?"

무아노는 무슨 말인지 알아차렸다.

"커다랗고 불안정해."

"그래, 아주 불안정해. 그리고 우리의 마법이 뭐지?"

"음…… 빛의 파동이라고 할 수 있으니까 빛……, 광선이야."

"그래, 광선! 우리가 생각하는 순간과 거의 동시에 마법이 작동할 정도로 빠르고."

"따라서 악마들의 태양을 폭발시키겠다는 뜻이야?" 실버가 물었다.

"내 마법은 아주 강력해. 아직 불안정한 단계에 있는 태양과 행성의 지면을 향해 초강력 마법의 파동을 연달아 보내면 태양이 폭발할 거야."

그들은 잠시 침묵을 지켰다. 칼이 미소를 지었다.

"타라?"

"응?"

"너와 친구라서 정말 다행이다. 너의 적은 오래오래 살 생각을 아예 포기해야 하니까."

"하지만 우리도 죽게 돼."

"아, 그렇다고 했지. 근데 악당들은 죽고 착한 사람들은 궁지를 벗어나는 뭐, 그런 작전은 없을까?"

타라는 유감스러운 표정으로 고개를 끄덕였다.

"미안하지만, 없어. 이 행성과 태양을 폭발시키기 위해 내 마법을 모두 사용해버리고 나면 돌아갈 방법이 전혀 없어. 그래서 너희 허락을 받아야 한다고 말했던 거야. 희생을 감수하는 것 말고는 달리 방법이 없어서."

그들은 심각한 얼굴로 서로를 쳐다봤다. 이미 수십 년을 살아온 파프니르를 제외하고 그들 모두 아직 십대의 청소년들이었다. 지금부터 몇 시간 후나 며칠 후에 정말 죽을 수도 있다는 걸 받아들이기가 쉽지 않았다.

"찬성." 무아노가 중얼거리면서 주먹 쥔 손을 앞으로 쭉 내밀었다.

"찬성." 파브리스는 무아노의 주먹 위에 주먹을 올렸다.

"찬성." 로빈이 파브리스의 주먹 위에 주먹을 올렸다.

"찬성." 칼이 로빈의 주먹 위에 주먹을 올렸다.

"찬성." 파프니르는 추호의 망설임 없이 말했다.

"찬성." 실버는 마치 오래전부터 매직 6총사, 일명 매직갱의 일원이었던 것처럼 섞였다.

"찬성." 타라가 친구들의 주먹 맨 위에 손을 올렸다.

그들이 그렇게 주먹에 주먹을 올리고 맹세한 다음 손가락을 푸는 순간이었다.

번쩍, 번개가 쳤다.

어마어마한 번개. 지구의 번개와 비교하면 거인과 개미를 비교하는 격이었다. 번개 중 최고로 강력한 대왕 번개라고 할까. 전기 에너지 또한 엄청난 것 같았다.

몇 번의 번개가 연달아 치더니 영화가 꺼졌다. 타라는 아이팟을 집어넣었다.

그들은 질겁해서 야영지를 향해 달리기 시작했다.

"나무를 피해야 돼!" 공중폭격이 일어나는 것 같은 소리 속에서 타라가 외쳤다.

"무슨 나무?" 칼이 물었다.

초목이 없는 평원에 있었으니 타라의 말은 이상할 수밖에 없었다.

아르칸즈가 그들을 향해 달려오고 있었다. 악마들이 뒤따라오는데 번개가 칠 때마다 어깨를 움찔거렸다.

"아주 위험한 폭풍이다." 아르칸즈가 타라의 손을 움켜잡으면서 소리쳤다. "강력한 회오리바람 토네이도가 오면 야영지는 순식간에 휩쓸려버리지. 어서 피해야 해!"

절묘한 타이밍! 하늘이 벌어지고 비가 억수같이 쏟아졌다. 숨쉬기가 힘들 정도의 장대비였다. 몇 센티미터 앞도 볼 수가 없었다.

타라는 악마들을 저주했다. 아르칸즈의 궁전으로 강제로 데려가기 위한 조작이라면? 마법을 사용해서 갑자기 폭풍을 일으킨 것이라면 성공한 것이었다. 그렇지만 아르칸즈의 눈에서 공포의 빛을 보며 타라는 자신의 생각이 틀렸음을 느꼈다

"이런 폭풍이 자주 오나요?"

"이 정도는 아니었는데!" 아르칸즈는 악마들의 도시를 향해 이끌면서 소리쳤다. "거의 밤새도록 비가 내릴 거야. 마지스터와 너희들이 도착하면서 행성이 내가 생각한 것보다 훨씬 불안정해진 것이 틀림없어! 어서 가자, 아니면 우리 모두 익사하겠어!"

이런 상황에도 아르칸즈가 악마의 마법을 사용하지 않는다면 어쩔 수 없지. 타라는 주문을 읊었고, 눈 깜짝할 사이에 바람과 비와 번개를 막아주는 보호막이 그들 전체를 에워쌌다. 하지만 간발의 차이로 악마 둘이 벼락을 맞고 쓰러졌다. 타라 일행 때문에 평원으로 나왔다가 목숨을 잃었으니, 타라는 그들에게 정말 미안했다. 좀 더 빨리 보호해줘야 했는데.

"고맙다, 타라 덩컨." 아르칸즈가 흘러내리는 머리카락을 쓸어 넘

기면서 말했다. "이 보호막을 이동시킬 수도 있니?"

마치 마법이 폭풍을 유인하는 것처럼 보호막 위에서 집중적으로 번개가 쳤다. 타라는 벼락이 떨어질 때마다 인상을 썼다. 계속 이러면 오래 버티지 못하는데.

"네, 하지만 너무 빨리 걸으면 보호막을 벗어나게 되니까 천천히 가야죠. 그리고 나한테 말도 시키지 말고요. 집중력이 흐트러지니까."

"원한다면 우리가 지원할게." 이미 금빛 마법을 작동한 칼이 말하는 사이에 무아노도 장밋빛 마법을 작동하고 있었다.

"그건 안 돼." 타라가 말했다. "지금도 힘든데 너희까지 개입하면 내가 마법을 조절하지 못할 수도 있어. 나 혼자 할게."

산도르 황제에게 배운 대로 타라는 정신을 집중하면서 마법을 모으고 보호막을 강화했다. 걸음을 뗄 때 보호막이 따라 움직이자 타라는 안도의 숨을 내쉬었다.

그들은 천천히 도시를 향해 전진했다. 힘들어하는 타라를 보면서 친구들은 무력감을 느꼈다. 하지만 아르칸즈는 타라의 노력을 흥미로워했다.

"보호막의 범위를 줄여도 돼. 내 수하의 악마들은 스스로 헤쳐나갈 수 있으니까."

타라는 아르칸즈를 째려보면서 이를 악물었다. 수하들을 보호한다는 것은 악마가 이해하지 못하는 개념이었다. 악마들이 영혼을 이용하는 가공할 무기를 만들기 위해 동족을 무참히 죽이는 걸 생각하면 놀랄 일도 아니었다. 타라는 모두를 보호하면서 전진하는 데 정신을 집중했다. 아르칸즈는 눈을 반짝이면서 고개를 끄덕였다.

그들은 도시의 아치형 문을 통과했다. 포위당한 궁전, 정말로 아르칸즈의 놀이를 위해서 지어놓은 걸까? 아주 색다른 도시였다. 타라는 악마들이 무슨 이유로 높은 성벽으로 에워싸고, 강철 쇠스랑을 세운 문으로 들락거리고 있는지 의문이 들었다.

누구나 공중 부양으로 나다닐 수 있는 세상에 성벽은 도무지 불필요해 보였다.

타라가 만든 보호막에도 불구하고 거친 바람과 번개가 요란하게 치면서 빗줄기는 시야를 가로막았다. 거리는 텅 비어 있었다. 도시는 커다란 집들이 줄지어 있는데 지구의 저택과 비슷했고, 곳곳에 자동차들이 주차되어 있었다. 그런가 하면 여기저기 마차들이 보이지만 마구간에 있는지 말들은 보이지 않았다. 그렇게 걸어가면서 시간이 꽤 많이 걸렸기 때문에 타라는 자신들이 도시 밖에 있겠다고 했을 때 아르칸즈가 왜 반대했는지 이해되었다.

지구와는 달리 성곽을 따라 도시가 형성되어 있고, 주위는 온통 풀밭과 방목장이었다. 희한했다.

마침내 그들은 궁전에 도착했다.

궁전은 산이라고 해도 될 정도로 높은 언덕을 등지고 있었다. 궁전의 피뢰침을 치며 번쩍이는 번개의 섬광에 도시가 내려다보였다. 모습도 지구의 궁전과는 아주 달랐다. 건축가가 여러 양식 중에서 좋은 것을 선택하다 보니 이것저것 혼합해놓은 것 같았다. 중세의 성에서 볼 수 있는 망루, 동양 사원의 금빛 파고다를 연상시키는 우측면, 베르사유 궁전을 연상시키는 좌측면, 그리스 신전을 닮은 한복판, 피라미드 위쪽은 미국 백악관의 일부를 보는 듯했다. 그 옆에 둥근 탑들은 모스크바의 성 베드로와 바울 성당을 연상시켰다.

궁전에 매혹당한 타라가 걸음을 멈추자 일행도 모두 그 자리에 멈춰 설 수밖에 없었다.

"아름답지?" 아르칸즈가 말했다. "내가 지구에 있는 건축양식을 반영하라고 주문했는데 마음에 드는 양식이 너무 많아서 한 개만 고를 수 없었지."

"아…… 네, 그러네요." 타라는 비아냥거리지 않으려고 애쓰면서 대답했다.

타라는 소름이 끼치지만 꾹 참고 전진했다. 그들이 궁전 안으로 들어서자마자 도끼가 내리찍는 것처럼 엄청난 굉음을 내며 벼락이 쳤다. 아르칸즈는 안도의 숨을 내쉬면서 긴장을 풀었다. 타라는 보호막을 사라지게 했다.

"휴, 큰일 날 뻔했네!" 아르칸즈가 기지개를 켜는 듯한 동작으로 검은 옷에 묻은 빗물을 털었다. "우리를 보호해줘서 고맙다, 타라 덩컨."

"우리를 데리러 나와줘서 고마워요." 타라는 맘에도 없던 말로 대응했다.

평원에 머물고 싶었는데 이제 늑대 굴, 아니 악마 소굴로 들어왔으니. 타라는 아르칸즈가 죽일 작정을 하고 있는 거라면 평원에서 죽든, 궁전에서 죽든 달라질 게 없다면서 마음을 가라앉혔다.

악마/여성 여러 명이 등장하고, 뒤이어 송곳니를 드러낸 아가리에 갈퀴발톱, 촉수들이 오글거리는 본래 모습의 악마들(남성과 여성 악마들이 섞여 있는)이 나타났다. 그들이 타라 일행을 2층에 있는 쾌적한 방으로 안내했다. 궁전 내부는 외부의 모습과 마찬가지로 여러 양식이 섞여 있고, 드디어 원래 악마의 건축양식인 위아래가 거꾸로 된 방들도 있었다. 알록달록한 복도가 여러 개 보이는데 붉은빛만 해도 짓이긴 딸기 색깔과 으스러뜨린 딸기 색깔의 차이처럼 아주 가까이서 살펴야 확실히 구분될 정도로 색조가 다양하고 너무 강렬해서 눈이 어릿어릿했다. 가장 놀라운 것은 악마/여성들이 여기저기 쫄랑거리고 다니는 장밋빛의 앙증맞은 새끼 고양이들을 안아서 쓰다듬어주면 가르랑거리는 소리를 내는 광경이었다. 목가적인 장면이지만, 새끼 고양이들의 목에 묶인 장밋빛과 파란빛의 끈 때문일까, 소름이 끼쳤다.

타라의 친구들이 차례로 방을 배정 받았고, 타라는 마침내 아르칸즈와 단둘이 남게 되었다.

"가까운 데에 내 방이 있다." 악마/인간이 함박미소를 지으면서 알려주었다. "필요한 것이 있으면 저걸 누르면 된다."

아르칸즈는 방문 옆과 욕실에 있는 초인종을 가리켰다.

타라는 고맙다는 듯 미소를 짓는데 몸이 부르르 떨렸다.

"나는 이만 갈 테니까 샤워하면서 몸을 녹여." 아르칸즈가 몸을 떠는 타라를 보면서 말했다. "우리는 내일 보자."

아르칸즈가 방을 나가자, 타라와 갈랑만 남았다. 잠시 후, 무아노와 파브리스, 칼, 로빈, 파프니르, 실버가 노크를 했다. 친구들은 각자 방을 샅샅이 살피면서 도청 장치가 없다는 걸 확인했다고 말했다.

타라는 둘러볼 겨를이 없었는데 은제품이 가득한 방이었다. 무심코 장식품 하나를 만졌다가 화상을 입은 파브리스는 가능한 한 벽에서 멀리 떨어져 있으려고 했다. 벽도 은박을 씌워놓았기 때문이다.

은으로 만든 장식품으로 방을 꾸며놓은 뱀파이어들의 나라와는 달리 천장부터 바닥까지 온통 은으로 도배를 해놓은 상태였다.

타라는 알루미늄 종이에 싸여서 구워지는 소시지 같은 느낌이 들었다.

가구들도 아주 희한했다. 칼은 공 모양의 털북숭이들 중 하나에 앉았다가 삼켜질 뻔한 뒤로 경계하고 있었다. 다리가 많이 달린 탁자들은 형태와 크기가 가지각색이었다. 한쪽 구석에는 초록색 젤리 상태의 물질이 꿈틀꿈틀하면서 추상적 형상을 만들고 있었다. 예술 작품인가?

침대는 정말 놀라웠다. 풍랑이 심한 바다처럼 울퉁불퉁 굴곡이 심하고, 열대기후에는 너무 더워 보이는 금빛 털가죽을 씌워놓았는데 송곳니를 드러낸 동물의 머리들이 그대로 달려 있었다.

로빈이 금빛 동물의 강력한 턱 중 하나에 손가락을 댔다가 소스라치자 소우르브가 로빈의 어깨에서 신음소리를 냈다. 로빈이 손가락을 베인 것이다. 이빨이 날카로워서 아주 위험했다. 타라는 신문의 1면을 장식하는 제목이 떠올랐다. '오무아의 전 후계자인 강력한 타라 덩컨이 침대 커버에 목이 잘리다. 애통해하는 유족에게 삼가 조의를 표합니다.'

칼이 자신의 전용 기구들을 사용하여 구석구석을 살폈지만 다른 위험은 없다는 걸 확인했다. 도청 장치나 카메라가 설치되어 있지 않았다. 이럴 거면 왜 이 행성에 타라 일행을 붙잡아두고 있는 걸까?

"괜찮아, 얘기해도 되겠어." 칼이 벽을 훑어보면서 말했다. "하지만 이런 궁전에는 도청 장치 말고도 우리가 상상도 할 수 없는 장치로 엿듣고 있을지 모른다는 걸 염두에 둬야 해. 가령 벽에 구멍을 뚫어놨을 수도 있고, 천장이 엄청 높아서 우리 목소리의 메아리가 아주 멀리까지 들릴 수도 있어."

체인지라인이 타라의 몸을 말려주고 따뜻한 옷으로 갈아입혔다. 친구들도 옷을 말린 다음 타라 주위에 모여 앉았다. 타라가 아이팟을 켰고, 모두 좀 전의 영화 다음 장면을 보는 시늉을 했다.

"아르칸즈가 결국은 우리를 궁전으로 끌어들이는 데 성공했네." 무아노는 시무룩하게 말했다. "능력이 좋은 건지, 운이 좋은 건지 모르겠지만."

"아르칸즈가 정말 우리를 억류하고 싶었다면 강제로 끌고 올 수도 있었어." 타라가 지적했다. "아무튼 모든 게 이상해. 그러니까 다 같이 자자."

타라의 말에 침묵이 흘렀다.

"다 같이?" 칼이 너스레를 떨었다. "한 침대에서?"

"칼!" 타라가 얼굴이 빨개져서 째려보았다. "그런 저속한 생각 좀 하지 마, 제발. 한 침대에서 자자는 말은 맞는데 침대를 좀 봐. 얼마나 큰지 기마대가 말들을 데리고 자도 될 정도잖아. 너희에게 '사고'(타라는 손가락으로 따옴표를 그리는 시늉을 했다)가 일어나는 걸 원치 않아."

그러고는 로빈을 응시하면서 덧붙였다.

"하지만 그 전에 나의 옛 남친과 대화를 좀 나눠야겠어. 그러니까 30분 후에 여기서 다시 보자. 샤워할 시간은 되겠다."

이 말에 로빈은 어쩔 줄 몰라했다. 실버와 파브리스, 칼이 동정하는 시선으로 하프엘프를 쳐다보면서 하나둘 방을 나가기 시작했다. 마지막으로 칼이 지나치면서 '너 혼 좀 날 거다' 하는 표정으로 로빈의 등을 토닥여주고는 아주 조용히 문을 닫았다.

타라는 하프엘프에게 안기고 싶었지만, 거절당할지 모르기 때문에 팔짱을 끼고 뚫어져라 쳐다봤다. 소우르브는 언제 분노를 터뜨릴지 모르는 타라에게서 멀리 떨어져 있기로 했고, 한쪽 구석에 웅크린 갈랑도 불안하게 타라와 로빈을 지켜보았다.

로빈은 침묵을 지켰다. 적어도…… 23초 동안. 훈련이 되어 있는 타라는 먼저 말문을 열지 않기로 작정했다. 엘프들이 얼마나 충동적이고 흥분을 잘하는지 알고 있지 않은가. 하프엘프지만 다르지 않았다.

"무슨 대화를 하자는 건데?" 팔짱을 낀 채 잠자코 기다리던 로빈이 마침내 물었다.

오케이!

아이팟에서 보여주는 영화가 여전히 계속되고 있었다.[29]

"서로 미치도록 사랑하는 사이였는데 어떻게 갑자기 그냥 좀 아는 사람처럼 나를 대할 수 있는지 설명을 듣고 싶어." 타라가 목소리를 깔고 말했다. "내가 너한테 그 정도밖에 안 되는 사람이었어?"

로빈은 당황한 표정으로 머리칼을 만지작거렸다. 검은 머리털이 섞인 은빛 머리가 헝클어져 있었다. 로빈이 쳐다봤는데 타라가 얼마나 많이 화나 있는지 쪽빛 눈이 거의 검은 눈빛처럼 보였다.

"나는 아무 할 말이 없는데." 로빈이 대답했다. "나로서는 어쩔 수

....

29. 상영 시간이 네 시간에 이르는 장편영화였다.

없는 일이야."

타라는 발로 바닥을 탁탁, 찼다. 자신도 모르게 타라의 손에서 파란 광선이 번쩍였다. 로빈은 뒷걸음치지 않았지만 불안해지기 시작했다.

"나한테 아무 할 말이 없다고?" 타라가 날카로운 목소리로 물었다. "유혹 주문에 걸려들었다는 걸 안 뒤로 넌 나를 너무 우습게 보고 있어!"

로빈이 진지한 얼굴로 타라를 쳐다봤다.

"네가 아더월드에서 태어나기는 했지만 아더월드 사람이라고 할 수는 없어, 타라. 너는 지구에서 자랐으니까. 우리 세계에서 유혹 주문을 이용하는 것은 도박이나 다름없는 짓이야. 그래서 모두 조심하면서 이용하지 않으려고 해. 차라리 엘프들이나 뱀파이어들처럼 아름다워지는 주문을 선호해. 왜 그런지 알아?"

전혀 모르는 타라가 고개를 저었다.

"유혹 주문이 판단을 흐리게 만들기 때문이야. 그 유혹은 도저히 뿌리칠 수 없으니까. 아름답든, 못생겼든, 똑똑하든, 멍청하든 그건 아무 상관없어. 유혹 주문을 이용하는 것은 몹쓸 짓이야. 주문에 대해 네가 전혀 몰랐다는 건 나도 알아. 할머니 이사벨라가 지구에서 키웠으니까. 그리고 어머니에게 걸어놓은 주문이니까 당연히 그랬겠지. 하지만 그 주문은 너에게도 영향을 주었고, 내가 걸려들었어. 따라서 지금으로서는 내가 너를 사랑하는지 아닌지 말할 수 없어."

타라는 꽉 막힌 것처럼 답답하게 구는 로빈에게 화가 치밀었다. 마법의 광선이 사라졌기에 망정이지!

"하지만 그 주문은 제거되었어! 그러니까 지금은 어떠냐고? 나를 사랑하는지 아닌지, 그건 알 거 아냐?"

"몰라. 너에게 끌렸던 것은 주문 때문이었어. 주문이 너를 사랑하게 만든 것이기 때문에 내가 너의 어떤 면을 좋아하고 싫어하는지조차 모르고 있다고."

괴로워하는 로빈의 눈빛을 보면서 타라는 마음이 흔들리면서 조금은 이해가 되었다.

"그러니까 너는 원래 긴 금발이 아니라 짧은 갈색 머리를 좋아하는데 주문 때문에 선택의 여지도 없었다는 뜻이야?"

"정확해." 로빈은 타라가 이제야 문제의 심각성을 알아차린 것에 안도하면서 대답했다. "너를 만나기 전까지 나는 인간들에게 관심도 없었어. 당연히 여성 엘프들을 더 좋아했어. 인간보다 훨씬 아름다우니까. 내 부모님의 경우를 보면 알 수 있듯 엘프와 인간의 결합은 아주 희귀해. 엘프들은 인간들이 아름답지 않다고 생각하기 때문에 엘프끼리 결혼하고 싶어해."

타라는 침을 삼켰다. 이번에 느끼는 것은 슬픔도 분노도 아니었다. 두려움이었다.

로빈이 주장했다.

"너라면 어땠을 거 같아? 똑똑하고 열정적이고 잘생긴 남자가 주문까지 이용해서 유혹하는데 다른 남자가 눈에 들어왔겠어? 쳐다보기나 했을까?"

"글쎄, 모르겠어." 타라는 솔직하게 대답했다.

로빈은 고개를 설레설레 저었다.

"너를 처음 만났을 때 주문에 걸려들었기 때문에 나는 판단할 겨를도 없었던 거야. 그래서 몇 초 만에 너를 사랑하게 되었고, 내 머리에서 여성 엘프들은 지워졌어. 어제까지만 해도 나는 어머니에게서 들은 아름다운 사랑 얘기처럼 우리의 사랑은 첫눈에 반한 운명적인 것이라고 생각했어. 그런데 하루아침에 그게 아니라는 거잖아."

타라는 눈살을 찌푸리면서 민망하지만 유머를 시도했다.

"그러니까 제로에서 다시 시작해야 되는 건가? '안녕하세요, 내 이름은 타라 덩컨인데 이름이 뭐예요?' 이런 식으로?"

로빈이 슬픈 미소를 지었다.

"아니, 그럴 필요 없어. 나는 다시 네 곁에 있으면서 그 빌어먹을 주문이 제거되었는데도 내 심장이 너를 향해 뛰는지 알아야 하니까."

타라는 단호한 목소리로 말하려고 노력했다. 하프엘프의 든든한 품에 안기고 싶은 맘이 얼마나 강렬한지 참기가 너무 힘들었다. 하지만 이제는 그럴 권리가 없다는 걸 알고 있었다.

"그 시간이 얼마나 걸리는데?" 타라는 떨리는 목소리로 물었다.

"그건 나도 몰라." 로빈은 시선을 피하면서 정직하게 대답했다. "며칠, 몇 달, 몇 년이 걸릴 수도 있겠지."

타라는 반발심이 일었다. 몇 년이라고?

"내가 기다리지 않겠다면?"

"그럼 네 증조할아버지의 마법이 우리를 영원히 갈라놓는 거지." 로빈이 신랄하게 대답했다. "미안해."

"나보다 더 미안하겠어?" 입술이 묘하게 일그러지면서 타라가 중얼거렸다.

둘은 잠시 서로를 바라보았다. 로빈은 이전보다 눈부시지는 않아도 타라가 여전히 매혹적이라고 생각했다.

타라는 로빈이 알 수 없는 이유로 뻣뻣해지는 걸 느꼈다. 화가 나서 흐르는 눈물을 닦았다. 로빈을 어떻게 설득할 수 있을까? 잘못된 생각이라고, 우리의 사랑은 빌어먹을 주문과 아무런 관계가 없다고 어떻게 설득할 수 있을까?

그때 노크 소리가 나서 타라는 정신을 차렸다. 적들이 우글거리는 속에서 운명을 한탄하고 있을 때가 아니었다. 타라는 아이팟을 끈 다음 경계하면서 문을 열었다.

배꼽과 맞닥뜨린 타라는 질겁해서 뒷걸음쳤는데 촉수들이 오글거리는 배에 이어서 장밋빛 입과 혀가 보였다.

"겁내지 마요." 배꼽이 말했다. "해치지 않아요!"

고개를 들던 타라는 좀 더, 좀 더 쳐들다가 마침내 엄청나게 커다란 파란색 덩어리에 시선을 고정했다. 누군가 꼭꼭 씹어서 삼켰다가 토해낸 모습 같았다. 파란색 덩어리는 흉측하게 보이려고 엄청 애를 쓴 것 같은데 그냥 요상하게 보일 뿐이었다.

머리 위에 하늘빛 털 타래를 달고, 다섯 개의 눈에 안경을 쓰고 있지만 별로 효과가 없었다.

타라는 침을 삼켰다. 벽에 씌운 은박이 거울 역할을 해주는 덕분에 타라는 어느새 로빈이 활에 시위를 당기고 있는 걸 볼 수 있었다.

"나는 블루 파벌입니다." 파란색 덩어리가 말했다. "할 말이 있어서 왔는데 아주 중요한 일입니다."

타라는 덩어리를 방으로 들여놓는 걸 꺼리면서 잠자코 있었다.

촉수들이 불안하게 꼬물거렸다.

"제발 부탁이에요." 덩어리는 간청했다. "복도에 있는 카메라들을 정지시켜놨지만, 시간이 별로 없어요."

타라는 잠시 주저했지만, 위에서 내려다보는 다섯 개의 빨간 눈은 공격적이라기보다 애원하는 빛이었다.

"후회할 텐데……." 타라는 중얼거리면서 덩어리가 들어오게 비켜 주었다.

로빈이 뒷걸음쳤지만, 화살은 까딱도 하지 않고 불청객을 겨누고 있었다.

덩어리가 들어왔다. 커다란 덩치치고는 희한할 정도로 우아하게 이동했다.

그러고는 공 모양의 털북숭이들을 붙잡아서 엉덩이 역할을 하는 부위 밑으로 욱여넣었다.

"오, 피와 재여! 타라 덩컨, 내 이름은 디아블로이고, 블루 파벌의 일원이죠."

타라는 목이 메었다. 이런 곳에서도 의례적인 인사말을 나누게 되다니!

"오, 피와 재여! 무슨 일입니까, 디아블로?" 타라는 받아쳤다.

"우리 은하계의 블루 파벌에 대해서 들은 적 있어요, 타라 덩컨?"

"아니…… 우리 조상들과 벌인 전쟁에 대한 것 말고는 전혀 모른다고 할 수 있어요."

"아르칸즈(이름을 말하는 것만으로도 얼굴 역할을 하는 부위가 불안해 보였다)는 옐로 파벌이죠."

"아, 네." 타라가 말했다. "그래서요?"

"우리 은하계에는 여러 파벌이 존재하지요. 하지만 강력한 파벌은 두 개뿐이고, 작은 파벌들을 규합할 수 있어요. 하나는 평온하게 우리 세계의 발전을 멈추려고 하는 파벌이고, 다른 하나는……."

디아블로가 난처한 듯 말을 중단했다.

"다른 목적이 있는 파벌이죠. 오랜 세월 지배해온 파벌로 우리의 왕이 수장으로 있기 때문에 강압적으로 우리의 몸을 변형시켰어요. 내가 속한 블루파는 마법으로 우리의 몸을 변질시키는 것은 끔찍한 잘못이라고 생각하지만 우리의 왕이 강제로 변형시켰죠."

디아블로가 자신의 몸을 가리켰다.

"그 결과를 보세요. 우리는 무엇과도 닮은 데가 없는 기이한 모습이 되었지요. 우리는 살상 무기에 지나지 않아요. 그런데 우리 파벌이 늘 이렇지는 않았어요. 우리는 싸우기 좋아하는 투사들이었지 괴물이 아니었어요."

디아블로가 몸의 주름 속에서 사진 한 장을 꺼냈는데 땅딸막한 파란색 켄타우로스를 닮은 말의 모습이 찍혀 있었다. 사진 속 괴물의 머리에도 희한한 털 타래를 달고 있고, 몸뚱이는 시커먼 키틴질로 덮여 있었다. 디아블로의 말대로 현재 모습과는 전혀 닮은 데가 없었다.

"블루파는 이 마법에서 벗어나기 위해 투쟁하고 있어요. 이미 우리 행성을 지구처럼 만들어놓았으니 이제는 검은 태양의 불을 양식으로 삼는 예전의 몸을 되찾을 수가 없지요. 하지만 아직은 변할 수 있어요. 우리는 전술 외의 다른 예술에도 관심이 있죠. 시, 미술, 무역……."

키가 3미터에 이르고 다섯 개나 되는 빨간 눈에 촉수가 오글거리는 디아블로가 씁쓸하게 한숨짓는 모습이라니. 정말이지 두 번 다시 못

볼 광경이었다.

"물론 그렇겠죠." 타라가 말했다. "그래서 내가 뭘 도와드릴 수 있겠어요?"

디아블로는 자기 생각에 빠져서 잠시 타라를 잊고 있었던 듯 소스라쳤다.

"아르칸즈는 우리 왕의 아들이죠."

아아, 타라는 이제야 이해가 되었다.

"우리 종족의 왕자인 아르칸즈는 옐로파의 2인자지요. 왕이 없을 때는 왕자가 왕을 대신하며, 왕 못지않은 권력을 갖고 있는 셈이죠. 왕자의 말은 법과 같은 효력이 있으니까요. 왕자가 법령을 공표하면 아버지인 왕도 바꿀 수 없지요."

정말? 놀라운 일이군. 왕자가 바보 같은 짓을 해도 왕이 바로잡을 방법이 없단 말이지? 그거 흥미롭네.

"우리는 왕자를 설득해서 미친 계획을 포기시키려고 최선을 다했지만 실패했어요."

"그 계획이라는 게 뭡니까?" 로빈이 끼어들었다.

"그건 말할 수 없어요." 디아블로가 난감한 어조로 대답했다. "우리 종족을 배신하는 거니까요. 하지만 끔찍한 함정을 파놓았으니 거기 빠지지 않도록 조심하세요, 타라 덩컨! 아주 중요한 정보니까 절대로 잊으면 안 됩니다!"

타라가 좀 더 구체적인 설명을 요구하려는 순간 일어난 디아블로는 덩치치고는 놀라울 정도로 민첩하게 달아나버렸다.

로빈이 팔을 내리자 더는 필요 없게 된 걸 알아차린 릴란드릴의 활이 로빈도 전혀 모르는 어디인가로 사라졌다.

"이건 정말 뜻밖인데, 음…… 흥미로운 일이야." 로빈이 말했다.

너무 괴로운 사랑 문제 외의 다른 것으로 로빈과 대화할 수 있어 기쁜 타라가 대꾸했다.

"큰 도움이 된 건 아니지만 우리가 함정에 빠져 있다는 걸 알았어."

"아니, 디아블로는 우리가 함정에 빠지지 말아야 한다고 말했어. 따라서 아직은 함정에 빠진 게 아니지."

엘프들은 뛰어난 전사였다. 아더월드 최고의 전략가들인 리스베스 여제와 산도르 황제에게 훈련을 받았고, 조상들이 기록한 『궁정비사』를 읽었지만 타라는 로빈처럼 어릴 적부터 군사 문화 속에서 성장하지 않았기 때문에 로빈의 판단을 존중했다.

"그러니까 조심해야지." 타라가 대꾸하면서 흰 머리털을 질겅질겅 씹기 시작했다. 몇 달 동안 하지 않던 타라의 행동에 갈랑이 긴장했다. "매직갱과 실버가 돌아오는 즉시 의논하자."

로빈이 주의 깊게 타라를 쳐다보면서 속으로 말했다. '매직갱과 실버라고 말했어. 따라서 아직은 절친한 친구들의 서클에 실버를 포함시키지 않았다는 거잖아.' 이 말 한마디에 로빈은 하프드래곤에 대한 질투심이 사라졌다.

로빈은 안도의 숨을 내쉬었다. 사실, 로빈은 극도의 질투심에 사로잡혀 있었다. 이제는 유혹 주문의 충격에서 벗어나 있었다.

너무 심한 충격을 받은 로빈은 괴로움에 시달리느니 차라리 다시 유혹 주문에 걸리고 싶은 심정이었다.

로빈은 타라의 얼굴을 유심히 살폈다. 더 이상 주문이 작용하지 않는 지금은 타라의 결점을 볼 수 있었다. 이전만큼 눈이 부시지는 않는 것 같았다. 그런데 덜 아름답게 보이지도 않았다. 타라는 더 인간적으로 보였다. 어차피 유연성이나 아름다움에 있어서는 어떤 인간도 여성 엘프들과 비교할 수 없었다. 아더월드에서 활동하는 여배우도 대부분 엘프들이 아닌가.**30** 아더월드의 모든 신들이여! 도대체 왜 타라에게서 벗어날 수 없는 겁니까? 지금 고혹적인 발라와 타라, 둘 중에서 고르라면 단 1초의 망설임이라도 있을까?

혼란스러움에 동요하는 로빈을 알지 못하는 타라는 침대에 앉았다. 체중에 눌려 침대 매트리스가 푹 꺼지자 타라는 벌떡 일어났다. 매트리스가 제 모습으로 돌아왔다.

"나름대로 똑똑한 매트리스야." 로빈이 질겁하는 타라를 보면서 미소를 지었다. "앉는 사람의 몸에 맞게 변형되었다가 일어나면 다시 평평하게 돼."

기분이 상한 타라는 입술을 깨물었다.

"오무아에도 비슷한 게 있는데 생각을 못 했네. 내가 신경이 날카로워져 있나 봐."

"어머니가 돌아가셨는데 아직까지 위로의 말도 건네지 못했어, 타라. 미안해." 로빈이 심각한 얼굴로 말했다. "마음이 아파."

1년 전만 해도 로빈은 타라를 끌어안고 슬픔을 함께 아파했을 텐

----

30. 처음에는 몇 가지 문제점이 노출되기도 했다. 엘프들은 여성도 예외 없이 모두 전사들이다. 엘프 여배우들이 '특수 효과'라는 개념을 이해하지 못하고 죽기살기로 공격하기 때문에 스턴트맨에게 대역을 시켜서 악당 연기를 해야 했다. 그래서 배우 조합에서는 악당 역을 하는 연기자들에 대해 3배의 특별수당을 요구했다. 그리고 난쟁이 배우들과 맞서는 역할에 대해서는 수당을 5배로 높였다.

데. 지금은 몇 걸음 떨어진 곳에 멀뚱히 서 있을 뿐이다. 타라는 슬픔을 억누르면서 고개를 끄덕였다.

"그런데 네가 그다지 슬픔에 잠겨 있는 것 같지가 않아." 로빈이 부드럽게 말했다.

"뭐라고?"

"무슨 딴 생각하고 있지? 너는 어머니의 죽음을 받아들이지 않고 있어. 처음에는 울더니 지금은 아냐. 뭔가 이상하다고 느꼈어."

사실, 타라는 어머니를 잃은 슬픔에 빠져 있지 않으려고 애쓰고 있었다.

"다른 생각할 겨를도 없어." 타라는 의도했던 것보다 훨씬 퉁명스럽게 대꾸했다.

로빈의 예리한 지적에 타라는 어머니가 죽음을 원했던 건 아닌지 재판관에게 물어볼 작정이라고 털어놓으려는 순간이었다.

똑 똑 똑.

누군가 조심스럽게 문을 두드렸다.

타라는 경계하면서 문을 열었다.

친구들이었다. 그들은 방에 멀쩡한 상태로 있는 로빈을 보면서 모두 뜻밖이라는 표정을 지었다.

"타라, 로빈을 스파슌으로 둔갑시키지 않았어?" 칼이 검은 머리칼을 헝클어뜨리면서 물었다. "한 살 더 먹더니 둔해졌나?"

그렇게 말하면서 칼은 공 모양의 털북숭이 중 하나에 주저앉았다. 친구들도 하나둘 자리를 잡고 앉았다.

"스파슌으로 둔갑시킬 이유가 없잖아." 분위기를 바꾸게 되어 기뻔 타라가 얼굴이 발그레해져서 말했다. "나를 원망할 이유가 분명히 있는데 어떻게 로빈을 탓하겠어!"

"그러면 그게 네 잘못이야?" 칼이 반박했다. "사람들이 너를 사랑하는 건 그만한 이유가 있어서야. 너는 예쁘고, 영리하고, 아더월드와 우리의 목숨을 여러 번 구했어. 크레디트-무트 금화도 많고(타라는 이 말에 미소를 지었다. 그래, 도둑에게는 금이 중요하지), 지금좀 문제가 있지만 다시 제국의 후계자가 될 거라고 믿어 의심치 않아. 그리고 로빈이 너를 원하지 않는다면 내가 새로운 남친으로 대기하고 있다는 거 잊지 마!"

잿빛 눈이 반짝이는데 장난기가 가득했다. 타라는 웃음을 참았다. 어떤 위기의 순간에도 칼은 늘 웃게 해주었다.

"오, 이런!" 타라가 응수했다. "정말 싸우고 싶지 않은 라이벌이 있어서 너는 절대로 안 되거든!"

칼의 눈이 동그래졌다.

"누가 라이벌이야?"

"누구겠어? 당연히 마라지." 타라는 짓궂은 표정으로 말했다. "마라가 너를 선택했다는 거 알아. 지금 마라가 오무아의 새로운 후계자인데 네가 나의 새로운 남친이라는 걸 알면 아마 친위대를 보낼거야!"

어쩔 줄 모르는 칼을 보면서 무아노가 깔깔댔다.

"지난 일이야." 칼이 크라크텐트에게 깨물린 듯한 얼굴로 말했다.

"정말 이상하다." 앙갚음할 기회를 잡은 로빈이 끼어들었다. "너는 왜 마라의 마음이 변했을 거라고 생각해? 마라는 흡혈파리처럼 너를 따라다녔고, 당당하게 네 얘기만 했어. 게다가 너 때문에 면허 받은 도둑까지 되었어. 그리고 마라가 지난번에 너에게 했던 입맞춤은 이성적인 감정이 섞인 거였잖아."

"하지만 걔는 너무 어려!" 칼이 당황해서 외쳤다.

"너 웃긴다! 네가 정말 마라를 피할 생각은 있었어? 그랬다면 눈에 띄지 않는 아주 먼 곳으로 달아났어야지!" 파브리스가 반박하면서 무아노에게 다정한 시선을 보냈다.

칼은 하얗게 질렸지만, 타라는 친구의 잿빛 눈에서 묘한 빛을 봤다.

"마라는 예쁘고, 너처럼 키도 작아." 파프니르가 함박웃음을 지으며 찬성했다. "아주 잘 어울리는 커플이야."

키가 훨씬 작은 파프니르가 마라를 작다고 하는 말에 모두 웃음이 터졌다. 타라는 긴장이 풀리는 것 같았다. 이런 상황에서 웃을 수 있다니! 정말 좋았다. 안젤리카와 며칠을 보내면서 미친 듯이 웃었을 때 놀랐던 기억이 났다. 친구들과 있을 때만 함께 웃을 수 있다고 생각했는데 원수와도 웃을 수 있다는 걸 그때 처음 알았고, 또 이렇게 위험천만한 상황에도 웃을 수 있다는 걸 다시 한 번 알았다.

"그리고 오무아의 후계자야. 제국의 국고 열쇠를 갖고 있다고!" 파브리스는 한술 더 떴다.

칼은 빙긋이 웃었다. 연달아 세 번 함박미소를 지었다. 그러고는 정색을 했다.

"불가능한 일이야." 칼이 슬픈 어조로 말했다.

"왜?" 타라가 놀란 얼굴로 물었다. "우리가 살아서 돌아갈 가능성이 거의 없다는 걸 빼면, 뭐 때문에 불가능해?"

"원하는 것은 뭐든 가질 수 있을 정도로 부자인 여자를 사랑하면 돈 때문이라는 의혹을 받을 테니까. 싫어. 난 그런 말 듣고 싶지 않아."

"오, 내 어머니의 수염이여!" 파프니르가 재미있다는 듯 말했다. "양심적인 도둑? 완전 모순이다! 하지만 결정은 너 혼자 하는 게 아니냐, 칼."

"그게 무슨 말이야?"

"우리 집안에 대대로 내려오는 전설이 있어. 코뉴두르라는 이름의 불굴의 전사(파프니르는 실버를 힐끔 쳐다봤는데 전설을 아주 좋아하는 하프드래곤의 눈빛이 반짝이고 있었다)와 에벨리르란 이름의 난쟁이가 사랑에 빠진 거야. 그런데 이 난쟁이 여자는 한 드래곤에게서 훔쳐…… 아니 빌려온 보물로 갑부가 된 대장장이 집안의 딸이었지. 불굴의 전사는 덕성과 용기, 검 말고는 가진 것이 없었어. 그래서 가난한 불굴의 전사 코뉴두르는 아름다운 에벨리르와 결혼하고 싶지 않았지. 하지만 에벨리르는 선택의 여지를 주지 않았어."

"뭘 어떻게 했는데?" 실버는 처음 들어보는 이야기라서 호기심을 보였다.

파프니르는 잠시 말을 중단하고 씨익, 미소를 지었다.

"에벨리르가 불굴의 전사를 납치한 거야. 코뉴두르는 화가 나서 제정신이 아니었는데 검을 지니고 있지 않았기에 망정이지, 아무튼 코뉴두르가 진정이 될 때쯤 에벨리르는 탑의 꼭대기 방으로 들어갔고, 불굴의 전사가 보는 앞에서 열쇠를 창밖으로 던져버렸어."

"아니, 왜?" 실버가 놀랐다.

파프니르는 실버를 향해 눈을 흘겼다.

"왜겠어? 자기가 사랑을 고백할 때 불굴의 전사가 듣지도 않고 도망칠까 봐 그랬겠지. 둘 다 꼼짝없이 방에 갇혀 있는 상태에서 그녀는 엿새 동안 밤낮으로 이유를 설명했어. 그리고 노래도 불렀어."

파프니르가 입을 열고 노래를 부르기 시작하자 소스라치게 놀란 친구들이 경악을 금치 못했다.

내가 당신을 사~~~랑하는 건
영~~~광이나
권~~~력 때문이 아니네
당신을 향~~~한
나의 영~~~원한 마음을
당신은 모른~~~체할 수 없어

"지금부터는 후렴!"

금이나 보~~~석은
우리를 갈라~~~놓지 못하네
이 세상 누~~~구보다도
당신이 가장 아름~~~다우니까!

돼지 먹따는 소리에다 엄청난 무게에 깔리는 암소의 비명소리가 섞였다고 할까. 괴상망측한 소리가 어찌나 큰지 무슨 일이 생겼다고 생각한 악마들이 방으로 들이닥쳤다. 악마들이 공격하는 것이라고 여긴 파프니르도 노래를 그쳤다. 어느새 도끼를 뽑아 들고 악마들에게 맞섰다.

"정지! 정지!" 모두 치고받고 싸우려는 순간 타라가 외쳤다. "우리는 그냥 노래를 부르는 중이었어요. 고마워요, 아무 일 없으니까 나가도 됩니다."

송곳니들을 드러낸 초록색 악마가 말했다.

"뭘 했다고요?"

"노래 부르고 있었어요." 타라가 난처한 얼굴로 대답했다. "좀 요란하긴 했지만."

"좀 요란했다고요? 내 심장 세 개가 모조리 터지는 줄 알았는데." 괴물 모습의 악마가 응수했다.

사과하려던 타라는 악마들에게 불쾌감을 주기로 한 것이 기억났다.

"썩 나가요!" 타라가 냉랭하게 외쳤다. "우리는 손님이에요. 따라서 우리는 노래 부르고 싶으면 부를 거예요. 알겠어요? 기분 나쁘면 아르칸즈한테 가서 말하든가!"

1미터쯤 위에서 타라를 내려다보는 송곳니 악마의 눈 하나가 쑥 튀어나오더니 이렇게 말하는 것 같았다. '완전히 미친 인간들이야.' 그러고는 악마들이 줄줄이 퇴장했다.

문이 닫히자마자 타라가 파프니르를 돌아보면서 말했다.

"파프니르?"

"왜, 타라?"

"이제 알겠지?"

"뭘?"

"우리 여기서는 노래 부르지 말자, 알았지? 3차 세계대전을 일으킬 필요는 없잖아."

파프니르가 이마에 주름을 잡았다.

"아더월드에는 세계대전이 다섯 번이나 있었는데, 무슨 소리야?

타라는 한숨을 내쉬었다.

"미안해, 내가 잘못 말했어. 지구에서는 2차 세계대전까지 일어났 거든."

"하지만 너도 좀 전에 노래 부르고 싶으면 부를 거라고 말했잖아?"

"그건 작전상 한 말이고." 타라가 말했다.

파프니르는 눈이 동그래졌다가 눈살을 찌푸렸다. 도대체 왜 다들 내가 노래만 불렀다 하면 가만히 들어주지 않는 걸까? 난쟁이 친구들 도 노래를 못 부르게 하더니. 와, 정말 짜증난다!

"아주 아름다웠어, 파프니르 전사." 그다음 이야기가 궁금한 실버 가 친절하게 말했다. "그래서 어떻게 됐는데? 에벨리르와 코뉴두르 가 결혼했어?"

파프니르는 친구들, 특히 아직도 두 손으로 너무 예민한 귀를 틀어 막고 있는 무아노와 파브리스를 흘겨보면서 말을 이었다.

"그렇게 며칠 동안 싸우다가 마침내 코뉴두르는 에벨리르가 정말 로 돈 따위는 아무런 의미가 없다고 생각하며, 자기를 진심으로 사랑 하고 있다는 걸 깨닫게 되었지."

"그래서 둘이 뭐 했는데?" 칼이 장난스러운 표정으로 물었다. "내 말은 그동안 그 작은 방에서 둘이 뭐 했냐고?"

"소리 지르고 싸운 뒤에 둘은 결혼해서 아들딸 십여 명 낳고 오순

도순 잘 살았고, 그 후손들이 대장장이 집안을 이루었지." 파프니르
는 짧막하게 말을 맺었다.

잠시 침묵이 흘렀다. 실버는 생각에 잠긴 얼굴로 이맛살을 찌푸리
고 있다가 담담한 어조로 물었다.

"그러니까 너희 대장장이 집안의 재산이 드래곤의 보물에서 비롯
되었단 말이지?"

파프니르의 미소가 사라졌다. 이야기를 시작하면서 하프드래곤이
있다는 생각을 전혀 하지 않았으니.

"그게…… 응." 파프니르는 당황한 목소리로 대답했다.

비늘 덮인 날개가 나타나면서 불길을 뿜어낸다면?

"와, 놀랍다. 드래곤의 보물을 어떻게 훔쳤을까?" 실버가 감탄하는
소리에 모두 어안이 벙벙했다.

실버는 하프드래곤보다 난쟁이 성향이 더 강한 걸까? 대번에 파프
니르의 입가에 미소가 번졌다.

"노발대발한 드래곤이 불길을 내뿜으면서 난쟁이들을 공격하다가
일단 드란보우글리스펜쉬르 행성으로 돌아갔대." 안심한 파프니르
가 말했다. "하지만 그것으로 끝난 게 아니었어. 그 드래곤이 여러 광
산에서 채취한 난쟁이들의 금을 통째로 훔쳐가는 것으로 복수한 뒤
에야 싸움을 걸어오지 않았으니까. 우리 조상들은 몹시 실망했지. 드
래곤이 덤벼들어서 한바탕 싸움이 일어나길 바라고 있었거든!"

정말 실망한 파프니르의 표정을 보면서 친구들은 웃음을 터뜨렸다.

"너희들에게 할 얘기가 있는데 이건 재미있는 건 아냐." 친구들이
진정되었을 때 타라가 말했다. "좀 전에 로빈과 있을 때 누가 찾아왔

어. 키가 3미터에 이르고 500킬로그램은 나갈 것 같은 파란색 덩어리 모습의 악마였어."

모두 놀란 얼굴로 긴장했다. 타라는 로빈과 교대로 디아블로의 이상한 방문에 대해 친구들에게 말했다.

"옐로파와 블루파?" 파프니르가 말했다. "부족간의 파벌 싸움 같은데. 글쎄, 나는 악마들이 조직력이 있다고는 생각하지 않았어."

"악마들과 싸웠다고 해서 그들을 속속들이 알 수는 없어." 무아노가 나섰다.

"지구에 있는 나라, 중국의 유명한 전술가가 남긴 『손자병법』에 '적을 알고 나를 알면 백전백승이다'는 말이 있어." 타라가 말했다. "우리는 지금 할머니의 표현으로 테라 인코니타, 즉 미지의 땅에 와 있어. 내가 악마들에 대해 알고 있는 정보는 너무 간략해. 악마들이 세계를 쳐들어왔다가 패했다, 악마들이 왜 쳐들어왔고, 어떻게 졌는지도 알아. 하지만 아무도 더는 악마들에 대해 연구하지 않았어. 아더월드의 수많은 종족에게 악마는 예전에도 지금도 여전히 위험한 혐오의 존재인데 말이야. 무슨 말인지 알겠어? 나는 너희, 아니 우리 잘못이라고 생각해."

실버가 고개를 끄덕였다.

"그러니까 우리가 할 일은 악마들을 연구해야 한다는 거지, 타라?"

"그래, 맞아. 무아노? 우리 중에서 네가 가장 꼼꼼하고 역사 전문가잖아. 지금까지 우리가 알고 있는 정보들을 정리해서 빠짐없이 기록해줄래?"

무아노는 생긋 웃으면서 마법복 호주머니에서 수첩을 꺼냈다.

"알았어. 마법을 사용하지 않고 모두 적어놓을게." 무아노는 깊이를 알 수 없는 호주머니에서 만년필을 꺼내면서 말했다. "정리하자면 블루파는 평화적인 파벌이고, 옐로파는 왕의 아들 아르칸즈가 이끄는 파벌이야. 블루파의 수장은 아르칸즈가 내린 명령의 중요성에 대해 강력하게 주장하면서 아버지인 왕도 반대할 수 없다고 했어. 그리고 우리에게 함정에 빠지면 안 된다고 했고. 악마들은 행성과 태양을 변형시켰고, 우리 인간의 DNA를 섞은 아이들을 키웠어. 게다가 지금이야 이 행성이 불안정해서 위험하다고 말하지만, 악마의 마법을 계속 사용해오고 있다는 거잖아. 그건 영혼을 가둬놓거나 충분히 저장해놓기 위해 여전히 악마들을 희생시키고 있다는 것을 의미해."

"그렇다면 디아블로는 뭘 두려워하고 있는 걸까?" 악마의 이상한 태도를 떠올리면서 타라가 말했다. "악마/인간들이 영혼을 이용하기 위해 악마/비인간들을 죽이는 걸 두려워하는 걸까? 아르칸즈가 그 명령을 가결시키면 블루파는 절망적이겠지. 시간은 좀 걸리겠지만, 여기는 악마/인간들만 남겠지. 악마/비인간들이 완전히 사라져버릴 테니까!"

"아르칸즈 같은 악마는 그리 많지 않아." 로빈이 말했다. "수십억의 악마/비인간들에 비하면 악마/인간은 수천 명에 불과해!"

"하지만 악마들은 목적을 위해서라면 수천 년도 기다릴 수 있는 존재들이야." 실버가 곧바로 반박했다.

로빈은 신경질적으로 일어섰다.

"마왕은 수천 개의 눈이 다닥다닥 붙어 있는 공 모양의 몸뚱이야. 하지만 아들을 포함한 옐로파의 악마들은 인간의 모습으로 태어났으니 변신할 필요가 없잖아. 따라서 마왕은 아들의 손을 들어줄 거야. 자기가 계획한 건데 당연하잖아!"

"그렇겠지." 타라는 신경이 예민해졌다. "혹시 부자간의 갈등에 휘말리게 되는 건 아닐까? 아들의 야심이 아버지의 권력에 맞서는 거라면?"

"친아들인데?" 파프니르가 회의적으로 말했다.

"난쟁이들의 나라에서는 일어나지 않는 일이야." 역사 전문가답게 무아노가 말했다. "난쟁이들은 부모님을 아주 존경하니까. 하지만 인간들의 나라에서는 아버지의 권력을 빼앗기 위해서 아들이 배신하는 것은 아주 흔한 일이야. 과장이 아니라 정말 흔한 일이야."

"아르칸즈가 우리를 이용해서 뭘 하려는 걸까?" 파브리스가 의문을 제기했다. "자기 아버지에게 도전하려고? 우리를 붙잡아두는 이유는? 우리를 당장 죽이지 않는 이유는? 특히 타라에게 집착하는 이유는?"

"무슨 꿍꿍이가 있는 게 틀림없어." 그렇지 않아도 잘생긴 악마의 태도에 상처를 받은 로빈이 퉁명스럽게 말했다. "우리는 그걸 알아내야 해."

로빈은 타라의 관심을 끌기 위해 떡 벌어진 어깨로 멋지게 기지개를 켜면서 하품까지 했다.

"너무 피곤해서 정신 집중이 안 돼." 로빈이 말했다. "악마들이 우리를 산 채로 잡아먹지는 않을 테니까 좀 쉬는 게 좋겠어. 여자들은 침대에서, 남자들은 의자에서 자자."

로빈이 불편한 표정을 짓자 공 모양의 의자 두 개가 이어지면서 그럴듯한 침대가 되었다. 타라는 벽장에서 꽤 많은 담요(이 기회에 칼은 도청 장치가 없는지 벽장 안을 살폈다)를 발견했다. 여자들은 간단하게 세수만 하고 침대에 누웠다.

잠든 지 몇 분이나 됐을까. 로빈은 뜨거운 입술이 포개지는 걸 느꼈다.

깜짝 놀라서 눈을 뜬 로빈은 내려다보고 있는 타라의 얼굴과 마주쳤다.

"무슨……."

타라가 로빈의 입을 손으로 막고 따라오라는 고갯짓을 했다. 문이 열려 있었다. 타라는 로빈의 손을 잡아끌면서 복도를 지나 하프엘프에게 배정된 방으로 데려갔다.

타라는 어리둥절해서 쳐다보는 로빈 앞에서 말 한마디 없이 방문을 닫고 정말 생각지도 못한 뜻밖의 행동을 했다.

타라가 옷을 벗고 있었다!

너무 놀란 로빈이 뒷걸음쳤다.

"타라, 너 왜 이래?"

"쉿!" 타라가 손가락을 입에 대는 시늉을 했다.

타라가 속옷 차림으로 로빈에게 다가왔다. 로빈은 침을 삼켰다. 엘프의 피가 아우성치고 있었다. '겁쟁이, 뭘 꾸물대고 있어!', 이번에는 인간의 피도 똑같은 말을 하는 게 아닌가.

로빈은 호르몬을 억제하면서 눈살을 찌푸렸다.

타라가 로빈을 끌어안았다. 로빈은 아무 생각도 할 수 없었다. 정신을 잃을 것만 같았다.

갑자기 로빈은 타라의 손을 움켜잡고 밀어내면서 크리스털 눈으로 쪽빛 눈을 뚫어져라 응시했다.

"나는…… 정말…… 원하지만 그 주문 때문에 나는 모르겠어."

"쉿!" 타라는 로빈을 다시 끌어안기 위해 손을 빼려고 애썼다.

로빈은 눈을 감았다. 오래 버티지 못하는데. 유혹 주문에 걸린 것이든, 아니든 로빈은 매력적인 소녀에게 홀리고 있었다.

로빈은 항복했다. 타라가 다가왔다. 이윽고 감미로운 소용돌이에 휘말려 있다가…… 몇 시간 후 녹초가 되었다.

로빈은 살금살금 친구들이 있는 방으로 돌아왔다. 타라는 한동안 또 다른 방에 있다가 나중에 합류하기로 했다.

팔베개를 하고 누운 로빈은 멍한 정신으로 은빛 천장을 바라보고 있었다. 좀 전에 일어난 일은 의심하고 있던 것을 확인시켜주었다. 주문에 걸린 것이든, 아니든 타라를 사랑하고 있는 것이 틀림없었다. 타라도 자신이 얼마나 로빈을 사랑하는지 보여준 것이었다. 하지만 이것으로 충분할까? 어떻게 받아들여야 할까? 로빈은 타라가 왜 말은 하지 않고 행동으로만 보여줬는지 이해가 되지 않았다. 남녀 사이는 너무 말이 많아도 탈, 너무 말이 없어도 탈인데.

로빈은 약간 바보 같은 미소를 지었다. 내일 아침에 실버가 어떤 얼굴을 할지 상상이 되었다. 타라가 돌아오기를 기다리고 싶지만 졸음을 이길 수 없었다. 그러다 로빈은 잠이 들었고, 유령에 들려서 중상을 당한 뒤로 처음으로 아름다운 꿈을 꾸었다.

다음 날 아침 그들이 잠에서 깼을 때 태양이 눈부셨다. 밤새도록 몰아치는 폭풍에 하늘은 깨끗이 씻겨 있었다. 로빈이 눈을 떴을 때 타라와 다른 친구들은 이미 일어나 있었다.

"헤이, 잠꾸러기!" 칼이 외쳤다. "밤새도록 술이라도 마셨어? 얼굴이 왜 그 모양이야?"

로빈의 얼굴이 빨개졌다. 반쪽의 인간이 감정을 드러낸 것이다. 눈치 빠른 칼이 로빈의 얼굴을 빤히 쳐다보다가 말했다.

"근데 얼굴은 왜 빨개지냐? 로빈, 간밤에 너 무슨 짓 했지?"

로빈이 타라를 힐끔 쳐다봤다. 타라가 태연한 얼굴로 잠자코 미소를 지어 보이지만 실은 어찌할 바를 모르고 있는 것 같았다. 로빈은 지금은 둘만의 비밀로 간직하는 것이 낫다는 걸 알아차렸다. 실버의 코를 납작하게 눌러주려면 확 발표하고 싶지만.

"아무것도 안 했어." 로빈이 말했다. "오늘 계획은 뭐지? 수백만의 악마들에게서 살아남는 거 빼고?"

칼은 옷을 갈아입고 나서 호주머니에서 아침 식사를 꺼냈다.

"아, 배고파. 우선 먹고 보자. 먹고 죽은 귀신은 때깔도 곱다는데."

모두 깔깔대면서 한바탕 웃었다. 로빈이 옆에 바짝 붙어 앉아서 다정하게 껴안자 타라는 가만히 있었지만 목덜미에 입맞춤을 할 때는 약간 몸이 뻣뻣해졌다. 로빈은 비밀을 지켜달라는 뜻이라고 이해했다. 하지만 타라 곁에서 떨어지고 싶지 않기 때문에 마지못해서 몸을 약간 뺐다.

그들은 서둘러서 아침을 먹었다. 갈랑은 경직된 날개를 풀기 위해 창문을 통해 밖으로 나갔다가 빗물에 젖은 풀밭과 쑥대밭이 된 야영지의 이미지들을 갖고 돌아왔다. 남아 있는 텐트라고는 없었다.

"이런!" 타라가 한숨을 내쉬었다. "폭풍이 모든 걸 휩쓸어버렸으니 이제는 우리가 궁전을 나갈 수도 없잖아."

"타라, 여기든 평원이든 무슨 상관이야?" 파브리스가 체념하는 투로 말했다. "우리는 독 안에 든 쥐나 다름없어. 악마들의 손에 우리 목숨이 달려 있단 말이야. 놈들은 우리에게 무슨 짓이든 할 수 있다고."

타라가 입술을 실룩거렸다. 물론 파브리스의 말이 맞지만 더 나빠진 것도 아니었다.

"그래, 아르칸즈가 어떻게 할지 설명하지 않았지만 우리는 이제 각오는 됐으니까 정신만 똑바로 차리고 있자." 타라가 문 쪽으로 가면서 말했다.

그때 노크 소리가 나서 타라는 걸음을 멈췄다. 만일을 대비하여 마법을 작동하면서 타라는 문을 열었다. 지난번에 아르칸즈와 함께 왔던 여자 둘이었다. 두 여자가 이끌고 온 한 무리의 악마들이 먹을 것과 마실 것을 들고 있었다. 촉수, 침이 가득한 아가리, 고름이 찬 여드름이 덕지덕지한 악마들의 몰골만 봐도 입맛이 뚝 떨어졌다.

"아침 식사를 가져왔어요." 갈색 머리의 여자가 활짝 웃는 얼굴로 말했다.

"고맙지만 우린 이미 먹었어요." 타라가 대꾸했다.

두 악마/여자의 얼굴이 어두워지더니 눈물이 글썽했다.

"그분이 좋아하지 않을 거예요." 갈색 머리 여자가 말했다.

타라는 여자에게 그분이 누구냐고 물을 필요가 없었다.

"그분은 여러분이 먹어야 위험한 일이 없을 거라고 했어요." 금발 여자는 한술 더 떴다. "명예를 걸고 보내는 음식이라서."

"먹지 않겠다는 건 그분을 믿지 않는다는 뜻이니까요." 갈색 머리가 말을 이으면서 손을 어찌나 세게 비트는지 보는 사람의 손이 아플 정도였다.

"왕자를 믿지 않는 게 아니라 낯선 것을 먹을 경우 우리의 신체기관이 아주 격하게 반응할 위험이 있어서 그래요." 타라는 친절하게 대답했다. "여기는 혹시 레파루스가 작동하지 않을 경우 우리를 치료해줄 샤먼도 없고요. 그래서 진심으로 고맙지만 우리는 왕자의 맛있는 아침 식사를 받아들일 수 없는 거예요."

두 여자가 고개를 숙이자 따라와 있는 악마들이 머리로 사용하는 부위를 내리고 김이 무럭무럭 나는 음식 쟁반을 들고 나갔다.

타라와 친구들은 서로를 쳐다봤다.

"예쁜 여자들을 괴롭게 한 건 정말 유감이다." 누구에게든 해를 끼치고 싶지 않은 실버가 옛날 세대들이나 쓰는 표현으로 말했다. "드래곤의 신체기관은 너희보다 훨씬 튼튼해서 아무거나 먹어도 끄떡없……."

"그건 아니지." 파프니르가 냉정하게 잘랐다. "그래 봐야 악마들인데 기쁘게 해줄 이유가 없어. 목을 쳐도 시원치 않은 판에! 불굴의 전사 실버, 넌 이 세계에서 아무것도 먹으면 안 돼!"

실버는 놀란 얼굴로 난쟁이를 쳐다보다 고개를 끄덕였다. 그 미녀들이 진짜 인간이 아니라는 걸 자꾸 잊어버린 것이다.

타라는 찔리는 데가 있었다. 무아노와 칼도 타라가 아르칸즈에게서 악마를 보지 않고 오직 미남 청년으로만 본다는 점을 지적했었다.

그 잘생긴 청년이 몇 분 후 불쑥 나타났다. 눈빛이 짙은 초록빛으로 변한 아르칸즈는 몹시 화가 나 있는 것 같았다.

아침 식사 때문에? 설마 그만한 일로 이렇게 화를 낸다고?

아르칸즈는 공 모양의 의자로 만든 임시 침대들을 보면서 타라와 친구들이 모두 함께 잤다는 걸 알아차렸지만 아무 말도 하지 않았다.

그러더니 모두의 귀가 번쩍할 만한 말을 꺼냈다.

"너희 세계의 영화에 나오는 것처럼 궁전 전체에 보안을 위한 감시 카메라가 설치되어 있지. 너희를 엿보려고 한 건 아닌데 감시카메라 덕분에 간밤에 타라 덩컨과 하프엘프가 아주 멋진 밤을 보냈다는 걸 알았다." 아르칸즈의 목소리에서 독이 뚝뚝 떨어지는 것 같았다. "아무튼 너희 모두 충분한 휴식을 취한 모양이구나. 내 요리사들이 몇 시간 동안 준비한 음식을 먹지 않아도 될 정도로."

타라는 당황했고, 로빈은 입을 꾹 다물고 있었다. 디아블로는 복도의 카메라들에 대해 말하면서 정지시켜놨다고 했는데, 나가면서 의심을 받지 않으려고 다시 가동시켜놓은 건가?

아침에 타라는 마치 로빈에게 어떻게 대해야 할지 정말 모르는 것처럼 모순된 태도를 보였다. 그리고 로빈 역시 인간 친구들과 친하기는 해도 간밤의 일을 얘기할 정도로 허물없는 사이는 아니었다. 어떻게 설명하지? 엘프들이 하는 것처럼 허풍을 떨면서 떠들어대야 하나?

로빈은 왠지 모르게 떠들어대는 것은 좋은 방법이 아니라는 생각이 들었다.

무아노와 파브리스, 다른 친구들은 예상보다 아주 세련되게 반응했다. 간밤에는 정말 곯아떨어졌다면서 폭풍도 지진도 방해가 되지 않았고, 누가 업어가도 모를 정도로 잠에 취해 있었다고 말했다.

"지진이 일어났었다고?" 타라가 놀란 얼굴로 물었다. "언제 그랬어?"

"새벽 2시경." 아르칸즈가 끼어들었다. "하지만 너희 둘이 정신없을 때였지, 타라 덩컨."

아르칸즈의 목소리에 불만이 담겨 있었다. 마왕의 아들이 이토록 화내고 있는 이유를 타라가 안다면!

"맞아요." 타라는 순진하게 대꾸했다. "난 정신없이 자느라고 아무것도 느끼지 못했어요."

로빈은 소스라쳤다. 휴, 아무 말도 하지 않길 잘했네! 타라는 비밀에 부치기로 결정한 것이었다. 로빈은 알아들었다는 표시로 타라에게 윙크를 보냈다.

타라는 눈살을 찌푸리면서 로빈에게 아르칸즈의 말에 일일이 반응하지 말고 신중하라는 표시를 했다. 오케이. 메시지 접수. 로빈은 무표정한 얼굴을 했다.

아르칸즈는 한 쌍의 비둘기를 엿보는 고양이처럼 타라와 로빈의 눈짓 교환을 유심히 살피고 있었다.

"여기서는 아기를 만들지 않기 바란다." 아르칸즈가 냉담하게 말했다. "이 행성은 아직 불안정하기 때문에 출산하려면 다른 행성으로 떠나야 할 거야."

무슨 말인가 하려던 타라는 너무 어이가 없어서 아무 말도 나오지 않았다. 로빈도 충격을 받은 얼굴이었다. 칼이 가장 빨리 반응했다.

"아, 그래서 오늘 아침에 네 얼굴이 그 모양이었구나! 너희 둘 마침내! 너희 둘, 내가 좋아하는 애들이지만 하필 이런 때에! 정말 짜증나려고 하는데. 아무튼 그래서 좋았어?" 무아노가 주먹으로 칼의 어깨를 쳤다. "아야! 왜 때려?"

칼을 흘겨보고 나서 무아노가 기쁨의 손뼉을 치며 타라의 목을 끌어안는 사이에 무슨 얘기를 하는지 전혀 이해가 안 되는 파프니르가 투덜거렸다.

파브리스는 갑자기 로빈의 힘없는 손을 잡았고, 칼은 등을 툭툭 쳐주었다.

"그만!" 타라의 고함에 모두 소스라치게 놀랐다. "오, 젤리소르의 충치여! 이게 도대체 무슨 얘기야?"

"너희 둘이 보낸 열정의 밤에 대해 말하는 것이다, 타라 덩컨." 아르칸즈가 속삭였다. "솔직히 좀 실망이야. 너의 태도는 이해가 되지 않아."

"여, 열정의 밤?" 타라는 어찌나 화가 나는지 말을 더듬었다. "나는 간밤에 누군가와 열정의 밤을 보낸 적 없는데요!"

"지금 그 말은 아무 소용없는데." 칼이 지적했다.

"아악! 정말 돌아버리겠어!" 타라가 핏대를 올리면서 두 손으로 머리를 감싸는데 파란빛이 번쩍이고 있었다. "너희들이 무슨 말을 하는지 한마디도 모르겠어. 무슨 열정의 밤? 슬루르크!"

타라의 욕설에 무아노는 얼굴을 찡그렸다. 파브리스는 타라의 손을 보면서 뒷걸음쳤다. 로빈은 아주 큰 잘못을 저지른 듯한 느낌에 무슨 일이 있었는지 설명하기로 했다.

"네가 나한테 다가와서 끌어안았어."

"아니, 난 전혀 모르는 일이야." 타라가 말하고 이를 악물었는데 두 손에서 번쩍이는 파란빛이 더 강렬해져 있었다. "내가 몽유병에 걸린 거라면 몰라도 나는 간밤에 이 침대를 떠나지 않았어. 악몽을 꾸면서 야수로 변신하는 무아노와 파프니르, 너한테는 미안한 말이지만 요란하게 코를 고는 파프니르 사이에 끼어 잤단 말이야!"

"야아! 나는 코 안 고는데!" 파프니르가 투덜거렸다.

"에이, 너 코 골아." 칼이 말했다. "근데 노래 부를 때보다 훨씬 음악성이 있어."

파프니르는 도끼를 움켜잡고 격분한 얼굴로 다가섰다.

"너! 내가 노래하는 거 싫어하지?"

칼은 카나리아에게 눈독을 들이고 있는 고양이처럼 탐욕의 미소를 지었다.

"아냐, 네 노래 엄청 좋아해!"

파프니르는 누그러졌다.

"초강력 무기인 네 노래를 아주 좋아하지!"

난쟁이는 얼굴이 빨개져서 칼에게 달려들었다. 칼은 배꼽이 빠져라 웃어대면서 피했다. 아르칸즈는 분위기의 주도권을 잃은 느낌이 들었다. 실버는 재빨리 파프니르를 붙잡아서 도끼를 빼앗고 무릎에 앉혔다. 파프니르가 벽이라도 부숴버릴 듯한 기세로 실버에게 주먹을 휘둘렀지만, 실버의 비늘이 충격을 흡수하면서 난쟁이의 손이 아팠다. 아연실색한 빨간 머리 전사가 실버를 쳐다봤다.

"너는 안 아팠지?"

"미안해, 파프니르 전사."

"기가 막혀서! 누군가를 때렸는데 내 주먹이 아프기는 처음이네!"

파프니르는 문득 실버의 무릎 위에 앉아 있다는 걸 깨닫고 펄쩍 뛰어내렸다.

"내 도끼 돌려줄래, 불굴의 전사?"

"불쌍한 칼을 추적하지 않겠다고 약속하면." 실버는 아주 진지하게 말했다.

"웃자고 하는 거야." 칼은 매직 6총사의 친구 사이를 전혀 이해하지 못하는 실버에게 설명했다. "내가 약을 올리고 도망치면 성난 파프니르가 나를 쫓아오지만 붙잡지는 않아. 웃자고 하는 장난이니까."

"아, 그런 거였구나! 미안해, 몰랐어." 실버가 당황했다.

실버는 파프니르에게 도끼를 돌려주었다. 난쟁이가 매섭게 쏘아봤지만, 이번에는 칼이 도망치지 않았다.

"지긋지긋해!" 타라가 폭발했다.

그리고 마법이 폭발했다.

타라는 그래도 양심상 바깥을 향해 폭발하게 했다. 창문이 나 있는 쪽의 벽이 통째로 사라졌다. 몇 헥타르에 이르는 초원이 불타면서 불이 작은 숲으로 번졌고 새들과 다른 동물들이 혼비백산해서 달아났다. 타라의 마법에 놀란 아르칸즈와 악마들의 눈이 휘둥그레졌다.

마왕의 아들은 이 광경을 지켜보면서 침을 삼켰다.

"내가 정신적 피해를 주었다면 사과할게." 아르칸즈는 아주 빠르게, 아주 공손하게 말했다. "제발 나를 용서하기 바란다."

타라는 아르칸즈의 말을 무시하고 친구들에게 말하는데 입꼬리가 묘하게 일그러졌다.

"너희가 그렇게 궁금해하는 일이니까 간밤에 무슨 일이 있었는지 밝혀보자. 로빈, 간밤에 네가 한 일을 자세히 말해봐."

로빈은 진땀을 흘리기 시작했다. 타라는 비밀로 부치고 싶은 표정이 아니었다. 실제로 타라는 벌겋게 달아오른 용접기처럼 보였다.

갑자기 목이 답답한 로빈은 엘프의 셔츠 깃을 약간 풀고 용감하게 말했다.

"우리는…… 방을 나갔어."

"아하?" 타라는 친구들이 있는 데서 그러지 않았다는 것에 안도하면서 말했다. "그래서 좀 전에 왕자님이 복도의 감시카메라에 대한 말을 했구나. 그다음은?"

"나를 잡아끌고 내 방으로 갔어. 그러고는…… 그러고는 옷을 벗었어."

타라의 얼굴이 창백해졌다.

"뭐라고?"

"그리고 네가…… 네가 나를 벽으로 밀어붙였어."

"와우!" 칼이 중얼거렸다. "이제야 진짜 재미있기 시작하네. 타라의 모습은?"

"속옷만 입은 상태였어." 로빈이 대답했다.

무슨 일인지 제일 먼저 알아차린 무아노가 로빈을 도와주러 달려왔다.

"타라가 아니라는 걸 알아차리고, 타라 행세를 하는 추잡한 악마……(무아노는 아르칸즈를 힐끔 쳐다보며 멈칫하다가 말했다)를 때려눕혔지? 그랬지?"

로빈은 혼란스러운 시선을 던졌다.

"아니, 그게 아냐."

타라는 다리에 힘이 빠져서 앉아야 했다.

"나…… 나는……." 하프엘프가 말을 더듬으면서 애원하듯 타라를 향해 손을 내밀었다.

"너에게 찰싹 달라붙은 거의 알몸 상태의 예쁜 여자라는 것 말고는 전혀 알아차리지 못한 거야, 그치?" 칼이 눈을 반짝이면서 대신 말했다. "그런 상황에서 정신을 차린다는 건 힘들지. 너에게는 아주 힘든 밤이었겠다."

타라의 싸늘한 눈빛과 마주친 하프엘프는 아무 말도 못 한 채 손을 내렸다. 고개만 끄덕였다. 칼이 휘파람을 불었다. 그리고는 아르칸즈를 향해 돌아서면서 넉살 좋게 외쳤다.

"이제 털어놓으시죠! 당신이 보낸 여자라고! 나한테도 좀 보내줘요. 반쯤 벌거벗은 근사한 여자 두세 명 정도는 감당할 수 있는데."

"칼!" 이번에는 파브리스가 무아노보다 빨랐다.

"또 뭐?"

"나는 이 사건과 아무 관련이 없다." 아르칸즈가 초록빛 눈을 번득이면서 응수했다. "악마/미녀들은 너희에게 접근하지 말라는 명을 받고 있다. 그런데 감히 내 명을 어긴 여성이 있었다니, 나는 정말 모르는 일이다."

아르칸즈의 얼굴로 봐서는 누군가 뼈저리게 후회하고 있겠는걸.

"그렇다고 치고요!" 칼이 인상을 쓰면서 배짱 좋게 말했다. "우리는 이 궁전에 와서 잠을 잤어요. 그런데 맙소사! 우리가 잠든 사이에

한 여자가 타라 행세를 하면서 옛 남친을 유혹했다? 진짜 인간으로 행세하고 싶으면 좀 더 그럴듯한 알리바이를 만드는 것부터 배워야 할 거예요."

아르칸즈가 노려봤지만, 칼은 천사 같은 미소를 지으면서 모른 체했다.

"나를 믿지 않는다면 어쩔 수 없지. 하지만 나는 정말 그 배신자에 대해 아는 바가 없다고 맹세한다. 이 사건은 너희뿐만 아니라 나까지 속인 것이다. 내가 너희에게 이 일에 대해 말하지 않았다면 나도 함정이라는 걸 몰랐을 거다. 엘프, 너는 함정에 빠진 거야."

"너…… 너…… 정말 내가 아니라는 걸 몰랐단 말이야?" 타라가 상처받은 목소리로 로빈을 쳐다보면서 물었다.

하프엘프는 어찌할 바를 모르고 있었다. 불과 몇 시간 전에는 타라가 본의 아니게 주문으로 자신을 유혹했다는 걸 알고 충격을 받았는데 이번에는 비난을 받는 처지에 놓이다니! 검은 머리칼이 섞인 은발, 자신의 취향에는 아직 너무 짧은 머리를 만지면서 로빈은 한숨을 내쉬었다.

"미안해, 타라." 로빈이 간절하게 말했다.

로빈은 타라에게 다가가서 무릎을 꿇고 손을 잡았다. 그러고는 크리스털 눈으로 타라의 쪽빛 눈을 응시하면서 말했다.

"미안해, 내가 멍청했어. 네가…… 아니 그 여자가 한 말이라고는 '쉿'이라는 말밖에 없었는데. 다른 말을 했다면 대번에 알아차렸을 거야, 타라. 그 여자가 나에게 한 짓은 아무 의미가 없어. 그 빌어먹을 주문의 영향 없이도 내가 여전히 너를 사랑하는지, 아닌지 아직은 모르겠어. 하지만 한 가지는 알아. 내가 그 악마/미녀와 벌인 행동은 우리 둘 사이에 어쩌면 존재하는 감정과는 아무런 관련이 없다는 거야."

타라는 매정하게 손을 뺐다. 로빈이 일어났다.

"네 입으로 '빌어먹을 주문' 때문에 나한테 다가오지 않겠다고 분명히 말해놓고서 그 상황이 이상하다고 생각하지 않았다고?"

"네가 나랑 화해하려고 그러는 거라고 생각했어."

당황한 로빈은 타라의 번뜩이는 눈을 차마 마주 볼 수 없어서 고개를 떨어뜨렸다. 타라는 긴 금발을 뒤로 넘기면서 다그쳤다.

"그러는 거라니?"

"나를 유혹하는 거라고 생각했어." 로빈이 말했다.

"그래, 그럴듯하다." 타라는 여전히 냉소적으로 응수했다. "너는 나를 더 이상 원치 않는데 나는 너를 유혹한다? 그래서 그다음은?"

로빈의 반쪽 인간이 창피함을 느끼면서 땀이 줄줄 흘러내렸다.

"너……."

"'너'가 아니라 악마/미녀라니까! 나는 그 시간 친구들과 마찬가지로 침대에 있었어."

"더 자세히 듣고 싶은 거 확실해?"

타라와 칼이 동시에 대답했다.

"응!"

"그래, 네 말이 맞다. 그만둬." 너무 상처를 받아서 무심코 대답했던 타라가 다시 말했다.

"더는 말하고 싶지 않았는데 다행이다." 하프엘프는 너덜너덜해진 자존심을 추스르면서 말했다.

갑자기 피곤한 표정을 지으면서 의자에 웅크리는 타라. 괴로움 때문에 머리를 숙이고 어깨가 축 처진 타라는 자신이 조그맣게 줄어드는 것 같은 이상한 느낌이 들었다.

로빈이 다가가서 어깨에 손을 올렸다. 타라가 아무런 반응도 하지 않고 멍하니 쳐다보자 로빈은 마치 불에 덴 것처럼 손을 뗐다.

엘프의 피가 끓어오르기 시작했다. 로빈은 운명에 대해, 함정에 대해, 악마들에 대해 격분하고 있었다. 이사벨라와 마니투에 대해, 인간이 아니라 악마를 안고 있다는 걸 알아차리지 못한 자기 자신에 대해 격분하고 있었다.

그렇게 멍청할 수가!

아르칸즈가 만면에 미소를 머금고 끼어들었다.

"정리하자면 타라 덩컨, 너는 이제 로빈의 여친이 아니며, 로빈은 너를 배신한 거구나. 그런데 나는 네 기분을 전환시켜줄 수 있다."

기분 전환이라니? 타라가 무슨 뜻이냐고 따져 물으려는 순간 아르칸즈는 말을 계속했다.

"최근에 어머니를 잃었고, 아버지는 아주 오래전에 잃었다고 들었다."

타라는 반응하지 않았다. 아르칸즈는 다음에 할 말의 효과를 위해 잠시 뜸을 들였다.

"오늘 아침에 너와 재판관을 만나게 해줄 생각이다. 그래서 너에게 부모님을 만날 기회를 주려는 거야!"

20
재판관

공포심을 주는 아티팩트가 짧은 면회를 위해
비욘드월드에서 부모님을 소환해준다고 하면
거역하지 않는 것이 좋은데

*

타라는 어안이 벙벙했다. 림보에 온 목적이 재판관을 만나기 위해
서인데……. 그럼 원하는 것을 얻기 위해 싸울 필요가 없는 건가? 뜻
밖에도 아르칸즈가 이런 선물을 하다니. 타라는 눈을 가늘게 뜨면서
의혹의 눈길을 보냈다. 하지만 잘생긴 악마가 타라를 쳐다보고 있는
데 거짓의 눈빛이 아니고, 아주 흡족해하는 표정이었다. 타라가 너무
과민한 건가? 이런 선물은 아르칸즈가 타라의 머릿속을 읽지 않는 한
불가능했다. 그리고 이 악마의 행성에는 진실의 입이 없었다. 3년 전,
타라는 살인범으로 고소된 칼의 무죄를 밝히기 위해 재판관에게 브
란디스의 혼령을 소환해달라고 도움을 청했고, 재판관의 배려로 뜻
밖에도 아버지의 유령을 만날 수 있었다. 검은 돌덩이 조각상 재판관
은 가차 없는 판결을 내리면서 악마들의 세계에 막강한 힘을 행사하

고 있었다. 필요한 경우에는 끔찍한 고문으로 실토하게 만들기 때문에 재판관은 아주 완고하고, 공포심을 주는 아티팩트였다.

재판관은 영혼을 불러낼 수 있을 뿐 육신을 소생시키는 능력은 없었다. 그렇지만 영혼이나마 불러낼 수 있으니 얼마나 대단한가.

아무튼 어머니의 영혼을 만나면 무슨 일이었는지, 돌아오고 싶은 마음이 있는지 물어볼 것이고, 아닐 경우는 작별 인사라도 할 수 있다.

"부…… 부모님?" 타라가 아주 작지만 생기 있는 목소리로 중얼거렸다. "하지만……."

"나는 어머니가 없었어." 아르칸즈가 슬픈 목소리로 말했다. "인간 유전자와 아버지의 유전자가 들어 있는 인큐베이터 안에서 잉태되었으니까. 하지만 훌륭한 유모 악마가 키워주었지. 만약 유모가 사라진다면 나는 견딜 수 없을 정도로 애통할 거야. 그래서 네가 얼마나 마음이 아플지 짐작이 돼. 그게 이 만남을 주선한 이유야. 나를 따라와, 타라 덩컨."

타라가 벌떡 일어나다 부딪치는 바람에 로빈이 넘어질 뻔했다. 그러나 타라는 배신자에게 눈길도 주지 않고 아르칸즈에게 손을 내밀었다. 타라의 손을 잡은 아르칸즈는 팔짱을 끼면서 데리고 나갔다.

파브리스는 무아노를 쳐다보면서 속삭였다.

"왜 이렇게 불쾌하지?"

아르칸즈와 팔짱을 낀 채 멀어져 가는 타라의 뒷모습을 쳐다보면서 무아노는 눈살을 찌푸리고 있었다.

"불쾌한 정도가 아니라 불길해. 저 작자, 느낌이 안 좋아. 타라가 원하는 걸 너무 정확하게 알고 있단 말이야."

파브리스는 고개를 끄덕이면서 타라를 따라갔다.

무아노와 칼, 파프니르, 실버도 뒤쫓았다. 로빈은 분노를 억제하고 달래면서 맨 마지막으로 따라나섰다. 언젠가는 폭발할 텐데 그 대상이 아르칸즈가 되길 바라면서.

로빈의 기분에 민감한 릴란드릴의 활이 어깨에 유형화되었다. 하프엘프는 불길한 미소를 지었다. 그들이 지나가는 모습을 지켜보던 악마들이 로빈에게서 위험을 느꼈는지 약간 뒷걸음쳤다.

파브리스는 타라에 대한 걱정 말고도 점점 기분이 좋지 않았다. 악마의 마법에서 완전히 벗어났다고 생각했는데 느낌이 이상했다. 뼈와 살 속에서 무언가가 파브리스를 유혹하고 있었다.

파브리스는 궁전의 화려한 복도를 걸어가다 그게 무엇인지 알아차렸다.

악마의 마법이 부르는 것이었다. 주위가 온통 악마의 마법을 지닌 사물들이었다. 파브리스의 몸과 영혼이 악마의 마법을 똑똑히 기억하고 있었다. 파브리스는 이를 악물었다. 그리고 치명적인 유혹을 물리치게 해주는 무아노를 쳐다봤다. 무아노의 얼굴, 귀여운 눈을 보고 있으면 마음이 진정되었다. 파브리스는 그동안 터득한 운동으로 긴장을 풀었다. 악마의 마법은 일단 복용하면 끊기 어려운 마약과 같아서 유혹을 떨치기 쉽지 않기 때문이다.

무아노는 잠자코 있었지만 야수의 예민한 후각 덕분에 파브리스에게 문제가 생겼다는 걸 직감했다. 파브리스가 두려움에 떨고 있었다. 아르칸즈에게 그들의 정체가 들통 났을 때 느꼈던 두려움이 아니었다. 아니, 이건 예민한 코를 자극하는 불쾌한 두려움이었다. 게다가 파브리스는 땀을 흘리고 있었다. 무아노는 바보가 아니었다. 무슨 일인지 잘 알고 있었다. 파브리스를 꾀어낸 마지스터가 나타났을 때 무아노는 당장 달려들어서 갈퀴발톱으로 갈가리 찢고 싶은 걸 억제해야 했다. 마지스터가 림보를 경유한다는 말을 했을 때는 등줄기가 오싹했다.

두려워하던 일이 현실로 되고 있는 것이다. 악마의 마법이 파브리스를 유혹하고 있었다. 여기서 살아남는다면 어떤 선택을 해야 할까? 파브리스가 이 충동을 이겨낼 수 있게 도와줘야 하나? 아니면 혼자 헤쳐나가게 내버려두고 지켜봐야 하나? 간밤에 무아노는 이런 생각에 한동안 뒤척이다 잠이 들었기 때문에 타라가 한밤중에 여러 번 변신했다고 말할 때 놀라지 않았다. 위험을 느끼거나 불안해지면 야수로 바뀌는 일이 점점 잦아지고 있는데 자는 동안에도 변신한다니, 정말 걱정이었다. 무아노는 숨을 들이쉬면서 꽃향기 그윽한 신선한 공기에 새삼 놀라면서 결정을 내렸다.

무아노는 파브리스를 돕지 않기로 했다. 마법에 대한 욕심 때문에 그토록 시련을 겪었으면서 이겨내지 못한다면 무아노에게 어울리는 짝이 아닌 것이다. 갑자기 울컥하면서 목이 메었다. 언젠가는(당장은 아니지만) 결혼 생각까지 하는 소년이 제발 믿을 만한 모습을 보여주길 간절히 빌었다.

타라는 세상에 존재하는 가장 위험한 악마 중 한 명과 팔짱을 끼고 있다는 것에 잔뜩 경계하면서 이상한 낌새가 없는지 주위를 살피며 걸었다. 그렇지만 모든 것이 정상으로 보였다. 악마들은 일에 열중하면서 그들이 지나갈 때는 정중하게 비켜섰다. 복도를 따라 여러 개의

방이 있는데 누군가 고문을 당하는 모습도, 비밀을 감추기 위해 후닥
닥 닫히는 방문도 없었다. 괴상망측한 모습의 악마들, 현란한 색깔의
복도와 방을 제외하고는 지구의 궁전과 같았다. 타라는 악마들이 감
정에 따라 색깔을 바꾼다는 걸 알고 있었다. 그런데 지난번에 림보를
방문할 때 봤던 것처럼 공격적이거나 두렵거나 잔혹한 빛깔이라곤
없었다. 여기저기서 붉은 악마들이 특수한 몸뚱이로 먼지를 털거나
빨아들이면서 청소하고 있었다. 지난번과는 달리 거대한 악마가 나
타나서 괴롭히는 일도 없었다.

정말 뜻밖이었다.

아르칸즈는 마치 허물없는 사이라도 되는 듯 수다를 떨고 있었다.

"우리는 수세식 화장실을 설치했다. 태양에너지를 양식으로 삼던
우리의 몸과 인체조직은 많이 다르기 때문에. 우리 종족에게 화장실
은 정말 상상도 못 한 아주 놀라운 체험이었지."

아르칸즈의 말이 끝나기가 무섭게 칼은 마치 방금 도착한 관광객
에게 달려드는 모기처럼 따끔한 질문을 했다.

"태양을 변형시켜놨는데 인간 모습이 아닌 악마들은 뭘 먹고 사
나요?"

아르칸즈는 기꺼이 대답했다.

"당연히 그 문제부터 해결했지. 그 프로그램을 실행하기 직전에 인
간의 소화기계통을 가질 수 있도록 우리의 몸을 변형시켰다. 창자 안
에 기생하는 박테리아에 대한 개념을 전혀 몰랐기 때문에 우리가 만
든 박테리아는 소화를 도와주기는커녕 약간 공격적으로 숙주를 갉아
먹는 경향이 있었지. 하지만 마침내 방법을 찾아냈지. 일종의 광합성

처럼 태양에서 에너지의 일부를 빼내고, 부족한 것은 우리가 수백 년 전부터 재배해온 양식으로 보충했어. 이야기가 나왔으니까 말인데 너희는 인간의 창자 안에 수십억 마리의 박테리아가 있으며 그 무게가 1500그램이나 나간다는 걸 알고 있니? 세균과 박테리아가 먹은 것을 소화시켜주기 때문에 인간들이 살 수 있다는 사실은 아주 흥미로웠지."

칼은 오만상을 찌푸렸다. 소화기계통에서 일어나는 일을 떠올리고 싶은 마음이 추호도 없는데, 이렇게 상세한 설명을 해주다니.

타라는 바짝 긴장했다. 악마들의 장대한 계획은 수백, 수천 년에 걸쳐서 진행되고 있는 것이었다. 필요할 때마다 변신을 거듭하면서 모습을 바꿔왔고, 그 파라미터에 따라 양식을 재배하고, 소화기관까지 연구해왔다는 것은 아주 불길한 징조였다.

"인간에 대해 이 정도로 자세히 알고 있다니 놀랍네요!" 칼이 능청스럽게 물었다. "창자 안에 뭐가 있는지 알 정도로 우리에 대해 모르는 게 없으니 다음 계획은 뭐죠? 우리를 대신할 건가요?"

칼의 지적에 아르칸즈는 상당히 충격을 받은 얼굴이었다. 어쩌면 아르칸즈는 진실인지 아닌지 알 수 없을 정도로 연기가 뛰어난 명배우일지도 몰랐다.

"너희를 대신해? 그것도 아주 흥미롭구나. 어제도 말했듯이 너희 세계의 인간들이 더 이상 우리를 위험한 존재로 여기지 않길 바란다. 우리는 외교 관계를 수립하고 싶다. 그리고 가공한 것이든 아니든, 인간 세계에 있는 모든 상품에 관심이 있어."

타라는 악마의 달콤한 화술에 말려들지 않고 물었다.

"하지만 드래곤과 인간들이 악마들을 이 세계에서 나오지 못하게 가두었을 때 노발대발했던 파벌은 당신의 평화로운 진보 계획에 대해 어떻게 생각하는데요?"

"인간 모습의 악마들 쪽은 상품을 사고팔면서 착하게 살겠다고 하는데 괴물 모습의 악마들 쪽은 모조리 잡아먹겠다면서 으르렁거리나 보죠? 그래서 그들을 과격하게 다루고 있나요?"

칼까지 어찌나 신랄하게 이죽거리는지 타라는 상대가 자신이었다면 정말 가슴이 뜨끔할 것 같았다.

이번에는 아르칸즈가 선뜻 대답하지 않았다. 갑자기 얼굴이 험악해지는 것으로 보아 칼의 비아냥거림이 몹시 불쾌한 모양이었다.

"지금 문제를 해결하고 있는 중이다."

타라는 속으로 말했다. '그거야 당연하지. 인간과 드래곤을 상대로 전쟁을 이끌었던 악마의 아들이자, 알 수 없는 어떤 목적이 있는 옐로파의 수장인데 해결해야 할 문제가 한두 가지겠어?'

문득, 타라는 재판관과 연관된 기억 하나가 떠올랐다. 재판관의 목소리가 어찌나 우렁찬지 아직도 귓가에 생생했다. 몇 년 전에 셈 선생님과 타라 그리고 친구들이 한 방에 불쑥 들어갔을 때 재판관은 낭랑한 울림이 있는 걸걸한 목소리로 마왕에게 답하고 있었다. '그는 거짓말을 하였다. 그는 그들이 어디 있는지 알고 있다. 당신은 그에게서 진실을 빼낼 만큼 강력하지 않다. 당신이 가진 힘의 일부를 그에게 내어줌으로써 종족에 대한 확실한 경쟁자를 만들어놓은 것이다. 그런데 당신 뒤에 있는 드래곤은 뭔가?'

바로 그때 셈 선생님이 달려들어서 마왕을 깔아뭉갰던 것이다.

불행히도 마왕은 끝내 살아남았지만.

당시 타라 일행은 재판관이 마지스터에 대해 말하는 것이라고 추측했다. 그런데 타라는 이제야 잘못 생각했다는 걸 깨달았다. 그들은 마지스터가 마법이 훨씬 강력한 마왕에게서 힘을 얻은 것이라고 생각했는데 그게 아니었다. 마지스터가 악마의 마법을 갖게 된 것은 아주 우연히 악마의 힘을 지닌 셔츠가 몸에 결합되었기 때문이다. 그리고 마지스터는 악마 종족이 아닌데 마왕의 경쟁자가 될 수는 없지 않은가.

마왕은 재판관에게 전혀 다른 경쟁자에 대해 묻고 있었던 것이다. 마왕 자신이 직접 만든 새로운 종족, 인간의 모습을 한 아르칸즈, 자신의 친아들에 대해 묻고 있는 것이었다. 그렇지만 당시 아르칸즈는 열네 살이나 열다섯 살이었다

타라는 여기서 무슨 일이 일어나고 있는지 갑자기 명확해졌다. 아르칸즈는 팔을 잡은 타라의 손이 경련을 일으키는 걸 알아차렸지만 아무 내색도 하지 않았다.

칼이 이번에도 공격적인 발언을 하려는 순간 아르칸즈가 무더기를 이룬 흰 백합꽃 앞에서 갑자기 걸음을 멈췄다. 자세히 살펴보니 흰 백합처럼 생겼는데 줄기에 커다란 가시가 돋아 있었다.

백합 같은 꽃들이 시커먼 철문을 완전히 뒤덮고 있었다.

아르칸즈가 손을 내밀자 백합들이 허리를 숙이면서 날카로운 가시들이 드러났다. 꽃들이 달려들 때 흠칫 놀란 아르칸즈의 손에서 한 줄기의 빨간색 피가 흘러내렸다.

"이런!" 칼이 악마들의 왕자에게 손수건을 내밀면서 말했다. "이걸로 닦아요. 옷에 피가 묻겠어요. 보안장치로는 좀 과한 거 아니에요?"

칼의 예의 바른 태도와 단박에 보안장치를 알아보는 예리한 관찰력에 아르칸즈가 놀라며 눈을 가늘게 떴다.

"고맙다." 아르칸즈는 피를 닦은 다음 손수건을 칼에게 돌려주면서 말했다. "드래곤이 방문한 뒤로 이걸 설치했지. 내 아버지의 허락없이는 누구도 이 방에 들어가는 걸 원치 않기 때문에." 아르칸즈가 타라에게 몸을 숙이고 빤히 쳐다보면서 덧붙였다. "아버지는 드래곤에게 깔렸던 것 때문에 노발대발하셨거든."

그거야 그랬겠지. 타라는 이해할 수 있었다.

"흥, 보안장치치고는 형편없군. 드래곤이 입김만 뿜어도 예쁜 꽃들이 홀랑 타버릴 텐데. 그러면 이 방에 들어가는 건 식은 죽 먹기지." 파프니르가 말했다.

"아니, 그렇지 않아." 아르칸즈는 빙긋이 웃으면서 말했다. "꽃들이 영양을 공급받지 못하고, 불의 공격까지 받게 되면 문은 자동으로 잠겨서 아무도 들어가지 못해."

"그러면 방에서 나갈 수도 없는 거니까 멍청한 짓이지." 파프니르가 쫑알거렸지만 소리가 작아서 아르칸즈는 듣지 못했다.

아르칸즈가 문을 밀었는데 삐걱거리는 소리 같은 불길한 전조는 없었다.

정확하게 기억나지 않아도 타라는 들어가본 적이 있기 때문에 어떤 방인지 알고 있었다. 진실과 거짓, 배신의 방. 타라는 그 방에서 보았던 장면이 떠올라서 소름이 돋았다. 정적이 흐르는 방, 돌벽에 갇혀서 분노와 두려움이 섞인 비명을 질러대던 수천, 수만의 악마들.

문이 열리자 아르칸즈가 말했다.

"드디어 재판관을 만나게 되었구나."

그들은 어마어마하게 넓은 방으로 들어갔고, 재판관 조각상이 받침대에 놓여 있었다.

조각상은 변하지 않은 것 중 하나였다. 눈 하나와 귀 하나, 입 하나를 투박하게 새긴 검은 돌덩이. 흉측한 얼굴들이 조각된 끈적거리는 의자, 즉 재판을 받으러 온 이들이 앉는 의자는 부분적으로 하얀 천이 덮여 있었다. 형을 집행하는 망나니는 토가 차림인데 푹 삶아진 것 같기도 하고, 불도저에 깔려서 찌부러진 것 같기도 한 바닷가재와 병든 코끼리를 뒤섞어놓은 듯한 형상이었다. 검처럼 생긴 팔로 재판관에게 거짓말을 하는 자들의 수족이나 머리를 베어버리는 것이 망나니의 역할이었다.

그런데 방 안에 달라진 것이 세 가지가 있었다.

타라가 떠올리는 것만으로도 소름이 끼쳤던 돌벽에 갇혀 있던 악마들이 사라지고 없었다.

그리고 그들이 들어갔을 때 일종의 석영 전광판이 꺼졌다.

조각상 앞에 있는 이상하게 생긴 나무에 디아블로가 묶여 있는데 마치 십자가에 못 박힌 형상이었다.

똑, 똑, 똑, 떨어지는 검붉은 피가 진홍빛의 구불구불한 냇물을 이루고 있었다.

타라는 아르칸즈에게서 팔을 빼고 빤히 쳐다보면서 내뱉듯 말했다. 외교적으로 결례가 되는 행동이었다.

"재판관을 움직이려고 이제는 제물까지 바칩니까?" 타라가 경악하면서 쏘아붙였다.

디아블로의 배가 갈라져 있고 수 미터에 이르는 내장이 빠져나와서 냄새가 고약했다. 교활한 미소를 지을 거라고 예상했는데 아르칸즈는 전혀 모른다는 얼굴이었다.

"하지만…… 하지만." 아르칸즈는 어물어물 말하면서 마치 악마의 몸속으로 내장을 도로 집어넣으려는 듯 디아블로를 향해 달려갔다.

격분한 타라가 아르칸즈를 향해 다가가는데 두 손에서 파란빛이 번쩍이고 있었다.

"왜 이랬어요?"

아르칸즈는 대답할 겨를이 없었다.

디아블로의 시체가 폭발해버렸으니.

타라의 손에서 발사된 불덩이는 디아블로의 배를 향해 날아갔고, 덩치가 워낙 크다 보니 마치 폭발하는 것처럼 보인 것이었다. 그 자리에 있는 이들이 모두 빛의 속도로 피했다.

질겁한 타라는 마법을 정지했다. 악마들이 허겁지겁 불을 껐다. 죽은 시체인데도 계속 꿈틀거리고 있었다. 냄새가 지독했다. 살 타는 냄새가 진동했고, 파브리스는 몸속의 늑대가 군침을 흘리고 있음을 느꼈다.

"타라?" 칼이 재빨리 말했다.

"응?"

"마법을 다시 작동하면 안 돼! 알았지?"

"왜?"

"위에서 소화되지 않은 당분과 녹말, 섬유질이 장으로 넘어오면 박테리아들이 분해시키잖아. 탄수화물은 분해되면서 수소와 메탄 가스를 생산하는데 그게 바로 네가 방귀 뀔 때 배출하는 가스야. (타라의 얼굴이 빨개졌다. 친구들 앞에서 방귀를 뀌지 않으려고 분명히 조심한 것 같은데!) 그런데 이 가스는 인화성이 높단 말이야. 디아블로는 몸집이 큰 데다 모르긴 몰라도 소화 기능에 큰 문제가 있었기 때문에 가스가 쌓여 있다가 네가 발사한 마법의 불꽃이 닿으면서 탄 것 같아."

"아, 그런 거야?"

화장실에서 김이 피어오르는 대변의 이미지와 방귀를 떠올리던 타라는 머리가 빠르게 돌아가기 시작했다.

지금은 마법을 사용하지도, 모든 걸 폭발시키지도 말아야 했다.

그렇지만 타라는 아르칸즈를 향해 다시 마법을 발사했고, 창백한 얼굴로 천천히 일어나던 아르칸즈는 아슬아슬하게 불길을 피했다.

"블루파 때문에 불안했나요? 그래서 옐로파의 수장인 당신이 디아블로를 죽인 거예요?"

충격을 받은 아르칸즈는 타라가 위협적으로 흔드는 손가락을 피해 뒷걸음쳤다.

"하지만 나는 아무도……." 아르칸즈는 말을 잇지 못했다.

타라가 한 말이 마침내 아르칸즈의 신경세포를 건드렸다. 악마의 눈살이 찌푸려졌다.

"프루이크[31]! 옐로파와 블루파를 어떻게 알고 있지?"

타라는 말을 내뱉자마자 후회했다. 슬루르크! 너무 격분한 나머지 중요한 카드를 내보인 것이다.

"우리를 만나러 왔었어요." 타라는 마지못해서 털어놨다.

"누가? 디아블로가? 언제? 무슨 이유로?"

재판관 앞에서는 거짓말할 수 없다는 걸 타라는 잘 알고 있었다. 거짓말할 경우 절대 속아 넘어가지 않는 재판관이 수족을 잘라버리는 무서운 습성이 있기 때문이다.

그 순간 바닷가재/코끼리 형상의 망나니가 당장이라도 달려들 기세로 타라를 지켜보고 있었다.

"간밤에 와서 당신에 대해 말했어요. 그리고 당신의 계획에 대해서도."

아르칸즈의 표정이 굳어졌다.

"나는 태어날 때부터 디아블로를 알고 있다." 아르칸즈는 위협적인 목소리로 말했다. "너희 인간들과는 달리 우리는 신의가 있어."

타라는 거만하게 내뱉었다.

"신의? 이 방은 진실과 거짓, 배신의 방이라고 불리죠. 당신이 신의가 뭔지 알기는 하고요?"

아르칸즈가 처음으로 타라에게 분노를 표출했다.

· · · · · · · · · · · · · · ·

31. 악마들의 용어로 아더월드에서 사용하는 슬루르크와 마찬가지로 '빌어먹을'이란 뜻이다.

"너희는 우리를 이해할 수 없어. 인간들의 눈에는 우리가 거짓말이나 하고 서로를 이용해먹는 것으로 보이겠지. 내 아버지가 우리 종족의 미래를 바꾸기 위해 원대한 계획을 세우기 전에는 그랬을지도 모르지. 디아블로가 배신을 했다고? 절대로 그럴 리 없어!"

'아르칸즈가 화를 내고 있어.' 타라는 속으로 쾌재를 올렸다. 일이 잘 풀리고 있었다. 이제 조금만 더 물고 늘어지면 되는데.

"우리에게 알리고 싶지 않은 계획이 많은가 보죠?"

아르칸즈가 조심스럽게 조각상을 힐끔 쳐다봤다.

"타라 덩컨, 너희 제국도 아더월드의 다른 나라들에 비해 계획이 많은 걸로 아는데? 그래, 우리는 여러 가지 계획이 있지. 많지도 적지도 않을 정도로."

타라는 밀어붙였다.

"그러니까 우리 세계를 다시 침략해서 닭처럼 먹어치울 계획은 없다는 건가요?"

아르칸즈는 밝은 미소를 지었다.

"아, 맛있는 닭고기. 우리 행성에는 너희 세계의 양식이 상당히 많은 편이지. 그런데 이상하게도 돼지보다 닭이 여기 풍토에 적응하지 못하고 있어. 그래서 아주 값비싼 요리가 되었다. 나 역시 닭고기를 좋아하고."

타라가 당신이 뭘 좋아하거나 말거나 관심 없다는 말을 어떻게 쏘아붙일까 궁리하고 있을 때 아르칸즈가 말을 이었다.

"그 질문에는 대답하지 않겠다, 타라 덩컨. 너희가 관여할 일이 아니니까. 그리고 너희 인간들이 우리의 오랜 적이라는 걸 잊지 않고

426

있다. 양쪽에서 호의를 표시하지 않는 한 그 계획을 너희에게 말할 이유가 없지."

아르칸즈가 답변을 거부했다. 타라는 돌려 말했다.

"반대파의 계획이 성공하길 바라는 사람은 아무도 없을 거예요." 타라는 피투성이 시체를 가리키면서 말했다. "당신이 아니면 누가 저랬을까요? 디아블로는 당신이 옐로파의 수장이라고 분명히 말했어요. 옐로파는 가장 강력하며, 악마 종족을 인간의 모습으로 변형시켰고, 행성을 지구처럼 만들었다고 했어요."

아르칸즈는 주의 깊게 들으면서 눈살을 찌푸렸다.

"디아블로가 그렇게 말했다고?"

"더 많은 걸 말해줬어요." 타라가 대꾸했다(이건 사실이었다). "하지만 당신이 디아블로는 절대로 배신하지 않았다고 생각하는 이상 나도 더는 말해주지 않을 거예요. 하지만 합의를 할 수는 있죠. 재판관 앞에서 내가 질문을 하면 솔직하게 대답해주세요. 그러면 나도 당신의 질문에 솔직하게 대답하죠."

초록빛 눈에 경계심이 가득했다. 아르칸즈가 재판관 조각상을 바라보았다.

"이 얘기는 나중에 솔직하고 정직한 적으로서 다시 하자. 지금은 너에게 마지막으로 어머니와 아버지를 만날 수 있는 기회를 줄 생각이니까."

솔직하고 정직한 적? 역시 재판관 앞에서는 감히 '너의 남친이 되고 싶다'는 따위의 터무니없는 말을 못 하네. 타라는 어깨를 으쓱했다. 강제로 답변하게 만들 수 없기 때문에 아르칸즈와 다시 맞설 때를 기다리기로 했다. 활력을 되찾게 해주는 말싸움을 한 지가 언제였던가. 아르칸즈가 끔찍한 악마이긴 해도 말다툼을 벌일 만한 상대였다.

재판관에 대해 들어본 적이 없는 실버는 아르칸즈의 요청을 받은 조각상이 눈을 뜨고 입을 벌리면서 질러대는 우렁찬 목소리에 소스라쳤다.

"오, 이럴 수가! 오무아의 어린 공주, 하프엘프, 그리고 예전에 어떻게 나를 훔쳐갈 생각을 했는지 아직도 의아한 도둑, 랑코비트의 야수, 늑대인간인 지구소년, 난쟁이 파프니르, 마지스터의 아들 하프드래곤, 림보에 온 것을 환영한다!"

재판관의 말이 끝나기가 무섭게 아르칸즈는 빙그르르 돌아서서 실버 앞으로 갔다.

실버는 경계하는 자세로 검의 손잡이를 잡았다.

"마지스터의 아들!" 아르칸즈는 믿을 수 없다는 표정으로 눈을 가늘게 뜨면서 말했다. "진작 말했어야지 그걸 왜 감추고 있지?"

실버는 숨을 내쉬면서 긴장을 풀었다.

"내 아버지를 어떻게 했습니까?" 실버가 정중하게 물었다.

"누구라는 걸 왜 말하지 않았지?" 아르칸즈는 대답하지 않고 되물었다.

실버의 손가락들이 경련을 일으켰지만 목소리는 흔들리지 않았다.

"내 아버지를 어떻게 했습니까?"

428

"내 질문에 먼저 대답하시지, 하프드래곤." 아르칸즈가 언성을 높였다. "그러면 나도 말해줄 테니까."

실버의 시선과 마주친 타라가 고개를 끄덕여 보였다. 아르칸즈는 그 눈짓을 놓치지 않았다. 더 이상 제국의 후계자도 아니고, 어떤 권력도 갖고 있지 않은데도 친구들이 소녀에게 복종하는 것에 주목했다. 인간들은 정말 이상하군.

"혹시라도 인질극을 벌일까 봐 말하지 않았어요. 아들을 위협하는 것으로 내 아버지를 꼼짝 못하게 만들지도 모르니까요."

"진실이다." 아무도 묻지 않았는데 재판관이 확인해주었다.

아르칸즈는 코를 실룩거렸다.

"나는 그렇게 생각하지 않아." 아르칸즈가 실버에게 말했다. "마지스터가 너희가 올 거라고 말하면서 자기를 악마의 사물들이 있는 곳으로 인도할 수 있는 타라 덩컨만 빼고 모두 죽여도 된다고 했거든."

실버의 입에서 상처받은 숨소리가 새 나왔다. 마지스터가 아들 따위 안중에도 없으리라는 걸 알지만 이 정도로 혈육보다 야심을 중요하게 여길 줄이야.

이번에는 재판관 앞에서 아르칸즈가 대답할 차례였다.

"결론부터 말하면 마지스터는 다시 떠났다. 하마터면 행성을 파괴할 뻔했지. 행성의 변화를 좋아하지 않았고, 소용돌이에 영향을 주어서 너희가 오는 걸 지연시키면서 한동안 머물렀다. 여기서 무슨 일이 일어나고 있는지 알고 싶었던 게 틀림없어. (아르칸즈는 엷은 미소를 지었다.) 도시에 와서 우리와 얘기하고는 너희를 기다리려고 하지 않았다. 내 아버지가 붙잡아둘까 두려워 도망친 걸지도 모르지. 아무튼 마지스터는 너희가 아더월드로 돌아올 수 있게 소용돌이를 열어둘 생각이었는데 불안정한 이 행성의 마법에 문제가 생겼던 거야."

아, 그래서 타라와 친구들이 도착했을 때 아르칸즈가 별로 놀라지 않은 건가?

아르칸즈가 아주 신중하게 진실을 말하면 재판관이 그 말을 확인해주었다. 그가 왕자든 아니든 재판관은 개의치 않았다. 거짓말을 할 경우 아르칸즈의 손가락이나 팔다리를 잘라버리는 것은 재판관의 고유 권한이라 문제될 것이 없었다.

모든 것이 자신의 예상을 완전히 빗나갔기 때문에 아르칸즈의 표정이 좋지 않았다. 상상 속에서는 상대의 반응을 예측하기가 아주 쉬웠다. 부모를 만나게 해준다고 하면 타라의 마음을 사로잡을 수 있으리라고 생각했다. 그런데 영악한 소녀가 재판관 앞이라는 걸 이용해서 마지스터에 대한 진실을 말하게 만들 줄이야! 아르칸즈는 정말 이렇게 될 거라고는 단 1초도 생각하지 않았었다. 프루이크! 지구에서는 뭐라고 하더라? 아, 빌어먹을!

"이게 내가 알고 있는 전부다." 아르칸즈는 짤막하게 말했다.

"진실이다." 재판관이 확인했다.

실버는 아르칸즈가 반감을 사지 않으려고 하는 말에 속아 넘어가지 않겠다는 듯 물었다.

"무사한 거죠?"

타라는 슬그머니 마법을 작동할 준비를 했다. 아르칸즈가 아니라고 대답하면 실버가 목을 베어버릴 텐데.

그러면 아르칸즈와 함께 그들 모두 죽는 것이다. 재판관의 도움을 받을 필요도 없이 림보에서 곧장 부모님이 있는 비욘드월드로 떠나게 되는데.

하지만 아르칸즈의 대답은 거짓이 아니었다.

"물론이다." 의심받는 것에 기분이 상한 아르칸즈가 퉁명스럽게 대답했다. "건강한 상태로 떠났다."

아, 아르칸즈는 '회복된 상태'라고 하지 않고 '건강한 상태'라는 표현으로 돌려 말했다.

"진실이다." 재판관이 확인했다.

실버는 약간 긴장을 풀었다.

"어디로 갔습니까?"

아르칸즈가 어깨를 으쓱했는데 자주 하는 걸 보면 이 인간적인 몸짓이 정말 마음에 드는 모양이었다.

"나는 모른다. 마지스터가 목적지를 택했고, '잿빛 요새'라고만 하고 다른 건 말하지 않았다."

"진실이다. 계속 이런 식이면 망나니가 휴업해야 되는데. 하! 하! 하!"

유머 감각이 있는 조각상? 정말 가관이군!

따라서 마지스터는 아더월드로 떠난 것이다. 타라만 빼고 모두 죽여도 된다고 아르칸즈에게 말한 뒤에 자기 혼자서. 점점 더 이상했다. 함께 힘을 합해서 크라에토비르의 반지와 싸우기로 했었다. 타라와 함께 반지를 공격하는 동안 오무아의 친위대와 맞서려면 타라의 친구들이 필요한데……. 마지스터가 왜 갑자기 생각을 바꿨을까?

사실은 타라 일행을 지켜주고 싶은 마음에 악마들에게는 소중하지 않다고 믿게 만들려는 속임수가 아니었을까?

음모에 음모, 지하조직망, 은밀한 이유, 모든 것이 점점 복잡해져서 타라의 머리가 터질 지경이었다.

하지만 타라는 한 가지 이유 때문에 여기 온 것이 아닌가.

"디아블로의 시체를 위해 뭔가 해줄 게 있을 텐데요." 타라는 배가 갈라진 악마를 가리키면서 말했다. "우리가 조사해도 될까요? 칼에게 맡기면 잘할 수 있는데요."

"물론이다." 아르칸즈가 대답했다. "시체 부검실로 보낼 거니까 네 친구가 참관해도 된다."

아르칸즈는 시체를 살피고 있는 악마 둘에게 손짓했다.

그 순간 타라는 재판관을 이용했다.

"누가 그랬을지 정말 몰라요?"

"전혀." 아르칸즈는 재판관을 향해 불안한 눈길 한 번 주지 않고 진지하게 대답했다. "무엇보다 이유를 전혀 모르겠다. 그들은 늘 평화적이었고, 우리 전사들 속에서는 소수였지만 점점 지지를 얻고 있었기 때문에 안타깝게 생각해. 저런 죽음을 당할 정도로 누군가에게 원한을 샀다는 것이 도무지 믿어지지 않아. 하지만 경찰이 무슨 일이 있었는지 단서를 찾고 이유를 알아낼 것이다."

아르칸즈가 말하는 경찰이 등장했다. 경찰을 '사냥개'라고 부르는 지구와는 달리, 이 행성에서 경찰은 진짜 개였다. 몸뚱이 한가운데에 팔이 달린(아니, 다리인가?) 커다란 개들은 머리가 넷이었다. 첫 번째 머리는 주둥이로 이루어져 있고, 두 번째 머리는 여러 개의 눈이 다닥다닥 있는데 사물을 수천 배로 확대하고 적외선이나 자외선까지 볼 수 있기 때문에 무엇이든 빠짐없이 검사할 수 있었다. 세 번째 머리에는 열 개의 귀가 달려 있었다. 각각 특수한 기능을 가진 귀들이 모아들인 정보들을, 뇌가 너무 큰 기형의 아기 두상처럼 생긴 네 번째 머리로 전달했다. 타라는 소름이 돋았다. 여간해서는 놀라지 않는 실버와 파프니르를 제외하고 모두 경악했다.

악마들은 아더월드처럼 크리스털 볼이 아니라, 소리와 영상을 녹화하는 검은 돌을 사용하고 있었다. 타라와 친구들이 지켜보는 가운데 부검 장면이 나타났다. 아르칸즈는 타라에게 경찰견들이 무엇을 하고 있는지 설명해주었다. 이제는 시체가 많이 수축되어 있었고, 피도 깨끗이 닦여 있었다(사실은 경찰견들이 핥아 먹었는데 몸속 장기들의 분석을 끝내고 나면 도로 토해낼 것이라는 아르칸즈의 설명에 타라와 무아노는 파랗게 질렸다). 그들은 다시 재판관 앞에 섰다.

악마들과 경찰견들이 시체를 처리하는 방식을 보면서 칼은 더 이상 부검을 지켜보고 싶지 않았다. 어떻게 하려는 거지? 먹어치울 건가?

"유감스러운 상황이지만 이제 재판관에게 부모님을 불러달라고 청해도 된다." 아르칸즈가 말했다.

부탁도 하지 않았는데 자진해서 제안해놓고 생색이라도 내려는 건가? 타라는 불신감이 들었다.

"당신의 생각이었으니까 직접 청해주시죠."

아르칸즈는 빙긋이 웃으면서 순순히 말을 들었다.

"재판관, 타라 덩컨의 부모님의 혼령을 불러주시오!"

"소리 지를 필요 없다!" 재판관이 나무랐다. "나는 잘 들리니까! 누구라고?"

"누구라니 그게 무슨 말입니까?" 당황한 아르칸즈가 물었다.

"모든 인간이 그렇듯 타라 덩컨의 가문은 수천 년 전으로 거슬러 올라간다. 부모, 누구를 불러달라는 것인가?"

재판관의 우렁찬 목소리에서 아르칸즈는 장난기를 느꼈다.

"타라 덩컨의 부모님이요." 아르칸즈가 퉁명스럽게 대꾸했다. "타라의 아버지와 어머니 말입니다."

하지만 재판관은 상대를 이해시키는 능력이 부족했다. 아니, 이해시키고 싶은 마음이 없는 건가?

"타라의 아버지와 어머니, 그건 알아들었다. 그러니까 제대로 말하란 말이다."

아르칸즈는 눈을 감았다. 커다란 망치가 있으면 한 방 내리쳐서 부숴버리고 싶은 심정이었다.

"뭘 더 말해요? 아버지와 어머니라는데."

"아버지와 어머니는 그들의 이름이 아니잖아!"

"뭐라고요?"

"타라 덩컨의 아버지와 어머니, 그들의 이름을 말하라니까!"

"이름이요?" 아르칸즈는 완전히 미칠 것 같은 표정이었다.

"그래, 아버지, 어머니 말고 이름!"

악마들의 왕자가 이 정도로 유머 감각이 없다는 걸 알게 된 타라는 웃음보가 터질 것 같아서 누구와도 눈을 마주치지 않으려고 시선을 피했다. 그런데 웃음을 참느라고 킥킥거리는 칼 때문에 타라는 이를 악물어야 했다.

아르칸즈는 이를 부드득 갈았다. 어찌나 세게 갈아대는지 소리가 들릴 정도였다. 기고만장하던 아르칸즈는 심호흡을 하고 기침을 하더니 소리쳤다.

"셀레나와 단비우를 불러주시오. 프루이크! 지겨우니까 말장난은 그만하죠!"

조각상은 잠시 침묵을 지켰다.

"내가 너희의 요청을 들어주는 조건을 다시 한 번 상기시켜야겠다." 재판관이 냉담한 목소리로 말했다. "나를 모욕하면서 독촉할 생각은 하지 않는 것이 좋다."

타라는 긴장감이 감도는 가운데 재판관의 억누르는 웃음을 느꼈다.

"이 방에 비디오비전을 설치하지 말아야 했는데." 아르칸즈가 툴툴거렸다. "지구의 영화와 연속극을 보면서부터 아주 끔찍해졌군!"

재판관은 아랑곳하지 않았다. 갑자기 강렬한 색깔이 조각상 주위를 에워싸면서 소리가 났다. 바닷가재 형상의 망나니가 도끼를 움켜잡자 아르칸즈의 얼굴이 일그러지며 구시렁거렸다.

"얼씨구! 이제는 특수효과까지! 정말 돌아버리겠군."

칼은 킥킥거렸고, 타라는 입술을 깨물었다. 엄숙한 순간이고, 아르칸즈가 잔뜩 골이 나 있으므로 웃음을 터뜨리면 안 되는데.

소리와 색깔이 메스꺼워질 정도로 강렬해졌다. 마치 거대한 가위로 이승과 저승 사이에 드리워진 천을 싹둑싹둑 자르는 것 같은 소리가 났다.

이윽고 셀레나와 단비우가 나타났다.

21
림보

바캉스가 너무 길면
참을 수 없을 정도로 따분해지기 마련인데

*

어머니와 아버지가 눈앞에 나타나자 타라의 웃음이 싹 달아났다. 목이 메고 숨이 막힐 것 같은 타라는 그들을 올려다봤다. 단비우는 지난번에 봤을 때의 모습과 달랐다. 하얀 머리털이 섞인 금발 미남은 안정되고 행복해 보였다. 그 옆에서 셀레나가 아름다우면서 진지한 미소를 지어 보였다.

그런데 유령이어야 할 두 사람이 육체적 형태를 띠기 시작하면서 진짜 옷까지 착용하고 있어서 정말 살아 있는 사람들처럼 보였다. 너무 놀라서 타라의 눈이 동그래졌을 때 바닥으로 내려선 아버지와 어머니가 다가와서 딸을 만졌다.

감격한 타라는 오열했다. 주위에 있는 이들도 모두 다양한 소리로 홀쩍이면서 타라만 감개무량한 것이 아님을 알렸다. 심지어 악마들까지 손수건을 꺼냈고, 무아노와 파프니르는 샘물이 터지듯 눈물을 펑펑 쏟았다.

"하지만…… 어떻게 이럴 수가!" 타라는 아버지와 어머니를 부둥켜안으면서 말했다. "어떻게 된 거예요?"

"새로운 능력을 보여주는 것이다." 재판관이 거만하게 대답했다. "아쉽게도 그리 오랫동안 유지되지는 않는다. 하지만 몇 분 동안은 접촉이 가능하니까 기회를 충분히 이용하라!"

"아빠! 엄마!" 타라는 더 세게 끌어안으면서 외쳤다. "아빠! 엄마!"

"오, 사랑하는 딸!" 단비우와 셀레나가 동시에 말했다.

그들은 함께 울고 웃었다.

이윽고 셀레나가 눈물을 닦으면서 타라를 몸에서 떼어내고 손을 잡았다.

"어떻게 여기에 와 있니?" 어디인지 갑자기 알아차린 셀레나가 물었다. "무슨 일이야?"

"별일 아니에요, 엄마." 타라도 눈물을 닦으면서 대답했다. "엄마는 어떻게 된 거예요? 괜찮아요?"

"나는 죽었어." 셀레나가 대답했다. "하지만 다시 사는 느낌이야. 비욘드월드는 상상하던 것과는 전혀 달라. 그리고 네 아빠를 만났어."

셀레나가 남편에게 보내는 사랑의 눈길만 봐도 의심의 여지가 없었다. 아버지와 어머니가 재결합한 것이 틀림없었다. 타라는 웃어야 할지 울어야 할지 알 수가 없었다.

셀레나는 갑자기 가슴이 철렁 내려앉았다.

"악마들의 림보에서 너 뭐 하는 거니?"

"얘기하자면 길어요. 하지만 다 잘될 거니까 걱정하지 마세요. 아르칸즈가 이 행성이 안정되는 즉시 보내주겠다고 약속했어요."

"그 약속은 반드시 지켜야 할 것이다." 단비우가 잘생긴 악마를 응시하면서 말했다. 내 딸에게 무슨 일이든 생기면 이 세계에서는 누구도 나를 막지 못할 테니까."

아르칸즈는 정중하게 허리를 숙이면서 속으로 말했다. '그래 봐야 유령이 뭘 어쩌겠어? 죽는 날까지 귀에 대고 고함이라도 지를 건가? 육신이 없으니 행동하는 데 제약이 많을 텐데!'

타라는 자식에 대한 걱정 때문에 얼굴빛이 어두워진 어머니를 쳐다봤다.

"엄마, 나는 알아야 해요." 타라가 어머니의 손을 잡으면서 물었다. "엄마가 원한 거였어요? 사고로 인한 죽음이라는 건 알아요. 하지만 엄마는 전혀 싸우지도 않고 곧장 비욘드월드로 떠났어요. 마치 엄마가 선택한 것처럼 너무 빨리 가버렸어요."

셀레나는 눈길을 내렸다.

"정직하게 말할게, 타라. 나는 그런 걸 생각할 겨를이 없었어. 아, 죽는구나, 하는 느낌이 들었는데 벌써 다른 세상에 가 있는 거야. 네 아빠가 곁에 있었는데 나를 죽인 놈들을 가만두지 않겠다고 노발대발하고 있었지."

셀레나는 빈정거리는 미소를 지었다.

"죽고 나서 제일 먼저 한 일은 남편을 진정시키는 거였어. 우리는 상황 판단을 정확히 했어. 쉬운 일은 아니었지만 우리는 함께하기로 했어. 오, 타라, 살아 있을 때는 느껴보지 못했는데…… 지금은 얼마나 행복한지 몰라.”

타라는 목이 메었다. 너무나 기쁘면서 동시에 슬펐다.

“그동안 있었던 일에 대해 서로 대화하면서 속마음도 털어놓고 오해도 풀었어.” 단비우가 쪽빛 눈으로 미소를 지으면서 말했다. “몇 주일을 쫓아다니다 겨우 네 어머니의 마음을 얻었단다.”

타라는 눈살을 찌푸렸다.

“몇 주일이요? 하지만 엄마는 떠난 지 이제 겨우 이틀이에요!”

“나는 떠난 게 아니라 죽은 거야, 타라.” 어떤 여지도 남기고 싶지 않은 듯 셀레나는 단호하게 말했다. “조상들과 함께 있으니 잘 지낼 거야. 그리고 비욘드월드의 시간은 아더월드나 지구와 같지 않아. 네 아빠는 유혹 주문 때문이 아니라 나를 정말 사랑했다고 말했지만 나는 믿으려고 하지 않았어.”

약간 부끄러워진 로빈이 고개를 숙였다.

“하지만 결국 단비우는 나를 설득하고야 말았어.” 셀레나는 온화한 미소를 지으면서 말을 이었다. “두 번째 신혼 생활을 하고 있는데 정말 행복해.”

행복해하는 아버지와 어머니의 평온한 모습을 보면서 타라는 또다시 두 사람을 헤어지게 할 수 없다는 걸 깨달았다. 타라는 한숨을 내쉬었다. 어머니의 대답을 들은 것이다.

타라는 슬픔을 억제하면서 미소를 지었다.

“아빠와 엄마가 잘 지낸다니 기뻐요. 정말 보고 싶겠지만 두 분의 행복이 더 중요해요. 엄마의 육신을 돌아오게 하지 않을게요. 마지스터에게도 말할게요."

셀레나의 눈에서 불안한 빛이 번득였다.

"마지스터? 마지스터와 내 육신이 무슨 관계가 있는데?"

"엄마가 숨을 거두자 마지스터가 완전히 정신이 나갔어요. 자기를 소생시켰던 보호막으로 엄마의 육신을 씌워놨는데…… 엄마의 영혼이 없으면 효과가 없대요. 마지스터는 오무아로 가서 문제의 양피지를 찾은 다음 아더월드와 비욘드월드 사이의 소용돌이를 열어서 엄마의 영혼을 돌아오게 할 생각이에요. 그리고 나와 함께 크라에토비르의 반지를 파괴하자고 했어요."

셀레나는 흠칫 놀랐다.

"그건 안 돼! 난 전혀 돌아가고 싶지 않아!"

셀레나는 타라의 슬픈 눈빛을 보면서 부드럽게 말했다.

"너를 생각하면 주저 없이 돌아가야겠지만, 그런 식으로는 안 돼. 아더월드로 돌아가고 싶어서 안달하는 유령들에게 또다시 습격할 기회를 줄 수는 없으니까."

타라는 고개를 끄덕였다. 두 번 다시 그런 일은 저지르고 싶지 않았다. 유령들의 습격으로 얼마나 비싼 대가를 치렀는데!

"아무튼 우리는 파수꾼들을 배치해서 소용돌이가 열리는지 감시하고 있다." 머리 위에서 목소리가 말했다. "허락 없이는 한 놈도 빠져나가게 두지 않을 것이다. 그리고 재판관, 당신과 나는 대화를 좀 나눠야겠소."

모두 고개를 들고 올려다봤다. 머리 위에 늙은 부인이 떠 있는데 심기가 불편해 보였다.

오무아의 리스베스 여제와 전 황제 단비우의 어머니, 그 무시무시한 엘세스가 등장한 것이다.

"어머니." 단비우가 허리를 굽히면서 냉랭한 어조로 인사했다. "유형화되면서 어딘지 낯이 익다고 생각했더니 파수꾼이 되신 겁니까?"

셀레나와 단비우와는 달리 엘세스는 유령 상태였다. 공중에 둥둥 떠 있는 긴 은발의 늙은 엘세스는 보이지 않는 옥좌에 앉아 있는 자세였다.

"내 아들, 아니, 나는 파수꾼은 아니다. 이따금 파수꾼들 틈에 끼어 감시할 때는 있지. 나는 유령 둘이 비욘드월드를 나갔다는 통보를 받고 또 무슨 일이 생긴 건지 확인하려고 온 것이다."

짜증스러워하는 목소리로 보아 게임에 빠져 있다가 부리나케 달려온 것이 틀림없었다. 타라는 오무아의 선대 여제의 주홍빛 드레스 소매에서 카드를 언뜻 본 것 같았다.

"이렇게 유령들을 소환하다니, 이건 있을 수 없는 일이오!" 엘세스는 재판관을 향해 삿대질하면서 소리쳤다. "내 아들이 또다시 비욘드월드를 도망치면 문제가 생기고야 말 텐데!"

"그래서?" 재판관이 응수했다. "이건 내 임무다. 나는 진실을 판단하고 벌을 내린다. 그리고 아들에 대한 당신의 사랑을 안다. 감추고 있지만 내 눈에는 보이니까!"

엘세스는 서슬이 퍼레졌다. 재판관이 진실을 판단한다는 걸 잊고 있었다.

셀레나는 한숨을 내쉬었다.

"제가 보기에도 두 분이 화해한 것 같아서 다행입니다. 솔직히 말씀드리면 시어머님, 지난번에는 마치 전혀 모르는 남처럼 아들을 너무 냉정하게 대하셔서 모자지간이 아닌 줄 알았습니다. 그래서 저도 그때는 인사조차 못 드렸는데 정말 죄송합니다."

선대 여제는 울화통이 치미는 얼굴이었다. 자신에게 따지고 드는 것에 익숙지 않은 것이 틀림없었다.

"제국을 버리고 도망친 녀석이니까! 단비우는 당연히 책임져야 할 의무를 거부했어! 그러니 아들을 아는 척도 하지 않을 수밖에!"

"하지만 단비우는 죽었습니다, 어머님. 그런데도 모른 척하실 건가요?"

"나는 모른 척하지 않았다." 엘세스는 재판관을 흘겨보면서 거만하게 말했다. "너희 부부가 우리들 속에서 지내면서부터 '젊은 유령'이라고 하지 않고 '내 아들'이라고 부르고 있는데!"

타라는 어머니 셀레나가 시어머니에게 바른말을 잘한 건지 알 수 없지만, 완고한 엘세스의 분노를 누그러뜨리는 데 영향력을 충분히 발휘한 것 같았다. 타라는 갑자기 장난기가 발동했다. 친할머니 엘세스와 외할머니 이사벨라, 기가 엄청나게 센 두 할머니를 대면시키면 누가 이길까? 두 분을 만나게 해놓고 쥐로 변신해서 구경하면 진짜 박진감이 넘칠 텐데.

셀레나는 또다시 한숨을 내쉬고 나서 타라에게 말했다.

"내 딸아, 위험한 일에는 끼어들지 말고 항상 조심해야 한다, 알았지? 비욘드월드에서는 아더월드와 연락할 길이 없기 때문에 자르와 마라, 너를 지켜줄 수가 없어. 네 아빠도 마찬가지고. 따라서 네가 동생들을 보살펴야 한다. 자르를 내치지 말고 지금까지처럼 너와 경쟁하게 내버려두지 마. 오만하고 성격이 비뚤어진 아이야. 자르에게 모범을 보여주고 네가 훌륭한 멘토로서 조언자가 되어주렴. 그리고 이제는 자르에게 져주지 마. 그 아이가 정말로 너를 이겨야 진정한 가치가 있는 거니까. 그 아이의 눈높이에 맞게 조금만 낮춰주면 돼.”

타라는 고개를 끄덕였다. 맞는 말이었다. 어머니가 그걸 모두 알고 있었다는 사실에 놀랐다. 자르는 하찮고 약하고 멍청한 여자로 생각하는 어머니지만, 셀레나는 아들의 됨됨이를 파악하고 내심 걱정이 많았던 것이다.

“마지스터가 나를 돌아오게 하는 짓을 못 하게 막아야 해.” 셀레나는 타라의 두 손을 세게 잡으면서 당부했다. “나는 행복하고, 여기가 내가 있을 곳이야. 그리고 틸에게도 내가 진심으로 사랑했다고 전해줘. 부상을 당했을 때 좀 더 버티지 않았던 것은 그에게서 도망치기 위해서가 아니라 시간이 없었기 때문이야. 마침내 나는 단비우를 용서할 수 있었어. 용기가 없었던 것은 나도 마찬가지니까. 단비우도 책임을 회피했고, 나도 내 책임을 회피했어. 너에게 또 이런 일을 겪게 해서 정말 미안하구나. 사랑하는 내 딸, 그래도 엄마를 원망하지 않았으면 좋겠다.”

타라는 말이 나오지 않아서 고개만 끄덕였다. 엄마는 왜 내가 원망할 거라는 어처구니없는 생각을 했을까? 아버지도 어머니도 비겁하지 않다는 걸 타라는 잘 알고 있었다. 아버지 단비우는 드래곤의 음모를 피하려다 보니 의무를 저버리게 되었고(황제 자리에 대한 욕심이 없는 데다 이복형 산도르가 훨씬 유능하다고 생각한 건 사실이지만, 떠나게 된 이유 중 하나지 가장 중요한 이유는 아니었다), 어머니 셀레나는 끊임없이 마지스터에게 시달리는 딸에게 더는 짐이 되고 싶지 않아서였다. 두 사람 다 본성에 따라 행동한 것뿐이다.

재판관이 비욘드월드로 보내기 전에 타라는 부모님에게 부디 행복하기 바란다고 말했다.

단비우와 셀레나, 타라는 더욱 부둥켜안으면서 사랑하는 마음을 전했다.

"안됐지만 시간이 다 됐다." 재판관이 마침내 말했다. "너희 두 사람은 손으로 만질 수도 있는 육체적 형태를 지니고 있기 때문에 그 상태를 오랫동안 유지시킬 수가 없다. 작별할 시간이다. 그렇지만 누구든 나에게 명령하는 걸 아주 좋아하지 않는다는 걸 다시 한 번 상기시키겠다. 단비우, 작은 선물을 주겠다."

납작하면서 네모난 흑요석 조각 두 개가 조각상에서 튀어나왔다.

"이것은 꼭 필요한 경우에만 작동할 것이다. 유령들, 너희가 위험에 처하거나, 타라 덩컨, 네가 부모에게 꼭 하고 싶은 말이 있을 경우 이 돌 조각 위에 손을 올려놓고 나를 부르면서 이렇게 말하라. '재판관이여, 타라를 나타나게 해주소서.' 또는 '재판관이여, 부모님을 나타나게 해주소서.' 돌 조각이 진동하면 너희는 대화할 수 있다."

엘세스는 숨이 멎을 뻔했고, 셀레나는 돌 조각을 집어 들면서 기쁨의 눈물을 글썽였다.

"고마워요, 정말 고마워요, 재판관. 최고의 선물이에요!"

"살아 있는 사람들과 대화를 한다? 정말 아무 말이나 막 하는군!" 엘세스가 핀잔을 주었다.

"고맙습니다." 타라가 말했다. "내가 죽기 전에는 다시는 부모님과 말할 수 없을 거라고 생각했는데 재판관님 덕분에 가능해졌어요. 조건은 무엇인지요?"

조건이 따를 수 있는 선물이라는 걸 전혀 생각하지 못한 셀레나는 어리둥절한 얼굴로 딸을 쳐다봤다. 같은 질문을 하려던 단비우는 대견한 듯 딸을 바라보았다. 엘세스도 사려 깊은 손녀딸을 보면서 흡족한 얼굴이었다. 아르칸즈가 많은 조건을 내걸려는 순간 재판관이 먼저 말했다.

"하! 하! 하! 인간들은 무슨 음모가 있는 건 아닌지 항상 의심하는구나. 어떤 조건도 없으니까 너희는 자유롭게 사용해도 된다. 이제 작별 인사를 하라. 숨을 삼십 번 쉬고 나면 떠나야 한다."

너무 짧았다. 타라는 부모님과 포옹하면서 눈물을 흘렸다. 그러나 이번에는 기쁨과 아쉬움이 뒤섞인 눈물이었다. 어쨌든 많이 슬프지는 않았다.

차츰 손에서 부모님의 옷이 없어지는 느낌이 들더니 두 유령이 둥둥 떠올라서 엘세스와 합류했다.

"사랑하는 딸, 타라!" 단비우와 셀레나가 말했다. "너를 영원히 사랑한다. 항상 조심하고, 행복하기 바란다. 그리고 나이를 먹고 할머니가 될 때 다시 만나자."

그리고 유령들은 사라졌다.

잠시 침묵이 흘렀고, 감수성이 좀 예민한 악마가 찔끔찔끔 짜면서 흐느끼는 소리가 간간이 들렸다.

아르칸즈까지 눈물을 글썽이다가 재빨리 닦았다.

"이런 순간을 줄 수 있어서 기쁘다, 타라 덩컨." 아르칸즈는 진지하게 말했다.

감동을 받은 아르칸즈가 이번만은 진심인 것 같았다. 그리고 잠시나마 두 종족 간의 격차가 지워진 것 같아서 느낌이 좋았다.

타라는 슬픈 미소를 지었다.

"두 분이 행복하다는 걸 확인했고, 대화까지 나눴으니 기대 이상이었어요. 그리고 언젠가는 부모님을 만날 거니까 이제 됐어요. 정말 고마워요, 아르칸즈."

"처음으로 내 이름을 불러주는군." 아르칸즈가 중얼거렸다. "고맙다, 타라 덩컨."

하지만 로빈은 악마와 타라가 감상에 젖도록 놔둘 생각이 없었다.

"다음은 뭘 보여줄 건가요?" 로빈이 공격적인 어조로 물었다. "내장이 쏟아진 또 다른 시체? 아니면 눈물 없이 볼 수 없는 또 다른 만남?"

타라는 로빈을 째려봤다. 아르칸즈의 초록빛 눈이 이글거렸다.

"아무리 손님이라도 예의는 갖춰야지." 아르칸즈가 냉랭한 목소리로 말했다. "아니, 나는 또 다른 시체나 또 다른 만남 같은 건 준비하지 않았다. 나는 너희에게 그간 우리가 이룩한 것을 평가할 수 있도록 우리 행성을 두루 보여줄 생각이다."

"왜 우리한테 보여줍니까?" 이때까지 침묵하고 있던 무아노가 물었다. "어차피 우리는 곧 떠날 것이고, 다시 오는 일은 없을 텐데요. 우리 행성과 이 행성의 외교 관계가 수립되면 대사들을 상대하면 됩니다. 우리 중에는 교섭할 자격이 있는 사람이 없는데요."

아르칸즈는 성질을 죽이고 있었다. 예상대로 되는 것이 하나도 없었다. 보고서에서 읽거나 영화에서 본 것보다 인간들은 훨씬 경계심이 많고 신중했다.

"인터넷으로는 가능하잖아." 아르칸즈의 말에 무아노는 깜짝 놀랐다.

"네?"

"지구의 소셜 네트워크, 인터넷상에서 다른 사람들과 사회적 관계를 맺는 서비스가 있다는 거 알고 있다. 너희에게 우리의 열의를 보여주는 것이 중요하다고 생각한다. 우리는 아주 오랜 세월 적이었으니까. 이제는 변화할 때가 됐어. 우리 행성에 관심이 있는 투자자가 있을 거라고 확신해! 그리고 아더월드와 지구인들과 대화를 나누고 싶다."

아르칸즈는 타라와 친구들의 회의적인 반응을 보고 당황했다. 하필이면 이런 때에 살해 사건이 일어났으니. 악마의 세계에서 살해 사건이 처음 있는 일은 아니지만 그렇다고 흔한 일도 아니었다. 재판관은 그래서 있는 것이 아닌가. 무고한 자가 범인을 대신해서 억울하게 벌 받는 일이 없게 하려고. 그렇지만 궁전 안에서 그것도 재판관 조각상이 있는 방에서 범행이 일어난 것은 처음이었다.

"한 가지 정보를 줄게요. 아더월드의 관광객들은 살해/테러/학살이 일어난 장소를 기피하는 경향이 있죠. 그런데 질문이 있어요. 디아블로 살해 사건에 대해서 왜 재판관에게 물어보지 않죠?" 칼이 지적했다. "재판관과 망나니는 여길 나간 적이 없으니까 무슨 일이 일어났는지 분명히 알 텐데, 안 그래요?"

아르칸즈는 입술을 실룩거렸다. 타라의 부모를 호출해서 만나게 하느라고 뇌 신경이 잠깐 마비되었던 건가? 왜 그 생각을 못 했지?

"재판관, 여기서 무슨 일이 있었는지 말해주겠습니까?" 아르칸즈가 검은 조각상을 향해 물었다.

잠시 침묵이 흘렀고, 약간 짜증스러워하는 목소리가 울렸다.

"그 사건에 대해 전혀 모른다." 재판관이 대답했다.

"하지만 디아블로가 이 방에서 죽었잖아요?"

"아니다."

"아니라고요?"

"누군가가 악마의 마법을 사용하여 새벽 2시경 디아블로를 이곳에 던져놨다. 내 느낌으로는 마법의 공격을 받고 죽었다. 시체가 왜 내 앞에 나타났는지 모른다. 그래서 나도 어떻게 된 일인지 모두를 주시하고 있었는데 깜짝 놀라는 모습을 보고 네가 저지른 짓이 아니라는 걸 알았다, 아르칸즈 왕자."

그 순간 퍼뜩 떠오르는 생각에 타라가 손가락을 까딱거리면서 말했다.

"몇 시에 살해되었는지 알겠어요."

아르칸즈가 불안한 얼굴로 타라를 바라보았다.

"아, 그래, 타라 덩컨? 그걸 어떻게 알지?"

"지진이 일어났을 때가 틀림없어요!" 타라가 대답했다.

아르칸즈는 바보가 아니었다. 대번에 알아차리고 타라의 동작이 마음에 들었는지 손가락을 까딱거리는 시늉을 했다.

"맞아, 새벽 2시에 지진이 일어났지! 지진이 일어나는 순간에 악마의 마법을 사용한 거야! 브라보! 따라서 디아블로는 여기서 유형화되기 직전에 살해되었던 거군. 마법을 많이 사용하는 것을 피하기 위해 두 번의 마법을 거의 동시에 연달아 사용한 거지. 하나는 살해하는 데, 또 하나는 시체를 옮기는 데. 뭔가 냄새가 나. 따라서 지금 즉시, 알리바이가 없는 자들을 모두 재판관 앞으로 불러 세우면 된다."

"하지만 그것으로는 빠져나갈 수 있을 텐데요." 칼이 말했다. "누군가 킬러를 고용했다면 의뢰인은 그 시간에 침대에서(칼은 괴상한 형태의 몇몇 악마를 힐끔 쳐다보면서 표현을 바꿨다)…… 아니 잠자는 데에서 쿨쿨 자고 있었다고 말하면 그만이니까요. 그리고 수사가 진행되는 동안 도시를 떠나 있을 수도 있고요. 그러면 아주 복잡해지는 거죠."

아르칸즈는 입을 열려다가 도로 다물면서 난처한 표정을 지었다.

"도둑, 너는 생각이 정말 이상하구나." 아르칸즈가 마침내 천천히 말했다. "악마들은 (아르칸즈가 타라를 힐끔 쳐다봤다) 그런 생각 하지 않아. 누군가를 죽여놓고 빠져나간다고 해도 결국은 재판관이 죄를 밝혀내고 벌을 내린다. 우리는 수천 년 동안 그렇게 해왔다."

"이 행성에서 살해 사건이 많이 일어나나요?" 타라가 물었다.

"지구보다는 훨씬 적고, 아더월드보다는 많지." 아르칸즈가 대답했다. 너희 세계의 진실의 입들이야말로 효율적이지. 재판관은 그 앞에 출두하는 이들만 심판할 수 있는 데 반해 진실의 입들은 어디든 이동해서 범죄자를 색출할 수 있으니까. 여긴 그게 불가능해."

"따라서 재판관 앞에서 알리바이를 물어보는 것은 확실한 해결책이 아니에요."

"그렇지만 우리는 해야 한다." 아르칸즈는 정말 난처한 표정으로 응수했다. "블루파는 수장을 죽인 자를 내버려두지 않을 거야. 만약 우리가 수사를 소홀히 한다면 아주 심각한 문제가 발생할 것이다."

악마들의 사회는 앞날이 밝을 것 같았다. 독재 정부일 때는 반대도 비판도 없는데 여기는 그렇지 않은 것 같았다. 좀 전에 부탁하지도 않았는데 비욘드월드에 있는 부모님을 만나게 해준 것도 타라로 하여금 아르칸즈에 대해 긍정적인 생각을 하게 만들었다.

"경찰견들이 수사를 끝내는 동안 우리는 뭘 하죠?" 새로운 행성에 호기심이 생긴 타라가 기회가 왔을 때 최대한 많은 정보를 얻기 위해서 물었다.

아르칸즈의 얼굴에 밝은 미소가 번졌다.

"그래, 가자. 테라페리움으로."

"어디요?"

"테라페리움. 뭐라고 묘사할 수 없으니까 가서 봐야 해. 따라와."

아르칸즈가 팔을 내밀자 타라는 실버와 로빈의 시선을 모른 체하면서 팔짱을 끼었다. 그들이 경찰견들에게 수사를 맡기고 나가기 전에 타라는 재판관 앞에서 정중하게 허리를 숙이고 작별 인사를 했다. 부모님을 불러낼 수 있는 아티팩트와 좋은 사이로 지내는 것이 나쁠 거야 없지.

입가에 미소를 머금은 파프니르는 실버의 어깨에 눈을 고정한 채 맨 마지막으로 재판관의 방을 나가다가 하마터면 장밋빛 새끼 고양이를 밟을 뻔했다. 난쟁이의 징을 박은 부츠가 왼쪽으로 몇 센티미터만 더 갔으면 새끼 고양이를 뭉갤 뻔했다. 파프니르는 눈살을 찌푸리면서 허리를 숙이고 밀쳐내려고 했지만 고양이는 갈퀴발톱을 세우고 가죽 부츠에 매달렸다. 파프니르가 간신히 떼어내자 새끼 고양이는 야옹거리면서 사나운 눈초리로 난쟁이의 초록빛 눈을 응시했다.

그때 있을 수 없는 일이 일어났다.

새끼 고양이의 파란 눈이 금빛으로 변했다. 순간적으로 파프니르의 초록빛 눈도 금빛으로 변했다. 너무 놀라고 기분이 좋지 않은 파프니르가 새끼 고양이를 떨어뜨렸지만 고양이라는 이름에 부끄럽지 않는 순발력으로 발딱 일어났다. 질겁한 새끼 고양이가 금빛 눈으로 파프니르를 뚫어져라 쳐다보고 있었다.

그 순간 파프니르가 질러대는 공포의 비명이 어찌나 쩌렁쩌렁한지 악마들의 귀에서 연기가 풀풀 날 정도였다. 친구들과 근처에 있는 이들이 모두 난쟁이를 돌아보면서 두 손으로 귀를 틀어막았다. 타라가 뛰어갔고, 실버는 이미 검을 빼어 들고 있었다.

"파프니르 전사!" 실버가 불안한 얼굴로 소리쳤다. "왜 그래?"

"아아아아아아아아아아아아앙!" 파프니르는 확성기에 대고 경적을 울리는 것처럼 계속 비명을 질러댔다. "아아아아아아아아아아아앙!"

"맙소사!" 파프니르가 아픈 것이 아니라 공포에 질려 있다는 걸 알아차린 칼이 외쳤다. "파프니르에게 '아' 말고 다른 걸 가르쳐주든가, 아니면 머리를 한 대 쳐서 입을 다물게 하든가, 누가 좀 해주지?"

"아아아아아아아아아아아아아아앙!" 파프니르의 비명소리는 더 심해지고 있었다.

"왜 이러는 건가?" 아르칸즈가 물었다. "왜 이렇게 비명을 지르지? 우리는 아무 짓도 하지 않았는데! 오래 걸리나?"

파프니르에게서 떨어지지 않으려는 새끼 고양이를 유심히 살피던 무아노는 금빛 눈을 발견하고 실성한 사람 같은 미소를 지었다.

"오, 내 조상들이시여! 믿을 수가 없어." 무아노가 중얼거렸다.

"뭔데 그래?" 너무 예민한 귀 때문에 괴로운 파브리스가 물었다.

무아노는 구불구불한 머리칼을 잡으려고 까불거리는 장밋빛 새끼 고양이를 흔들면서 탄성을 지르듯 말했다.

"오, 방금 이 새끼 고양이와 파프니르가 정신적 결합을 했어!"

22

장밋빛 새끼 고양이

하필이면 가차 없는 전사의 이미지를
무참히 깨뜨리는 동물과
정신적 결합을 하다니

*

비명소리는 멈추지 않았다. 끔찍한 고통뿐만 아니라 엄청난 절망에 빠진 소리였다.

"좋아." 칼이 외쳤다. "그럼 난쟁이의 폐활량에 대해 아는 사람 있으면 말해줘. 저런 식으로 몇 시간이나 버틸 수 있을까?"

"난쟁이들은 비명을 지르면서도 숨을 쉴 수 있어." 무아노가 여전히 새끼 고양이를 어르면서 외쳤다. "파프니르가 충격을 받은 상태니까 아마 며칠 동안 계속해서 저럴 수도 있을 거야."

아르칸즈와 다른 악마들의 얼굴로 보아 정말 질색하는 표정이었다.

"무슨 말인지 전혀 모르겠다." 아르칸즈는 조금이라도 멀리 떨어지려는 듯 뒷걸음치면서 물었다. "도대체 이게 무슨 일인가?"

"여기서는 일어나지 않는 일일 거예요. 이곳의 마법은 우리의 마법과 다르기 때문에." 무아노가 패밀리어들을 가리키면서 말했다. "아더월드에서는 마법사들이 영혼의 동반자들과 정신적으로 결합하는데 그 동물들을 패밀리어라고 하죠. 그런데 파프니르가 이곳의 고양이와 결합했다는 건 정말 이상한 일이에요."

느닷없이 칼이 복통이라도 일어나는 것처럼 허리를 숙이고 배를 움켜잡았다.

손님들이 하나둘 알 수 없는 고통에 시달리자 불안해진 아르칸즈가 뛰어와서 칼의 얼굴을 살폈다.

눈물범벅이 된 칼이 몸을 웅크렸다.

"의사를 불러라!" 아르칸즈가 악마들에게 명하면서 칼의 말을 들으려고 점점 더 몸을 숙였다.

갑자기 아르칸즈가 황당한 표정을 지으면서 일어났고, 모두 칼이 하는 말을 들을 수 있었다.

"악, 악마의 새끼 고양이…… 악마의 장밋빛 새끼 고양이…… 푸하하, 나 죽어! 파프니르가 악마의 장밋빛 새끼 고양이와 정신적 결합을! 푸하하하하하하!"

웃음보가 터진 칼은 바닥에 쓰러져서 일어나지도 못하고 있었다. 타라는 웃음을 꾹꾹 누르고 있지만 입꼬리가 실룩거렸다.

타라의 눈과 마주친 파브리스도 킥킥거리기 시작했다. 무아노는 웃지 않으려고 이를 악물었지만 웃음이 터지고 말았다. 칼과 파브리스가 박장대소하면서 데굴데굴 구르자 악마들이 놀란 얼굴로 쳐다보고 있었다. 실버는 파프니르에게 일어난 일 때문에 너무 불안해서 웃을 수 없었지만, 골이 나 있는 로빈도 친구들의 웃음소리에 손들고 말았다. 가죽 옷차림으로 양손에 도끼를 든 난쟁이가 새끼 고양이를 데리고 다니는 모습은 생각만 해도 웃음보를 자극했다.

타라도 웃기 시작했다. 처음에는 조용히 웃었는데 점점 소리가 커지더니 볼을 따라 눈물까지 흘러내리고 있었다.

파프니르가 주변의 변화를 느낀 걸까, 비명소리가 약해졌다. 바닥을 뒹굴면서 배꼽을 잡고 웃는 칼과 파브리스를 발견한 파프니르의 눈빛이 이글거렸다.

난쟁이는 입을 꾹 다물었다.

갑자기 고요해졌다. 자기까지 웃으면 안 된다는 생각에 입술을 깨물고 있는 무아노가 반응할 겨를도 없이 파프니르가 새끼 고양이를 빼앗으면서 나무랐다.

"그렇게 흔들어대면 안 돼. 얘의 가슴이 아프단 말이야!"

일어나려던 칼이 다시 미친 듯이 웃으면서 자지러졌다.

"푸하하, 새끼 고양이의 가슴이 아프대. 푸하하하!"

"어허!" 파프니르가 매몰차게 쏘아붙였다. "너 계속 웃으면 벨제부트를 너한테 던져버리는 수가 있어!"

칼은 혀를 깨물 뻔했다.

"이, 이름이 벨제부트야? 어, 그건…… 지구인들이 악마에게 붙인 이름 중 하나잖아? 아이고, 무서워라!"

그러고는 더 크게 웃었다.

"앙증맞기는!" 파브리스가 귀여운 송곳니를 드러내면서 하품하는 새끼 고양이를 관찰하면서 말했다. "어찌나 조그만지 이름이 더 긴 것 같아!"

이번에는 타라가 항복했다. 인간들이 미쳤다고 생각하는 악마들의 눈을 보면서 타라는 배꼽을 잡고 깔깔거렸다. 난쟁이의 얼굴은 뭐라고 표현할 수가 없었다.

"벨이라고 불러도 된대." 파프니르는 까칠하게 말했다. "너희들의 그따위 태도, 정말 마음에 안 들어. 그리고 나는 벨제부트가 아주 예쁜 이름이라고 생각해."

"히드라와 결합된 것이 정말 다행이었네." 로빈이 눈물을 닦으면서 말했다(축소한 소우르브가 손가락을 핥자 로빈이 여러 개의 머리를 쓰다듬어주었다). "그런데 얘한테 보호를 받기는 어려울 것 같다."

"아르칸즈, 이 동물의 특성에 대해 알려주겠어요?" 무아노가 웃음기를 싹 없애고 나서 말했다.

그들 중에서 패밀리어와 주인의 밀접한 관계에 대해 가장 잘 아는 사람이 무아노였다.

믿기지 않는, 인간과 동물의 커플 소동에 얼이 빠져 아르칸즈는 정신을 차리려고 몸을 흔들었다.

"뭐라고?"

"새끼 고양이의 특성을 알려주세요." 무아노는 공손하게 다시 부탁했다. "그걸 알아야 파프니르가 잘 돌볼 수 있거든요."

"하지만 유전자를 변형시킨 고양이야." 아르칸즈가 말했다.

"아하!" 파프니르가 만족스러운 얼굴로 칼을 쏘아봤다. "벨이 갈퀴발톱과 송곳니가 무시무시한 고양이로 자라서 쉬바처럼 되면 어쩔래? 색깔은 검은색이 좋겠는데."

감히 한 입 거리도 안 되는 고양이를 자기에게 비유하다니, 성질이 난 은빛 표범이 으르렁거렸다.

아르칸즈는 파프니르의 희망을 무참히 깨뜨렸다.

"여자들이 작은 고양이가 더 귀엽다면서 절대로 크지 않게 만들어 달라고 부탁한 거라서."

아르칸즈 뒤에서 악마/여자들이 고개를 끄덕였다.

파프니르의 얼굴에서 공포의 빛이 드러나자 칼은 또다시 배를 움켜잡을 뻔했다.

"그 말은…… 사는 동안 쭉 더 이상 크지 않고 이렇게…… 작다는 뜻이에요?" 난쟁이 전사가 어물어물 물었다.

"그래." 아르칸즈가 대답했다. "그리고 아주 오래 살 거야. 여자들이 고양이들은 너무 빨리 늙는다면서 천 년 정도 살 수 있게 해달라고 부탁했거든. 시험 삼아 만든 첫 작품이라서 정확하게 얼마나 살지 모르겠지만."

이번에는 파프니르의 얼굴이 공포가 아니라 그야말로 아연실색하는 표정이었다.

"난쟁이들의 세계에서는 그렇지 않아도 내가 마법을 사용하는 걸 몹시 싫어하는데 악마의 고양이를 패밀리어로 갖게 되면 또다시 추방될 거예요! 또 시작이라니, 정말 미치겠어!"

아르칸즈가 말했다.

"이 장밋빛 새끼 고양이는 악마의 마법과 아무 상관없다. 악마의 마법을 얻으려면 악마들을 희생시켜서 영혼을 이용해야 하는데 이렇게 하찮은 동물을 위해 그럴 필요는 없지. 그리고 나는 너와 동물이 어떻게 결합된다는 건지 전혀 이해를 못 하고 있다."

"잔류되어 있는 마법 때문이에요." 어떻게 답변할지 빛의 속도로 머리를 쥐어짜던 무아노가 차분하게 설명했다. "아더월드는 마법에 잠겨 있는 행성이라서 우리의 몸에 마법이 배어들어 있어요. 여기는 마법이 없지만, 우리 몸속에 남아 있는 마법이 아마도 둘을 결합시켰다고 봐야지요. 우리가 이곳을 떠날 때 고양이를 데려가는 것이 문제가 되지 않기 바랍니다. 패밀리어와 마법사를 떼어놓는 것은 굉장히 위험한 일이기 때문에 같이 있어야 하거든요."

무아노는 그들이 남아 있는 마법을 모두 사용하면 악마들을 상대할 힘이 없다는 것도, 자신과 파브리스는 마법에 관계없이 변신할 수 있다는 것도, 타라는 아더월드의 마법 저장소인 살아있는 돌을 지니고 있다는 것도 말하지 않았다.

아르칸즈는 아니라는 손짓을 했다.

"그건 걱정하지 않아도 된다. 새끼 고양이를 데리고 떠나는 것은 문제 삼지 않을 거니까. 여기는 저런 녀석들이 많아."

이상하게도 파프니르는 안심하는 얼굴이 아니었다. 선택의 여지가 있다면 단 1초의 망설임도 없이 새끼 고양이를 떼어버릴 생각인가?

마침내 난쟁이는 체념하는 표정을 지으면서 물었다.

"얘를 어떻게 먹이죠? 설마 젖병을 물려야 하는 건 아니겠죠?"

칼이 또 배를 그러안자 파프니르가 째려봤다. 타라는 새끼 고양이에게 젖병을 물리는 파프니르의 모습을 떠올리면서 웃지 않으려고 정신을 집중했다.

"아니, 안심해라." 아르칸즈가 웃음 지으면서 대답했다. "여자들의 부탁으로 새끼 고양이는 먹이를 스스로 해결할 수 있게 만들었으니까. 고기나 고양이용 풀을 먹이고, 이따금 우유를 조금 주면 행복해할 거다. 아! 청결하게 해줘야 하니까 배설용 흡수 모래를 준비해주고. 그러면 키우는 데 문제는 없을 거다."

파프니르는 몸을 웅크렸다. 아니, 문제가 없을 수야 없겠지. 아더월드에 가면 당장 웃음거리가 될 텐데. 차라리 여기 남는 것이……

칼이 아르칸즈에게 다가가서 손을 잡고 세게 흔들었다.

"마지스터가 림보로 가자고 했을 때 처음엔 탐탁하지 않았어요. 악마들에 대한 평판이 워낙 대단해서요." 칼이 능청을 떨었다. "하지만 지금은 고마워요, 고마워요, 정말 고마워요." 칼은 고맙다고 할 때마다 어리둥절한 아르칸즈의 손을 아래위로 흔들어댔다.

이윽고 칼은 아르칸즈의 손을 놓고 한 발짝 물러서서 함박미소를 지어 보였다.

"좋아하니까 나도 기쁘구나." 도둑이 왜 이렇게 즐거워하는지 도무지 알 수 없는 아르칸즈가 대꾸했다.

파프니르는 손가락이 하얘질 정도로 도끼를 잡은 손에 힘을 주었다. 그렇지만 다른 손으로 새끼 고양이를 부드럽게 안아주자 가르랑거리는 소리를 냈다.

이어서 난쟁이가 어깨 위에 올려놓자 새끼 고양이는 하품을 하면서 잠을 청했다. 이제 파프니르의 얼굴에는 새끼 고양이에 대한 애정과 놀라움이 반반씩 섞여 있었다.

파프니르를 걱정하느라고 웃지도 못했던 실버가 마침내 평정을 되찾았다.

"괜찮아, 파프니르 전사?"

"아니, 괜찮지 않아." 파프니르는 신랄하게 대답했다. "하지만 동반자를 잘못 선택한 것이 가여워서라도 이 어린 동물을 죽이는 일은 없을 거야."

파프니르는 한숨을 내쉬고 나서 물었다.

"아까 무슨 말을 하다 말았죠? 우리를 투페라리움으로 데려간다고 했던가요?"

"테라페리움." 아르칸즈가 정정하면서 호기심이 가득한 얼굴로 물었다. "너희와 함께 있으면 늘 이렇게 박진감이 넘치니? 살해 사건, 끔찍한 비명소리, 그리고 패밀리어라고 했던가? 동물과의 정신적 결합?"

"천만에요." 칼이 웃음을 터뜨렸다. "보통 때는 폭탄, 폭발 사고, 습격, 싸움 등 박진감이 넘치는 정도가 아니라 세상이 발칵 뒤집히죠. 그 모든 일이 타라가 있기 때문이죠. 그래서 오래전부터 우리가 하는 말이 있어요. 타라는 자석이라고."

그 말에 아르칸즈가 갑자기 탐욕스러운 표정을 짓자 로빈이 예민해졌다.

"뭐라고?"

"자석이요. 철을 끌어당기는 자석처럼 타라가 사건을 끌어당긴다는 뜻이죠."

아르칸즈의 멍한 얼굴로 보아 칼의 말을 한마디도 이해하지 못한 것 같았다. 하지만 더 이상 알기를 포기했는지 앞장서 갔다.

그들이 지나갈 때는 악마들 모두 비켜섰다. 인간들이 방문했단 소문이 궁전에 퍼져 있었고, 시간이 흐를수록 악마들은 인간들이 이상하다고 생각하고 있었다.

단연 파프니르에게 눈길이 쏠려 있었다.

파프니르는 장밋빛 새끼 고양이를 어깨에 올린 채 지나가면서 누구든 함부로 입을 놀리면 도끼를 날려버릴 기세였다.

타라는 이 악마의 소굴을 떠나 아더월드로 돌아갔을 때 성난 멧돼지 못지않게 성격이 불같은 난쟁이가 새끼 고양이를 패밀리어로 데리고 다니다 무슨 일이 일어날지 생각만 해도 가슴이 조마조마했다. 누구든 '어머, 귀여워라!'라는 말이나 할 수 있으려나?

또다시 입술이 실룩거리는 게 웃음이 터질 것 같았다. 파프니르를 생각하면 웃으면 안 되는데. 하지만 뒤에서 킥킥대는 칼의 웃음소리가 간신히 참고 있는 타라를 도와주지 않고 있었다.

다행히 그 순간 테라페리움에 도착했다. 휘황찬란한 방을 보면서 눈이 휘둥그레지는 덕분에 칼의 웃음기가 쏙 들어갔다.

"와우!" 칼은 잘 보기 위해 목을 무리하게 비틀면서 탄성을 질렀다. "세상에!"

"근데 네가 훔치기에는 너무 큰 것 같다." 파브리스가 놀렸다.

온통 크리스털로 이뤄진 방이었다. 렌즈 모양을 하고 있는 검은색과 흰색의 묘한 크리스털에 바깥의 풍경이 비쳐 있었다. 벽과 천장과 마찬가지로 바닥도 크리스털로 이뤄져 있고, 악마의 형상들이 조각되어 있는데 아름다운 모습도 있었다.

크리스털이 노래를 부르고 있었다. 감미로운 소리가 머릿속으로 스며들었다. 타라 일행은 어디서 나는지 둘러봤지만 어느 한 곳이 아니라 사방에서 들려오고 있었다.

그 순간 호주머니에서 기척을 느낀 타라는 마치 크리스털을 더 가까이 보려는 것처럼 슬그머니 아르칸즈에게서 떨어져 나왔고, 체인 지라인까지 소스라치게 놀랄 정도로 움직이고 있는 것이 무엇인지 확인했다.

살아있는 돌이었다. 크리스털과 함께 노래를 부르고 있는 것 같았다.

'살아있는 돌, 괜찮아?' 타라가 정신적으로 물었다.

'괜찮아, 고마워.' 살아있는 돌이 짤막하게 대답했다. '여기 있는 걸 좋아하지 않아.'

'누가 여기 있는 걸 좋아하지 않아?'

'크리스털.'

타라의 질문에도 불구하고 살아있는 돌은 고집스럽게 침묵을 지켰다. 점점 더 불안해진 타라는 고개를 들고 아르칸즈가 하는 말에 정신을 집중했다.

"우리의 과학자가 발명한 것이다." 악마들의 왕자가 자랑스럽게 설명하고 있었다. "광장공포증 환자라서[32] 밖으로 나가지 못하기 때문에 세상 구경을 하기 위해 이걸 만든 것이지."

칼은 크리스털을 자세히 살펴보면서 자신의 연장을 꺼내고 싶었지만 꾹 참았다. 악마들에게 면허 받은 도둑이 호주머니에 뭘 넣고 다니는지 보여줄 필요는 없지 않은가.

· · · · · · · · · · · · · ·

32. 광장공포증은 넓은 공간에서 극도의 공포심을 느끼는 신경질환인 반면에 밀실공포증은 폐쇄된 작은 공간에서 공포심을 느끼는 신경질환이다.

"굉장히 멋지네요." 칼이 마침내 말했다. "그런데 악마의 마법을 사용하지 못한다고 했잖아요? 마법을 사용하면 행성이 폭발한다면서."

칼의 어조에 폭발로 악마들이 죽는 거야 상관없지만 그들이 이곳을 떠난 뒤에 폭발하면 좋겠다는 뜻이 깔려 있었다.

"그래, 맞아." 아르칸즈는 만면에 미소를 지으면서 대답했다. "하지만 이 크리스털에 내장된 마법은 우리 행성에서 오는 것이 아니다."

"그럼 어디서?"

"아더월드에서 오는 마법이지."

무아노의 얼굴이 새파랗게 질렸다.

"그럼…… 이게 살아 있는 석영이에요?"

"그래, 맞다." 아르칸즈는 초록빛 눈을 반짝이면서 말했다. "크리스털에 너희 세계의 마법이 저장되어 있는 것 같은데 우리가 그걸 사용할 수 있으니까 정말 굉장한 보물이지. 우리도 크리스털을 깎아서 렌즈로 만든 뒤에 주문에 따라 주변의 풍경이 바뀌는 걸 보면서 알아차렸지. 맙소사, 행성에서 일어나는 모든 일을 볼 수 있었거든! 게다가 크리스털이 부르는 노래가 아주 구체적이었으니! 그런데 우리가 어디인가로 옮기거나 무엇인가로 가공하려고 하면 노래가 멈췄지. 따라서 이 석영은 다른 용도로 사용할 수 없다. 대단한 서비스에 대한 대가는 치러야겠지."

아! 타라는 살아있는 돌이 이 크리스털에 대해 왜 그렇게 예민한 반응을 보이는지 이해가 되었다.

"어마어마한 서비스인데 그 정도는 감수해야겠죠. 하지만 이 크리스털 때문에 엄청난 대가를 치를 수도 있겠어요." 무아노가 넌지시 말했다. "아더월드에서 가장 귀중한 광석 중 하나인데!"

"그래도 나는 절대로 내놓지 않을 거다. 너무나 사용하고 싶거든." 아르칸즈는 갈색 머리를 쓸어 넘기면서 반박했다. "타라 덩컨, 가운데 와서 서봐. 보여줄 게 있으니까."

타라는 시키는 대로 했고, 축소한 갈랑이 어깨에 달라붙어 있었다. 심장이 쿵쿵 뛰었지만 무슨 일이 일어날지 정말 궁금했다.

예상한 대로 풍경이 펼쳐졌다.

갑자기 어디선가 나타나 성큼성큼 다가오는 시커먼 숲에 압사될 지경이지만 타라는 마법을 작동할 시간이 없었다. 그러다 숲은 온데간데없이 사라지고 새빨간 개양귀비가 만발한 초원으로 바뀌었다. 이어서 밀밭, 보리밭, 골짜기, 산, 시냇물, 협로, 비탈, 언덕, 또 다른 숲, 또 다른 초원, 또 다른 밭. 타라는 잠시 현기증이 일었지만 끊임없는 변화에 차츰 적응이 되었다. 익숙해진 도식이 드러나고 있었다.

이 행성의 대륙은 지구보다 하나 더 많은 7대륙이 아주 조화롭게 배치되어 있고, 지구(육지29%, 바다 71%)보다 바다가 차지하는 비율은 적었다(바다 60%, 육지 40%).

그리고 행성이 지구와 정말 흡사했다. 타라는 등이 오싹해졌다. 게다가 바깥 세상을 볼 수 있다는, 눈으로 보고도 믿어지지 않는 이 테라페리움……. 이제부터 해야 할 미션은 크라에토비르의 반지를 파괴하는 것보다 훨씬 중요하고 위급한 것이었다. 악마들이 무슨 짓을 해놓았는지 아더월드의 국민들에게 알려야 하는데. 악마들이 직접 들이닥쳐서 전 세계의 국민들에게 설명하기 전에.

자연에 대한 소개가 끝나자 아르칸즈는 크리스털 렌즈의 초점을 도시와 마을에 맞추었다. 주민은 대부분 악마들이었다. 그러나 대도시에서는 인간이 점점 많이 보였다. 악마들은 인간들을 피하는 것 같았다. 마치 악마/인간들은 상류 계급에 속해 있는 것처럼.

타라는 입술을 깨물었다. 악마/인간들은 모두 아주 젊고 오만해 보였다. 그리고 이상하게도 갈퀴발톱과 송곳니들을 드러낸 악마들을 두려워하고 있었다.

타라는 더 이상 보고 싶지 않았다. 무아노는 눈을 반짝이면서 방금 본 것들을 수첩에 꼼꼼하게 적었고, 들키지 않게 아주 조심하면서 크리스털 볼의 사진 기능으로 영상을 담았다.

"굉장한 행성으로 만들었군요." 타라는 아르칸즈에게 진지하게 말했다. "당신이 한 일이 좋은 일인지, 나쁜 일인지 모르겠지만, 인구과잉을 피하기 위한 해결책이라는 걸 고려하면 성공했다고 볼 수도 있겠어요."

아르칸즈는 정중하게 허리를 숙여 인사하는 시늉을 했다. 생각에 잠겨 있는 실버가 눈살을 찌푸렸다. 로빈은 악마를 한 방에 보내버릴 방법을 궁리하면서 아르칸즈에게서 눈길을 떼지 않고 있었다. 악마의 왕자라는 자가 계속 신경에 거슬렸던 것이다.

로빈이 보기에 아르칸즈가 타라에게 너무 바짝 붙어 있었다.

아르칸즈가 작정을 하고 타라에게 아주 바짝 붙어 있기 때문에 로빈이 불안할 만했다.

타라는 이 행성에 와서 일어난 일에 대해 깊이 생각할 겨를이 없었다. 아르칸즈는 많은 시간을 할애하면서 최선을 다해 타라의 슬픔을 달래주고 있었다.

"우리의 아이들을 보여주고 싶다."

그러면서 아르칸즈는 보모이자 유모인 악마/인간들의 보살핌을 받으면서 아이들이 자라고 있는 탁아소와 신생아실을 가리켰다.

"이리 와. 우리 상인들이 상품을 보여주고 싶어서 난리가 났구나. 우리는 다른 행성들과 물물교환을 하는데 장인들이 만든 귀금속과 보석은 아주 매혹적이지."

타라는 상인들에게 미안하지만 아르칸즈가 바치는 보석들을 정중하게 사양했다.

타라가 음식에 있어서는 함께 먹는 것을 한사코 거부했기 때문에 맛있는 요리(지구의 요리에 대한 모든 레시피를 들여와서 만들었건만)를 보여줄 수 없는 아르칸즈는 못내 아쉬워했다. 하지만 기회만 있으면 타라를 데리고 다니려고 했다.

어느 날은 아르칸즈가 도시를 구경시켜주겠다며 타라를 데리고 나갔고, 기이한 것들을 파는 상인들을 볼 수 있었다. 악마/인간들의 요구에 따라 건축 공사가 한창인데 도시 성곽 밖으로도 저택과 성이 증가하고 있었다. 타라는 우승자에게 인간 모습의 아들과 딸을 가질 권한을 주는 토너먼트 방식의 시합을 목격했고, 무도회장을 구경할 때는 누군가에게 발을 밟혀 안 좋은 기억이 있다는 핑계를 대는 것으로 간신히 악마의 춤 신청을 거절했다.

아르칸즈는 날마다 선물을 들고 왔다. 타라는 보석과 신비한 광석 장신구들, 화려한 꽃다발, 체인지라인이 시샘할 정도로 아름다운 드레스, 타라를 쳐다보면서 눈을 동그랗게 뜨는 애완용 동물들을 정중하게 사양해야 했다. 아르칸즈가 주는 선물 중에서 타라가 흔쾌히 받은 것은 언제든 재판관을 보러 가도 된다는 허락이었다. 거대한 조각상과 대화할 수 있다니, 더군다나 놀라운 유머 감각이 있는 재판관인데 얼마나 흥미로운가. 역시 기대를 저버리지 않고 재판관은 이 행성을 지구처럼 만들기까지의 과정과 그 뒤로 일어난 모든 일에 대해 간략하게 알려주었다.

거짓말이 아니었다. 모든 것이 아르칸즈가 말한 그대로였다.

이렇게 되면 질문 공세로 아르칸즈를 밀어붙일 수가 없는데. 이제 타라는 악마들의 왕자를 어떻게 생각해야 할지 알 수가 없었다.

타라만 아르칸즈의 선물을 받는 것이 아니었다. 칼은 온갖 기구들을 무제한으로 시험해볼 수 있는 멋진 실험실을 제공받았다. 그리고 궁전 안에서는 어디든 들어가도 된다는 허락을 받았기 때문에 원하는 곳을 샅샅이 뒤지고 다녔다(물론 칼은 샅샅이 뒤진 게 아니라 그냥 점잖게 구경만 했다고 말했지만). 그런데 금지된 것을 할 때 훨씬 스릴이 있기 때문에 칼은 별로 신이 나지 않았다.

칼은 디아블로 살해 사건과 경찰견들의 수사를 포함해서 특별한 단서를 찾지 못했다. 그렇지만 실험실을 제공받은 기회를 이용하여 몇 가지 기발한 기구를 만들었는데 대부분 악마들을 염탐하는 데 사용하는 것들이었다.

매직 6총사와 실버는 가능한 한 빨리 행성을 떠날 방법을 찾기 위해 각자 임무를 분담했다. 타라는 말을 시키면서 아르칸즈를 붙잡아 두는 것이 임무였다. 칼은 악마의 마법과 작동 방식에 대해 알아내야 했다. 그리고 악마의 마법을 언제 사용해야 행성을 파괴하지 않고 떠날 수 있는지 알아내야 했다.

그리 간단한 일이 아니었다. 악마의 마법을 처음 사용했던 수천 년 전으로 거슬러 올라가야 했다. 악마들이 더 이상 희생하지 않아도 될 정도로 영혼을 충분히 비축해두고 있다는 사실을 알게 된 칼은 무아노에게 자료를 찾아달라고 부탁했다.

무아노는 역사 전문가답게 도서관에서 지각단층 전쟁에 대한 고문서에 접근할 수 있었다. 종이 책보다 잘 휘어지고 파괴되지 않는 얇은 석판에 글을 새긴 것이 대부분이라서 온종일 먼지를 뒤집어써야 했지만, 도서관에서 나오는 무아노는 눈빛이 반짝였다.

"악마들에 대한 잘못된 역사를 바로잡을 거야!"

무아노가 부르짖었다.

무아노를 비롯하여 그들 모두 악마의 마법에 관련된 정보를 찾아다니고 있었다. 끔찍한 위협을 받고 있는 아더월드와 부모님들을 생각하면, 하루하루 지나갈수록 압박감을 견디기 힘들었다.

그러던 어느 날 무아노는 도서관에서 마침내 시커먼 암석 안에 박힌 비디오테이프를 발견했고, 사물 속에 갇혀 있던 악마의 영혼들이 어떻게 소진되는지 볼 수 있었다. 이날 타라와 친구들은 그 어느 때보다 억류되어 있다는 느낌이 들었다. 운명에 만족하는 것처럼 행동하면 악마들이 그들의 영혼을 어떻게 점령할지 뻔히 알기 때문에 한시도 마음을 놓을 수 없었다. 그들은 점점 초조해졌다.

그들 중에서 이 상황을 가장 힘들어하는 사람은 파브리스였다. 늑대의 본능은 행동으로 밀어붙이라고 부추기고 있어 정말 뭔가를 물어뜯고 싶어서 미칠 지경이었다.

파브리스는 변신하려면 아무도 없는 데로 멀리 나가야 하는데, 무아노가 현재로서는 같이 산책할 마음이 없다고 딱 잘라 거절했기 때문에 고독한 산책을 나가는 일이 점점 잦아졌다.

파브리스는 무아노를 감동시킬 생각도 해봤지만 할 것이 아무것도 없었다. 갈색 머리 소녀는 상처가 너무 깊어서 이제는 파브리스를 믿으려고 하지 않았다. 악마의 마법에 대한 유혹을 떨치려고 애쓰는 모습으로는 무아노의 마음을 돌리기가 쉽지 않을 것 같았다.

한편, 무아노는 파브리스가 어떤 말을 해도 흔들리지 않을 자신이 있었다. 모질게 마음먹었는데 이 행성에서 파브리스가 안쓰러운 처지에 있다고 마음이 약해질 수는 없었다.

악마의 마법을 사용하는 것이 금지되어 있지만 악마들은 날마다 마법이 약한 기구들을 이용하고 있었다. 영혼들이 갇혀 있는 악마의 사물들이 눈앞에 널려 있으니 파브리스에게는 끔찍한 유혹이었다. 비록 악마의 마법이 약한 기구라고 해도.

하지만 아직까지는 잘 버티고 있는 것 같았다. 파브리스의 눈빛이 이따금 이글거리지만 탐나는 사물을 손에 넣으려 한 적은 전혀 없었다.

물론, 파브리스도 시험대에 올라 있다는 걸 잘 알고 있었다. 이제는 더 이상 필요 없다고 생각하는 강력한 마법 능력에 대한 유혹 때문에 무아노를 잃는다는 건 말도 안 되었다. 어떻게 해야 무아노가 믿어줄까? 그래서 파브리스는 뛰었다. 슬픔을 잊으려고 뛰었고, 모습을 감추려고 뛰었고, 근육과 폐를 아프게 하려고 뛰었다. 그렇게 녹초가 되었지만 마음을 가라앉히고 돌아왔다. 그때마다 무아노의 시선이 묻고 있었다. 악마의 유혹에 굴복할 거지? 그렇게 쳐다보는 무아노의 눈빛이 무엇보다도 파브리스를 지치게 했다.

로빈 역시 가장 힘든 시기를 보내고 있었다. 마음 한편에서는 유혹 주문의 영향을 받은 거니까 절대로 타라를 사랑하면 안 된다고 외치므로 질투심을 내보일 수 없었다.

하지만 타라에게 잘 보이려고 애쓰는 악마들의 왕자를 보면 속이 부글부글 끓었다. 로빈은 딱히 할 일이 없었다. 칼과 타라는 염탐하고 있고, 무아노와 파브리스는 고문서에 빠져 있었다. 또한 파프니르는 대장간과 장인(특히 무기를 만드는)들을 관찰하고 있고, 실버는 악마들의 맷집을 가늠하기 위해 결투를 벌이고 있었다.

로빈은 소외감을 느끼면서 이를 부드득부드득 갈았다. 계속 이러면 치과 신세를 지게 될 텐데.

로빈은 칼을 쫓아다니기로 하고 아르칸즈가 괴물이라는 증거를 찾기 위해 사방으로 뒤지고 다녔다. 성가시게 쫓아다니는 것에 짜증이 난 칼은 마침내 아르칸즈가 괴물이라는 건 누구나 다 아는 사실인데 증거를 찾겠다는 것은 죽음을 자초하는 거니까 그만두라고 충고했다. 그 말에 시무룩해진 로빈은 악마/인간 군대를 정탐할 목적으로 훈련에 참여했다. 덩치가 큰 악마들을 상대하기가 좀 버거웠지만 덤벼드는 전사들과 겨루다 보면 몸은 피곤해도 스트레스는 차츰 풀리고 있었다.

실버와 대적해야 하는 순간까지는.

군대의 대장이 혈검을 알아보고 실버를 끌어들였던 것이다. 그래서 실버는 아더월드의 챔피언과 대결하고 싶어하는 많은 악마/청년들의 도전을 받게 되었다.

로빈을 상대했을 때처럼 악마/청년들은 실버에게 패배를 인정하고 항복했다.

실버는 특히 구경거리가 되는 걸 아주 싫어했지만 타라의 부탁이 있어서 참여한 것이지 로빈과 대결할 거라고는 예상하지 못했다.

결국 악마/청년들을 모두 쓰러뜨리고 올라온 실버는 로빈과 대결하게 되었다. 정말 뜻밖의 상황이었다. 비공식적 시합인데도 4분의 3에 이르는 궁인들이 관람하였고, 행성의 여러 미디어들이 중계했다.

로빈을 위한 날이 아니었다.

승리자는 실버였다. 활의 정령 릴란드릴은 로빈이 훌륭한 전사라는 걸 알고 날마다 훈련시켰었다. 하지만 이날의 승자는 실버임을 인정해야 했다. 실버는 본능적으로 상대가 어떤 공격을 할지 예측했다. 천부적인 재능이었다. 하프엘프로서는 오랜 세월 연마해야 터득할 수 있는 기술인 데다 실버의 현란한 몸짓이 어찌나 우아하고 완벽한지 상대에게 어떤 기회도 주지 않았다.

로빈은 항복했고 기분은 엉망이 되었다. 악마 전사들도 미친 듯이 훈련했지만 도저히 실버와 대적할 실력이 되지 못했다. 미디어들은 승자 실버의 모습에 이어서 축하 꽃다발과 선물을 들고 찾아와서 훈련하는 모습을 지켜보는 아름다운 악마/여자들의 모습을 중계했다. 질투심에 사로잡힌 로빈은 실버에게 도전할 생각만 하고 있었다.

악마의 세계에 붙잡혀 있는 위험한 상황에서 태평하게 그런 생각이나 하고 있다니 정말 알 수 없는 일이었다.

한편 실버로서는 타라에게 다가갈 수 있는 좋은 기회이건만, 하프 드래곤은 전혀 그러지 않았다. 이따금 시선을 느낀 타라가 눈을 마주치려고 하면 실버는 얼른 눈길을 내리거나 다른 데를 쳐다보면서 피해버렸다. 그러면서도 말할 때는 여전히 애정이 가득한 태도로 타라의 마음을 편하게 해주었다. 타라는 너무 이상하고 혼란스러웠다. 유혹 주문이 제거된 뒤로 주위의 남자들이 자신을 피하는 것 같아 몹시 불안했다. 진심으로 사랑한다고 고백했던 실버는 어디로 간 거지? 자신의 비늘에 다칠까 만질 수가 없다며 애절한 마음을 표현했던 하프 드래곤은 어디로 간 거지? 타라를 사랑하던 실버는 사라지고 곁을 지켜주는 냉정하고 예의 바른 기사만 남아 있는 건가?

드디어 이 행성에서 가장 위대한 전사가 누구인지를 공식적으로 가리는 토너먼트 방식의 경기가 열렸다.

실버가 세 배나 더 큰 덩치에 갈퀴발톱과 송곳니까지 있는 상대를 쓰러뜨리고 승리하자 악마들은 화가 나서 펄펄 뛰었다. 실버는 관례적인 상(인간 모습의 아들과 딸을 가질 권한)을 받을 수 없기 때문에, 아르칸즈는 장인들이 특별히 만든 것이라면서 금과 루비가 총총히 박힌 근사한 식기 한 벌을 선물했다. 까다로운 파프니르조차 트집 잡을 수 없을 정도로 훌륭한 작품이었다. 사실, 파프니르는 아르칸즈의 허락을 받고 뜨거운 대장간에서 거의 살다시피 했다. 이따금 헝클어진 머리에 그을음을 뒤집어쓴 파프니르가 '악마들은 정말 아무것이나 막 만드는군' 하고 투덜거렸지만, 전혀 모르는 기술을 접할 때는 많이 놀라는 눈치였다. 파프니르의 어깨에 올라앉은 벨은 장밋빛

털에 묻은 그을음이 너무 싫다고 쫑알거렸다. 잘 보살피고는 있지만, 파프니르는 고양이들이 더러운 걸 끔찍하게 싫어해서 온종일 피곤할 정도로 몸을 핥아댄다는 걸 이해하지 못했다. 어쨌거나 벨은 혀가 하나밖에 없는 데다 아주 짧기까지 한데.

아르칸즈는 타라와 친구들을 바쁘게 만드는 데는 성공했지만, 각자에게 맞는 선물을 하면서 아무리 배려해주어도 단념이라는 걸 모르는 듯 아이들은 얼굴만 보면 물었다.

"우리를 언제 보내줄 거예요?"

악마들의 대답은 날마다 한결같았다.

"행성이 안정되는 즉시, 지금은 너무 위험해!"

그런데 타라와 친구들을 알아낸 정보에 따르면 악마들은 진실을 말한 것이었다. 칼이 비축한 식량이 줄어들고 있었다. 곧 먹을 것이 떨어질 텐데, 그러면 현지 음식을 먹어야 되는데. 그들은 불안해지기 시작했다.

타라와 친구들은 저녁에 만나면 낮에 무엇을 했는지 얘기하면서 각자 알아온 정보들을 정리했다. 그러고는 자유가 얼마나 소중한지를 깨달으면서 무거운 침묵에 휩싸였다.

하지만 모두 개죽음을 당하는 바보 같은 짓을 저지르지 않기로 마음을 다잡았다. 그런데 이번에는 아르칸즈가 아주 저돌적으로 대시했다. 아니, 노골적으로 들이댔다는 표현이 더 맞으려나?

느닷없이 타라를 끌어안았으니.

실버가 시합에서 우승하는 순간에 일어난 일이었다. 카메라 역할을 하는 것(악마들이 머리에 올려놓고 다니는 이상하게 생긴 동물로 모든 장면을 녹화하는 기능이 있다)들이 모두 승리한 실버에게 쏠려 있었기 때문에 그 장면을 아무도 보지 못했다.

아르칸즈가 누구인지를 잠시 잊은 타라도 충동적으로 품에 안겼다. 그리고 아르칸즈가 장밋빛 입술을 향해 유혹적으로 얼굴을 들이댔을 때도…… 반항하지 않았다.

아르칸즈는 입을 맞추었다.

아주 달콤하고, 아주 부드러운 키스였다. 타라가 예상한 것과는 전혀 달랐다. 그러다 깜짝 놀란 타라가 뒤로 물러나자 아르칸즈는 더 이상 붙잡으려 하지 않고 미소를 짓는 것으로 만족했다. 의기양양한 웃음도 비웃음도 아니었다.

아연실색한 타라는 손으로 입을 가리고 경기장 쪽으로 시선을 돌리면서 아무도 본 사람이 없다는 걸 알고 안도했다.

하지만 밤이 되었을 때 타라는 아르칸즈에 대한 느낌 때문에 거의 잠을 이루지 못했다.

분명히 혐오감도 거부감도 느껴지지 않는 기분 좋은 놀라움이었다.

이제는 가능한 한 빨리 이 행성을 떠나야 했다.

다음 날 아침, 아르칸즈는 아주 정중하게 행동했다. 타라가 꿈을 꾼 게 아닐까 의문이 들 정도로 아무런 내색을 하지 않았다.

하지만 꿈이 아니라는 것은 타라를 궁지에 몰아넣은 칼 덕분에 확실해졌다.

그들은 여전히 한 방에 모여서 잠을 자기 때문에 칼이 빈 방 중 하나로 타라를 강제로 끌고 가서 문을 잠갔다.

"왜 이러는데?" 타라는 가슴이 벌렁거렸다.

칼이 팔짱을 끼고 서서 이글거리는 눈빛으로 타라를 노려보면서 물었다.

"너 무슨 짓을 하고 있는 거야, 타라?"

감정을 억제하고 있는데도 타라의 얼굴이 대번에 빨개졌다.

"내가? 나 아무 짓도 안 했어." 타라는 힘없이 반박했다.

"내가 본 것도 있고, 못 본 것도 있어."

타라는 어리둥절한 얼굴로 눈살을 찌푸렸다.

"본 건 뭐고, 못 본 건 뭔데?"

"나를 위해서 감시해주는 비밀 기구가 있거든." 칼이 퉁명스럽게 대답했다. "근데 말이야, 감시하고 녹화하는 기능이 있는 거라서 아르칸즈가 너에게 키스하는 걸 봤지. 그리고 네가 당연히 아르칸즈에게 날렸어야 할 따귀를 못 봤지."

타라는 뻣뻣해졌다. 슬루르크!

"우리를 붙잡아두고 있는 자를 때리면 안 되지." 타라가 마침내 대꾸했다.

"타라! 내가 누군지 몰라? 나, 칼이야. 바보 취급하지 마. 설사 아르칸즈가 고맙다는 말을 해도 너는 망치로 두들겨 패는 것이 정상이라고. 너에게 미쳐 있는 악마니까. 유전자 조작으로 만들어진 미친 악마에게 놀아나면 우리는 절대로 여기를 벗어나지 못한단 말이야!"

타라는 한숨을 내쉬면서 털썩 주저앉았고, 어깨를 축 늘어뜨렸다.

"그래, 알아. 하지만 나도 많이 놀랐어! 그토록 보고 싶었던 로빈은 나를 냉랭하게 대하는데 아르칸즈는 정말 다정했어. 부모님에게 작별 인사를 할 수 있는 기회까지 줬잖아. 그는 부드럽고……."

"내가 볼 때는 호르몬 이상으로 네 머리가 잘못된 거야. 타라! 이건 불장난이야. 당장 멈춰야 해."

"나는 다시 시작할 생각 같은 건 없었어." 타라가 대꾸했다. "유혹 주문이 제거된 뒤로는 남자들이 나를 좋아하는 느낌을 받지 못했으니까. 로빈은 나를 밀어냈고, 실버는 나에게 관심이 없고……."

"그래서 무의식적으로 악마 왕자에게 너의 매력을 시험해보고 싶었다는 거야?"

타라는 부인하려다가 칼의 예리한 시선과 마주치자 입을 다물었다.

"그래, 시험해보고 싶었던 건 맞아." 타라는 마침내 힘없이 말했다. "그리고 무의식적으로 그랬던 건 아냐. 내가 뭐가 그렇게 완벽하다고!"

칼은 미소를 지었지만 단호했다.

"나는 네가 완벽하다고 말한 적 없어, 타라. 모든 인간과 마찬가지로 너는 장점도 있고, 단점도 있어. 다만 너의 초강력 마법 때문에 그런 것들이 가려 있었지. 그리고 다들 너를 여자로 보기보다 후계자나 강력한 마법사로 보는 것도 사실이고. 네 심정을 충분히 이해해. 하지만 이건 너무 위험한 짓이야. 그러니까 일단 아더월드나 지구로 돌아간 다음에 길거리에서 마주치는 남자들에게 네 매력을 시험해봐.

나중에는 분명히 나한테 그때 말려줘서 고맙다고 말하게 될 테니까. 내 말 믿어, 타라. 그자는 절대로 안 돼. 우리 모두를 위해 그만둬."

타라는 한숨을 쉬면서 손가락으로 금발을 헝클어뜨렸다.

"그래, 알았어. 내가 바보 같았어."

동정적인 반응을 기대한 타라의 예상대로 칼이 고개를 끄덕였다.

"그만둘게. 약속해."

정말 안도하는 칼의 표정을 보면서 타라는 친구가 얼마나 불안해했을지 짐작이 갔다. 칼의 말대로 아주 위험한 짓을 저지른 것이었다.

갑자기 타라는 칼이 좀 전에 했던 말이 생각났다.

"어떤 건데?"

"뭐가?"

"아까 우리를 감시하는 기구가 있다고 했잖아. 그게 어떤 거냐고?"

칼은 난처한 표정을 짓다가 호주머니에서 작은 상자를 꺼냈다. 상자 안에 시커먼 파리 여섯 마리가 들어 있었다.

"미니카메라야. 뭘 하는 건지 아무도 알아채지 못하게 하려고 파리로 둔갑시켜놨지. 너희들 주위를 날아다니면서 살피고 있는데, 미리 말해주지 않은 건 감시당하고 있다는 걸 몰라야 너희 행동이 자연스럽기 때문이야."

"너도 언젠가는 당할 날이 올 거야, 칼." 타라는 파리들을 쳐다보면서 분개했다. "꼭 그런 날이 오길 바란다!"

"누가 뭘 하는지 알 수 있잖아. 그래서 아주 재미있는 일도 알게 됐는데 알려줄까? 로빈과 파브리스, 실버 주위를 어슬렁거리는 예쁜 여자들, 내 주위에 매복해 있는 여자들……."

타라는 아연실색했다.

"예쁜 여자들?"

"너와 무아노, 파프니르 중 한 명이 주변에 나타나는 즉시 그 여자들은 싹 사라져버리지. 하지만 우리 남자들이 혼자 있을 때는 짠! 하고 여기저기서 튀어나와. 내 생각에는 여자들이 로빈에게 호기심이 많은 것 같아. 마법의 강도가 아주 약한 변장 주문으로 로빈을 속였던 여자가 '섹시한 하프엘프'라고 소문을 낸 모양이야. 어쨌든 여자들은 우리 남자들을 모두 시험해보는 것 같아. 무아노도 분명히 눈치챘거든. 그래서 그 여자들을 와작와작 씹어 먹을 줄 알았는데 그냥 내버려두고 있는 거야. 나는 그게 더 놀라워."

타라는 머릿속에 떠오르는 온갖 이미지를 떨쳐내면서 윗입술을 톡톡 쳤다.

"정치적 음모 아닐까? 아르칸즈의 계획을 방해하기 위해서?"

"그건 아닌 것 같아. 여자가 슬그머니 떠들고 다니는 걸 보면."

"그 여자가 누군지 말해줘. 아더월드에서는 매춘부를 어떻게 취급하는지 본때를 보여줄 테니까."

칼은 빙긋이 웃었다.

"그건 안 되지." 칼이 헝클어진 검은 머리를 긁적이면서 말했다. "네가 그 여자보다 훨씬 강력할 게 틀림없는데 그러면 문제가 생길 거야. 결국 누가 뭘 했는지 내가 알고 있다는 걸 밝혀야 되고, 어떻게 알았는지도 털어놔야 되잖아. 내 파리들이 더 이상 일을 할 수 없을 테고 말이야. 그러니까 부탁인데 지금은 그 여자를 그냥 내버려둬."

타라는 내키지 않았지만 받아들이기로 했다. '나도 잘못을 저질렀

으면서 칼의 입장을 난처하게 만들 필요는 없지.'

아르칸즈가 행성의 새로운 부분을 보여주겠다고 했기 때문에 그들 모두 테라페리움에서 만나기로 약속이 되어 있었다. 칼에게 따라오라는 손짓을 하면서 앞장서 가던 타라가 갑자기 떠오른 생각 때문에 킥킥거렸다.

"왜 그러는데?" 칼이 물었다.

"너는 정말 운이 좋아."

"아, 그래? 왜?"

"아르칸즈에게 내 매력을 시험해보는 대신에 너를 공격할 수도 있었으니까!"

칼은 숨이 막혀서 아무 말도 할 수 없었다.

테라페리움에 도착하니 실버와 파프니르, 로빈, 무아노, 파브리스가 이미 아르칸즈와 함께 있었고, 왕자를 호위하는 친위대도 보였다. 검은색과 흰색의 크리스털은 환영 인사를 하는 듯 노래하고 있었다.

"아, 타라! 기다리고 있었어." 악마들의 왕자가 활짝 웃으면서 반겼다.

타라가 고갯짓만 까딱하자 왕자의 환한 미소가 조금 사라졌다. 아르칸즈가 무슨 말을 하려는 순간 갑자기 나팔 소리가 요란하게 울려 퍼지면서 크리스털의 노랫소리가 묻혔다.

"오, 슬루르크!" 아르칸즈가 창백해져서 외쳤다. "아버지가 오셨어. 많이 흔들릴 테니까 벽에 붙어!"

잠시 후, 거대한 그림자가 궁전을 뒤덮었다. 크리스털 렌즈 덕분에 타라는 머리 위에서 천천히 내려오는 엄청난 건물을 볼 수 있었다.

"이러다 우리 모두 깔리겠어!" 공포에 질린 무아노가 고함쳤다.

"아니, 그런 일은 없을 테니까 두려워할 것 없다." 아르칸즈가 말했다.

타라는 겁이 났지만 마왕이 친아들을 짓이기지는 않을 거라고 생각했다. 아르칸즈가 도망치려고 했다면 불안했겠지만 그 자리에서 타라의 허리에 팔을 두르고 넘어지지 않게 붙잡아주고 있었다. 타라는 아르칸즈의 몸과 체온을 느끼면서 혼란스러웠다. 악마의 살과 닿는 감촉이 여전히 부드럽게 느껴져 놀라울 뿐이었다.

칼의 눈이 튀어나올 뻔했다. 로빈은 소리가 들릴 정도로 툴툴거렸다. 실버는 인상을 썼고, 벨과 정신적 교감에서 벗어난 파프니르는 놀란 얼굴로 머리를 흔들었다.

파브리스와 무아노는 바짝 다가섰고, 이번에는 갈색 머리 소녀가 금발 소년의 든든한 포옹을 고맙게 받아들였다. 오, 예스!

이 순간 마왕이 돌아오는 걸 기뻐하는 사람은 아마 파브리스밖에 없을 것이다.

마침내 아주 둔탁한 소리를 내면서 궁전이 착륙했다. 잠시 불빛이 깜박깜박하다가 크리스털 방이 훤해졌다. 날아온 궁전이 착륙하면서 정말 신기하게도 마치 합체가 되는 것처럼 어마어마하게 확장된 왕자의 궁전 울타리 안에 자리를 잡았다. 마왕의 궁전은 벽으로 둘러싸여 있지만 창문들이 보였다. 그래서 마치 옆집에 있는 것처럼 거대한 궁전의 내부와 주민들을 볼 수 있었다. 삐걱거리는 소리가 나면서 복도들이 이어지더니 모든 창문이 열리면서 역한 냄새가 진동했다.

"콜록콜록……." 칼이 기침을 했다. "어휴, 이게 무슨 냄새야!"

아르칸즈도 인상을 썼지만 잠자코 있었다. 한 나라의 왕자인데 아버지가 악취를 풍긴다는 말을 어떻게 한단 말인가. 너무 경박스럽지 않은가.

크리스털이 윙윙거리는 소리가 다시 나기 시작했는데 고통스러워하는 것 같았다. 살아있는 돌과 접속한 타라는 치통이 시작될 때처럼 약한 통증이 느껴졌다. 이것은 언제고 진짜 통증이 시작되면 끔찍하게 고통스러우리라는 경고 같았다.

허리를 두르고 있는데도 타라가 가만히 있자 아르칸즈는 몹시 흡족해했다. 그러나 그건 아르칸즈를 기쁘게 해주려는 것이 아니라 어떻게 나오는지 보기 위해서였다. 타라는 더 이상 흔들리지 않아서 넘어질 위험이 없는데도 아르칸즈에게 점점 몸을 기댔다. 그리고 초록빛 눈을 향해 고개를 들자, 소녀가 따귀를 준비하고 있을 줄 꿈에도 모르는 아르칸즈가 홀린 듯 얼굴을 들이댔다. 하지만 그 순간 아르칸즈는 귀청이 떨어져 나갈 것 같은 소리에⋯⋯ 뒷걸음쳤다.

오만상을 찌푸리며 머리를 흔들던 아르칸즈는 타라의 입술에서 눈을 떼고 마지못해 놓아주었다.

아르칸즈는 선택의 여지가 없었다.

아버지가 크리스털 방의 문턱을 넘어서고 있었다.

드디어 마왕의 첫 번째 촉수들이 보였다.

23
검은 여왕

*

몸뚱이에 각양각색의 눈이 다닥다닥 붙은, 공 모양의 털북숭이가 촉수들을 꼬물거리면서 크리스털 방으로 들어오자 아르칸즈는 허리를 숙여 인사했다.

"아버님."

마왕과 마주할 때마다 늘 그렇듯 눈을 연거푸 핥아대는 두툼한 검은 점박이 혀를 보는 순간 타라는 속이 울렁거렸다.

"손님들이 와 있다는 거 안다, 아들아." 마왕이 으르렁거리는(여러 개의 입 중 하나에서 나오는) 목소리로 말했다. "나의 친애하는 드래곤 친구, 셈나샤오비로다인트라쉬부도 와 있느냐?"

아르칸즈가 아버지에게 타라 일행에 대해 자세히 보고하지 않았다는 건가? 왜?

"안녕하세요." 타라는 무릎이 후들거리지만 아주 공손하게 대답했다. "그분은 오지 않았습니다. 우리도 마지스터가 길을 잘못 설정하는 바람에 여기 오게 된 겁니다."

마왕의 수많은 눈이 일제히 타라를 향해 쏠렸다.

"네가 아니라 내 아들에게 물었다." 마왕이 핀잔을 주었다. "하지만 방금 한 말은 정말 놀랍구나, 어린 인간. 내 소식통에 따르면 마지스터와 너는 철천지원수 사이로 알고 있는데?"

"아더월드에서 함께 해결할 문제가 생겼거든요." 타라가 말했다. "그리고 필요에 따라서는 철천지원수도 최고의 친구가 될 수 있답니다."

마왕이 아들을 향해 눈길을 돌렸다.

"아! 동맹이라는 개념, 인간들의 전형적인 개념이지. 내 아들이 우리 세계를 변화시키고 있는데 그게 좋은 일인지 나쁜 일인지 나는 아직 모르겠다."

마왕의 어조가 위협적이지는 않지만 탐탁지 않은 것 같았다.

아르칸즈는 마왕 옆으로 가서 경의를 표하는 자세를 취했다.

"어서 오십시오, 아버님. 투덜이 대장으로부터 약속한 대로 우리가 사흘 동안 공격을 막아냈다는 보고를 받으셨지요? 나와 악마/인간들은 개별적으로 행동한 것이 아니라 모두 함께 힘을 합해서 싸웠습니다. 우리도 협력하는 데 성공했습니다."

"그래, 우리는 힘을 합해 싸울 줄 모르기 때문에 드래곤들과 인간들을 상대하는 두 번의 전쟁에서 패했다." 마왕이 인정했다. "네가 말하는 그 새로운 방식으로 다음 전쟁에서는 반드시 이길 수 있기 바란다."

타라는 심장이 얼어붙는 것 같았다. 아더월드를 침략할 거라고 의심하고 있었는데! 마왕이 방금 그걸 확인시켜준 것이 아닌가.

아르칸즈는 충격을 받은 얼굴로 비켜섰다.

"하지만 아버님, 제가 하고 싶은 건 그게 아닙니다!" 왕자가 반박했다. "저는 인간들과 교역하고 싶은 거지 정복하겠다는 것이 아닙니다!"

"그 계획 때문에 행성 하나를 통째로 희생시켰다!" 마왕이 으르렁거리면서 촉수들을 마구 흔들어대는 바람에 무아노와 파브리스가 재빨리 뒷걸음쳤다. "우리 행성을 변형시키려고 내 백성 수십억의 영혼이 이용되었는데, 뭐라? 교역하기 위해서였다고?"

타라는 주먹을 꽉 쥐었다. 퍼즐이 맞춰지고 있었다. 아르칸즈가 지구처럼 만든 태양과 행성들에 대해 말했을 때 강한 의문이 들었다. '악마들이 어디서 얼마나 많은 마법을 얻었기에 그런 엄청난 일을 해냈을까?' 그리고 칼 역시 고문서의 기록에서 더는 희생시킬 필요가 없을 정도로 많은 악마의 영혼을 충분히 비축해두고 있다는 걸 확인하지 않았던가.

그런데 방금 답변을 들은 것이다.

수십억에 이르는 동족을 희생시키다니. 고의적으로.

아르칸즈는 마치 얻어맞기라도 한 것처럼 얼굴이 창백해져서 뒷걸음쳤다.

"그…… 그런 말씀은 하지 않았잖아요." 왕자는 어물어물 말했다. "저한테는……."

"시끄럽고!" 마왕이 화가 나서 말을 끊었다. "나는 너에게 많은 걸 말했다. 진실도 있고, 거짓도 있었지. 인간의 유전자에 대한 실험을 완성하기 위하여 너에게 알려주지 않았던 것이다. 이제 마지막 단계만 남았으니까 준비는 다 된 것이다."

아르칸즈는 주먹을 불끈 쥐고 타라와 친구들 옆으로 왔다.

"아버님이 그렇게 하도록 놔두지 않을 겁니다!" 성난 왕자가 소리쳤다. "아버님의 권력 욕심을 채우기 위해 사람들을 그런 식으로 농락할 권리가 없습니다!"

"**닥쳐라!**" 마왕이 어찌나 크게 고함을 지르는지 모두 소스라치게 놀랐다. "왕자를 붙잡아라! 감옥에 며칠 동안 갇혀 있으면 내 아들이라도 모든 권리를 가질 수 없다는 걸 깨닫게 될 것이다!"

무의식적이었기 때문에 타라는 금빛 갑옷에 검을 손에 쥐고 있다는 걸 알아차리지 못했다. 어느새 살아있는 돌이 머리 위에 떠 있고, 타라의 손에서도 마법이 작동하고 있었다.

"타라, 안 돼!" 칼이 질겁해서 말렸다. "참견하지 마, 우리가 상관할 일 아냐."

그러나 너무 늦었다. 타라에게서 왕을 향한 위협을 느낀 친위대가 달려왔다. 타라가 경계 태세를 취하자 아르칸즈도 검을 뽑아 들고 함께 맞섰다.

악마들이 달려들었기 때문에 타라는 생각할 겨를이 없었다.

황제 산도르에게서 훈련을 잘 받은 타라였다. 갑옷이 보호해주고 있지만, 경계를 늦추지 않고 몸놀림이 빨라야 했다. 타라는 금빛 그림자처럼 움직였고, 촉수들이 잘려나간 악마들이 비명을 질러댔다. 그 옆에서 갈랑은(페가수스의 힘으로 누군가를 죽이는 건 어렵기 때문에) 성난 독수리처럼 날카로운 발톱으로 악마들의 얼굴을 찢었다. 갑자기 악마 하나가 덤벼들자 옆에 있던 아르칸즈가 가볍게 목을 베어버렸다.

타라는 턱으로 고맙다는 표시를 했다. 이윽고 실버와 파프니르가 끼어들었다.

파프니르는 2주 전부터 가장 힘든 날들을 보내고 있었다. 그 누구도 난쟁이가 원치 않는 것을 강제로 시킬 수 없는데 마지스터에게 이끌려서 악마들의 세계에까지 와 있었다. 그리고 악마 세계의 장밋빛 새끼 고양이와 정신적 결합을 한 것은 아더월드 행성뿐만 아니라 타딕스, 마딕스, 드란보우글리스펜쉬르, 산티보르, 그 밖의 다른 데서도 놀림을 받을 일이었다.

그래서 파프니르는 분풀이를 할 필요가 있었다. 난쟁이는 새끼 고양이를 안전한 곳에 내려놓은 다음 험상궂은 미소를 지으면서 양손으로 도끼를 뽑아 들었다.

짤막한 비명소리가 연달아 났다. 타라와 달리 난쟁이는 가차 없이 해치우기 때문이다. 몇 분도 안 돼서 파프니르는 실버의 도움을 받아 크리스털 방에 있는 친위대를 제거했다.

타라가 위험해질 경우 언제든 뛰어들 기세로 경계하면서 로빈과 무아노, 파브리스는 마왕을 지켜보고 있었다.

그런데도 그들은 행동할 겨를이 없었다.

마왕이 갑자기 달려들어서 아르칸즈의 검을 빼앗더니, 맙소사! 끈적거리는 기다란 혀로 아들을 휘감아서 촉수들이 우글우글한 새 둥지처럼 생긴 데로 집어넣는 것이 아닌가. 겁에 질린 아르칸즈가 필사적으로 버둥거렸지만 헛일이었다.

"즉각 중단하라!" 마왕이 고함쳤다. "아니면 이놈의 양팔을 뽑아버리겠다!"

마왕이 압박을 가하자 아르칸즈가 신음소리를 냈다. 타라는 번개같이 반응했다. 타라는 검을 버렸지만, 싸움을 시작하는 순간부터 남몰래 축적하고 있던 마법의 영향으로 두 손이 노래를 부르자 살아있는 돌이 합창했다. 화살처럼 날아간 마법과 충돌한 마왕이 벽에 쿵, 부딪혔고, 이 순간에 튕겨 나온 아르칸즈가 고양이처럼 유연하게 착지했다.

아르칸즈가 아버지를 향해 돌아섰다. 타라는 만일을 대비하여 마법을 작동한 상태로 경계 태세를 취했다.

반쯤 그로기 상태의 마왕이 벽을 따라 천천히 미끄러졌다.

"아버님, 보셨죠?" 왕자가 이상하게 만족스러운 목소리로 말했다. "제 말이 맞았죠?"

"그래 네 말이 맞는구나." 마왕이 대꾸했다. "솔직히 믿지 않았는데 네 말이 맞았어. 음, 좋아."

아르칸즈가 타라를 향해 돌아섰는데 초록 눈빛을 반짝이면서 함박미소를 짓고 있었다.

"고맙다, 타라 덩컨. 멋진 모습을 보여줘서."

타라는 가슴이 오그라드는 것 같았다. 아르칸즈가 지금 무슨 말을 하는 거지?

이 상황에 아르칸즈가 왜 저렇게 기뻐하는 거야? 그사이에 비인간 악마들과 또 다른 친위대원들이 크리스털 방에 몰려와서 모든 출구를 막고 있었다.

"아버지가 인간들은 절대로 악마 편을 들지 않는다고 믿어서 우리가 꾸민 연극이었지. 아버지는 너희 인간은 악마를 좋아하지 않기 때문에 악마들의 싸움에 간섭하지 않을 거라고 생각하셨지. 그런데 너는 나를 사랑하고 있어, 타라 덩컨. 그래, 너는 나를 사랑하고 있는 거야!"

잠시 침묵이 흘렀다. 아르칸즈는 이 기회에 폭탄성 발언을 했다.

"너와 포옹할 때 알았지." 아르칸즈가 허세를 부렸다.

찬물을 끼얹은 듯 조용했다. 친구들이 눈을 부릅뜨면서 일제히 타라를 쳐다봤다.

"네가 뭘 어쨌다고?" 아연실색한 로빈이 소리쳤다.

"아르칸즈가 나를 끌어안았어." 서서히 분노가 치밀기 시작한 타라는 퉁명스럽게 내뱉었다. "일종의 작전이었지만 네가 꼭 알고 싶다면 말해줄게. 그래, 나는 포옹을 거부하지 않았어. 근데 너는 이제 나를 사랑하지도 않으면서 왜 관심을 갖는지 모르겠다."

로빈이 대꾸하려다가 입을 다물었다. 타라의 말이 맞지 않은가. 타라와 멀어진 것은 자기 탓인데 누굴 원망한단 말인가.

"타라는 나를 용서해줄 거야." 아르칸즈가 우쭐거렸다. "영화에서 많이 봤는데 지구인들은 나쁜 남자들을 용서하더라고."

"그건 여자들에 대해 전혀 몰라서 하는 말이죠." 칼이 비아냥거렸다.

승리의 순간을 만끽하느라고 타라의 눈빛에서 이글거리는 분노를 보지 못한 아르칸즈는 칼의 경고를 무시했다.

"너는 내 편을 들어주었어. 그리고 나에게 고통을 주는 아버지를 공격해서 무력화시켰지. 너는 나를 악마가 아니라 인간으로만 보고 있었어. 네가 사랑하는 만큼 너를 사랑하는 인간으로."

이번에는 어릴 적부터 타라의 절친으로 지내온 파브리스가 빈정거렸다.

"당신은 방금 큰 실수를 저지른 것 같은데요."

질투심이라고 생각한 아르칸즈는 이번에도 경고를 무시했다. 조금 전부터 슬금슬금 물러서던 로빈은 아르칸즈에게 세 번째 경고를 해줄 겨를이 없었다.

타라가 정말 격분하면 어떻게 변하는지 전혀 모르는 악마들과는 달리 너무나 잘 아는 친구들은 폭발을 예상하고 있었다. 그런데 타라는 아주 뜻밖의 질문을 던졌다.

"디아블로를 누가 죽였죠?"

무슨 말인가 하려고 입을 벌리던 아르칸즈는 도로 다물고 놀란 얼굴로 타라를 쳐다봤다.

마왕이 아들을 대신해서 대답했다.

"그 멍청한 디아블로는 완전히 미친놈이었다. 새로운 태양을 받아들이지 않는 블루파에 속해 있었지. 수백 년 동안 블루파의 수장이었던 디아블로는 우리 계획에 반대하기 때문에 '자기를 살해한 자들이 나쁜 짓을 할 테니까 조심하라'는 메시지를 너희에게 알리려고 자살한 것이다. 하지만 살해된 것으로 보이게 했지. 죽는 즉시 시체가 자동으로 재판관이 있는 방으로 이동하게 만들어놓았으니까. 아르칸즈가 아주 영악하게도 재판관 앞에서 자기는 모르는 일이라고 하면서 살해 사건 수사를 위해 경찰견들까지 불러들이는 바람에 너희는 의심을 접어버렸지. 게다가 너희 질문도 허술하기 그지없었고. 그것으로 디아블로의 계획은 실패로 끝난 것이다.”

맞아, 칼은 경찰견들이 하는 방식을 지켜보다가 시체 부검에 참여하는 걸 포기하지 않았던가. 타라는 칼과 시선을 주고받았다. 아연실색한 칼은 자신도 당했다는 생각에 잿빛 눈이 분노로 이글거렸다. 궁전을 자유롭게 다닐 수 있게 허락하면서 악마들이 숨기는 것 없이 정정당당하게 대하고 있다는 느낌을 받았는데 다 쇼란 말인가.

“그다음 아르칸즈는 네 부모를 만나게 해주었다.” 마왕이 촉수들의 도움을 받아서 힘겹게 일어났다. “나는 그것이야말로 아주 인간적인 행동이었다고 생각한다. 사랑이라는 개념을 완전히 이해한 거지. 우리 악마는 사랑이라는 걸 별로 느끼지 않지만, 너희 인간은 사랑을 아주 중요하게 여기면서 집착하는 것 같으니까.”

타라는 갑자기 분노가 치밀었다. 그래, 사랑에 굉장히 집착하는 거 맞아. 그런데 신의에도 집착하지. 사랑보다 더.

“그래서 다음 시나리오는 뭐죠?” 타라는 냉랭한 목소리로 물었다. “아더월드와 지구를 침략할 때 인간들이 반인간, 반악마 군대를 상대로 어떻게 싸우는지 시험해보기 위해 우리가 필요한 거였어요?”

타라의 말에 모두 충격에 휩싸인 듯 죽음 같은 침묵이 흘렀다.

아르칸즈의 얼굴에서 웃음기가 싹 사라졌다.

"누가 그래?" 아르칸즈가 사나운 어조로 물었다. "블루파?"

타라가 홱 돌아서서 쏘아보는데 차가운 쪽빛 눈이 어찌나 매서운지 아르칸즈는 레이저 광선이 날아오는 느낌이 들었다. 자신이 하찮게 느껴지면서 온몸이 부르르 떨릴 정도였다.

"우리 그렇게 멍청하지 않거든요." 타라는 목소리를 깔면서 말했다. "당신이 장난치고 있다는 걸 우리가 몰랐다고 생각해요? 당신의 작전은 뻔히 눈에 보였는데!(사실은 몇 분 전에 깨달았지만 밝힐 필요가 있나?)"

"그래?" 마왕이 짜증스럽게 반응했다.

타라는 어깨를 으쓱하면서 경멸조로 퍼부었다.

"오랫동안 우리를 연구했다는 거 알겠어요. 우리 부모님들과 마법사들이 얼마나 우리를 사랑하고 보호해주는지 봐서 알겠지만 대부분의 인간은 한창 자라는 청소년들에게 나쁜 짓을 하지 않으려고 노력하죠. 그런데 당신들은 아이들과 청소년으로 이뤄진 군대를 만들었더군요. 그리고 우리의 약점을 이용하기 위해 우리가 도저히 뿌리칠 수 없는 것도 만들었고요. 그것은……."

타라는 말을 중단하고 아르칸즈의 불안해하는 얼굴을 뚫어져라 쳐다보다가 말을 이었다.

"……아름다움이죠. 당신들이 만든 남녀 인간들은 아름다워요. 우리 인간들이 아름다움을 꿈꾸고, 아름다워지려고 애를 쓴다는 걸 알고 있었던 거예요. 인간들의 약점이 아름다움이라는 걸 알고 의도적으로 만든 거죠. 흉측한 모습의 악마들을 풀어놓는 대신에 아름다운 남녀 젊은이들을 풀어놓겠다는 거죠. 그래서 우리가 무슨 일인지 알아채기도 전에 침략해서 우리를 지배하려는 것이 당신들의 속셈이에요."

"거짓말!" 아르칸즈가 반박했다. "내가 연극이라고 밝히기 전까지 너는 전혀 모르고 있었어. 내가 끌어안고 키스까지 했다는 걸 아무에게도 말하지 않았다는 게 그 증거야."

타라는 씨익 웃었다.

"칼?"

"왜, 타라?"

"네가 말해."

칼은 기꺼이 나섰다. 사실을 그럴듯하게 꾸몄다.

"무슨 일이 있었는지 타라가 나한테 다 얘기했거든요." 칼이 말했다.

"거짓말하지 마!" 아르칸즈가 소리쳤다.

칼이 미소를 지었다.

"내가 아까 여자들에 대해 전혀 몰라서 하는 말이라고 분명히 경고했잖아요. 실버가 토너먼트 시합에서 우승할 때 일어난 일이었죠. 타라는 실버의 승리가 너무 기뻐서 왈칵 안겼던 건데 당신이 그 틈에 키스한 거예요."

아르칸즈는 당황하는 얼굴로 입술을 깨물었다. 언제 일어난 일인지는 밝히지 않았는데 어린 도둑이 다 알고 있다니. 그렇다면 타라가 털어놓은 것이 분명하지 않은가.

"타라는 당신이 시험하고 있다는 걸 알고 있었어요." 칼은 밀어붙였다(자신과 마찬가지로 타라도 방금 알아챈 것이 틀림없었다.

악마들은 칼이 천연덕스럽게 내뱉는 거짓말을 멍하니 듣고 있었다. 타라도 칼의 말을 들으면서 모든 상황이 정리가 되었다. 경계를 하면서도 눈치도 못 채고 있었는데 이 정도일 줄이야!

"그래서 타라도 연기를 하기로 마음먹었지요. 다른 때 같으면 당장 따귀가 날아갔겠지만, 아르칸즈 당신에게 따귀를 날리지 않은 것도 그 때문이었어요. 얼굴을 붉히는 것처럼 보이려고 숨을 참고 있었죠. 그러고는 팔, 허벅지를 만지게 내버려두었지요. 마치 좋아하는 것처럼."

타라는 이제 칼이 왜 좋은지 알았다. 칼은 타라가 미처 생각지도 못한 것까지 조목조목 들추면서 정말 통쾌하게 복수를 해주고 있었다. 칼의 설명이 계속될수록 아르칸즈의 얼굴은 붉으락푸르락해지고 있었다.

칼은 부드러운 목소리로 말을 이었다.

"타라는 두 가지 모습의 아르칸즈, 즉 은하계를 침략하고 싶다고 외치는 아르칸즈, 교역하고 싶다고 주장하는 아르칸즈를 상대하고 있던 거죠. 그래서 타라는 둘 중에서 위험하지 않은 쪽을 선택한 거예요."

타라는 무표정한 얼굴을 유지했지만, 당장 달려가서 칼의 목을 끌어안고 싶었다.

"따라서 당신의 시험은 시작부터 잘못되었던 겁니다. 하지만 뭐, 인간이 아니면 여자들의 마음을 이해하기가 쉽지 않지요."

칼은 잠시 뜸을 들이면서 거드름을 피우다가 덧붙였다.

"어떤 때는 인간이라도 모를 때가……."

무아노와 파프니르, 타라가 눈을 흘기자 칼은 못 본 척했다.

"아주 성가시게 됐군." 마왕이 마침내 말했다. "계속 시험하려면 다른 인간들을 데려오게 생겼으니!"

아르칸즈는 우는 소리로 말했다.

"하지만 저는 이 인간이 정말 마음에 들어요, 아버님. 다른 여자는 싫습니다!"

타라는 바비 인형이 된 느낌이 들었다. 바비 인형과 공통점이라고 는 긴 머리밖에 없다는 걸 악마들에게 보여줘야 하나? 타라의 쪽빛 눈이 이글거리고, 마법의 에너지가 몰려드는 손이 찌지직거리기 시 작했다.

무슨 일이 닥칠지 모르는 마왕과 아들은 계속 대화를 나누고 있 었다.

"안 돼요." 아르칸즈가 으르렁거렸다. "나는 애들을 죽이지 않을 겁니다. 나에게 쓸모가 있는 애들이니까 우리 행성에 붙잡아두고 싶 어요. 위험한 짓은 못 할 거예요. 아더월드로 돌아갈 방법은 전혀 없 어요. 설사 행성이 애들의 출발을 감당할 만큼 안정이 되었다고 해도 아버님의 도움 없이는 악마의 마법을 사용할 수 없으니까요."

또다시 죽음 같은 침묵이 흘렀다.

"악마 왕자!" 타라가 갑자기 불러서 아르칸즈는 소스라치게 놀랐 다. "우리 여자들은 대단히 잘난 것으로 착각하는 남자를 굉장히 싫 어한다는 걸 당신은 알아야 해요."

그러고는 아르칸즈가 반응하기 전에 타라가 외쳤다.

"스파리담!"

타라가 마법을 날렸는데 마왕과 아르칸즈, 친위대원들이 아니라 검은색과 흰색의 크리스털과 친구들, 패밀리어들을 향해서였다.

악마들이 고함을 지르고, 크리스털도 소리를 질러댔다. 살아 있는 석영의 방에 있는 마법의 양은 엄청나기 때문에 하마터면 타라가 죽을 뻔했다. 친구들과 함께 행성을 도망치는 데 필요한 마법의 에너지를 흡수할 생각이었는데 충돌 사고로 심장이 멎을 뻔했던 것이다.

다행히, 머리 위에 떠 있는 살아있는 돌이 순식간에 반응했다. 살아 있는 돌은 크리스털과 접속해서 힘을 조절해달라고 부탁한 다음 타라를 불렀다. 그 방에 있는 이들은 모두 타라가 날린 파란색 마법의 영향으로 마비되어 있었다.

'부탁할 게 있어, 타라.' 원하는 걸 분명히 말하기로 결심한 살아있는 돌이 말했다. '아주 큰 도움이 필요해.'

몰려오는 마법 때문에 얼굴이 일그러진 타라는 정신적으로 대답했다. 이를 너무 악물고 있어서 소리를 낼 수 없기 때문이었다.

'누구를 도와야 하는데?'

'크리스털. 크리스털은 살아 있어. 여기 내버려둘 수 없어. 악마들이 너무 함부로 깎고 뚫어놔서 아파하고 있어. 악마들이 사용하는 방식 때문에 너무 많이 고통받고 있어. 너에게 필요한 마법을 다 주고 싶어해.'

'그럼 고맙지. 조금만 받으면 좋겠는데 그럴 수 있을까?' 타라가 부탁했다.

'하지만 네가 자기를 데려가주길 바라고 있어. 아니면 자기를 죽여달래.'

'데려가야지, 데려가자.' 타라가 얼른 말했다. '나는 누구도 죽이지 않아. 크리스털의 마법을 끌어올 수 있게 도와줘!'

타라가 마법을 끌어올 수 있게 다리를 만들기 시작했을 때 살아있는 돌이 끔찍한 현실을 알려주었다.

그들 모두를 이동시킬 수 있을 정도로 마법의 양이 넉넉하지 않았다.

최소한 두 명은 두고 가야 했다. 살아있는 돌은 아주 현실적이라서 요즈음 친절하지 않았던 로빈과 친구들을 배신한 적이 있는 파브리스를 남겨두자고 제안했다.

'말도 안 되는 소리!' 살아있는 돌이 감히 친구들의 이름까지 말하는 것에 화가 난 타라가 응수했다. '우리는 형제 같은 전사들이야. 아무도 남겨두고 떠날 수 없어. 절대로.'

'하지만 선택의 여지가 없어!' 살아있는 돌이 신경질적으로 대꾸했다. '그들을 모두 데리고 이 행성을 빠져나가는 데 필요한 힘이 너한테는 없다고!'

타라는 어떤 선택을 할지 결정할 겨를이 없었다.

그 순간 악마의 마법이 몰려왔기 때문이었다.

타라는 스파리담이 뭘 할 때 사용하는 말인지 정확하게 모르고 있었다. 다만 아르칸즈가 스파리담이란 말을 하면 안 된다고 금했다는 것과 맨 처음 림보를 방문했을 때 마왕이 그들을 내쫓으면서 그 말을 사용했던 것을 기억해둔 것뿐이었다. 사실, 스파리담을 불러낸 사람은 사물들에 가득한 악마의 마법을 자유롭게 사용할 수 있었다.

따라서 타라는 갑자기 크리스털의 마법과 악마들의 마법까지 사용할 수 있게 되었다.

악마의 마법과 접속되었기 때문인지 좋지 않은 생각들이 몰려왔다. 권력욕, 이기주의, 자기중심주의, 잔혹성, 모략, 조작, 고문, 살해.

악마의 마법이 모조리 타라의 몸속으로 흘러들고 있어서 마법을 사용할 수 없는 마왕과 아르칸즈가 고래고래 소리를 질러댔다.

이 엄청난 마법 덕분에 타라는 한순간 무력으로 행성을 지배하는 여왕이 된 자신의 모습을 보았다. 여왕은 강력했고, 모두 굴복했다. 누구도 대항할 수 없고, 더는 사랑 따위에 괴로워하지 않았다.

잠시 후, 타라의 마음이 편안해졌다.

더 이상 괴롭지 않았다.

공포에 질린 친구들의 눈길을 받으면서 타라는 변신했다. 어찌나 빠른지 친구들은 타라가 마비시켜놓은 주문을 제거할 겨를조차 없었다.

이어서 체인지라인이 물기가 촉촉한 검은색 갑옷으로 변하더니 타라의 몸을 날카로운 가시가 돋친 금속으로 뒤덮었다. 타라의 눈빛이 빨갛게 변했는데 얼굴은 소름이 끼칠 정도로 차가운 초인적인 아름다움이었다. 살아있는 돌은 타라의 머리 위에서 검은색 크리스털 왕관으로 변해 있었다. 그 옆에서 시커먼 키틴질이 뒤덮인 괴물로 변한 갈랑이 갈가리 찢어발길 기세로 갈퀴발톱을 세우고 있었다.

그렇게 해서 검은 여왕이 탄생했다.

검은 여왕의 마법이 거칠게 후려치자 그들 모두 엎드려야 했다.

칼, 로빈, 파브리스, 무아노, 파프니르, 실버, 아르칸즈, 마왕, 친위대가 모두 공포에 질린 표정으로 허리를 굽히고 있는 것은 그야말로 강압에 의한 것이었다.

검은 여왕의 목소리가 울려 퍼지는데 뭐라고 형언할 수 없을 정도로 부드러웠다. 그리고 눈부시게 아름다워서 똑바로 쳐다볼 수 없을 정도였다.

"그래서 나를 함정에 빠뜨렸단 말이지, 악마 왕자?" 공중에 둥둥 떠서 아르칸즈에게 다가온 검은 여왕이 웅얼웅얼하는 것처럼 말했다.

이제는 파란색에서 검은색으로 변한 마법에 마비되어 있는 아르칸즈는 힘겹게 침을 삼켰다.

아르칸즈는 진정한 공포가 무엇인지 뼈저리게 느끼고 있었다.

"타라 덩컨?"

"아니, 정확하게 말하면 아니다." 검은 여왕이 흡족한 표정으로 금속 장갑을 낀 손을 응시하면서 대꾸했다. "너의 마법과 타라의 마법이 뒤섞여 있는 존재니까. 너무나 강력해서 나를 만난 걸 정말 후회하게 될 거다."

아르칸즈를 보면, 오! 이미 후회막심한 얼굴이었다.

"이제…… 어떡할 겁니까?" 아르칸즈가 떨리는 목소리로 묻는 사이에 격분한 마왕이 촉수를 움직여보려고 했지만 허사였다.

검은 여왕이 웃었는데 할퀴는 것 같다고 해야 하나, 소름이 돋는 웃음이었다.

"나는 너희를 침략할 생각이다. 여기 나의 충직한 전사들로 이뤄진 첫 군단이 있다."

검은 여왕이 로빈과 칼, 무아노, 파브리스, 파프니르, 실버를 가리키고 있었다. 그들이 반응하기 전에 검은색 마법이 건드렸다.

이번에는 타라의 친구들이 변했다.

파브리스는 아가리에 거품을 물고 있는 괴물 늑대로 변했는데 날 카로운 칼날이 삐죽삐죽한 갑옷 같은 걸 입고 있었다. 야수로 변한 무아노는 눈빛이 어둡고, 갈퀴발톱으로 바닥을 긁어대고 있고, 표범 쉬바도 송곳니와 갈퀴발톱을 세우고 있었다.

로빈은 반쪽이 아니라 그토록 꿈꾸던 완전한 엘프가 되어 있었다. 하지만 악마 엘프였다. 이전처럼 검은 머리털이 섞인 은발이 아니라 머리가 완전히 하얗게 변해버렸고, 크리스털 눈빛은 이글거리지만 어두웠다. 키가 크고 호리호리한 엘프가 괴상한 생쥐들을 발견한 고 양이처럼 매서운 눈초리로 검은 여왕을 응시하고 있었다. 그러고는 자신의 새로운 몸을 보면서 빙긋이 미소 지었다.

"아름다운 나의 여왕님." 엘프가 이번에는 자발적으로 허리를 굽 히면서 말했다. "우리가 누구를 죽여야 하는지 말씀해주십시오. 분 부대로 하겠습니다."

검은 여왕은 미소를 지으면서 계속해서 둔갑시켰다. 로빈의 패밀 리어 소우르브는 엄청나게 긴 송곳니를 얻은 것 이외의 다른 변화는 없었다. 일곱 개의 머리를 가진 히드라는 이미 충분히 무시무시하지 않은가.

이번에는 칼과 파프니르가 변했다. 파프니르는 거인이 된 최초의 난쟁이가 되었다. 울퉁불퉁한 근육질에 번쩍거리는 흉기로 무장한 파프니르는 복수심에 불타고 있었다. 파프니르의 새끼 고양이는 핏 빛 호랑이로 둔갑해 있고, 눈빛은 광기가 번뜩였다. 검은 해골로 둔갑한 칼은 도둑답게 어디든 들어갈 수 있는 상태였고, 블롱딘은 자이언트 여우로 둔갑해서 당장이라도 물어뜯을 기세로 송곳니를 드러내고 있었다.

마지막으로, 검은 여왕은 실버에게 말하면서 속이 뒤집어질 것 같은 미소를 지었다.

"너는 멋진 드래곤이 되어라!"

마법이 강제로 끔찍한 드래곤으로 둔갑시킬 때 실버는 목청이 터져라 비명을 질러대다 불을 내뿜으면서 주위를 잿더미로 만들었다. 드래곤은 검은 여왕과 연결된 정신적 사슬을 끊으려고 애를 쓰다 포기했다. 결국 항복했고, 검은 여왕의 발치에 머리를 조아렸다.

모두 검은 여왕 앞에 항복했다.

모두 검은 여왕을 위해 싸울 준비가 되어 있었다.

여왕은 즐기는 것처럼 마법을 늦추고 친위대와 마왕, 왕자를 풀어주었다.

격분한 친위대가 움직이려고 할 때 아르칸즈가 소리쳤다.

"아무도 움직이지 마! 모두 여왕 앞에서 허리를 굽혀라! 당장!"

아르칸즈는 여왕이 왜 친위대를 자유롭게 풀어주었는지 대번에 알아차렸다. 여왕은 반반씩 섞인 악마의 마법과 인간의 마법 속에 숨어 있는 타라 덩컨을 완전히 지배하지 못한 것이었다. 하지만 여왕이 타라를 죽이는 즉시 살육에 대한 욕망이 더 강해질 테고, 그러면 그들은 완전히 끝장날 텐데…….

검은 여왕이 장악하고 있는 한 아르칸즈 쪽은 악마의 마법을 사용할 수 없었다.

친위대가 어리둥절하면서 왕자의 명령에 복종했다. 마왕은 반응하지 않고 수많은 눈으로 상황을 지켜보는 것으로 만족했다. 그렇지 않아도 마왕은 왕위를 물려줘도 될지 알기 위해 아들을 훈련시키고 있는데 이건 훌륭한 시험이 아닌가.

아들이 실패해도 악마 종족이 모조리 죽을 위험은 없으니 일석이조가 아닌가.

검은 여왕이 음흉한 미소를 지었다.

"좋아, 좋아." 여왕이 부드러운데도 귀를 할퀴는 듯한 목소리로 아르칸즈에게 말했다. "너는 이곳의 주인이 누군지 아는 것 같구나. 너는 훌륭한 남편이 될 것이다."

로빈의 얼굴이 냉랭하다 못해 굳어졌다.

"나의 여왕님, 이 악마를 남편으로 선택한다면 악마의 심장을 잘 지키셔야 할 겁니다." 엘프가 차가운 목소리로 말했다.

검은 여왕이 즐거워하는 얼굴로 엘프를 뚫어져라 쳐다봤다.

"아, 그래? 왜?"

"내가 심장을 도려내서 내 히드라에게 던져줄 거니까요."

검은 여왕이 재미있다는 듯 입술을 실룩거렸다.

"그거 흥미롭겠구나. 하지만 왕자가 당하게 그냥 내버려두면 이 행성의 악마들이 모조리 나에게 덤벼들 테니, 그건 안 되겠다. 그러니까 너는 좀 기다려라. 지금은 이 궁전에서 좀 쉬어야겠다. 여길 침실로 만들 생각이야."

여왕이 크리스털에서 강제로 끌어내는 듯한 마법을 사용하자 흰색과 빨간색의 모피를 씌운 화려한 침대가 나타났다. 마치 붉은빛 살

속에 묻힌 뼈 같아서 소름 끼치는 모피였다. 그런 데다 얼마나 큰지 십여 명은 자도 될 것 같았다. 의자들, 빨간 책상 하나에 양탄자까지 갖춰졌다. 이어서 강압에 의해 크리스털이 빨간색으로 변하면서 그들은 피바다에 빠져 있는 것 같았다.

그 모든 장면을 지켜보면서 마왕의 수많은 눈이 휘둥그레졌다. 눈이 저렇게 된다는 건 뜻밖의 광경이라는 뜻이었다.

"혹시…… 타라 덩컨과 얘기할 수 있습니까?" 아르칸즈가 포기하지 않고 물었다.

"내가 바로 타라 덩컨이다!" 검은 여왕이 대답했다. "나를 알아보지 못하겠는가? 나에게 키스도 했다면서!"

아르칸즈가 반응하기 전에 검은 여왕이 날아와 왕자를 붙잡고 입술을 포갰다.

악마 왕자는 몸을 비틀었다. 검은 여왕의 키스가 어찌나 뜨거운지 황홀함에서 그 어떤 것도 따를 수 없을 정도였다.

이어서 내동댕이쳐진 아르칸즈는 신음소리를 내고 있었다.

하지만 여왕이 아르칸즈를 상대로 장난을 치는 사이에 마법이 약해졌다. 아주 조금!

파브리스와 무아노는 본래의 늑대와 야수 모습에서 그리 많이 다르지 않기 때문에 지금의 괴물 모습에 만족했고, 로빈도 온전한 엘프를 흔쾌히 받아들이고 있는 반면에 칼은 검은 여왕이 준 모습이 전혀 마음에 들지 않았다. 해골의 모습이 흉할 뿐만 아니라 걸음을 뗄 때마다 삐걱삐걱 소리가 나서 기척도 없이 그림자처럼 움직여야 하는 도둑에게 악조건이었던 것이다.

칼이 있는 데서 빈틈을 보이다니, 검은 여왕의 실수였다. 영악하고 재빠른 칼은 마법이 약해진 틈을 놓치지 않고 정신적으로 검은 여왕과 접속하는 데 성공했고, 여왕은 엄청난 마법이 어디서 오는지 알려주었다.

방법은 한 가지밖에 없었다. 칼은 있는 힘을 다해서 크리스털 벽면의 일부를 후려쳤다.

그리고 크리스털이 깨졌다.

크리스털이 비명을 지르자 검은 여왕도 함께 비명을 질렀다. 칼의 마법이 망치처럼 크리스털 벽을 내리쳤던 것이다. 그 충격에 모두 힘없는 나비처럼 날려서 크리스털 벽에 부딪혔다. 악마의 마법은 여전하지만, 크리스털의 마법이 동요하면서 검은 여왕의 몸을 빠져나갔다. 갑옷이 다시 금빛으로 변하고, 눈빛이 친숙한 파란빛을 되찾았다. 마치 고치에서 나오는 나비처럼 여왕에게서 타라의 모습이 조금씩 나타나기 시작했다. 크리스털은 다시 흰색과 검은색이 되었고, 가구들은 흔적도 없이 사라졌다.

타라의 정신도 돌아왔다. 모두를 굴복시키려고 하는 잔혹한 검은 여왕이 아니라 걱정거리가 많고, 융통성 없는 남친이 있는 타라가 틀림없었다.

타라가 마법을 작동하자 친구들 모두 정상적인 모습을 되찾고 안도의 숨을 내쉬었다. 칼을 비롯한 친구들이 몸을 더듬어보면서 멀쩡한지 확인했다.

타라가 레파루스를 날려서 크리스털을 복원했다.

"안 돼!" 로빈이 소리쳤다. "타라! 안 돼! 그러면 안 돼!"

그러나 너무 늦었다. 크리스털의 마법이 다시 몰려오고 있었다.

모두 끝장났다고 생각했다. 또다시 강력한 검은 여왕이 나타날 텐데.

하지만 이번에는 타라가 대비를 하고 있었다.

여전히 왕관 형태로 타라의 머리 위에 올라앉은 살아있는 돌 덕분에 타라는 크리스털의 마법과 악마의 사물에서 끌어내는 마법을 통합했다.

이윽고 타라는 아더월드와 접속을 시도했고, 아더월드로 연결되는 다리가 만들어지는 걸 느낄 수 있었다.

또다시 검은 여왕의 모습으로 변하지 않아도 그들을 데려갈 수 있을 정도로 마법은 충분했다. 하지만 타라는 서둘러야 했다. 강력한 악마의 마법을 사용하고 있어서 행성이 흔들리기 시작했다.

그리고 타라가 조금이라도 긴장을 늦추었다가는 마치 심해에서 기회를 엿보는 동물처럼 언제 검은 여왕이 튀어나올지 몰랐다.

타라는 세계의 모든 주소를 입력하고 있는 살아있는 돌에게 외쳤다.

"랑코비트의 살아 있는 궁전으로!"

잠시 후, 타라와 친구들은 살아 있는 궁전에 있는 공간이동의 문 대합실에서 유형화되었다.

타라가 갑옷 차림이라서 얼마나 다행인지!

갑자기 날아온 화살 하나가 가슴 부위에 꽂혔던 것이다.

24
전쟁
은반지 하나가
유혈의 도가니로 만들어놓다니

＊

좋아하는 인간 중 하나인 칼을 발견한 살아 있는 궁전이 재빨리 개입하여 화살 세례로 바늘꽂이가 되는 참사를 막아주었다. 유니콘이 나타나서 칼을 뜨겁게 반긴 다음 다른 사람들에게도 정중하게 인사했다. 친구 칼이 돌아온 걸 기뻐하던 궁전은 모두 아는 사람들이라서 깜짝 놀랐다.

다행히 대합실이 아주 커서 타라는 가져온 크리스털을 조심스럽게 내려놓을 수 있었다. 크리스털이 깨지지 않을 거란 확신이 들자 타라는 그제야 주위로 시선을 돌렸다.

방금 타라에게 화살을 날렸던 친위대원이 격분한 크산디아르에게 얼차려를 당하고 있었다. 크산디아르는 부하를 벽으로 밀어붙이고 네 팔 중 두 개로 목을 조르고 있는 것 같았다.

그런데 리스베스 여제가 와 있는 것이라면 몰라도 오무아의 친위대장이 랑코비트에는 무슨 일이지? 여제가 여기 있다면 크라에토비르의 반지가 공격하기 전에 타라와 친구들은 빨리 도망쳐야 하는데.

하지만 크산디아르는 오무아의 갑옷 차림이 아니었다. 주홍빛과 금빛 갑옷이 아니라 파란빛과 은빛이었다. 무슨 일이 일어난 것이 틀림없었다.

친위대장 뒤에 서 있는 티그족도 파란색 복장이고, 그 속에서 오무아의 비밀정보국 카무플레 국장이자 크산디아르의 아내 세네 센스사스가 보였다. 삐죽삐죽 솟은 주홍빛의 짧은 머리의 세네가 보조개가 피는 예쁜 미소를 짓고 있었다.

랑코비트의 궁전에서 오무아 사람들의 모임이 있나?

그런데 오무아의 친위대가 왜 타라와 친구들을 공격하는 거지?

타라는 불안한 얼굴로 자신의 모습을 훑어봤다. 하지만 검은 여왕이 아니라 체인지라인이 바꿔준 금빛 갑옷 차림의 정상적인 모습이었다. 페가수스도 원래의 모습이었다.

갑옷 차림의 타라가 제일 먼저 유형화된 것이 천만다행이었다. 살아 있는 궁전의 재빠른 개입 덕분에 친구들도 화살을 맞지 않았다.

아직도 화가 가라앉지 않은 크산디아르가 이번에는 타라에게 화살을 당긴 부하의 손목을 비틀어버리자 고통과 불안 때문에 창백하게 질린 젊은 티그족이 신음소리를 내지 않으려고 이를 악물고 있었다. 크산디아르는 부하의 얼굴이 시뻘게지자 손목을 놓아주었다.

"몰랐습니다, 저는 정말 몰랐습니다!" 부하가 죽는소리를 했다. "반지의 습격인 줄 알았습니다. 악마의 표시를 봤거든요. 저걸 보십시오!"

공간이동의 문 부근에 이상한 것이 새까만 광선을 맹렬하게 쏟아내면서 휙휙 소리를 내다 잠잠해졌다.

모두 소스라치게 놀랐다. 그 순간 타라가 가져온 살아 있는 크리스털이 갑자기 노래를 부르면서 커다란 종처럼 웅웅거렸다. 크리스털은 살아있는 돌을 통해 해방된 기쁨을 전하고 나서 순식간에 구름처럼 사라져버렸다. 모두 멍하니 입을 벌리고 있었다.

'예쁜 타라, 고마워, 예쁜 타라.' 살아있는 돌이 말했다.

그러고는 크리스털 볼의 모습을 되찾은 다음 타라의 마법복 호주머니로 들어갔다.

타라는 이쪽에서 공격도 하지 않았는데 화살을 쐈다는 걸 도저히 이해할 수도, 용납할 수도 없었다.

"크산디아르!" 타라가 소리치는 사이에 공격받은 것에 성난 체인지라인이 화살을 똑똑 부러뜨리자 갈랑이 가차 없이 짓밟아버렸다. "친위대장과 티그족 대원들이 여기서 뭘 하는 겁니까? 리스베스 폐하도 여기 와 계세요?"

타라는 만일을 대비하여 공격할 자세를 취했다.

"정말 타라 덩컨이군요!" 안심한 세네가 외쳤다. "모두 무기를 내려라!"

티그족 친위대가 복종하자 크산디아르가 눈을 흘겼다. 세네는 머쓱한 미소를 지어 보였다. 크산디아르는 월권행위를 아주 싫어했다.

"흠흠흠······(크산디아르가 마른기침을 했다) 오, 젤리소르의 창자여! 도대체 지금까지 어디 계셨습니까? 우리가 얼마나 찾아다녔는지 모릅니다! 행방불명된 지 1년 반입니다!"

"1년 반이요? 말도 안 돼요!" 칼은 숨이 멎을 뻔했다. "불과 몇 주일인데 무슨 1년이 넘어요?"

"1년 반이야." 크산디아르가 완강했다. "우리는…… 우리는 정말……."

도저히 입 밖에 낼 수가 없어서 네 팔을 흔들고 있는 크산디아르의 모습은 정말 감동적이었다. 후계자가 죽었다고 생각했다는 말을 차마 하지 못하는 것이었다. 크산디아르는 마라를 후계자로 받아들이지 못하고 있었다(물론, 마라도 임시일 뿐이지 스스로를 후계자로 생각하지 않고 있었다).

깜짝 놀라는 타라 일행을 보면서 크산디아르는 얼른 다시 말했다.

"도대체 어디 계셨습니까?"

"우리는 악마 세계 림보에 있었어요." 타라가 솔직하게 대답했다. 아르칸즈의 거짓말에 질려서인지 타라는 솔직해지고 싶었다. "왜요? 무슨 일이 일어났어요?"

모두 아연실색했다.

"림보?" 세네가 외쳤다. "그런데……."

세네는 갑자기 말을 중단하고 파프니르, 아니 더 구체적으로 말하면 파프니르의 어깨를 뚫어져라 쳐다봤다. 난쟁이는 한숨을 내쉬었다. 그러고는 누가 묻지도 않았는데 괜히 성난 표정을 지으면서 내뱉듯 줄줄이 말했다.

"네, 새끼 고양이 맞아요. 그래요, 장밋빛이에요. 그래요, 림보에서 데려왔어요. 그래요, 나의 패밀리어 맞아요. 더 알고 싶은 거 있어요?"

양손에 도끼를 든 난쟁이를 보면서 세네는 잠자코 있기로 했다.

"아니, 없어." 세네는 상큼한 미소를 지으면서 말했다. "림보, 와우! 신혼여행을 어디로 갈까 고민 중인데 한번 생각해봐야겠네. 그동안 시간이 없어서 신혼여행도 못 갔거든(세네가 남편을 째려봤다). 그 끔찍한 곳에서 뭘 했는데? 무서운 악마들 속에서 살아보려고 애썼다는 것 말고."

"오히려 타라가 악마들을 공포에 떨게 했죠." 파프니르가 이를 부드득 갈면서 대답했다. "그리고 타라, 다음에도 나를 울퉁불퉁한 근육질의 거인으로 부탁해. 검은 여왕이 아니면 안 되려나? 안 되면 말고."

타라는 눈을 감았다. 이제 걸핏하면 이런 말을 듣게 생겼으니, 휴. 검은 여왕을 불러낼 수 없는 것이 아쉬웠다. 그럴 수만 있다면 모두 조용히 입을 다물 텐데. 타라는 그냥 무시하고 당면한 문제로 화제를 돌리기로 했다.

"리스베스 여제도 여기 계세요?" 타라는 모두 제정신이 아닌 것처럼 보여 다시 물었다.

"아뇨, 오무아에 계세요. 나의 부하 요원들과 함께." 세네가 대답했다. "그래서 나는 여제의 친위대를 빌려서 데리고 나왔어요."

칼이 눈을 굴렸다. 블롱딘은 냄새를 맡느라고 킁킁거렸다.

"와우, '빌린다는' 표현! 오랜만에 듣네요. 오무아의 여제에게서 친

위대를 훔쳐왔다는 뜻이에요? 면허 받은 도둑도 아니잖아요?" 칼이
진지함과 장난기가 반반씩 섞인 얼굴로 물었다. "혹시 이번에 아예
직업을 바꿀 의향 없으세요? 대단한 자질이 보이는데요."

카무플레 국장은 허리를 숙였다.

"고마워요, 도둑 선생."

"그럼 여제의 새로운 친위대는?" 크산디아르와 티그족 친위대원
들의 눈빛에서 불안을 보면서 파브리스가 물었다.

이번에도 세네가 크산디아르보다 빨랐다. 타라는 번번이 세네보다
늦는 크산디아르가 안쓰러웠다.

"뱀파이어들!"

"그러니까 우리가 떠난 지 1년 반이 되었단 말이죠? 좋아요, 그건
그렇다고 쳐요." 파브리스가 상황을 정리하는 차원에서 말했다. "지
금 오무아에 무슨 일이 일어나고 있는지 구체적으로 말씀해주세요."

"우리는 침략을 당했어." 크산디아르가 말했다.

"여전히 진행 중." 세네가 덧붙였다.

"아더월드의 모든 정부가 공격받았어."

"여전히 진행 중." 세네가 덧붙였다.

"반항하는 이들은 모조리 투옥되었어."

"여전히 진행 중." 세네가 덧붙였다.

"우리는 도망쳐야 했지."

여기서 세네는 후렴을 바꿔야 했다.

"그래서 내 여보는 아직도 망연자실한 상태야." 세네가 미소를 지으면서 말했다.

"일할 때는 '내 여보'라고 하면 안 되지." 크산디아르가 입술을 실룩거렸다. "세네, 당신도 동의한 거잖소?"

"남편, 당신은 지금 일하는 게 아니라 도망 중입니다." 세네가 함박미소를 머금으면서 응수했다. "오무아를 점령한 악마의 마법을 피해 도망쳤으면서."

크산디아르는 고개를 저었다.

"나는 공간이동의 문을 지키고 있는 거요."

"여기 있던 보초들을 쫓아내고 지키는 거니까 엄연히 다르죠." 세네는 반박했다. "티그족이 너무 무서워서 기절한 보초도 있었잖아요."

크산디아르는 되받아치려다가 포기했다. 말로는 세네를 이겨본 적이 없었다. 그리고 세네가 자기보다 훨씬 똑똑하다는 걸 인정했다.

"아무튼." 크산디아르는 아무짝에도 필요 없는 파란색 실크 가슴받이를 가다듬으면서 말했다. "무슨 영문인지 유독 우리 티그족을 못살게 구는 악마의 마법을 피해서 떠나야 했어. 뱀파이어들이 이미 우리 자리를 차지하면서 티그족은 대부분 휴직하게 되었지. 게다가 우리의 피까지 쥐어짰으니까."

"뭘 쥐어짰다고요?" 칼이 아연실색한 얼굴로 물었다.

"암소의 젖을 짜내듯 뱀파이어들이 우리의 피를 뽑아갔어." 크산디아르는 무표정한 얼굴로 대답했다.

크산디아르의 목소리에서 분노가 느껴졌다.

무거운 침묵이 흘렀다.

"몸이 쇠약해지고 있어서 우리는 랑코비트를 방문(세네의 킥킥거리는 소리에 크산디아르는 하는 수 없이 표현을 바꿨다)…… 음 그러니까 랑코비트로 피신했지. 그리고 우리 여제가 다음 목표로 삼을 것으로 예상되는 베어 왕과 티타니아 왕비를 지키고 있는 거야."

물론, 크라에토비르의 반지는 타라와 친구들이 아더월드로 돌아오는 걸 예상하지 않고 작전을 실행하고 있었다. 이런 와중에 그들이 랑코비트에 나타난 것이다.

"오무아의 후계자이신 공주 마마." 친위대장이 진지하게 말했다. "림보에 계셨다고 했는데 현재 오무아에 일어나고 있는 일과 관련이 있는 겁니까? 우리 여제와 뱀파이어들이 동맹을 맺은 일, 우리 여제를 지배하는 것과도 관련이 있습니까?"

타라는 여제에 대한 크산디아르의 충성심을 의심하지 않았다. 친위대장은 자신이 섬기는 여제와 그 여제를 장악하고 있는 악마를 구별할 수 있었다.

"네." 타라는 동의했다. "크라에토비르의 반지가 리스베스 여제를 점령하고 있는 거예요. (크산디아르는 숨을 죽였다.) 금지된 대륙의 드래곤 여왕이 갖고 있던 반지를 셸렌바가 훔쳤지만 뱀파이어들이 압수하여 크라살비에 보관하고 있었는데, 우연히 내가 지니게 되었죠."

"우리는 그 반지가 어떤 건지 전혀 모르고 있습니다. 악마의 사물일 거란 의심은 하고 있었지만, 여제 가까이 있는 이들 중에 반지에 대해 말한 사람이 아무도 없었습니다. 그리고 악마의 사물은 혼자서 작동할 수 없고요."

"그런데 크라에토비르의 반지는 혼자서 작동할 수 있어요." 타라가 침울하게 말했다. "인식능력이 있어서 손가락에 끼고 있을 때는 유니콘이 조각된 은빛 반지의 모습이었죠. 위장술인 셈이죠. 내 생각에 리스베스 여제의 손가락에서는 오무아의 상징인 금빛 눈을 가진 주홍빛 공작이 조각된 반지일 거예요."

친위대장은 눈을 찌푸리면서 기억을 더듬었지만, 실패했다. 그는 보석이 아니라 리스베스 여제를 지키기 위해서 고용된 것이었다.

"내가 지구로 추방된다는 걸 알고 반지는 마법의 행성을 떠나고 싶지 않았을 거예요. 정확한 이유는 잘 모르겠지만 아마 마법이 약한 지구에서는 쓸모가 없어질 거란 생각에서 나를 떠났겠죠. 그리고 지금은 리스베스 여제를 완전히 지배하고 있는 것이 틀림없어요."

깊은 침묵이 흘렀다. 티그족 친위대원들이 긴장했다. 오무아의 여제가 유령의 지배를 받았던 것이 얼마나 됐다고, 여제가 또 지배를 당하다니, 그들은 점점 불안해졌다. 치명적인 마법의 습격을 연달아 받은 여제의 건강이 견뎌낼 수 있을까?

타라는 마음을 가라앉히기 위해 숨을 들이쉬고 나서 설명했다.

"반지의 지배를 받는 여제는 내가 돌아오지 못하게 하려고 지구와 아더월드를 연결하는 공간이동의 문들을 봉쇄해버렸어요. 그래서 아더월드로 가려면 림보를 경유해야 했는데 거기서 우리는 악마들이 완전히 달라졌다는 걸 알았죠."

세계대전들이 일어났을 때는 크산디아르가 태어나지도 않았을 때였지만 들어서 잘 알고 있었다. 크산디아르는 뻣뻣해졌다.

"악마들이 달라졌다고요?"

"악마들이 수많은 종족을 희생시키면서 행성을 지구처럼 만들었어요." 타라가 말했다. "뿐만 아니라 악마들이 인간의 모습을 하고 있어요."

그때였다. 이건 드래곤이 포효하는 소리? 모두 깜짝 놀라서 돌아봤다.

방금 도착한 셈 선생님이 블루 드래곤의 모습이라는 걸 잊고 포효하면서 갑자기 걸음을 멈추다가 공간이동의 문 대합실 기둥에 쿵, 부딪혀서 기절할 뻔했다.

조심해야 된다는 걸 잊고 타라가 무작정 달려오자 아직도 눈알이 핑핑 도는 드래곤이 얼른 몸을 숙이고 맞았다. 갈랑도 열렬히 반가워했다.

"어머, 선생님! 선생님을 보게 돼서 얼마나 기쁜지 모르겠어요." 타라는 눈물을 글썽이면서 말했다.

늘 자신만만한 전사의 이미지에는 좀 그렇지만 타라는 개의치 않았다.

드래곤은 아주 조심스럽게 타라를 포옹했다. 잠시 후, 타라는 몸을 빼면서 주책없이 나온 눈물을 닦았다.

"이제 드란보우글리스펜쉬르에서 돌아오신 거예요?"

드래곤은 미소를 지으면서 송곳니들을 드러냈다. 이렇게 가까이에서 드래곤을 보는 것이 익숙하지 않은 실버는 얼굴이 약간 창백해졌다. 칼은 실버를 지켜보면서 모순이라고 생각했다. 아니, 아직까지 자신이 드래곤으로 변신했을 때의 모습을 거울에 비춰보지 않았단 말이야?

"그래, 살루가 와서 아주 이상한 이야기를 했어. 살루가 어찌나 불안해하는지 함께 지구로 갔다. 모두 만나서 얘기를 들어봤는데 크라에토비르의 반지가 시제품치고는 제법 놀라운 힘으로 괴이한 짓을하는 모양이구나. 악마의 사물이 그걸 지니고 있는 주인의 마음을 읽는 능력이 있다는 얘기는 들어본 적이 없다. 하물며 주인에게 복종하는 것 이외의 행동을 한다는 건……."

반지가 이상한 짓을 하는 거야 당연하잖아. 그걸 만든 악마들이 이상한데. 셈 선생님의 이해를 돕기 위해 타라가 림보에서 겪었던 일을 다시 말하자 크산디아르와 세네는 한마디도 놓치지 않으려는 듯 귀를 세우고 있었다. 타라의 입에서 폭포수처럼 말이 쏟아져 나오는데 절대로 멈출 것 같지 않았다. 사실, 타라는 깨닫지 못하고 있지만 히스테리 발작을 일으키기 직전이었다.

타라 주위에 있는 이들의 반응은 다양했다. 세네는 열렬한 관심을 보이고, 크산디아르는 불안해하고, 티그족 친위대원들은 아연실색하고, 셈 선생님은 주의 깊게 듣고 있었다.

다른 누군가에게 그 무거운 책임감을 넘길 수 있게 된 것이 너무 기쁜 나머지 긴장이 풀린 걸까. 물론 많은 말을 쏟아내느라 지친 탓도 있지만, 타라는 드래곤의 품에 쓰러질 듯 안겼다.

하지만 타라는 검은 여왕에 대해서는 악마 여왕으로 변한 덕분에 스파리담을 불러내서 도망칠 수 있었다는 정도로만 짤막하게 마무리했다.

드래곤이 마른기침을 하는데 철로를 벗어나는 기관차 소리가 났다.

"키케켁, 키케켁, 오, 내 조상들이시여! 완전히 돌았군! 자기들의 행성을 그런 식으로 불안정하게 만들었다? 무슨 개수작이야! 덜떨어진 악마들 같으니라고! 그리고 그 크리스털 얘기는 뭐고, 악마 여왕은 또 뭐니?"

"셈 선생님, 악마 여왕으로 변한 타라에 대해서는 알려고 하지 마세요." 칼이 끼어들었다. "내가 이제껏 본 것 중에서 가장 끔찍했어요. 악마 여왕이 지배했다면 우리 행성을 벌써 침략했을 거예요. 그 여왕에 비하면 악마들은 정말 시시할 정도니까요!"

"시시할 정도?" 드래곤이 믿기지 않는다는 듯 되물었다.

"여왕보다는 악마들이 좀 수월할 거란 뜻이에요." 무아노가 칼을 향해 눈을 굴리면서 말했다. "그리고 크리스털은 살아 있는 석영인데 타라가 이곳으로 가져왔지만 해방되었다는 걸 알아차리는 즉시 사라져 버렸어요."

드래곤은 아가리를 벌리다가 둔탁한 소리를 내면서 다물었다.

"믿을 수 없는 일들이야. 타라, 이제 내 방으로 가자. 할 얘기가 아주 많을 것 같구나. 크산디아르, 우리에게 아주 소중한 타라를 도와줘서 고맙네."

친위대장은 세네의 놀리는 듯한 눈길을 받으면서 드래곤에게 허리를 숙여 인사했고, 타라를 따라가서 림보에 대해 좀 더 듣고 싶지만 다시 보초를 섰다.

"실버라고 했던가? 자네는 잠깐 기다리게. 인식 패스가 없으니까 팔을 내밀게."

실버가 약간 경계하면서 왼팔을 내밀자 드래곤이 인식 패스를 팔에 박아 넣었다.

"우리는 늘 왕과 왕비를 시해하려는 위협을 받고 있다. 그래서 궁전 안에서는 인식 패스를 지니고 있어야 출입할 수 있다."

실버가 살 속에 박히는데도 아프지 않은 인식 패스를 신기하게 쳐다보는 사이에 타라는 말했다.

"반지는 아더월드의 여러 정부를 공격해놓고서 마지스터의 소행으로 믿게 했어요. 그래야 오무아가 공격을 받지 않으니까요. 하지만 지구에 있는 할머니와 다른 사람들은 마지스터가 범인이 아니라는 걸 알고 있어요. 이제 선생님은 어떻게 하실 건데요? 오무아를 공격할 계획이에요? 드래곤들이 가담할 건가요? 마지스터를 만났어요? 림보로 갈 때 분명히 우리와 함께 출발했는데 없어졌어요."

드래곤이 타라를 뚫어져라 쳐다보면서 파충류의 눈을 깜박거렸다.

"아! 타라, 질문이 많구나. 그중에는 대답하기 아주 복잡한 질문도 있고. 아무튼 이목을 끌지 않는 곳으로 가야겠다."

타라의 심장박동이 빨라지고 있었다. 음…… 질문을 피하는 건가? 조짐이 좋지 않은데.

셈 선생님이 돌아서서 대합실을 나가자 모두 얌전히 따라갔다.

실버는 타라 뒤에서 따라가고 있었다. 림보에서 돌아온 뒤에도 여전히 충격에서 벗어나지 못한 타라 옆으로 칼이 이동해 얘기하자 친구들이 기계적으로 걸음을 늦추었다. 자연히 앞서 가는 드래곤보다 약간 뒤처지게 되었다.

"타라, 검은 여왕으로 변해 있을 때 말이야." 칼이 물었다. "그때 네가 의식이 있었는지 모르겠지만 나를 왜 해골로 둔갑시켰는지 이유를 알아? 너무 이상해서!"

"전혀 몰라." 타라가 진지하게 대답하면서 갑자기 걸음을 멈추는 바람에 바로 뒤에서 따라가던 실버가 넘어질 뻔했다. "검은 여왕의 욕망과 욕구가 너무 생소해서 제압할 수가 없었어. 고마워, 칼. 네가 제때에 개입해서 우리 목숨을 구한 거야."

그렇게 말한 다음 타라는 칼의 뺨에 입을 맞추고 다시 걸어갔다.

칼은 입을 멍하니 벌리고 있다가 친구들의 눈길을 받으면서 쫓아갔다.

"타라, 어떻게 하면 검은 여왕으로 변할 수 있는지 자세히 좀 말해 봐. 우리 모두 양고기 꼬치구이로 끝장나기 직전이었잖아. 그런데 네가 눈 깜짝할 사이에 악마들을 공포에 떨게 했잖아."

"나는 크리스털에 접속해서 아더월드로 이르는 다리를 세우고 있었어." 타라가 말하는 사이에 다른 친구들도 다가왔다. "그런데 스파리담은 주위에 있는 사물에서 마법을 흡수해서 악마의 마법을 자유롭게 쓰게 하는 주문이었어. 정말 뜻밖이었지. 하마터면 타 죽을 뻔했어. 악마의 마법이 내 머릿속으로 들어왔는데 그냥 마법이 아니라 유혹이었어. 내가 원하는 모든 것, 내가 바라는 모든 것이 갑자기 손만 뻗으면 닿는 거리에 있는 거야."

"네가 그토록 원하는 게 뭔데?" 로빈이 물었다.

이 말에 모두 한마디씩 했다.

"나는 힘인데." 파브리스가 주뼛거리면서 말했다.

"나는 지식." 무아노는 생각에 잠긴 얼굴로 말했다.

"나는 장인의 솜씨." 파프니르는 씨익 웃으면서 말했다.

"나는 재산." 칼이 눈을 반짝이면서 말했다.

"나는 온전한 상태." 실버가 말했다.

"나는 더 이상 괴로워하지 않는 것." 타라는 흠칫 놀라는 로빈에게 시선을 고정한 채 대답했다. "사랑 때문에 상처받지 않는 것. 마법만 있으면 되니까. 마법의 유혹에 굴복했더니 검은 여왕이 되더라고."

"오랜만에 떠오른다!" 갑자기 파브리스가 탄성을 질렀다. "주홍빛에 가까운 과일 중 하나, 구리의 다른 말, 서로 싸우거나 해치고자 하는 적, 이걸 다 합하면? 감동적!"

"와우! 눈 깜짝할 사이에 문자 수수께끼를 만들다니, 너 아직 살아 있구나." 칼은 파브리스가 그토록 좋아하는 수수께끼를 언젠가부터 입에 담지도 않았던 걸 기억하면서 말했다.

"나는 이유를 알 것 같은데…… 안 그래, 파브리스?"

무아노가 방긋 웃었는데 파브리스가 돌아온 뒤로 처음 보여주는 다정한 미소였다.

"네가 알아차릴 거라고 생각했어. 타라가 마지스터보다 훨씬 강력한 걸 확인하니까 기분이 너무 좋아. 타라에 비하면 마지스터는 불타는 숲 옆에 있는 생일 케이크의 촛불이라고 할까. 마법이나 힘으로는 내가 정말 원하는 걸 얻을 수 없다는 걸 깨달았어. 마법 능력이 강력하면 나라를 정복해서 수많은 사람을 학살했을 것이고, 폭군들이 다 그렇듯 미움을 받다가 칼에 찔려서 생을 마감하겠지."

파브리스는 자신의 말에 감동한 무아노를 번쩍 안아서 빙빙 돌리다가 바닥에 내려놨는데 발그레해진 소녀는 행복한 얼굴이었다. 옆에 있던 표범은 무아노를 모욕하는 줄 알고 으르렁거렸다.

"글로리아, 나를 사랑하는 마음 변하지 않은 거지? 대답해줘, 글로리아."

"응, 물론이지. 내 사랑 바보, 당연히 너를 사랑하지!"

그렇게 말하면서 무아노는 다정하게 파브리스를 끌어안았다.

뒤에 아무도 없는 걸 느낀 드래곤이 걸음을 멈추고 돌아섰다.

"얘들아, 얌전히 좀 따라와, 제발."

"네, 셈 선생님, 죄송해요." 파브리스가 말했다.

무아노는 파브리스의 손을 잡으면서 방긋 웃었다. 타라도 기뻤다. 검은 여왕이 되었을 때 로빈에 대한 사랑을 접겠다고 말했었다. 아더 월드로 돌아온 지금도 그 마법이 메아리처럼 남아 있어서 로빈의 거부가 더 이상 괴롭지 않았다. 타라는 로빈을 힐끔 쳐다봤다. 검은 여왕이 만들었던 호리호리한 엘프가 아닌데 이상하게도 혼혈의 특징인 검은 머리털이 전혀 없는 은발이었다. 얼굴도 달라진 것 같았다. 순수 혈통의 엘프처럼 눈썹이 더 치켜 올라갔고, 귀도 더 뾰족해진 것 같았다. 로빈도 거울을 보면 깜짝 놀랄 텐데.

부모님은 또 얼마나 놀랄까? 특히 로빈의 어머니는 자신이 아들에게 물려준 유일한 인간의 표시가 사라진 걸 보면 마음이 아플 텐데.

그 옆에 있는 실버는 턱을 약간 움직이고 있는데 마치 보이지 않는 누군가와 얘기를 하고 있는 것 같았다.

실버는 타라가 모를 거라고 생각하면서 이따금 눈길을 보내고 있었다. 타라에게 관심이 있다는 표시였다. 타라는 미소를 지었다. 완벽한 얼굴, 캐러멜색과 황금빛이 감도는 금발의 긴 머리, 금빛 눈과 강력한 어깨. 유혹 주문의 영향을 받을 때이긴 하지만 얼마나 로맨틱하게 사랑을 고백했던가.

타라의 얼굴이 어두워졌다. 빌어먹을 주문! 이성 교제는 이제 제로에서 다시 시작해야 했다. 로빈이 더 이상 타라를 원하지 않기 때문이다. 타라를 만나기 이전에는 인간보다 훨씬 아름다운 엘프들만 마음이 끌렸지 인간에게는 눈길도 주지 않았다고 말하지 않았던가. 하지만 타라는 실버가 곁에 있는 한 외롭지 않으리라는 것으로 위안을 삼았다.

타라는 실버에게 다가가서 미소를 지어 보였다. 하프드래곤은 움찔하더니 신사답게 타라에게 팔을 내밀었다. 둘은 팔짱을 끼고 걸었고, 타라의 마음이 가벼워졌다. 약간.

놀랍게도 살아 있는 궁전의 복도를 지나가는 것이 그리 쉽지가 않았다. 목석같은 얼굴의 경비원들이 벌써 몇 번째 인식 패스 제시를 요구하면서 신분을 확인했다. 셈 선생님과 함께 있는데도 면제해주지 않았다. 살아 있는 궁전이 삼엄한 경비를 통해 보호하는 역할을 확실히 보여주고 있었다. 경비원들이 검문하는 데 방해가 되지 않도록 벽에는 작은 크기의 액자나 벽화만 남겨놓았다. 그리고 만일을 대비하여 왕국의 많은 백작과 공작, 대군들이 궁전 안에서 거주하기 때문에 크기를 확장해놓은 상태였다. 그래서 각양각색의 켈트릴 갑옷 차림의 귀족들을 볼 수 있었다.

랑코비트는 전쟁 준비를 하고 있었다. 타라는 실버의 팔을 꽉 잡았다. 실버는 아프지만 타라의 책임감을 이해하기 때문에 가만히 있었다.

궁전 내에서 움직이는 단거리 이동의 문을 두 번 이용한 뒤에 그들은 셈 선생님의 방에 도착했다.

방은 달라진 것이 거의 없고, 호화찬란한 보물의 동굴도 여전했다. 하지만 칼의 눈빛이 신경 쓰이는지 셈 선생님이 재빨리 동굴을 사라지게 했다.

희미한 유황 냄새가 타라의 코끝을 간질였다. 갑자기 어깨를 짓누르던 짐이 가벼워지는 것 같았다. 이제는 짐을 내려놓아도 되려나.

파란빛에 은빛이 섞인 드래곤이 전용 의자에 털썩 주저앉자 그 무게에 의자가 신음소리를 냈다.

"모두 자리에 앉아. 이제는 내가 여기서 일어난 일과 타라의 질문에 대답할 차례다. 그러니까 1년 반 전에 아더월드의 여러 정부가 공격을 받았다는 것에 대해서는 알고 있지?"

"우리에게는 불과 몇 주 전이었어요, 셈 선생님." 무아노가 말했다. "그래서 타라가 그 질문을 한 거예요. 정말 불안해요."

"우리 가족은 어떻게 됐어요?" 검은 여왕으로 변했다가 아더월드로 돌아온 충격 때문에 가장 중요한 것을 잊은 타라가 생각난 듯 물었다. "할머니 이사벨라, 증조할아버지 마니투, 내 동생들 마라와 자르, 산도르 황제는 무사해요?"

드래곤이 코를 찡그렸다.

"마라와 산도르 황제의 소식은 우리도 몰라. 오무아의 황궁과 통신이 차단되어 있어서. 그 안에 억류되어 있을 것으로 추측하고 있다. 네 할머니 이사벨라는 마니투, 네 친구의 부모들과 함께 지구에 있어. 저택이 식구들에게 온갖 무기를 두 배로 공급해주고, 철통같은 방어로 잘 보호하고 있으니까 걱정하지 않아도 될 거야. 자르도 같이 있고. 네가 행방불명되었기 때문에 그들은 네 걱정을 많이 하고 있어. 너희 모두 무사히 돌아왔다는 걸 크리스털 볼로 알려야겠다."

칼이 손을 들고 얼른 말렸다.

"통신망으로 알리는 건 좋지 않을 것 같은데요?"

"크리스털 볼을 사용하지 말자는 뜻이야?" 타라가 물었다. "도청 될까 봐?"

칼은 입술을 깨물었다.

"타라, 어느 나라에서나 도청은 일어나고 있어. 오무아 제국도 예외는 아니고. 크리스털리스트들에 대해서는 말할 것도 없고. 그들이야 워낙 여우 같으니까!"

타라는 한숨을 내쉬었다. 지구에서도 그런 일이 흔히 일어나는지는 모르겠지만, 아더월드는 사생활 침해 수준이 심각해서 앞으로 개선이 필요했다.

"아무튼 서프라이즈 효과를 이용하는 게 낫지 않겠어?" 칼이 말을 이었다. "타라가 돌아온 걸 반지가 늦게 알수록 좋을 텐데!"

셈 선생님의 표정이 어두워지더니 입술을 푸르르 떨었다.

"불행히도 너희가 그렇게 시끄럽게 도착했으니 지금쯤은 랑코비트 전 국민이 다 알고 있을 거다. 하지만 몇 시간 후쯤 크리스털리스트들이 너희에 대해 보도하는지 알아보마."

"뱀파이어들 얘기는 뭐예요?" 셀렌바에 대해 아주 안 좋은 기억이 있는 파브리스가 물었다. "오무아에서 정확하게 무슨 일이 일어나고 있는 거예요?"

셈 선생님은 좀 더 표정이 굳어졌다. 당황하는 건가?

"오무아 국민이 공포에 떨고 있지. 인간들이 가축처럼 피를 뽑히고 있어서. 그놈의 반지가 뱀파이어들에게 양식을 공급하기 위해 인간을 죽이지 말고 피만 뽑게 했기 때문에. 그래서 인간의 피를 먹는 뱀파이어들이 점점 늘어나고 있어."

타라는 목이 메었다. 나라가 얼마나 공포에 휩싸여 있을지 짐작이 되었다.

"하지만 왜 마법을 사용해서 영양 섭취를 하지 않을까요?"

드래곤이 한숨을 내쉬는데 노란 눈빛이 불안해 보였다.

"정상적인 피를 먹는 뱀파이어들은 마법을 사용하면 되는데 인간의 피를 먹은 뱀파이어들은 그것으로 안 된다는 거지. 인간의 피를 먹은 뱀파이어들은 그 특성상 피 못지않게 희생양의 두려움도 양식이 되는 모양이다."

칼의 천진한 얼굴이 일그러졌다.

"네, 기억나요. 유령들이 습격했을 때 인간의 피를 먹은 뱀파이어의 모습을 하고 있는데도 나는 피의 맛이 아주 싫었어요. 하지만 유령에 들린 인간을 깨물어야 했는데 그때 두 가지를 먹었던 기억이 나요. 피와 정신."

"그래서 킬라가 뱀파이어에게 깨물려서 모두 감염이 되면 인간의 피를 조달하는 데 문제가 생길 거라고 말했던 거예요." 타라가 말했다. "결국 그 악마의 반지는 피를 확보하기 위해 뱀파이어들을 지구로 보낼 거라면서."

셈 선생님이 갈퀴발톱으로 머리를 긁적거렸다.

"킬라에게 크라살비로 돌아가면 안 된다고 말렸어. 하지만 킬라는 자신이 악마의 마법에 감염되지 않을 거라고 생각했지."

"그래서 어떻게 됐는데요?"

"킬라는 버티지 못했어."

타라와 친구들은 림보를 떠나면서 지옥을 떠나는 느낌이 들었다. 그런데 지금 그들의 행성 아더월드가 지옥으로 변할 위험에 처해 있는 것이다.

"따라서 우리가 할 일은 두 가지야." 셈 선생님이 정리했다. "하나는 악마들이 들이닥치기 전에 놈들이 무슨 짓을 해놨는지 알아내는 것이고, 또 하나는 아더월드가 뱀파이어들을 위한 뷔페식당으로 변하기 전에 반지를 파괴하는 것이다."

"반지에 대해서는 아무런 도움도 줄 수가 없어요." 무아노가 호주머니에서 여러 가지 물건들을 꺼내면서 말했다. "하지만 악마들에 대해서는 도움이 될 거예요. 우리가 림보에 머물 때 수집한 것들이에요. 식물 표본과 곡물들, 그곳의 태양과 달, 별들을 여러 차례 촬영한 크리스털레오, 그리고 악마들의 도서관에서 사물 속에 갇힌 악마의 영혼들이 소진되는 과정이 담긴 비디오테이프도 발견했어요."

꼼꼼한 무아노에게 놀란 친구들의 눈이 휘둥그레져 있는 사이에 칼도 호주머니에서 뭔가를 꺼냈다.

"이건 아르칸즈가 백합 같은 식물의 가시에 찔렸을 때 내가 빌려준 손수건인데 피가 묻어 있어요. 그리고 이건 재판관이 있는 방에서 수거한 디아블로의 피예요. 털과 비늘도 가져왔고요. 이 유리병들 안에는 다른 비인간 악마들과, 인간 모습을 한 악마들의 피가 들어 있어요. X라고 표시한 것이 비인간 악마들의 피, O라고 표시한 것이 인간 모습을 한 악마들의 피예요. 마왕의 털도 가져왔어요. 마왕에게 상처를 입힐 수 없어서 아쉽게도 피는 가져오지 못했지만."

칼도 친구들을 깜짝 놀라게 했다. 이런 것들을 수집하고 있는 걸 아무도 보지 못했는데.

"그건 내가 갖고 있다." 셈 선생님이 흡족하게 말했다. "내가 지난번 깔아뭉갰을 때 마왕이 내 비늘로 인해 상처가 났는데 림보에서 돌아오는 즉시 내 엉덩이에 묻은 피를 채취해놨거든."

칼의 얼굴에 짓궂은 미소가 번졌다.

"와, 쉽지 않았을 텐데 그걸 어떻게 하셨어요? 선생님의 엉덩이에 팔, 아니 발이 닿았어요?"

"다 방법이 있지." 셈 선생님이 대답은 의연하게 했지만, 악마의 피를 채취하느라고 거대한 짚단 위에 앉아서 몸을 비비 틀어야 했는데 그 모습이 정말 우스꽝스러웠다는 말은 차마 입 밖에 내지 않았다. "악마들이 무슨 짓을 저질러놨는지 연구하는 데 필요한 것을 모두 확보한 것 같구나. 브라보, 너희가 아주 훌륭한 일을 해냈다!"

"선생님은 우리를 어떻게 도와주실 건데요?" 타라가 물었다.

"글쎄, 아직은 모르겠다." 셈 선생님이 솔직하게 대답했다. "사실 나는 여기 있으면 안 되거든. 네 할머니와 나는 랑코비트를 중개로 계속 연락하고 있었다(아, 할머니가 비밀리에 누군가와 통화를 하더니, 셈 선생님이었구나. 근데 그걸 왜 숨겼을까?). 최고 비늘 세니의 배신 이후로 샤름을 도와서 치안 확립에 전념하느라고 아더월드에서 무슨 일이 일어나는지 전혀 모르고 있었어. 타라, 한 가지 묻겠다. 크라에토비르의 반지 말이다. 악마의 사물을 사용하는 것이 얼마나 위험한 일인데 너, 어떻게 그런 짓을 했니?"

"완제품이 아니었어요." 타라가 말했다. "그리고 반지는 계속 나를 도와줬어요. 한 번도 나를 해치거나 방해한 적이 없었어요. 내가 크라살비에 가서 인간의 피에 감염된 뱀파이어들을 구할 수 있었던 것은 반지가 그 뱀파이어들을 쉽게 굴복시켰기 때문이거든요. 그런 반지가 고모를 장악하고, 권력을 쟁취할 줄 내가 어떻게 짐작이나 할 수 있었겠어요? 검은 여왕이 되기 전에는 포스의 어두운 면에 대해 아무 생각이 없었어요! 그런데 이제는 알아요. 그 유혹이 얼마나 강력한 것인지!"

셈 선생님이 깜짝 놀란 표정으로 타라를 쳐다봤다.

"포스의 어두운 면? 무슨 말을 하는 거니, 타라?"

파브리스가 깔깔대고 웃으면서 설명했다.

"선생님, 지구의 영화 〈스타워즈〉에 그런 표현이 나오거든요. 악한 이들이나 선한 이들이나 모두 포스라고 부르는 걸 사용하는데 마법과 약간 비슷해요. 그러니까 포스의 어두운 면은 악마의 마법과 비슷한 거죠."

"문제는 리스베스 고모가 나보다 훨씬 냉혹하다는 거예요." 타라가 지적했다. "반지는 권력을 공유하자고 제안했을 게 틀림없어요. 나는 고모가 반지의 지배를 받고 있다고 생각하지 않아요. 스파리담으로 내가 악마의 마법과 결합했던 것처럼 고모도 반지와 결합되어 있을 거예요. 반지는 아마 고모에게 권력을 주는 것으로 만족하고 있을 거예요. 악마의 셔츠가 마지스터에게 해주는 것과 마찬가지죠. 그리고 권력과 함께 사악함이 따라오는데 마지스터도 고모도 그걸 깨닫지 못하고 있어요. 내가 검은 여왕으로 변한 것처럼 리스베스 여제도 사악한 여제로 변할 수 있다는 거예요."

"네 말이 맞을지도 몰라, 타라." 셈 선생님이 갑자기 뭔가 기억난 듯 비늘 덮인 발로 이마를 탁 치면서 대꾸했다. "이쯤에서 실버에게 양해를 구해야겠다."

실버는 소스라치게 놀랐다. 하프드래곤은 어떻게 하면 아버지를 만날 수 있을지, 그리고 악마들의 말대로 아버지를 림보에 억류해놓은 것이 아니라 정말 아더월드로 보낸 것이 사실인지 생각하는 중이었다.

드래곤이 말했다.

"이건 1년 전에 방송된 녹화 테이프인데……. 실버에게는 미안하군."

셈 선생님이 뒤쪽에 있는 크리스털 전광판을 작동하자 이미지가 나타났다.

금빛 마스크를 쓴 키가 큰 남자가 손목에 수갑을 찬 상태로 철창(마법이 통하지 않는 히믈리아의 철로 만든)에 갇혀 있었다.

실버는 아연실색한 얼굴로 전광판을 향해 손을 내밀었다.

"아버지!"

25
하프드래곤의 고백

한심하게, 별것도 아닌
시커먼 쇳조각에 붙잡히다니

*

타라의 눈이 동그래졌다. 실버가 어찌나 창백한지 죽은 사람의 얼굴 같았다. 벌떡 일어나면서 주먹을 꽉 쥐는 모습에 보는 사람이 걱정될 정도였다. 파프니르는 불안한 시선으로 실버를 지켜봤다.

전광판에 나타난 사람은 마지스터가 틀림없었다.

"이해가 안 돼." 무아노가 중얼거렸다. "헤아릴 수 없는 영혼을 지닌 반지가 어떻게 그보다 훨씬 많은 영혼을 가두고 있는 셔츠를 이길 수 있지?"

"반지는 영혼들을 소멸시키지 않고 인간을 부리는 방법을 터득했어." 몸속에 들어왔던 악마의 마법이 생각난 타라가 부르르 떨면서 대답했다. "마지스터는 셔츠가 방어용이라면서 그 속에 있는 영혼들을 모조리 다 사용할 수 없다고 했어. 그러면 자신까지 폭발하기 때문에. 따라서 셔츠 속에 갇힌 영혼은 꽤 많이 소멸되었다고 봐야지.”

“하지만 반지가 왜 저렇게 크리스털 위성 중계로 마지스터를 보여
준 걸까?”

“공공의 적 1위인 마지스터를 붙잡았다는 걸 전 세계에 보여주기
위해서.” 구역질을 참고 있는 듯한 실버가 말했다. “반지일 뿐만 아
니라 여제이기도 하니까. 오무아를 위해서는 혁혁한 승리니까 과시
하기 위해서겠지.”

“그런데 셀렌바가 안 보여.” 잔혹한 뱀파이어를 생각하면 이가 갈
리는 파브리스가 지적했다.

크리스털 전광판이 많은 감방을 일일이 보여줬지만, 셀렌바는 없
었다.

“붙잡히지 않은 모양이야.” 칼이 말했다. “셀렌바가 자유롭다면 크
라에토비르에게 마지스터가 붙잡혀 있게 놔두지 않을 거야. 내 생각
에는 뱀파이어와 악마의 반지가 조만간 한판 대결을 펼칠 것 같은데.”

“하지만 오무아의 감옥에서는 마법이 통하지 않아.” 셈 선생님이
반박했다. “셀렌바는 마지스터를 구해낼 방법이 없어.”

“그럼 내가 가겠습니다!” 실버가 흥분했다. “아버지를 반지의 포
로로 잡혀 있게 내버려둘 수 없습니다!”

“실버, 진정해!” 칼이 말했다. “너한테는 잔인한 말이지만 네 아버
지가 감옥에 갇혀 있는 걸 억울해할 이유가 없어. 그럴 만하니까! 그
리고 지금은 오히려 이렇게 된 게 낫다고 생각해. 감옥에 있는 동안
에는 최소한 우리 등 뒤에서 음모를 꾸미지는 않을 테니까.”

하지만 실버는 아버지에 대한 걱정 때문에 다른 말은 귀에 들어오

지 않았다.

"너희는 몰라! 반지가 악마의 셔츠에 접근하면 항아리에서 물을 퍼내듯 아버지에게서 모든 걸 다 빼내고 죽이고 말 거야! 그렇게 되면 반지의 힘만 더 커지는 거라고!"

"하지만 마지스터가 악마의 셔츠를 입고 있는지, 아닌지 아무도 몰라." 그렇게 침착하던 실버가 격분하는 것에 놀란 타라는 차분하게 말했다. "마지스터가 뭘 입고 있는지 반지가 모를 수도 있잖아?"

"타라, 미안하지만, 반지는 네 손가락에 끼어 있을 때 마지스터에게 일어난 일을 다 봤어. 따라서 반지는 마지스터가 셔츠를 갖고 있다는 걸 알고 있어. 내 아버지가 셔츠를 불러내지 않는 한 살아남을 가능성이 있지만, 반지가 강제로 셔츠를 유형화시킨다면 아버지는 끝장나는 거야!"

타라는 동정심이 일지 않았다. 어쨌거나 마지스터는 아버지를 죽이고 어머니를 납치하면서 한 가정을 엉망으로 만들어놓은 장본인이 아닌가. 하지만 실버의 고통을 이해할 수 있었다.

타라는 동정심을 표현하려고 애를 쓰면서 말했다.

"1년도 넘게 지난 일이야. 반지가 셔츠의 마법을 빼내는 데 성공했다면 너무 늦었어. 그리고 아직까지 빼내지 않았다면 반지가 모르고 있는 것이고. 따라서 지금은 아무것도 할 수가 없어. 미안하지만 실버, 네가 오무아로 달려가봐야 마지스터에게 아무런 도움이 안 돼."

"이쯤에서 타라, 너에게도 해줄 말이 있어." 셈 선생님이 정말 난처한 표정으로 말을 꺼냈다.

"말씀하세요, 셈 선생님." 타라는 최악의 말을 각오했다.

"네 어머니에 관한 거야."

타라는 뻣뻣해졌다.

"어머니요?"

"네 어머니는 이제 지구의 살아 있는 저택에 없다."

"뭐라고요? 하지만 엄마는……. 난 무슨 말인지 모르겠어요."

"마지스터가 육신을 소생시키기 위해 네 어머니를 어떤 기계로 에워쌌던 거 기억나니?"

그 일이 일어났을 때 셈 선생님은 그 자리에 없었지만, 낙담한 이사벨라가 크리스털 볼로 알려준 모양이었다. 낙담한 이사벨라의 모습에 드래곤의 마음이 흔들리기는 했을까?

타라는 눈살을 찌푸렸다.

"네, 물론 기억하죠. 그런데 그 기계가 왜요?"

"그 기계에 이동 장치가 장착되었던 모양이야. 마지스터가 반지에게 붙잡히기 몇 시간 전에 네 어머니의 시신이 사라졌어!"

타라는 피가 끓어오르면서 잠시 동안 숨도 쉴 수 없었다.

"어떻게 그런 일이, 하지만……."

"마지스터가 죽은 마법사들의 혼령을 돌아오게 할 수 있는 양피지를 찾으러 오무아의 황궁으로 갈 계획이었다는 말을 들었다. 그러니까 황궁으로 들어가려고 일부러 붙잡힌 것 같아."

타라는 후회가 되었다. 그 빌어먹을 양피지가 황궁에 있으면 무슨 사고가 나리라는 걸 예상해야 했는데. 양피지도 없애버려야 해!

드래곤이 생각에 잠겨서 고개를 끄덕였다.

"이런 말을 하는 날이 올 줄은 생각도 못 했다. 마지스터가 붙잡혔다니! 요컨대 마지스터는 영혼을 불러낼 때 네 어머니의 육신이 있어야 하기 때문에 오무아로 가기 직전에 빼돌린 거야. 그 뒤로는 네 어머니의 시신이 어디 있는지 모르고 있다. 잿빛 요새의 위치가 어디인지도 모르고."

"엄마는 돌아오고 싶어하지 않아요!" 타라는 질겁했다. "지금 엄마는 아빠와 함께 있어서 행복하단 말이에요. 그런데 마지스터가 돌아오게 하면 엄마의 행복이 깨지는 거예요!"

"지금은 마지스터가 갇혀 있으니까 그런 일을 하지 못할 거야." 셈 선생님이 타라의 흥분을 가라앉히기 위해 차분한 어조로 말했다.

타라는 잠시 드래곤을 쳐다보다가 안락의자에 주저앉았다.

"네, 맞아요. 실버, 네가 내 친구가 아니었다면 마지스터가 당장 즉사하면 좋겠어."

실버는 고개를 끄덕였다. 타라의 고통과 분노를 이해할 수 있었다. 하지만 그래도 마지스터는 아버지가 아닌가. 어쩔 도리가 없었다. 실버는 의자에 도로 앉았다. 지금으로서는 아무것도 할 수 없었다. 타라의 친구들과도 어울릴 수 없을 것 같았다. 이런 식으로 함께 지낼수는 없을 텐데.

파프니르는 마치 실버의 머릿속을 읽은 것처럼 주시하고 있었다. 실버는 잔뜩 긴장한 근육을 풀려고 애를 썼다.

"에헤, 그건 좋은 생각 아냐." 칼이 말했다. "즉사는 안 돼."

타라가 무슨 말인지 모르겠다는 얼굴로 칼을 쳐다봤다.

"마지스터가 즉사하면 어디로 갈까?" 칼이 피식 웃으면서 말했다.

"당연히 비욘드월드로 가지." 파브리스는 무심코 대답했다.

그제야 모두 알아차렸다.

"아!" 파브리스가 외쳤다. "비욘드월드. 맙소사! 거기 가면 타라의 어머니 셀레나를 만나잖아!"

"아빠 단비우도!" 타라가 손바닥으로 팔걸이를 때리는 바람에 놀란 안락의자가 움찔했다. "슬루르크! 이건 정말 말도 안 돼! 비욘드월드까지 따라가서 부모님의 행복을 깨뜨릴까 봐 철천지원수가 죽지 않도록 보호하게 생겼으니!"

"타라, 새삼스러울 것도 없잖아. 네 인생은 예전부터 꼬여 있었는데." 칼이 말했다.

드래곤이 마른기침을 하고 나서 말했다.

"타라, 아까 네가 한 질문으로 돌아가자. 우리가 할 수 있는 것은 한 가지야. 기다리는 것. 지금은 반지가 다른 나라들을 공격하지 않고 있어. 반지가 수뇌부들을 장악하고 있어서 꼼짝없이 오무아의 명을 따르는 뱀파이어들의 나라 크라살비를 제외하고. 난쟁이들의 나라를 몇 번 기습했지만, 뱀파이어들은 용맹한 난쟁이 전사들을 상대하기 힘들어했지(셈 선생님이 보내는 윙크에 파프니르가 어깨를 으쓱하면서 우쭐거렸다). 게다가 군대를 일으키는 것은 그리 쉽지도 않고 시간도 많이 걸리지. 드래곤들도 개입하기를 꺼리고 있어. 반지 문제는 인간이 해결할 일이라고 생각하니까."

타라는 몸을 움츠렸다. 언제고 누군가가 이 점을 부각시킬 줄 알고 있었다.

"따라서 이 일로 림보의 악마들이 우리 세계로 몰려올 위험이 없는 한 너희 인간들이 문제를 해결하기 바라고 있다. 나야 물론 어떻게든 도와주겠지만."

"반지는 마지스터의 상그라브들도 빼냈어요." 생각에 잠겨 있던 무아노가 갈색 눈을 찡그리면서 강조했다. "마지스터도 장악하려고 했고요. 마지스터가 타라도 반지를 이길 수 없을 거라고 했어요. 그렇지만 데미데루스를 포함한 5인의 최고 마구스들은 악마의 사물들을 빼앗았지만 아무도 죽지 않았어요."

"그건 데미데루스와 최고 마구스 넷이 그 사물들을 악마들이 지니고 있지 않을 때 빼앗았기 때문이지." 지각단층 전쟁을 경험했던 셈 선생님이 말했다. "악마들이 그 사물들을 작동했다면 데미데루스는 가까이 가지도 못했을 거야. 타라가 실루르의 옥좌와 저주받은 왕홀을 파괴할 수 있었던 것도 악마들이 사용하지 않을 때였기 때문이지. 누군가가 악마의 사물이 지니고 있는 힘을 전부 사용하려고 하면 즉사할 거야."

마지스터가 셔츠의 힘을 아주 조금씩 사용할 수밖에 없다고 했는데 거짓이 아니었다.

셈 선생님이 이맛살을 찌푸렸다.

"지금은 리스베스 여제가 그 반지를 끼고 있어. 그래서 반지는 악마의 마법과 아더월드의 마법을 동시에 사용할 수 있는 것 같아. 어떤 악마도 그런 적이 없었는데. 아더월드의 마법은 즉시 악마의 몸에 이어 악마의 마법과 충돌하기 때문이지. 우리가 알기로 마지스터는 붉은 여왕을 상대하면서 처음으로 아더월드의 마법과 악마의 마법을 결합시켰어."

"하지만 나도 굉장히 많은 악마의 마법과 나의 마법을 동시에 사용했어요." 타라가 말했다. "마왕과 왕자는 나의 상대가 안 됐어요. 그러니까 나는 반지를 이길 수 있어요!"

친구들, 특히 실버가 희망이 가득한 눈길로 타라를 쳐다봤다. 하지만 셈 선생님은 머리를 흔들었다.

"반지를 상대하면서는 악마의 마법에 접근하지 못할 거야. 『금서』 덕분에 악마의 마법에 대해 조금 알지. 스파리담을 이용했다면 너는 마법을 자유롭게 사용할 수 있고, 다른 악마들에게는 마법이 차단되었겠지. 그래서 마왕과 왕자가 너에게 아무것도 할 수 없었던 거야. 하지만 반지는 네가 마법을 흡수하게 내버려두지 않을 거야. 그 전에 너를 공격할 테니까. 나는 반지가 너보다 강력할 거라고 생각해."

"그럼 선생님은 우리가 반지와 싸우러 오무아로 가는 걸 반대하세요?"

"당연하지!" 드래곤이 대답했다. "그 신출귀몰하는 마지스터도 그렇게 맥없이 갇혀 있는데 그런 악마의 마법과 싸우라고 하는 것은 말도 안 되지. 반지는 타라를 아더월드로 돌아오지 못하게 하려고 별의별 짓을 다 하고 있는데 돌아온 걸 알면 틀림없이 반응을 보일 거야. 그때까지 기다리면서 어떻게 나오는지 봐야지."

"그러니까 빨리 움직일 생각이 없으신 거네요." 파브리스가 심각한 얼굴로 물었다. "왜죠? 반지가 이 행성을 위협하고 있는데. 지구도 마찬가지고요."

"그래서 내가 가능한 한 빨리 돌아온 거야. 악마의 사물들은 아주 위험하기 때문에." 셈 선생님이 아주 인간적인 몸짓으로 어깨를 으쓱했다. "내 친구 살루가 묘사하는 상황을 내 눈으로 확인하고 싶기도 했고. 리스베스는 단순히 오무아의 여제만이 아니니까."

친구들이 셈 선생님의 말을 이해하려고 생각에 잠기는 사이에 타라가 '왜 그걸 생각 못 했지?' 하는 얼굴로 말했다.

"선생님 말씀이 맞아요. 리스베스는 단순히 한 나라의 여제가 아니라 데미데루스의 후손이기도 하죠."

깜짝 놀란 로빈이 딸꾹질을 했다.

"타라와 마찬가지로, 데미데루스의 모든 후손과 마찬가지로, 리스베스 여제도 악마의 사물들에 접근할 수 있어요!"

"그래, 그래서 내가 돌아온 거야." 드래곤이 머리를 끄덕였다. "반지가 악마의 사물들을 빼앗아가려고 하는지 알기 위해서. 하지만 지킴이들은 아직 반지가 그런 시도를 한 적이 없다고 확인해주었다. 이유는 모르겠지만 아주 좋은 소식이지."

"하지만 타라의 쌍둥이 동생들인 마라와 자르 역시 데미데루스의 후손이잖아요. 그런데 마지스터가 그 아이들을 악마의 마법에 감염시켰기 때문에 지킴이들이 데미데루스의 후손이란 걸 알아보지 못했어요." 무아노가 지적했다.

"그래, 맞아." 셈 선생님이 말했다. "하지만 데미데루스의 직계후손 중에서도 리스베스처럼 마법 능력이 강력하면 악마의 마법을 제압할 수 있어. 따라서 마라와 자르와는 달리 리스베스는 지킴이들의 방어선을 통과하는 것이 가능해. 그래서 내가 1년 넘게 아더월드에 머물고 있는 것이고."

"그런데도 선생님은 반지가 두렵지 않으세요?" 내심 무시무시한 쇳조각이라고 생각하는 파브리스가 물었다.

"아더월드 사람들의 안전을 생각하면 현재로서는 인간의 피를 빨아 먹는 뱀파이어들이 훨씬 두렵지." 셈 선생님이 대답했다. "반지는 우리 드래곤들이 힘을 합쳐서 공격하면 새까맣게 태워버릴 수 있어."

"그건 안 돼요, 셈 선생님! 그러면 팅가푸르의 절반이 불타버리는데!" 타라가 반박했다.

"그래서 내가 지금은 조용히 때를 기다리자는 거야. 나는 반지를 자극해서 도시나 주민을 위험에 빠뜨리고 싶지 않다. 하지만 타라, 개입해야 될 상황이라고 판단되면 미안하지만 우리는 선택의 여지가 없어. 1년 전부터 내 연구팀이 조사하고 있지만, 크라에토비르의 반지에 대해 특별한 것을 찾지 못했다. 금지된 대륙에서 붉은 여왕이 지니고 있을 때 기록한 오래전의 자료만 겨우 얻었지. 늑대인간들이 반지에 대해 붉은 여왕이 기록해놓은 것을 전부 보내줬는데 정보가 많지 않았다. 그래서 우리는 도서관에서 더 깊이 연구를 하고 있는데 문제가 있어. 우리의 친구 살아 있는 궁전의 도움을 받는데도 연구해야 할 양피지 고문서와 책이 수백만 권에 이르거든. 평생이 걸려도 다 읽을 수나 있을는지."

파브리스가 탄식했다. 또! 무아노는 쌩끗 미소 지었다.

"반지에 관한 정보를 얻기 위해 고문서를 뒤지는 거라면 자신 있어요!" 흥분해서 얼굴이 상기된 무아노가 기뻐했다.

"그래, 너라면 할 수 있지, 글로리아." 셈 선생님이 미소를 지었다. "칼과 나는 너희 둘이 림보에서 가져온 것들을 분석하겠다. 로빈, 오무아에 있는 너의 정보원들에게 연락하기 바란다. 너는 스파이로 활동하며 궁전에서 가장 많은 시간을 보냈고, 비밀정보원들과도 관계를 맺고 있으니까."

칼이 눈살을 치켜 올렸지만, 로빈은 반응하지 않았다. 아버지가 랑코비트의 비밀정보국 국장인데 로빈이 오무아 궁정에서 스파이 활동을 하는 것은 아주 뜻밖의 일은 아니었다. 그리고 오무아 비밀정보국에서도 알고 있는 사실이었다.

"너도 없는데 네 아버지까지 지구에 가 있기 때문에 신뢰할 만한 정보가 부족했다. 많은 보고를 받고 있지만 더 많은 정보를 얻기에는 아무래도 엘프가 낫지. 뱀파이어들이 티그족 대신 친위대를 차지하고 있지만, 여제는 여전히 엘프 군대를 거느리고 있거든. 그리고 파프니르, 난쟁이들이 국경을 폐쇄했어. 아까도 말했지만 난쟁이들은 뱀파이어들의 공격을 여러 번 받은 것이 틀림없는데 무슨 일이 일어나고 있는지 자세히 알 수가 없는 상태야. 난쟁이들이 침입자들을 물리쳤다는 소식 말고는."

파프니르는 알 만하다는 표정을 지었다. 아더월드의 모든 사람과 마찬가지로 파프니르는 가까운 이웃인 뱀파이어들을 몹시 싫어했다. 동족들이 흡혈귀 같은 뱀파이어들을 갈기갈기 찢어놓는 모습을 상상하니 통쾌했다. 함께 싸우지 못하는 것이 유감스러울 따름이었다.

"실버, 타라, 너희 둘에게는 미션이 없으니까 가서 쉬어." 드래곤이 말했다.

타라가 벌떡 일어나서 항의하려고 했지만, 미션을 받은 친구들은 이미 방을 나가고 없었다.

"대단하시네요." 뾰로통해진 타라가 당차게 말했다.

"뭐라고?" 드래곤이 깜짝 놀랐다.

"모두 군말 없이 선생님의 말에 복종하게 만들다니, 정말 대단하다고요! 나도 그렇게 명령을 내릴 수 있으면 좋겠어요."

"십만 년은 걸려야 할걸!" 드래곤이 너털웃음을 터뜨렸다. "그 얘기는 나중에 다시 하자. 너도 내 말에 복종해. 검은 여왕으로 변하면서 네 몸은 엄청난 양의 마법을 견뎌야 했을 거야. 내일 아침에 일어나면 끔찍한 근육통이 일어날 거다. 레파루스로는 통증이 가시지 않을 정도로 많이 힘들 거야. 푹 쉴수록 덜 아플 테니까 어서 가서 잠을 좀 자렴. 아직 하고 싶은 질문이 많다는 걸 알지만, 내일로 미루자."

타라는 한숨을 내쉬면서 고개를 끄덕였다.

"근데 어디로 가서 자죠?" 타라가 물었다.

"살아 있는 궁전?"

유니콘이 벽에 나타났다.

"타라를 위한 스위트룸을 준비해주겠나?"

거만한 표정으로 드래곤을 쳐다보던 유니콘이 장미와 금빛 미모사로 장식된 아름다운 스위트룸에 이어서 유니콘과 요정들이 사는 풍경을 보여주었다. 타라는 미소를 지었다. 살아 있는 궁전의 임무 중 하나는 왕과 왕비의 손님들을 불편하지 않게 해주는 것이었다. 궁전은 늘 타라가 좋아하는 것을 준비해주었다. 정말 집에 온 것처럼 편안했다.

"아하! 이미 준비를 하고 있었던 것 같구나." 드래곤이 흡족해하면서 말했다. "아주 좋아. 타라, 네가 필요하면 크리스털 볼로 연락할 테니까 지금은 가서 푹 쉬어."

타라가 셈 선생님과 작별하자 미션을 받지 못해서 극도로 불안해진 실버가 따라 나갔다.

멋진 실버가 정중하게 팔을 내밀자 타라는 고맙다는 미소를 지어 보이면서 팔에 매달렸다. 그런데 이미 근육통이 시작되고 있었다. 늙은이처럼 걸음을 뗄 때마다 울상을 지어야 했다.

가여운 생각이 든 실버는 타라를 답삭 들어서 아이처럼 안았다.

타라는 고마워하면서 실버의 따뜻한 목에 코를 댔다. 좋은 냄새가 났다. 드래곤의 냄새는 전혀 나지 않았다.

타라의 방을 찾아가기까지 꽤 오래 걸렸는데도 실버의 이마에 땀방울은 맺혀 있지 않았다.

"나 너무 무겁지?" 타라가 수줍게 물었다.

실버가 눈부신 미소를 지어 보여서 타라는 눈을 깜박였다.

"타라, 너는 에글롱*의 깃털처럼 가벼워."

"칼이 내가 무겁다고 해서." 타라가 약간 날카로운 목소리로 말했다.

"칼은 키가 작잖아. 그리고 난쟁이들이 키운 하프드래곤처럼 힘이 세지 않으니까. 나는 너를 안고 수 킬로미터를 걸어도 끄떡없어. 네가 유령들에게 쫓기고 있을 때도 업은 적 있잖아? 안젤리카가 했던 말 기억 안 나?"

타라는 이맛살을 찌푸렸다. 하필이면 이 순간 안젤리카 얘기를 꺼내다니. 기분이 상했다. 생긴 건 완벽 그 자체인데 실버는 정말 눈치라고는 없었다.

"그리고 안젤리카는 너보다 뚱뚱해."

아, 좀 나아졌네. 이번에는 타라가 활짝 웃어 보이자 실버는 눈을 깜박였다.

잠시 침묵이 흘렀고, 타라는 마음이 편안해졌다. 복잡한 삶 속에서 잠시 맞게 된 평온한 순간이라고 할까. 그런데 실버가 달콤한 행복을 깨뜨렸다.

"아버지가 걱정돼." 실버가 말하는 순간, 염소 몸뚱이에 사자 머리를 가진 키마이라가 나타나서 그들은 길을 비켜주어야 했다. 덩치가 우람한 키마이라가 망토를 걸치고, 멋쟁이 모자를 쓰고 있는데 랑코비트의 수상 살라타르와 비슷했다.

타라는 한숨을 내쉬었다. 정말이지 지금은 마지스터를 생각하고 싶지 않은데.

"이해해." 그렇지만 타라는 말했다. "가혹한 말로 들릴지 모르지만 실버, 너의 진정한 아버지는 너를 키워주고, 너를 가르치고, 네가 넘어졌을 때 일으켜주고, 아플 때 위안을 준 분이야. 마지스터…… 마지스터는 그냥 어두운 그림자야. 너에게 해를 끼칠 사람이야."

실버는 고개를 떨어뜨렸지만 금빛 눈이 이글거렸다.

"알아. 하지만 뭐가 가장 견딜 수 없는지 모르겠어. 수많은 목숨을 해쳤다는 것과 그런 사람이 내 아버지라는 것. 물론 둘 다겠지. 아무튼 다시 만날 때는 확실히 알 수 있을 거라고 생각하지만……."

타라는 안쓰럽게 쳐다봤다. 실버가 힘들어하고 있지만 타라는 아무것도 해줄 수가 없었다.

"마지스터는 너를 거부했어, 실버. 드래곤들은 네 어머니를 죽이고 영혼까지 소멸시켰고, 마지스터를 고문했어. 그래서 내 어머니 셀레나에 대한 비정상적인 사랑 말고는 증오심밖에 없는 사람이야."

실버가 두 팔에 힘을 주면서 타라를 세게 안았다.

"아니, 그렇지 않아. 나를 보고 울컥했어. 아버지가 감추려 했지만 나는 느꼈어."

타라는 무슨 말을 하려다가 입을 다물었다. 뭐라고 말할 수 있을까? 마지스터는 감정도 가식적으로 내보일 수 있는 사람이라고? 조작의 고수라고? 어쩌면 정말로 감격했을 수도 있는데. 그건 아무도 모르는 일이 아닌가. 그래서 타라는 침묵을 지켰다. 실버가 안도하면서 힘을 주고 있던 팔을 약간 풀었다. 벽에서 앞장서 가던 유니콘이 마침내 스위트룸 앞에서 멈췄다.

눈과 입, 귀가 문에 나타났다. 유니콘이 타라의 신원을 입력했고, 그제야 그들은 스위트룸 안으로 들어갈 수 있었다. 유니콘들의 나라 멘탈리르의 풍경과 붉은색 비즈즈즈를 타고 꿀을 수집하느라고 바쁜 화려한 요정들이 보였다. 널찍한 거실 하나, 아더월드의 최신형 매직 컴과 오디오를 갖춘 방 하나, 크리스털 전광판을 갖추고 있어서 아더월드의 최근 영화를 볼 수 있는 아담한 응접실 하나, 침실 하나와 욕실 하나가 있었다. 한쪽 구석에 군락을 이룬 칼로르나의 장밋빛 꽃들은 그들이 들어가는 순간 재빨리 움츠리고 있다가 결국 그놈의 호기심 때문에 탐지기 노릇을 하는 눈 모양의 꽃잎들을 세우고 있었다.

유니콘이 타라에게 인사하는 사이에 안락의자들이 꿈틀거리면서 그들을 맞을 준비를 했다. 타라와 실버가 편히 쉴 수 있는 소파들도 나타났고, 노크 소리가 나더니 과일 주스와 케이크, 차, 초콜릿, 발분의 젖 등의 멋진 식탁이 차려졌다. 타라와 실버는 몇 주 동안 칼이 준비해온 비상식량으로 버텼기 때문에 정신없이 먹기 시작했다. 갈랑은 싱싱한 풀과 귀리를 게걸스럽게 먹어치우고 나서 잠을 자기 위해 타라의 침실에 놓인 바구니 안으로 들어갔다. 실버와 타라는 응접실에 있었다.

일단 배불리 먹자 실버는 강렬한 눈빛으로 타라를 쳐다봤다. 타라는 소파 맞은편에 놓인 거울로 재빨리 확인했지만 코끝이나 코밑에 크림이나 초콜릿은 묻어 있지 않았다.

"타라." 실버가 금빛 눈으로 지그시 쳐다보면서 진지한 얼굴로 말했다. "너에게 말해야겠어."

약간 불안해진 타라는 긴장했다. 실버가 아버지를 구하기 위해 오무아로 떠나겠다고 알리려는 건가? 하지만 실버를 떠나게 내버려둘 수 없는데 어쩌지?

"너에게 입을 맞춰도 되는지 알고 싶어."

화분에 심은 금빛 미모사가 장밋빛으로 변했다. 타라는 충격을 받은 얼굴로 쳐다봤다.

"뭐라고? 아니…… 무슨 말이야?"

"네 입술에 내 입술을 포개도 되느냐고?" 어찌할 바를 모르는 타라에게 약간 놀란 실버가 아주 진지하게 설명했다.

"아니, 내가 '뭐라고?'라는 말로 대꾸하는 걸 할머니가 아주 싫어하기 때문에 그냥 표현을 바꾼 거야."

"뭐라고, 그게 어때서?"

타라는 한숨을 쉬었다.

"아무것도 아니니까 그냥 넘어가자. 그러니까 키스하고 싶다고? 그래서 허락해달라고? 그건 좀…… 이상한데."

"응." 실버가 미소를 지으면서 담담하게 말했다. "맞아 죽고 싶지 않아서."

"나는 때려눕히지 않을 건데!" 타라는 실버를 제대로 보기 위해 긴 머리를 쓸어 넘기면서 외쳤다.

따라 하기가 시작된 건가, 실버도 똑같이 긴 머리를 쓸어 넘겼다.

"여성 난쟁이들은 만족스럽지 않을 때 때려눕히거든. 그럼 너는 허락하는 거지?" 실버가 간청하듯 말했다. "난 반드시 꼭 확인해야 돼."

꼭 확인해야 된다고? 그러니까 실버는 타라를, 정열을 불사를 연인이 아니라 실험실의 모르모트로 생각한다는 건가.

몇 분 전만 해도 아버지를 구하러 가겠다던 실버가 느닷없이 키스를 하겠다니, 타라는 갑자기 경계심이 생겼다.

"정확하게 뭘 확인하고 싶은데?" 타라가 캐묻듯 말했다.

"네가 천생연분인지 알고 싶어."

타라는 눈살을 찌푸렸다.

"너의 천생연분?"

"응, 우리 난쟁이들은……."

"너는 난쟁이가 아냐." 타라가 말을 잘랐다.

"생물학적으로는 아니지. 하지만 나의 사고방식은 난쟁이야. 따라서 나는 천생연분을 찾고 있어. 안젤리카는 천생연분이 아니라는 걸 알았고."

"당연하지. 너하고 어울리는 애가 절대 아닌데!"

타라가 쏘아붙였다.

실버는 고개를 끄덕였다.

"네가 갑자기 지구로 추방되고, 나는 아버지를 찾으러 떠나는 바람에 네가 천생연분인지 확인할 수가 없었어. 난쟁이들은 키스를 해보지 않으면 알 수 없다고 말해."

타라는 갑자기 호기심이 생겼다.

"키스를 해보면 알아? 어떻게 아는데?"

"연분이 확실하면 기절해."

"그래?"

"응."

타라는 웃음이 나오려고 했다.

"흠흠, 서로 사랑하는 난쟁이 커플이 키스하다가 퍽! 기절한다고?"

"응."

큰일 났네, 오래 버티지 못할 것 같은데. 벌써 그놈의 웃음이 입꼬리를 근질이고 있었다. 타라는 손으로 입을 막으면서 목소리를 가다듬었다.

"에이, 그러면 보통 일이 아닐 텐데! 허구한 날 기절한 사람들을 구하러 다녀야 되잖아?"

히플리아 도처에서 키스하다가 쿵, 쿵, 쓰러지는 난쟁이 커플들의 모습이 그려지면서 타라는 킥킥 나오는 웃음을 참느라고 코를 훌쩍여야 했다. 그리 듣기 좋은 소리가 아니지만 폭소를 터뜨리지 않으려면 어쩔 수 없었다.

실버는 타라가 비웃고 있음을 느꼈다.

"그런 일이 항상 일어나는 건 아냐." 실버가 진지하게 설명했다. "타라, 그리고 이건 웃을 일이 아냐!"

웃음이 터져 나올까 봐 타라가 손으로 입을 틀어막자 이번에는 쪽빛 눈이 웃고 있었다. 정말 속수무책이었다. 타라는 심호흡을 했다.

"미안해. 그러면 난쟁이 커플은 키스할 때 어떻게 해야 되는데?"

"매트나 쿠션을 깔아."

"매트나 쿠션?"

실버가 눈을 부릅뜨고 있는데도 타라는 도저히 참지 못하고 킥킥거렸다.

"미안해, 정말 미안해. 흠흠……."

"응, 그래야 넘어져도 다치지 않으니까."

타라는 웃음을 참으려고 그렇게 노력했건만 눈물까지 나오고 있었다. 이제는 호기심이 일었다.

"내가 제대로 이해한 거라면, 나에게 키스하기 전에 네가 앞에다 매트를 깔아놓으면 내가 놀랄까 봐 물어봤단 말이지? 맞아?"

"정확해."

"그러면 좀 성가신 일 아닌가? 난쟁이가 매트를 들고 산책을 나가면 여자에게 키스를 하겠다는 뜻이겠네?"

또다시 실버가 눈을 부릅떴다.

"내 민족의 관습을 비웃는 건 좋지 않아, 타라!" 실버가 핀잔을 주었다. "아니, 천생연분일 경우에만 일어나는 일이야. 그리고 마음에 드는 짝을 만났다 싶으면 느낌이 먼저 오니까. 아무튼 난쟁이들의 집에는 곳곳에 쿠션이나 매트가 놓여 있어. 그래서 마음이 선택한 연분과는 그 옆에서 키스하면 되니까 성가실 건 없지."

웃음이 또 터져 나올 것 같은 장면을 떨쳐내려고 타라는 속으로 타민족의 관습, 타민족의 관습 되뇌면서 정신을 집중했다.

"그럼 바깥에서는 절대로 키스를 못 하겠구나." 타라가 흔들리는 목소리로 말했다.

"그렇지. 하지만 천생연분이라고 생각하면 바깥에서 하는 걸 피하지. 그리고 첫 번째 키스일 때만 그렇고 다음부터는 약해져."

타라는 대답하지 않기로 했다. 도저히 웃지 않고 말할 자신이 없었다. '아아, 약해지는구나' 이렇게 대꾸하다가는 폭소가 터지고 말 테니.

"그럼 내가 키스해도 괜찮은 거지?" 실버가 조바심을 냈다.

"하지만 너는 난쟁이가 아냐!"

"알아. 하지만……."

"난쟁이들에게만 있는 독특한 생리작용일지도 몰라. 그런데 내가 너의 천생연분인지는 어떻게 아는데?"

타라는 속으로 말했다. '내가 누군가에게 선택되고 싶기는 한 건가?' 갑자기 웃고 싶은 마음이 싹 달아났다. 마냥 웃고 있을 때가 아니었다.

"물론 시험해보기 전에는 확실히 알 수가 없어."

타라는 한 가지 꼭 짚고 넘어가고 싶었다.

"그럼 너는 나를 어떻게 생각하는데?"

"나는 유혹 주문 따위에 영향을 받지 않아. 내가 절반은 드래곤이라는 걸 잊지 마." 타라의 불안을 알아챈 실버가 대답했다. "네가 뛰어난 전사라서 너에게 끌렸어. 난쟁이들은 그 무엇보다 전사를 좋아하니까. 그리고 너는 예뻐. 키는 좀 크지만 예뻐."

"아, 그렇구나."

"그럼 이제 해도 돼?"

타라는 실버의 금빛 눈을 뚫어져라 응시했다.

"글쎄, 모르겠어." 타라는 솔직하게 고백했다. "내가 너를 사랑하는지 모르겠어. 너는 나를 선택했어도 내가 너를 사랑하지 않으면 우리 둘 다 괴로울 거야. 서로를 알려면 시간이 좀 걸릴 거야. 많은 시간을 함께 보냈다는 거 알지만…… 로빈과 복잡한 상황인 때였어. 그리고 지금은 생각이 달라졌어. 새로운 남자친구를 선택한다면 유혹 주문에 걸렸든 아니든, 마법 능력이 강력하든 아니든, 있는 그대로의 나를 받아들일 수 있는 남자를 원해."

타라의 목소리에서 아직도 가시지 않은 로빈에 대한 분노와 고통이 느껴졌다.

"멍청한 하프엘프!" 실버가 건방지게 말했다. "나는 절대 너를 버리지 않아!"

실버는 인간의 동작이라고 할 수 없을 정도로 눈 깜짝할 사이에 무릎을 꿇고 타라의 두 손을 잡았다.

너를 향하는 내 영혼이 떨리고 있네
이글거리는 네 눈빛에서 느껴지는
불안이 나를 사로잡네
나는 포로가 되어 있는데
너무 늦었을까
다른 남자가 네 마음을 훔쳐갔을까
나는 두려워
우리는 같은 운명의 영혼들
나는 묶여 있네, 타라에게.

감동을 받은 타라의 눈이 동그래졌다. 실버가 나를 위한 시를 지었다니. 타라는 미소를 지었다. 시로 감정을 표출할 수 있는 남자는 드문데……. 이번에는 타라가 미끄러지듯 바닥으로 내려와서 무릎을 맞대고 앉자 실버가 깜짝 놀랐다.

위대한 전사 실버가
모험을 시작했네
성난 괴물들을 제압하고
야수를 물리치고
끊임없이 붙잡으려고 하는
성난 송곳니들로부터
공주를 구출하네
미녀의 심장은

오직 전사를 위해서만 뛰네
미녀의 눈빛은 전사를 위해
반짝이기 때문에.

숨도 쉬지 않고 시를 읊었기 때문에 타라는 여기서 멈췄지만, 실버
는 이미 정신을 차릴 수 없을 정도로 감동을 받았다.

실버는 창백해졌다가 얼굴이 붉어지면서 딸꾹질을 했다.

"나를 위해서 시를 지었어?"

실버의 얼굴을 보면, 이런, 타라는 정말 바보 같은 짓을 한 느낌이
었다.

"응, 왜?"

"타라, 난쟁이들의 세계에서 이건 사랑을 고백하는 것과 같아."

타라의 얼굴이 빨개졌다.

"아, 그래? 몰랐어. 하지만 네가 무릎까지 꿇고 로맨틱하게 나한테
시를 바쳤기 때문에 나는 공주도 똑같이 해줄 수 있다고 생각했어.
그런데 남자들은 사랑을 고백할 때 왜 항상 무릎을 꿇는 거지?"

실버는 일어나면서 동시에 타라도 일으켜 세웠다.

"나는 네 마음에 들려고 무릎을 꿇었는데 너는 페미니즘을 보여준
거야."

하프드래곤이 페미니즘을 어디서 배웠지?

"미안해." 타라는 실버의 상체에 손을 대면서 말했다. "이따금 신
경이 예민해지면 뇌가 이상한 반응을 하는 것 같아. 그래서 나도 모
르게 순간적으로 시를 지었는데……. 네 자존심을 건드릴 생각은 아

니었어. 하지만 너의 시는 정말 좋았어. 실버, 고마워."

"나는 며칠 꼬박 고민하면서 이 시를 지었는데 너는 장난치듯 눈 깜짝할 사이에 시를 지었잖아!"

타라는 속으로 한숨지었다. 실버의 기분을 상하게 했으니, 내가 왜 이렇게 자꾸 엇나가는 건지!

"내가 어떻게 하면 용서해줄래?" 타라는 항복했다.

실버의 눈에서 빛이 번뜩였다.

"키스해줘!"

예상해야 했는데. 타라는 자신이 판 함정에 자기가 빠져든 격이었다.

"너무 영악한 거 아냐, 드래곤 씨?" 타라는 얼굴을 찡그렸다. "그래, 좋아. 하지만 내가 너를 사랑하는 것이 아니라 네가 나를 선택한 거니까 키스는 네가 하는 게 좋겠어."

유치하지만 하는 수 없었다.

타라는 실버가 브볼 떼를 향해 돌진하는 포콩지르*처럼 입술을 덮칠 거라고 생각했는데 하프드래곤이 물러서서 셔츠를 벗었다.

타라는 입이 바짝 마르는 것 같았다.

"나는 그냥…… 키스만 허락했는데." 떨리는 목소리로 말했다.

실버는 아랑곳하지 않고 믿을 수 없을 정도로 현란한 동작으로 혈검을 뽑았다. 타라는 불안한 눈빛으로 뒷걸음쳤다. 오, 젤리소르의 충치여, 실버가 뭘 하는 거지?

실버는 살아 있는 궁전에게 방을 확장시키라고 명하면서 가구들에게 멀리 가라고 외쳤다. 가슴이 두방망이질 치는 타라가 밖으로 도망치려는 순간 맙소사, 실버가 춤을 추기 시작했다.

처음에는 느리고 부드럽게 움직이다 검을 파트너로 삼아 춤을 추고 있었다. 타라는 소파에 주저앉았다. 아! 실버는 타라를 죽이려는 것이 아니라 유연한 몸짓을 보여주고 싶은 것이었다. 불굴의 전사들은 아름다운 춤으로 이렇게 여자를 유혹하나? 정말 환상적이었다.

군더더기 없이 완벽한 몸짓이었다. 실버는 덩실덩실 춤을 추면서 자연스럽고 가볍게 뛰어올랐다. 강력한 근육들의 움직임이 정말 인상적이고 매혹적이었다. 맨 처음 숲 속에서 실버를 봤을 때처럼 타라는 아름다운 춤사위에 홀렸다. 그리고 차츰 춤과 같은 리듬으로 심장이 뛰기 시작했다. 쿵 쿵, 쿵 쿵, 보이지 않는 북이 박자를 맞춰주는 것 같았다. 갑자기 타라는 실버가 우아하고 유연한 힌두교의 신처럼 한 발짝 한 발짝 다가오는 걸 알아차렸다. 금빛 눈이 사자의 눈처럼 이글거리고 있었다. 먹잇감을 향해 덤벼드는 고양이처럼 다가오는 실버를 보면서 타라는 전율이 일었다. 여전히 춤을 추면서 타라의 몸에 닿을 듯 가까워진 실버가 몸을 숙이는데…….

바로 그때 노크 소리가 났다.

실버의 입술과 타라의 입술 사이의 거리는 불과 1센티미터. 둘은 그대로 정지했다. 타라의 얼굴이 붉게 물들었다. 문제가 되는 것들을 모두 잊으면서 달콤한 유혹에 빠져들고 있었다.

"누구야?" 타라가 문에게 물었다.

파란색 나무 표면에 입의 형상이 나타났다.

"늑대인간들의 틸 대통령이 찾아왔습니다, 마마." 입이 정중하게 알렸다.

타라는 실버의 금빛 눈에서 시선을 떼면서 속삭였다.

"대답해야 돼."

실버가 마지못해서 몸을 세웠다.

타라는 다리가 후들거리지만 문에게 손님을 들이라고 명했는데 실버의 상체가 알몸이라는 걸 생각하지 못했다.

문이 복종했다. 후닥닥 뛰어들어오던 틸은 윗몸을 벌거벗은 상태로 검을 들고 있는 실버를 보고 눈이 휘둥그레졌다. 타라가 오히려 오해를 불러일으킬 만한 변명으로 얼버무릴 때 늑대인간이 이상한 행동을 했다.

타라 앞에 무릎을 꿇었던 것이다.

"하클라, 오! 하클라……."

격분한 고함소리에 틸은 말을 잇지 못했다.

"안 돼!" 실버가 이번에는 자제력을 잃고 소리쳤다. "내가 이미 시를 읊었단 말이오!"

틸이 벌떡 일어나서 어리둥절한 눈길로 실버를 쳐다봤다.

"뭐라고 했나?"

실버가 위협하는 자세로 휘두르는 검이 허공을 갈랐다.

"우리가 싸워야 한다면 주저하지 않겠소!"

틸이 타라를 쳐다보면서 말하는데 입꼬리가 묘하게 일그러졌다.

"왜 저러죠? 왜 나와 싸우려고 하지요?"

"타라가 아니라 나한테 말하시오, 늑대인간들의 대통령!" 실버가 고함을 질렀다.

"대통령이 나에게 불타는 사랑을 고백하려고 온 건 아닌 듯싶으니까 진정해, 실버." 타라는 하프드래곤의 흥분을 가라앉히려고 애썼다.

틸이 아연실색하는 표정을 지으면서 다시 무릎을 꿇은 자세로 앉았다.

"전혀……. 그게 아니라 어머니의 시신을 잃어버린 것에 대해 우리의 하클라에게 용서를 구하러 온 것이네."

"아!" 실버가 당황하면서 사과했다. "죄송합니다, 나는…… 내가 오해했나 봅니다."

실버가 머쓱한 미소를 지어 보이자 타라는 웃지 않으려고 입술을 깨물었다.

"그럼 이제 싸우고 싶지 않다는 건가?" 늑대인간이 물었다.

"네?" 실버는 타라의 얼굴에서 시선을 떼면서 말했다. "네, 네, 물론이죠! 타라와 말씀 나누세요."

그렇게 말하고 나서 실버는 검으로 팔뚝에 상처를 냈다.

늑대인간이 피 냄새를 맡으면서 몸을 반쯤 일으켰다.

"송곳니 형제가 되자는 뜻인가?" 늑대인간이 믿기지 않는 목소리로 물었다.

"네?"

"자네는 팔에 상처를 냈어. 우리의 관습에서 그 행동은 자네가 나의 송곳니 형제가 되겠다는 뜻이라서……."

"아니, 아닙니다." 실버가 재빨리 말했다. "내 검에 피를 먹인 것뿐입니다!"

늑대인간이 입을 멍하니 벌렸다. 틸은 아직 타민족의 마법에 익숙하지 않았다. 실버는 혈검을 상처에 대고 있다가 피가 사라지자 현란한 손놀림으로 칼집에 넣었다.

늑대인간들의 대통령은 타라와 단둘이 잘못을 고백하고 싶었지만, 실버는 자리를 피해줄 마음이 전혀 없었다. 그래서 틸은 잠시 미적거리다 포기했다.

"하클라, 내 잘못으로……."

"그렇지 않아요." 타라가 말을 잘랐다. "나는 대통령이 최선을 다해서 내 어머니의 시신을 지켰을 거라고 생각해요. 늑대인간들은 마법을 사용하지 않기 때문에 어머니의 시신을 에워싸는 마지스터의 기계에 이동 장치가 장착되어 있다는 걸 알 수 없었을 거예요. 그리고 그 기계로 마지스터는 어머니의 목숨을 구해냈어요. 어머니에게 그 사실을 전했지만 돌아오고 싶어하지 않아요. 어머니는 비욘드월드에서 아버지를 만났고, 지금 두 분은 행복하세요."

타라는 흠칫 놀라는 늑대인간의 눈에서 괴로움을 읽었다. 하지만 반창고를 뗄 때 신속하게 떼어낼수록 덜 고통스러운 것처럼 차라리 빨리 말해주는 편이 나았다.

"그녀…… 그녀가 직접 그렇게 말했어요?" 어물어물 묻는 틸의 얼굴은 어둡지만 목소리에 희망의 빛이 어려 있었다.

그러나 타라는 그 희망의 빛을 단박에 꺼버렸다.

"네, 우리가 림보에 갔을 때 재판관이 어머니를 불러주었거든요."

틸은 대꾸하지 않았고, 타라는 림보에서 있었던 일과 탈출한 경위에 대해 간략하게 알려주었다. 잠자코 듣던 틸은 셀레나를 다시 만날 희망이 완전히 사라졌다는 것을 깨닫고 절망하는 표정을 지었다.

"어머니가 전해달라는 메시지가 있어요." 타라는 부드러운 어조로 말했다.

"메시지?"

"당신의 잘못이 아니라고 했어요. 그리고 미안하다면서 진심으로 사랑했다고 전해달라고 했어요."

셀레나는 단비우 앞에서 다른 남성을 사랑했다는 말을 거리낌 없이 했다. 타라는 가식적으로 누군가를 사랑할 수 없는 어머니가 진심이라는 걸 느꼈기 때문에 전해준 것이다.

"그러니까 내가 할 일은 아무것도 없는 건가요?" 틸은 슬픔에 잠겨 있었다.

"네. 나도 미안해요. 그리고 나는 어머니의 뜻을 거역하지 않을 거예요."

타라는 어머니와 연락할 수 있다는 말을 하지 않았다. 늑대인간도 셀레나를 잊고 새로운 배우자를 찾아야 하지 않는가. 한숨을 내쉬는 틸의 어깨가 축 늘어졌다.

"고마워요, 하클라. 슬픈 소식이지만 나도 하클라와 마찬가지로 그녀의 뜻을 존중할게요. 그리고 그녀와의 추억을 소중히 간직하겠습니다."

"안 돼요."

일어나던 틸이 휘청거렸다.

"안 된다고요?"

"안 돼요. 과거 속에서 살면 안 돼요. 그렇지 않아도 늑대인간들은 당신이 순종 인간과 사랑에 빠졌기 때문에 몹시 혼란스러워했어요. 그렇다고 당장 다른 여성을 쫓아다니라는 말은 아니지만, 내 어머니는 잊고 새로운 배우자를 찾으세요. 과거 속에서 사는 건 좋지 않아요."

틸은 희미한 미소를 지었다.

"아직 어린 소녀인데 정말 합리적입니다. 하클라, 이런 이유로 우리 늑대인간들이 그토록 좋아하는 겁니다. 하클라는 정말 앞서 있는 사람이에요. 과거 속에서 살거나 관습에 얽매인 이들은 절대로 하클라를 쫓아가지 못할 거예요. 그리고 활력이 넘쳐요. 나는 우리의 하클라 타라 덩컨을 정말 존경합니다."

늑대인간의 시선이 잠시 실버에게 머물렀는데 관습에 얽매인 이들이라고 말한 것이 누구를 가리키는지 알아차릴 수 있었다. 이윽고 틸은 허리를 굽혀 정중하게 인사한 뒤에 방을 나갔다.

타라는 안도의 숨을 내쉬었다.

"휴, 조마조마해서 혼났는데 그런대로 잘 넘어간 것 같다. 넌 어떻게 생각해, 실버?"

실버가 생각에 잠긴 얼굴로 고개를 끄덕이는데 어깨 위로 흘러내리는 금발이 아름다웠다. 이어서 팔짱을 꼈는데 이두박근이 불끈 솟았다. 타라는 너무 티를 내면서 침이라도 흘릴까 입을 꼭 다물었다.

"늑대인간의 말은 일리가 있어. 너는 쫓아가기가 힘들어. 타라 덩컨, 너는 머리가 어찌나 휙휙 돌아가는지 도저히 종잡을 수가 없는 도깨비불 같아."

도깨비불? 칭찬으로 들어야 되는 건가? 타라는 아리송한 얼굴로 대꾸했다.

"아…… 그래?"

획획 돌아가는 머리의 소유자치고는 대꾸가 좀 시시하지만 딱히 떠오르는 말이 없었다.

둘은 머쓱한 얼굴로 서로를 잠시 응시했다. 긴 침묵이 흘렀다. 맛있는 나비에게 눈독을 들인 개구리처럼 실버의 시선이 타라의 입술에 고정되어 있었다.

"네 느낌 맞는 거 확실해?" 마침내 타라가 말했다. "실버, 나는 아무래도 아닌 것 같아!"

하지만 실버는 더 이상 기다리고 싶지 않았다. 대뜸 우람한 팔로 타라를 끌어안고 숨이 끊어지게 입을 맞췄다.

로빈이나 아르칸즈와 했던 입맞춤과는 전혀 달랐다. 실버의 입맞춤은 거칠면서 감미로웠고, 열렬하지만 부드러웠다. 그런데 놀랍게도 실버와는 달리 타라의 가슴속 심장이 얌전했다.

알아차린 건가, 갑자기 실버가 뒷걸음쳤다.

"내가 기절하지 않았어." 실버는 굉장히 실망한 어조로 말했다.

"정말 미안해." 타라가 부드럽게 말했다. "실버, 너는 정말 멋져. 하지만 나는 너에게 어울리는 상대가 아냐. 어떻게 된 건지 나는 알 것 같은데. 어쩐지 냄새가 수상하더라고."

"무슨 냄새가 났는데?" 실버가 걱정스러운 표정으로 물었다.

"어휴, 이런 말을 못 알아듣는 거 보면 네가 난쟁이인 것은 틀림없다. 내 말은 느낌이 왔다고. 네가 말했잖아, 키가 좀 크지만 예쁘다고. 그 말을 곰곰이 생각하다 깨달았어. 너에게는, 지금까지 너를 키워준 어머니가 미의 기준이라는 걸. 그리고 난쟁이들의 관습에 젖어 있는 너를 보면서 난쟁이를 사랑할 수밖에 없다는 생각이 들었어. 그런데 우리 둘 다 알고 있는 아주 기막힌 난쟁이가 있잖아. 파프니르를 위해 춤을 추는 건 어때?"

아, 제대로 짚은 건가, 실버의 얼굴이 빨개졌다. 타라는 하프드래곤이 빨갛게 될 수 있다는 걸 미처 몰랐다. 와우, 홍당무가 되었다고 해야 하나. 아무튼 얼굴이 아주 새빨개졌다.

"아니…… 할 수 없을 것 같아. 파프니르는 훌륭하지만, 너무……."

"그래, 파프니르는 네가 말하려고 하는 그 장단점을 다 갖고 있지." 타라는 당황하는 실버를 재미있어하면서 말했다. "하지만 파프니르를 상대할 때는 조심해. 나는 너를 때려눕히지 않았지만, 네가 바보같이 굴면 파프니르는 1초도 망설이지 않을 테니까!"

소매가 뒤집어졌는지 모르고 셔츠를 머리에 집어넣던 실버가 쩔쩔매자 타라가 웃으면서 도와주었다.

머리가 헝클어진 실버의 눈이 반짝였다.

"그래? 와, 정말 짜릿하겠다!"

타라는 천장을 쳐다봤다. 난쟁이들의 관습은 정말 이상했다. 파프니르가 때려눕힐 거란 말에 저렇게 좋아하다니! 사랑하는데 맞으면 좀 어떠냐는 뜻인가?

"네가 우리의 친구 파프니르에게 관심이 있는 걸 눈치챘거든." 타라는 장난기 가득한 미소를 지으면서 다시 엮어지는 분위기로 발전한 무아노와 파브리스, 칼에게 이 소식을 알려야겠다고 생각했다.

로빈은 어떡하지? 하프엘프는 실버가 타라의 마음을 사로잡고 있다고 생각하는데. 이걸 말하면 앙갚음으로 하프드래곤에게 수모를 주려고 할 텐데.

실버는 타라를 꽉 끌어안더니 쏜살같이 방을 뛰쳐나갔다. 아마도 밤을 지새우며 새로운 연인을 위한 시를 짓겠지. 타라는 킥킥, 웃음이 나왔다. 짧지만 얼마나 행복한 순간인가! 잠시나마 뱀파이어도 악마도 잊고, 미남 청년의 사랑 고백을 듣는 것 이외의 다른 건 전혀 생각하지 않았으니.

타라는 창가로 갔다. 손님들의 방이 있는 이쪽은 정원 방향이었다. 야생의 숲이 아름다웠다. 온갖 빛깔의 나무들이 파랗고 빨간 수풀 위로 향기로운 가지들을 뻗고 있었다. 원예사들이 바쁘게 움직이면서 꽁무니를 쫓듯 따라다니는 수레에 연장을 정리하는 반면에 궁인들과 손님들은 한가로이 산책하고 있었다. 두 태양이 저물자 타라는 궁전에게 신선한 공기를 마실 수 있게 창문을 열어달라고 부탁했다. 황혼의 미풍에 긴 머리카락이 휘날렸다. 타라는 산도르 황제가 가르쳐준 대로 쓸데없는 생각을 떨쳐내기 위해 숨을 깊이 들이쉬었다 내쉬기를 반복하면서 아름다운 풍경을 감상하는 데만 정신을 집중했다. 그리고 요가에서 말하는 일종의 자기 최면 상태에 들어갔다.

방심하지 않았다면 타라가 이렇게 당하는 일은 없었을 텐데. 실버와의 일로 정신이 반쯤 나가 있지 않았다면 조심했을 텐데. 아마도.

호시탐탐 기회를 엿보는 자객에게 이런 순간이 오다니. 이런 행운이 또 있을까? 그들은 열 명이고, 그중 몇몇은 악마의 반지가 정부를 장악하기 이전부터 오무아에서 보낸 스파이들인데 원예사로 위장하여 일하면서 밤낮으로 궁전을 감시하고 있었다. 그런데 창문이 열려 있는 걸 보고 자객은 눈을 의심할 뻔했다. 드디어 미션을 이행할 때가 온 것인가! 반지가 아더월드의 여러 정부들을 공격한 뒤로는 경비가 더 삼엄해졌기 때문에 살아 있는 궁전 안에서는 기회가 절대로 없다고 보았었다. 따라서 모두 소녀가 밖으로 나오기만 기다리고 있었는데⋯⋯. 창문이 열려 있으니 절호의 기회가 아닌가.

　자객은 서로 공을 세우고 싶어하는 동료 원예사들 모르게 준비했다. 괭이를 내려놓고 일어난 원예사는 파란색과 은색의 작업복에서 기다란 통을 꺼냈다. 꽃잎을 닫기 시작한 장미꽃 위로 취시통(입으로 불어 화살을 쏘게 만든 통─옮긴이)이 화살을 날릴 채비를 하고 있었다. 이윽고 화살은 타라를 향해 곧장 날아갔다.

26
중독
스물여섯 시간 내내
갑옷 차림으로 지낼 수는 없는데

*

그 화살이 목이나 가슴 또는 심장을 관통했다면 타라는 즉사했을
것이다. 하지만 화살이 날아오는 바로 그 순간 문에 나타난 입이 손
님이 왔다고 알려 타라는 고개를 돌렸다. 화살이 닿기 직전, 위험을
느낀 체인지라인이 막으려고 했지만 실패했다. 하지만 화살의 속도
를 늦추기에는 충분했다.

척추에 끔찍한 통증을 느낀 타라는 비명을 질렀고, 갈랑도 덩달아
비명을 질렀다. 불과 몇 시간 전에 악마의 마법에 접속된 적이 있기
때문에 무엇인지 대번에 알아차린 타라는 쓰러지면서도 본능적으로
마법을 작동하고 싸우기 시작했다. 독 같은 것이 뼛속으로, 핏속으로
퍼지고 있었다. 몇 년 전 하르퓌아의 공격을 받았을 때 느꼈던 것과
비슷한 통증이었다.

천 배는 더 아픈 것 같았다.

심장과 폐가 터질 것 같은 통증 때문에 타라는 비명을 지르고 또 지르면서 몸부림쳤고, 페가수스도 고통의 신음소리를 내고 있었다. 타라는 문이 열리는 소리도, 방에서 울리는 비명소리도 들리지 않았다. 이번에는 늘 하던 것처럼 외부에 정신을 집중하는 것이 아니라 몸속에서 공격하는 마법과 싸워야 했다. 타라는 훨씬 강인한 뱀파이어로 변신하려고 시도했지만, 할 수가 없었다. 악마의 마법이 신경계 기능을 정지시켰기 때문에 겨우 숨을 쉬는 정도의 힘밖에 없었다. 타라는 생명 유지에 필수적인 기관들을 보호하기 위한 마법을 작동했다.

어찌나 힘든 싸움인지 몇 시간이 지난 것 같았다. 타라는 차츰 공격을 저지하기에 이르렀다. 타라의 마법은 강력하지만, 불행히도 몸속을 갉아먹고 있는 무언가를 완전히 제압하기에는 에너지가 충분하지 않았다. 자이언트 거미 한 마리가 척추에 달라붙어서 공격하는 느낌이었다.

타라는 잠시 정신이 들었다. 방에 있는 것이 아니라 의무실에 누워 있고, 많은 사람이 걱정스러운 얼굴로 둘러서 있었다. 셈 선생님, 눈이 빨개진 로빈, 칼, 파브리스, 눈물을 뚝뚝 흘리고 있는 무아노, 도끼를 움켜잡고 있는 파프니르, 실버……, 아니 실버는 보이지 않았다.

"아파." 타라는 힘없이 말했다.

맞은편의 대형 거울 때문에 타라는 깜짝 놀랐다. 눈앞에서 번쩍거리는 이 크리스털은 뭐지? 타라는 갑자기 알아차렸다. 샤먼이 타라의 생명지수 신호를 체크하고, 영양을 공급하면서 생명을 붙잡기 위하여 크리스털을 씌워놓은 것이었다. 주위에는 마법과 코드로 연결된 수많은 의료 기기들이 깜박거리면서 신호음을 내고 있었다.

페가수스도 옆에 누워 있는데 상태가 좋지 않았다.

그것이 타라가 본 전부였다. 타라는 다시 안간힘을 다해 몸속의 독과 싸웠다.

그러고는 어둠과 빛이 이어졌다. 때로는 타라가 이겼고, 때로는 타라가 졌다. 심장박동이 약해지고 있을 때 밖에서 도와주는 느낌이 들었는데 갑자기 심장이 멈췄다.

믿을 수 없는 경험이었다. 한동안 완벽한 침묵이 흐르고 있었다. 쿵 쿵, 피가 순환되지 않고, 폐가 공기를 흡입하지 못하면서 의식이 흩어졌다. 산소가 부족하기 때문에 뇌 속이 어두워지기 시작했다. 타라는 빛이 나타날 것이고, 그것이 비욘드월드로 건너갈 수 있는 다리가 되어준다는 걸 알고 있었다. 싸우는 데 지쳤기 때문에 정말 부모님이 있는 곳으로 떠나고 싶었다. 몸이 전기 충격을 받고 심하게 흔들렸다. 죽을힘을 다하는 병사처럼 심장이 힘겹게, 아주 천천히 다시 뛰기 시작했다.

몸이 불덩어리처럼 뜨겁다고 느껴졌을 때는 얼음주머니와 눈주머니들이 앞다투어 도와주는 덕분에 열이 떨어졌다. 주위에서 느껴지는 사랑과 격려에도 불구하고 이따금 칠흑 같은 어둠에 휩싸였다.

그리고 절망. 타라는 너무나 오랫동안 사투를 벌이고 있는 느낌이었다. 갈랑은 영혼의 동반자가 정신을 놓지 않도록 있는 힘을 다해 고통을 덜어주고 있었다.

마침내 깨어 있는 시간이 아주 조금씩 늘어났다. 기승을 부리던 통증이 약간 수그러들고 있었다. 몸이 회복되지는 않았지만, 척추에 들러붙은 채 야금야금 갉아먹으면서 등을 장악하려고 하는 흉측한 거미의 공격을 막아낼 정도의 힘은 있었다.

이제 타라는 등에 있는 것이 무엇인지 알아차릴 정도로 의식이 또렷해졌다. 그건 그냥 악마의 마법이 아니었다. 척추 안에 있는 것은 반지의 일부분이라는 걸 알아차렸다. 작은 화살 속에 삽입되기 위해 반지가 여러 조각으로 나뉜 것이 틀림없었다. 그래서 타라가 제압하지 못했던 것이다. 단순한 악마의 마법이었다면 물리쳤을 텐데. 크라에토비르의 반지 조각이라서 불가능했던 것이다.

목숨을 부지하려면 타라의 마법이 스물여섯 시간 내내 작동하고 있어야 했다. 다행히 머리 위에서 도와주고 있는 살아있는 돌의 힘이 느껴졌다. 타라는 살아있는 돌이 이런 정도의 마법을 유지하기 위해 어떤 희생을 치르고 있을지 알지만 달리 방법이 없었다. 그래도 죽을 수는 없지 않은가. 아직은 아더월드에서 해야 할 일이 많은데! 가증스러운 반지에게 절대 굴복해서는 안 될 일이었다.

타라는 두 눈을 번쩍 뜨고 비명처럼 외마디를 내뱉었다. 빛이 너무 강했다. 즉시, 누군가가 빛을 약하게 해주었다. 타라는 안도의 숨을 내쉬었다.

"고마……." 타라는 너무 소리를 질러서 쉰 듯한 목소리로 말했다.

"오, 나의 드래곤 조상들이시여, 고비는 넘긴 것 같구나." 안심한 목소리가 대꾸했다.

타라는 얼굴 근육이 너무 당겨서 미소조차 지을 수 없지만 셈 선생님이라는 걸 알았다.

"무슨……?" 타라는 간신히 말문만 떼었다.

"네가 테러를 당했어, 타라." 용케 알아들은 셈 선생님이 대답했다. "궁전의 원예사 여러 명이 오래전부터 오무아 정부가 심어둔 고정 스파이들이었어. 네가 아더월드에 돌아오자 반지가 즉시 스파이들을 가동시켰던 거야. 그들 모두 마법 도구가 아니라서 탐지되지 않는 취시통을 지니고 있었고, 여러 개의 화살에서 반지의 조각들이 발견되었다."

아! 타라의 추측이 맞았다.

"원예사로 위장한 스파이가 너를 향해 화살을 쏘았을 때 체인지라인의 저지로 화살이 네 몸을 뚫고 심장에 이르지는 못했다. 하지만 화살이 빠져나가지 못하고 척추의 뼛속 깊숙이 박혀버렸어. 오, 드래곤들의 신 샬리돈라인쉬보라쉬부여, 난 정말 네가 죽는 줄 알고 얼마나 떨었는지 모른다!"

"아파……." 타라가 말했다.

"잠깐만, 물을 좀 줄게." 다른 목소리가 말했다.

무언가가 입술에 닿자 타라는 본능적으로 입을 벌렸다. 빨대였다. 타라가 빨아들이자 시원한 물이 목구멍으로 넘어갔다. 갈랑이 흡족한 울음소리를 내자 타라는 안도의 숨을 내쉬면서 눈을 도로 감았다.

"고마……."

"살아줘서 고마워, 내 사랑!"

통증에도 불구하고 타라는 즉시 한쪽 눈을 떴다. 아직은 잘 보이지 않지만 타라는 목소리를 알아봤다. 로빈의 목소리. 환청을 들은 걸까? 아니면 하프엘프가 정말로 '내 사랑'이라고 부른 걸까?

잘생긴 얼굴이 가까이 다가왔다. 타라는 나머지 눈을 떴다. 오! 그런데 로빈의 얼굴이 겁에 질려 있었다!

"너…… 겁에 질려 있어." 타라는 아주 천천히 문장을 말하는 데 성공했다.

"당연하지." 로빈이 평온하게 말했다. "여섯 번이나 너를 잃을 뻔했는데. 타라, 네가 쓰러진 지 스무 날하고도 여섯 시간 육십칠 분[33]이야. 그 스무 날하고도 여섯 시간 육십칠 분이 지옥이었어."

타라가 무슨 말인지 이해하는 데는 몇 초가 걸렸다. 여섯 번? 여섯 번이나 죽을 뻔했다고?

"그렇게 많이……." 타라가 말했다.

"그냥 쉬게 내버려둬." 누군지 모를 목소리가 말했다. "아직 안심할 단계가 아니고, 타라의 마법은 여전히 악마의 마법과 싸우고 있어. 셈 선생님? 그 점에 대해 얘기를 좀 해야겠어요."

타라는 반박하려고 했지만 다시 반혼수상태에 빠졌다. 다행히, 타라는 마법이 자동으로 조정되도록 성공했기 때문에 직접 악마의 마법과 싸울 필요는 없었다.

다음 날에야 다시 깨어난 타라는 반지가 무슨 짓을 해놨는지 깨달았다.

타라는 눈을 떴는데 이번에는 모든 것이 훨씬 또렷하게 보였다. 뭐야, 위급하다는 연락이라도 받고 온 건가? 친구들이 모두 심각한 얼굴로 말없이 머리맡을 지키고 있었다. 셈 선생님은 가장 즐기는 늙은 마법사의 모습을 하고 있었다. 궁정의 샤먼 밤새 박사도 보였다. 아!

----

33. 아더월드에서 한 시간은 100분이다.

누군지 모르겠던 목소리가 바로 밤새 박사였구나.

"안녕." 타라는 친구들에게 미소를 지어 보면서 힘없이 말했다. "너희를 봐서…… 기뻐."

"네가 깨어나서 나도 기뻐." 칼이 제일 먼저 대답했고, 친구들도 안도하면서 한마디씩 했다.

하지만 타라가 예상하던 열렬한 반응이 아니었다. 뭐야? 왜 이렇게 밋밋해? 박수를 쳐주지도, 탄성을 질러주지도 않는 건가? 기적적으로 살아난 게 아닌가? 페가수스만 얼굴을 핥고 날갯짓을 하면서 기쁨을 표시했다. 갈랑은 타라가 살아난 걸 몹시 기뻐했다. 얼마나 공포와 불안에 떨었으면 날개의 깃털이 뭉텅이로 빠져버렸을까! 은빛 털에 윤기가 흐르지 않는 걸 보면 갈랑도 좋지 않은 상태였다. 쓰다듬어주고 싶지만 기력이 없어서 손을 들 수 없는 타라는 정신적으로 사랑하는 마음을 보냈다.

그때 갑자기 샤먼이 말하는 바람에 페가수스와의 정신적인 대화가 중단되었다.

"뇌 상태를 지켜보고 있었다." 샤먼이 말했다. "네가 깨어나는 걸 보고 친구들을 오라고 했다. 그게 더 쉽다는 생각이 들어서."

타라는 눈살을 찌푸렸다. 아니, 사실은 너무 고통스럽기 때문에 저절로 눈살이 찌푸려졌다.

"더 쉬워요?"

의성어나 짧막한 말로 표현하는 것이 이제는 수월해졌다.

"아무래도 친구들이 있으면 너에게 의욕을 불어넣기가 쉬우니까."

타라의 심장이 더 빠르게 뛰기 시작했고, 어딘가에서 삐삐, 삐삐,

울리기 시작했다. 샤먼이 손짓을 하자 신호음이 약해졌다.

샤먼이 조금이라도 시간을 끌고 싶은 듯 심호흡을 했다. 선뜻 말을 꺼내지 못한다는 건 좋지 않은 징조인데. 이윽고 샤먼이 폭탄성 발언을 했다.

"반지 조각이 너의 척추에 박혀 있어. 우리는 네가 그 조각의 사악한 마법을 제압하거나 저지하는 순간을 지켜보고 있다가 빼내려고 했다. 그런데 맙소사! 과학과 마법을 총동원하여 온갖 노력을 했지만 실패했어. 두 번 시도했는데 두 번 다 아무런 경고도 없이 네 심장이 멎는 바람에 너를 잃을 뻔했고, 그 뒤로는 너무 위험해서 시도하지 못하고 있다."

이상했다. 타라는 한 번밖에 기억나지 않았다. 하지만 샤먼이 말을 이었다.

"내시경 크리스털을 이용해서 악마의 마법이 어떤 영향을 주었는지 살피다가 네 몸속에서 네가 지배하고 있는 영역과 반지가 지배하는 영역을 볼 수 있었다."

타라는 오만상을 찌푸리는 것으로 그까짓 쇳조각을 파괴하지 못해 이 지경으로 만들어놓느냐는 불만을 표시했다.

"그런데 반지가 지배하고 있는 영역이 운동 기능을 담당하는 아주 중요한 부위라는 것이 문제야."

타라는 이제야 상태를 알아차렸다. 또 다른 의료 기기가 요란하게 삐삐, 울렸다.

샤먼이 따뜻한 손으로 타라의 팔을 잡으면서 말했다.

"미안하구나, 타라 덩컨. 너는 마비되었어."

27
타라

상황을 복잡하게 만드는 데는
마법을 따라올 만한 게 있을까

*

아연실색한 타라가 두려움에 떨고 있어서 샤먼은 재빨리 의료 기기의 신호음 소리를 낮추었다.

"네 몸에 아무것도 주입할 수가 없어." 샤먼이 정말 난처한 얼굴로 말했다. "내 마법이 너의 마법을 잘못 건드려서 악마의 마법이 자유롭게 풀려날까 봐 변변한 치료도 못 하고 있어. 그러니까 흥분하면 너의 심장과 뇌가 견뎌내지 못할 거야. 제발 진정하기 바란다."

샤먼을 밀치고 나타난 로빈이 아름다운 크리스털 눈으로 응시했다.

"내 사랑, 내 연인, 진정해. 우리는 벌써 몇 번째 최악의 시련을 겪어왔어. 이번에도 틀림없이 극복할 수 있어. 나를 믿어."

로빈은 다정한 손길로 땀에 젖은 타라의 금발을 쓰다듬어주었고, 타라의 심장박동이 차츰 안정이 되었다. 삐삐, 삐삐, 신호음 간격이

다시 벌어지자 모두 안도의 숨을 내쉬었다.

로빈이 분명히 '내 사랑'이라고 불렀는데……. 그 순간 통증이 몰려오는 바람에 타라는 로빈이 무슨 말을 했는지조차 잊어버렸다.

"레…… 파…… 루스?" 타라는 힘겹게 중얼거렸다.

"해봤지." 로빈이 괴로운 목소리로 대답했다. "그 쇳조각이 치료를 위한 마법을 밀어내고 있어. 하지만 아직 해보지 않은 것도 많으니까 걱정 마, 타라! 우리는 반드시 너를 구해낼 거야."

그렇게 말하고 로빈은 타라의 이마에 입맞춤을 했다. 타라는 눈을 감았다. 이제야 팔과 옆구리는 느낌이 있지만 등 아래쪽과 다리는 전혀 감각이 없다는 걸 알아차렸다. 샤먼의 말이 맞았다. 타라는 마비된 것이다.

"완전히 마비된 건……." 타라가 말했다.

"그래, 완전히 마비된 건 아냐. 천만다행으로 사지마비가 아니라 반신불수야. 기력을 찾으면 다리 대신에 마법을 사용해서 걷는 훈련을 받게 될 거다. 그리고 얼마 되지 않아서 아무 일도 없었던 것처럼 될 거야."

도대체 무슨 말을 하는 거지? 다리 대신에 마법을 사용해 걷다니, 말도 안 되는 소리!

"반지를 파괴해야 돼요." 이번에는 타라가 명확하게 말했다.

"쇳조각에 접근할 수가 없어. 시도하는 즉시 네가 심한 경련을 일으켜서."

"내가 아니라 반지를 파괴하라고요."

반지를 파괴하면 그 조각은 힘을 잃을 것이 아닌가.

"그건 불가능해, 타라." 로빈의 말을 들으면서 타라는 그 목소리에서 얼마나 절망하고 있는지 느낄 수 있었다. "뱀파이어 친위대가 리스베스 여제를 지키고 있어서 접근할 방법이 전혀 없어. 여제는 궁전 밖으로 나오지 않기 때문에 밖에서 공격할 수도 없고."

타라는 바람 쐬는 걸 그토록 좋아하는 고모가 얼마나 스트레스를 받을지 떠올려봤다. 무슨 일이 일어난 건지 의식한다면 궁전에 틀어박혀 있는 것에 몹시 화를 낼 텐데. 고모가 크라에토비르의 반지와 공범이라면 몰라도. 그것은 알 길이 없었다.

"이렇게 마비된 상태로 있을 수는 없죠, 반지를 파괴해야지!" 타라가 신경질적으로 분노를 터뜨렸다.

흥분한 타라와 삐삐, 삐삐, 신호음이 울리는 의료 기기들을 보면서 셈 선생님이 나섰다.

"타라, 진정해. 이렇게 흥분하는 것은 아무런 도움이 되지 않아. 네가 이렇게 마비되어 힘을 못 쓰게 되었으니 어차피 반지를 파괴할 수 있는 건 드래곤들밖에 없어. 그리고 현재는 드래곤들이 나서길 거부하고 있는 상황인데 무턱대고 반지를 공격하면 팅가푸르가 엄청난 피해를 입는다는 걸 생각해야지. 네 다리의 감각을 되찾겠다고 국민을 희생시켜도 된다는 거니?"

드래곤의 말이 백번 옳지 않은가. 타라는 셈 선생님이 미웠다. 눈을 감고 눈물을 참으려고 했지만 소용없었다.

"아뇨." 타라는 하는 수 없이 중얼거리듯 말했다. "희생시키면 안 돼요."

"암, 그래야지." 셈 선생님이 말했는데 유감스러운 표정이었다. "하지만 타라, 우리는 방법을 찾을 거야. 무슨 일이 있어도."

고개를 끄덕이던 타라는 심한 통증 때문에 까무러쳤다.

타라가 의식을 되찾았을 때는 밤이었다. 타라가 눈을 뜨자마자 어디선가 삐삐, 삐삐, 울리자 어둠 속에서 욕설이 터져 나왔다.

"오, 젤리소르의 충치여! 누가 저놈의 소리 좀 죽여주라."

칼의 목소리였다. 타라는 빙긋이 미소를 지으면서 응수했다.

"의료 기기가 멈추면 나는 죽는데……."

칼이 침대를 향해 후닥닥 뛰어왔다.

"타라! 깨어났구나! 휴, 다행이다! 미안해. 너는 움직이지도 않는데 저놈의 삐삐, 소리만 시끄럽게 울려서 잠시라도 눈을 붙일 수가 있어야지. 밤을 새워야 하는데."

타라는 깜짝 놀랐다.

"밤을 새워?"

칼이 눈을 비비다가 두 손으로 머리를 더 헝클어뜨렸다.

"응, 너를 혼자 두면 절대로 안 되거든. 네가 괜찮은지 확인도 해야 하지만 여기 있는 사람들을 아무도 믿을 수가 없기 때문에. 오무아의 스파이들이 어디에 또 숨어 있을지 모르잖아."

타라는 친구들이 한순간도 곁을 떠나지 않았다는 걸 알았다. 눈물이 나오려고 하자 또 삐삐, 삐삐, 울렸다.

칼이 깜짝 놀라서 물었다.

"타라? 어디 아파? 샤먼을 부를까?"

"아니, 좋아."

뛰어나가려던 칼이 멈춰 섰고, 어리둥절한 얼굴로 타라를 쳐다봤다.

"아픈 게 좋다고?"

"아니, 너 좋아."

칼의 얼굴이 불안에 사로잡혔다.

"오, 열이 많이 나는구나, 헛소리하는 걸 보면!"

타라는 웃음을 꾹 참았다. 웃으면 너무 아프기 때문이었다.

"다른 애들 좋아."

"다른 애들도 좋다고?"

"응."

칼은 안도하는 표정이었다.

"우리도 너를 좋아해, 알지?"

"응."

"기분은 어때?"

척추에 박힌 악마의 사물과 싸우느라고 끔찍하게 힘들고, 마비까지 되었는데 기분이 좋겠어? 하고 타라는 대꾸할 뻔했지만, 말이 너무 길었다.

"나빠." 타라가 대답했다.

칼은 이맛살을 찌푸렸다.

"너에게 아무것도 해줄 수가 없어. 진통제도 마법도. 타라, 정말 미안해. 누군가가 너를 공격하리라는 걸 생각해야 했는데. 내가 멍청했어."

"아냐."

"맞아."

"아냐."

계속 이렇게 오랫동안 얘기할 수 있으면 좋을 텐데. 타라는 다시 혼수상태에 빠졌다. 머릿속에서 한 가지 의문이 맴돌았다. 평생을 이렇게 고통스럽게 살아야 하는 걸까? 참을 수 없었다. 타라는 얼마나 더 버틸지 알 수가 없었다.

다시 깨어났을 때는 마치 끈적끈적한 거미줄이 걷어진 것처럼 훨씬 정신이 맑았다.

"안녕, 타라." 샤먼이 미소를 지었는데 웃는 걸 본 적이 없어서인지 이상해 보였다. "쇳조각과 직접 싸우지 않아도 독성의 영향을 제한할 수 있는 물질을 네 몸에 투입하는 데 성공했다."

샤먼은 희망을 품은 타라의 시선이 다리 쪽으로 향하는 걸 보고 미소가 사라졌다.

"아니, 아직은 우리가 이긴 게 아냐. 하지만 그 물질이 통증을 억제해줄 수 있지. 너는 생각도 명확해지고, 깨어 있는 시간도 길어질 거야. 그리고 이제부터 몇 가지 테스트를 해볼 거니까 너무 놀라지 마." 샤먼이 타라의 침대를 둘러싸는 의료 기기들을 만지면서 물었다. "어떠니?"

혈관에 불이 붙는 것 같은 통증에 타라는 비명을 질렀다. 질겁한 샤먼이 의료 기기의 손잡이를 돌리면서 욕설을 내뱉었다. 슬루르크! 슬루르크! 슬루르크! 이날 타라가 들은 소리는 그게 전부였다.

하지만 샤먼은 그만둘 생각이 없었다. 그리고 다음 날은 타라를 안정시켰는지 비명소리가 나지 않았다. 타라는 여전히 독을 느끼고 있지만, 통증이 아주 조금 약해진 것 같았다.

통증을 1에서 10까지의 단계로 나누고, 가장 심한 통증을 10이라고 할 때 현재의 통증은 7단계쯤 된다고 할까. 고통스럽지만 참을 수 있었다. 이따금 타라의 마법 공격으로 거미가 약간 움츠러들었고, 통증을 4단계로 내릴 수 있었다. 이 정도만 돼도 살 것 같았다.

차츰 타라는 두 가지 생각을 할 수 있었다. 생각도 깊어지면서 작전을 짤 수도 있게 되었다. 그래서 상황이 어떻게 돌아가고 있는지 소식을 알고 싶었다. 여러 번 반수면 상태에 빠졌고, 타라는 여러 종류의 폭발음을 들었다. 그리고 타라를 보러 온 무아노가 한두 번 야수로 변신했다가 털이 살짝 탄 모습이 어렴풋이 기억났다.

마침내 타라는 한 시간에서 두 시간, 세 시간으로 깨어 있는 시간이 점차 길어졌고, 숨을 쉴 때마다 고통에 시달리는 횟수도 점점 줄어들었다. 그리고 무아노가 왜 이상한 표정을 지었는지 알았다.

타라를 죽이려는 테러 사건이 또 일어났던 것이다.

두 번이나 더.

칼, 무아노, 로빈, 크산디아르, 세네는 여전히 지구에 있는 랑코비트의 비밀정보국 국장이자 로빈의 아버지인 탕딜루스 망질의 원격 지원을 받아서 거의 난공불락의 방어 시스템을 구축했다. '거의'라고 한 것은 완전한 난공불락의 시스템이란 존재하지 않기 때문이다. 도움을 주게 된 것이 기쁜 살아 있는 궁전은 거의 시간마다 의무실을 옮겨놓았다. 그래서 환자들은 의무실을 찾느라고 애를 먹어야 했는데 한 타트리스족 임산부는 의무실을 찾다가 하마터면 복도에서 분만할 뻔했다.

어느 날 밤 타라 때문에 잠을 깬 칼이 말했다.

"네가 그 반지한테 무슨 짓을 했는지 모르겠지만 아무래도 원한을 품은 것 같아."

이날은 몸이 좀 덜 아프고 정신이 맑아지는 걸 느끼면서 타라가 말했다.

"내가 분명히 말할 수 있는 것은 크라에토비르의 반지를 한 번도 무시한 적이 없다는 거야!"

칼은 미소를 지었지만 눈빛은 심각했다.

"반지가 또 우리의 왕과 왕비를 공격했어."

타라의 얼굴이 하얗게 질렸다.

"베어 왕, 티타니아 왕비, 부상당했어?"

"아니, 근위대와 최고 마구스들에게 에워싸여서 무사했지만, 최고 마구스 두 분이 사망했어."

타라는 공포에 질린 얼굴로 잠자코 있었다.

"내가 여기 있는 한 모두 위험해질 거야." 타라는 가슴이 아팠다.

"아니, 그건 아냐. 우리가 림보로 가기 이전부터 반지는 이미 아더월드의 여러 정부를 공격했어. 정부를 흔들어놓은 다음 공격. 왕과 왕비보다는 네가 덜 위험해. 너는 지금 한 나라를 다스리는 것도 아니고, 누군가를 접견할 필요도 없으니까. 자객들에게는 접견이 절호의 기회거든. 그리고 살아 있는 궁전이 도와주기 때문에 반지는 절대로 너를 찾지 못해."

"아니, 그리 오래가지 못할 거야. 언제까지 네가 나를 지키고 있겠어. 불가능해. 반지를 제거해야 되는데."

"여기 있는 게 싫으면 지구로 갈 수도 있어." 칼이 제안했다. "좋은 생각 아냐? 지구에 가면 반지의 마법이 힘을 못 쓸 것이고, 너는 살아 있는 돌의 마법을 사용할 수 있잖아(칼은 타라의 머리 위에 충성스러운 파수꾼처럼 떠 있는 살아있는 돌을 가리켰다)."

"그래, 예쁜 타라, 타라에게 힘을 줄게." 살아있는 돌이 정신적인 목소리보다 외적인 목소리를 사용하여 응답했다.

"고마워, 돌." 감동한 타라가 말했다. "네가 늘 나와 함께 있다는 거 알아."

"돌은 타라를 아주 사랑하고, 타라는 돌을 아주 사랑해. 우리는 절친!"

"그래, 우리는 절친."

"저기…… 감동적인 대화를 방해하고 싶지 않지만 내 생각 어때?"

"그건 좀 힘들겠어. 지구에서는 나의 마법 역시 약해서 작전을 펼치기 쉽지 않으니까."

칼의 얼굴이 밝아졌다.

"아! 난 네가 그렇게 군사 용어를 사용할 때가 좋더라. 너, 작전을 짰구나."

"아직은 작전이랄 것까지는 없고, 계획이 있긴 한데 먼저 친구들과 얘기를 해야지." 타라가 정직하게 대꾸했다. "내가 이렇게 누워 있는 동안 무슨 일이 일어났는지 그것부터 알아야겠어!"

이걸 뭐라고 해야 하지? 쉿조각의 공격을 받고 쓰러졌다고 해야 하나?

"왕실 테러 말고 많은 일이 일어났지만, 특별한 건 없어. 괜찮으면 친구들에게 연락할게. 모두 달려올 거야."

"한밤중이잖아. 모두 잘 텐데."

"잠잔다는 말." 칼이 한숨을 내쉬었다. "요즘 별로 사용하지 않아서 그런지 달콤하게 들리네. 그게 무슨 뜻인지 기억도 안 나려고 해."

깜짝 놀라는 타라의 얼굴을 보면서 정신이 번쩍 난 칼은 손을 들더니 손가락을 꼽으면서 말했다.

"무아노는 밤낮으로 도서관에 처박혀 있어. 파브리스는 강아지처럼, 아니 다정한 늑대처럼 졸졸 따라다니고 있고. 로빈은 쉬지 않고 수상쩍은 자들을 추격하고 있는데 무고한 사람을 체포하는 것으로 외교 문제를 일으킬까 봐 궁정에서 숨을 죽이고 있지. 베어 왕과 티타니아 왕비는 로빈이 정보국장의 아들이고, 그동안 아더월드를 구하는 데 앞장섰던 점을 생각해 지지해주고 있지만 무슨 일이 생길까 가슴 졸이고 있어. 살라타르 수상은 한 번만 더 크라살비 대사를 위협하면 감옥에 처넣겠다고 으르렁거리고 있어. 그리고 나는 너를 지키고 있고, 파프니르는 뿌루퉁해 있지."

타라는 미소를 지었다.

"뿌루퉁해 있다고 잠을 안 자는 건 아닌데."

갑자기 호기심이 발동한 타라가 덧붙였다.

"왜 뿌루퉁해 있는데? 파프니르의 장밋빛 새끼 고양이를 놀려먹은 사람이 있었어?"

칼은 머뭇거렸다. '떠났다'는 표현이 좀 멜로드라마풍인 것 같아 타라가 들으면 또 의료 기기가 삐삐, 삐삐, 울릴까 일부러 피했던 건데.

"인사도 없이 떠난 실버 때문에 파프니르는 잔뜩 골이 나 있거든."

타라의 심장박동이 빨라졌고, 의료 기기들이 삐삐, 삐삐, 울리기 시작했다. 슬루르크!

"하지만 실버가 어디로 갔는지 아니까 진정해, 타라."

타라는 진정할 수가 없었다.

"거기 간 거지? 아버지를 구하러 오무아로 갔지?"

"뛰어난 추리." 칼이 말했다. "일단 친구들부터 부를게. 타라, 다 잘될 거야. 혈압이 너무 오르면 안 된다고 샤먼이 말했어. 그러니까 숨을 깊이 들이쉬면서 진정해, 제발."

타라는 진정하려고 노력했지만 쉽지 않았다.

칼의 말은 거짓이 아니었다. 친구들은 아무도 잠을 자지 않고 있었다. 마침내 완전히 의식이 돌아온 타라와 얘기할 수 있다는 소식에 친구들은 헐레벌떡 달려왔다. 그 짧은 시간에 칼은 예민해지고 있는 의료 기기들과 싸우면서 의무실의 간호사들이 들이닥치기 전에 타라를 안정시키느라 진땀을 빼고 있었다.

친구들이 의무실에 들어왔는데 타라보다 안색이 더 나빴다. 특히 로빈은 핏기가 하나도 없었다.

"와, 꾀죄죄하니까 너도 별수 없다, 로빈!" 칼이 능청을 떨었다.

"고마워, 또 알려줘서." 로빈이 빈정거렸다. "타라도 이미 지난번에 말해서 알고 있거든."

로빈이 피곤에 지친 손으로 얼굴을 만졌다. 은빛 머리는 여전한데 검은 머리털은 사라지고 없었다. 로빈이 다가오면서 다정한 눈길로 타라를 쳐다봤다.

"오늘은 어때, 내 사랑?"

"그리 나쁘지 않아." 타라는 거짓말을 했다. "많이 피곤해 보여. 얼마나 못 잔 거야?"

"여기저기서 시간을 보내고 있어. 크산디아르와 나는 너를 지키느라고 잘 시간이 없어."

타라는 얼굴을 찡그리다가 갑자기 미소를 지었다. 열 때문에 꿈을 꾼 건 아니겠지? 로빈이 '내 사랑'이라고 불렀어. 화가 풀린 건가?

타라가 무슨 말을 하려는데 로빈이 몸을 숙이고 부드럽게 타라에게 입맞춤을 했다.

"얼마나 겁났는지 몰라. 오! 타라, 내가 정말 바보였어. 너를 이토록 사랑하면서, 미치도록 사랑하면서 왜 그랬는지 몰라. 그까짓 주문이 뭐라고!"

고통에도 불구하고 타라의 얼굴이 환하게 빛나다가 발그레해졌다.

"내가 죽을 뻔했기 때문에 이런 말을 하는 거야? 나를 즐겁게 해주려고?"

로빈은 잠시 눈을 감았다. 타라가 이렇게 빨리 이유를 따져 물을 줄이야.

"그래, 맞아." 로빈이 노골적으로 대답했다.

그 순간 의료 기기들이 삐삐, 삐삐, 요란하게 울리기 시작했고, 이번에는 간호사 둘이 뛰어들어왔다. 그리고 의료 기기의 센서를 차단하려고 애쓰는 칼을 발견했다.

두 간호사 중에서 머리가 둘 달린 타트리스족이 눈살을 찌푸렸다.

"이 의료 기기들을······" 첫째 얼굴이 시작하자,

"만지지 말라고······" 둘째 얼굴이 말을 이었다.

"분명히 말했잖아······"

"환자의 생명지수를······"

"우리가 먼저……"

"지켜봐야 한다고!"

칼이 천진한 얼굴로 아무도 의료 기기들을 절대 만지지 못하게 하겠다고 약속하자 간호사들은 눈을 흘기며 병실을 나갔다. 타라는 여전히 흥분한 상태지만 심장을 진정시키려고 애쓰면서 로빈을 향해 상처받은 눈길을 던졌다. 그러니까 동정심 때문에 돌아온 거란 말이지? 타라가 무슨 말을 하려는 순간 로빈이 더 빨랐다.

"네가 죽어가는 걸 보면서 깨달았어. 주문 때문이든 아니든 나는 너를 사랑했으리라는 걸. 만들어진 아름다움 때문이 아니라 너의 영혼 때문에. 엘프들은 아름다워. 타라, 아름다움으로는 그 누구도 여성 엘프들의 상대가 되지 못해. 하지만 너의 아름다움도 완벽하고 눈이 부셨어. 그리고 나는 너의 영혼 못지않게 예쁜 입술, 가…… 아름다운 쪽빛 눈을 사랑해."

타라는 숨이 멎을 뻔했다. 로빈은 '가슴'이라고 말하려다가 아슬아슬하게 정신을 차렸다. 의료 기기들이 또 요란을 떨려고 하자 심장을 진정시킬 수 없는 타라는 웃었다. 칼도 간호사들이 또 들이닥치기 전에 어쩔 수 없이 모니터들의 접속을 끊어버리겠다고 으름장을 놓아야 했다.

"로빈, 정말 고맙다. 나를 웃게 만들었네. 그래서 아파."

무아노와의 결별로 가슴앓이한 경험이 있는 파브리스가 한마디 했다.

"로빈, 끼어들어서 미안한데 엘프들의 아름다움에는 그 누구도 상대가 되지 않는다는 말을 타라에게 하다니. 타라의 마음을 돌리고 싶다면 그 말만은 하지 말았어야지, 절대로!"

로빈이 반박하려고 하자 파브리스가 손을 들어서 말을 막았다.

"설사 그게 사실이라고 해도 해서는 안 될 말이야!"

"설명하기가 좀 복잡해, 타라." 로빈이 탄식하듯 말했다. "진실의 입처럼 텔레파시 능력이 있어서 네 머릿속에 있는 걸 내가 알 수 있고, 내 머릿속에 있는 걸 네가 알 수 있으면 좋겠어. 그러면……."

"그러면 입이 없어서 키스를 못 할 텐데." 칼이 천연덕스럽게 말했다.

이 말에 파브리스와 무아노는 킥킥거리는 반면에 넋 놓고 서로의 눈을 쳐다보는 타라와 로빈의 귀에는 들리지 않았다.

"그래, 너희 둘은 참 좋겠다, 사랑해서." 재치 넘치는 농담에 반응이 없는 것에 실망한 칼이 구시렁거렸다. "하지만 타라, 너는 마비되었고, 우리는 세계대전의 소용돌이에 휘말릴 위험에 처해 있다는 걸 상기시킬게. 그러니까 이제 작전이랄 것까지는 없다는 네 계획이 뭔지 말해보시지!"

타라는 마지못해 로빈에게서 눈을 떼고 칼을 째려봤다.

"너 빨리 여자친구를 찾아야겠다."

칼이 어리둥절한 표정으로 타라를 쳐다봤다.

"뭐? 무슨 상관있어?"

타라는 한숨을 내쉬었다.

"아무것도 아냐. 지금부터 내 계획을 말할게."

칼은 선물을 받으려고 손을 내밀다 거부당한 얼굴이었다. 무슨 뜻이냐고 따져 묻고 싶지만, 또다시 몰려오는 통증 때문에 눈을 감는 타라를 보면서 포기했다.

"반지를 파괴하는 작전이면 난 찬성!" 침울한 표정으로 있던 파프니르가 내뱉었다. "이젠 정말 짜증이 나서 죽을 것 같아!"

타라는 흠칫 놀랐다. 걱정하던 순간이 온 것이다. 파프니르와 맞서야 하는 순간이 왔는데 하필 병약한 상태로 자리에 누워 있을 때라니. 어쨌든 지금 당장은 안 돼.

타라는 자신의 마법과 살아있는 돌의 마법이 통증을 완화시켜주었을 때 다시 눈을 뜨면서 말했다.

"파프니르, 너에게 보여줄 게 있어. 궁전? 내 방에서 실버가 춤출 때의 장면을 보여줄래? 내가 천생연분인지 확인하고 싶다고 했던 장면부터."

파프니르는 입을 멍하니 벌리고 있었다.

"뭐, 뭐?" 난쟁이는 아연실색했다. "실버가 뭐라고 했다고?"

"파프니르, 묻고 싶은 말이 많겠지만 조금만 참고 봐. 이해하게 될 테니까." 타라가 설명했다.

파프니르는 놀란 얼굴로 타라를 쳐다봤다. 타라를 많이 좋아하고, 최고의 친구이자 최고의 전사로 생각하고 있었다. 그리고 타라가 이런 이상한 취미가 있을 거라고는 한순간도 생각하지 않았다. 검은 여왕의 잔혹한 마법과 결합되었던 후유증일까?

게다가 타라는 내가 실버를 마음에 두고 있다는 걸 알 리가 없는데, 왜 나를 지목해서 보여줄 게 있다고 했을까?

궁전이 복종했고, 잠시 후 눈앞의 벽에 타라와 실버의 모습이 나타났다. 실버가 타라에게 키스를 해도 되는지 물었을 때 기겁한 로빈이 딸꾹질을 했다.

"타라……."

"쉿! 봐." 타라는 로빈의 말을 잘랐다.

"하지만……."

"쉿, 그냥 보라니까!"

날카로운 목소리에 로빈은 입을 다물었다. 로빈은 안절부절못하면서 잠자코 이미지를 보고 있어야 했다.

실버가 셔츠를 벗었을 때 무아노와 파프니르의 눈이 동시에 동그래졌다. 파브리스는 눈살을 찌푸렸고, 로빈은 얼굴을 찡그렸고, 칼은 주의 깊게 보고 있었다.

"실버는 엘프보다 훨씬 잘생겼어." 타라가 웃음을 머금은 채 말했다. "그리고 나는 로빈 네가 잘생겨서 사랑하는 게 아냐. 육체적인 아름다움보다 네 영혼이 훨씬 아름답기 때문이야. 그래서 네가 실버보다 잘생긴 것이 아닌데도 마음이 네 쪽으로 기울고 있는 거야."

이 말을 들으면서 로빈은 주고받는 느낌이 들었다. 그리고 불현듯 자신이 타라에게 아주 교만하게 굴었다는 걸 깨달았다. 타라는 칭찬하는 말로 치켜세워주는데! 파브리스의 말이 맞았다. 엘프가 인간보다 훨씬 아름답다는 말은 하지 말아야 했는데.

로빈은 타라가 아직 자신을 믿지 않는다는 것도 알아차렸다. '내가 사랑하는 사람은 너'가 아니라 '마음이 네 쪽으로 기울고 있다'고 말했다. 로빈은 타라의 마음을 돌리는 것이 그리 쉽지 않으리라고 느꼈다. 그들은 머지않아 모두 죽을지도 모르는데.

실버가 난쟁이들의 관습에 대해 말할 때 친구들이 별 반응을 보이지 않자 타라는 안도했다. 비밀은 아니지만 난쟁이들이 입 밖에 내기를 꺼리는 관습이기 때문이었다. 어릴 적에 난쟁이들과 가까이 살았던 무아노는 알고 있었고, 강력한 마법을 얻기 위하여 민족에 대한 공부를 했던 파브리스도 알고 있었다. 칼과 로빈도 물론 알고 있는 관습이었다. 그래서 타라만 다시 봐도 웃겨서 킥킥, 웃음이 나왔다.

그러나 실버가 검을 들고 춤추기 시작했을 때는 모두 입을 다물고 조용해졌다.

칼은 홀린 얼굴로 유심히 관찰했다. 실버가 싸우는 모습을 본 적이 있지만 아주 잠깐이었다. 대체로 실버의 상대는 오래 버티는 경우가 거의 없기 때문이었다. 두세 번 검으로 응수하면 헐떡거리다 끝나버리기 일쑤였다. 칼은 이제야 하프드래곤의 현란한 검술을 제대로 볼 수 있었는데 정말 인상적이었다. 그래서 실버의 검술을 연구해서 훈련 모델로 삼기 위해 궁전에게 이미지를 복사해달라고 부탁하기로 마음먹었다.

뺨이 붉게 달아오른 파프니르의 눈빛이 반짝거렸다. 넋 놓고 바라보는 무아노를 보면서 파브리스가 구시렁거릴 정도였다. 그러다 실버가 타라의 입술 바로 앞에서 멈췄을 때는 모두 소스라쳤다.

"나를 응징할 방법으로 이걸 보여주는 거라면 성공이야. 축하해, 타라." 로빈이 침착하게 말했다.

"아니, 너 때문에 보여주는 게 아냐." 타라도 차분하게 응수했다. "궁전, 늑대인간의 대통령이 방문한 장면은 건너뛰고 키스하는 대목을 보여줘."

실버가 타라에게 열렬하게 입을 맞췄다. 이번에는 파프니르의 얼굴이 창백해졌다.

"타라." 파프니르가 말했다. "이건 정말……."

"좀 더 봐." 타라가 말을 잘랐다.

"하지만……."

입맞춤이 끝나고 실버가 실망한 표정으로 뒷걸음쳤다.

파프니르는 대번에 알아차렸다.

"실버가 기절하지 않았어!"

"그래." 타라가 말했다. "내가 지금처럼 이 의료 기기들에 연결되어 있었더라도 삐삐거리지 않았을 거야. 내 심장은 너무나 평온했거든. 따라서 나는 난쟁이들의 표현으로 실버의 천생연분이 아냐. 파프니르, 내가 이걸 너에게 보여주는 이유는 실버가 열렬하게 관심을 갖고 있는 상대는……."

파프니르는 실버가 하는 말에 귀를 기울였다. 그리고 하프드래곤이 파프니르 자신을 뛰어난 전사로 생각하고 있음을 알아차렸다.

난쟁이의 얼굴이 머리색만큼 빨개졌다.

"나는 실버가 만나는 첫 번째 순종 인간이었어."

타라는 눈길을 주지 않아서 모르고 있었지만, 로빈의 얼굴이 갑자기 창백해져서 타라를 쳐다보고 있었다. 갈랑과 로빈의 패밀리어 소우르브도 서로에게 무슨 신호를 보내는지 페가수스와 히드라가 울음소리를 주고받았다.

"우리는 서로의 목숨을 구해줬어." 타라가 설명했다. "모든 난쟁이들이 그렇듯, 아마 드래곤들도 그렇겠지만 실버는 전사를 가장 찬양했어. 그래서 나를 자신의 이상형이라고 생각했던 거야. 하지만 실버가 사랑하는 것은 내 마법의 힘이지 내가 아니었어.”

타라는 약간 서툴지만 실버의 생각을 대변하려고 노력했다.

“아버지에게 상처를 받고 괴로워할 때 나는 비늘이 두렵지 않다는 걸 보여주기 위해서 실버를 안아주었어. 그때까지 자신의 몸이 닿으면 다칠까 봐 누구도 만지지 못하고 살았다고 하더라고. 그래서 실버는 처음으로 자기를 만지고 포옹까지 해준 나에게 집착하는 거야. 따라서 내가 천생연분인지 알아보고 싶었던 건 당연해. 하지만 파프니르, 나는 실버가 사랑하는 건 너라고 확신해. 너의 모든 면, 용맹함, 꿋꿋함, 심지어 너의 불같은 성격도 실버의 마음을 사로잡고 있어.”

타라는 하마터면 ‘돼지 먹따는 소리’까지 말할 뻔했지만 아슬아슬하게 참았다.

“나에게 입을 맞췄다면 실버를 때려눕히지 않았을 거야.” 마침내 파프니르가 말했는데 아직 당황한 얼굴이었다. “하지만 타라, 실버가 우리에게 아무 말도 하지 않고 떠났다는 걸 알았을 때 정말 때려눕히고 싶었어. 아버지를 구하러 간다는 쪽지만 남기고 떠나버렸어. 쪽지만 달랑! 실버를 찾아내는 즉시 내가 다시는 그런 생각을 하지 못하게 만들 거야!”

다행히 파프니르는 실버가 타라에게 먼저 사랑을 고백했다는 것에 질투하지 않았다.

미소를 짓던 난쟁이는 하프드래곤에 대한 걱정 때문에 표정이 심각해졌다.

타라는 실버가 뭘 어떻게 하고 있는지 반드시 알아야 했다.

“실버가 황궁에 어떻게 들어갈 생각인지 쪽지에 적어놨어? 특히 언제인지?"

"아니." 무아노가 대답했다. "하지만 실버는 순종 인간도, 평범한 마법사도 아니라는 걸 잊지 마. 실버는 혼혈 드래곤이야. 우리는 아직 하프드래곤의 힘이 어느 정도인지 모르고 있어."

"당당하고, 명예롭게 황궁으로 들어가서 반지에 도전할 거야!" 파프니르는 흥분된 어조로 외쳤다.

"그러면 참사가 일어날 텐데." 타라가 말하는 사이에 의료 기기들이 또다시 삐삐거리기 시작했다.

"당연히 참사가 일어나겠지." 파브리스는 한술 더 떴다. "실버는 붙잡혀서 악마에 들릴 거야."

"그럴 수도 있고 아닐 수도 있고." 타라가 말했다. "하지만 내가 해야 할 일을 실버가 하지 않기를 바랄 뿐이야. 아니면 내 작전을 망칠 위험이 있거든."

"무슨 작전?" 로빈이 불신하는 표정으로 물었다.

"일주일 이내에 사악한 여제와 대결할 거야!" 타라는 차분하게 말했다.

28
작전

자기보다 훨씬 강한 상대를 공격할 때
묵사발이 되지 않으려면
일찌감치 포기하는 게 나은데

*

"뭐라고? 미쳤구나!"

"타라, 정신 나갔어?"

"훌륭한 생각이야. 우리 모두 가서 반지를 박살 내버리자!"

친구들의 상반되는 외침이 교차하자 타라가 크리스털 장갑을 낀 손을 들었다.

"잠깐!"

타라는 호주머니에서 작은 상자 한 개와 파란색과 은색 편지봉투 하나를 꺼냈다.

"칼, 받아. 반지가 내 머릿속의 생각에는 접근하지 못하는 것 같은데, 어쩌면 내가 하는 말을 들을지도 모른다는 의심이 들어. 그래서 편지를 쓴 거야. 크리스털 장갑 때문에 만년필 잡는 것이 좀 불편해서 글씨가 엉망일 거야, 미안해."

타라는 비밀 작전을 어떻게 알릴까 궁리하다가 혹시라도 도청될 것을 우려해 말로 하지 않고 편지를 쓴 것이다.

친구들이 편지를 보기 위해 모여들었고, 칼이 봉투를 여는 순간 타라가 또다시 손을 들었다.

"안 돼, 칼 이외에는 아무도 읽지 마." 타라는 단호했다.

타라는 어이없어하는 친구들을 둘러보면서 말했다.

"너희를 믿지 못해서가 아냐. 하지만 나와 반지, 반지의 마법과 나의 마법이 펼치는 맞대결이야. 그런데 나는 여기서 걸어서 나갈 수가 없잖아. 그래서 휠체어를 밀어줄 사람이 필요하고, 그 사람으로 칼을 선택했어."

"굉장히 위험한 생각이야." 무아노가 타라를 뚫어져라 쳐다보면서 지적했다. "거기 가면 너는 어떤 지원도 받을 수 없는데."

"나는 마비가 되었고, 더 잃을 것도 없어. 그리고 무아노, 나는 비관주의자처럼 자포자기한 채 이대로 누워서 당할 수는 없어. 내 마법과 살아있는 돌의 마법이 이런 식으로 언제까지 반지의 마법과 싸울 수 있겠어? 아무리 싸워도 반지가 내 몸을 장악하면 나는 죽어. 몇 초면 끝나겠지. 나는 그런 위협 속에서 불안에 떨며 살고 싶지 않아."

"그런데 왜 칼이야?" 로빈이 물었는데 타라가 자신을 선택하지 않은 것에 기분이 상해 있었다.

"칼은 합리적이니까. 너보다 칼이 덜 감정적일 수 있잖아. 내가 질 거라고 판단되면 칼은 도망칠 거야. 어차피 역량이 안 되는데 무리하게 나를 구하려고 해봐야 소용없다는 걸 아니까. 미안하지만 심사숙

고해서 내린 결정이야. 칼, 너는 그 상자를 갖고 네가 해야 할 일이 뭔지 읽어봐. 너에게 주어진 시간은 일주일인데 충분하겠어? 나는 그리 오랫동안 버티지 못할 거야. 반지의 쇳조각이 내 척추에서 빠져나가려고 하는 것 같아. 지금은 살아있는 돌과 내가 간신히 제압하고 있지만."

"쇳조각이 빠져나가서 네 혈관을 따라 심장이나 뇌로 들어가면 너는……." 공포에 질린 얼굴로 무아노가 말했다. "오, 타라, 그렇게 긴박한 상황인지도 모르고. 미안해. 뭔가를 해야 되는데!"

은빛 표범 쉬바가 으르렁거렸다. 무아노의 패밀리어 역시 타라를 걱정하는 것이었다.

"고맙지만 무아노, 넌 아무것도 할 수 없어." 타라가 말했다. "칼, 할 수 있겠어?"

칼은 타라의 짤막한 글을 읽은 뒤에 마법으로 편지를 없애버렸다.

"응." 칼은 상자의 무게를 가늠하면서 대답했다. "일주일이면 될 것 같아. 오케이!"

타라가 긴장을 풀자 갑자기 혈압이 오르는 것 같았다. 통증이 다시 몰려오고 있었다. 작전은 이제 시작인데.

"고마워, 칼. 그리고 모우르무르 발명가에게 휠체어를 만들어달라고 부탁해줘. 아더월드에는 휠체어가 없으니까. 칼?"

"응?" 생각에 잠긴 칼이 대답했다.

"늘 그랬지만 넌 정말 용감해. 너희 같은 영웅들이 있다는 게 얼마나 행운인지 아더월드가 알아야 하는데!"

"그거야 맞는 말이지." 칼이 중얼거렸다. "하지만 이건 영웅적인 것과는 아무 상관없는 일이야. 그냥 새로운 도전이야. 그리고 너도 알잖아, 내가 도전을 얼마나 좋아하는지!"

타라는 미소를 지어 보였다. 말은 겸손하게 하고 있지만, 만약 로빈이나 무아노를 선택했다면 칼은 무슨 말로든 타라를 설득해서 생각을 바꾸게 할 친구였다.

"하지만 셈 선생님은?" 늘 위계질서를 존중하는 무아노가 물었다. "선생님에게 뭐라고 말할 건데? 선생님의 엄명에도 불구하고 사악한 여제와 대결하러 떠나겠다고 말할 거야?"

"안 돼, 말하면." 타라가 대답했다. "셈 선생님은 반대할 거야. 나 때문에 유령들이 습격해서 수많은 목숨이 희생되었는데 또 그런 잘못을 저지를 수 없잖아. 그런데 반지가 나를 꼼짝 못하게 마비시켜놓았다는 건 나한테 반지를 파괴할 만한 무언가가 있기 때문이라는 생각이 들어. 악마의 사물들을 파괴한 적도 있으니까 나를 두려워하는 것 같아. 그래서 반지와 대결하려는 거야. 마법 대 마법으로, 힘 대 힘으로. 누가 승자가 될지는 두고 보면 알겠지."

타라의 목소리가 매서웠다. 쳐다보던 친구들은 타라가 몇 년 사이에 많이 달라져 있다는 걸 느꼈다. 육체적인 변화뿐만 아니라 정신적으로도.

로빈은 머리맡에 앉아서 맥박과 혈압을 조절해주는 코드를 건드리지 않으려고 조심하면서 타라의 손을 잡아주었다.

"그럼 이제 일주일도 채 안 남은 거잖아. 네가 죽을지도 모르는데. 타라, 네가 죽으면 비욘드월드로 즉시 따라갈게, 맹세해!"

이런 상황에서 꼭 나오는 상투적인 말, 타라는 하프엘프의 말을 끊어버렸다.

"언제는 주문의 영향을 받았다면서 나를 밀어내더니 이제는 나를 따라 죽겠다고? 로빈, 너무 웃긴다고 생각하지 않아?"

하프엘프는 머뭇거렸다.

"하지만⋯⋯."

"내 말 잘 들어." 타라는 단호하게 말했다. "다른 사람을 위해 죽는 사람은 없어. 물론 내가 사라지면 너도 나처럼 하게 될 거야. 유령의 공격을 받았을 때 네가 죽은 줄 알고 따라 죽으려고 했던 나처럼. 칼 덕분에 그리고 아이러니컬하게도 크라에토비르의 반지 덕분에 나는 살았어. 그리고 네가 다시 나타나지 않았다면, 내가 추방되지 않았다면 아마 실버와 사귀게 됐을 거야. 그때는 난쟁이들의 관습을 몰랐으니까. 로빈, 목숨은 가장 소중한 거야. 그리고 네 말이 맞아. 우리의 사랑은 복잡해. 사랑은 단순한 게 아니라고 생각해. 지금은 위험한 때니까 나한테 약속을 해주면 좋겠어."

"네가 원하는 건 뭐든지." 이런 상황에도 실속을 차리는 타라가 못마땅하지만 로빈은 꾹 참으면서 대답했다.

"칼을 선택했다고 나를 원망하지 말고, 나를 따라오려고 하지도 마. 그리고 네 인생을 살아, 행복하게!"

반쪽의 엘프는 충동적인 말을 내뱉으려고 했지만 반쪽의 인간이 좋지 않은 생각이라고 속삭였다.

"그럼 너희 둘은 눈물 쥐어짜는 멜로드라마 찍어라. 나는 할 일이 있어서 먼저 퇴장할게. 아니, 우리 모두 이만 나갈 테니까 너희 둘은 싸우든지 화해하면서 마음껏 사랑 놀이를 하든지."

타라는 얼굴이 빨개지지 않으려고 노력했지만 눈치 없는 의료 기기들이 삐삐거리면서 들통을 내버렸다. 무아노와 파브리스가 차례로 뺨에 입맞춤을 했고, 파프니르는 어깨를 톡톡 쳤고, 칼은 손을 흔들어주었다.

그리고 그들은 한 줄로 늘어서서 나갔다.

로빈은 타라를 향해 돌아섰다. 너무 커다란 침대에 기진맥진한 모습으로 누운 타라는 수많은 코드와 튜브가 연결된 크리스털에 에워싸여 있었다.

로빈은 망설였다. 방금 따끔하게 혼쭐났는데 또다시 거창하게 사랑을 고백하는 것은 좋은 생각이 아닌 것 같았다. 타라는 자신이 죽어가고 있으니까 동정심 때문에 돌아온 거라고 비난하지 않았던가. 로빈은 타라에게 상처를 주지 않고 영예롭고 아름다운 사랑을 되찾으려면 곁에서 시간을 보낼 필요가 있다고 생각했다.

타라는 로빈을 바라보았는데 실버와는 아주 다른 아름다움이었다. 하프엘프가 정말 잘생겼지만 그래도 하프드래곤의 아름다움에는 미치지 못했다. 타라는 모나리자의 미소처럼 묘한 미소를 머금고 생각에 잠겼다. 그런데 이 이상한 세상에만 있는 '하프뭐뭐'라고 하는 반쪽의 존재들은 '하프인간'이라고 하지 않고 왜 꼭 낯선 종족의 이름만 따서 붙이는 걸까?

로빈은 타라의 미소를 오해했다. 이제 말을 해도 되는 신호로 받아들인 것이다.

"네가 보고 싶었어."

"나도 보고 싶었어. 유혹 주문에 대해서는 미안해, 로빈 나는……."

"그건 이제 지난 일이야." 하프엘프가 말을 잘랐다. "너는 주문의 영향을 받고 제일 먼저 다가간 이성에게 끌렸던 거야."

타라는 침대에게 몸을 조금만 세워달라고 부탁했다. 로빈을 보려고 얼굴을 들고 있으려니까 너무 힘들었다. 로빈은 재빠르게 베개들을 등에 받쳐주고 침대 옆 의자에 다시 앉았다. 의무실의 침대는 모두 닫집이 달려 있었다. 타라는 확실한 보호를 위해 따로 마련한 병실에 격리되어 있었다. 벽에 나타나 있는 아름다운 풍경, 멘탈리르의 평원은 타라를 위한 궁전의 배려였다.

"제일 먼저 다가온 이성?"

"아까 실버에 대해서 하는 말을 듣다가 깨달았어. 너는 이성을 선택할 기회가 많지 않았던 거야. 나는 아더월드에서 너에게 다가간 첫번째 이성이었어."

"아니, 두 번째야." 타라가 말했다. "제일 먼저 다가온 건 칼이었어."

"하지만 칼은 너와 사랑에 빠지지 않았어. 너도 그랬고!"

"네 말을 들으니까 그렇기는 한데……." 타라는 생각에 잠긴 얼굴로 말했다. "그럼 이상하잖아, 유혹 주문은 칼에게도 영향을 미쳤을 텐데. 그리고 나에 대한 칼의 감정이 애정은 아니라고 단언할 수도 없어."

로빈이 어깨를 으쓱했다. 칼에 대해 말하는 타라의 목소리에서 애정이 느껴졌기 때문에 질투심이 일었다.

"하지만 선택할 기회가 많지 않았잖아! 아더월드에 와서 얼마 되지도 않아 오무아의 후계자로 밝혀졌어. 너는 평범한 타라가 아니라 제국의 후계자이기 때문에 접근하는 이들을 경계하기 시작했잖아. 그래서 네가 사랑에 빠질 수 있는 사람은 나밖에 없었던 거야."

타라는 로빈의 날카로운 추리에 내심 놀라면서도 반박했다.

"하지만 파브리스와 사랑에 빠질 수도 있었어."

"파브리스? 절친한 친구잖아? 파브리스와 너는 남매 같은 사이 아니었어? 그러니까 파브리스는 아냐."

"칼도 있잖아?"

로빈은 신랄하게 말했다.

"칼은 장난이 너무 심해서 여자들이 아주 싫어하는 캐릭터야. 칼이 장미꽃을 보내줄지, 짓궂은 장난을 칠지 종잡을 수 없으니까. 칼은 여자들이 그런 걸 질색한다는 걸 아직도 몰라. 엘레아노라를 쫓아다닐 때는 감히 농담도 못 했어. 그 쌀쌀맞은 엘레아노라를 미친 듯이 사랑했으니까. 하지만 너는 칼을 사랑할 수가 없어. 10분만 같이 있으면 따귀를 날리고 싶어질 테니까."

아플까 봐 크게 웃을 수 없는 타라가 조심스럽게 킥킥거렸다. 틀린 말은 아니지 않는가.

"그러니까 남은 건 나밖에 없잖아. 많은 시련을 함께 겪다 보니 서로에게 끌린 것은 당연한 일이고."

"그래, 네가 유혹 주문에 대한 걸 알기 전까지는 그랬지." 타라가 한숨지었다.

"너는 늘 남자들의 마음을 사로잡고 있어." 로빈은 질투심 때문에 이마를 약간 찡그리면서 말했다. "나, 실버, 아르칸즈. 특히 아르칸즈는 문제의 주문이 제거된 다음에 만났잖아. 그게 바로 네 매력은 유혹 주문과 아무 관계가 없다는 증거야."

타라는 고개를 끄덕였다. 빌어먹을 주문 때문에 로빈과의 사랑이 무참히 깨질 뻔했으니 할머니를 용서할 마음이 없었는데……. 이제는 주문 때문에 로빈과 사랑하게 되었다는 생각 따윈 할 필요가 없어 마음이 후련했다.

"아르칸즈의 경우는 의구심을 갖고 있어. 내가 자기와 사랑에 빠져야 나를 이용할 수 있으니까 그랬던 거라고 생각해. 정말 너무나 다정했어."

로빈은 갑자기 꿈꾸는 듯한 표정으로 말하는 타라가 못마땅했다.

"아르칸즈는 너를 배신했어. 우리 모두를 속였잖아. 하긴 악마에게서 뭘 기대하겠어?"

잠시 침묵을 지키던 타라가 갑자기 지적했다.

"그러니까 인간이지. 인간들은 잘못을 저질렀을 경우 달라질 거라고 생각하면서 두 번, 세 번 기회를 주거든. 하지만 너희 엘프들은 우리 인간보다 훨씬 비정하잖아. 그래서 리스베스 고모가 우리 둘을 반대하는 거야. 너의 엘프적인 면에 나의 인간적인 면이 묻혀버릴까 두렵기 때문에."

로빈이 믿기지 않는 눈길을 던졌다.

"너 지금 고모에 대해 말하는 거야? 리스베스 여제야말로 우리의 여왕을 빼고 내가 이제껏 만난 사람 중 가장 비정한 부인인데?"

타라는 피식 웃었다.

"예를 잘못 들었다는 거 인정할게. 하지만 나는 고모가 무슨 뜻으로 한 말인지 이해할 수 있어. 설사 네 속에 있는 반쪽의 인간이 생각보다 훨씬 강하다고 해도 네 속에 있는 반쪽의 엘프는 절대로 유혹 주문에 이끌린 사랑을 용서하지 못할 거야. 그것이 내 잘못이 아니라고 해도."

"아니, 내 반쪽의 엘프도 용서할 수 있어. 아버지는 인간인 어머니와 사랑에 빠졌고, 감정과 타협하고, 특이한 기질과 타협하는 법을 터득했지."

"특이한 기질?"

"두드러지게 하는 다른 성질, 음…… 특성이라고 하자. 아니 개성이라고 할까? 아무튼 그래서 말인데 타라, 나를 다시 받아주고 너의 진정한 동반자로서 곁에서 싸우는 걸 허락해주겠어?"

허락할 거라고 확신하면서 로빈이 몸을 숙이는 순간 타라가 벌떡 상체를 일으키더니 머리로 하프엘프의 코를 받아버리면서 고함을 질렀다.

"꺼져! 이 방에서 당장 꺼져!"

어찌나 거칠고 갑작스러운지 로빈은 본능적으로 뒤로 펄쩍 뛰긴 했지만 완전히 어리둥절해 있었다. 그것으로 끝난 것이 아니었다. 이번에는 또 갑자기 날아온 마법의 광선을 피해 달아나던 로빈이 문짝에 쾅, 부딪혔다. 문은 박살이 났고, 로빈은 타라에게서 멀리 떨어진 곳에 나동그라졌다.

부서진 문에 찢겨서 피투성이가 된 로빈이 힘겹게 일어났다.

"타라? 하지만……."

왜 내동댕이쳐졌는지 이유를 알 수 없는 로빈이 타라에게 다가가려고 할 때였다. 타라의 몸에서 솟아 나온 검은 안개 같은 것이 전속력으로 날아오는 것이 아닌가. 검은 안개가 지나간 의료 기기들은 작동을 멈췄고, 마법도 꺼졌다.

마침내 로빈은 알아차렸다. 로빈을 내던진 건 타라가 아니라는 것을.

반지의 쇳조각이 타라의 마법을 지배하려고 기를 쓰고 있었다.

의료 기기들이 작동을 멈추면서 비명까지 들리자 간호사들이 뛰어 들어왔다. 로빈은 간신히 그들을 붙잡았다.

"안 돼요!" 로빈이 소리쳤다. "쇳조각이 우리의 마법을 흡수하려는 거니까 물러서세요!"

살아 있는 궁전이 즉시 개입해서 병실을 확장했다. 궁전이 가진 마법의 원천은 건물의 기반이 되는 돌 속 깊숙한 곳에 박혀 있기 때문에 쇳조각은 직접적으로 궁전을 공격할 수 없었다.

샤먼과 궁전, 셈 선생님은 반지의 조각에 대한 정밀 분석을 하면서 다행히도 쇳조각의 마법은 반지의 힘에서 멀리 떨어져 있다는 걸 알아냈다. 더구나 크라에토비르의 반지는 완제품이 아니라 시제품인데다 그 일부의 조각이기 때문에 마법의 변동이 심했다. 아마도 그래서 타라의 마법을 제압하지 못하는 것 같았다.

시커먼 안개가 살아있는 돌의 마법을 빼앗으려고 했지만 격렬하게 맞서자 안개가 물러났다. 타라는 파란 광선을 발사해서 안개를 동그랗게 에워쌌다. 그러고는 병실 안에서 더 많이 퍼지지 못하게 하면서 몇 미터의 원 속에 검은 안개를 가두었다.

샤먼이 허겁지겁 달려왔다. 커다란 나팔 같은 것이 달린 신기한 동물—확성기 역할을 하는 것 같았다—이 어깨에 앉아 있는데 몹시 흥분한 샤먼에게서 떨어지지 않으려고 아등바등했다.

"타라!" 샤먼이 외치자 확성기를 통해 소리가 커졌다. "무슨 일이니?"

타라는 쇳조각의 마법과 싸우는 중이라서 살아있는 돌이 대답했는데 신경질적인 어조였다.

"멍청한 반지, 힘을 훔쳐가려고 한다. 하지만 타라, 예쁜 타라와 나, 반지가 궁전의 마법을 흡수하지 못하게 막고 있다!"

궁전이 부르르 떨었다. 타라의 반격이 빨라서 다행이었다.

"우리가 어떻게 하면 되지? 반지가 마법을 흡수해버려서 의료 기기들의 접속이 끊겼다! 타라의 생명이 유지되려면 의료 기기들이 필요해."

살아있는 돌이 번쩍거리더니 푸르스름한 빛이 의료 기기들을 에워싸면서 검은 안개를 몰아냈다. 의료 기기들에 다시 불이 들어왔고, 동시에 미친 듯이 삐삐거리기 시작했다.

"의료 기기들, 돌이 지킨다. 샤먼! 사람들 들어오지 못하게 막는다. 아니면 의료 기기처럼 마법 빼앗긴다."

샤먼이 낙담한 얼굴로 살아있는 돌을 쳐다보면서 이를 악물었다. 환자의 상태를 살필 수 없는 것만큼 샤먼을 무기력하게 만드는 것이 또 있을까.

샤먼이 타라의 상태를 표시하는 모니터들이 있는 방으로 달려가자 로빈이 미친 듯이 따라갔다. 모니터에 나타나는 데이터를 보면서 샤먼은 일단 안심했다. 다행히 타라의 심장이 잘 견뎌주고 있었다. 폐도 괜찮고, 스트레스와 혈압이 올랐지만 싸우는 중이라는 걸 감안하면 비정상적인 수치는 아니었다. 샤먼 옆에서 로빈은 크리스털 모니터에 나타나는 곡선과 물결 모양으로 반짝이는 파동을 보면서 초조하게 손을 비틀고 있었다.

"타라는 괜찮은 거죠, 선생님? 어때요?"

얼굴을 들던 샤먼은 눈앞에 환자가 서 있다는 걸 알아차렸다. 로빈이 피투성이였던 것이다. 타라에 대한 걱정으로 불안한 로빈은 손목이 삐어 퉁퉁 부어 있는 것도 모르고 있었다.

"타라는 괜찮을 거다." 샤먼이 대답했다. "*레파루스의 이름으로 상처는 사라지고 통증은 멈출지어다!*"

"아, 네." 로빈이 말하는 사이에 샤먼의 치료로 상처가 아물었다. "고맙습니다!"

"천만에." 샤먼이 대꾸했다. "타라가 너를 살리려고 내동댕이친 것이 틀림없어. 안 그랬으면 그 빌어먹을 쇳조각이 스펀지처럼 네 마법을 빨아들였을 테니까."

"이제 우리는 어떡해야 돼요?"

"타라가 쇳조각의 마법을 제압하지 못하면 우리는 아무것도 할 수 없어. 봐, 차츰 성공하고 있는 것 같다."

샤먼과 로빈은 병실을 감시하는 카메라들을 통해 검은 안개가 차츰 물러서다 타라의 몸으로 돌아가는 것을 지켜봤다.

"정말 놀라운 아이야." 샤먼이 말했다. "네 여자친구지?"

"네…… 그런 셈이죠. 하지만 타라가 유혹 주문에 걸려 있었어요.

타라를 사랑하게 된 것이 그 주문 때문이라고 생각하고 내가 바보같이 굴었어요. 타라를 거부했거든요."

샤먼이 의아한 표정을 지었다

"하지만 유혹 주문은 단기간에만 작동하는데!"

"그 주문은 그렇지 않았어요." 로빈이 착잡한 표정으로 고개를 설레설레 저으면서 말했다. "사실은 어머니 셀레나에게 걸어놓은 주문인데 딸인 타라까지 영향을 받은 거예요. 17년 넘게 지속됐으니까요!"

샤먼이 손을 흔드는 것으로 아니라는 표시를 했다.

"내 말은 그게 아냐. 유혹 주문은 사람들의 마음을 사로잡는 것이지만 시간이 흘렀는데도 정말로 사랑에 빠지면 주문이 더 이상 작동하는 것이 아냐. 아무도 너희에게 그걸 가르쳐주지 않았구나!"

암소에게 얻어맞은 드래곤이 이런 표정을 지을까, 로빈은 아연실색했다.

"아무도 가르쳐주지 않았어요. 그러면……."

"네가 여전히 타라를 사랑한다는 건 그 주문 때문이 아니라는 거지!"

로빈은 입술을 깨물었다. 이 소식으로 벌어질 상황을 상상하자 착잡해졌다. 타라가 알면 백년 동안 빌어도 용서를 해줄까?

"저기…… 지금은 비밀로 해주시면 안 될까요? 그렇지 않아도 이미 타라가 나를 원망하고 있거든요."

샤먼이 한숨을 내쉬었다.

"거짓말과 비밀은 우울증에 빠지는 지름길이지. 하지만 나는 너희의 연애에 연루되고 싶은 생각이 없다. 내가 여기 있는 건 타라를 치료하기 위해서야. 그 일은 너희 둘이 알아서 해결해."

갑자기 감시카메라들과 연결된 전광판에 머리를 들고 눈을 뜨는 타라의 모습이 보였다. 많이 힘든지 땀에 젖어 있었다.

의료 기기들과 마법이 작동하고 있었다. 병실이 소용돌이에 휩싸이더니 타라가 사라졌다가 다시 나타났다. 그사이에 체인지라인이 타라의 몸을 말리고 잠옷을 입혀놓았고, 침대는 라벤더 향기가 나는 깨끗한 시트로 바뀌어 있었다.

"어유, 힘들어." 타라는 녹초가 된 목소리로 말했다. "마라톤이라도 뛴 것 같아."

샤먼이 손짓하자 확성기 역할을 하는 동물이 어깨 위로 뛰어올랐다. 샤먼과 로빈은 타라가 있는 병실로 달려갔다.

"타라? 이제 위험하지 않지?"

"3미터 이상 거리를 유지하세요. 쇳조각의 힘이 한계에 다다른 걸 느꼈으니까 그 정도 거리에 떨어져 있으면 또다시 나를 빠져나가도 위험하지 않을 거예요."

샤먼이 눈으로 거리를 재고 나서 조심스럽게 다가갔다. 로빈과 간호사 두 명이 뒤따랐다.

"완전히 가둬둘 수는 없는 거니?"

타라는 머리를 아주 살살 흔들었다.

"불가능해요."

"무슨 일이 일어났는지 자세히 설명해주겠니?" 밤새 박사가 말했다.

"갑자기 쇳조각이 아더월드의 마법과 악마의 마법을 사용하면 나를 쓰러뜨릴 수 있다는 걸 알아차렸어요. 반지가 로빈을 공격하려는 순간 느낌이 이상했고, 그래서 로빈을 떠밀어버린 거예요. 반지의 마법이 미치지 못하는 곳으로 보내기 위해서. 문에는 미안하지만 알려줄 겨를이 없었어요."

"그 대신 친구의 목숨을 구했잖아." 샤먼이 진지하게 말했다. "너의 재빠른 대응이 아니었으면 큰일 날 뻔했는데. 그래, 지금은 쇳조각이 어떤 상태니?"

"지금은 내 마법과 살아있는 돌의 마법으로 쇳조각을 저지하고 있어요. 하지만 이런 식으로 얼마나 버틸 수 있을지 모르겠어요."

타라의 목소리에서 불안을 감지한 의료 기기들이 서로 질세라 삐삐거리기 시작했다.

"수술을 해야 되는데 상황이 더 나빠지고 있으니. 슬루르크! 우리가 도와줄 건 없니?" 샤먼이 심각한 얼굴로 물었다.

"의료 기기들을 다룰 줄 아는 비마 간호사들이 있어요?" 타라가 갑자기 몸을 부르르 떨면서 물었다.

"암, 있고말고. 뭐든지 다 갖추고 있다. 마법 능력이 없어야 반지의 영향을 받지 않기 때문에 비마 간호사를 원하는 거지?"

"네, 맞아요." 빨리 알아들어서 기분이 좋은 타라가 미소를 지으면서 대답했다. "그리고 마법사들은 나와의 거리를 3미터 이상으로 유지하라고 말해주세요. 어쨌든 나는 악마의 마법을 품고 있잖아요. 나한테 가까이 왔다가 누군가 위험해지는 건 원치 않아요."

샤먼이 고개를 끄덕였다.

로빈이 이맛살을 찌푸렸다. 위태로운 타라를 보고만 있자니 언제고 심장마비로 생을 마감할 게 확실했다.

"그건 내가 알릴게." 로빈이 목소리를 높였다. "고마워, 내 사랑,

나를 구해줘서."

그렇게 말하고 나서 칼의 영향을 받아서인지 능청을 떨었다.

"이제부터는 절대로 너를 화나게 하지 않겠다고 맹세할게. 다시는 문을 뚫고 나가고 싶지 않거든."

타라는 미소를 지어 보였다. 의료 기기들이 멈추면서 한동안 진통제 투입이 중단되었기 때문에 많이 아프지만 미소를 지었다.

이윽고 타라는 기진맥진해서 눈을 감았다. 다시 깨어났을 때는 혼자가 아니었다. 문 앞에서 발소리가 들리는데 아마도 파프니르가 도끼를 들고 서성이는 것 같았다. 볼 수가 없어서 모르겠지만 파프니르가 당번을 서는 모양이었다.

타라는 상태가 좋지 않았다. 아주 좋지 않았다.

그리고 추웠다. 예전에 열이 많이 날 때 체인지라인과 물의 원소들이 몸의 열을 배출시켜줄 때 느끼던 추위였다. 체인지라인은 아더월드의 빨간색 또는 초록색 새, 트리[34]의 솜털이불을 덮어주었다.

이제 시간이 많지 않았다. 타라는 친구들에게 말하지 않았지만, 쇳조각이 조금씩 생명과 체온을 빨아들이고 있었다.

칼이 연습을 잘해야 할 텐데!

타라가 다시 잠들었을 때 예기치 않은 손님 둘이 찾아왔다. 손님들의 머리나 배가 멀쩡한 상태라는 건 파프니르가 순순히 들여보냈다는 건데.

. . . .

34. 트롤들의 숲에서는 에메랄드 초록빛, 다른 숲에서는 빨간빛 또는 파란빛의 트리는 날씨가 너무 더우면 털이 빠지기 때문에 숲 속 땅바닥에 폭신한 솜털이 수북이 쌓인다. 아더월드 사람들은 털을 주워서 따뜻한 이불을 만든다. 지구에서 거위 털 이불을 선호하는 것과 비슷하다.

죽은 붉은 여왕 때문에 소년으로 둔갑한 드래곤 살루, 그리고 뱀파이어 대통령의 딸 킬라의 남자친구이자 뛰어난 미용사 엘프 스타일러 아르노였다.

드래곤의 눈에 지쳐 있는 타라의 초췌한 얼굴이 들어왔다. 살루가 뒤에서 안달하는 안락의자에 앉자 아르노도 파프니르가 알려준 '3미터 거리 유지'를 지키면서 의자에 앉았다.

"접견실에서 내 꼬리를 잡아서 흔들던 그 용맹한 마법사의 모습은 온데간데없군요!"

"드래곤의 첫 번째 장점은 탁월한 외교적 수완이라는데 말솜씨하고는!" 아르노가 이죽거렸다. "아우, 세상에나! 공주님, 괜찮아요? 공주님의 머리가 눈뜨고는 볼 수 없는 지경이 되셨네요. 이걸 어쩌면 좋아요?"

"한동안 엘프 스타일러의 손길에 맡기지 않았더니 이 지경이 됐지." 타라는 아르노의 기분을 맞춰주면서 응수했다. "그런데 여긴 무슨 일로 왔어요? 베티도 왔어요?"

살루는 외교적으로 장황하게 말하려고 했지만 타라의 손짓을 보면서 짧게 말했다.

"베티는 지구에 있어요. 킬라에 대한 소식을 들었어요?"

타라는 아르노의 시선과 마주쳤다. 엘프 스타일러의 슬픈 눈빛을 보면서 가슴이 철렁했다.

"감염되었다는 건 알지만 어떻게 됐는지는 몰라요."

"시간이 없어요. 킬라가 인간의 피에 감염된 뱀파이어들을 치료했지만, 악마의 마법에 대한 치료는 포기했었어요. 자신이 감염될 위험이 있기 때문에. 아버지 드라큘 대통령과 맞닥뜨린 날까지는 무사했는데. 킬라는 도저히 아버지와 싸울 수 없어서 도망쳤는데 불행히도 그만 붙잡히고 말았어요. 난 아무것도 할 수 없었어요. 킬라의 아버지가 이미 딸을 건드렸고, 킬라가 얼굴을 들었을 때 눈이 검은색으로 변해 있었죠. 나는 그 길로 도망쳤고, 공주님이 여기 계시다는 걸 알고 달려오는데 도중에 이 드래곤 소년을 만나서 같이 들어온 거예요. 그리고 공주님에게 아주 유용할 것을 가져왔어요."

"아, 그래요? 뭐죠?"

아르노는 작은 크리스털 볼 하나를 흔들었다.

"인간의 피에 감염된 뱀파이어들의 명단이 저장되어 있는데 오무아 황궁의 친위대원들이죠. 그런 뱀파이어가 어디에 배치되어 있는지 알면 도움이 될 거라고 생각해. 나는 공주님이 반지를 제압하기 위해 황궁으로 침투할 거라고 추측하는데, 내 추측이 맞죠?"

타라는 눈을 동그랗게 떴다. 사공이 많으면 배가 산으로 간다고 했는데.

"천만에." 타라는 덤덤한 목소리로 대답했다. "유령들이 습격했을 당시, 우리가 창문 닦는 청소부로 변장한 늑대인간들을 데리고 어떻게 침투했는지 반지는 알고 있죠. 그런 술책에 속지 않을 거예요. 따라서 침투하지 않을 거예요."

"네?" 실망한 아르노가 물었다. "가만히 있으면 안 됩니다! 공주님. 악마의 마법에 감염된 킬라는 오랫동안 견디지 못할 거예요. 팅가푸르에서 나를 추격하는 킬라를 한두 번 봤는데 앙상하게 마른 모습이 정말 금방 죽을 것 같았어요."

킬라를 걱정하는 엘프의 마음에 감동한 타라가 말했다.

"미안해요, 하지만 아무것도 말해줄 수 없어요. 우리와 똑같이 하라는 말밖에."

"어떻게 하는 건데요?"

"기다리는 것."

"오, 벤드룩의 내장이여! 뭘 기다리는데요?"

"내가 준비되기를."

아르노는 자세한 설명을 요구하려고 했지만 살루가 재빨리 화제를 바꿨다.

"내가 여기 온 것은 지금 일어나고 있는 일과는 전혀 상관이 없어요. 이번 문제는 공주 마마가 만들었으니 직접 해결하리라 믿어 의심치 않지만."

오! 고맙기도 하시지, 친절하신 드래곤 선생. 그래도 이럴 때는 듣는 사람 생각해서 말이나마 나를 도와준다고 해도 되는데!

예상했던 말이지만 타라는 잠자코 있었다. 희망을 느낀 살아있는 돌과 갈랑이 동시에 기뻐하는 소리를 냈다.

"……중요한 건 드래곤 종족도 알고 있다는 사실이죠." 살루는 괴로운 어조로 말했다. "셈이 지금 여기 와 있는 것은 사태를 파악하고 드래곤들이 나서서 반지를 파괴해야 하는지 판단하기 위해서죠. 나는 참관인으로서 왔고, 일단 내 임무는 완수했지요. 그리고 공주 마마의 조언이 필요한데 지켜보는 눈이 좀 없으면 좋겠군요."

그렇게 말하면서 살루가 카메라들을 힐끔 쳐다봤고, 마법의 광선이 번쩍하더니 카메라 기능이 일시적으로 중단되었다.

"이제 편안하게 얘기해도 되겠어요." 살루가 흡족한 듯 말했다.

살루는 '3미터 거리 유지'를 지키느라고 타라에게 다가오지 못했지만, 조금이라도 가까워지려는 듯 몸을 앞으로 숙였다.

"베티에 대해 할 말이 있어서 왔어요." 살루는 심각한 목소리로 말했다.

타라의 심장이 뛰자 의료 기기들이 삐삐거렸다.

"베티?" 타라가 천근만근 무거운 다리를 끌어당기면서 간신히 침대에서 상체를 일으켰다. "베티에게 무슨 일이 생겼어요?"

당황한 살루가 몸을 세웠다.

"아니, 그건 아니니까 걱정 마요. 다 괜찮아요!"

"뭐가 다 괜찮다는 겁니까?" 아르노가 격분했다. "말을 그런 식으로 어정쩡하게 하는 바람에 우리 공주님이 심장마비가 일어날 뻔했는데! 그리고 내 약혼녀는 목숨이 위태롭고, 악마의 마법으로 아더월드가 사라질 위기에 처해 있는 이 급박한 상황에 자기가 사랑에 빠졌다는 것 때문에 미친 듯이 달려왔으면서! 더 최악인 것은 병실까지 오는 동안 내내 나한테 계속 그놈의 사랑 타령을 했다는 겁니다."

살루는 의연한 태도를 유지하려고 애썼지만 애처롭게도 실패했다. 블랙 드래곤이기 때문에 머리와 피부가 검은색인 소년이 의자에서 몸을 비비 꼬았다.

타라는 마음을 가라앉혔다. 살루가 사랑에 빠졌다는 소식을 들으면 베티가 많이 서운해할 텐데. 정성껏 보살폈던 소년이기에 정을 떼기가 쉽지 않겠지만 어차피 살루는 우연히 인간의 몸을 갖게 된 것이 아닌가. 타라는 베티가 슬프지만 잘 이겨낼 거라고 생각했다.

도대체 무슨 조언을 구하겠다는 건지 궁금해진 타라는 드래곤에게 계속하라는 손짓을 했다.

"사실 베티는……." 살루는 선뜻 말을 꺼내지 못하고 있었다. "타라 덩컨, 오무아의 공주 마마, 베티는 마법을 좋아하지 않고, 아더월드를 싫어해요."

"아…… 그래서요?" 타라는 살루가 무슨 말을 하려는지 갈피를 잡을 수 없었다.

"베티는 이 행성에 오는 걸 끔찍하게 무서워해요. 드래곤들도 무서워하는데, 아무튼 베티가 유일하게 두려워하지 않는 마법사는 나밖에 없어요. 그건 아마 나를 보살펴주면서 힘없이 누워 있는 가여운 모습을 보았기 때문일 거예요."

타라는 아무 말도 하지 않았다. 베티는 타라는 물론이고 마법사들인 무아노와 파프니르와도 친한 친구로 지내고 있었다. 따라서 마법사를 두려워한다는 말은 좀…….

"그런 두려움에도 불구하고, 또 나이 차이도 엄청나고 종족이 완전히 다른데도 베티가 나에게 애착을 갖고 있다는 걸 알게 되었지요. 그래서 정떨어지게 하려고 나는 잔소리가 많은 늙다리 아저씨처럼 행동했어요. 다행히 나에 대한 베티의 마음이 조금씩 멀어졌지요. 그런데 상황이 꼬여버렸어요."

타라는 의아한 눈짓을 했다. 살루가 용기를 내서 말을 이었다.

"이번에는 내가 사랑에 빠진 거예요!"

타라는 심장이 멎을 뻔했다.

"뭐라고요? 누구와 사랑에 빠졌다는 거예요?"

"어느 날 베티를 쳐다보고 있는데 심장이 막 뛰면서."

"그러니까 사랑에 빠진 사람이 누구냐고요?"

아르노는 한숨을 내쉬면서 과장된 어조로 말했다.

"맞혀보세요, 공주님. 이 거대한 도마뱀이 기껏 정떨어지게 해놓고 사랑에 빠진 사람이 누굴까요?"

타라는 놀랐다.

"설마 그게 베티?"

"맞아요." 드래곤이 처량한 목소리로 대답했다. "하지만 이게 말이 됩니까? 나 드래곤이 인간을 사랑하다니?"

"마지스터와 드래곤 왕의 여동생도 비슷한 사랑을 했어요." 타라가 부드럽게 말했다. "전혀 일어날 수 없는 일은 아니죠. 그리고 중요한 건 육체가 아니라 정신이니까요!"

살루가 고개를 끄덕이자 아르노도 고개를 끄덕였다. 자신도 뱀파이어와 사랑에 빠진 엘프가 아닌가.

드래곤이 벌떡 일어나는 바람에 깜짝 놀란 안락의자가 정신없이 왔다갔다하는 드래곤을 졸졸 따라다녔다.

"얼마나 혼란스러운지! 나는 드래곤이고, 베티는 인간인데……. 그리고 나는 나이도 수천 살이고……."

"수천이 아니라 수십만 살이죠." 아르노가 정정했다.

"숫자야 뭐, 그리 중요한 건 아니고!" 살루가 핀잔을 주었다. "나는 수천 살인데 베티는 이제 열일곱 살이에요(베티는 타라보다 한 살 반이 많다. 학년이 같은 것은 베티가 재수를 했기 때문이다)! 아무리 생각해도 잘될 수가 없어요! 모든 드래곤이 나를 비웃을 텐데."

"내 생각에 그건 신경 쓸 일이 아니에요." 아르노는 차근차근 말했다. "그들의 눈에 당신은 더 이상 드래곤이 아니잖아요. 그리고 지구에서 당신의 왕국을 만들며 살면 되는데 뭐가 문제죠? 지구를 지키는 파수꾼이 될 수도 있고요. 그것도 멋진 직업인데."

너무 진지한 분위기를 바꿔보려고 타라는 사팔눈을 뜨면서 말했다.

"그래요, 살루. 포동포동 살이 찐 맛있는 암소들을 생각해봐요!"

드래곤이 침을 꿀꺽 삼켰다.

"나를 도와주지 않는군요, 공주 마마. 이런 순간에 암소 얘기를 꺼내다니! 나는 베티에 대해 말하는 건데."

"미안해요." 타라는 얼른 사과했다. "그래요, 무슨 말인지 알았어요. 당신은 베티를 사랑하는데, 연인들이 모두 그렇듯 베티도 당신을 사랑하는지, 그리고 베티가 당신의 사랑을 받아줄지 모르겠다는 거죠?"

"베티가 다시 나를 보살필 수 있게 환자가 될 생각도 해봤어요. 하지만 두려움만 더 주게 될까 봐 용기가 나지 않았어요."

타라는 고개를 끄덕였다.

"안 그러길 잘했어요. 아픈 척하다가 들통이 났으면 당신은 죽음이었을 텐데."

"베티가 나를 죽였을 거라고요?" 살루가 정색을 하면서 말했다. "아니, 베티는 절대 그럴 여자가 아니에요."

타라는 한숨을 꾹 눌렀다. 누가 드래곤 아니랄까 봐, 살루도 은유의 의미를 몰랐다.

"아니, 내 말은 당신이 그랬으면 베티가 싫어했을 거란 뜻이에요. 미안해요, 말을 명확하게 하지 않아서. 그러니까 문제는 뭘 어떻게 해야 할지 모르겠다는 거죠?"

"네. 공주 마마는 베티의 가장 친한 친구이고, 지구의 여자를 잘 알잖아요. 베티가 도망칠 위험을 무릅쓰고 사랑을 고백해야 할까요, 아니면 마음을 숨긴 채 그레고리우스의 검에 가슴을 찔린 것처럼 가슴앓이를 하면서 베티 곁에 머물러야 할까요?"

타라와 아르노는 어리둥절해서 쳐다봤다.

"아무래도 머리가 잘못된 것 같아요." 엘프 스타일러가 레게머리를 어깨 뒤로 넘기면서 말했다.

"그런데 '그레고리우스의 검에 찔린 것처럼' 그건 무슨 말이에요?"

살루는 로맨틱한 공상에서 벗어났다.

"아, 지구의 마법사 전사들 중 한 사람이죠. 드래곤들의 불에 대항하면서 우리 드래곤을 여럿 죽인 지구인 전사가 있었는데, 알고 보니 마법사였더랍니다. 그 전사의 이름이 그레고리우스였어요. 그래서 지구인이 드래곤을 공격했다고 하면 우리는 그 인간을 그레고리우스라고 부르지요. 남자든 여자든 상관없이."

"아, 알았어요." 타라가 말했다. "성 그레고리우스와 드래곤이란 전설이 있었는데……. 전설을 사실로 여기고 있었다니 정말 놀랍군요! 그 정도로 가슴이 아픈 사랑이라는 거죠? 그렇다면 방법은 한 가지밖에 없어요."

"아, 방법이 있어요?" 살루가 반색했다.

"사탕발림을 하는 거예요."

"그게 무슨 말이에요?" 드래곤이 물었다. "베티가 단것을 좋아하는 건 알지만, 사탕을 그 정도로?"

타라가 깔깔거리고 웃는 바람에 의료 기기들이 삐삐거리기 시작했다.

"아, 미안해요. 내가 또 그런 말을! 사탕발림이란 비위를 맞추고 살살 달래라는 뜻이에요. 베티와 같이 웃으면서 친절하고 다정하게 대해주되 제발 늙은 남자처럼 굴지 마요. 요즘 젊은이처럼 자신만만하게 행동하다가 때로는 충동적인 면도 보여주고, 때로는 적당히 장난도 치고, 웃기기도 하고, 바보같이 굴기도 하면서 베티를 놀라게 해줘요. 그래서 베티가 당신을 드래곤이 아니라 남자로 다시 보게 되면 입맞춤을 시도해봐요. 베티가 따귀를 날리지도 않고, 비명을 지르면서 달아나지도 않고, 욕설을 내뱉지도 않으면 당신을 좋아하는 거예요. 그게 가장 확실한 방법이니까 내 말대로 해봐요."

살루가 갑자기 뒷걸음질치는 바람에 바짝 뒤에서 쫓아다니던 안락의자에 부딪히면서 본의 아니게 털썩 주저앉았다. 드래곤은 얼이 빠진 듯 멍하니 앉아 있었다.

"마지막으로 말한 입맞춤 그건 절대로 못 해요." 살루가 탄식했다.

"설마 지금까지 여성 드래곤과 한 번도 사귀어본 적이 없다, 뭐 그런 말은 아니겠죠?" 아르노가 호들갑스럽게 물었다. "그렇더라도 그건 전혀 어렵지 않은 일인데."

"나는…… 시간이 없었다." 드래곤은 불쾌한 기색이 역력했다. "그리고 여성 드래곤들은 나를 따분하게 생각해서. 아무튼 그건 내가 인간으로 변하기 전의 얘기고 지금은 나를 맛있어 보인다고 생각하지."

아르노는 한숨을 쉬었다.

"자, 용기를 내세요. 그렇게 소극적으로 나오면 아무것도 못 해요. 당신 문제는 공주님이 해결해주셨으니까 이제는 내 문제로 넘어가죠. 킬라를 구해야 합니다. 공주님이 기다리라고 해서 내가 뭘 기다리느냐고 물었더니 '내가 준비되기를'이라고 했는데 뭘 준비하고 있는데요?"

"그건 말해줄 수 없어요." 타라가 대답했다. "극비라서."

엘프 스타일러가 바짝 긴장하는 표정을 지었다.

"아아! 극비, 알았어요." 아르노는 이해했다는 듯 말했다. "그럼 나는 팅가푸르로 돌아가서 어떤 도움을 줄 수 있는지 알아보고 준비하고 있겠어요."

타라는 필요 없다고 말할 뻔했지만, 아르노의 결연한 얼굴을 보면서 소용없는 걸 알아차렸다. 엘프 스타일러는 오무아의 뱀파이어 친위대 명단이 저장된 크리스털 볼을 바닥에 내려놓고 타라가 있는 데까지 굴려 보냈다. 그러고 나서 허리를 굽혀 인사한 다음 전쟁터로 떠나는 병사처럼 비장한 얼굴로 병실을 나갔다.

살루가 아르노의 뒷모습을 바라보면서 말했다.

"내가 우습죠? 엘프의 말이 맞아요. 내 사랑 얘기보다 훨씬 중대한 일들이 있는데."

"그렇지 않아요." 타라가 대답했다. "당신은 사랑에 빠진 거니까. 그리고 나는 미친 짓을 할 수 있게 만드는 것이 사랑이라는 걸 알거든요. 오랜 세월 내 어머니를 쫓아다니는 마지스터 덕분에."

살루가 눈살을 찌푸리면서 일어났다.

"지금은 지구로 돌아가지 않을 거예요. 마마가 어떻게 하는지 기다리면서 지켜볼 겁니다. 마마의 작전에서 셈이 맡은 역할은 뭡니까?"

타라는 숨을 죽였다. 슬루르크! 엘프를 안심시키느라고 살루 앞에서 너무 많은 걸 말한 것이다. 소년의 모습을 한 육신 속에 드래곤의 영혼을 감추고 있다는 걸 깜빡 잊고서.

"셈 선생님은 아무것도 모르세요." 타라는 천천히 말했다. "반지의 쇳조각이 내가 하는 말을 들을 수도 있기 때문에 나는 위험을 무릅쓰고 싶지 않았어요."

"아, 그럼 나도 더는 묻지 않겠습니다, 작전을 망치면 안 되니까요. 공주 마마, 행운을 빕니다."

살루는 카메라들을 다시 작동하게 해놓은 뒤에 허리를 숙여 인사하고 나갔다.

타라는 미소를 지었다. 살루와 아르노를 만나는 동안 놀랍게도 통증을 잊었던 것이다.

다음 손님도 사랑에 빠진 존재인데 다른 점이 있다면 지구에 있는 여자를 유혹하는 것과는 문제가 전혀 다른 경우였다.

늑대인간들의 대통령이 인상을 쓰면서 들어왔을 때 타라는 이날 당번인 파브리스와 얘기를 하고 있었다. 대통령의 찡그린 얼굴을 힐끔 쳐다보면서 파브리스는 재빨리 사라졌다.

타라는 파브리스가 틸을 두려워하는 것이 마음에 들지 않았다. 그래서 늑대인간을 퉁명스럽게 맞았다.

618

"안녕하세요, 틸 대통령."

"안녕하세요, 하클라, 심각한 문제가 생겼습니다."

아! 적어도 이번에는 너무 미안해서 어떻게 해야 할지 모르겠다는 말을 하러 온 것은 분명히 아닌 것 같았다. 그렇다면 아주 새로운 문제가 생겼다는 건데.

"아?"

타라가 짧고 간결한 단음절로 응수하자 늑대인간들의 대통령도 짤막하게 말했다.

"전쟁입니다!"

샤먼과 파브리스의 간호를 받으며 세 번째 간식을 먹고 나른해서 졸음이 오던 타라는 정신이 번쩍 들었다.

다리가 말을 듣지 않는다는 걸 잊고 일어나려던 타라는 투덜거리면서 매트에 의지해서 상체를 조금씩 일으켰다.

"전쟁이라니요?" 몸이 약간 수직이 되었을 때 타라가 물었다.

틸은 머리를 긁으면서 한숨지었다.

"아직 공식적인 것은 아니지만 오무아에서 대사를 통해 우리 늑대인간들에게 전쟁을 선포할 거라고 통보했어요."

정말 뜻밖의 뉴스였다.

"늑대인간들까지? 아주 이상한 일이네요. 왜 아더월드에서 가장 강력한 군대를 공격하겠다는 걸까요?"

"마법으로 공격해오면 우리는 그렇게 강하지 못해요." 흥분한 틸이 왔다갔다하면서 말했다. "뱀파이어들도 우리 못지않게 강력한 전사들이죠."

타라는 동의하지 않았다.

"내가 뱀파이어로 변신해 있을 때 싸우는 걸 봤어요. 파브리스를 상대로 늑대의 송곳니 대 뱀파이어의 송곳니로 싸우면 뱀파이어가 안 될 것 같던데."

"마법의 공격이라면 우리는 당해내지 못할 거예요. 그리고 뱀파이어들이 은으로 만든 검까지 사용한다면 우리는 전멸할 겁니다." 늑대인간들의 대통령이 종족의 약점을 지적했다.

"하지만 수적으로 월등하게 우세하잖아요. 대륙 전체 대 한 나라의 싸움인데!"

"아뇨. 붉은 여왕이 우리를 제대로 장악하기 위해서 수를 제한했거든요. 게다가 어린 늑대들의 사망률이 높아지고 있어요. 돌연변이에 적응하지 못하고 죽는 거지요."

타라는 나라의 운명을 짊어진 늑대인간들의 대통령이 딜레마에 빠져 있음을 느꼈다.

"그래서 그 문제를 해결하기 위해 샤먼 마법사들에게 도움을 청했지요. 그런데 반지는 우리가 마법을 배우려는 것으로 오해하고 선수쳤을 가능성이 있어요."

와우, 타라에게 필요한 것이 바로 이런 전술인데. 타라의 흥분을 느낀 쳇조각이 반응하면서 등을 관통하는 통증 때문에 타라는 숨이 가빠졌다.

이쯤 되면 반지가 말을 들을지도 모른다는 타라의 의혹이 들어맞는 거 아닌가.

불안해진 틸이 타라에게 다가가려고 했지만 움직이지 말라는 위험 신호음이 울렸다. '3미터 거리'를 넘어설 뻔한 것이다.

"하클라, 나는 마법 능력이 없으니까 가까이 가도 되잖아요?"

통증이 약간 물러가자 타라는 안정된 목소리를 되찾았다.

"아, 미안해요. 모든 사람에게 3미터 거리를 유지하라고 신신당부하다 보니 깜빡 잊었네요. 물론, 가까이 오셔도 돼요."

틸이 미소를 지었다. 늑대인간들은 스킨십을 즐기는 종족이었다. 틸은 타라의 손을 잡자 한결 마음이 편안해졌다.

"어머니와 같은 냄새가 나네요, 하클라. 정말 많이 그립습니다."

"나도 어머니가 보고 싶어요." 타라는 목이 메었다.

틸은 타라의 손을 놓고, 침대 옆에 놓인 의자에 앉았다.

"우리는 싸워야 합니다. 셀레나의 죽음과 함께 시작된 전쟁인데 이대로 끝나면 안 되죠."

"드래곤들이 개입해서 반지와 황궁을 제압해주지 않는 한 나는 아무것도 할 수 없다는 걸 알잖아요."

"하클라의 국민과 내 국민 중에서 선택하라는 것이 아니라……."

"아니, 바로 그게 대통령이 하고 싶은 거잖아요." 타라는 차분하게 대응했다. "드래곤들이 팅가푸르에서 위력을 떨쳐주지 않으면 전사들뿐만 아니라 아무 상관없는 무고한 여자들과 아이들까지 죽는 거예요."

"전사와 아이의 가치가 다른가요?" 늑대인간이 따끔하게 꼬집었다. "왜 내가 둘 중 누구의 목숨을 더 구해야 하죠? 둘 다 귀한 목숨인데요. 생명은 다 소중하니까요. 그것보다는 오히려 희생자 수가 수백 명이냐 수십만 명이냐, 그것이 문제가 되어야 하는 거 아닌가요?"

그렇게 괴로운 질문을 던지면서 틸은 일어났다. 틸의 비난에 자존심이 상한 타라는 아무 말도 하지 않았다. 어깨가 축 늘어진 틸이 무거운 걸음으로 병실을 나갔고, 타라는 생각에 잠겼다.

하지만 타라는 틸이 돌아올 것이라고 생각했다.

타라가 두 다리를 뻗고 누웠을 때 병실로 들어온 파브리스는 충격 받은 친구의 얼굴을 보면서 잠자코 있었다. 타라가 아무 일도 없었던 것처럼 말할 때도 아무것도 묻지 않았다.

타라는 할머니 이사벨라와 영상통화를 했다. 이제는 모든 사람이 타라가 아더월드에 있다는 걸 알고 있어서 더 이상 숨길 필요가 없었다. 할머니는 손녀의 상태를 보면서 입술을 깨물었다. 그리고 딸 셀레나가 비욘드월드에서 지내기로 결정했다는 걸 알고 눈빛에 슬픔이 가득했다.

"할머니, 괜찮아요?" 이사벨라에게 일어난 일을 다 듣고 나서 타라가 물었다.

"월, 월!" 할머니 뒤에서 나는 소리였다. "아니, 괜찮지 않아. 저택이 너무 북적거려서 네 할머니는 폭발하기 일보 직전이지. 안 그러니, 내 딸 이사벨라?"

뒷발로 선 마니투는 안간힘을 쓰면서 크리스털 전광판에 주둥이를 붙이고 있었다.

"이런, 쯧쯧! 안색이 나쁘구나. 우리가 얼마나 걱정했는지 아니? 네가 영원히 사라졌는지 알고 우리 모두 미치는 줄 알았다!"

마니투 뒤에서 모우르무르의 헝클어진 머리가 나타났다.

"내 덕분이지? 맞지?" 모우르무르가 껑충껑충 뛰면서 물었다. "내가 발명한 쉬르비보르 덕분에 돌아온 거 맞지?"

"그건 아니에요." 별난 가족과 재회한 것이 기쁜 타라는 미소를 지으면서 대답했다. "림보에서 우리를 데리고 나오기에는 그 발명품은 힘이 충분하지 않았거든요."

발명가는 놀란 눈으로 타라를 쳐다봤다.

"림보? 악마의 세계, 림보를 말하는 거니? 쉬르비보르는 그렇게 먼 거리를 위해 만들어진 것이 아냐!"

"알아요."

"나에게 도로 가져와야 한다. 다른 세계로 여행을 떠날 생각이면 약간 수정을 해줄 테니까."

"칼이 연락할 거예요." 타라는 모우르무르가 또 뭐라고 구시렁거리기 전에 말했다. "진정한 도전을 하시게 될 테니까 기대하세요."

발명가는 몸을 앞으로 숙이고 좀 전의 마니투처럼 전광판에 얼굴을 댔는데 눈이 반짝이고 있었다.

"도전? 타라, 너 그렇게 말해놓고서 실망시키면 안 된다. 아주 오랫동안 도전다운 도전을 하지 못했는데……."

타라는 함박미소를 지었다.

"그 이상은 아무것도 말씀드릴 수 없어요. 도와주셔서 고맙습니다. 모우르무르 할아버지는 진짜 천재예요."

천재라는 건 당연히 알고 있다는 듯 모우르무르가 거만한 표정을 지었다.

타라가 무슨 말을 덧붙이려는 순간 발명가의 모습은 사라졌지만 중얼거리는 소리가 들렸다.

"도전이라, 마지막으로 도전다운 도전을 했던 것이 4967년이었는데!"

이제는 정말 딸의 죽음을 받아들였기 때문인지 이사벨라가 손녀를 걱정하는 것이 역력해 보였다. 타라는 가슴이 뭉클했다. 다행히 눈치를 챈 마니투가 재주를 부리는 것으로 타라를 웃게 만들었다. 사랑해주는 사람들이 이렇게 많은데…… 이런 관점에서 보면 타라의 삶이 그리 형편없는 건 아니라는 느낌이 들었다.

자르는 보이지 않았다. 소년은 지구에 점점 많아지는 셈샤나쉬들을 추적하는 중이었다.

아더월드가 불안하기 때문이었다. 지금은 전쟁의 위협을 피하려는 이민자 수가 많지 않았다. 하지만 늑대인간들에 대한 뱀파이어들의 공격이 현실이 되면 이민자가 엄청난 물결을 이루게 될 우려가 있었다. 그리고 비마들이 우주에 지구 외에도 인간들이 사는 마법의 행성들이 있다는 걸 알게 될 날도 그리 멀지 않았다.

다음 날, 셈 선생님에 이어 무아노가 타라의 곁을 지킬 차례였다. 병실에 들어온 무아노는 몹시 화가 나 있었다.

"내가 저놈의 사서를 민달팽이로 둔갑시키고 말겠어!"

늑대인간들의 대통령이 한 말을 곱씹으면서 멍하니 허공을 응시하던 타라는 눈을 치켜떴다.

"사서가 이번에는 또 뭐라고 했는데?"

그들이 모임을 가진 뒤로 벌써 나흘이 지나고 있는데 무아노는 매번 화가 난 얼굴로 병실에 들어왔다. 타라를 도와주고 싶은데 뜻대로 되지 않는 것이다.

"느려터진 카흠보움이 계속 기다리라는 말만 하는 거야. 기다리긴 뭘 기다려? 완전히 무능한 거면서!" 무아노는 감정이 폭발했다. "악마의 마법/지각단층 전쟁 분야의 서가로 가겠다고 했더니 뭐라고 대답했는지 알아?"

"그 칸이 어디에 있는지 모른다!" 타라가 무아노와 동시에 대답했다.

무아노는 침대에 누워 있는 친구를 쳐다보면서 마침내 머쓱한 미소를 지었다.

"아픈 친구 앞에서 내가 너무 떠들었네. 미안해, 타라."

타라는 친구에게 미소를 지어 보이면서 가까이 오라고 할 수 없는 것이 유감스러웠다.

"아냐, 졸다가 정신이 번쩍 났는데 뭐. 셈 선생님이 사용하지 않으면 다리가 약해진다면서 시키는 운동에다 마법을 사용하여 걷는 훈련을 하다 보면 완전 녹초가 된다니까. 어떤 때는 너무 지쳐서 아무 생각도 할 수가 없어. 그런데 너한테 문제가 생겼다니까 정말 반갑다."

영리한 무아노는 친구가 방금 한 말이 무슨 뜻인지 알아차렸다. 무아노와 타라는 웃음을 터뜨렸다.

"아, 미안해, 무아노. 정말 그렇다는 뜻은 아니고."

"알아. 우리한테 문제가 생겼다는 말을 듣는 순간이나마 타라 네고통을 잊을 수 있다는 뜻이잖아. 그래서 지금처럼 웃을 수도 있고. 내 문제는 그렇다 치고, 내가 모르고 있다는 걸 정말 받아들이기 쉽지 않지만, 하여튼 너의 그 작전은 진전이 있어?"

"특별한 건 없어." 타라가 대꾸했다. "할머니와 통화했는데 지구에서는 행동할 준비를 하고 있어. 할머니는 지구의 모든 비마에게 위험을 알릴 생각이야."

"현재 지구로 이민을 떠나는 마법사들 때문에?"

"응. 일이 터지기 전에 비마들에게 알려서 대비시켜야 한다는 것이 할머니 생각이야. 전쟁이 나서 비열한 뱀파이어들이 이기면 대거 지구로 몰려갈 테니까."

무아노는 조그맣게 휘파람을 불었다.

"휴, 비마들 앞에서 마법에 대해 말하면 처벌을 받아. 그런데 할머니는 모든 비마에게 알릴 생각이란 말이지? 아더월드에서 어떻게 생각할지 모르겠다."

타라는 한숨을 쉬었다.

"이해타산이 다른 무리가 존재할 때는 어떤 일이든 늘 찬반이 있기 마련이지. 지구인들을 이용해볼까 생각하는 쪽은 찬성하고, 현재는 지구에서도 마법사들이 태어나기 때문에 혹시라도 인간들이 마법사들을 이용하여 아더월드를 침략하고 정복할까 봐 불안한 쪽은 반대하겠지."

무아노는 고개를 끄덕였다. 문제가 너무 심각해지고 있었다.

"아, 참! 좀 전에 칼을 봤는데 곧 준비가 될 거라고 말했어."

타라의 심장이 마구 뛰기 시작하자 정말 성가신 의료 기기들이 삐삐거렸다. 타라는 진정하기 위해 억지로 숨을 깊이 들이쉬었다.

"곧 떠날 수 있겠지?"

"기껏해야 사흘이면 될 거야. 조금만 시간을 주면 거대한 도서관에 서 너를 도울 수 있는 뭔가를 꼭 찾을게!"

무아노의 목소리에서 낙담이 느껴졌다.

"괜찮아, 무아노." 타라가 크리스털 장갑을 낀 손을 들면서 말했 다. "나는 그냥 항복하러 가는 것이고, 무슨 일이 일어날지는 두고 보 면 알게 될 거야."

무아노는 고개를 들고 어리둥절한 얼굴로 타라를 처다봤다.

사실을 말한 거라면 타라는 정말로 항복하러 갈 것이고, 무슨 일이 일어날지는 두고 보면 알 것이다.

29
휠체어

적을 속이기로 했으면
친구들에게도 거짓말할 거라고 귀띔하는 것이 좋은데,
전적으로 믿어버리는 수가 있으니까

*

당번 차례가 되면 로빈은 타라와 보내는 시간에 정성을 들였다. 가까이 다가갈 수 없기 때문에 손짓으로 입맞춤을 보내거나 꽃다발, 책, 사탕을 가져오는 것으로 만족하며 나름대로 신경을 많이 썼다. 타라는 셈 선생님이 시키는 운동을 제외하고는 계속 누워 있다 보니 살이 약간 올랐지만, 불행히도 악마의 마법과 싸우느라고 지방이 빠져나가고 있었다. 샤먼의 지시에 따라 주방장이 칼로리가 높은 음식을 제공하고 있지만 그것으로는 충분하지 않았다.

다리가 마비된 타라는 마법을 너무 많이 사용한 마법사들의 관절을 공격하는 녹아웃 병에 걸리지 않기를 바라고 있었다. 비마 간호사 두 명이 해주는 물리치료에도 불구하고 근육 상태는 호전되지 않았다.

로빈은 내색하지 않으려고 하지만 타라를 바라보는 눈빛이 어두웠

628

다. 타라는 자신의 상태가 점점 악화되고 있다는 걸 알아차렸지만 될 수 있으면 생각하지 않으려고 노력했다.

로빈이 시를 낭송해주었지만, 타라는 로빈이 지구나 아더월드의 책을 읽어주는 것이 더 좋았다. 데이비드 에딩스의 『벨가리온 시리즈』, 존 로널드 루엘 톨킨의 『반지의 제왕』, 알렉산드르 뒤마의 『삼총사』, 로저 젤라즈니의 『앰버 연대기』, 술푸르 데트릴의 『셀렌다의 엘프』. 그리고 로빈과 함께 영화 여러 편을 3D 화질로 봤는데 타라는 바로 눈앞에서 벌어지는 것처럼 실감나는 영상에 흠뻑 빠졌다. 〈아바타〉는 저리 가라고 할 정도로 훌륭한 영상이었다.

친구들 중에서 파프니르가 가장 예민해져 있었다. 병실 안에서 난쟁이가 가만히 있지를 못하고 어찌나 왔다갔다하는지 타라는 머리가 아팠다. 실버의 소식을 듣지 못하기 때문에 파프니르는 피가 까맣게 타들어갔다. 게다가 히블리아는 여전히 뱀파이어들과 대치 중이며, 가까운 친척이나 친구 중에 깨물리거나 죽은 난쟁이는 아무도 없다는 정도만 알 뿐 식구들과도 거의 연락하지 못하고 있었다.

난쟁이는 화가 나 있었다. 아무것도 하지 못한 채 궁전에 처박혀 있다는 건 정말 감옥살이나 다름없었다. 살아 있는 모피 목도리처럼 목을 휘감고 있는 장밋빛 새끼 고양이 벨도 현기증이 일어나기 시작했다. 파프니르를 무조건 좋아하지만 이전의 삶이 더 평온했다는 생각이 들 정도였다.

"왜 나는 너를 따라갈 수 없는데?" 파프니르가 또 투덜거렸는데 벌써 만 번째는 되는 것 같았다.

"궁전 안에서는 네가 별로 도움이 되지 않기 때문이야. 그리고 내가 실패할 경우 넌 나를 도와줄 수 없어. 파프니르, 네가 만약 악마의 마법에 감염되면, 히믈리아 최고의 전사인 너는 대량 학살을 하게 될 거야. 그러면 안 되잖아! 넌 반지에서 멀리 떨어져 있어야 해!"

파프니르는 제동을 걸었다.

"아니, 난 히믈리아 최고의 전사가 아냐. 불굴의 전사들이 나보다 훨씬 강력해!"

"그럴지도 모르지. 하지만 너는 그들에게 없는 걸 갖고 있잖아. 너는 사자처럼 용맹하게 싸우고, 너는 싫어하지만 마법 능력이 있어. 그게 너를 최고의 전사로 만들어준단 말이야!"

파프니르는 한숨을 내쉬었다. 나가서 싸울 수 없다면 최고의 전사가 무슨 소용 있단 말인가! 난쟁이가 마침내 앉았을 때, 아니 털썩 주저앉아서 뜻밖의 몸무게에 놀란 안락의자가 신음소리를 냈을 때 장밋빛 새끼 고양이는 앉아줘서 고맙다는 표시로 가르랑거렸다. 타라도 들키지 않게 안도의 숨을 내쉬었다.

난쟁이는 그렇게 뿌루퉁해 있다가 칼에게 타라를 맡기고 병실을 나갔다. 계속해서 뭔가를 훈련해야 되기 때문에 칼은 잠시 머물다가 로빈과 교대했고, 그다음은 무아노, 이어서 셈 선생님이 수염을 기른 학자의 모습으로 나타났다.

셈 선생님은 타라와 인사를 나눈 뒤에 말했다.

"네가 뭔가를 꾸미고 있다는 거 알아. 그게 뭔지 이제 말하렴."

타라는 천연덕스럽게 무슨 말인지 모르겠다는 듯 눈을 동그랗게 떴다.

"내가요? 아니에요!"

"네 친구들은 하나같이 슬픈 얼굴인데 칼만 뭘 하는지 혼자 신이 나서 틀어박혀 있단 말이다. 따라서 네가 칼과 둘이서만 작당을 해서 아주 위험한 작전을 짜고 있다는 것쯤이야 쉽게 눈치챌 수 있지."

타라는 입술을 깨물었다. 정말 너무 머리가 좋은 드래곤이었다. 타라는 거짓말을 하려다가 흥미롭게 쳐다보는 셈 선생님의 시선과 마주치면서 생각을 바꿨다.

"반지는 내가 하는 말을 들을지도 몰라요."

"그래서 나한테 아무것도 말해주지 못한다는 거구나."

"네."

"이러면 곤란한데……. 그럼 네 계획이 잘못된 것일 경우 내가 설득할 방법조차 없는 거잖아."

타라는 미소를 지었다.

"그게 목적이에요."

"아!"

"네!"

드래곤이 미소를 지었다.

"너를 안 뒤로는 정말 날이 갈수록 심심하지 않은 삶을 살게 되는구나, 타라 덩컨. 앞으로도 계속될 것 같고."

"어머니의 시신에 대한 새로운 소식은 없어요?" 타라는 화제를 돌리기 위해 물었다. "잿빛 요새, 아니 마지스터의 새로운 잿빛 요새는 아직도 못 찾으셨나 보죠?"

"보스가 투옥되었는데도 상그라브들이 숨어서 나오질 않아." 드래곤은 마지못해서 대답했다. "미안하구나."

그 순간 칼이 공중 부양으로 띄운 커다란 상자를 떠밀면서 전속력으로 들어오다가 셈 선생님을 발견하고 급제동을 걸었다. 뒤쫓던 블롱딘이 가까스로 피하면서 분노의 울음소리를 냈다.

"선생님의 마법이 빛나기를!" 칼이 아주 공손하게 인사했다.

"너의 마법이 세상을 지켜주기를! 오늘은 네가 아주 격식을 차리는 구나. 타라 덩컨의 작전을 실행할 준비가 된 거니? 그 상자 안에 들어 있겠지?"

아연실색한 칼이 입을 열려고 할 때였다. 갑자기 날아온 마법의 광선에 얻어맞은 칼은 입을 다물었다. 주먹을 꽉 쥐고 있던 타라는 칼이 말하지 않으리란 확신이 들었을 때 마법의 광선을 껐다.

"좋아요." 화가 난 타라가 드래곤에게 대답했다. "내가 하는 말을 반지가 들을지도 모르는데도 선생님은 꼭 들어야겠어요?"

"함축적인 말 한마디면 되는데." 셈 선생님이 안락의자에 앉으면서 대꾸했다. "네가 경솔하게 위험한 일을 저지르는 걸 원치 않으니까 네 작전을 칼이 귀띔해주는 건 어떨까? 좋은 생각 아니니? 그리고 좀 전에 보니까 굉장히 빠르게 마법을 발사하는구나. 몸도 많이 회복된 것 같은데."

"훌륭한 선생님들이 잘 돌봐주니까요." 꾐에 넘어갈 생각이 전혀 없는 타라가 퉁명스럽게 대꾸했다. "그리고 죄송하지만 많이 피곤해서 좀 쉬어야겠어요."

셈 선생님이 드래곤의 눈으로 타라를 쳐다보면서 또다시 한숨을 내쉬었다.

"네가 바보 같은 짓을 하지 못하게 보초를 세우고 지키게 하면 모조리 두꺼비로 둔갑시키겠지?"

타라는 짜증이 나서 드래곤을 쳐다보다가 잠시 생각에 잠겼다. 그리고 감정적으로 대응하기보다 논리적으로 맞서기로 결정했다.

"나는 열여섯 살이에요." 타라는 차갑고, 간결하고, 단정적인 어조(마음속으로 '리스베스 어조'라고 명명한)로 말했다. "3년 전부터 오무아의 여제와 황제는 나에게 교육을 시켰어요. 과소평가하거나 과대평가하지 말고 내 판단력과 능력을 믿으라는 교육이었죠. 만약 내일 고모와 내 동생이 사망하면, 마라가 공식적인 후계자이기 때문에 새로운 여제는 내가 되는 겁니다. 그러면 나는 이 행성에서 가장 강력한 나라의 국민 2억을 다스리는 군주가 되는 겁니다. 그런데 선생님은 왜 내가 하려는 일이 심사숙고하지 않고 내린 결정이라고 생각하는 겁니까? 나에게 그만한 능력이 없다고 생각하는 이유가 뭡니까? 아니, 선생님의 판단이 맞아서 내가 정말 믿음이 가지 않는 사람이라면 지금이라도 당장 지구로 돌아가서 마법 따위는 모조리 잊고 평범한 고등학생으로 살아갈까요? 그러면 좋겠어요?"

교만하게 느껴질 수 있지만, 타라는 많이 생각하고 하는 말이었다.

잠시 침묵이 흘렀다. 분위기가 싸늘했다.

타라가 쏘아대는 비난을 꾹 참고 듣던 드래곤이 마침내 말했다.

"대단한 웅변술이구나, 타라. 그래, 알았다. 네가 해야 할 일을 해. 네 머리 위에는 별이 있으니까, 지구인들의 표현으로 수호천사가 있으니까 너와 함께하고 지금까지 그랬던 것처럼 너를 지켜주겠지. 그 수호천사가 좋지 않은 상황이 발생했을 때도 너를 버리지 않기를 바랄 뿐이다."

"나도 그래요." 잠자코 지켜보던 칼이 한마디 거들었다.

타라가 고갯짓을 하자 칼은 아무 말도 덧붙이지 않았다.

셈 선생님이 미소를 머금고 일어났다.

"네 고모가 자랑스럽게 여길 수도 있지."

"셈 선생님?"

"왜?" 셈 선생님이 희망이 가득한 어조로 대꾸했다.

"늑대인간들의 대통령이 왔었어요. 오무아가 타투말렌쉬바르에 전쟁을 선포했다는 걸 아세요?"

"알고 있다." 셈 선생님이 심각한 표정으로 고개를 끄덕였다. "수석 족장 테올크가 셀비와 함께 여기 와 있다. 테올크는 신이 나 있지. 이 전쟁이 자기가 최고라는 걸 보여줄 기회라고 생각하니까."

"선생님이 테올크를 설득하고 전쟁을 막아주세요." 타라는 차갑게 말했다.

"뭐라고?"

"내가 실패해도 반지 때문에 세상이 유혈의 도가니가 되는 일은 없어야 해요. 늑대인간들과 뱀파이어들의 전쟁은 절대로 일어나면 안 돼요. 수십만의 희생자를 만들어서는 안 되니까요."

타라는 손가락으로 드래곤을 가리키면서 말했다.

"그건 선생님에게 맡길게요. 세상 사람들을 버리지 마세요."

"너 지금 무슨 말인지 알고 하는 거니?"

"네, 선생님이 반지를 향해 드래곤의 불을 내뿜으면 팅가푸르의 절반이 파괴된다는 걸 아니까 하는 말이죠."

쪽빛 눈과 노란빛 눈이 마주쳤는데 눈싸움하듯 깜박거리지도 않았다. 드래곤이 정중하게 몸을 숙였다.

"원하는 대로 될 것이옵니다, 마마. 이 세상을 위해."

셈 선생님이 나가자 타라와 칼은 서로를 쳐다봤다.

"준비됐지?" 타라가 물었다.

기막히게 실속을 차리는 타라를 보면서 칼은 혀를 내둘렀다.

"응. 그리고 네가 주문한 것을 받았어."

"그럼 다 됐네. 살아있는 돌? 쇳조각을 제압해주면 좋겠어. 칼이 가까이 와야 하는데 악마의 마법이 내 친구를 좀비로 만드는 걸 원치 않아."

"타라, 예쁜 타라가 친절한 칼을 보호하고 싶다고? 좋아, 알았어."

칼이 위험하지 않다는 걸 확인한 다음, 타라는 크리스털 장갑을 낀 손을 들고 마법을 발사했다. 구석구석에 있는 스쿠프들이 잠들었고, 의료 기기들은 가짜로 정상적인 수치를 표시했다.

타라는 이를 악물었다. 샤먼의 진통제가 중단되면서 즉시 등에 통증이 일기 시작했는데 눈물이 나올 정도로 아팠다.

칼은 유리 다루듯 조심스럽게 타라의 몸에 연결된 코드를 뽑았다. 체인지라인은 오무아를 상징하는 금빛과 주홍빛의 가볍고 탄력성이 좋은 갑옷을 타라에게 입혔고, 자연스럽게 풀어헤친 머리에 왕관을 씌워주었다. 칼은 타라를 일으켜놓고, 상자에서 꺼낸 휠체어에 앉혔다.

지구에서 흔히 볼 수 있는 평범한 휠체어처럼 보였다. 하지만 크롬으로 도금되어 있고, 부속마다 환상의 동물과 식물들이 조각되어 있는 예술 작품일 뿐만 아니라 필요에 따라 침대나 들것으로도 사용할 수 있는 아주 실용적인 휠체어였다.

전동기를 이용하는 휠체어지만 바퀴를 밀어도 전진할 수 있었다.

칼이 휠체어에 앉히는 순간 등에서 올라오는 통증을 참으면서 타라가 물었다.

"이 안에 마법 기능은 전혀 없지?"

"전혀. 완전히 평범한 휠체어야. 모우르무르 발명가께서 이런 도전을 할 기회를 줘서 고맙다고 전해달래."

"이제는 누구도 우리를 여기에 붙잡아두지 못해. 살아 있는 궁전?"

벽에 나타난 유니콘이 의아한 표정으로 쳐다봤다.

"부탁인데 안티 트란스미투스를 취소해줄래? 우리는 떠나야 해."

유니콘이 질겁하는 표정으로 눈이 커졌다.

"제발 부탁이야." 타라가 말했다. "우리는 시간이 없어. 누군가에게 들키기 전에 빨리 취소해!"

유니콘이 거칠게 콧숨을 내쉬면서 복종했다.

타라는 휠체어에 달린 금속 장갑을 끼고, 며칠 전부터 살아있는 돌과 축적해놓은 마법으로 초강력 트란스미투스 주문을 날리기 전에 마지막 지시를 내렸다.

"궁전, 탁자 위에 놔둔 크리스털 볼에 내가 메시지를 남겨놨으니까 우리가 떠난 뒤에 전달해줘. 내 친구들과 가족에게 보내는 작별 인사야. 내가 모두 사랑한다는 말, 그리고 내게 무슨 일이 일어나도 내 사랑은 항상, 영원히 함께할 거라고 말해줘."

칼은 고개를 끄덕였다. 칼도 타라와 마찬가지로 친구들과 가족에게 작별 인사를 남겼기 때문에 더는 덧붙일 말이 없었다.

타라가 트란스미투스를 날렸고, 엄청난 힘에 궁전은 부르르 떨었다.

그리고 타라와 칼은 사라졌다.

30

사악한 여제

오케이 목장의 결투

*

    이동할 때 공간이동의 문에 필적할 만한 것이 있을까. 미니 소용돌이라고 할 수 있는 트란스미투스는 단거리라면 모를까 장거리 이동에는 적합하지 않았다. 그래서 타라는 살아있는 돌 속에 내장된 이동의 문과 자신의 마법이 불러내는 트란스미투스를 결합시킨 신형 이동의 문을 만들었다.

    타라와 칼은 오무아의 팅가푸르에 있는 황궁의 정문 앞에서 유형화되었다.

    뱀파이어 친위대가 믿기지 않는 눈으로 쳐다보고 있었다.

    타라는 접견실에서 유형화되고 싶지 않았다. 황궁의 안티 트란스미투스는 굉장히 강력해서 출발 지점으로 돌려보낼 우려가 있었고, 위험한 술책을 꾸미는 자들을 제거하기 위해 반지가 함정을 놓았을 수도 있었기 때문이다.

사납고 위험한 사냥개처럼 천천히 다가오는 뱀파이어들을 보면서 타라는 반지가 호기심을 가져주기만 바라고 있었다.

"나는 오무아의 전 후계자 타라 덩컨이다." 타라는 낭랑한 목소리로 외쳤다. "항복하기 위해 오무의 여제를 만나러 왔다."

갑자기 심장이 벌렁벌렁 뛰었다. 타라를 에워싸고 있는 뱀파이어들을 헤치고 드라큘에 이어서 킬라가 나타났다. 둘 다 눈이 새까맣고, 빠져나갈 수 없는 지옥에서 고통스러워하는 것처럼 보였다.

"죽여라!" 드라큘이 친위대에 명령을 내렸다.

타라는 마법을 작동했다.

"잠깐." 킬라가 외쳤다. "여제께서 보고 싶어할지도 몰라요."

"아니, 여제께서는 후계자 타라 덩컨을 죽이라는 명을 내리셨다."

"네, 물론 죽이라고 했어요. 하지만 후계자가 항복할 경우에는 어떻게 해야 하는지 말하지 않았어요. 저기 보세요, 아버지. 눈 깜짝할 사이에 도시 전체가 알 거예요!"

실제로 많은 사람들이 궁전의 정문 앞 계단에서 벌어지는 장면과 타라의 모습을 크리스털 볼의 카메라에 담고 있었다.

드라큘이 불만을 터뜨렸다.

"빌어먹을 인간들! 좋다, 일단 타라 덩컨을 안으로 들여라. 여제에게 어떻게 할지 물어보겠다."

킬라가 칼에게 휠체어를 밀고 들어오라고 손짓했다. 타라에게 일어나라고 하지 않는 것으로 보아 마비가 되었다는 걸 이미 알고 있다는 뜻인데.

그들은 웅장한 정문을 지나 앞뜰을 거쳐서 대기실로 들어갔다. 빨간색과 흰색의 방은 오무아를 상징하는 100개의 금빛 눈을 가진 주홍빛 공작 문양의 양탄자가 깔려 있었다. 벽에는 프레스코화가 그려져 있고, 공중에 매달린 작은 샘에서 화려한 새들과 요정들이 목을 축이고 있었다. 빨간 대리석 바닥에 뿌리를 내린 나무들이 살랑거렸고, 그윽한 향기를 내뿜는 빨간 꽃에서 비즈즈즈들이 꿀을 모으고 있었다.

드라큘이 크리스털 볼을 꺼내서 여제에게 접속하자 그들 앞에 리스베스의 이미지가 나타났다. 타라를 발견한 여제가 눈을 치켜떴다.

타라는 가슴이 오그라드는 것 같았다.

뱀파이어들과는 달리 리스베스 여제의 눈은 검은빛이 아니었다. 그리고 건강한 모습이었다.

"오, 내 조상들이 나온 진흙이여! 저 계집아이가 여기는 무슨 일이야?" 여제가 내뱉었다.

"오무아의 여제 폐하." 타라는 휠체어에 앉은 자세에서 할 수 있는 가장 정중한 몸짓으로 인사했다. "나는 고모에게 협력하러 왔습니다."

여제는 입을 멍하니 벌렸다.

"나에게 협력을 하겠다?"

"네, 그래서 온 거예요. 다른 친구들은 따라오기를 거부했고, 면허받은 도둑 칼만 설득해서 데려왔어요. 우리는 고모가 너무 강력해서 대립할 수 없다고 판단했거든요. 고모가 아더월드를 정복하는 데 큰 도움을 줄 수 있을 거예요."

여제가 눈을 가늘게 떴다.

"네가 기회주의자였다는 기억이 없다. 그리고 너를 경계하라는 명을 내렸다."

반지가 시켰다고 말하지 않는다는 것은 고모가 지배를 받고 있는 건 아니라는 뜻인가?

타라는 한숨을 내쉬면서 휠체어를 가리켰다.

"내 척추에 박힌 쇳조각 때문에 얼마 전부터 극심한 고통을 겪고 있어요. 나는 한 가지 소망밖에 없어요. 제발 쇳조각을 빼내주세요. 나는 죽고 싶지 않아요. 그래서 고모에게 대립할 것이 아니라 협력하려고 찾아온 거예요."

"너를 당장 죽이라는 명을 다시 내린다."

타라는 고개를 끄덕였다.

"나를 믿지 않으시는군요. 그럼 나를 시험해보세요. 이제는 내 친구들도 모두 내가 배신했다는 걸 알고 있으니까요."

"이유는?"

이건 테스트였다. 타라는 준비한 대답이 있었다. 고모는 타라를 잘 알고 반지도 잘 알고 있었다.

"평화를 위해서요." 타라는 대답했다. "뱀파이어들과 늑대인간들의 살육전을 피하기 위해서요. 나는 늑대인간들의 하클라예요. 내가 고모에게 맞서지 말라고 명하면 늑대인간들은 복종할 거예요. 나 아니었다면 그들은 아직도 노예로 살았을 테니까요. 늑대인간들은 '충성'이란 말의 뜻을 아는 종족이죠. 고모가 아더월드를 정복하는 동안 내가 옆에 있으면 아무도 피해를 입지 않을 거예요. 고모는 나를 아니까 내가 거짓말하는 게 아님을 알 거예요."

타라가 어찌나 진지한 목소리로 천연덕스럽게 말하는지 뒤에 서 있는 칼은 귀가 의심스러워서 딸꾹질이 나왔다.

타라가 친구들 중에서 여제의 눈에 가장 '매수하기 쉬운' 도둑만 데리고 왔다는 사실은 고모와 반지에게 설득력이 있었다.

여제가 잠시 침묵을 지키고 있는데 정말 숨이 막힐 정도로 아주 길게 느껴졌다.

"나는 너를 믿지 않아. 하지만 네가 쓸모는 있지."

여제는 이미지 앞에 허리를 숙이고 있는 뱀파이어들의 대통령을 쏘아봤다.

"이 아이를 도둑과 함께 감옥에 넣으시오. 어떻게 할지는 나중에 생각할 테니까."

"하지만." 타라가 말했다. "나는……."

여제의 이미지가 타라를 향해 몸을 숙이면서 매서운 눈초리로 응시했다.

"한마디만 더 하면 네 심장을 뽑아버릴 테니까, 입 닥쳐! 알았니?"

화가 나지만 타라는 꾹 참으면서 고개를 숙였다.

"감옥에 들어가면 너는 마법을 사용할 수 없으니까 조용히 있어! 알았니?" 여제는 웃음을 흘리면서 말했다 "나는 잠을 좀 자야겠다."

그리고 이미지는 사라졌다.

뱀파이어들은 잠자코 타라와 칼을 감옥으로 데려갔다. 타라는 속으로 안도의 숨을 내쉬었다. 이제부터 시작이야.

간수들도 티그족 대신 뱀파이어들로 바뀌었지만, 감옥은 여전히 독이빨을 가진 시커먼 하이에나인 샤트릭스들이 경비를 서고 있었다.

감옥은 꽉 차 있었다. 탈옥 방지를 위해 마법을 무력화시키는 조각상이 있는 구역으로 들어서는 순간 타라는 통증과 싸울 각오로 이를 악물었다.

그런데 통증이 일어나지 않았다.

아팠던 적도 없었던 것처럼 통증이 순식간에 사라져버렸다. 조각상이 악마의 마법까지 억제해버리는 바람에 쇳조각도 버티지 못했던 것이다.

하지만 타라의 다리는 여전히 마비된 상태였다. 그렇다면 척추를 장악하고 못 쓰게 만들고 있는 쇳조각이 마법과는 상관이 없다는 건데.

칼이 휠체어를 밀어주었고, 타라는 감방들을 지나치면서 가슴이 오그라들었다. 아는 이들이 꽤 많이 투옥되어 있었다. 그중에서 특히 세 명이 눈에 들어왔다.

휠체어에 앉은 타라를 보면서 눈이 동그래지는 아르노.

벌떡 일어나는 실버.

그리고 여전히 마스크를 쓰고 있는 마지스터가 간이침대에 누워 있는데 몹시 아픈 것 같았다.

감방에 갇히기 전에 칼과 타라는 몸수색을 받았다. 칼의 연장과 망토가 압수되었고, 체인지라인은 주머니에 위험한 것이 들어 있지 않다는 걸 보여주어야 했고(타라는 출발하기 전에 주머니 안을 비우게 했다), 타라의 휠체어도 수색을 받았는데 칼은 그 특유의 비아냥거리는 입담으로 간수들을 자극했다. "설마하니 장애자가 타는 휠체어에 무기를 감췄을까 봐요?"

빈방이 없는지 한 방에 가두고 뱀파이어 간수들이 나가자 칼이 걱정스러운 얼굴로 물었다.

"괜찮아?"

"응, 우리는 물론이지만, 쇳조각도 마법이 무력화되어서 통증이 사라졌어. 칼, 이러니까 다시 사는 느낌이야."

"정말 네 얼굴에 혈색이 돌아왔어."

"끔찍한 감옥에 갇혔으니 행복하다고까지 말할 수는 없지만, 그래도 아프지 않으니까 정말 살 것 같아."

"이제 어떻게 될까?"

"고모가 올 거야. 내가 어떻게 나오는지 정말 궁금할 테니까. 분명히 나를 보러 올 거야."

타라와 칼은 그리 오래 기다릴 필요가 없었다. 거리가 멀리 떨어져 있기 때문에 아르노가 실버의 질문까지 함께 소리를 지르고 있을 때 복도 끝에서 시종들과 뱀파이어 친위대를 거느린 여제가 모습을 드러냈다. 타라는 많은 궁인들이 악마에 들리지 않은 모습에 깜짝 놀랐다. 타라는 침울해졌다. 오무아 사람들의 낙관주의는 정말 알아줘야 했다. 이들에게는 '생존'이 최우선이었다. 오무아 사람들은 여제에게 무슨 일이 일어났다는 걸 알아도 자기들에게 해가 되지 않으면 개의치 않았다.

"저 아이들을 끌어내라." 리스베스 여제가 명했다.

친위대가 복종했고, 타라는 소름이 돋았다. 친위대 속에 섞인 인간의 피를 먹은 뱀파이어들이 타라를 맛있는 음식을 대하듯 처다봤던 것이다. 정상적인 뱀파이어들은 노골적으로 경멸을 나타냈다.

칼이 감방 밖으로 타라의 휠체어를 밀고 나갔다.

타라는 깜짝 놀라는 표정으로 주위를 둘러봤다.

"비밀 얘기를 해야 되는데 다른 곳으로 가야 하는 거 아닌가요? 여긴 귀가 너무 많은데요."

"왜 여기가 마음에 안 드니?" 여제가 즐거워하는 얼굴로 말했다. "마법을 사용하지 못해서 싫어?"

타라가 반격했다.

"내가 이해가 안 되는 건 여기서는 마법이 힘을 발휘할 수 없는데도 반지가 계속해서 고모를 지배하고 있다는 점이에요."

여제가 눈빛을 번득이면서 궁인들에게 물러나라고 명했다. 드라큘, 아르노가 목을 빼고 이름을 부르건만 들은 체도 않는 킬라, 여제, 타라, 칼, 투옥된 죄수들만 남았다.

"우리가 뭔가 합의를 해야 한다면 반지에 대한 말은 꺼내지 않는 게 좋을 텐데, 어린 인간?" 여제는 따끔하게 지적했다.

드라큘과 킬라는 반응하지 않는 반면에 실버와 아르노가 소스라쳤다.

"잘 알았습니다, 고모." 타라는 공손하게 대답했다.

"계속 그렇게 우리의 혈연관계를 상기시키지 않아도 돼." 리스베스는 거만한 어조로 말했다. "네가 누군지, 내가 누군지 잘 알고 있으니까! 그리고 방금 네 질문에 답하자면, 나는 죄수들을 심문하기 위해 정기적으로 감옥에 들러야 한다. 따라서 조각상이 나의 마법은 차단하지 못하게 만들었지. 반지가 그렇게 만드는 데 여러 달이 걸렸지만 완벽하게 작동하고 있지. 그래서 나는 내 마법과 반지의 마법을 뜻대로 사용할 수 있다. 조각상이 아더월드의 마법을 완전히 무력화하는 건 불가능해도 죄수들의 마법은 막을 수 있지."

타라는 경의를 표했다.

"훌륭하십니다. 고모가 우리를 왜 감옥에 있게 했는지 이제야 이해가 됐어요. 무슨 일이 일어나도 고모는 마법으로 방어할 수 있지만 우리는 힘을 쓸 수 없으니까요."

타라가 칼에게 휠체어를 좀 더 앞으로 밀어달라고 손짓하자 리스베스는 경계하면서 뒷걸음쳤다.

"너는 마법을 사용할 수 없다는 거 알지만 다가오지 마. 네가 뱀파이어로 변신했을 때 그 힘을 봤으니까."

타라는 천진한 미소를 지으면서 휠체어를 가리켰다.

"하지만 반지가 나를 마비시켜놨잖아요, 고모. 이렇게 해놓지 않았다면 내가 여기 오지도 않았겠죠. 치료를 받고 고모를 보좌하기 위해 온 거지 다른 목적은 전혀 없어요. 어? 그런데 저게 뭐죠?"

타라가 고개를 쳐들고 완전히 깜짝 놀라는 표정을 지었다.

아주 짧은 순간이지만 칼은 훈련이 되어 있었다. 타라가 뭘 보고 놀라는지 보려고 모두 고개를 돌렸을 때 칼은 재빠르게 휠체어의 버튼을 눌렀고, 권총이 튀어나왔다. 타라가 칼에게 준 상자에 들어 있던 것이 바로 권총이었다. 지구에서 저택을 공격해온 상그라브 중 한 명이 타라를 들쳐 업고 달아나다가 실버에게 걸렸을 때 내놓은 권총인데 타라가 보관하고 있었다. 타라는 힘의 중심이 되는 가슴이나 머리통을 쏘라고 했는데…….

지금 칼은 리스베스를 향해 권총을 겨누고 있었다.

드라큘이 괴성을 지르면서 아연실색한 여제 앞으로 달려왔지만 너무 늦었다. 칼은 이미 방아쇠를 세 번 당긴 뒤였다. 탕, 탕, 탕. 경련을 일으키는 리스베스의 얼굴 좌우를 지나쳐간 총알들이 마법을 무력화시키는 조각상을 박살 냈다. 적중! 미션 성공! 그와 동시에 타라는 리스베스와 반지가 반응할 겨를을 주지 않고 두 번째 표적, 마지스터를 향해 믿기지 않는 힘을 발휘했다.

"스파리담!"

즉시, 악마의 사물들에서 나오는 마법이 점액성의 시커먼 물결을 이루어 타라에게 흘러왔다. 반지는 이내 마법이 흘러나가지 못하게 막았지만, 고문에 시달린 마지스터는 너무 허약한 상태라서 타라를 당해낼 수 없었다. 타라는 순식간에 악마의 셔츠에서 마법을 빼냈고, 자신의 마법에 살아있는 돌의 마법, 마지스터의 마법까지 결합시키면서 변신했다.

검은 여왕! 타라는 여전히 마비가 되어 있지만, 척추에 박힌 반지 조각은 더 이상 힘을 쓰지 못했다. 마법의 물결이 즐겁게 검은 여왕을 가득 채우고 있었다. 눈이 검푸른 빛으로 이글거리더니 살아 있는 힘의 화신이 공중으로 떠올랐다.

검은 여왕을 보면서 격분한 리스베스가 칼의 얼굴을 후려치면서 권총을 빼앗은 다음 반지의 힘으로 공중으로 떠올랐다. 리스베스의 눈은 검은빛이었다. 반지가 마법을 축적하는 동안 사태를 지켜보던 두 뱀파이어 드라큘과 킬라가 고개를 흔들더니 재빨리 죄수들을 풀어주고는 줄행랑을 쳤다. 아르노는 킬라를 쫓아 나갔지만, 실버는 마지스터가 움직이지 못하기 때문에 남아 있었다. 입에서 피가 흐르는데도 감방으로 뛰어들어간 칼은 실버와 함께 마법의 방패를 만들어서 마지스터와 갈랑, 블롱딘을 보호했다. 칼은 그냥 있다가는 목숨이 위태롭다는 걸 알면서도 극적인 순간을 놓칠 수가 없어서 도망치지 않았다.

검은 여왕의 아름다움은 소름이 끼쳤다. 빨간빛과 금빛의 갑옷이 검은색으로 변했다. 손에는 갈퀴발톱이, 다리에는 날카로운 칼날이 삐죽삐죽 솟아 있었다. 리스베스도 검은색 갑옷 차림인데 흘러내리는 점착성 액체가 바닥에 닿으면서 연기로 변하고 있었다.

"함정일 줄 알았어." 리스베스는 앙칼진 목소리로 말했다. "내 호기심을 노린 함정에 빠진 거야. 반지가 하라는 대로 네가 나타나는 즉시 죽였어야 했는데!"

타라는 반지를 파괴하러 온 것이지 얘기를 하러 온 것이 아니었다. 타라의 데스트룩투스 공격이 리스베스의 방패를 맞고 튕겨 나왔지만 타격을 받은 것 같았다. 이번에는 타라가 리스베스의 공격을 방어할 차례였다.

하지만 충격적이었다. 예상보다 훨씬 강력한 공격이었다. 얼마나 강력한지 건물이 흔들리고, 벽이 박살 나면서 날아오는 돌 파편이 칼과 실버까지 위협할 정도였다.

여제는 흡족한 얼굴로 고개를 끄덕였다.

"너는 그리 강력하지 않아. 이제는 다른 것으로 대체하는 방법을 알았으니까 악마의 영혼은 아낄 수 있지."

타라는 눈살을 찌푸렸다.

"다른 것으로 대체하는 방법이라니……."

여제는 비웃음을 흘렸다.

"아! 모르고 있었니? 너의 정보통은 능력이 없구나. 마법사들이 비욘드월드로 떠나기 전에 영혼을 낚아채는 방법을 반지가 알려줬거든. 물론 어떻게 작동하는지 이해하기까지는 꽤 많은 마법사를 죽였지. 영혼들이 내가 바라는 대로 움직이는 편은 아니지만 지금 내 힘은 회복되었다. 너는 나한테 상대가 안 돼!"

그러고는 데스트룩투스 공격을 했다. 휘몰아치는 불덩어리의 빛이 어찌나 강렬한지 칼과 실버의 눈에 눈물까지 고였다. 용맹하게 싸우고 있지만, 척추에 박힌 쇳조각의 공격을 받는 타라는 폭발하거나, 리스베스나 마지스터처럼 악마의 마법에 감염될까 봐 마법을 많이 사용할 수 없었다.

칼은 믿어지지 않았다. 칼과 타라는 검은 여왕이 반지보다 훨씬 강할 거라고 생각했는데.

이렇게 끝나는 건가? 리스베스는 압박하면서 이미 힘이 다 빠진 검은 여왕을 바닥에서 꼼짝 못하게 했다. 방패가 굴복했다. 검은 여왕은 사라지고 기진맥진한 타라의 몸이 나타났다. 타라의 코와 귀에서 피가 흘러내렸다. 잔혹한 표정을 지으면서 타라 위로 날아온 리스베스는 당장 끝장낼 기세였다. 파괴의 불을 작동했다는 것은 리스베스가 타라를 죽이겠다고 작정한 것이 아닌가.

완전한 패배였다.

그래서 타라는 할 생각이 없었던 일을 했다. 금지된 것이라서 수명이 몇 년은 짧아지는 대가를 치러야 할 일을 했다.

마왕을 불러낸 것이다.

"마왕은 내 앞에 나타날지어다!" 타라가 고함쳤다.

악마들과 협약이 된 사항이었다. 어떤 마법사든 지각단층을 열지 않고 악마를 아더월드로 불러낼 수 있었다. 하지만 악마를 불러내면 그 대가로 짧게는 몇 분, 길게는 몇 년의 생명을 내주어야 했다. 강력한 악마일수록, 강력한 마법사일수록 생명을 많이 내주어야 하기 때문에 수명이 몇 년은 짧아질 수 있었다. 어차피 죽기 일보 직전인데 타라는 더 잃을 것이 없지 않은가.

타라가 무슨 짓을 했는지 알아차린 리스베스가 경악하는 얼굴로 외쳤다.

"안되애애애애애!"

너무 늦었다. 허공에 거대한 구멍이 열리고 얼굴에 샴푸가 잔뜩 묻은 아르칸즈가 어리둥절한 모습으로 나타났다.

"오, 내 조상들의 발굽이여! 이게 무슨 일……."

아르칸즈는 바닥에 쓰러져 있는 타라와 리스베스, 감옥을 보면서 말을 중단했다.

아르칸즈가 손가락 마디 꺾는 소리를 내면서 비누 거품을 없애자 갑옷과 왕관을 쓴 차림으로 변했다.

"나는 마왕을 불렀어요!" 아르칸즈가 나타난 걸 이해할 수 없는 타라가 고통 때문에 힘겹게 말했다.

"그래서 내가 온 것이다!" 아르칸즈는 경쾌하게 말했다.

리스베스가 고함을 지르면서 아르칸즈에게 공격을 가했다. 타라는 겁먹을 겨를이 없었다. 아르칸즈의 갑옷이 마치 아무 일도 없었던 것처럼 리스베스의 공격을 흡수해버렸으니. 아르칸즈는 시커먼 토네이도를 일으켜서 리스베스를 벽으로 밀어붙이고 꼼짝 못하게 했다.

"당신이 마왕이에요?" 칼이 외쳤다. "언제부터요? 아버지를 죽인 거예요? 왕위를 계승하려고?"

아르칸즈는 한숨을 내쉬었다.

"너희 인간들은 정말 살육을 즐기는구나! 그게 아니라 아버지는 내가 옳았고, 아버지가 잘못되었다는 걸 깨닫고 스스로 물러나셨다. 따라서 나는 악마들의 새로운 왕이 되었다. 하지만 이렇게 빨리 타라 너를 다시 보게 될 줄이야! 내 사랑, 새로운 모습도 아주 마음에 드는구나!"

타라를 부축해서 일으켜주던 아르칸즈는 걷지 못하는 걸 보고 눈살을 찌푸렸다.

아르칸즈는 그사이에 용케 움직이는 데 성공한 리스베스의 공격을 왼팔로 잽싸게 막으면서 물었다.

"이게 어떻게 된 거니?"

"마비가 되었어요. 반지가 보낸 조각이 척추에 박혀 있어서 나는 걸을 수가 없어요." 타라가 말했다.

아르칸즈를 공격해봐야 소용이 없다는 걸 알아차린 리스베스는 후퇴할 생각으로 벽에서 떨어졌다. 하지만 칼이 고함쳤다.

"도망친다!"

아르칸즈가 쳐다보자 겁에 질린 리스베스는 뒷걸음쳤다. 아르칸즈의 초록빛 눈에서 무엇을 읽은 걸까? 리스베스가 비명을 지르기 시작했다.

극도의 공포에 사로잡힌 비명이었다. 그리고 리스베스는 마비된 것처럼 움직이지 못했다.

아르칸즈는 눈을 가늘게 떴다.

"내 아버지의 반지가 이랬다고?" 깜짝 놀란 아르칸즈가 물었다. "크라에토비르의 반지? 그 멍청한 반지가 도대체 여기서 무슨 짓을 하고 있는 거야? 악마의 사물들은 너희가 어딘가에 가둬둔 걸로 아는데?"

"이 반지는 완제품이 아니라 시제품 중 하나예요." 타라는 갈비뼈가 부러지는 것 같은 통증과 싸우면서 대답했다. "반지가 리스베스 여제를 장악하고 있어요. 그래서 드래곤들이 반지를 파괴하기 위해 여길 공격할 생각인데 내가 원하지……."

"그래, 알아들었다. **너! 이리 나와!**"

그 호통에 리스베스의 손에서 빠져나온 반지가 아르칸즈의 손바닥으로 날아왔다. 리스베스가 푹 쓰러지는 순간 재빠르게 실버가 두 팔로 안았지만, 그녀는 의식을 잃었다.

"쯧 쯧 쯧! 미친 반지 같으니라고, 깜냥도 안 되는 것이 주제넘게 권리를 침해하다니!" 아르칸즈는 혀를 찼다.

아르칸즈는 주먹을 꽉 쥐었다. 우지끈하고 무언가가 부서지는 소리와 그의 절규가 뒤섞였다. 아르칸즈가 손을 폈을 때 반지는 가루로 변해 있었다.

"이 갑옷은 사라지게 해." 아르칸즈는 고통스러워서 눈물을 흘리는 타라에게 부드럽게 말했다. "그리고 체인지라인에게 부탁해서 내가 볼 수 있게 네 등을 드러내주면 좋겠다."

체인지라인이 시키는 대로 타라의 등을 드러내주었다. 타라는 아르칸즈의 따뜻한 손이 등에 닿는 순간 엄청난 통증이 일면서 갑자기 다리가 움직여지더니…… 등에서 뭔가가 나오는 느낌이 들었다. 아르칸즈가 방금 끄집어낸 반지 조각을 타라에게 보여주고 나서 입김을 불자 쇳조각이 재로 변했다.

"고마워요." 타라는 중얼거렸다. "고마워요."

타라는 등에서 한 줄기의 피가 흘러내리는 걸 느꼈다. 아르칸즈는 타라의 상태를 보면서 얼굴을 찌푸렸다.

"내가 여기 있는 시간이 길수록 네 생명이 단축되는 거야. 1분이면 며칠의 생명을 내가 흡수하기 때문에 내가 빨리 떠나는 것이 너한테는 좋아. 그래서 말인데 타라 덩컨, 우리 세계에서 지낼 때 내가 말했던 대로 아더월드와 교역을 하고 싶다는 메시지를 전해주기 바란다. 그리고 아더월드의 국민들에게 말해주기 바란다. 우리는 적이 아니라는 걸."

아르칸즈는 여전히 걷지 못하는 타라를 휠체어에 앉혀주었다. 그리고 아연실색한 눈으로 쳐다보고 있는 칼에게 말했다.

"타라의 폐에 구멍이 나 있고, 몸속에 두세 군데 출혈이 있으니까 치료를 해줘라."

그렇게 말하고 아르칸즈는 마지막으로 타라에게 다정한 미소를 지어 보였다.

"내 사랑, 다음에 다시 볼 때는 서로 싸우거나 네 목숨을 구해주기 위해서가 아니라 보다 로맨틱한 일로 만나게 되길."

그러고는 타라가 돌아가라는 말을 하기도 전에 아르칸즈 스스로 사라졌다.

"정말 흥미롭구나." 귀에 익은 목소리가 부드럽게 말했다. 리스베스 여제가 깨어난 것이다. "방금 그 청년이 마왕이라고 했는데 내가 꿈을 꾼 거지?"

"얘기하자면 길어요." 칼이 대답했다. "*레파루스의 이름으로 상처는 사라지고 통증은 멈출지어다!*"

타라는 기절했다.

에필로그
보상받을 자격이 있다고 생각하면서도
막상 보상을 하면 싫어할 때도 있는데

*

다시 눈을 떴을 때 타라는 팅가푸르의 침실에 누워 있었다.

그리고 아프지 않았다. 전혀! 옆에 있는 갈랑도 편안하고 행복해 보였다. 페가수스의 털이 윤기를 되찾은 걸 보면 건강한 것 같았다. 타라는 조심스럽게 기지개를 켜봤지만 아무렇지도 않았다. 털끝만큼의 통증도 없었다. 타라는 웃기 시작했다.

"오, 맙소사! 타라가 실성한 것처럼 혼자 웃고 있어."

살짝 열린 문 사이로 칼의 얼굴이 나타났다.

"칼? 잘된 거야? 어떻게 됐어?"

"일주일 동안의 일을 몇 마디로 요약하기는 어렵지만 해보지, 뭐. 네 고모 리스베스 여제는 정상으로 돌아왔고, 마라는 네 방문 앞을 지키고 있지. 네 몸이 회복될 수 있게 인위적으로 너를 재우기 시작한 뒤로 일주일 내내. 우리 부모님들도 무사히 지구에서 귀환하면서 모든 것이 정상으로 돌아왔어. 뱀파이어들은 크라살비로 돌아갔고, 무슨 일이 있었는지 아무것도 기억하지 못해. 킬라가 인간의 피를 먹은 뱀파이어들에게 서로 치료할 수 있는 방법을 가르쳐주었어. 그리고 크산디아르는 오무아 친위대장으로 복귀했지. 경비 문제로 흥분한 크산디아르가 내지르는 고함소리가 이따금 들리고, 그럴 때마다 세네가 즐거워하고 있어. 경비 문제가 나왔으니까 말인데 혼란을 틈타서 그놈의 마지스터가 또 도망쳐버렸어. 조각상이 파괴되었기 때문에 트란스미투스를 사용한 거야. 실버는 일생을 도망치면서 사는 존재와 연락하면서 지낼 수 없다는 걸 마침내 깨달은 것 같아. 그리고 위로해주는 파프니르 덕분에 히믈리아로 가서 불굴의 전사 군대에 지원하기로 결정했어."

칼이 킥킥거렸다.

"파프니르는 마법 능력 때문에 그렇지 않아도 난쟁이들과 껄끄러운데 장밋빛 새끼 고양이와 가짜 난쟁이 하프드래곤까지 데리고 가봐. 무슨 일이 일어날지 안 봐도 눈에 선해."

타라는 미소를 지었다.

"그래 봐야 파프니르에게 머리를 몇 대 맞으면 모두 정상으로 돌아갈 텐데, 뭐."

"아, 참! 파프니르는 실버가 매직 6총사, 그러니까 일명 매직갱의 일원이 되기를 바라고 있어."

타라는 어깨를 으쓱했다.

"클럽도 아닌데 그런 말은 할 필요 없지. 실버는 우리의 친구잖아. 그거면 무조건 일원이 되는 건데!"

"파프니르는 너랑 생각이 달라. 매직갱은 아주 특수한 클럽이라면서 누군가를 받아들이려면 '세상을 파괴할 가능성', 재앙을 일으키는 일들을 타개하는 능력이 있어야 한다는 거야. 그리고 매직갱 클럽의 배지나 반지를 만들 생각까지 하고 있어."

타라는 천장을 쳐다봤다.

"그건 대화를 좀 나눠야 한다고 말해."

칼이 말을 이었다.

"반지를 파괴하면서 아르칸즈는 죽었지만 아직 비욘드월드로 떠나지 않은 마법사들의 영혼을 풀어주었어. 오무아의 최고 마구스들은 선견지명이 있었는지 실험할 목적으로, 반지가 혈액순환을 정지시켜놨던 시신들을 보존하고 있었기 때문에 소멸되지 않았던 일부 영혼들을 소생시키는 데 성공했어. 그리고 여제께서 특별 회견을 열겠다면서 모두 황궁으로 불러들였기 때문에 (칼이 팔을 내려다보면서 말했다) 한 시간쯤 후에는 모두 만나게 될 거야."

타라는 벌떡 일어났다.

"한 시간 후? 내가 언제 깨어날지 고모가 어떻게 알고?"

"샤먼이 네가 깨어나는 시간을 맞춰놨거든. 그래서 우리도 여기 다 모여 있는 것이고. 물론 내가 제일 빨리 왔지만."

타라는 한꺼번에 달려드는 친구들을 차례로 포옹하면서 환한 미소를 지었다. 마지막으로 로빈이 다가왔는데 하프엘프는 참고 있던 감정이 터져 나왔다.

"타라, 어떻게 나한테까지 이럴 수가 있어? 그래도 나한테는 귀띔이라도 했어야 되는 거 아냐?"

"미안해." 타라가 부드럽게 말하면서 로빈의 흥분을 가라앉혔다. "정말 복잡한 작전이었어! 너희들을 데려가지 않은 건 반지도 내가 너희를 배신한 것으로 믿게 하기 위해서였어. 그 나머지는 칼한테 다 들었지?"

"무슨 일이 일어났는지 우리도 봤어, 타라." 무아노가 설명했다. "감시 카메라에 모든 장면이 녹화되어 있었으니까. 반지가 이기고 있을 때는 정말 소름이 끼치면서 미치는 줄 알았어. 그런데 어떻게 아르칸즈를 불러낼 생각을 했어? 완전 결정타였어!"

"페스트와 콜레라, 두 개의 전염병 중에서 내가 그나마 제압할 수 있는 것 하나를 골라야겠다고 생각했어. 악마들은 오랜 세월 우리 행성을 노리고 있었잖아. 그런데 자기들이 만든 사물에게 선수를 빼앗겨서 아더월드를 정복할 기회를 놓친다면 기분이 좋지 않을 거란 생각이 들었어. 물론 마왕을 불렀는데 아르칸즈가 나타나서 나도 깜짝 놀랐어. 아무튼 마왕이라면 악마의 사물이 너무 강력해지게 내버려두지 않을 거라고 생각했는데 다행히 그 예상이 맞았어!"

"그 반지는 아주 돼먹지 못한 물건이야!" 파프니르가 분개했다. "내 팔찌를 훔친 게 반지였어!"

모두 의아한 얼굴로 난쟁이를 쳐다봤다.

"기가 막혀서!" 파프니르가 정교하게 세공한 팔찌를 꺼내더니 타라의 팔목에 채워주면서 말했다. "내가 타라의 생일 선물로 만들었는데, 대신 보내달라고 했건만 그놈의 반지가 전하지 않은 거였어. 우리가 타라에게 관심도 없다고 생각하게 만들려고! 아주 못돼먹었어!"

파브리스는 미소를 지으면서 무아노를 다정하게 껴안았다.

"반지가 한 짓은 정말 완전 최악이야!"

감격한 타라가 고마움을 표시하자 파프니르는 씨익 웃어주었다. 그러고는 강렬한 눈빛으로 쳐다보는 실버를 향해 돌아서면서 새끼 고양이 벨을 탁자에 내려놨다.

"오, 여기서는 안 돼, 파프니르! 보는 눈이 너무 많잖아. 그리고 지금은 너를 위해 춤출 시간도 없어. 그러니까 가자."

실버가 반응하기 전에 파프니르는 품에 뛰어들었고, 두 다리로 허리를 감으면서 열렬하게 입을 맞췄다.

뜻밖의 무게에 아주 잠깐 휘청했을 뿐, 실버는 아무런 반응도 보이지 않았다. 이윽고 친구들의 매료된 눈길을 받으면서 이번에는 실버가 파프니르에게 열정적으로 입을 맞췄다.

그리고 둘은 기절했다.

늑대인간의 힘 덕분에 파브리스는 재빠르게 파프니르를 잡아주었지만, 로빈은…… 이런, 실버를 놓치는 바람에 빨간색 카펫 위로 푹 쓰러졌다.

"어, 미안해, 너무 늦었네." 로빈이 말했다.

하프드래곤의 머리가 단단해서 천만다행이었다.

타라가 로빈을 흘겨봤지만, 실버는 눈앞에 별이 보이는 것처럼 빙글빙글 도는 눈으로 일어났다.

"오, 내 조상들의 비늘이여!" 실버가 중얼댔다. "이 키스는 진짜였어!"

파프니르는 여전히 기절해 있지만 얼굴은 행복한 미소를 짓고 있었다.

실버는 파프니르를 향해 몸을 숙이고 두 팔로 안아서 앉혔는데 난쟁이 전사의 몸무게 때문에 근육이 불거져 있었다. 그 순간 난쟁이가 눈을 뜨자 실버는 또다시 키스를 했고, 둘은 이번에도 콰당, 기절했다.

"이건 뭐, 전설로 길이 남을 사랑이군." 칼이 한숨을 내쉬었다. "얘들은 기절해 있게 두고 우리는 접견실로 가자."

킥킥거리는 웃음소리가 가라앉았을 때 타라가 갑자기 말했다.

"이상해. 다리에 감각은 있는데 이 느낌은…… 음, 좀 저리다고 해야 되나."

"근육이 약간 위축됐기 때문에 아직 걷는 건 무리야." 칼이 뒤에 있는 이상한 실루엣을 가리키면서 말했다. "모우르무르 발명가께서 너에게 이걸 보내셨어."

은으로 만든 일종의 외골격(몸의 바깥쪽을 싸고 있는 골격—옮긴이)인데 옷처럼 입을 수 있는 아주 세련되고 아름다운 발명품이었다. 칼이 사용법을 보여주었다. 타라는 문제없이 걸을 수 있다고 생각하면서 필요 없다고 말하려고 했지만, 두 번이나 비틀거리다 넘어질 뻔했기 때문에 외골격의 도움을 받기로 했다. 친구들이 준비하는 동안, 타라는 무아노의 도움을 받으면서(칼이 도와주겠다고 나섰다가 베개로 얼굴을 맞았다) 샤워를 했고, 금빛과 주홍빛의 아름다운 드레스를 입은 다음, 근육이 조금만 떨려도 반응하는 외골격을 걸쳐 입었다.

이런 차림으로 걷는 것은 훈련이 필요했다. 몇 번이나 비명을 지르면서 넘어지는 바람에 화분이 깨졌고, 놀란 친위대원들이 뛰어들어오는 일까지 벌어지면서 한바탕 소동이 일었다. 그렇게 30분쯤 지나자 타라는 얼굴이 벌게져서 숨을 헐떡였다.

다시 샤워를 해야 했다. 체인지라인이 이번에는 주홍빛 새틴 레이스로 장식하고, 금빛 자락을 늘어뜨린 드레스를 입힌 다음 다이아몬드와 루비 왕관을 씌워주었다. 외골격 의상도 금빛으로 변했다.

이제는 꾸물거릴 시간이 없었다. 정신이 돌아온 파프니르와 실버는 헐레벌떡 타라를 쫓아왔고, 거대한 접견실로 들어갔다. 오무아의 여제, 후계자 마라, 지구에서 돌아와 있는 자르, 정부의 각료 전원이 기다리고 있었다. 이사벨라 덩컨과 마니투, 그리고 정말 놀랍게도 모우르무르도 참석해 있었다. 타라는 할머니와 증조할아버지에게 반갑게 인사했다. 티그족 친위대 전원이 타라에게 허리를 굽혔고, 주홍빛 정복 차림의 크산디아르 친위대장은 얼굴이 환하게 빛나고 있었다. 친위대장이 복귀하면서 황궁은 정상적으로 돌아갔다.

스쿠프들은 이미 촬영하고 있었다. 반지 사건에 대해서는 공식적인 발표가 없었기 때문에 오무아 국민 대부분은 정확하게 무슨 일이 일어났는지 모르고 있었다. 세력 다툼 같은 것이 일어났고, 타라가 아더월드에 돌아왔다는 걸 제외하고는.

타라와 친구들은 오무아의 상징, 100개의 금빛 눈을 가진 주홍빛 공작이 굽어보는 옥좌를 향해 전진했다. 옥좌에 앉아 기다리고 있는 여제는 머리끝에서 발끝까지 흰색 차림을 하고 있었는데, 이는 평소에는 즐기지 않는 옷차림이었다. 아니, 한 번도 흰색 드레스를 입은 여제를 본 적이 없어서 타라는 정말 낯설게 여겨졌다. 타라와 마라, 자르와 똑같은 흰 머리털이 분간되지 않을 정도로 하얀 머리에는 백금 왕관을 쓰고 있고, 샌들까지 화이트 다이아몬드였다. 그리고 여제의 얼굴이 어찌나 창백한지 쪽빛 눈을 제외하면 완전히 유령 같았다.

시종장이 의사 일정을 알렸다.

"여제 폐하, 오무아와 아더월드의 귀빈 여러분, 오늘 우리가 이 자리에 모인 것은 오무아의 후계자 자리를 논하기 위해서입니다!"

마라가 흡족한 미소를 머금었다. 그동안 정말 귀찮게 졸랐더니 마침내 고모가 다시 타라를 오무아의 후계자로 임명하려는 것이었다.

"최근에 내 통치 능력에 지대한 영향을 주었던 일련의 사건으로 인하여 나는 마라 덩컨을 오무아의 여제 후계자로 결정하였노라."

여제가 낭랑한 목소리로 선언했다.

약간 실망한 마라의 얼굴에서 미소가 사라졌고, 턱이 빠져라 입을 멍하니 벌리고 있었다. 자르는 물론이고, 참석자 대부분도 입을 멍하니 벌리고 있었다. 누구도 예상하지 못한 일이었다. 타라는 뻣뻣해졌다. 고모를 잘 아는데 느낌이 좋지 않았다.

"그리고 적으로부터 나라를 지키기 위해서라면 주저치 않고 목숨을 던진 사람에게 정권을 맡기기로 결정하였노라. 따라서 나는 황위를 양위하며, 타라 덩컨이 오무아의 새 여제가 되고, 마라 덩컨은 그 후계자가 되었음을 공식적으로 선포하노라!"

이번에는 타라가 턱이 빠져라 입을 멍하니 벌리고 있었다.

"아!" 타라의 입에서 탄성이 새어 나왔다.

9권에서 계속……

아더월드의 용어 해설

🜲 **아더월드_** 아더월드는 지구 표면적의 1.5배에 이르는 마법 행성으로 태양 주위를 공전하며, 하루 26시간, 1년 454일, 14개월로 이루어져 있다. 위성으로는 두 개의 달 마딕스와 타딕스가 아더월드의 주위를 돌고 있으며, 춘·추분에 조수간만의 차가 몹시 크다.

아더월드의 산들은 지구의 산보다 훨씬 더 높으며, 채굴되는 광물은 대체로 마법의 폭발성이 있어서 추출하는 것이 상당히 위험하다. 지구(육지 29%, 바다 71%)보다 바다가 차지하는 비율은 적으며(아더월드: 육지 45%, 바다 55%), 그중 두 개의 바다는 민물이다.

아더월드를 지배하는 마법은 동물상, 식물상과 마찬가지로 기후에도 영향을 미친다. 그로 인해 계절을 예측하기가 아주 힘들다(아더월드에서는 한여름에도 폭설이 내려 1미터나 되는 눈에 덮일 수 있다!).

아더월드의 7계절 분류: 계절 1 카일로스(지역에 따라 −30~−50℃ 까지 내려간다), 계절 2 보탄트(지구의 봄 날씨와 유사하다), 계절 3 트레보, 계절 4 파이초, 계절 5 플루초, 계절 6 모인초, 계절 7 살탄(우기).

아더월드에는 인간, 난쟁이, 거인, 트롤, 뱀파이어, 땅신령, 꼬마도깨비, 엘프, 유니콘, 키마이라, 타트리스, 드래곤 등 수많은 종족이 살고 있다.

☀ 그 밖의 다른 행성

🐉 드란보우글리스펜쉬르_ 드래곤들의 행성. 지능이 높은 거대한 파충류인 드래곤은 마법 능력을 타고나서 어떤 형상으로든 변신할 수 있으며, 대체로 인간으로 변신해 있다.

마법사들 편에 서서 림보의 악마들과 싸우고 있다. 세계의 영토를 점령하기 위해 악마들과 대립하면서 드래곤들은 지구의 마법사들과 충돌하는 순간까지는 알려져 있는 모든 세계를 정복했다. 끊임없이 악마들과 싸워야 하는 드래곤들은 지구인 마법사들과 전쟁을 벌인 뒤에 지구인들과 동맹을 맺는 것이 유리하다는 결론을 내렸다. 지구를 지배하겠다는 계획은 포기했지만, 마법사들이 지구를 지배하는 것도 인정할 수 없는 드래곤들은 지구의 마법사들에게 아더월드에서 더 많은 마법사를 양성하고 훈련시키자고 제안했다.

수년 동안 드래곤들을 경계하면서 고심한 끝에 지구의 마법사들은 결국 그 제안을 받아들이고 아더월드에 정착했다.

드래곤들은 드란보우글리스펜쉬르를 비롯해 지구, 아더월드, 마딕스와 타딕스 등 많은 행성에 살고 있으며, 특히 인간들의 일에 사사건건 참견한다. 드래곤들이 가장 끔찍하게 싫어하는 적은 림보에 사는 악마들이다.

🦎 **림보**_ 악마의 세계로 악마들의 영역. 림보는 서클이라고 불리는 여러 세계로 나뉘어 있으며, 서클에 따라 악마들의 능력과 학식이 차이 난다. 제1, 2, 3서클의 악마들은 거칠고 아주 위험하다. 제4, 5, 6서클의 악마들은 마법사들과 정해진 조건 내에서 서로 도움을 주고받는다(마법사는 필요한 것을 악마에게서 얻을 수 있으며 악마의 경우도 마찬가지다). 제7서클은 마왕이 군림하는 서클이다.

림보에 사는 악마들은 저주받은 태양이 제공하는 악마의 에너지를 먹고산다. 다른 세계로 가기 위해 림보를 나갈 경우엔 생명력이 강한 존재의 살과 정신을 먹어야 한다. 전 세계를 침략하던 중 갑자기 나타난 드래곤들과의 전쟁에서 패배한 뒤로 악마들은 림보에 갇히게 되었고, 마법사나 마법 능력이 있는 존재의 긴급 요청이 있어야만 다른 행성으로 갈 수 있게 됐다. 악마들은 이런 활동범위 제한을 견디기 힘들어서 끊임없이 해방될 방법을 모색하고 있다.

악마들이 지구를 침략하려는 이유는 아쿠알릭, 즉 바닷물에 중독되어 있기 때문이다. 악마들에게 바닷물은 알코올과 같은 작용을 하는데 림보에는 바다가 없다. 게다가 지구의 바닷물 맛을 특히 좋아하기 때문이다. '모든 인간을 죽이고 짠물을 실컷 마시겠다'는 것이 악마들의 신조다.

🍃 **산티보르_** 텔레파시 능력이 있는 식물성 존재 진실의 입들이 사는 얼음 행성.

🍃 **지구_** 인간과 비밀 임무를 맡은 마법사들이 살고 있다.

☀ 아더월드의 나라들과 종족

🍃 **간디스_** 거인들의 나라로 수도는 제오폴. 세력 있는 그로아르 가문이 통치하며 흑장미 섬과 황무지 늪이 있다. 나라의 문장은 '주문방지' 돌로 쌓은 벽에 아더월드의 태양이 올라앉은 형상이다.

🍃 **랑코비트_** 인간이 지배하는 가장 큰 왕국으로 수도는 트라비아. 왕국의 문장은 은빛 초승달 아래 금빛 뿔의 하얀 유니콘이다. 베어 왕과 티타니아 왕비가 통치하고 있으며, 타라와 어머니 셀레나의 조국이다. 약 8천만의 주민이 살고 있고, 뱀파이어들을 받아들이는 드문 나라 중 하나다.

🍃 **멘탈리르_** 보우 대륙 동쪽의 광활한 평원이며 유니콘들과 켄타우로스들의 나라. 유니콘은 생김새와 크기가 말과 같고, 이마에 나선형 뿔이 하나 있으며 발굽은 갈라져 있고 털은 흰빛이다. 지능이 떨어지는 유니콘도 간혹 있지만, 대부분은 영리하며 그 지능은 드래곤들의 지능에 견줄 수 있다. 유니콘의 이 특성을 어떤 종족의 지능이

나 동물의 지능으로 분류하기는 힘들다.

켄타우로스는 반은 남자나 여자의 형상, 반은 말의 형상을 하고 있는데 두 종류가 있다. 상반신은 인간, 하반신은 말의 형상을 한 켄타우로스와 상반신은 말, 하반신은 인간의 형상을 한 켄타우로스. 켄타우로스가 어떤 마법에 걸려 있는지는 알 수 없으나 소금이나 향유 같은 생필품을 얻기 위해서가 아니면 다른 종족들과 섞이기를 싫어하는 까다로운 종족이다. 사납고 거칠어서 영역을 침범하는 이방인들을 발견하면 가차 없이 화살을 쏘아댄다. 켄타우로스의 샤먼 부족은 평원에서 하얗고 파란 맹독성 개구리 플로프들을 잡아 그 등을 핥는 것으로 미래를 점친다고 전해진다. '찌르레기 대전'이 벌어지는 동안 켄타우로스들이 엘프들에게 몰살되었다는 것은 이 방법이 100퍼센트 믿을 만한 것이 아님을 말해준다.

🐎 **살테렌스_** 살테렌스들의 나라로 수도는 살라. 나라의 문장은 파란색 투명한 소금을 물고 곧추서 있는 커다란 벌레. 왕은 없고 위대한 카샤라고 불리는 족장과 재상 일파봉이 통치하며 여러 부족으로 나뉘어 있다. 노예제도를 주장하는 종족으로 사자와 표범의 잡종인 두 발 동물이다. 침투할 수 없는 사막에서 숨어 지내면서 마법의 소금 광산을 개발한다.

🐎 **셸렌다_** 엘프들의 나라로 수도는 세보른. 문장은 대각선으로 시위를 메긴 두 개의 활 위로 보이는 은빛 보름달.

엘프들은 마법사들과 마찬가지로 마법에 재능이 있다. 겉모습은 인간이며 뾰족한 귀와 고양이의 눈처럼 동공이 수직으로 움직이는 크리스털 눈, 은발이 특징이다. 아더월드의 숲과 평원에서 살며 가공할 만한 사냥꾼이다. 엘프들은 전투와 싸움, 상대를 유인하는 온갖 종류의 게임을 좋아하기 때문에 그들의 에너지를 적절히 이용하기 위해 경찰국이나 국가정보국에 고용된다.

하지만 엘프들이 옥수수나 마법의 귀리를 경작하기 시작하면 아더월드의 종족들은 불안해한다. 그건 엘프들이 전쟁을 시작할 거란 뜻이기 때문이다. 실제로 전시에는 사냥할 겨를이 없기 때문에 엘프들은 곡식을 재배하고 가축을 기르며, 일단 전쟁이 끝나면 예전의 생활로 돌아간다.

또 다른 특성으로 아이들이 걸어 다닐 수 있을 때까지 남성 엘프들은 배에 달린 육아낭 같은 작은 주머니에 아기를 넣고 다닌다. 여성 엘프는 남편을 다섯 명 이상은 가질 수 없다. 엘프는 거의 죽지 않기 때문에 아이들이 별로 없다. 하프엘프 로빈은 혼혈이라는 이유로 엘프들에게 따돌림을 받고 있다.

🐾 **스몰컨트리_** 땅신령, 꼬마도깨비 파보, 요정, 고블린의 나라로 수도는 스몰빌. 문장은 원 안에 도안한 꽃, 새, 거미. 땅신령은 파란색, 꼬마도깨비는 초록색, 고블린은 회색, 요정은 여러 가지 색이다.

땅신령은 작달막하고 단단한 체구이며 오렌지색 털이 나 있다. 돌을 먹고 살며, 난쟁이들과 마찬가지로 광부들이다. 땅신령의 오렌지색 털은 고성능 가스 탐지기이다. 털이 곤두서면 별 탈이 없지만, 털이 내려앉는 순간부터 땅신령은 광산에 가스가 있다는 걸 알아채고 도망치기 때문이다. 또한 알 수 없는 이유로 인해 땅신령들만 '진실의 입들'과 교감할 수 있다.

스몰컨트리의 익살꾼인 꼬마도깨비 파보들은 키디코이라는 막대사탕을 만들어낸 이들이다. 착시 현상을 일으키거나 일시적으로 보이지 않게 할 수도 있으며 금을 좋아해 비밀주머니에 숨겨둔다. 그 주머니를 찾아낸 자는 두 가지 소원을 빌 수 있고, 귀한 금을 회수하려면 반드시 그 소원을 들어줘야 한다. 하지만 꼬마도깨비들은 반대로 해석하는 데 선수여서 예측 불허의 결과가 일어날 수 있으므로 소원을 비는 것에는 항상 위험이 따른다.

요정들은 꽃을 가꾸면서 작지만 효과적인 마법을 날리며, 고블린들은 요정과 움직이는 것은 무엇이든 잡아먹으려고 한다.

🐾 **오무아_** 인간이 지배하는 가장 큰 제국으로 수도는 팅가푸르. 제국의 문장은 100개의 금빛 눈을 가진 주홍빛 공작이다. 타라의 고모인 여제 리스베스틸랑넴 탈 바르미 압 산타 압 마루와 삼촌인 황제 산도르 탈 바르미 압 마르치 압 브레비스가 통치하고 있다. 제국을 설립한 최고 마구스 데미데루스의 후손들이다. 오무아에는 약 2억의 주민이 살고 있다. 다른 나라들과 교역하고 있으며, 셀렌다를 제외하고 가장 많은 수의 엘프 군단을 거느리고 있다.

🐾 **크라살비_** 뱀파이어들의 나라로 수도는 우를라. 나라의 문장은 천문관측기 위에 무한을 상징하는 누운 8자와 별이 올라앉은 형상이다.

뱀파이어는 총명하고, 인내심이 많으며, 학식이 깊다. 수명이 아주 길고, 수학과 천문학에 몰두하며, 대부분의 시간을 명상하는 데 보내면서 삶의 의미를 추구한다.

아더월드의 뱀파이어는 동물의 피를 먹고 살기 때문에 가축을 키운다. 브르르르아아아, 모오오오우우우, 지구에서 수입한 말, 염소, 양 등. 하지만 몇몇 피는 금지되어 있다. 유니콘이나 인간의 피를 먹으면 미치게 되며, 수명이 절반으로 줄고, 햇빛을 쐬면 치명적인 알레르기가 일어나기 때문이다. 반면에 뱀파이어에게 물리면 독이 퍼지게 되며, 뱀파이어에게 물린 인간은 그들의 노예가 된다. 게다가 독성 피가 전이되면 뱀파이어가 되는데 이 경우의 뱀파이어는 파괴적이고 악독하기 때문에, 저주에 희생된 뱀파이어는 동족으로 구성된 특별수사대는 물론 아더월드의 모든 종족에게 쫓겨 다닌다.

크랑카르_ 트롤들의 나라로 수도는 크리아. 나라의 문장은 나무 꼭대기에 몽둥이가 걸려 있는 형상이다. 트롤 외에 식인귀, 오크, 고블린 들이 살고 있다.

트롤은 거대한 몸집에 납작한 이빨이 있는 초록빛 털북숭이로 채식주의 종족이지만, 고기를 흡수할 경우 식인귀가 될 수 있다. 식인귀가 되면 크랑카르에서 쫓겨난다. 먹고살기 위해 나무를 마구 죽이며(이것이 엘프들의 울화를 치밀게 한다), 쉽게 자제력을 잃어버리는 성향이 있어서 한번 성질이 나면 닥치는 대로 짓뭉개버리기 때문에 평판이 나쁘다.

타트란_ 타트리스, 카흠보움, 타츠보움의 나라로 수도는 시티

빌. 문장은 양피지 위에 놓인 직각자, 컴퍼스, 크리스털 볼.

타트리스는 머리가 둘인 특성을 가지고 있다. 관리 능력이 뛰어난 데다 신체적 특성 덕분에 행정관이나 정부 고위층에서 일하고 있다. 오로지 일을 중요하게 여기면서 헛된 꿈을 꾸지 않는 현실주의자들이다. 또한 꼬마도깨비 파보들이 즐겨 놀리는 대상 중 하나이며, 이 장난꾸러기들은 유머가 결핍된 종족이라는 소리를 듣지 않기 위해 수세기 동안 끈질기게 타트리스 종족을 웃기려고 애쓰고 있다. 게다가 파보들은 웃기는 데 성공한 자들 중 1등에게는 상까지 수여하고 있다.

카흠보움은 빨간 눈과 촉수들이 있는 노란색 덩어리 모습을 하고 있으며 주로 도서관 사서로 일한다. 타츠보움은 촉수로 놀라운 멜로디를 연주하는 음악가들이다.

파트로크_ 에드라킨족이 사는 나라로 수도는 키크로크. 나라의 문장은 바람의 원소에 올라앉은 불새. 에드라킨족은 강력한 마법사들이며, 생김새는 인간과 비슷하지만 귀가 뾰족하고 털로 덮여 있는 육식동물에 가깝다. 머리털은 두상의 절반 정도까지만 자라며, 코는 거의 보이지 않는다. 다른 종족을 싫어하지만 의무적으로 여러 나라와 교역하고 있다. 에드라킨족은 아더월드를 정복하기 위해 네 번이나 침략을 시도했다.

히믈리아_ 난쟁이들의 나라로 수도는 미나트. 대장장이 씨족이 통치하고 있다. 나라의 문장은 광산 지하의 전쟁용 모루와 쇠망치.

키와 몸통 폭의 길이가 똑같은 단단한 체구가 난쟁이들의 신체적 특징이다. 아더월드의 광부, 대장장이로 활동하고 있으며, 뛰어난 금속 가공업자, 보석 세공인도 거의 난쟁이들이다. 성격이 몹시 까다로운 것으로 알려져 있고, 마법을 싫어하며 아주 길고 복잡한 노래를 즐겨 부른다. 또한 돌을 통과하거나 돌을 용해시키는 특별한 재능을 지니고 있는데 마법과는 다른 차원의 힘이다.

✵ 아더월드와 주변 행성의 동·식물상 및 속담

✦ **가즈즈**_ 사슴뿔이 달린 네 발 짐승으로 털이 빨간색(트롤들의 나라에서는 초록색)이다.

✦ **간다리**_ 대황에 가까운 식물이며, 꿀처럼 단맛이 난다.

✦ **갬볼**_ 마법에 흔히 이용되는 파란 이빨의 설치류 동물. 그 살가죽과 피에 마법이 침투하지 못할 정도로 땅을 깊이 파고 들어간다. 건조시키면 딱딱해졌다가 가루처럼 변하며, '갬볼 가루'는 힘든 마법을 실행할 수 있게 한다. 몇몇 마법사들은 갬볼 가루를 식용하는데, 그 가루가 환각 증세를 일으키기 때문이다. 갬볼  가루 복용은 아더월드에서 엄격하게 금지되어 있으며 위반할 경우 엄중한 처벌을 받는다.

🐾 **글로우톤**_ 털북숭이 동물. 길게 늘어나는 특성이 있어서 목을 조르는 밧줄로 사용한다.

🐾 **글루룹스**_ 머리가 아주 갸름한 초록색과 갈색의 도마뱀으로 호수와 늪 근처에서 서식한다. 식욕이 왕성하며, 물속에서 숨을 쉬지 않고 몇 시간을 견딜 수 있어 목을 축이러 오는 순진한 동물을 잡아먹는다. 물가의 은신처에 굴을 파놓고 살며, 호수 바닥의 구멍 속에 먹이를 숨겨놓는다.

🐾 **글리이르**_ 새지만 날지 못한다. 포식동물들을 피하기 위해 트라둑과 같은 방식으로 생존한다. 냄새로 가장 끈질긴 흡혈파리 떼도 물리칠 수 있는 식물 예륵을 먹고 산다.

🐾 **늑대인간**_ 드래곤들의 왕이 납치해서 금지된 대륙에 정착한 아나자시족. 마음대로 늑대로 변신하며, 인간 모습일 때도 힘과 민첩성과 유연성이 굉장히 뛰어나다. 늑대인간은 깨무는 것으로 감염시킬 수 있다. 지구의 늑대인간들과는 달리 아더월드의 늑대인간들은 보름달에 의존하지 않고 언제든 변신할 수 있다. 타라 덩컨이 해방시켜준 늑대인간들은 아더월드 사람들의 마법 공격을 두려워하고, 금속 중에서는 은에만 약하다. 늑대인간을 죽일 수 있는

방법은 목을 베는 것이다. 알파 늑대들이 다스리고 있다.

🐾 **드래코-티라노사우루스_** 뱀과 공룡의 잡종.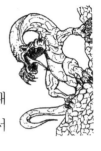
드래곤의 사촌이지만 지능은 많이 떨어지며, 날개가
작아서 날지 못한다. 가공할 만한 포식동물로 움직
이는 것뿐만 아니라 움직이지 않는 것조차 닥치는 대
로 잡아먹는다. 오무아 제국의 따뜻하고 습한 숲에서
살며, 이 지역은 관광 개발이 불가능하다.

🐾 **디스쿠타리움/데비자투아르(사용하는 국민에 따라 다르다)_**
지구와 아더월드, 드란보우글리스펜쉬르, 악마들의 림보와 관련된 모
든 책, 영화, 예술 작품에 관한 정보를 조회할 수 있다. 디스쿠타리움에
서 나오는 목소리는 어떤 질문에도 답변을 못 하는 경우가 거의 없다.

🐾 **로크 새_** 공중에서 사는 자이언트 새로, 커다란 독수리 콘
도르와 비슷하다. 인공위성을 궤도에 올려놓거
나 아더월드에서 마딕스와 타딕스로 여행할 때
이용한다. 다행히 아더월드의 태양 빛을 먹고 살
기 때문에 배설하지 않는다. 로크 새의 똥이 머리
위로 떨어질 일은 없다.

🐾 **마누릴_** 마누릴의 하얀 싹은 즙이 많아서 아더월드
사람들이 즐겨 음식에 곁들여 먹는다.

🐾 모오오오우우우_ 뿔은 없고 머리가 둘 달린
고라니. 머리 하나가 먹을 때 다른 하나는 포식동물
들을 감시한다. 이동할 때는 게처럼 옆으로 걷는다.

🐾 무슈티크_ 벌처럼 쏘아서 아더월드 사람들의 피를 빨아 먹는 공
격적인 곤충. 흡혈파리보다 크기가 더 크며, 트라둑이나 브르르르아
아아에 앉아 있다가 살 속을 파고드는데 치명적인 독을 분비하기 때
문에 아주 위험하다.

🐾 므르르르_ 초록색 귀가 달린 오렌지빛 고양이. 같은 능력
을 가진 빨간 생쥐 뿌익을 잡기 위해 공간이동을 할 수 있다.

🐾 므르모움_ 나무들이 숲 모양으로 거대한 군락을 이루고 있어서
따기가 아주 힘든 과일이다. 므르모움나무는 접근하는 것이 있으면
괴상한 소리를 내면서 땅속으로 파고들기 때문에 붙여진 이름
이다. 아더월드에서 산책을 하다 보면 므르모움나무 숲이 통째
로 사라지고 벌판만 남는 아주 놀라운 광경을 목격할 수 있다.

🐾 미암_ 크기가 복숭아만 한 빨간 체리.

🐾 발로르키데_ 꽃이 아주 화려한 기생식물. 이름은 개
화하기 전의 노란빛과 초록빛의 봉오리에서 따온 것이다.
성장 속도가 아주 빨라서 몇 계절 만에 나무 한 그루를 죽

일 수 있으며, 뿌리로 이동해서 그다음 나무를 공격한다. 그래서 아더월드의 나무들은 발로르키데들이 들러붙지 못하게 부식시키는 물질을 분비하는 것으로 생존 경쟁을 벌이고 있다.

발분_ 거대한 고래로 붉은색이며 지구의 고래보다 두 배로 크다. 발분은 잊지 못할 멜로디의 노래를 부르며, 젖이 아주 풍부하다. 발분의 젖으로 만든 버터와 크림은 영양가가 높은 인기 식품이어서 물에 사는 트리톤과 사이렌들과 육지에 사는 거주자들 사이에 무역 교류의 대상이 되고 있다. 노래를 아주 잘 부를 때 '발분처럼 노래 부른다'는 말로 칭찬한다.

뱅뱅_ 붉은색 나무로 인간이 이 식물에서 추출한 빨간 가루를 먹을 경우 행복을 느끼다가 황홀경에 빠져 죽음에 이른다. 트롤들은 이빨이 아플 때 복용한다.

버디 드라이어_ 바람의 원소를 이용한 무형물로 욕실에서 주로 사용한다.

베에에_ 아름다운 흰털 양. 마법 행성의 변화무쌍한 계절에 적응력이 뛰어나서 몇 시간 만에 털이 빠지거나 털을 자라게 할 수 있다. 그래서 털 깎는 시기에 사육자들이 그 특성을 이용해 날씨가 갑자기 몹시 더워졌다고 하면 베에에들은 즉시 털을 홀랑 벗어버린다. 아더월드에서 '베에에처럼 순진하다'는 표현을 쓰는 것은 여기서 유래한다.

🐦 **벤드룩_** 림보의 여러 우상 중 하나인 벤드룩은 생김새가 어찌나 흉측한지 다른 우상들조차 그 끔찍한 모습에 두려움을 느낄 정도다. 벤드룩은 내장이 몸 밖으로 나와 있어 먹을 때 소화되는 과정을 구경할 수 있다.

🐦 **벨루르 목재_** 내구성이 좋고, 아름다운 금빛 색깔 때문에 아더월드에서 실내 바닥재로 많이 사용한다. 겉보기에는 차가운 느낌이지만 양탄자처럼 폭신하다.

🐦 **보벨_** 앵무새와 유사한 아더월드의 화려한 새로 마법사들의 마음을 사로잡는 마법 능력이 있다.

🐦 **보우둘 필터_** 파란색 자루처럼 생긴 유기체. 아더월드의 항구에서 온갖 쓰레기를 먹어치우는 것으로 맑고 깨끗한 물을 유지해준다.

🐦 **부이브르_** 야행성의 날개 돋친 도마뱀으로 길이가 30미터에 이르며, 물고기를 먹는 동물이다. 부이브르의 이마에 박힌 보석에는 독을 중화시키는 성

분이 있고, 도마뱀의 부위들은 주로 묘약의 재료로 사용된다. 최초의 부이브르는 알에서 태어난 것으로 전해지고 있지만 생물학적으로 도저히 불가능한 일이다.

🐾 **북극 젤레_** 흰털의 작은 동물로 혈액 속의 동결 방지 성분 덕분에 영하 80도의 기온에서도 살 수 있다. 젤레는 두 봄을 보내고 나서 정확하게 플루초 1일에 죽는데 그 털이 희귀하기 때문에 사냥꾼들은 기온이 영하 20도로 오르는 북극으로 젤레를 잡으러 간다. 그러나 젤레가 구멍 속에 숨어서 죽는 습성이 있는 데다 털이 새하얗기 때문에 찾기가 힘든 것이 문제다. 빙산 속에 숨어 있다가 구멍 가까이 접근하는 것은 모조리 잡아먹는 '크로크라'라는 일종의 바다표범들 때문에 구멍마다 손을 집어넣는 것은 아주 위험하다.

🐾 **불사르딘_** 공격을 받으면 몸이 팽창하는 특성을 가진 일종의 정어리. 껍질은 칼이 들어가지 않을 정도로 아주 질기다. 아더월드에서 파괴되지 않는 것을 보면 '불사르딘 같다'고 말한다.

🐾 **불새_** 깃털에 불이 붙어 있지만 신기하게도 털이 재생된다. 아더월드의 불에 타지 않는 나무에만 둥지를 틀며, 물을 떨어뜨리면 불새를 죽일 수 있다.

🐾**붉은 트르르_** 썩지 않는 목재. 부서지거나 맥주에 부식되지 않기 때문에 집과 술집에서 주로 사용한다.

🐾**브룩스_** 드래코-티라노사우루스의 똥만 먹고 사는 도마뱀.

🐾**브룸므_** 일종의 빨간 무로 아더월드 사람들이 즐겨 먹는다.

🐾**브르르르아아아_** 거인들의 나라 간디스에서 생산하는 엄청나게 큰 소. 털은 숱이 아주 많아서 거인들이 그 털가죽으로 옷을 지어 입는다. 몹시 공격적이어서 움직이는 것이 있으면 뭐든 덤벼든다. 제 그림자를 쫓다가 녹초가 된 브르르르아아아를 보게 되는 것은 그 때문이다. 흔히 고집불통인 사람을 '브르르르아아아 같다'고 표현한다.

🐾 **브르리르_** 흰빛과 금빛이 어우러진 고양이과 동물로 다리가 여섯 개. 특히 브르리르를 사랑하는 오무아 제국의 여제는 이 동물들이 궁전에 갇혀 있다는 생각을 하지 않도록 주문을 걸어놨다. 그래서 브르리르들에게는 가구와 침대의자가 나무와 편안한 바위로 보인다. 브르리르에게는 궁인들이 안 보이며, 궁인들이 쓰다듬어주면 바람에 털이 살랑살랑 흩날리는 것이라고 생각한다.

🦋 **브르맥주_** 첫 모금에 몸이 부르르 떨리기 때문에 붙여진 이름이다.

🦋 **브리앙트_** 요정의 사촌으로 아더월드의 조명 기구. 대륙에 따라 날개 달린 작은 요정 형상, 날개 돋친 뱀 형상 등 여러 가지 모습이 있다. 어둠 속에서 100와트 밝기의 빛을 발하며, 거리의 가로등이 되기도 하고 투명한 스탠드나 램프의 모습으로 아더월드의 모든 가정을 밝혀준다.

🦋 **브릴_** 브릴의 싹 요리는 아더월드에서 아주 인기가 높다. 브릴은 히믈리아에 있는 마법의 산골짜기에서 자라며 난쟁이들이 그 싹을 수확해서 아더월드의 상인들에게 비싼 값으로 판다. 게다가 히믈리아에서는 브릴을 잡초로 여겨 먹지 않기 때문에 난쟁이들은 이 불로소득에 즐거운 비명을 지른다.

🦋 **브볼_** 아더월드의 참새.

🦋 **블라즈_** 청소하는 푸프푸프와 비슷하지만 블라즈는 날아다니며 아더월드의 자이언트 거미들을 공포에 떨게 한다.

🦋 **블루릅스_** 갈색 가죽배낭 같은 모습으로 흙 속에 숨어 있다가 접근하는 곤충을 잡아먹는 식물. 어린 블루릅스들이 흰개미처럼 어미 블루릅스에

게 물과 먹이를 공급하며, 다 크면 둥지를 떠나 다른 데에 뿌리를 내리고 흙 속으로 파고 들어간다. 아더월드에서는 궁지에서 헤어날 방법이 전혀 없을 때를 가리켜 '블루룹스 둥지에서 헤맨다'고 표현한다.

🐟 **블루투르_** 썩은 고기를 먹는 회색과 노란색 새로 무엇이든 소화할 수 있다. 블루투르가 죽어도 몇 달 동안 창자는 살아 있어서 먹은 것을 계속 소화시킨다. 블루투르의 창자는 독을 신선하게 보존하는 데 사용된다.

🐟 **블를_** 대부분 물속에서 생활하다 번식기에 물 밖으로 나오는 날개 돋친 물고기. 색이 아름다워 수영장 장식용으로 쓰인다.

🐟 **블리르_** 아더월드의 금빛 자두. 지구의 자두와 아주 흡사하며 더 달콤하다.

🐟 **비마_** 비마법사를 축약한 것으로 마법 능력이 없는 인간들을 가리킨다.

🐟 **비즈즈즈_** 빨간색과 노란색의 커다란 벌. 지구의 벌들과는 달리 비즈즈즈는 독침이 없다. 독극물을 분비해 잡아먹으려고 달려드는 포식동물을 독살하는 것이 비즈즈즈의 방어 수단이다. 비즈즈즈

들이 아더월드의 마법 꽃에서 생산하는 꿀은 그 어떤
꿀에도 비길 데 없는 맛이다. 아더월드에서는 '비즈
즈즈 꿀처럼 달콤하다'는 표현을 자주 사용한다.

🐛 **빠그락-땅콩_** 벌어질 때 나는 독특한 소리 때문에 붙여진 이름
이다. 이 땅콩에서 짜내는 기름은 향이 좋아 아더월드의 유명한 주방
장이나 숙련된 가정주부들이 주로 애용한다.

🐛 **빨간 바나나_** 색깔을 제외하고는 지구의 바나나와 똑같다.

🐛 **뿌익_** 이 장소에서 저 장소로 자신의 몸을 물리적
으로 전송할 수 있는 꼬리가 둘 달린 빨간 쥐.
천적은 같은 능력을 지닌 초록색 귀의 오렌
지색 뚱보 고양이 므르르르이다.

🐛 **사카트_** 맹독성의 공격적인 빨갛고 노란 곤충으로 아더월드
에서 특히 좋아하는 꿀을 생산한다. 미식가들인 난쟁이
들만 사카트의 애벌레를 먹을 수 있다. 다른 종족이 먹었
을 경우에는 애벌레의 딱지가 인간이나 엘프의 소화액
에 용해되지 않아 배 속에서 벌떼를 분봉할 위험이 있다.

🐛 **샤먼_** 아더월드에서 의사 역할을 하는 치료사. 마법사는 누구나
다쳤을 때 레파루스 주문으로 상처를 아물게 할 수 있지만, 이 주문만

으로는 치료할 수 없는 병도 많기 때문에 꼭 필요한 존재이다.

🐾 **샤트릭스_** 일종의 하이에나. 검은색이며,
독이 든 이빨을 사용하는 아주 공격적인 동물로
밤에만 사냥한다. 길들일 수 있어 오무아 제국에서
샤트릭스들을 문지기로 이용한다.

🐾 **세르팡 밀리에르_** 황무지 늪 근처에 서식하는 뱀. 납작한 비늘
덕분에 진흙 속에서도 이동할 수 있다. 물속에 집어넣으면 빠져버린다.

🐾 **소포르_** 향기로운 꽃들이 탐스러운 식물. 최면 작용을 하는 꽃
가루로 곤충과 동물을 함정에 빠뜨린다. 곤충이나 동물이 잠들면 꽃
가루를 뿌려서 번식을 도와주는 매개체로 삼는다. 얼마 후 깨어난 곤
충이나 동물이 다른 소포르 군락지를 지나가면서 꽃가루를
옮기기 때문이다. 소포르는 위험한 식물이 아니지만, 매개
체들을 잠들게 하기 때문에 다른 포식동물에게 쉽게
노출되어 위험에 처하게 된다. 소포르 군락지 주변
에서 육식동물이 자주 보이는 것은 그 때문이다.

🐾 **스너피_** 생김새는 여우와 비슷하지만 두 발로 걸어
다니며 누더기를 걸치고 옆구리에 배낭을 달고 다닌다. 닭
이나 스파슌을 훔치기 때문에 아더월드의 농부들이 아주
싫어한다. 제 몸을 복제하는 특성이 있어서 감옥에 간

혀도 탈옥할 수 있다.

스쿠프_ 아더월드의 기술로 생산되는 날개 달
린 작은 카메라. 스쿠프는 지능을 가지고 있어서 촬
영한 영상을 크리스털리스트에게 전송한다.

스크로뉴플루프_ 수달과 토끼를 뒤섞어
놓은 듯한 생김새. 스크로뉴플루프는 아주
어리석은 사람이나 아주 멍청한 경우를
가리킬 때 흔히 사용하는 욕이다.

스트리둘_ 지구의 메뚜기에 해당된다. 몹
시 파괴적이어서 구름같이 떼를 지어 이동할
때는 삽시간에 농작물을 휩쓸어버린다. 스트
리둘은 아주 풍부한 점액을 생산하기 때문에
마법에 널리 사용된다.

스파슈니어_ 닭장처럼 스파슌을 가두어두는 우리.

스파슌_ 금빛의 자이언트 칠면조인데 시종일관
울음소리를 내면서 거드럭거리고 다니는 통에 사냥하
기가 아주 수월하다. 흔히 '스파슌처럼 어리석다' 또는
'스파슌처럼 거드름피운다'고 표현한다.

스팔렌디탈_ 일종의 전갈이며 스몰컨트리가 원산지이다. 땅신령들은 스팔렌디탈을 길들여서 말처럼 타고 다니며, 가죽이 아주 질기기 때문에 유용하게 사용한다. 새를 좋아하는(미각적 의미에서) 땅신령들은 스몰컨트리의 서식 동물을 절멸시킴으로써 곤충을 포함한 다른 동물에게 생태적 지위를 열어주었다. 천적들에게서 해방된 스팔렌디탈들은 위험 없이 자라면서 그 개체 수가 점점 더 늘어났다. 땅신령들 때문에 스몰컨트리는 결과적으로 자이언트 전갈, 자이언트 거미, 자이언트 다족류에게 점령되었다.

슬루릅_ 멘탈리르 평원이 원산지인 식물이며, 그 즙은 신기하게도 후추를 친 쇠고기의 깊은 맛이 난다. 고기 맛이 나는 것은 초식동물인 유니콘 떼의 공격을 피하기 위해서다. 하지만 이 독특한 맛을 발견한 아더월드 사람들이 슬루릅 즙으로 요리하는 습관이 생겼다.

아스토펠_ 장밋빛 작은 꽃으로 냄새를 맡으면 며칠 동안 후각을 마비시킨다. 특히 초식동물을 비롯한 모든 동물의 공격을 막기 위해 꽃향기로 후각을 마비시키는 능력이 발달되어 있다.

에글롱_ 날 수 있는 포식동물로 포콩지르를 잡아먹는다.

에프리트_ 지각단층을 둘러싼 전쟁이 일어났을 때 인간들 편에서서 악마들과 싸웠던 악마 종족. 감사의 뜻으로 데미데루스는 마법사의 호출을 받는 에프리트에게 아더월드로 오는 것을 허락했다. 아더월드에 온 에프리트들은 자기들의 능력을 인간을 돕는데 사용하기로 결정했고, 대부분 하인, 전령, 경찰로 일하고 있다.

🦎 **엠엠로움_** 아더월드에서 재배하는 과일로 즙이 아주 많고, 달콤한 살구와 바나나를 섞은 맛이다. 엠엠로움나무는 침입자가 다가오는 즉시 땅속으로 사라지는 능력이 있다.

🦎 **예릅_** 초식동물들이 도저히 먹을 엄두를 내지 못하게 썩은 냄새를 풍기는 식물. 후각이 없는 새, 글리이르만 먹을 수 있다.

🦎 **원소_** 불, 물, 흙, 공기 등 여러 종류의 원소가 존재한다. 성질이 포악한 불의 원소를 제외하고 원소들은 대체로 다정하며 일상생활에서 아더월드 사람들을 도와준다.

🦎 **위베른족_** 드래곤들의 시중을 드는 자이언트 도마뱀으로 금빛 비늘이 덮여 있고, 회전하는 엉덩이 덕분에 두 발로 걸어 다닐 수 있다. 드래곤보다는 덜 영리하며,

유머 감각은 전혀 없다. 드래곤의 세포 실험 과정에서 태어났으며, 드래곤의 먼 사촌으로 볼 수 있다.

🐾 유니콘_ 갈라진 쌍발굽과 이마에 뿔이 하나 달린 말. 멘탈리르 평원에서 자라는 지혜의 풀 덕분에 아주 영리한 동물이다.

🐾 자이언트 강철나무_ 마법을 사용하지 않고서는 파괴할 수 없다. 키가 무려 300미터까지 자랄 수 있으며 야생 페가수스들이 둥지를 짓는다.

🐾 자이언트 거미_ 스팔렌디탈과 마찬가지로 스몰컨트리가 원산지이다. 땅신령들이 말처럼 타고 다니며, 그 거미줄은 아주 질긴 것으로 유명하다. 여덟 개의 다리와 여덟 개의 눈, 전갈처럼 독침이 있는 꼬리가 달려 있는 것이 특징이다. 아주 영리하며, 잡아먹기 전에 먹이에게 수수께끼를 내는 것이 취미이다.

🐾 젤리소르_ 림보에서 숭배하는 신. 입김이 어찌나 센지 향기가 나는 천으로 주둥이와 얼굴을 가려야만 신전으로 들어갈 수 있다. 악취 때문에 젤리소르의 신전에서는 파리도 살 수 없다. 다른 신들과 회의가 있을 때는 실내 공기를 고려해 송곳니를 깨끗이 닦고 들어가야 하며, 젤리소르 옆에서는 담배를 피울 수 없다.

🐌 **주르스탈_** 텔레크리스털이 방송하는 아더월드의 뉴스이며, 마법사와 비마는 크리스털 볼과 크리스털 전광판으로 받아 본다.

🐌 **진비지블_** 보이지 않게 모습을 감출 수 있는  카멜레온. 오무아 황실과 여제를 위해 일하는 살아 있는 녹음기이자 스파이이다.

🐌 **진실의 입_** 아더월드에서 가까운 얼음 행성 산티  보르 원산의 식물성 존재. 텔레파시 능력이 있어서 어떤 거짓말도 탐지할 수 있다. 말을 못 하기 때문에 진실의 입들의 생각을 읽어낼 수 있는 파란 땅신령을 통해 의사소통한다.

🐌 **진흙먹보_** 간디스의 황무지 늪에 사는 털북숭  이 동물이며 진흙에 들어 있는 영양소와 곤충, 수련을 먹고 산다. 진흙먹보들의 원시족은 아더월드의 다른 거주자들과 거의 접촉이 없다.

🐌 **친파프_** 콜라, 사과, 오렌지 맛이 나고, 콜라처럼 거품이 생긴다. 상쾌하게 해주고 활력을 주는 청량음료.

🐌 **카멜레_** 하트 모양의 식물로 잎은 식용한다. 계  절과 장소에 따라 색이 변한다. 카멜레 잎만 섭취하

고도 생존한 여행자가 많아서 '여행자의 식물'이라고 불린다. 치즈 샌드위치 맛과 비슷하다.

🐛 **카멜린_** 환경에 따라 색이 변하는 특성에서 이름이 유래한 희귀종 식물. 멘탈리르 평원에서는 파란색이고, 살테렌스 사막에서는 금빛이나 흰색이다. 꺾거나 옷감으로 짜도 그 특성은 유지되기 때문에 활용 가치가 높다.

🐛 **칵스_** 근육을 풀어주는 효능이 있는 약초로, 달여 마시며 잠자기 직전에만 복용하라고 되어 있다. 근육에 영향을 준다고 하여 아더월드에서는 '몰몰'이라고도 부른다. '이런 칵스 같은 놈!'이라고 말하면 아주 흐늘흐늘한 사람을 가리킨다.

🐛 **칸타루프_** 공격적인 식충식물이며, 주로 곤충과 설치류 동물을 잡아먹는다. 꽃잎의 색은 다양하지만 항상 눈에 거슬리는 빛깔이며, 날카로운 가시를 사용하여 마치 작살로 찍듯이 먹이를 잡는다. 크기는 큰 개만 해서 꺾기가 힘들고, 아더월드의 특선 요리에 들어가는 재료로 사용한다.

🐛 **칼로르나_** 숲에 피는 매혹적인 꽃. 달콤한 장밋빛과 흰빛 꽃잎으로 아더월드의 초식동물과 모든 동물에게 특선 요리를 제공해준다. 멸종을 피하기 위해서 칼로르나는 세 개의 꽃잎을 포식동물의 접

근을 감지할 수 있는 탐지기로 만들었다. 커다란 눈 모양의 이 꽃잎들 덕분에 칼로르나는 재빨리 모습을 감출 수 있다. 그런데 불행히도 호기심이 많은 칼로르나는 그 꽃잎들을 세우고 있다가 포식동물을 제때에 피하지 못하는 경우가 종종 있다. 호기심이 많은 사람을 보고 '칼로르나 같다'고 말하는 것은 바로 그 때문이다.

🪰 **케빌리아_** 광채가 나는 투명한 보석. 다이아몬드와 비슷하지만 훨씬 반짝거리며, 파란빛, 초록빛, 장밋빛, 노란빛, 빨간빛 등 빛깔도 훨씬 짙다. 케빌리아는 아더월드에서 가장 귀한 보석이다. 엄청난 가치를 지니고 있다는 표현을 할 때 아더월드에서는 '케빌리아 같은 영향력이야'라고 말한다.

🪰 **켈트릴_** 가볍고 아주 단단해서 갑옷과 보호대를 만드는 데 사용하는 은빛 금속. 난쟁이들이 만들어서 엘프와 인간에게 아주 비싼 값으로 판다.

🪰 **크라켄_** 시커먼 다리들이 위협적인 자이언트 문어. 엄청난 크기 때문에 아더월드의 바다에서 발견되지만, 민물에서도 살 수 있다. 뱃사람들에게는 위험한 존재로 널리 알려져 있다.

🪰 **크라크덴트_** 트롤의 나라 크랑카르 원산의 장밋빛 털북숭이 동

물. 앞뒤가 분간되지 않지만, 세 배 크기로 늘어나는 입을 갖고 있어 무엇이든 거의 한입에 덥석 집어삼키므로 상당히 위험하다. 아더월드를 방문한 많은 관광객들이 "어머 어쩌면 이렇게 귀여울까!" 하고 감탄하다가 목숨을 잃었다.

크레크레크레_ 레몬빛 털의 설치류 동물로 생김새는 토끼와 비슷하다. 빛깔이 화려한 아더월드의 환경을 이용해서 포식동물들을 아주 쉽게 피한다. 고기는 맛이 없는데도 굶주린 여행가나 사냥꾼이 먹기도 한다. 아더월드에서는 크레크레크레를 사로잡아서 사육한다.

크렐_ 아더월드의 금빛 미모사나무. 놀랍게도 지나가다가 건드리는 동물이나 사람들의 감정을 색깔로 반영한다.

크로그로세이유_ 갈증을 풀어주는 청량음료. 아더월드 사람들이 즐기는 탄산음료 중 하나다.

크로쉬엥_ 살테렌스 사막의 재칼. 크로쉬엥은 무리
를 지어 사냥한다.

크로아_ 두 가지 색의 개구리. 크로아는 글루릅스들의
주식이며, 신경을 거스르는 독특한 울음소리 때문에 쉽게 찾을 수 있다.

크로우즈_ 향기가 짙은 야생 장미의 일종으로 꽃의 색깔이 다채롭다.

크로크-르캥_ 아더월드의 바다 포식동물인 일 종의 상어. 날카로운 이빨을 무기로 주저치 않고 크라  켄을 공격한다. 크로크-르캥은 아더월드의 바다에 서 크라켄과 함께 뱃사람들에게 위협적인 존재이다.

크루이크크크_ 빨간 상아가 돋친 파란색 잡식성 포유류 동물. 성질이 포악한 것으로 알려져 있으며, 고기가 맛 있어서 사육한다. 야생 크루이크크크  떼는 삽시간에 밭을 황폐하게 만들어놓 는다. 그래서 아더월드의 농부들은 곡물을 지 키기 위해 크루이크크크 퇴치 주문을 사용한다.

크르룩_ 바닷가재와 게의 잡종으로 집게발 열  개가 달려 있다. 아더월드 사람들이 즐겨 먹는다.

크리크리_ 보랏빛과 노란색의 메뚜기. 이 곤충들이 수 풀 속에서 울기 시작하면 어찌나 요란한지 잠을 잘 수가 없다.

키디코이_ 장난꾸러기 꼬마도깨비 파보들이 만들어낸 막대사 탕. 겉을 빨아 먹으면 속에서 예언 글귀가 나타난다. 이 예언은 항상 실현되지만 그 순간에는 당사자가 이해하지 못하는 경우가 대부분이다. 모든 국가의 최고 마법사들은 그 기능을 이해하기 위해 신비한 키디코이를 연구하고 있지만 성과를 얻지 못했다. 파보들이 그 비밀을 잘 지키고 있기 때문이다.

키마이라_ 아더월드 군주들의 고문관 역할을 하며, 사자 머리에 염소의 몸, 드래곤의 꼬리로 이뤄져 있다.

타로데르_ 자는 동물의 살 속에 유충을 넣어서 번식하는 벌레. 타로데르에게 물리면 통증이 심하므로, 유충이 몸속으로 퍼지기 전에 즉시 소독해야 한다. '타로데르 같다'고 하면 들러붙는 사람을 가리키는 모욕적인 말이다.

타오르미_ 얼굴이 개미처럼 생긴 쥐인데 깨물면 굉장히 아프다. 개미집처럼 생긴 타오르미 굴 하나가 이동할 때 숲 전체가 쑥대밭이 될 수 있다. 타오르미는 아더월드의 동물이 좋아하는 꿀을 생산하지만, 그 꿀을 얻으려면 목숨을 걸어야 한다.

타춤_ 노란색 꽃이며, 꽃가루는 아더월드의 후추로 사용된다. 자극성이 아주 강해서 타춤의 냄새를 맡으면 어떤 상태의 코든 뻥 뚫린다.

타크_ 초록색 또는 회색 쥐로 항
구 주변에서 많이 발견된다. 타크
들이 며칠 만에 배를 갉아먹기 때문에
선원들이 아주 싫어한다.

타트롤_ 지구와 아더월드는 측량 단위가 서로 다르다. 타트롤은
킬로미터, 바트롤은 미터에 해당한다. 1트롤은 3미터, 1바트롤은 1미
터 50센티미터, 1타트롤은 1킬로미터 500미터.

탈루디_ 눈이 셋 달린 모자 모양의 작은 동물이며
무엇이든 녹화하는 능력이 있다. 촬영한 것을 보려면
머리에 쓰면 된다.

테오디르_ 드래곤들이 즐겨 마시는 일종의 샴페인. 인간들은
부동액 맛을 느낀다.

토예_ 마늘과 양파의 맛이 섞인 식물로 아더월드 사람들이 향신
료로 사용한다.

토쿨린_ 보석으로 이뤄진 꽃이며 수시로 색이 변한
다. 보석-꽃은 아더월드에서 가장 아름다운 꽃이며, 위
험한 파트로크 섬에서만 재배되기 때문에 구하기가 몹
시 힘들다.

🐾 **톨리스_** 아더월드의 아몬드.

🐾 **트라둑_** 살코기와 털가죽을 얻기 위해 켄타
우로스들이 키우는 동물. 악취를 풍기는 특성이
있어서 포식동물들로부터 자신을 보호한다. 그
러나 트라둑의 냄새를 맡지 않기 위해 콧구멍
을 막을 수 있는 늑대 크르르렉은 예외다. 아더월드
에서 '병든 트라둑 같은 악취가 난다'라는 표현은 모욕으로
받아들여진다.

🐾 **트리_** 작은 새로 아더월드의 숲에서는 루비 빛깔
이고, 트롤들의 숲에서는 초록 빛깔이다. '트리이이이
이' 하면서 우는 독특한 울음소리를 따서 붙인 이름이다.

🐾 **트리크로크_** 표적을 정확하게 찾는 마법의 무기로 세 개의 치
명적인 침이 달려 있다. 공격자가 표적을 죽이고 싶은가, 잠들게 하
고 싶은가에 따라 세 개의 침에 독이나 마취제가 생성된다.

🐾 **트실_** 살테렌스 사막의 벌레. 모래 속에 숨어서 동
물이 지나가기를 기다리다 동물에 들러붙어서 살갗이
든 딱딱한 껍질이든 뚫어버린다. 그 알들은 혈관을 침
투해서 숙주의 몸속에 퍼진다. 100시간이 지나면 알
들이 부화하며, 새로 태어난 트실들이 숙주의 몸을

먹는다. 아더월드에서는 트실로 인한 죽음이 가장 끔찍한 죽음 중 하나다. 이런 이유로 살테렌스 사막을 여행하는 사람은 거의 없다. 일반적인 트실에 대한 해독제는 존재하는 반면에 금빛 트실에 대한 해독제는 없어서 공격을 받으면 죽음을 면할 길이 없다.

🐾 **페가수스_** 날개 돋친 말. 지능은 개의 지능에 가깝다. 발굽은 없지만 갈퀴발톱이 있어서 어디든 쉽게 올라앉을 수 있다. 야생 페가수스는 키가 무려 300미터까지 자라는 자이언트 강철나무에 거대한 둥지를 짓고 산다.

🐾 **포콩지르_** 아더월드의 포식동물로 날개를 회전시키는 놀라운 능력이 있다. 이름은 자이로스코프에 올라앉은 것 같은 모습에서 유래한다.

🐾 **푸프푸프_** 발이 여섯 개 달리고 커다란 뚜껑이 있는 작은 상자로 아더월드의 청소기이다. 바닥에 떨어지는 모든 쓰레기를 집어삼킨다. 마법과 과학기술로 만들어진 푸프푸프는 안드로메다은하의 블랙홀과 연결되는 작은 공간이동의 문을 통해 쓸모없는 쓰레기를 자동으로 배출한다.

🐾 **프르루트_** 아더월드의 식충식물로 하이에나와 포식동물을 유인하기 위해 짐승의 썩은 고기 냄새를 피운다. 동물이 다가와서 촉수

에 닿는 순간 꿀꺽 삼킨다. '트라둑처럼
악취가 난다'는 표현과 함께 '프르루트처럼
악취가 난다'는 표현도 많이 쓰인다.

🐾 **플로프**_ 맹독성의 하얗고 파란 개구리로
멘탈리르의 평원에서 볼 수 있다.

🐾 **피크크크**_ 이름이 가리키는 대로 피크크크는 흡혈파리
처럼 피를 빨아 먹고 사는 아더월드의 곤충이다. 피크
크크의 독침에 쏘이면 트라둑이나 모오오오우우
우, 베에는 몸속의 피를 다 토해낸다. 다행히
피크크크는 늪 주위에 서식하면서 알을 낳는다.

🐾 **흡혈파리**_ 물리면 통증이 몹시 심하다. 많은 동물이
긴 꼬리를 발달시켜서 흡혈파리를 죽이는 데 사용한다.

🐾 **히드라**_ 아더월드에는 머리가 세 개, 다섯 개, 일
곱 개 달린 히드라가 있으며, 강이나 호수에서 산다.

랑코비트의 덩컨 가문 가계도

-5015년 파이초 25일(아더월드력)을 기준으로 작성-

마니투 덩컨 & 마젠티 발 아르젠몽 레틸라
(4850 DA ~ ∞)   (4849 DA~4928 DA)

메넬라스 트리 브란릴 & 이사벨라 덩컨
(4805 DA ~4994 DA)   (4910 DA~)

레벤탈 덩컨 & 테일러 압 잔
(4901 DA ~4998 DA) (4876 DA~)

셀레나 덩컨 브란릴 & 단비우 탈 바르미
(4977 DA~)   압 산타 압 마루
(4973 DA~5002 DA)

배반자(라고 불리는) 바라우스 덩컨
(4952 DA~)

타라틸랑넴 탈 바르미
압 산타 압 마루 탈 덩컨
(1991 DT/5000 DA ~)

자르틸랑넴 탈 바르미
압 산타 압 마루 탈 덩컨
(5003 DA ~)

마라틸랑넴 탈 바르미
압 산타 압 마루 탈 덩컨
(5003 DA ~)

DA = 아더월드력
DT = 지구력

오무아 제국의 탈 바르미 압 산타 압 마루 가문 가계도

-5015년 파이초 25일(아더월드력)을 기준으로 작성-

'불의 주먹' 데미데루스, 오무아 제국의 시조
(-2984 DT~)

5000년 이후의 후손

오무아 여제
리스베스틸랑넴 & 다릴 크라투스
탈 바르미 압   (4950 DA~5005 DA)
산타 압 마루
(4970 DA~)

전 오무아 황제
단비우 탈 & 셀레나 덩컨
바르미 압   (4977 DA~)
산타 압 마루
(4973 DA~5002 DA)

오무아 여제의 이복오빠, 이복형제 단비우를 계승한 현 오무아 황제
산도르 탈 바르미 압 마르치
압 브레비스 (4958 DA~)

타라틸랑넴 탈 바르미
압 산타 압 마루 탈 덩컨
(1991 DT/5000 DA~)

자르틸랑넴 탈 바르미
압 산타 압 마루 탈 덩컨
(5003 DA~)

마라틸랑넴 탈 바르미
압 산타 압 마루 탈 덩컨
(5003 DA~)

DA= 아더월드력
DT= 지구력

Photo, Didier Pruvot ©Editions Flammarion

소피 오두인 마미코니안
Sophie Audouin-Mamikonian

아르메니아 왕위 계승자인 소피 오두인 마미코니안은 파리의 아사스 대학에서 법학을 전공했으며, 두 딸을 둔 어머니이다. 할머니와 어머니에게 러시아의 독특한 이야기를 들으며 자란 그녀는 열두 살 때 복막염을 앓으면서 꼼짝할 수 없게 되자 시간 죽이기 요량으로 처녀작 「샹들리에, 황금 불사조」를 썼으며, 15,000여 권의 공상과학 소설을 읽은 독서광이기도 했다. 15년이라는 오랜 작업 끝에 1권이 출간된『타라 덩컨』의 주인공 소녀는 두 딸의 성격을 합해서 만들어낸 캐릭터라고 한다. 캐나다, 일본 등 26개국에서 번역된 『타라 덩컨』 시리즈는 2015년 12권으로 완결될 예정이다. 그 외 작가의 주요 작품으로『뚱보들의 저녁식사』,『인디아나 텔러』시리즈 등이 있다.

옮긴이 이원희

프랑스 아미앵 대학에서 「장 지오노의 작품 세계에 나타난 감각적 공간에 관한 문체 연구」로 석사학위를 받았다. 현재 전문 번역가로 활동 중이며 역서로는 아민 말루프의 『사마르칸트』와 『마니』, 앙리 지델의 『코코 샤넬』, 생텍쥐페리의 『야간비행』, 칼릴 지브란의『예언자』, 다이 시지에의 『발자크와 바느질하는 중국소녀』, 장 크리스토프 뤼팽의 『붉은 브라질』, 안니 뒤페레의 『파티』, 기욤 프레보의 『시간의 책』(전 3권), 피에르 보테로의 『에윌란의 모험』(전 3권) 등 다수가 있다.

Illust 스튜디오 가게 studiogage.com